Mar
Die H
Alch

Zum Buch

René stolpert auf der Suche nach der großen Liebe in das größte Abenteuer eines Menschen: die innere Heldinnenreise.

Die kleine René gibt sich alle Mühe, es ihren Eltern recht zu machen. Doch in der blitzsauberen Vorstadtvilla herrscht emotionale Kälte. Zum Glück zeigt ihr Tante Hilde, wie Wasser die Sorgen auflöst. Die erste Liebe trifft René wie ein Donnerschlag. Immer wieder hört sie mit Michael das Märchen von der kleinen Meerjungfrau, die alles zurücklässt, um die Liebe ihres Prinzen und damit eine unsterbliche Seele zu gewinnen. Doch Michael verlässt René wegen einer anderen.

Auch als René Jahre später Karriere als Texterin gemacht hat und mit dem dominanten Claus verheiratet ist, träumt sie von dem Wunder der wahren Liebe. Um sie zu finden, schließt René sich den Rosenkreuzern an. Aber auch der alte Psychologe Dr. Tellerlein unterstützt sie auf ihrem Weg zu sich selbst. Doch dafür muss sie den Kampf mit den Ungeheuern in ihrem Inneren aufnehmen. Ihr persönliches Abenteuer beginnt …

Marta Sterns erster Roman erzählt mit zärtlicher Melancholie und einer Prise Humor den Entwicklungsweg einer jungen Frau in den Neunzigerjahren. Die weise und warmherzige Geschichte handelt von einer spirituellen Suche, dem Versuch einer Versöhnung mit den Eltern und dem Ankommen bei sich selbst. Am Ende des Buches sind die Rezepte der Gerichte abgedruckt, die der leidenschaftlichen René in schwierigen Zeiten helfen.

Die Hochzeit der Alchemistin

Marta Stern

Marta Stern: Die Hochzeit der Alchemistin
© Copyright 2022 / Alle Rechte am Werk liegen bei der Autorin:
Marta Stern
c/o autorenglück.de
Franz-Mehring-Str. 15
01237 Dresden
ISBN: 9798413503041

www.marta-stern.de
marta-stern@gmx.de

INHALT

PROLOG

DEM GESANG DES VOGELS LAUSCHEN

Vom Junihimmel lächelte der Sonnengesichtbuddha. Goshin fegte die Waldwege zur Zendo bis zum Tor des Zengartens. Ausgelegt mit schwarzer Samterde waren sie nun bereit für die Gäste. Die Laiennonne stützte sich zufrieden auf den Besen und streifte die Bastsandalen ab, um ihre Fußsohlen von der Erde kühlen zu lassen. Ihr weißes Haar war zu einem dicken Zopf geflochten, der gebräunte Teint ließ die himmelsblauen Augen strahlen. Lachfältchen umrahmten Augen und Mund. Als die Glocke läutete, krempelte Goshin die Ärmel des schwarzen Anzuges herunter und ging voller Vorfreude zum Sammelplatz.

»Danke für das Samu«, sagte die Nonne Han Me und blickte in die Runde. »Die Rakusuträger treffen sich zum Organisationsgespräch in der Teehütte.«

Zwanzig Frauen und Männer verbeugten sich mit vor dem Herzen gefalteten Händen. Die letzte Arbeitseinheit des Pfingstsesshins war vorüber. Normalerweise klingt eine Zeit der intensiven Zen-Übung mit einer Meditationseinheit mit Dokusan aus, heute aber sollte eine Zeremonie den Abschluss bilden. Der Tempel auf dem Gelände einer ehemaligen Munitionsfabrik in einem Waldgebiet Niedersachsens war ein lichtes Holzgebäude mit wandhohen Fenstern. Im Sommer wurden die Glastüren geöffnet und die Übenden saßen fast in der Natur. In der Zendo boten in Reihen ausgelegte Matten mit Meditationskissen Platz für vierzig Menschen. Auf einem Tischchen saß eine bronzene Buddhafigur, vor ihr standen eine Teetasse und eine Kerze. Unter jeder Matte steckte ein Rezitationsheft. Blumengestecke mit Pfingstrosen schmückten den Raum. Für Meister und Jikijitsu waren Meditationsplätze an den Seiten des Buddhas eingerichtet. Goshin und Nindo gingen lautlos durch die Reihen und stellten in gleichen

Abständen Teetassen hinter die Meditationskissen auf kleine Stoffservietten. Über der Tür hing ein Schild mit der Aufschrift »Diese Zendo darf nur betreten, wer entschlossen ist, die Frage von Leben und Tod endgültig zu klären.«

»Schaust du in der Küche nach dem Rechten, dann ziehe ich mich um?«, flüsterte Goshin und legte Nindo die Hand auf den Rücken.

»Es bedeutet mir viel, mit dir zusammen geweiht zu werden«, antwortete Nindo leise. Eine Träne rollte über seine Wange und tropfte auf seinen nackten Fuß. Obwohl der Laienmönch siebzig Jahre alt war, hatte er volles, dunkelblondes Haar. An den Seiten war es kurz geschnitten, auf dem Oberkopf blickten einige Strähnen neugierig in alle Richtungen. Er war von großer Gestalt und schlank. Seine strengen, wasserblauen Augen sahen jedes Detail. Die weich geschwungenen Lippen verrieten seine gefühlvolle Seite. Wenn Nindo die Han schlug, war es die Melodie seines Herzens, die Goshin hörte.

»Fühlt sich an wie heiraten«, verriet sie lächelnd. Goshin hauchte einen Kuss auf zwei Finger und deutete eine Berührung von Nindos Mund an. »Ein wenig fühle ich mich wie ein Brief, der mit Hingabe geschrieben wurde. Nun ist das Kuvert verschlossen, das Siegelwachs aufgetragen und man schickt sich an, das Wappen aufzudrücken.«

»Meine Liebe, noch immer läufst du davon, wenn du glaubst, ein Seil zu sehen, mit dem man dich fesseln könnte. Bei näherem Hinsehen handelt es sich um eine Leiter in die Freiheit oder ein Schmuckstück, das deine innere Schönheit zum Ausdruck bringt.« Nindo strich eine Locke aus dem Gesicht der Laiennonne. »Erinnerst du dich an den jederzeit zu einem Spaß aufgelegten Mönch in den Bergen des Himalayas? ›Higher! Higher!‹ ermutigte er seinen westlichen Schützling, der meinte, am Ziel seiner Suche angelangt zu sein.«

»Danke Nindo. ›GYA TEI. GYA TEI. HA RA GYA TEI. HARA SO GYA TEI. BO JI SO WA KA. Ihr alle, ihr alle, geht darüber hinaus, geht über das Hier und Jetzt hinaus zur großen Erleuchtung.‹« Nindos Worte erinnerten Goshin an das Herz-Sutra und vertrieben ihre Befürchtungen.

»»Der Buddhaweg ist ohne Ende. Wir geloben, ihn zu Ende zu

gehen««, bekräftigte Nindo nickend.

»Du bist mein wertvollster Gefährte.« Goshin fühlte sich frei zu bleiben und verließ leise die Zendo.

Im Umkleideraum wusch Goshin Gesicht und Hände. »Ja«, antwortete sie auf das Klopfen an der Tür.

Roshi Shindo, der Zenmeister der Sangha Drachengeist, trat ein. »Roshi« bedeutet alter Lehrer. Obwohl Shindo im Frühling seines sechsundachtzigsten Lebensjahres wandelte, hat der Titel nicht unbedingt etwas mit seinem Alter zu tun. Der Lehrer betrachtete Goshin aufmerksam. Seine Lebensfreude war ansteckend, wie die eines lachenden Kindes. »Hast du dir Gedanken gemacht, was du heute über deinen persönlichen Weg vortragen wirst?«, erkundigte er sich, während er über Goshins Kesa strich, die sie in vielen Stunden mit der Hand genäht hatte.

»Ich werde erzählen, wie sehr mein Vater hoffte, durch meine Geburt seine Ehe zu retten und wie wenig sich meine Mutter über ihre Schwangerschaft mit mir freute. Von der Suche nach meiner verloren geglaubten Hälfte und meiner Sehnsucht, diese wiederzufinden. Ich werde das Koan ›Wo wir uns nach dem Tode wiedersehen‹ aus ›Der Eisernen Flöte‹ vortragen. Das hat mich sehr berührt am Anfang meiner Schulung.«

Shindo nickte zufrieden. »Bist du bereit?«

»Ja, Roshi, ich bin bereit«, bestätigte Goshin voll Zuversicht.

»Ich erwarte draußen unsere Gäste.« Der Meister schloss die Tür hinter sich.

Das weiße Hemd und die schwarze Robe dufteten und waren frisch gebügelt. Sorgfältig legte Goshin die Kleidung für die Zeremonie an. Lachen drang an ihr Ohr.

»Herzlich willkommen!«, begrüßte Roshi Shindo die Ankommenden.

»Ich freue mich, nach all den Jahren hier zu sein.«

Goshin erkannte die Stimme des Zenmeisters Gonin, schlüpfte in die Sandalen und lief angemessenen Schrittes nach draußen. Glücklich verbeugte sie sich mit gefalteten Händen vor ihm. Meister Gonin deutete eine Verbeugung mit dem Kopf an, öffnete die Arme und drückte seine Schülerin an sein Herz. »Allerhand für mich sprödes Nordlicht so eine Umarmung! Aber heute ist ein

3

besonderer Tag!«, rief er mit einer Lachsalve und sein Bauch wippte dazu. Der Meister hatte Goshin und Nindo durch die meisten Koans begleitet. Die Ordination führten er und Roshi Shindo gemeinsam durch.

»Nindo, deine Robe steht dir ausgezeichnet!«, lobte Gonin den Zenbruder.

»Danke, dass du gekommen bist.« Gerührt klopfte Nindo auf den Rücken seines Lehrers, der sich unter der Last der Jahre krümmte. Trotzdem bewegte er sich schnell und präzise.

»Übrigens habe ich die gesamte Sangha im Gepäck. Sie müssen gleich eintreffen.«

Goshin blickte freudig in Gonins Augen. Pupille und Iris waren zu einer schwarzen Sonne verschmolzen, die sie immer und immer wieder zur Nachfolge aufforderte. In den Jahren ihrer Schulung unter Meister Gonin standen seine Augen oft wie eine schwarze Felswand vor ihr. »Nein!«, donnerte der Meister, klingelte mit der Glocke und verwies sie des Dokusanraumes, wenn ihre Antworten auf seine Fragen zu einem Koan ihrem Kopf entsprangen. Oft plagte Goshin der große Zweifel, hätte sie fast aufgegeben. Aber dann, wenn sie alle Erwartungen fallen ließ, öffnete sich das Dunkel seiner Augen und die Laiennonne erkannte das Leuchten der Wahrheit darin. Es ist etwas Besonderes zwischen einem Zenlehrer und seinem Schüler, wusste Goshin, etwas, das jenseits der Worte bezeugt wird. Das »Nein« des Meisters ist reine Liebe, tief und weit wie der Ozean.

»Ich bin eher der depressive Typ und wirklich froh, dass ich Zen vor fünfzig Jahren für mich entdeckt habe,« kommentierte Gonin gerne die kleine dunkle Wolke, die ihn begleitete, und zerstreute wie so oft das Idealbild eines über alle Widrigkeiten des Lebens erhabenen Meisters.

Über dem Parkplatz wirbelte Staub auf. Autotüren wurden zugeschlagen.

»Oma!« Ein zehnjähriges Mädchen mit dunkler Lockenmähne und grau-blauen Augen lief in Goshins Arme.

»Emma, was für eine Überraschung!« Sie drückte die Kleine an sich und hatte einmal mehr das Gefühl, sich selbst zu umarmen, denn ihre Enkeltochter sah aus wie Goshin in Kindertagen.

»Alle sind da, sie kommen! Auch Tante Marie aus Amerika!

4

Bauen noch Klein-Sarahs Kinderwagen zusammen und bringen das Gepäck ins Gästehaus!«

Tränen rollten über Goshins Wangen. Ihre Kinder waren mit ihren Familien angereist und wohnten ihrer Weihe zur Nonne bei. Emma ergriff die Hände der Oma und zog sie mit sich. Auf der Bank unter der Eiche im Zen-Garten ließen sich die beiden nieder. Vögel zwitscherten in den Ästen. »Was ist Sesshin?«, fragte Emma mit ernstem Blick. Das Mädchen umschlang ihre Oma mit den Armen und schmiegte sich an. Ihr Haar duftete nach Lavendel.

Liebe durchströmte warm Goshins Körper. »In deinem Herzen wohnt ein Vogel, der singt so wunderbar, wie kein anderer. Aber es ist nicht einfach, sein Lied zu hören. Dafür musst du dich still hinsetzen. Nur sitzen. Kommen Gedanken angeflogen, und du kannst sicher sein, dass sie das tun werden, begrüßt du sie freundlich, aber du lädst sie nicht zum Spielen ein. Stattdessen lauschst du deinem Atem und bleibst sitzen.«

»Wie lange muss ich denn warten?« Emma zappelte mit den Beinen.

»Niemand kann dir sagen, wie lange es dauert, bis der Vogel singt. Manchmal kommt sogar eine Fliege vorbei und kitzelt dich, aber du bleibst sitzen. Das ist eine sehr schwere Aufgabe. Aber ich verrate dir jetzt ein großes Geheimnis: Es lohnt sich zu warten. Wenn du dich ganz und gar vergessen hast und nicht mehr weißt, warum du dasitzt, springt plötzlich die Tür zu deinem Herzen auf und du hörst den Gesang des Vogels. An sein Lied wirst du dich erinnern, solange du lebst. Sesshin ist ein japanisches Wort. ›Ses‹ bedeutet berühren und ›Shin‹ heißt Herz und Geist.«

»Ich möchte den Vogel singen hören!«, entschied Emma.

»Wann hast du den Vogel getroffen, Oma?«

Goshin lachte. »Das ist eine lange Geschichte.«

»Bitte, erzähl sie mir!« Emma klatschte in die Hände.

»Ja, mein Liebling, ich erzähle dir meine Geschichte, denn sie ist auch deine Geschichte.«

Mensch, du wirst unendlich geliebt.
In dir erfährt der Geist die Vielfalt der Welt.

DIE HUTSCHACHTEL VOLLER
ERINNERUNGEN ÖFFNEN

Wenn wir jung sind, merken wir nicht, dass Bilder von uns gesammelt werden. Jahre unseres Lebens schrumpfen auf ein kleines Foto zusammen, das wir später als Erwachsene betrachten und eines Tages unseren Kindern und Enkeln zeigen.

»Schau, das sind meine Eltern!«, meinen wir dann, die Vergangenheit zu begreifen.

René bewahrte Erinnerungen in einer antiken Hutschachtel auf. Schwarz-Weiß-Fotos mit gezackten, weißen Rändern, gemischt mit randlosen, verblassten Fotografien türmten sich darin zu einem Berg auf zusammen mit einigen, neueren Aufnahmen in kräftigen Farben.

Von René gab es nur zwei Babybilder mit ihren Eltern. Jedes Mal nach dem Betrachten wischte sie sorgfältig ihre Fingerabdrücke weg, an einigen Stellen war die glänzende Oberfläche stumpf geworden. Auf dem einen Foto hielt ihre Mutter sie auf dem Arm. Die Hand der Mutter war unter dem Lätzchen verschwunden und kitzelte die zehn Monate alte René am Bauch, die ihrer Mama ein zahnloses Lachen schenkte. Beim Betrachten meinte René das vergnügte Quietschen des Kindes zu hören, das sie einmal gewesen war. Der dunkle Haarflaum saß wie ein Mützchen auf dem kleinen Kopf. René erkannte sich in den himmelblauen Augen des Babys. Die Mutter hatte den Oberkörper nach hinten gebeugt, als befürchte sie, René würde sie mit ihren erhobenen Ärmchen kratzen.

Auf dem anderen Foto trug ihr Vater sie. Er lachte und hielt René stolz mit beiden Armen gegen die Sommersonne hoch über seinen Kopf. Die Bilder waren kurz hintereinander aufgenommen worden, der Vater hatte einfach den Platz der Mutter eingenommen. Der Garten im Hintergrund gehörte zu dem Dreifamilienhaus, in dem ihre Familie am Rand der großen Stadt gelebt hatte. Es war die erste gemeinsame Wohnung der Beckmanns, nachdem der Vater seinen Doktortitel in Chemie absolviert hatte und für einen Reifenhersteller arbeitete. Meist war er die ganze Woche unterwegs.

Unten in der Hutschachtel lag der kleine rote Doppeldeckerbus aus kühlem Metall, den der Vater für René aus England mitbrachte. René besaß Postkarten von ihm aus allen europäischen Metropolen und aus Amerika. Auf jeder stand in seiner geschwungenen, schwer lesbaren Schrift: »Liebe Grüße, Vater.«

Von René und ihrem großen Bruder gab es viele Bilder. Am liebsten mochte René die Aufnahme, auf der sie als Baby im Kinderwagen lag und Christian lachend ihre von der Sonne gebräunten Ärmchen entgegenstreckte. Der Vierjährige stand neben ihr und hielt ihr einen kleinen roten Ball hin. Christian hatte dunkle Haare und dunkle Augen. Obwohl er lächelte, blickte er trotzig in die Kamera, als müsse er beweisen, dass er ein Recht besaß, auf diesem Bild zu sein. Vielleicht lag es daran, dass die Mutter ihn bis zu Renés Geburt zu ihren Eltern gegeben hatte, da sie und ihr Mann erst kurz vorher mit ihrem Studium fertig geworden waren.

Auf einem Weihnachtsbild lag die dreijährige René mit Christian auf dem Teppich im Wohnzimmer, Kopf an Kopf lugten sie aus dem Indianerzelt aus erdfarbenem Stoff, das sie geschenkt bekommen hatten. Kränze aus Zeitungspapier, in denen oben bunte Federn steckten, schmückten ihre Köpfe. Sie sahen glücklich aus.

»Christian war immer an deiner Seite«, hatte ihr die Mutter oft bestätigt. Auf einem Foto saß René weinend in ihrem Schlafsack im Gitterbett und die Hand ihres Bruders lag tröstend auf ihrem Rücken.

Manchmal dauert es lange, bis wir die Wahrheit hinter einem Bild erkennen.

Wenn wir älter werden, möchten wir auf Fotografien den gewünschten Eindruck hinterlassen. Wir richten unser Haar und lächeln auf eine Art, die uns vorteilhaft scheint.

Schon als Kind vermied es René, abgelichtet zu werden. Sie fühlte sich in Fotografien gefangen, wie eine Fliege im Netz der Spinne. Das Leben erschien ihr bunt und wechselhaft wie die Bilder eines Kaleidoskops. Hielt man ein Bild fest, befürchtete sie, ein Teil von ihr bliebe darin gefangen und stünde ihr im nächsten Moment nicht mehr zur Verfügung. Auch auf dem Urlaubsbild aus dem Bayerischen Wald grinste sie angestrengt mit zugekniffenen Augen. Die fünfjährige René saß zusammen mit ihrer Familie, Onkel Bernd, Tante Hilde und deren dreijähriger Tochter Ina auf einem großen Felsen im Wald. René war sich unsicher, an welche Ereignisse sie sich wirklich erinnerte oder was sie aus den häufigen Erzählungen der Erwachsenen erschuf.

Tante Hilde war eine Studienkollegin und Freundin der Mutter. Sie lachte laut und hatte rote Haare, die sie hochgesteckt trug. Ihre Haut war blass und mit Sommersprossen übersät. Sie duftete nach Frühling. Ihre Zigaretten steckte sie auf eine schwarze Spitze und blies den Rauch in kleinen Wölkchen in die Luft. Abends übernahm sie das Baden von René und half ihr im Hotelzimmer beim Ausziehen. René schämte sich kein bisschen. Stolz blieb sie mitten im Badezimmer stehen und strich sich über den nackten Bauch.

»Du bist eine blaue Blume, mein Kind!«, raunte die Tante und René fühlte sich plötzlich schön.

»Puh, hier ist es warm!« Hilde zog ihren Pullover aus und saß in ihrem schwarzen Spitzen-Büstenhalter, der mit goldenen Blütenranken bestickt war, auf dem Rand der Badewanne. Ihr voller, weißer Busen hob und senkte sich. René konnte den Blick nicht abwenden. Hilde trug einen engen schwarzen Rock, ihre nackten Beine schlug sie übereinander. René beschloss, wenn sie einmal groß wäre, würde sie wild und frei wie Hilde sein.

Die Hand der Tante streichelte über das Badewasser. »Unsere Heimat ist die Erde. Aber wir Frauen sind Töchter des Meeres. Wenn wir in den Ozean des Lebens eintauchen, verbinden wir uns mit dem Quell allen Lebens. Wir sind tiefgründig und empfänglich wie das Meer. Durch unsere Lenden«, Hilde klopfte lachend auf ihre Hüften, »betreten selbst Herrscher und Heilige die Welt!«

Hildes aquamarinblaue Augen leuchteten, sie beugte sich zu René hinunter und umfasste sanft ihr Kinn. »Wasser reinigt und stärkt uns. Denke immer daran, meine kleine Nixe, und bade regelmäßig, vor allem, wenn du Sorgen hast! Im Wasser wirst du still und hörst die Stimme deines Herzens. Sie flüstert dir die Lösung für deinen Kummer zu.« Tante Hilde nahm eine Handvoll Lavendelblüten und ließ sie in das dampfende Bad rieseln.

René sog den süßen Duft ein. Neugierig stieg sie in die Wanne. Alles war auf einmal ganz leicht, sie trieb im Wasser, das ihren Körper warm und weich umschloss. Dann hielt sie sich die Nase zu, schnappte nach Luft und tauchte unter in das schützende Lavendelwasser. »Wunderwarm!«, sang René, als sie endlich wieder auftauchte.

Tante Hilde warf lachend den Kopf in den Nacken und René glaubte einen Moment, einen Fischschwanz mit perlmuttfarben glänzenden Schuppen zu haben.

Tante Hildes Mann Bernd hatte eine sportliche Figur und trug eine Nickelbrille, deren dicke Gläser seine blauen Augen winzig erscheinen ließen. Er rauchte viele Zigaretten und hatte einen blonden Dreitagebart, der piekte, wenn René darüberstrich. Seine dunkelblonden Haare aber waren lockig und weich. Bernd rief Renés Mutter statt Edeltraud einfach nur »Trautchen« und der Mutter gefiel das sehr. Auch René mochte Onkel Bernd. Er kletterte mit ihr und den anderen Kindern auf Felsen und spielte verstecken. Abends saß er bei René und Ina am Bett und sang für sie ein Lied zum Einschlafen. »Wenn bei Capri die rote Sonne im Meer versinkt und vom Himmel die bleiche Sichel des Mondes blinkt, ziehn die Fischer mit ihren Booten aufs Meer hinaus und sie legen in weitem Bogen die Netze aus.« René wurde ganz warm, geborgen in Bernds tiefer Stimme rieb sie genüsslich ihre Füße unter der Bettdecke aneinander. Er und seine Familie wohnten in der Nachbarschaft und kamen oft zu Besuch, vor allem Onkel Bernd. Auch später noch, als Beckmanns nach der Geburt von Renés drei Jahre jüngerem Bruder umgezogen waren. »Clemens ist ein Kind der Liebe«, betonte Renés Mutter und lächelte. Die Familie zog in ein Reihenhaus in einer Kleinstadt in der Nähe von Vaters Familie.

Im Wohnzimmer der Großeltern war ein glänzendes Schwarz-Weiß-Bild aufgenommen worden. Es hielt die achtjährige René fest, die sich über den Kinderwagen der Cousine beugte und sich in dem Engelslächeln der kleinen Marie sonnte. Zaghaft und vorsichtig hatte René die Hand auf den Bauch des drallen Säuglings gelegt. Ihre Hand wippte im Rhythmus der lustig strampelnden

Beinchen. Sie wärmte sich an dem drolligen Babykörper und lächelte selig zurück. »Das ist nichts für dich!«, zischte ihre Mutter. Augenblicklich verbrannte René sich die Finger an der Cousine und zog die schmerzende Hand zurück. Sie musste etwas falsch gemacht haben. Fragend blickte sie zur Mutter auf. »Du machst Karriere!«, lautete die Anweisung, die mit dem erhobenen Zeigefinger bekräftigt wurde. René gehorchte.

Wenn Beckmanns bei Omama und Opapa zu Besuch waren, nahm René gerne auf dem tannengrünen Ohrensessel Zuflucht, dessen Lehnen sich behütend um sie legten. Ihr flauschiger Hochstand befand sich direkt neben dem Gebläse des Kachelofens im Wohnzimmer. Von dort lauschte sie ängstlich den Stimmen der Herren durch die Tür des Rauchsalons und sog die Welt der Geschäfte und Finanzen auf. Denn im Herrenzimmer qualmten wichtige Männer Zigarren und sprachen über wichtige Dinge. »Ungeheuerlich, was mich der Krankenstand der Mitarbeiter kostet!«, beschwerte sich Onkel Fritz, der das mittelständische Familienunternehmen in zweiter Generation führte.

Die Tanten trugen Perlenketten, ihre Absätze klackerten unterwürfig auf dem Parkettboden. Im Sommer gingen sie mit den Kindern in den Zaubergarten. Der mit Kieselsteinen ausgelegte Rundweg begann unterhalb der großen Terrasse vor dem Esszimmer und führte am Rand des weitläufigen Grundstücks entlang. Den Nachbarn verwehrten Tannen und Sträucher den Einblick. Neben der Villa befand sich eine versteckte, von Heckenrosen umschlossene, kleine Naturstein-Terrasse mit einem Springbrunnen. Auf dem Beckenrand hockte ein dicker Bronzefisch und spie seine Wasserfontäne aus. René lauschte dem Geplätscher an dem verwunschenen Ort. Üppige weiße Rosen dufteten in der Mitte des Gartens. Der Rasen war ein samtweicher Teppich. Dort nahmen die Tanten René, ihre Brüder und die Cousinen an die Hände, tanzten einen Reigen und sangen »Ringel, Rangel, Rose - schöne Aprikose. Veilchen blau, Vergissmeinnicht - alle Kinder setzen sich.«

René schämte sich, sie war sich sicher, in der falschen Vorstellung zu sitzen. Ihre Anwesenheit in diesem herrschaftlichen Haus war ein Irrtum. Dem Kontrolleur am Einlass war ein Fehler unterlaufen. Dafür konnte sie nichts, beruhigte sich René.

Die Familie aß an der schellackpolierten Tafel im Speisezimmer. Zu den Mahlzeiten wurde zum Schutz der spiegelblanken Oberfläche ein Moltontuch als Unterlage ausgebreitet. Unter dem Gekicher der Tanten flog die weiße Leinentischdecke wie ein Baldachin über den Tisch und senkte sich langsam herab. Dabei duftete es frisch gemangelt. Zum Abschluss strichen diamant-beringte Frauenhände die handbestickten Spitzendeckchen glatt, die sich an den Ecken überlappten. Am oberen Ende des Tisches stand der Großvater in dem Bilderrahmen aus Silber der Gesell-schaft vor. Der blendend aussehende Gentleman in Smoking und Fliege lächelte charismatisch in die Kamera. Neben dem Foto stand die schmale, silberne Vase mit der roten Rose. Nach dem Krieg hatte Opapa die Kosmetikfirma gegründet. Beim Essen hielt er manchmal Haarspraydosen mit Fotos attraktiver Damen hoch. Die Enkel durften abstimmen, welches Etikett am besten passte. Die Familie war der Überzeugung, Opapa habe den Grundstein für den Wohlstand der Familie gelegt. Doch es war Omama gewesen. Die einzige Tochter eines reichen Bauern besaß Grundstücke und Immobilien. Durch deren Verkauf wurde die Firmengründung finanziert und manche Krise überbrückt.

An einem Montag starb Opapa mit Anfang sechzig an einem Herzschlag, obwohl er einen wichtigen Termin an diesem Tag wahrnehmen wollte. Seitdem trug Omama Schwarz. Ihr Gesicht war leichenblass und schmal mit einer gebogenen Nase. Sie blickte streng in die Welt. ›Ihr Lachen klingt sicher wie das der bösen Hexe des Ostens‹, vermutete René und musterte Omas schwarze Lack-Pumps. ›Niemals werde ich solche Schuhe tragen!‹

Heimlich schlug René unter dem Tisch ihre Hacken drei Mal zusammen. Sie wünschte sich weit, weit weg, denn wo ihr Zuhause war, musste sie noch herausfinden.

Die Kinder saßen schweigend am unteren Ende der Tafel. Mit missbilligenden Blicken strafte die Familie René, weil sie dem Küchenmädchen einen Teller reichte. »René, das Abräumen des Tisches ist Aufgabe von Ewa!«, lautete einer der wenigen Sätze, die Omama an ihre Enkeltochter richtete. Insgeheim freute sie sich über diese Zurechtweisung, denn sie war sich nicht sicher gewesen, ob die Erwachsenen ihren Namen kannten.

Zur Begrüßung der Verwandten machte René einen ordentlichen Knicks. Einen weiteren absolvierte sie, wenn sie die Unternehmervilla aus der Gründerzeit verließ. Das Mädchen verabscheute den dunkelblauen Faltenrock, die enge weiße Bluse mit Puffärmeln und die flachen Lackschuhe mit Spangen, die sie bei diesen Anlässen trug.

Renés Vater Friedhelm hatte die engen Grenzen seines Elternhauses gesprengt und seinen Kindern das Leben in solch einem Käfig erspart, wie er ihnen stolz erklärte. Denn der älteste Sohn hatte sich dem Wunsch des Vaters widersetzt und verweigerte die Übernahme der Leitung des Familienunternehmens. Der promovierte Chemiker leitete inzwischen die wissenschaftliche Abteilung eines Schleifscheibenherstellers. Der Besserverdiener ging nicht ohne Hut aus dem Haus. Traf er Bekannte oder wichtige Persönlichkeiten, hob er seine graue Kopfbedeckung oder deutete diese Bewegung zumindest an. Dazu nickte er seinem Gegenüber freundlich zu und murmelte einen Gruß. Seine Stimme überschlug sich oft beim Sprechen. Es war nicht leicht, Friedhelm zu verstehen. Die kurzen, aschblonden Haare trug er seit seiner Kindheit mit einem Seitenscheitel glatt nach hinten gekämmt. Seine schlanke Statur war mittelgroß, seine Augen wasserblau und die Gläser seiner Hornbrille machten diese kleiner, als sie es ohnehin waren. Täglich wechselte er Hemd und Taschentuch mit Monogramm. Im Frühjahr und Sommer ging er mit Trenchcoat und Aktentasche aus dem Haus. Beim Bäcker sprach man ihn mit »Herr Doktor Beckmann« an. In der kalten Jahreszeit knöpfte er ein warmes Futter in den Mantel. Abends traf René ihren Vater im Flur, wenn er nach der Arbeit mit der Zeitung unter dem Arm zur täglichen Sitzung in die Gästetoilette verschwand. Sein Mund zuckte, wenn er durch seine Tochter hindurchsah. René war erleichtert, wenn die Begegnung vorüber war.

Die Kinder fürchteten den Vater. Er schlug Christian mit dem Gürtel, weil seine Schulnoten schlecht waren oder er log, damit er auf eine Party gehen durfte und er betrunken nach Hause kam. Die Schreie des großen Bruders verfolgten René, drangen durch jede winzig kleine Pore in den Kinderkörper ein. Der Lederriemen knallte auf Christians Haut und schnitt blutende Striemen in Renés Kinderherz. Sie wollte ihm helfen und nahm die Schuld auf sich, wenn Kekse aus dem Schrank im Wohnzimmer verschwanden oder die Küche nicht aufgeräumt war. Die Eltern straften sie dann mit Missachtung, geschlagen wurde René nicht. Einmal schmiedete sie mit ihrem großen Bruder einen Rettungsplan. Der Dreizehnjährige packte den kleinen Lederkoffer mit Kleidungsstücken und Spielsachen. Dann setzte er sich oben auf sein Bett und wartete, den Griff des Koffers hielt er fest umschlossen. René rannte die Treppe hinunter: »Mama, Papa, der Christian will gehen! Schnell, ihr müsst etwas tun, bevor es zu spät ist!«, schrie sie und hoffte inständig, die Eltern würden aufspringen, ihren Sohn zurückhalten und ihn in Zukunft liebevoll behandeln.

Doch die Eltern saßen eingefroren am Tisch. Kein Wort kam aus den zugekniffenen Mündern, die Salamibrote kauten. René bekam plötzlich Angst, Christian könnte wirklich gehen, weil niemand zu ihm kam. Sie rannte wieder nach oben. »Papa und Mama können jetzt nicht. Aber du sollst bleiben, auf jeden Fall! Sie reden später mit dir.« Den traurigen Blick ihres Bruders, den die Eltern nicht behalten wollten, vergaß René nie. Trotzdem war sie erleichtert, als sie mit Christian den Kinderkoffer wieder ausräumte. »Uns fällt was Neues ein!«, versprach sie ihm.

In dieser Nacht kniete René im Bett vor dem Eisenkruzifix, das sie zur Kommunion geschenkt bekommen hatte und betete laut, Gott möge ihr andere Eltern schenken.

»Kinder müssen mit harter Hand erzogen werden, damit etwas aus ihnen wird«, war Friedhelm Beckmann überzeugt. Alljährlich unter dem Weihnachtsbaum verkündete er mit tränengefüllten Augen: »Es ist schön, Kinder zu haben, aber nicht leicht, sie groß zu bekommen.«

Renés Mutter Edeltraut war eine gelernte Grundschullehrerin. Eigentlich wollte sie Kinderärztin werden. Das hatte ihr Vater verboten, denn ein derart aufwendiges Studium lohne sich nicht für eine Frau, die heiraten und Kinder bekommen würde. Der Schuldirektor erlaubte seiner Tochter, Grundschullehrerin zu werden. Nach ihrem Referendariat beendete Edeltraut ihre Karriere als

Lehrerin. Waren René und ihre Geschwister krank, mussten sie strenge Bettruhe einhalten. Die Mutter zog dann einen weißen Kittel an, hielt Renés Hand und fühlte ihren Puls. René liebte das Geräusch des Fieberthermometers, wenn die Mutter es zufrieden schüttelte. Für René waren das die wenigen Momente, in denen ihre Mutter lächelte. Nur wenn sie krank war, erhielt sie so viel Zuwendung. Vielleicht waren kranke Kinder gehorsamer oder die Mutter vergaß ihren eigenen Kummer, wenn sie ihre kleinen Patienten pflegte. Eigentlich wollte Edeltraut keine Kinder bekommen, sie wollte unabhängig sein und Anerkennung in einem Beruf finden. Doch Empfängnisverhütung lehnte sie aus Glaubensgründen ab. Eigentlich hatte sie auch einen anderen Mann geliebt, einen Pianisten. Auf so einen sei kein Verlass, hatte ihr Vater entschieden, seine Tochter verdiene eine bessere Partie. Edeltrauts Mutter arrangierte das erste Treffen mit Friedhelm, denn sie war mit dessen Mutter befreundet.

Renés Mutter war stolz, wenn die Leute sie mit »Frau Doktor« ansprachen. Edeltraud war Hausfrau und kümmerte sich um die vier Kinder. Christian war der Anlass für die Heirat der Eltern gewesen. Als Friedhelm fürchtete, seine Frau werde ihn verlassen, wünschte er sich René. Pränatal pflanzte er unbewusst in jede Zelle seiner Tochter die Verantwortung für das Wohlbefinden der Eltern ein. Clemens entstand drei Jahre später. Mit seiner Geburt kletterte Friedhelm die Karriereleiter nach oben. Er wollte mehr Geld verdienen, damit die Familie ein Haus kaufen konnte. Friedhelm liebte seine Gattin und tat, was er konnte, um die Leiden seiner »oh, du ärmsten Frau der Welt« zu lindern. Er stellte eine Putzfrau und ein Kindermädchen ein. Die ehemalige Ordensschwester Eleonore betreute René und die beiden Brüder, als Nachzügler Leonhard auf die Welt kam. René weinte die Nacht hindurch, weil ihr die ersehnte Schwester verwehrt blieb. Schwester Eleonore tröstete die neunjährige René mit den verquollenen Augen. Im bodenlangen Nachthemd saß sie an ihrer Frisierkommode und kämmte sich die grauen, hüftlangen Haare. »Hundert Bürstenstriche und Sonnenstrahlen spiegeln sich in deinem Haar! Setz dich auf den Hocker, schönes Kind, ich bürste dein Haar.«

Die beiden Damen im Haus waren katholisch. Eleonore war eine freundliche Dienerin Gottes. Edeltraud fürchtete Gott. Zog ein Gewitter auf, rief sie die Kinder ins Haus und ließ krachend die Rollläden heruntersausen. Beim ersten Donner streckte sie mit aufgerissenen Augen den Zeigefinger in die Höhe: »Horcht Kinder, die Welt geht unter. Jetzt kommt Gottes Gericht!«

»Angstklopfen« nannte René den Gewitterregen, der auf das Dach herniederprasselte. Mutter fürchtete, nicht in den Himmel zu kommen. René wollte helfen und versuchte, den Ansprüchen der Mutter zu genügen. Täglich räumte sie die Spülmaschine aus, bereitete das Abendessen, bügelte die Wäsche der Familie. In der Schule war sie eine der Besten. War Schwester Eleonore nicht da, kümmerte René sich um Leonhardt.

In regelmäßigen Abständen verschwand Edeltraud im Schlafzimmer. An diesen Tagen öffnete sie die Tür nur, um neue Migränetabletten zu holen. Die kleinen Kuhlen an Mutters Schläfen verwandelten sich in Beulen, ihr Blick war stumpf. Nur selten ging Edeltraud mit ihrem Mann aus. Dann schminkte sie sich dezent, lackierte die Fingernägel und tauschte die Schlupfbundhose gegen ein klassisches Kleid, das ihre Figur zur Geltung brachte. Dann verließ die Mutter das Schlafzimmer mit einem Leuchten in den grünen Augen. Vor dem Spiegel drehte sie sich auf hohen Schuhen, spitzte die Lippen und presste die Nasenflügel zusammen. René gefiel die zierliche Frau, deren kurze, schwarzbraune Haare mit Lockenwicklern und Haarspray in Form gebracht waren. René winkte ihren Eltern glücklich hinterher, wenn sie das Haus verließen.

»Bei euch ist es wie auf dem Friedhof«, stellte Renés Freundin Camilla bei einem ihrer seltenen Besuche im Haus der Beckmanns fest. Camillas Familie stammte aus Berlin, obwohl die meisten mongolische Wurzeln vermuteten. Ihr Gesicht prägten hohe Wangenknochen, dazu das dunkelbraune Haar, das sie kinnlang trug, und ihre schwarzen, mandelförmigen Augen.

»Hier ist es kalt. Außen und innen«, stimmte René ihrer Freundin traurig zu. Sie feierte ihren dreizehnten Geburtstag.

Der Vater war stolz auf René und lobte sie, weil sie »Verantwortung übernahm«. Das bedeutete, alles zu tun, was der Vater forderte. Dafür wurde sie belohnt. An einem Sommerabend im Garten trat er neben sie. René zupfte das Unkraut, der Vater hatte den Rasen gesprengt. Friedhelm legte seine Hand auf ihre Schulter. »Eine Frau wie dich wünsche ich mir an meiner Seite. Du kannst alles von mir haben!« Erschrocken wich René zurück, Berührungen kamen im Hause Beckmann selten vor. Friedhelm zog ein Schmuckkästchen aus der Tasche und schluckte gerührt. René bekam vom Vater einen Ring mit einem violetten Amethyst. ›Warum freue ich mich kein bisschen?‹ Sie schämte sich und trug den verwunschenen Ring.

Mit Fünfzehn unterschieden sich Renés Tage lediglich in ihren Schattierungen der Farbe Grau. Aber kein Grau ist derart trostlos, dass nicht unter der Oberfläche Spuren von Rot, Blau und Grün warten, die unverhofft ein Feuerwerk entfachen. Aber davon ahnte René nichts, als sie in der Dunkelheit des Sommerabends widerwillig ihrem großen Bruder auf die Party am See folgte.

Am Fußweg zum Strand parkten Kleinkrafträder in einem wilden Durcheinander. Schüchtern kletterte René hinter Christian durch das Loch im Zaun, das Schild mit der Aufschrift »Unbefugten ist das Betreten strengstens verboten!« schaukelte an einem Nagel. Am Ufer knisterten Lagerfeuer. Pärchen standen umschlungen im Schein der Flammen und knutschten. Vereinzelte Lacher erhoben sich aus dem Gemurmel der ins Gespräch vertieften Grüppchen. Es roch nach Bier und gegrillten Würstchen. Der Rauch des Feuers brannte in Renés Augen, Christian war plötzlich verschwunden. Sie fühlte sich unsicher unter den Gästen, die einige Jahre älter waren als sie. Auf einem abseits gelegenen Baumstamm fand sie Zuflucht, von dort hatte sie einen guten Überblick.

Mit einem Mal näherte sich Michael, der den Sexappeal von James Dean besaß. Beim Gehen wiegte er seine schmalen Hüften auf und ab, seine ausgewaschenen Jeans lagen eng am Körper an. Darauf stand nicht nur René. Sein ordentlich gebügeltes Hemd steckte in der Hose und betonte seine breiten Schultern. Michaels Markenzeichen aber war ein zerknautschtes Päckchen Camel-Zigaretten, das seine Brusttasche ausbeulte. Niemand außer ihm zog derart sexy, ganz ohne hinzusehen, mit nur zwei Fingern die Packung aus der Tasche, klopfte eine Zigarette heraus und beförderte sie nur mit den Lippen aus dem Päckchen. Danach entflammte er mit konzentriertem Blick sein Sturm-Feuerzeug und zog so tief er konnte an seiner Zigarette, die sich glühend entzündete. Eigentlich klemmte unentwegt ein Glimmstängel zwischen Michaels unerhört roten Lippen. Bei jedem Zug bewahrte er den Rauch lange in seinen Lungen, bevor er ihn wie ein Drache aus Mund und Nase gleichzeitig ausstieß. Michaels hungrig blaue Augen waren immer auf der Jagd. In dieser Nacht fixierten sie René und unterließen jeden Versuch, ihr Interesse zu verbergen. Mit einer kleinen Bewegung strich Michael sich seinen ordentlich geföhnten Pony aus der Stirn, seine kurzen sonnenblonden Haare lockten sich. »Ist der Platz neben dir frei?«, murmelte er siegessicher grinsend.

René blickte schüchtern lächelnd zu ihm auf und nickte. Die Schamesröte glühte auf ihren Wangen und eroberte ihren ganzen Körper. Bei seinen Besuchen im Haus der Beckmanns nahm Michael sie wahr, die anderen Freunde ihres großen Bruders ignorierten sie. Auf dem Weg zu Christians Zimmer klopfte er jedes Mal an Renés Tür, wartete, bis sie öffnete und begrüßte sie breit grinsend. Wenn er ging, lehnte René im Türrahmen und bewunderte seinen knackigen Hintern.

In dieser Nacht hätte Michael zu vielen anderen Mädchen gehen können, René spürte deren eifersüchtige Blicke. Doch Michael stand vor ihr, kniff seine Augen zu und zog die Augenbrauen dabei auf eine so aufregende Art und Weise über der Nasenwurzel nach oben, dass René mit offenem Mund nach Luft schnappte. Dann nahm Michael mit Zeigefinger und Daumen seine Zigarette aus dem Mund, während er neben ihr auf den Baumstumpf sank und den Stummel ins Feuer schnickte. Im nächsten Augenblick aber geschah das Aufregendste, was René bisher erlebt hatte. Ganz langsam und unerhört lässig, als handele es sich um die selbstverständlichste Sache, legte Michael seinen Arm um sie. Die Welt verschwand, René hielt still, sie atmete nicht, sie fühlte nur. Ungeheuer sanft berührte Michaels kastige Jungenhand ihre Wange und wandte ihr Gesicht dem seinen zu. Dann hob er Renés Kinn ein wenig an und sie blickte in seine verwirrendblauen Augen. René fiel und fiel, bis die Sonne einer neuen Welt aufging. Dort spürte sie Michaels Zunge, die neugierig ihre Lippen öffnete. Heiß erkundete sie Renés Mund und tanzte einen ersten Tango der Fleischeslust mit ihrer empfänglichen, weichen Zunge.

»Hey, macht mal Pause!« Der dicke Olli lachte und reichte René und Michael einen Stock, auf dem er gegrillte Würstchen aufgespießt hatte.

»Fleisch, herrlich!« Michaels kleine, spitze Zähne bohrten sich gierig in ein Würstchen und verschlangen das Fleisch. »Komm mit mir!«, forderte er und nahm René an die Hand, dabei griff er nach einer Matte, die er in der Nähe des Lagerfeuers ablegte. »Hier ist es bequemer für uns.«

René mochte das Gefühl, wenn weiche Wäsche ihre nackten Beine streichelte oder sie abends im Bett sanft mit den Fingerkuppen über ihre Arme strich, bis sich ihre Härchen aufstellten und ein wohliger Schauer ihren Rücken hinauflief. An Zärtlichkeiten anderer Menschen erinnerte sie sich nicht. In dieser Nacht erlebte René zum ersten Mal die Berührung von Michaels feuchtwarmer Hand, die unter dem Shirt ihren Bauch streichelte, sich langsam nach oben vortastete und fast ehrfürchtig die Knospen ihrer Mädchenbrüste liebkoste. Auf der Strohmatte neben dem Lagerfeuer entfachte Michael das Feuer in Renés Lenden und sie erwachte aus ihrem Dornröschenschlaf. Von dieser Nacht an »ging« René mit Michael.

René fand in der Gegenwart von Michael kaum Worte, der Jubelgesang ihrer unzähligen Synapsen überwältigte sie, wenn sie auf seinem Bett lagen, sich küssten und streichelten, unterbrochen nur von seiner Mutter, die von Zeit zu Zeit wortlos mit fragendem Blick die Wäsche im Zimmer ihres Sohnes ablegte.

Für Sex, Hegel und Kant interessierte sich der Sechzehnjährige. »Selig sind die geistig Armen« schrieb Michael auf die Flicken von Renés Lieblingsjeans. Sie traute sich nicht zu fragen, ob Michael sie für einfältig hielt, weil sie wortkarg war.

Michael besaß zwei Schallplatten. Sein Glaubensbekenntnis bewahrte die Single »Born to be wild« von Steppenwolf. Er tanzte gerne dazu. Dann drehte er den Hard-Rock-Song laut, bog seinen Oberkörper wild nach hinten, sperrte mit aufgerissenen Augen den Mund in stummer Ekstase auf, fuchtelte dabei mit den Armen in der Luft herum, während er seinen Kopf den Rhythmus ignorierend hin und her warf. René verunsicherte Michaels wilde Aufführung, weil sie es unpassend fand und seltsam anziehend zugleich, wie Michael sich hemmungslos zur Schau stellte und dabei unvorteilhaft aussah.

Michaels andere Schallplatte spielte das Märchen von der kleinen Meerjungfrau ab. Immer wieder hörte er es mit seiner stillen Freundin. Dabei lagen die beiden dicht umschlungen auf seinem Bett und hielten sich an den Händen. Warum die kleine Prinzessin der Meerhexe ihre Stimme im Tausch gegen zwei Beine schenkte, die sie zu ihrem Prinzen tragen sollten, verstand René gut. Die Tochter Neptuns lässt ihre Familie und ihre vertraute Welt zurück, erträgt große Schmerzen, um der Stimme ihres Herzens zu folgen. Aber ihre Qualen werden belohnt. Die stumme Schönheit wird vom Prinzen erhört und er nimmt sie zur Frau. Bis ans Ende ihrer Tage leben die beiden glücklich und in Frieden. Nachts kommen die Geschwister der Nixe an den Strand, sie lauschen dem Gesang der Schwester. Der Vater kommt nicht. Der Schmerz, den er beim Anblick der Tochter empfinden würde, wäre zu groß.

»Wie wäre es, wenn ich ganz zu dir komme?«, murmelte Michael errötet zwischen zwei Küssen.

»Ich will kein Baby bekommen!«, stammelte René ängstlich und wunderte sich, was sie da sagte. Sie hoffte inständig, ihr geliebter Michael möge verstehen, dass sie seinen Wunsch noch nicht erfüllen konnte. Ihre katholische Erziehung hielt Sex mit Fünfzehn für unschicklich. Vor allem aber war sie überzeugt, mit ihr stimme da unten etwas nicht. So sehr sich René auch bemühte, es gelang ihr nicht, ein Tampon einzuführen. Wie sollte da ein großer Penis hineinpassen? Dem Frauenarzt vertraute sie sich nicht an, denn er würde bestimmt bei ihren Eltern anrufen. Erst als René volljährig war, wurde ihr Hymen entfernt, das ihre Vagina fast vollständig verschloss. Bis zu Michaels Frage hatte René noch nicht über Sex nachgedacht. Das war eine große Sache. Ihre Mutter hatte heiraten müssen, weil sie ungewollt mit Christian schwanger geworden war. Sex und die Berührungen, mit denen Michael und sie sich beschenkten, waren etwas vollkommen Verschiedenes. René hatte keine Ahnung, dass die rhythmischen Bewegungen ihrer Vagina und die warme Energie, die ihren Körper in Wellen durchströmte, multiple Orgasmen waren. Für René war es das Schönste, was sie je gefühlt hatte. Aber all das verschwieg sie ihrem Prinzen aus Scham.

Michael war ein erfahrener Liebhaber für seine sechzehn Jahre und bereit zu erkunden, welche lustvollen Erlebnisse auf ihn warteten, wenn er in die tiefen Geheimnisse der Weiblichkeit vollends eindrang. Die Mädchen auf seiner neuen Schule sahen das wie er, besonders Sybille, die schon Erfahrungen hatte. Sie war zwei Jahre älter als Michael und eroberte ihn im Handumdrehen. Zu groß waren seine Neugier und sein Verlangen. Drei Monate nach ihrem ersten Kuss gestand Michael unter Tränen seine neue Liebe und machte mit René Schluss.»Ich habe das nicht gewollt. Sybille hat mich verführt!«, entschuldigte er sich bei seiner Prinzessin. René weinte stumm.

»Bitte weine nicht, ich kann es nicht ertragen, wenn du traurig bist. Wenn du an meiner Seite bist, möchte ich ein besserer Mensch sein, das habe ich noch nie erlebt. Können wir bitte Freunde bleiben?«, flehte Michael mit zerknirschtem Gesicht und ließ Renés Hand nicht los.

René wunderte es nicht, dass eine andere begehrenswerter war als sie. Was hatte sie schon zu bieten? Nie zuvor hatte sich jemand für sie interessiert. Sie blickte auf ihre Hand, die in Michaels lag. Die Vorstellung, er könne das nie wieder tun, stach wie die tausend Messerstiche, die ihre kleine Meerjungfrau bei jedem Schritt erlitt. »Lass uns Freunde bleiben«, flüsterte sie tapfer.

Am Tag danach tropften Renés Hoffnungen und Pläne aus der Wunde, die Michaels Worte gerissen hatten. Schluss. Wieder und wieder legte sie den Finger hinein, ihr blutendes Fleisch tötete ihre Hoffnung. Das Unmögliche war geschehen, ihre wunderbare Meerjungfrauenwelt hatte sich in Meerschaum aufgelöst. In ihrem Rückenmark schmerzte neongrell die Sehnsucht nach Michael. René war eifersüchtig auf den Wind, der durch sein Haar streifte, auf den Regen, der sein Gesicht benetzte, die Erde, die ihn trug, und den Mond, der seine Nächte erhellte, sie alle waren ihm so viel näher, als sie es durfte. Sie versteckte sich hinter einem Strauch und beobachtete, wie er das Haus verließ. An seiner Hand hielt er Sybille, die beiden küssten sich und in ihrem Lachen verschwand die Welt. Obwohl René ihm nur das Beste wünschte, schmerzte sie am meisten die Art, auf die Michael ohne sie glücklich war. Sie musste ihre bleischweren Tage zählen, um nicht von ihnen erdrückt zu werden. René hatte ihre Stimme für Michael gegeben, vorbehaltlos ihre Nacktheit verschenkt. Aber er hatte seine Prinzessin verstoßen und sie damit zum Tode verurteilt. Verloren sank sie tiefer in den Graben gefüllt mit ihren salzigen Tränen. Finstere Einsamkeit umschloss René. Mechanisch ließ sie in das Küchenbecken Wasser ein und nahm das scharfe Brotmesser zur Hand. Sie wollte aufhören zu fühlen und sehnte sich nach dem Augenblick, wenn sich ihr Blut mit dem Wasser verbinden würde.

Gerade als sie zum Schnitt ansetzen wollte, flog die Tür auf. Christian begriff sofort. Entsetzt bohrte sich sein Blick in Renés leere Augen. Langsam nahm er das Messer aus ihrer Hand und zog den Stopfen. Das Wasser lief gluckernd ab. »Atme! Du kannst jeden gottverdammten Kerl da draußen haben! Du musst einfach weiteratmen!«, brüllte Christian so laut er konnte und schüttelte sie an den Schultern, bis seine Angst nachließ, die geliebte Schwester zu verlieren.

René tauchte aus ihrer Tiefe auf und schnappte nach Luft. ›Liebe ist Leben!‹, durchzuckten sie die Worte, ohne dass sie deren Bedeutung ergründete. Aber René fand Trost in dem warmen Gefühl, das sie wieder durchdrang. Drinnen gab es eine freudige Kraft, die sie trug.

Selbst Renés Vater stolperte über die von Liebeskummer geschwollenen Augen seiner Tochter. Ganz und gar gegen seine Gewohnheit blieb er auf der Treppe neben ihr stehen und sagte streng: »Du musst stark sein, dann geht das vorbei!«

René beherzigte den Rat ihres Vaters ihr Leben lang.

Es war Camilla, die René zur Seite stand. Sie und Michael waren Klassenkameraden seit der Grundschule und gute Freunde. Nächtelang tauschten sich die Freundinnen über Beziehungsprobleme aus. Aber vor allem machten sie eins: laut und herzlich zusammen lachen.

Von Camilla erfuhr René, was Michael machte und wie es ihm ging. So vermied sie es, ihm und der Neuen zu begegnen und fühlte sich Michael nah, wenn sie hörte, dass er einen Motorradausflug gemacht oder einen Mathematikwettbewerb gewonnen hatte. Obwohl René eifersüchtig war, dass es ihm gut ging – ohne sie.

»Ich weiß wirklich nicht, was Michael an der eingebildeten

Bohnenstange findet. Olli und die anderen finden das auch. Letzte Woche waren wir nach dem Kino im Biergarten. Das war ihr nicht schick genug! Und was macht Michael? Er entschuldigt sich und entschwindet grinsend mit der feinen Dame.«

Natürlich teilte René die Abneigung gegen die Neue. Doch es wäre ihr lieber gewesen, Michael hätte sie wegen einer Wonderwoman verlassen. Sie hätte sich weniger unzureichend gefühlt.

Familie Beckmann lebte zehn Jahre in dem blitzsauberen Reihenhaus. Mit den Nachbarn hatte es Probleme gegeben. Das wollte Friedhelm seiner Edeltraud nicht weiter zumuten und baute ein neues Haus, eine blitzsaubere Villa am Ortsrand. Die war allerdings größer als Friedhelms Geldbeutel. Bei der Bank und von seiner Mutter lieh er sich Geld. Das Guthaben von den Sparbüchern der Kinder, auf die Omama monatlich kleine Beträge einzahlte, nahm er auch. Um Erlaubnis fragte er seine Kinder nicht. Als Friedhelm feststellte, dass die monatlichen Raten zusammen mit den übrigen Ausgaben seine Einnahmen überstiegen, sparten die Eltern an den Kindern. Schließlich würden die das Haus einmal erben.

Seit ihrem sechzehnten Lebensjahr ging René nach der Schule und in den Ferien arbeiten. Von ihrem Gehalt kaufte sie ein neues Bett, Kleidung und Essen. Letzteres gab es im Haushalt der Eltern im Überfluss, doch René genoss das Gefühl, niemandem zur Last zu fallen. Sie war die Tochter von Besserverdienern, die über ihre Verhältnisse lebten und den Müllmännern zu Weihnachten eine Flasche Wein auf das Müllhäuschen stellten, damit es niemand bemerkte. Was die Leute dachten, war wichtig. René lebte im besten Viertel der Kleinstadt und kam als Schülerin für ihren Lebensunterhalt auf. Einmal vertraute sich René ihrem Lehrer an, der empfahl, die Eltern auf Unterhalt zu verklagen. Diesen Vorschlag fand René ungeheuerlich. Sie hasste die Villa, in der sie lebte. Das Haus ist an allem schuld, davon war René überzeugt. Es war einfach zu groß. Gäbe es dieses Haus nicht, würden sich die Eltern nicht wegen Geld streiten. Der Vater müsste nicht so viel arbeiten und die Eltern würden sich um René und ihre Geschwister kümmern. Ohne dieses Haus wären sie eine glückliche Familie. Manchmal ist ein Blick auf die Wahrheit mehr, als wir ertragen können.

Je älter Renés Mutter wurde, desto mehr litt sie an Krankheiten. Mit Fünfzig waren ihre Knochen porös, der Rücken schmerzte, die Blase war oft entzündet, das Herz schmerzte und die Migräneattacken häuften sich. Auch Friedhelm gingen die Ideen aus, wie er das Leiden seiner Frau mildern könnte. »Fahr mich zum Arzt!«, befahl die Mutter eines morgens und riss die Rollläden in Renés Zimmer hoch. Gerade hatte René zu ihrem achtzehnten Geburtstag den Führerschein bestanden. Zur gleichen Zeit war sie aus der katholischen Kirche ausgetreten. Seitdem sprach ihre Mutter nur noch mit ihr, um Anweisungen zu geben.

Wortlos gehorchte René und chauffierte die Mutter in ihrem Käfer zum Arzt. Als sie das Behandlungszimmer verließ, presste Edeltraud mit Grabesstimme durch die fest zusammengebissenen Zähne hindurch: »Du bist schuld!«

»An was?« René richtete sich erschrocken auf ihrem Stuhl im Wartezimmer auf.

»Du bist schuld an meinem Herzinfarkt!« So nagelte Edeltraud ihre Tochter mit Worten an das Kreuz. Bevor die Mutter ihr Werk vollendete, riss sich René los und rannte blutend aus der Praxis.

Bei ihrer Freundin Camilla sackte sie schluchzend auf dem Küchenstuhl zusammen. »Nie wieder geh da hin! Ich rufe meinen Vater an. Wenn er das nicht richtigstellt, bin ich weg!«

Zitternd wählte sie die Nummer ihrer Eltern. Das Telefon klingelte lange, bis der Vater abnahm. »Du kannst nichts dafür. Du musst das verstehen, deine Mutter hatte einen stillen Infarkt. Heute Abend rede ich mit ihr. Komm nach Hause!«, bettelte ihr Vater.

Es war Camillas Mutter, die René in die Arme schloss, ihr über die langen Haare streichelte, bis ihre Tränen versiegten: »Wenn du es nicht mehr aushältst, bist du uns willkommen. Du kannst bei uns leben. Überleg dir das.«

Am Abend ging René nach Hause. Vor sich her trug sie die Laterne der Hoffnung. Die Kerze war fast niedergebrannt und die kleine Flamme zitterte. Der Vater hatte nicht mit der Mutter gesprochen. Da blies René das Licht der Laterne aus. Sie machte das Abitur wegen ihrer hervorragenden Leistungen ein halbes Jahr früher. Danach beschloss René auszuziehen und bat die Eltern um einen finanziellen Zuschuss. »Du hast hier ein Zimmer. Wenn du ausziehen willst, tu das. Wir geben dir nichts.«

Die Antwort hatte René erwartet. Sie arbeitete jedes Wochenende und an einem Abend in der Woche als Bedienung in dem Restaurant eines Sportflughafens. Die wohlhabende Klientel mochte die fleißige und freundliche Studentin der Germanistik, gab René gerne und viel Trinkgeld. Auch Camilla studierte Germanistik. Die Freundinnen besuchten die Vorlesungen gemeinsam.

Einige Monate später zog René aus dem Haus der Eltern aus. »Wir sind stolz auf dich, weil du so selbstständig bist!«

Die Mutter winkte zum Abschied sichtbar erleichtert, sich um ein Kind weniger kümmern zu müssen.

HINTER DEN SPIEGELN DAS WUNDER TREFFEN

Frisch geduscht stand René mit Ende Zwanzig im Ankleidezimmer und öffnete auf Zehenspitzen das kleine Dachfenster, denn es war heiß an diesem Julimorgen. Die Sommerbrise wehte herein und streichelte ihren Körper. Aus der Kommode zog sie einen nachtblauen Seidenslip, der mit goldenen Blüten bestickt war, und streifte ihn über die schlanken, langen Beine. Der Stoff kühlte ihre Haut. Mit dem passenden BH verhüllte sie ihre vollen Brüste. Langsam schritt René den Gang mit den Kleidern ab und wählte ein zur Farbe ihrer Wäsche passendes Outfit. Sie entschied sich für das schmal geschnittene Etuikleid in Blau und Schwarz und streifte es über. Vor dem Spiegel trug sie rubinroten Lippenstift auf, ihre langen dunklen Locken brachte sie mit den Fingern in Form. Danach schüttelte sie sanft ihr Lieblingsparfüm und benetzte Hals und Dekolleté mit dem Verschluss des Violett schimmernden Glas-Flakons. Exotische Blüten versprühten ihren sinnlichen Duft, Schmetterlinge wirbelten durch die Luft. Lächelnd trat René vor das Schuhregal und schlüpfte in die Sandalen in Schlangenleder-Design. Wie alle ihre Schuhe hatten diese einen flachen Absatz, obwohl René High Heels liebte. Aber sie war groß gewachsen und wäre lieber kleiner als ihre Mitmenschen. Ein Blick auf ihre klassische Armbanduhr zeigte, es war höchste Zeit loszufahren. Die mahagonifarben gebeizte Holztreppe knarrte unter Renés Schritten, sie hörte das Schnarchen von Claus aus dem Schlafzimmer. Leise packte sie ihre Tasche und zog die Haustür ins Schloss. Wie an jedem Tag zeigte sich René dem Wunder, auf das sie heimlich wartete, von ihrer schönsten Seite.

In ihrem dunkelblauen Fiat Sportcoupé mit Holzlenkrad und dem beruhigenden Geruch eines Vierteljahrhunderts Geschichte fuhr René los. Sie schob ihre Lieblings-Kasette in den Recorder und flehte mit Joe Cocker: »Unchain my heart!«. Im Sommer war der Himmel grün. Die Äste der Kastanienbäume an den Seiten der Ausfahrtsstraße waren einander entgegengewachsen und hielten sich innig umschlungen. Die Sonne blinzelte durch den Blätterbaldachin, Renè schloss die Augen und archivierte die Schönheit dieses Augenblicks. Eine kaum erklärbare Traurigkeit stieg in ihr hoch. Sie arrangierte sich, tat, was die anderen taten, heiratete einen Mann, der sie zum Lachen bringt, der sich wie sie fremd fühlt in der Welt. In ihrem Herzen aber pochte die Sehnsucht nach dem einen Menschen, ihrer fehlenden Hälfte, der Glaube an die Fähigkeit der Menschen, in Frieden zu leben und der Wunsch, die letzte Wahrheit zu ergründen.

René arbeitete als Texterin für die innovativste Werbeagentur der Stadt. Das eine Argument zu finden, das ein Produkt einzigartig macht, das Wesen der Dinge aus der Vielheit herausschälen, das war es, was René als Texterin antrieb. Hätte man sie beauftragt, das EINE Wort zu finden, die Mutter aller Wörter, es wäre LIEBE. Eine kurze Zeit hatte sie das Geschenk dieser Liebe geschmeckt, in den Armen ihrer Jugendliebe Michael. Doch damals war sie noch nicht bereit gewesen.

Wie jeden Morgen lief René schnellen Schrittes an der Empfangsdame vorbei und grüßte freundlich.

»Guten Morgen Frau Linde, von der Firma Bella hat ein Herr Rissler angerufen. Sie möchten sich bei ihm melden wegen der Headlines!«

»Ich weiß Bescheid, danke!«

Warum sie schwarze Löcher im Bauch spürte, obwohl sie am Ziel angekommen war, wusste René nicht. Als Mädchen saß René mit kerzengeradem Rücken am Schreibtisch und malte Blumenbilder mit Wasserfarben. Ein Schauer durchlief sie, wenn eine Blume aus dem Unterleib emporschwebte, das Kinderherz erfüllte, die Hand mit dem Pinsel führte und auf dem Papier erschien. Inzwischen musste sie die Wörter hinaus auf das Papier zerren. Wechseln die Erscheinungen im Laufe der Jahre lediglich die Gestalt? Die Faszination für die einzigartige Idee wich der Erkenntnis, es gäbe nichts Neues.

Das Großraumbüro der Texter befand sich im oberen Bereich der Agentur-Loft, die mit Blick auf die Skyline im Hauptgebäude einer ehemaligen Brauerei untergebracht war. Auf Renés Schreibtisch lag ein Zettel mit der Aufschrift »Brain Bullet«. René lächelte. Der Zettel war von Oscar Orloff, der schwäbische Creative Director war also mit ihrem Konzept für den Oper-Etat zufrieden.

René rief Herrn Rissler zurück und feilte den ganzen Vormittag an den Headlines. »Crazy Schocking! Guten Morgen, mein Stern!« Oscars Kopf lugte über den Sichtschutz neben Renés Schreibtisch. Wie schon seine Eltern, gehörte er zur Avantgarde der Werbeszene.

»Was meinst du?« René legte die hohe Stirn in Falten.

»Wann hast du endlich genug von dem langweiligen Reihenhaus samt Ehemann und führst das aufregende Leben einer genialen Texterin?«

»Gib es zu, heimlich läuft in deinem Kopfkino der Schmachtfetzen, der als Showdown dich und eine vollbusige Blondine im Cabrio zeigt, wie ihr unter grünem Himmel mit wehendem Brautschleier in die Zufahrtsstraße zum Reihenglück einbiegt.«

»Die Frau meiner Träume hat dunkle Locken, wie du weißt.«

Renés Wangen röteten sich, ihr war schwindelig wie bei einer ausgelassenen Walzerdrehung. »Oscar, ich muss heute früher gehen.« Sie beendete den Tanz. Was hätte sie einem Mann wie ihrem Chef zu bieten, er brauchte sie nicht.

»Gehst du Heim zu Schwammerl?«, erkundigte sich Oscar und strich grinsend mit dem Zeigefinger über seinen Clark Gable-Schnauzer.

René kramte in der Handtasche nach dem Autoschlüssel bis sie glaubte, ihre Gesichtsfarbe unter Kontrolle zu haben. »Schwammerl! Erinnere mich nicht an diesen Abend!« Sie schaute in Oscars dunkle Augen.

René und ihr Mann hatten sich vor einigen Monaten in einem französischen Szenelokal mit Oscar und dem neuen Kollegen Peter getroffen. Der Texter mit langen, blonden Haaren und Adoniskörper stammte aus einem bayrischen Hundertseelennest. Während des Essens besprachen sie Details für die Präsentation am nächsten Morgen. Beim Dessert berichtete Peter, wie er aufgrund von Maries Einladung, die in der Agentur den Spitznamen »das In-

Sekt« trug, bei einer Veranstaltung der Scientologen landete. Die Besprechung des Selbsttestes, zu dem man Peter einlud, endete für ihn mit einem lebenslangen Hausverbot. Darauf dozierte Claus über die Theorien der Scientologen. René spürte Oscars Knie an ihrem Schenkel.

Später nahmen sie einige Cocktails an der Bar. Peter und Claus unterhielten sich über den Filmklassiker »Citizen Kane« von Orson Welles. »A geh, du bist-d a Schwammerl! Hatten wir nicht alle eine schreckliche Kindheit?« Peter lachte und legte den Arm um Claus, der ziemlich betrunken war.

René vermutete, Peter spiele auf die Figur von Claus an, der in den letzten Jahren an Bauch und Oberschenkeln zunahm. Claus' Gesicht war noch immer schmal mit großen, blauen, von dichten schwarzen Wimpern umrandeten Augen. Voll und wohlgeformt waren seine Lippen und die Nase klassisch. Die dunklen Haare trug er kurz, kämmte sie nach hinten, was ihm dank seiner Geheimratsecken eine gewisse Ähnlichkeit zu Jack Nicholson verlieh. Später erfuhr René, dass Schwammerl »Weichei« oder »Dummkopf« bedeutet.

Peter bestellte ein Taxi und umarmte René zum Abschied. Kurze Zeit später brachen alle auf. Claus zog den Autoschlüssel aus der Hosentasche. »Bitte lass mich fahren!« René versuchte ihrem Mann den Schlüssel aus der Hand zu nehmen.

»Lass das, ich fahre!«

Widerworte waren wie üblich sinnlos. Besser sie blieb an seiner Seite, der Weg nach Hause war nicht weit. Mit einer tiefen Verbeugung hielt Claus seiner Frau die Beifahrertür des Alfas auf. Beim Losfahren quietschten die Reifen. »Seit wann läuft da was, zwischen dem Bayern und dir?«, brüllte er.

René zuckte zusammen. »Ich habe nichts mit Peter, er ist nur ein Kollege.«

»Verarsch mich nicht, ich weiß doch, was ich sehe! Wie er dich begrapscht! Und du drückst dich an ihn. Macht dich das geil? Gib es zu!« Mitten auf der Straße trat er das Bremspedal. René hing im Sicherheitsgurt.

»Verschwinde!« Claus beugte sich über seine Frau und stieß die Beifahrertür auf.

Die Stille roch nach nassem Asphalt.

René legte die Hand auf ihren Nabel, das schwarze Loch in ihrem Bauch wollte Claus verschlingen. Aber ihre Angst vor dem Alleinsein war zu groß und Claus brauchte sie. Selbstverständlich bereute er seinen Ausbruch, dass René nichts mit Peter habe, wisse er. »Meine Frau in den Armen eines anderen, dieses Bild brennt sich in meine Hornhaut, bis alle Vernunft ausgelöscht ist.«

Nach diesem Abend machte Claus keine weiteren Ausflüge in die Werbewelt. Dafür häuften sich die Vorwürfe, wenn seine Frau abends aus der Agentur kam.

Heute war René bereits mittags auf dem Nachhauseweg von der Agentur. In der Stadt hielt sie an und kaufte auf dem Markt für das Abendessen ein. Auf dem Rückweg zum Parkplatz kam sie an dem kleinen Kloster mitten in der Stadt vorbei. Eine Sehnsucht nach zu Hause überkam sie. Mit dem Korb in der Hand stieg René die Stufen zur Kirche empor. Auf Zehenspitzen schlich sie nach vorne und nahm in der Reihe vor dem Altar Platz. Ein gewaltiges Holzkreuz hing hinter dem geschnitzten Altar. Der Duft von Weihrauch erfüllte die schmucklose Andachtsstätte.

Wieviel größer und prächtiger war der Dom gewesen, den sie Sonntag für Sonntag an Großvaters Hand betreten hatte. Das Kinderherz pochte laut, wenn sie sich auf Zehenspitzen bemühte, dem Opa in ihren Lackschuhen lautlos zu folgen. René fühlte sich von den Klängen der Kirchenlieder gehalten. Ganz leise sang sie mit in der Gemeinschaft der Gläubigen, wenn im Mittelschiff das silberne Weihrauchgefäß wie ein Pendel hin und her schwang. Vielleicht würde der Leib Christi, den der Pfarrer in Form einer Oblate verteilte, ihre Sehnsucht nach etwas ganz anderem stillen. Sie verließ ihren Platz, als der Großvater anstand. Unbemerkt reihte sich das Mädchen in die Schlange der Gläubigen ein. Der Leib Christi schmeckte wie Vaters Oblaten, auf die er an Weihnachten den Lebkuchenteig verteilte. Aber kein Wunder geschah. Allerdings bestand der Pfarrer bei einem Hausbesuch darauf, dass die fünfjährige René unverzüglich zur Kommunion gehen müsse, da sie ohne dieses Sakrament den Leib Christi verspeiste.

Bei ihrer Firmung fragte sie den Pfarrer, was sie tun solle, wenn sie das Glaubensbekenntnis sprechen müsse, aber den Inhalt nicht glauben könne und erhielt die Antwort, sie solle es eben leise sprechen. So kam René zu dem Schluss, die Kirche konnte kein Ort der Wahrhaftigkeit sein und trat mit ihrer Volljährigkeit aus.

Geborgen fühlte sie sich noch immer im Weihrauchduft. Sie liebte die mächtigen Worte der Bibel und ihre Erhabenheit. Sie halfen gegen das Elend ihrer Welt. René bekreuzigte sich, stand auf und zog ihr Kleid zurecht. Die Handwerker hatten sich für heute angekündigt.

»Tag, Frau Linde!«

Mit dieser Begrüßung schwebte die Spiegelwand vor ihrer Tür. Zwei Handwerker in strahlend weißen Overalls mit einem Schmunzeln im Gesicht trugen sie ins Haus.

René spitzte ihre Lippen, ihre Augen wanderten zwischen den Männern hin und her, streiften den mächtigen Spiegel in der Mitte. Das eigene Abbild ignorierte sie. Mit an der Rückwand befestigten Magneten balancierten die Mitarbeiter der Glaserei Wolf den Spiegel in Hüfthöhe.

»Kommen Sie herein!« René gab mit einer freundlichen Geste den Weg für die Besucher frei. Zwei Grübchen auf ihren Wangen erhellten das schmale Gesicht mit Elfenbein-Teint. Lächelnd verlor René ihre Unnahbarkeit.

Aus dem Wohnzimmer erklang Verdis Frühling. Die Männer tänzelten mit der zerbrechlichen Fracht durch den Flur. Noch bevor das Sommergewitter mit seinen virtuosen Tonleitern den Übergang in den Herbst einleitete, waren die Wände der Essecke vom Boden bis zur Zimmerdecke verspiegelt. Leichtfüßig beseitigten die Handwerker alle Arbeitsspuren und traten ab.

Die Begrenzungen des Essbereiches waren aufgehoben. René nahm jede Bewegung im Spiegel wahr. Die Le Corbusier-Ledercouch stand in einer Linie mit dem runden Esstisch aus rotem Granit und den sechs Hochlehner-Stühlen. Im gesamten Wohnzimmer schaute sie einen Film über sich selbst. ›In welches Genre gehört der Streifen? Drama? Komödie? Applaudieren die Zuschauer oder gähnen sie am Ende hinter vorgehaltener Hand?‹

Ihre Augen suchten Ruhe vor der Frau im Spiegel, atmeten die Aussicht in den Garten des Reiheneckhauses ein. Eine Laubhecke umschloss das Grundstück, lediglich zum Garten von Herrn

Grebitz und seiner Frau war der Ausblick offen. Schauten die Lindes aus den vorhangfreien, wandbreiten Wohnzimmerfenstern oder saßen auf der Naturstein-Terrasse ihres Hauses aus den Vierzigerjahren, wohnten sie im Grünen. Eine efeubewachsene Mauer trennte sie von der Nachbarterrasse und den übrigen Reihenhäusern am Ende der Sackgasse. Wer in diesem Stadtteil lebte, war in Beschaulichkeit zuhause und genoss eine Viertelstunde später die Vorzüge der Stadt.

Hätte man René vor vier Jahren gefragt, ob sie in einem Reihenhaus leben wolle, sie hätte die Stirn gerunzelt, den Mund verzogen, dazu den Kopf geschüttelt und mit ihrer warmen Stimme ein entschiedenes »Nein!« nachgeschoben. Überrascht über diese Heftigkeit hätte sie verlegen nach unten geschaut, um darauf ihre dunklen Locken mit einer kleinen Bewegung nach oben aus dem Gesichtsfeld zu befördern. Einen Wimpernschlag später wäre der Betrachter in dem grau-blauen Strudel ihrer Augen versunken. Trotz ihrer Sanftheit zeugten diese von Wissen und Stärke. Von Zeit zu Zeit meinte René Bewunderung im Gesicht ihres Gegenübers wahrzunehmen und vermochte diese nicht zu deuten.

Ein Reihenhaus war für sie damals ein Denkmal der Kleinbürgerlichkeit, gemauert aus der Scheinheiligkeit, den geplatzten Lebensträumen und dem beständigen Sich-Fügen seiner Bewohner.

Für Claus lagen die Vorteile auf der Hand. »Schatz, wenn wir ein wenig Zeit und Geld in das Objekt stecken, werden wir es in ein paar Jahren mit erheblichem Gewinn verkaufen. Das ist eine Chance. Die Eigentümerin ist eine Freundin meiner Mutter. Im Preis kann ich Frau Bodensohn noch drücken. Lass uns das Haus nach dem Essen anschauen.«

René wusste, seit welchem Moment ihr Mann Geld als die Antwort auf alle Fragen betrachtete. Es war sein Freund, der Jazzmusiker Gordon Miller, der ihm morgens um Drei beim letzten Glas Whiskey erklärte: »I had money and I had no money. And believe me, my friend, with money was much better.«

Claus schrieb sein Glaubensbekenntnis auf einen Zettel und rahmte ihn. Das Bild hing an der Wand über seinem Schreibtisch im viktorianischen Stil, vor dem der gut erhaltene Holzsessel eines

Barbiers mit grünem Ledersitz stand.

René hatte erlebt, was die Droge Geld aus Menschen machen konnte. Bei dem Gedanken daran verlor sie die Kontrolle über ihre Gesichtszüge, der Körper glühte. Laut schluckend zwang sie die hinaufschießende Lava nach unten, versiegelte die Magmakammer der Erinnerungen. Langsam verkroch sich die Hitze in ihrem Inneren. Eine Propellermaschine zog ein Banner vorbei mit der Aufschrift »Ich will das nicht!«. Angestrengt blinzelte sie die Fata Morgana weg. »Okay, lass uns das Haus anschauen.« Sie zog die Mundwinkel nach oben und wusste, dass Claus ihre schauspielerischen Talente bestenfalls mit »noch ausreichend« bewertete.

Eine schwarze Zigarettenspitze steckte zwischen seinen makellosen Zähnen. Genüsslich zog er daran. Beim Ausatmen blies er den Rauch über den Kopf seiner Frau hinweg. »Ich weiß, ich weiß«, raunte er und ergriff Renés Hände. »Ein Reihenhaus ist auch nicht mein Traum, aber von dem Geld, das wir damit machen, kaufen wir das Haus, das du möchtest. Ich kann die alte Villa mit Stuckdecken und einem Kirschbaum im Garten vor mir sehen.«

An diesem Abend besichtigten sie die renovierungsbedürftige Bühne ihres zukünftigen Lebens.

In einer Bar hatten sie sich vor sechs Jahren kennengelernt. Claus besuchte eine Schauspielschule. Der Mut, sich vor Unbekannten auf einer Bühne zu offenbaren und das Selbstbewusstsein, das eigene Wirken als Kunst zu verstehen, beeindruckten René. Viele Männer interessierten sich für sie. Doch René war überzeugt, den Ansprüchen der Bewerber nicht zu genügen. Was, wenn jemand in ihr Herz schaute und sah, dass sie es nicht wert war. So suchte sie das Gefühl, gebraucht zu werden. In ihrer ersten Liebe Michael hatte sie sich erkannt. Doch das war lange vorbei. Ob es für die erste Liebe eine zweite Chance gab, bezweifelte René und bewahrte die Erinnerung daran wie einen Schatz auf, von dem sie vielleicht ihr ganzes Leben zehren würde. Claus suchte Bestätigung und Fürsorge. Beides schenkte sie ihm. Gemeinsam besuchten sie Antiquitätenmärkte und stöberten stundenlang nach alten Möbeln. Beide liebten die Literatur. Mit Engagement spielte René ihre Rolle in seinem Stück und applaudierte dem Regisseur an den richtigen Stellen. Freudig nährte sie das Glück, das sie in den Augen von

Claus sah. Ihre Freundin, mit der sie zusammenwohnte, zog zu ihrem Partner und heiratete. Auch andere Freunde heirateten. So zog René zu Claus und die beiden heirateten. Claus brachte sie zum Lachen und liebte dieses explosionsartig aus seiner Frau herausschießende Geräusch. Als Claus' Selbstbewusstsein die Kritik seines Schauspiellehrers unangemessen fand, verließ er die Schauspielschule. Zusammen mit einem Freund verfasste er Theaterstücke. Sein Schauspieltalent, seine Fähigkeit andere zu unterhalten, sein Allgemeinwissen, seine Freude an schönen Dingen, sein Charme und sein Mangel an Verantwortungsbewusstsein machten Claus zu einem erfolgreichen Immobilienmakler. Wenn René abends nach Hause kam, begrüßten sie Claus, der in Jogginghose und T-Shirt auf dem Sofa vor dem Rückprojektionsfernseher mit Kinoeffekt lag, ein Stapel Videokassetten, einige Bücher sowie leer gelöffelte Fünfhundert Gramm-Becher mit Joghurt ohne Geschmack. Verärgert über die Unordnung und zufrieden, eine Aufgabe zu haben, räumte sie auf und bereitete das Abendessen zu. Sie waren ein gutes Team.

Seit sie in dem Reihenhaus lebten, liebte René ihren Hobbyraum, wie sie die Küche mit den weißen Schränken, Arbeitsplatten in grauen Granit und dem Fünfzigerjahre-Kühlschrank nannte. Auf dem Markt hatte sie heute extralange Streichhölzer erstanden. Sie entfachte den Gasherd damit. Jede Zelle ihres Körpers genoss das Ritual. Das Wasser für die Pasta räusperte sich. René deckte den Tisch im Wohnzimmer und entkorkte den Rotwein. Das Gluckern des Rotweins, der sich in den Art Deco-Dekanter ergoss, steigerte ihre Vorfreude. »Ich bin zufrieden«, beschwindelte René ihr Ebenbild in der Spiegelwand, als sie das Werk der Handwerker bewunderte. Zum Geklacker der Absätze auf den rosé-weißen spanischen Fliesen im Flur wiegte sie ihre Hüften.

Zurück in der Küche sog sie den Duft des Rucolas ein, den sie unter fließendem Wasser reinigte. Sie kühlte mit der nassen Hand das Dekolleté, das Thermometer war auf über dreißig Grad geklettert an diesem Julitag. Knoblauchzehen, eine Handvoll Pinienkerne, Anchovisfilets und frisch geriebenen Parmesan legte sie zusammen mit dem Rucola in die Küchenmaschine und pürierte die Zutaten für das Pesto. Die grünen Tagliolinis ließ sie in das kochende Wasser gleiten. Langsam goss sie das dickflüssige, kalt-gepresste Olivenöl durch die Einfüllöffnung in die laufende Küchenmaschine. Eine samtige, grüne Creme entstand. Um die Messer herum bildeten sich Ölpfützen, die sie langsam mit einem Spatel unter die Creme rührte. Schließlich gab sie einen Esslöffel Ricotta in die Schüssel und pürierte alles noch einmal kurz durch. Dann füllte sie das Pesto in die buntgeblümte Schüssel, ein Mitbringsel aus dem letzten Toskanaurlaub.

Der Motor des Alfas heulte draußen auf.

Mit einem Kuss auf die Lippen begrüßte sie Claus, der ihr mit beiden Händen an den festen Po fasste. »Heute gibt es Tagliolini al Pesto amaro«, sang René in sein Ohr, schlang die Arme um seinen Hals und entwand sich lachend seinem Griff. Wie gerne wäre sie die Frau, die sie für ihren Mann spielte.

»Die Nudeln müssen raus«, entschuldigte sie sich. René zog das Kleid zurecht und ging in die Küche.

»Bitteres Pesto«, übersetzte Claus, »mit süßem Nachtisch? Er pfiff hinter ihr her.

»Die Spiegelwände sind montiert. Schau sie dir an, das Wohn-zimmer sieht wunderbar aus.«

René stellte die Schüssel mit dampfenden, in Pesto getränkten Nudeln auf den Esstisch. Die silbernen Platzteller mit den Ess-tellern aus weißem Porzellan, die Servietten mit dem Silberbesteck und die Rotweingläser waren perfekt platziert. Zufrieden ergriff sie die Streichholzschachtel. Mit einem Arm umfasste Claus von hinten seine Frau, mit dem anderen schenkte er Rotwein ein. Wort-los nahm er ihr die Zündhölzer aus der Hand. Er musterte Renés überraschtes Gesicht mit den leicht geöffneten Lippen und sein Ebenbild im Spiegel. Claus stellte den Dekanter ab. Sein kräftiger Schenkel schob sich zwischen ihre Beine und spreizte sie. Seine Finger streiften die zarte Haut ihrer Schenkel, verschwanden unter dem Saum ihres Kleides und drangen in sie ein. Schnurrend kreis-ten ihre Hüften um die Bewegungen seiner Hand. Sie stützte sich auf dem Tisch ab. Claus schob das Kleid bis zum Rücken hoch und zog den Slip aus nachtblauer Seide zur Seite. Im Spiegel beobach-tete René, wie Claus auf ihren Po starrte. Der Gürtel seiner Hose schlug auf dem Boden auf. Claus nahm seine Frau von hinten. Seine Stöße waren hart, er stöhnte. Ihre Schenkel stießen gegen den

Tisch, das Geschirr klirrte. Die Leidenschaft des Mannes im Spiegel erreichte René nicht. Stattdessen dachte sie an die Headlines für die morgige Präsentation. Der Samen des Mannes im Spiegel ergoss sich in René. Schwer lag sein Oberkörper auf ihrem Rücken. »Das war eine Vorspeise nach meinem Geschmack«, flüsterte Claus, sein Atem drang heiß und feucht in ihr Ohr.

»Der Wein ist trocken und trotzdem leicht«, bemerkte René artig und stellte das Glas ab. Prüfend schaute Claus sie an, der sich zum dritten Mal nachschenkte und Zustimmung nickend die Nudeln verschlang.

»Schatz, mit deinem Pesto amaro kannst du auftreten«, lobte er mit vollem Mund und schluckte laut. »Stell dir vor, als ich heute Mittag nach Hause kam, stand bei den Clarks ein Pferd im Wintergarten! Kurz darauf tauchte Anne auf und führte den Schimmel mit dem Zügel in der einen und einem Bund Möhren in der anderen Hand hinaus in den Garten! Sie habe etwas Essen geholt, bevor sie Jim wieder auf die Koppel bringe, erklärte sie, das Pferd sei durchgebrannt.«

Familie Clark wohnte in einem Mittelhaus in der Reihe vor den Lindes. Von der Haustür und dem Küchenfenster aus schauten sie in den verwilderten Garten der Clarks. Der hausbreite Wintergarten mit weißen Rahmen war durch eine Treppe mit dem Garten verbunden. James Clark war ein texanischer Professor für Literatur mit schulterlangen, grauen Haaren und einer untersetzten Figur. Selten sah man den kleinen Mann draußen. Mit seiner Frau Lotte zog er vier Töchter groß, von denen inzwischen nur noch Anne bei den Eltern lebte. Ein Austausch mit den Clarks, die ihr sympathisch, aber wesensfremd waren, interessierte René nicht. Es waren Lotte und Claus, die miteinander plauderten. »Heute Vormittag, als du arbeiten warst, fragte mich Lotte, ob sie unser Haus ansehen dürfe. Du weißt doch, sie war mit Frau Bodensohn befreundet. Ich bat sie herein. Lotte war sprachlos, was wir aus dem Haus gemacht haben. Die bleierne Verzweiflung, die über allem gelegen habe, sei verschwunden. Carl Bodensohn war Alkoholiker und die Ehe der beiden soll eine Katastrophe gewesen sein.«

»Das erklärt vieles.« René erinnerte sich an die Traurigkeit, die sie empfand, als sie das Reihenhaus zum ersten Mal betrat.

Vielleicht waren es nicht nur ihre Erinnerungen, die sie damals niederdrückten.

»Dieses Haus ist unser Zuhause«, verkündete sie stolz.

Claus drückte die Hand seiner Frau. »Meine Eltern haben uns Samstag zum Essen eingeladen!«

»Wow, die erste Einladung ins Haus deiner Eltern nach sieben Jahren. Was ist passiert?«

»Eine Überraschung erwartet uns, meinte meine Mutter.«

Kriemhild Linde war der Überzeugung, die Jungen sollten ungestört leben. Was sie nicht daran hinderte, regelmäßig Essen für den fast dreißigjährigen Sohn vor die Haustür zu stellen. Eine Einladung bewertete sie bisher aber als Grenzübertritt. René kannte Kriemhilds Speiseplan, der aus deutscher Hausmannskost mit jeder Menge Fleisch bestand. Ansonsten machte sie sich kaum Gedanken über die Schwiegereltern. Sie schätze deren Unabhängigkeit. Ihre Eltern waren anders. Die regelmäßigen, telefonischen Leidens-Updates ihrer Mutter erschöpften René, beschäftigten sie tagelang.

»Ich muss heute noch ein Inserat für eine Immobilie formulieren. Ich werde auch unseren Fernseher verkaufen. Ich möchte nicht länger Bilder konsumieren.«

»Von mir aus. Ich bekomme das Ende der wenigsten Filme mit. Dann schlafe ich ab jetzt nach ein paar Buchseiten ein.« Sie zuckte die Schultern.

Claus hatte seine Begeisterung für Verschwörungstheorien und Geheimbünde entdeckt. Im Wohnzimmer stapelten sich Bücher über die Illuminaten, Kreuzritter, Freimaurer und Werke von Aleister Crowley oder Madame Blavatsky.

»Ich weiß, du bist heilfroh, deine katholische Kindheit überlebt zu haben, aber ich glaube, dieses Büchlein ist etwas für dich.« Mit diesen Worten und seinem charmantesten Grinsen hatte er seiner Frau vor einigen Tagen den Kult-Klassiker »Cosmic Trigger« von Robert Anton Wilson überreicht.

An diesem Abend klappte sie das Buch zu und legte es auf die Brust. Eine Weile lag sie still, dann wandte sie das Gesicht Claus zu. Der lag neben ihr auf dem Sofa und verfasste eine Anzeige für ein Zweifamilienhaus. Seine Füße waren unter dem Kissen vergraben, auf dem Renés Kopf lag. »Seite für Seite befreit dieses Buch mit Humor den Geist von seinen Begrenzungen. Ein bewusstseinserweiterndes Leseerlebnis.« Sie wackelte mit dem Kopf wie eine indische Tempeltänzerin und rollte breit grinsend die Augen. »Ich danke dir. Mir ist klar geworden, wie sehr mein Denken durch persönliche und kulturelle Konzepte beschränkt ist. Sind wir am Ende Gefangene unseres Verstandes?«

Sie krabbelte an das andere Ende des Sofas und schlüpfte in den Arm ihres Mannes. Der gab ihr einen Kuss auf die Schläfe. »Was habe ich für ein Glück, eine so intelligente Frau zu haben. Ich liebe dich.«

»Schau mal, die Anzeige dort.« René deutete auf ein Inserat in der Zeitung, die auf dem Bauch von Claus lag. »Wer die Wahrheit entschlüsseln will, muss sich selbst auf den Weg der Wahrheit begeben. Schule des Goldenen Rosenkreuzes.‹ Die laden zu einem Informationsabend ein am Samstag. Da möchte ich hingehen!« Vielleicht lag es an dem Buch, das sie gelesen hatte. Plötzlich hörte sie wieder die bohrenden Fragen: Wer bin ich? Warum bin ich hier? Was ist meine Aufgabe in dieser Welt? Warum bin ich nicht zufrieden damit, Geld zu verdienen und Erfolg zu haben. Und an diesem Abend vernahm René den Ruf zur Gralssuche und machte sich auf den Weg der Wahrheit.

»Okay, besuchen wir die Veranstaltung.« Claus lächelte. »Die Rosenkreuzer sind eine Geheimgesellschaft. Deren Wurzeln reichen bis in das siebzehnte Jahrhundert zurück. Ihr Symbol ist ein Kreuz mit einer goldenen Rose in der Mitte.«

Unter den Text der Immobilienanzeige kritzelte er eine Zeichnung davon. »Sie stehen für die Kunst Gold zu machen und gehen auf die Alchimisten im Mittelalter zurück. Mich wundert, dass sie an die Öffentlichkeit treten. Wer weiß, vielleicht sitzen wir alle in einem Zug, der mit hoher Geschwindigkeit in den Abgrund rast?« Claus hob seinen Arm und ließ die Hand auf Renés Bauch hinabfahren.

Die lachte auf. »Du mit deinen kryptischen Sprüchen. Lass uns schlafen gehen, ich bin entsetzlich müde«, flehte René und versuchte erfolglos sich zu entziehen.

Im zweiten Stockwerk befanden sich das Schlafzimmer und ein Ankleidezimmer. René hatte das kreisrunde Bett aus den Fünfzigerjahren mit einer Umrandung in schwarzem Schleiflack liebevoll aufpoliert. Im Schneidersitz saß sie darauf, trank in kleinen Schlucken den Säureblocker gegen chronische Gastritis. Seit Tagen brannte wieder das Feuer in ihrem Magen.

»Muss das sein?«, fragte Claus vorwurfsvoll und deutete auf den Block mit Bleistift, der auf der Ablage neben Renés Kopfkissen lag.

»Morgen müssen wir die Kampagne für die Oper präsentieren. Mir fehlen zwei Headlines.« Sie klemmte die Decke zwischen die makellos langen Beine. Die Sommerhitze stand unter dem Dach. Mit einem Seufzer fügte sie hinzu: »Vielleicht fliegen sie mir in der Nacht zu.«

»Schlaf gut. Und viel Erfolg beim Stochern im Nebel mit der Erkenntnisstange.« Claus wandte seiner Frau den Rücken zu. René wusste, wie gerne ihr Mann der Einzige wäre, der Vorteile aus ihrem Pflichtbewusstsein zog. »Bis Morgen, liebes Wunder«, sang sie ganz leise, bevor sie einschlief.

DER EINLADUNG ZUR HOCHZEIT FOLGEN

René spürte die Wärme auf dem Hinterkopf und Rücken, der Boden, auf dem sie kniete, war kühl. Mit geschlossenen Augen ruhte ihr Kopf zwischen den nach vorne ausgestreckten Armen, die Knie drückten gegen die Brüste. René wusste nicht, wie lange sie in dieser Stellung bereits verharrte. Vorsichtig reckte sie den Kopf, ein Lichtstrahl fiel auf ihr Gesicht. Langsam erhob sie sich, stand nackt in der Mitte eines Würfels mit gläsernen Wänden. Der Kubus schwebte im leeren Raum. Erhellt wurde er einzig von dem Licht, das seinen Weg durch die Öffnung in der Decke bis in Renés Herz fand. Ihr Brustkorb hob und senkte sich mit den Atemzügen. Alles war still. »Das Licht scheint in der Finsternis, und die Finsternis hat es nicht begriffen.«

Claus drückte sein Knie in ihren Rücken. Er schnarchte. Bewegungslos hielt René das Traumbild fest. Doch die Erinnerung an die gestrige Nacht bestand auf ihre Aufmerksamkeit. Mit geschlossenen Augen strich sie die zerzauste Lockenmähne aus dem Gesicht.

René und ihr Kollege Franz hatten gestern den Oper-Etat gewonnen. Agenturchef Bob gratulierte, Kanapees und Sekt wurden serviert. Claus nahm das Telefon nicht ab. Das war nicht ungewöhnlich, denn er ging oft allein aus. Als sie nach Mitternacht nach Hause kam, war es dunkel im Flur. Ihr Schlüsselbund klirrte auf der Ablage aus weißem Muranoglas. Im Wohnzimmer zerschellte Glas, auf dem Parkettboden polterten Claus' Schritte. Die Tür flog auf, er stürzte mit nach vorne geschobenem Kopf in den Flur. Die beiden Falten über seiner Nasenwurzel verwandelten sich in Schützengräben. Unter der Last seines Zorns quollen ihm die Augen aus dem Kopf, seine Nasenspitze stoppte vor der ihren. Sein Alkoholatem traf sie ins Gesicht. ›Muss er sich mit dem teuren Rotwein betrinken?‹ René fand diesen Gedanken kleinkariert, doch seine Auftritte entbehrten nicht einer gewissen Komik und es war einmal mehr ihr unerschütterlicher Humor, der ihr half, sich von der unangenehmen Situation zu distanzieren.

René biss sich in die Wangen. Nicht die Spur eines Lächelns sollte Claus in ihrem Gesicht vermuten. »Na, schönen Abend gehabt?«, artikulierte er mit übertriebener Mimik.

»Okay, ich bin spät. Tut mir leid. Ich habe versucht, dich zu erreichen.« Ihre Worte klangen mechanisch, es spielte keine Rolle, was sie vorbrachte.

»Ist ja ein Wunder, dass du dafür Zeit hattest. In deiner Mösenhose warst du sicher schwer beschäftigt, die Agenturhengste davon abzuhalten, dich zu bespringen!«, schrie Claus und deutete mit ausgestrecktem Zeigefinger auf den Schritt ihrer Stoffhose, der leicht einschnitt. »Warum ziehst du nicht in die Agentur zu Super-Bob oder dem Lederhosen-Looser Peter? Heidi und Peter, das Dreamteam vögelt auf der Alm!« Spucke lief aus seinem Mundwinkel.

Mit versteinerter Miene ging René nach oben. Sie verkroch sich in einen Winkel ihrer selbst. Doch auf halbem Weg blieb sie plötzlich stehen und drehte sich langsam um. Verachtung lag in ihrem Blick. »Noch ein Wort und ich mache genau das!«, stieß sie mit Entschiedenheit hervor. Dabei war René überrascht, dass sie ihrer Wut Ausdruck verlieh und verwundert über die Erleichterung, die sie dabei empfand.

Ein Zittern durchlief den Körper von Claus. Er schwieg. Ohne ein weiteres Wort wandte sich René ab und ging nach oben.

Im Bad starrte sie in ihr abgeschminktes Spiegelbild. ›Als hätte ich geweint‹, verwandelte sich ihr Zorn in Mitleid.

Renés Gefühle für Claus gingen nach anfänglicher Verliebtheit über eine freundschaftliche Verbundenheit nicht hinaus. Die Trauer über die Aussichtslosigkeit auf die Liebe seiner Frau waren es, die seine Wut und Eifersucht entfachten. René gab, was sie zu geben vermochte. ›In Freundschaft verbundene Gefährten, ist das nicht mehr, als die meisten Menschen in ihrem Leben finden?‹, wünschte René, Claus wäre mit einer platonischen Beziehung zufrieden und ging schlafen.

Als Claus ins Bett kam, stellte sie sich schlafend. Der Tritt in den Rücken am Morgen entfachte ihren Zorn aufs Neue. Der Stoff des nachtblauen Morgenmantels schmeichelte ihrer Haut. Barfuß schlich sie in die Küche. Zuhause bevorzugte sie die französische Art der Kaffeezubereitung. Dazu verwendete sie eine Mitte des neunzehnten Jahrhunderts erfundene Pressstempelkanne. In der zylindrischen Glaskanne, die in einer Edelstahlhalterung eingebettet war, übergoss sie das Kaffeepulver mit heißem, nicht kochendem Wasser. Nach wenigen Minuten rührte sie das Gebräu vorsichtig mit einem Holzlöffel um. Darauf drückte sie mit dem Stempel das engmaschige Sieb, das unter dem verchromten Deckel befestigt war, auf den Boden der Kanne und der Kaffeesatz wurde von der Flüssigkeit getrennt. Der auf diese Art gebrühte Kaffee war besonders aromatisch im Geschmack. Durch die kurze Brühzeit enthielt er wenig Gerbstoffe und war magenschonend. René goss ihr Lebenselixier in die altrosafarbene, französische Kaffeeschale mit weißen Innenwänden und krönte das Ganze mit frisch aufgeschäumter Milch. Der Duft erhob ihre Nase zum zentralen Wahrnehmungsorgan. Sanft pustete sie in kreisenden Bewegungen. Ein Café au lait durfte nicht zu heiß sein, damit er sein volles Aroma entwickelte. Weit davon entfernt, dass seine Berührung am Gaumen schmerzhaft war und noch lange nicht lau oder kühl, löffelte René den Milchschaum gemischt mit wenig Kaffee. Dann führte sie die Schale an ihre Lippen und schlürfte den milchig wunderbraunen Trank. Schluck für Schluck folgte sie seiner warmen Fährte und tauchte hinab in ihre Eingeweide. René atmete tief.

Mit der dritten Tasse Café au lait ging sie in ihr Zimmer und legte sich auf das graue Sofa mit dem weichen Stoffbezug. Ihre Zimmertür war verschlossen. Luciano Pavarotti schmetterte herzerweichend sein »Nessun dorma«, René blätterte in einer Modezeitschrift. Eingehüllt von der Musik, rieb sie genüsslich die Füße aneinander. Das Leben war wunderbar.

Die Schritte von Claus polterten auf der Treppe. Erschrocken wachte sie auf. Kurz darauf klopfte es an ihrer Tür. »René, Liebes, mach bitte die Tür auf. Es tut mir leid. Bitte.«

»Nein, danke. Lass mich in Ruhe!«, brummte sie verschlafen.

Claus ging zurück in sein Zimmer. Wenig später stand er erneut vor der Tür. Ein Stück Papier schoss durch den Schlitz. René hob einen Überweisungsvordruck auf, den ihr Mann in seiner unregelmäßigen, schwer lesbaren Schrift ausgefüllt hatte. »Ein nettes Wort, ein freundliches Lächeln« war als Verwendungszweck eingetragen, »René Linde - hellster Stern am Firmament« als Empfänger. »Fünf Küsse« lautete der Betrag. Als Absenderkonto stand »Philemon Eiche«. Eine Lachsalve sprengte Renés fest verschlossene Lippen. Sie drehte den Schlüssel im Schloss. Vor ihr stand Claus mit ausgebreiteten Armen, den Kopf leicht schief gelegt. Lächelnd machte er mit unsicherem Blick einen Schritt auf seine Frau zu und verbeugte sich tief. Sein rechter Arm war zur Seite gestreckt, der linke ruhte auf seinem Bauch. »Darf ich bitten, Gnädigste? Ein Versöhnungstänzchen?«

Claus übernahm die Führung zu Musettas Walzer aus La Bohème. »Warum Philemon Eiche?«

»Eine griechische Sage. Philemon und Baucis waren ein altes Ehepaar, das in tiefer Liebe verbunden war. Als die Götter in eine Stadt der Menschen kamen, erwiesen die beiden als einzige ihre Gastfreundschaft. Aus Dankbarkeit erfüllten die Götter ihnen den Wunsch, sich nie trennen zu müssen, so dass beide gleichzeitig starben. Am Ende ihres Lebens verwandelten sie sich in Bäume. Philemon wurde in eine Eiche und Baucis in eine Linde verwandelt.«

Eine Weile tanzten sie schweigend. »Das ist poetisch, ich danke dir.«

René legte die Arme um den Hals ihres Mannes und schmiegte ihren Kopf an seine Schulter. »Lass uns nicht wegen solcher Dummheiten streiten. Ich hätte lieber mehr freie Zeit. Aber in meinen Job gilt die Devise ›ganz oder gar nicht‹.« Sie zuckte ihre Schultern. »Ich bin müde. Alles ist bereits da gewesen. Ich glaube nicht mehr, dass es etwas Neues gibt. Wir rühren die Suppe um. Tag für Tag. Die Ideen verändern ihre Gestalt und wir bejubeln uns aufs Neue für unsere Kreativität. Dabei erschaffen wir nichts. Überhaupt nichts. Lass uns Urlaub machen. Was meinst du?«

»Sehr gerne. Sehr gerne«, wiederholte Claus leise, genoss den Rosenduft ihrer Haare. »Du arbeitest ununterbrochen. Zuhause bist du meist nur körperlich. Wundert es dich, dass ich fürchte, du könntest eines Tages gar nicht mehr kommen?«

»Das ist mein Zuhause. Du bist mein Mann. Du bist der Einzige, dem ich mich mitteile. Was soll ich für deine Eltern anziehen?«, wechselte sie das Thema.

»Meine Eltern legen keinen Wert auf Garderobe. Zieh was Bequemes an. Aber bevor du das tust.« Claus umfasste ihre Taille mit beiden Händen und hob sie auf den Eiche-Schreibtisch aus der Gründerzeit.

René spürte die harte Tischplatte durch den dünnen Stoff unter dem Po. Claus drängte sich zwischen ihre Beine. Er löste das Band des Morgenmantels und streifte ihn von Renés Schultern. Lüstern starrte er auf die entblößten Brüste. Ihre roten Nippel wurden hart zwischen dem groben Griff seiner Finger. »Das gefällt dir«, raunte er.

Plötzlich zog er René an den Haaren nach hinten, bis sie auf dem Schreibtisch lag. Claus packte ihre Fußgelenke und winkelte ihr die Beine an. »Spiel mit dir selbst!«, befahl er.

Sein Atem ging laut. Er saß auf dem Schreibtischstuhl und stierte zwischen ihre Beine, während er seine Hose öffnete. Mit schneller werdenden Handbewegungen massierte er seinen harten Penis. René schämte sich, kam heftig und biss sich auf die Unterlippe. Das Blut schmeckte süß. Claus baute sich vor seiner Frau auf und spritze seinen Samen auf ihren weißen Bauch. Anschließend zog er ein Taschentuch aus der Hosentasche. »Dann wollen wir das geile Frauchen Mal ausgehfein machen«, murmelte er und reinigte René. »Wird Zeit, dass wir gehen, mein Schatz!«

René gehörte zu den Menschen, die Jahre in einer Straße wohnten, ohne den Namen der Nachbarn zu kennen. Es wunderte sie wenig, dass die Eltern von Claus nur drei Straßen weiter wohnten und sie ihnen noch nie begegnet war. Kriemhild Linde war Heilpraktikerin, Ehemann Franz arbeitete an der Oper als Schnürbodenmeister. Der zukünftigen Schwiegertochter wurden sie bei dem gemeinsamen Besuch einer Edelsteinmesse kurz vor der Hochzeit vorgestellt. Im Moment ihres Kennenlernens verbündeten sich Franz und René. Eine einsame Seele erkennt die andere sofort. Der kleine Mann mit Seehundaugen und Schnauzbart trug einen kugelrunden Bauch vor sich her. Im Unterschied zu seiner

Frau liebte er die Musik. Die Bühne überließ er den anderen. Kriemhild war groß und schlank. Dauergewellt und kastanienrot gefärbt, trotzte ihre Kurzhaarfrisur allen Bemühungen, diese zu zähmen. Die gelb-bleiche Hautfarbe fiel kaum auf, es waren ihre Huskyaugen, die das Gegenüber auffraßen, deren Blick man sich entwinden wollte. Frau Linde lebte für den Beruf, die fünf Hunde und ihren ältesten Sohn Claus.

Am mannshohen Drahtzaun neben dem Holztor hing ein Schild mit der Aufschrift »Heilpraxis Kriemhild Linde«. Darunter waren die Öffnungszeiten aufgeführt. Eine Thuja-Hecke verwehrte den Einblick in das Grundstück. Claus klingelte am Tor. Von Innen ertönte Hundegebell.

»Platz und aus!«, schimpfte Kriemhild Linde und versuchte erfolglos, für Ruhe zu sorgen. Sie öffnete das Tor gerade weit genug, um den Kopf hinauszustrecken. Mit dem Fuß blockierte sie den Ausgang für das aufgebrachte Rudel. »Kommt rein, schön, dass ihr da seid. Ruhig jetzt, Anka!«, gab sie nun mit freundlicher Stimme ihre Anweisungen. Der Kurzhaardackel, dessen Bauch auf dem Boden schleifte, verstummte. »Anka ist die Anführerin. Das ist Pippa, bei ihr müsst ihr aufpassen. Sie wurde misshandelt und ist sehr ängstlich. Leider beißt sie. Luna kommt aus Spanien. Struppi und Blacky habe ich von einer alten Patientin übernommen, die sich nicht mehr um die Tiere kümmern konnte«, stellte Kriemhild Linde ihr Rudel vor.

Die Heilpraktikerin trug eine weiße Arzthose mit hüftlangem Kittel und angekaute weiße Birkenstockschlappen. Mit schnellem Schritt eilte sie voraus, dabei pendelten die Arme rechts und links neben ihrem nach vorne gebeugten Körper. Nie zuvor sah René eine Frau mit einem derart burschikosen Gang. Ihre Vokuhila-Frisur erinnerte an einen mahagonifarbenen Römerhelm. Das weißgraue Einfamilienhaus aus den Fünfzigerjahren mit ver-gitterten Fenstern im Erdgeschoss hätte sich über einen Anstrich gefreut.

Im Flur schlug ihnen ein beißender Geruch entgegen. René warf Claus einen fragenden Blick zu. Im Wohnzimmer mit Eiche rustikal-Schrankwand und mächtigen Ledersofas standen Vogelkäfige, die in mehreren Reihen auf der Fensterbank übereinandergestapelt waren. René war sich nicht sicher, was unangenehmer war: das Zwitschern, Piepen, Pfeifen und Rufen oder der Geruch nach Vogelkot, der aus den Käfigen quoll.

»Die meisten habe ich in Pflege genommen, weil die Besitzer in den Urlaub fuhren oder ins Krankenhaus mussten, und dann sind sie geblieben. Einer muss sich ja kümmern. Lasst uns auf die Terrasse gehen«, plapperte Kriemhild und schob die Gäste durch die Balkontür.

›Was erwartet uns wohl draußen?‹, überlegte René. ›Weiße Tiger? Ein Planschbecken mit Killerwalen?‹

Draußen saß Franz. Er legte seine Pfeife zur Seite, stand auf und reichte René die Hand. »Herzlich willkommen! Fühl dich wie zu Hause.«

›Völlig ausgeschlossen!‹, schoss es René durch den Kopf.

»Vielen Dank, das ist freundlich«, flötete sie stattdessen und erwiderte artig den festen Händedruck. Sie setze sich auf die dunkel gebeizte Bank, deren Sitzfläche aus einem halben Baumstamm bestand.

Kaum nahm Kriemhild Platz, sprang Pippa neben sie auf die Bank. Erwartungsfroh schaute die Hündin über den Tisch. »Sie frisst nur, wenn ich sie mit der Hand füttere.« Kriemhild nahm ein Brötchen aus dem Brotkorb. Ein Stück davon steckte sie in den Topf mit Chili con Carne. Pippa schnappte danach. »Langsam, mein Kind, ich brauche meine Finger noch.« Kriemhild lächelte René an. »Meine Süßen sind Tag und Nacht an meiner Seite. Früher hatte ich fünf Kinder, heute meine Stromer.«

René vergewisserte sich, dass ihr Mund geschlossen war und die Mundwinkel nach oben zeigten. Bei der Vorstellung von Kriemhild im Bett mit fünf Hunden gruselte es ihr. »Fünf? Ich dachte, ihr seid drei Geschwister?« Neugierig sah sie Claus von der Seite an.

»Wir hatten neben unseren eigenen Kindern meist zwei Pflege-kinder«, erklärte Franz.

»Claus, erinnerst du dich an unsere Familienreise nach Malta?«, schnitt ihm Kriemhild das Wort ab.

»Nein, Mutter, bei den meistens unserer Bildungsreisen war ich zu jung, um mich heute zu erinnern.« Claus hatte René von den »Mördertripps« mit ganztägigem Sightseeing-Programm berichtet.

»Ja also, wir dachten uns, eine solche Reise gefällt euch.«

Kriemhild zog einen Umschlag aus dem Kittel, überreichte diesen Claus, der ihn an René weiterreichte.

Die öffnete das Kuvert und las: »Vierzehn Tage Malta, Manoel Grand Hotel. Eine Reise über Weihnachten und Silvester, wunderbar. Herzlichen Dank.«

Kriemhild strahlte in die Runde. »Lasst uns essen!«

Das Chili war scharf. Renés Magen brannte. »Hast du Magenschmerzen, Kindchen?« Kriemhild musterte die Schwiegertochter durchdringend.

»Leider ja«, gab René widerwillig zu.

»Lass mich das ansehen!«, entschied Kriemhild, wischte sich den Mund ab und stand auf.

René blickte hilfesuchend zu Claus, der mit gesenktem Haupt seine Suppe löffelte, dann erhob auch sie sich und folgte unsicher ihrer Schwiegermutter.

Die einfach eingerichteten Praxisräume erreichten sie durch das Haus. Sie wirkten gepflegt und sauber. Im Behandlungszimmer stand ein funktionaler Schreibtisch mit Metallgestell, ihm gegenüber zwei Besucherstühle, eine Liege und ein Schrank mit weißer Melaminoberfläche. Einzig der Chefsessel fiel durch seine hochwertige Qualität auf. »Franz hat ihn mir geschenkt«, las Kriemhild Renés Gedanken.

Die Regale an den Wänden und der Schreibtisch waren vollgestopft mit Büchern und Papierstapeln. René setzte sich auf die Behandlungsliege. Kriemhild kramte auf dem Schreibtisch, bis sie eine große Handlupe unter einem Stapel handbeschriebener Zettel hervorzog. »Schau mich an! In den Augen lese ich jede Krankheit ab«, forderte sie.

René hoffte inständig, Kriemhild möge nicht ihre Gedanken der letzten Stunde erkennen.

»Deine Magenschleimhaut ist chronisch entzündet. Zu viel Stress. Du leidest an migräneartigen Kopfschmerzen mit Verspannungen im Nackenbereich. Angst sitzt dir im Nacken. Deine Periode ist unregelmäßig, meist bleibt sie völlig aus«, lautete die Diagnose, die sie mit monotoner Stimme abspulte.

Mit gerunzelter Stirn und einem Blick, der mitfühlendes Verständnis vermitteln sollte, legte sie die Lupe aus der Hand, setzte sich neben René auf die Liege. Die versuchte, ihrem stechenden Blick standzuhalten.

»Du hast zwei Möglichkeiten«, Kriemhild hielt René ihren Daumen unter die Nase, »Mach weiter wie bisher. Nimm Tabletten gegen deine Schmerzen und ein Magengeschwür ist dir sicher. Oder«, jetzt traf Kriemhilds Zeigefinger Renés Nase. Er roch nach Hund. »Oder«, wiederholte sie eindringlich, »du änderst dein Leben. Ein anderer Job. Mehr Ruhe«, erläuterte Kriemhild.

»Das ist alles ...«, versagte Renés Stimme, Tränen liefen über ihr Gesicht, tropften auf den grauen Linoleumboden, der Damm ihrer Selbstbeherrschung brach. Kriemhild war eine Heilerin, ihre Diagnose hatte ins Schwarze getroffen. Plötzlich konnte René ihr vertrauen. Sie spürte die tiefe Wunde in ihrem Inneren und suchte einen Ort der Heilung. Angst war der Schatten über Renés rechten Hand. Die Sorge, die Erwartungen der Mitmenschen nicht zu erfüllen, trieb sie zu immer neuen Höchstleistungen, ohne dass sie je spürte, um ihrer Selbst Willen geliebt zu werden.

Kriemhilds Hand ruhte warm auf Renés Oberschenkel. Wortlos reichte sie ein Taschentuch. »Ist gut Kindchen. Alles wird gut. Ich habe mir was überlegt: Meine Assistentin geht in Rente. Ich brauche jemanden, der mir hilft. Termine vereinbaren, Bestellungen tätigen, Spritzen aufziehen. Hättest du Lust?« Kriemhild lächelte aufmunternd.

»Ja. Ja, habe ich.« René wurde heiß. Ihr Herz schlug laut, als sie ihr bisheriges Leben über Bord warf. Kriemhild lebte ihren Traum. Als ihre Kinder noch klein waren, entdeckte sie ihr Interesse für Naturheilkunde. Sie las Bücher und probierte Behandlungsmethoden an sich und den Kindern aus. Ihre Familie wollte ihr die Ausbildung zur Heilpraktikerin ausreden. Doch Kriemhild meldete sich an, bestand die Prüfung und eröffnete ihre Praxis. An Kriemhilds Seite wollte sich René ein wenig ausruhen, bis sie wusste, was sie erfüllte. Unter dem Schutz dieser starken Frau würden ihre Wunden heilen.

»Leg dich hin. Ich gebe dir zwei Injektionen. In die Eierstöcke und die Schilddrüse.« Dabei deutete sie mit dem Zeigefinger auf die Einstichstellen.

René schluckte laut. Aus dem Schrank nahm Kriemhild eine Spritze, eine Flasche mit der Aufschrift »Agnus castus« und eine

Packung Tabletten.

»Die Tabletten nimmst du alle halbe Stunde, wenn der Magen schmerzt. Von den Tropfen dreimal täglich Dreißig. Wirst sehen, dann klappt es mit dem Nachwuchs.«

Nicht die Einstiche in den Unterleib ließen René zucken, es war das Wort »Nachwuchs«. Claus war selbst noch ein Kind und als Vater eine Fehlbesetzung. Renés Mutter hatte die eigenen vier als Last empfunden, wäre lieber Ärztin geworden. René selbst mochte Kinder. Mit Sechzehn wollte sie von der verhassten Schule abgehen und Kindergärtnerin werden. »Du machst Abitur und studierst. Du hast eine große Karriere vor dir. Vergiss Kinder. Das ist nichts für dich«, bestimmte ihre Mutter. Vielleicht, weil die Schule bei ihrer Tochter im Alter von Zwölf eine Hochbegabung feststellte. Was die Mutter verlangte, tat René.

»Über Kinder haben wir noch nicht nachgedacht«, gestand sie, um die Schwiegermutter nicht zu verärgern.

Kriemhild winkte beschwichtigend ab. »Das hat Zeit, Schatz, war nur so ein Gedanke. Lass uns zu den anderen gehen. Es war schön, mit dir von Frau zu Frau zu sprechen. Wir werden gut zusammenarbeiten.«

Dankbar kehrte René an den Tisch zurück, sie fühlte sich angenommen und unterstützt.

Auf dem Weg zu den Rosenkreuzern sprudelte es aus ihr heraus: »Das kam, wie bestellt. Ich höre in der Agentur auf und habe einen Job, bis ich herausfinde, was ich tun möchte. Mit meinen Magenproblemen hilft sie mir auch. Ich glaube es noch gar nicht!«

»Das ist wunderbar, Liebling. Endlich haben wir mehr Zeit für uns!« Claus klang wenig überrascht.

»Warum ist es im Haus deiner Eltern so dreckig?«

»Naja, meine Mutter arbeitet jeden Tag, meist auch am Wochenende. Dann die Tiere. Morgens steht sie um Fünf auf und geht mit den Hunden Gassi. Hilfe im Haushalt lehnt sie ab. Außerdem sieht sie schlecht und trägt keine Brille.«

»Was, sie sieht schlecht? Und stellt Diagnosen, indem sie ihren Patienten in die Augen sieht?«

Claus lachte. »Schau mir in die Augen, Kleines. Das nennt sich

Irisdiagnose. Die verschiedenen Zonen der Iris sind bestimmten Körperregionen und Organen zugeordnet. Aufgrund von hellen oder dunklen Flecken erkennt man Krankheiten und Belastungen. Meine Mutter sagt dir, was du hast, wenn du zur Tür reinkommst. Eine echte Hexe. Sie hat vielen Menschen geholfen, die von der Schulmedizin aufgegeben wurden. Letztes Jahr befreite sie die Ehefrau eines Journalisten von deren seit Jahren andauernden Kopfschmerzen. Der Ehemann wollte als Dank eine Reportage über meine Mutter bringen. Das lehnte sie strikt ab. Als Wunderheilerin will sie nicht dastehen. Seminare gibt sie auch und bildet Heilpraktiker aus.«

»Eine Hexe? Mit diesem Naturkram habe ich mich noch nie beschäftigt.«

»Schatz, da ist es. Wir sind spät dran.«

Claus parkte in der Nähe eines Mehrfamilienhauses im schmucklosen Stil der Fünfzigerjahre. Im Flur war eine Tafel mit der Aufschrift »Schule des Goldenen Rosenkreuzes« in großen Buchstaben angebracht. Eilig stiegen sie die Treppe hoch. Sie klingelten an einer weißen Tür mit goldenem Türknauf.

Eine Frau mit ungeschminktem Gesicht öffnete. Ihr Pagenschnitt betonte die Nuancen der grauen Haare. »Kommen Sie herein«, flüsterte sie und legte den Finger auf die gespitzten Lippen, »der Vortrag hat bereits begonnen.«

Claus und René wurden zu Stühlen in der letzten Reihe eines Saales geführt, der mit ungefähr sechzig Menschen gefüllt war. Der Saum der raumhohen, weißen Gardinen, die hinter dem Podium die gesamte Fensterfront verschlossen, lag schwer auf dem Boden auf. Goldene Deckenfluter an den Wänden rechts und links vom Publikum spendeten Licht. Ein kleiner Mann mit untersetzter Figur stand neben einem Flipchart. Seine lockigen Haare waren dunkel, er trug einen Oberlippen- und Kinnbart. »... wie die Sonne und der Mond«, endete er mit warmer Stimme, als die Zuspätgekommenen sich setzten.

Seine Worte untermalte er mit einer kreisförmigen Geste, die er erst mit dem rechten und anschließend mit dem linken Arm vollführte. Zum Schluss stand er mit ausgebreiteten Armen und nach oben gerichteten Handflächen vor den Zuhörern. René und Claus sahen sich an und verbargen ihr Lachen hinter der vorgehaltenen

Hand. Zur Sicherheit versteckten sie die Köpfe hinter denen der Vordermänner. »Fehlt nur noch, dass er einen Umhang und einen Zauberhut trägt«, flüsterte René.

Weitere Lachanfälle vermieden sie, indem sie sich nicht mehr ansahen. Der »Schwellenhüter«, wie die Lindes den Redner später nannten, nickte den beiden wohlwollend zu.

»Das Kreuz ist eines der Ursymbole der Menschheit, älter als zweitausend Jahre. Der waagerechte Balken steht für die Welt der Materie und Sterblichkeit. Alles ist dem Kreislauf von Entstehen, Blühen und Vergehen unterworfen. Dieses ewige Stirb und Werde ist die Welt, in der wir uns bewegen. Besitz, Ansehen, Macht, Gesundheit und Glück. Was entsteht, muss wieder vergehen. Der senkrechte Balken symbolisiert den Geist Gottes, das Licht, das in die Welt einstrahlt, um den unsterblichen Teil von uns zu erlösen. Öffnet ein Mensch sich für die Wahrheit Gottes, erblüht in seiner Mitte, wo der waagrechte und der senkrechte Balken sich berühren, eine Rose. Aus dem unsterblichen Geistfunken, aus der Rose, die jeder Mensch in seinem Herzen trägt, wächst die göttliche Seele und macht sich auf den Weg nach Hause.«

Renés Welt hielt mit einem Mal an. »Du bist«, flüsterte sie die Zauberworte und klopfte an. Die Tür zu ihrem Herzen sprang auf und der Durst ihres Lebens war in diesem Augenblick gestillt. Das Kreuz verwandelte sich vom Mahnmal eines strafenden Gottes in das lebendige Symbol alles verbindender Liebe.

»Jeder Mensch trägt den Schlüssel zur Wahrheit in sich. ›Erkenne dich selbst!‹, lautete die Inschrift am Apollotempel von Delphi. Die Schule des Goldenen Rosenkreuzes geht mit ihren Schülern jetzt und heute diesen Weg, legt den Schlüssel frei, wendet ihn an und öffnet die Tür zur Einweihung. In dem sechzehn-hundertsechzehn veröffentlichten Buch ›Chymische Hochzeit Christiani Rosenkreutz‹ von Johann Valentin Andreae, wird die Geschichte eines Mannes erzählt, der eine Einladung zu einer ›alchimischen‹ Königshochzeit erhält. Dieser Roman ist die ver-schlüsselte Schilderung des christlichen Einweihungsweges.« Der Redner machte eine Pause, seine braunen Augen lächelten wie sein sinnlicher Mund. Langsam schritt er die erste Reihe ab. Mit der Hand strich er über seinen Kinnbart und blickte einigen Zuhörern in die Augen. René war erleichtert, hinten zu sitzen. Die anderen

Teilnehmer nickten von Zeit zu Zeit wissend, wirkten so viel souveräner als sie.

»Christian Rosenkreuz ist der Prototyp des Menschen, der diesen Weg geht. Nach vielen Abenteuern und Prüfungen vermählt sich seine neu geborene Seele mit dem Christusgeist zu einem neuen, unsterblichen Menschen. Am Anfang seines Pfades hat Christian Rosenkreuz einen Traum. Zusammen mit anderen befindet er sich in einem dunklen, tiefen Schacht. Plötzlich öffnet sich der Deckel des Schachts einen Spalt. Licht fällt ein.«

René kniff sich in der Arm, war der Traum vom Morgen noch nicht vorüber? Manche Geschenke sind zu groß für unseren Verstand. René blickte sich um. Nein, sie träumte nicht. Alles schien real. ›Was ist real?‹, schoss ihr diese Frage zum ersten Mal durch den Kopf.

»Von oben wird ein Seil in den Schacht herabgelassen. Einige halten sich daran fest.« Der Redner griff mit beiden Händen nach einem imaginären Seil. »Diese Gefangenen werden nach oben gezogen. Sieben Mal wird ein Seil herabgelassen und wieder hinaufgezogen. Kaum oben angekommen, hilft Christian Rosenkreuz, weitere Menschen zu retten. Die sieben Seile stehen für die sieben Strahlen des göttlichen Lichts. Jedes Seil symbolisiert einen Aspekt, auf den ein bestimmter Menschentyp reagiert. Wer das Licht einmal erfährt, lässt es in seinem Inneren nicht mehr los.«

Tränen standen in Renés Augen. Das Mädchen in der Kirche ihrer Kindheit hatte sich nicht geirrt. Das wusste sie jetzt. Der Jesus am Kreuz deutete auf sein Herz. René hatte die ganze Zeit am falschen Ort gesucht. Der wahre Altar stand in ihrem Inneren. Sie schaute Claus von der Seite an. Mit übereinandergeschlagenen Beinen saß er schräg auf seinem Stuhl, um nicht an der Lehne seines Vordermannes anzustoßen. Er blickte unter sich mit ernster Miene und hochgezogenen Augenbrauen. War er auch berührt?

»Der Lichtträger sucht nach Gefährten und macht sich gemeinsam mit ihnen auf den Weg der Erleuchtung. Öffnet ein Mensch sein Herz für diese Wahrheit, sendet die Rose ihr Licht an die Persönlichkeit und erleuchtet das ganze Wesen mit der Kraft der Weisheit und Liebe. Diesen Prozess nannten die alten Eingeweihten ›Gnosis‹, Erkenntnis aus erster Hand. Wer die Wahrheit entschlüsseln will, muss sich selbst auf den Weg machen.« Der

Redner nickte ermunternd und hob einladend die Arme. »Jetzt möchte ich Ihnen Schüler unserer Gemeinschaft vorstellen, die sich freuen, Ihre Fragen zu beantworten: Marianne Berg, Johannes Kostevsky und Wolfgang Maté.«

Die Drei kamen auf das Podium, verbeugten sich und nahmen Platz. Einen Moment herrschte Stille. Claus ergriff Renés Hand. »Warum brauche ich die Rosenkreuzer?«, wollte eine Frau wissen.

»Dieser Weg zur Selbsterkenntnis ist kein Studium. Es ist ein Weg des inneren Erlebens unter dem Schutz universeller, göttlicher Kräfte. Dem suchenden Menschen ist diese Selbsterkenntnis, die sein Leben und Wesen verändert, nur innerhalb einer Geistesschule möglich. Die Geistesschule ist ein lebendiger Körper, ein Kraftfeld, das zu immer weiterer Erkenntnis und Verwirklichung führt. Ein Einzelner kann dieses Kraftfeld nicht aufrechterhalten. Er muss auch die Notwendigkeiten seines täglichen Lebens erfüllen, er muss noch dem Kaiser geben, was des Kaisers ist, und kann nicht immer im Kraftfeld wirken. Erst eine Gruppe erreicht das. Alles im Kraftfeld entstand und entsteht nur durch die Mitarbeit aller. ›Mit dem Maß, mit dem ihr messet, wird euch gemessen werden‹, heißt es in der Bibel. Wer als Schüler sein Herz öffnet, der wird reich beschenkt.«

Johannes Kostevsky war klein und schlank, die glatten schwarzen Haare trug er nach hinten gekämmt. René mochte seine dunklen Augen, die herausfordernd in die Welt schauten. Einen ernsten Kontrast bildete die schmale, lange Nase, die Lippen waren wohlgeformt. ›Eine Gemeinschaft gleichgesinnter Menschen. Bin ich am Ende meiner Einsamkeit angekommen?‹ René trat ins Licht und blinzelte in die Sonne einer neuen Welt.

»In Goethes Faust sagt Mephisto: ›Ich bin ein Teil von jener Kraft, die stets das Böse will und doch das Gute schafft.‹ Wenn ich richtig verstehe, geht es nicht um die dialektische Welt. Heißt das in der Folge, ich kann mit gutem Gewissen Schlechtes tun? Denn erstens erschaffe ich dadurch an anderer Stelle Gutes und letztendlich geht es nicht um die dialektische Welt?«, präsentierte sich Claus. René duckte sich, sie schämte sich für die provokante Frage ihres Mannes.

»Eines der sieben hermetischen Prinzipien lautet ›Wie oben, so unten; wie innen, so außen.‹ Der Mensch, wie wir ihn wahrnehmen, ist Teil des Mikrokosmos«, antwortete Marianne Berg mit ruhiger Stimme. Die kleine, dicke Frau hatte kurze blonde Haaren und zupackende Hände. Auch sie war gepflegt gekleidet, allerdings fehlte ihr jeglicher Sinn für Mode.

Marianne Berg erhob sich und zeichnete am Flipchart einen Kreis und in dessen Mitte einen Menschen. »Einst war der Mikrokosmos göttlich, in ihm drückte sich der Geist aus. Auf diese Weise war der kleine Kosmos ganz in den göttlichen Schöpfungsplan eingebettet und auf ihn ausgerichtet. Wir lehren den Weg der Umkehr, das bewusste Aufgeben der Scheinweisheit des Ichs, des Begehrens und der Selbstbehauptung. Die Aufmerksamkeit eines Schülers ist weder auf gute noch auf schlechte Taten ausgerichtet. Wenn der Mensch erfährt, dass er durch seine Selbstbehauptung an diese Erde gekettet ist, wird ihm das tägliche Sterben zu einem Bedürfnis und zu einer Hilfe auf dem Weg zur Befreiung.« Marianne Berg setzte sich wieder. René war beeindruckt. Mit welcher Leichtigkeit diese Frau auf das Wesentliche verwies, ohne sich auf einen Disput einzulassen.

Als hätte er auf sein Stichwort gewartet, ergriff Wolfgang Maté das Wort: »Unser mangelndes Wahrnehmungsvermögen beschrieb bereits Plato in seinem berühmten Gleichnis. Wir Menschen sind gefangen und sitzen von Kindheit an gefesselt in einer Höhle. Weder den Körper noch den Kopf können wir herumdrehen und dem Eingang zuwenden. Wir sind gezwungen, auf die Rückwand der Höhle zu blicken. Einzige Lichtquelle ist ein Feuer, das draußen vor dem Eingang brennt und seinen Schein in die Höhle hineinwirft. Zwischen dem Höhleneingang und dem Feuer werden allerlei Gegenstände vorbeigeführt, ihre Schattenbilder fallen auf die hintere Wand der Höhle. Diese Schattenbilder halten die gefesselten Menschen für die Wirklichkeit.« René war überzeugt, jeder im Saal müsse das Reißen der Ketten hören, die von ihrem Herzen abfielen.

»Wenn nur einer von ihnen seine Fesseln abstreifen und aus der Höhle hinaustreten könnte, würde er die Dinge selbst sehen und die Wirklichkeit erkennen. Unsere Erkenntnis, unserer Sinne sind schattenhaft. Alles Irdische ist ein Gleichnis. Das Abstreifen der Fesseln und das Hinaustreten aus der Höhle ist der Befreiungsprozess, über den die Geistesschule des Rosenkreuzes Sie an diesen

Einführungsabenden informieren möchte. Aber dieses Wissen allein genügt nicht. Es ist nicht befreiend, nur zu wissen, dass die göttliche Welt in uns versunken ist, dass sie uns näher ist als Hände und Füße. Dieses Wissen wirkt nur befreiend, wenn es in die Praxis umgesetzt wird.«

›Wann kann ich anfangen?‹, sang es in René. Die Stimme von Wolfgang Maté war ein wohlklingendes Instrument, dessen Melodie die Zuhörer gerne folgten. Mit Seitenscheitel, Brille und mausgrauem Anzug sah er aus wie ein Bankangestellter.

»Und dieses Wissen besitzen nur die Rosenkreuzer, sozusagen exklusiv?« Um die Schultern der jungen Frau lag ein Tuch, die Squaw im Outfit einer Geschäftsfrau richtete ihre Frage an Johannes Kostevsky.

»Von dem Weg nach Innen zum verborgenen Uratom sprechen alle Religionen. Es ist das ›Samenkorn Jesu‹ der Bibel, das ›kostbare Juwel in der Lotusblüte‹ der östlichen Religionen, ›das letzte Überbleibsel eines ursprünglichen Zustandes‹ wie es die Theosophen nannten, die ›Rosenknospe‹ der mittelalterlichen Rosenkreuzer oder der Geistfunke der Rosenkreuzer von heute. Welchen Namen man auch bevorzugt, es ist dieses unzerstörbare Etwas, in dem alles enthalten ist, was zur Wiederherstellung des wirklichen, göttlichen Menschen benötigt wird. Und es geht einzig um die Wiedergeburt dieses wahren Menschen. Angelus Silesius schrieb sechzehnhundertvierundsiebzig in seinem ›Cherubinischen Wandersmann‹ den Vers:

›Und wäre Jesus tausendmal
in Bethlehem geboren,
doch nicht in dir,
du wärest ewiglich verloren.‹«

MIT GOZOS GÖTTIN TANZEN

Seit ihrer Berührung mit dem alten Wissen der Rosenkreuzer spürte René tief in ihrem Herzen eine heitere Quelle des Lichts. Seit ewigen Zeiten brannte es dort, aber erst jetzt sah sie seinen Glanz und fühlte seine Wärme. Egal wie kalt es in oder um sie herum war oder werden würde, tief in ihrer Mitte befand sich die Oase der Liebe, in die sie jederzeit eintauchen konnte. »Die bewahren ein Jahrhunderte altes Wissen. Davon will ich mehr!«, formulierte es Claus. René und Claus traten der Goldenen Schule des Rosenkreuzes bei.

Es dauerte einige Monate, bis René den nötigen Mut fand und ihren Job in der Agentur kündigte. Jetzt hatte sie mehrere Wochen frei, bis sie bei Kriemhild als Assistentin in der Praxis anfangen würde. Ihre Berufung zum Schreiben warf sie in den Brunnen ganz hinten im Garten. Langsam drehte sie sich um und sank hinab zum dunklen Grund. René blieb eine Weile auf dem Brunnenrand sitzen und lauschte in die Tiefe. Mit der Hand streichelte sie über das kühle Wasser, die Oberfläche kräuselte sich, kleine Wellen plätscherten gegen den Brunnenrand. Dann war es wieder still. Ein Frosch quakte im Garten. ›Ob er eine Krone trägt?‹, fragte sie sich wehmütig und seufzte. ›Was nutzt der Froschkönig, wenn mir keine erfüllende Tätigkeit für mich einfällt?‹ Agenturchef Bob hatte ihr angeboten, Gute Nacht-Geschichten für einen Kunden zu schreiben. René hatte abgelehnt. Wenn das Schreiben ein Teil von ihr war, würde es verwandelt zu ihr zurückkehren. Jetzt war sie leergeschrieben, wie ein Füller, der ohne Tinte auf dem Papier kratzt. Sie musste loslassen, wenn sie genesen wollte. Da war sie sich sicher. Wie eine Nachtigall mit gebrochener Feder hüpfte sie verloren hin und her und wartete auf Heilung.

Der Urlaub auf Malta wirkte wie eine Kur. René und Claus wohnten im luxuriösen Manoel Grand Hotel. Beim Einchecken gab René ihre Sorgen an der Rezeption ab und ließ sich ein auf die ihr fremde Kultur, die sie vom ersten Moment an faszinierte. Das Fünf Sterne-Haus wartete mit zweihundert Zimmern und einem aus dunklem Mahogoni-Holz gefertigten Mobiliar im britischen Stil auf. In jedem Raum stand eine mit geblümtem Brokatstoff bezogene Sitzgruppe im Chesterfield-Stil. Aus dem gleichen Stoff waren die schweren Gardinen gefertigt, die ordentlich gerafft die wandbreiten Fenster umrahmten.

Das traditionsreiche Hotel lag inmitten der maltesischen Hauptstadt Valetta und in unmittelbarer Nähe zum Marsamxett Harbour, einem der beiden größten Naturhäfen des Mittelmeers. »Il-belt« - »die Stadt«, wie die Malteser ihre weniger als einen Quadratkilometer kleine Hauptstadt nannten, befand sich auf einer Landzunge mit dem Namen Monte Sciberras. Im Jahr Fünfzehnhundertsechsundsechzig beschlossen die Ritter des Malteserordens, dort eine moderne Festungsstadt zu errichten. Den Grundstein legte der Großmeister des Ritterordens, Jean Parisot de la Vallette, dessen Namen die Stadt bekam. Die Ritter setzen die neuesten Erkenntnisse der Militärarchitektur und die damaligen Theorien einer Idealstadt um. Der Sitz des Malteserordens wurde nach Valletta verlegt. Seitdem war Malta nie wieder eingenommen oder angegriffen worden. Erst Siebzehnhundertachtundneunzig übernahm Napoleon Malta, nachdem die Malteserritter kampflos kapituliert hatten. Im zweiten Weltkrieg wurden durch italienische und deutsche Luftangriffe viele Häuser zerstört. Die Festungsmauern aber hielten dem Bombenhagel stand.

Tag für Tag erkundeten René und Claus das Herz des Mittelmeeres, wie die Malteser den kleinen Inselstaat nannten. Sie wandelten auf den Festungsmauern von Mdina, der stillen Stadt und besuchten den Großmeisterpalast mit seinen beeindruckenden Sälen. Sie besichtigten die Fossilien in der Höhle von Għar Dalam, verweilten in der goldenen Pracht der St. John's Co-Cathedral und schlenderten Hand in Hand über den Markt von Valetta und die engen Gassen der Stadt. Renés Teint hatte eine zarte Bräune bekommen. Sie blieb vor einem winzigen Food Market stehen, denn sie wollte einheimische Leckereien als Mitbringsel kaufen. Vor dem Geschäft standen Steigen mit saftig roten Eiertomaten, Rucolasträuße schmiegten zu einer Wiese aneinander. René strich sanft über das feuchte Dunkelgrün der gezackten Blätter. Zitronen größer als eine Faust leuchteten sonnengelb neben tiefvioletten Radicchioköpfen. An den mit Schnitzereien verzierten Holzläden hingen herb duftende Bündel mit getrocknetem Thymian und Rosmarin. Beim Eintreten zog sie das Aroma der Gewürze ein. In dem engen Laden fühlte sich René wie eine Riesin in einem Setzkasten, der über und über mit bunten Waren vollgestopft war. »Try it! Try it!« Eine alte, schwarz gekleidete Frau stand hinter dem Tresen, auf dem Oliven und eingelegte, getrocknete Tomaten in Einmachgläsern standen. Sie hielt René einen Teller mit Baguettestückchen hin, die dick mit Honig bestrichen waren. »The bees collect the taste of Malta!« Die Alte lachte laut, in ihrem Kiefer ragten wenige, bräunlichgelbe Zähne in unterschiedliche Richtungen. René liebte Honig und griff zu. Doch beim Anblick der Alten befürchtete sie, in einen hundertjährigen Schlaf zu versinken. Vorsichtig schluckte sie den Bissen hinunter. »Mmmhhh! Lecker!«, stellte sie erleichtert fest. Der Honig der Malteserin schmeckte verlockend süß nach wildem Lavendel mit einem Hauch wildwürzigem Thymian. »Thank you madam, I take two glasses!«

Nach ihrem Sightseeing-Programm gingen René und Claus an der felsigen Küste spazieren, bevor sie in eines der vielen kleinen Restaurants zum Abendessen einkehrten. Wie ein Steinbock sprang René lachend mit ausgebreiteten Armen von Fels zu Fels im immerwährenden Wind, der ihre Haare in alle Richtungen peitschte und ihren Kopf lüftete. Im Winter herrschte ein mildes Klima auf Malta, allerdings schlug das Wetter oft blitzschnell um. Dann stellte das Meer klar, wer der Herr im Haus war. Die Winterstürme trieben meterhohe Wellen an die Küste und überschwemmten die Uferpromenaden. Meer und Regen drangen durch die unsichtbar feinen Ritze der Flachdächer und die Poren der Sandsteinwände in die Häuser ein. An manchen Tagen lief das Wasser in Strömen die Innenwände hinunter. In der dunklen Jahreszeit stellten die Malteser ihre Möbel einfach auf Steine. So waren sie vor den Überschwemmungen geschützt. War der Sturm vorüber, beförderten die Einheimischen mit einem Schrubber das Wasser wieder nach draußen. Aber auch wenn die Sonne schien, war die Luft im Winter feucht und schmeckte salzig. Das Meer war allgegenwärtig. An manchen Stellen hatten Meer und Wind Kuhlen in den Felsen geformt. Die glatt ausgewaschenen Wände erwärmte die Sonne und es war windstill darin. René legte sich gerne in diese Mulden. In ihrem Wärmflaschenhola drehte sie schläfrig das Gesicht in die Nachmittagssonne und schloss die Augen. Sie lauschte dem Meeresrauschen, wie es kommt und geht, mal leise säuselnd, mal aufbrausend, aber immer im Fluss. Wie das Leben. René dachte daran, wie viele, fremde Kulturen diese Inseln im Laufe der Geschichte in Besitz genommen und durchdrungen hatten. Die Einheimischen ertrugen dies ein ums andere Mal mit Gleichmut. Zogen die Eindringlinge schließlich ab oder gelang es den unbeugsamen Maltesern, die Fremden zu vertreiben, dann integrierten die zähen Insulaner nützliche und liebgewonnene Güter in ihre Kultur, alles Übrige fegten sie hinaus wie das Wasser der Winterstürme. René bewunderte die Fähigkeiten der Malteser und wünschte, sie könnte sich selbst und ihre Bedürfnisse ebenso tapfer verteidigen und entwickeln.

Am vorletzten Tag ihres Aufenthaltes stand René im marmorgetäfelten Bad ihres Hotelzimmers.»Malta! Malta!«, rief sie mit der Zahnbürste im Mund. ›Ich fühle mich seltsam geborgen an diesem fremden Ort‹, dachte sie glücklich.

»Bumm! Bumm! Schlägt das Herz archaischer Kulturen und Mythen!«, echote Claus vom King-Size-Bett und trommelte dazu mit der Faust gegen seine Brust. »Jeder, der den Zwergstaat mit dem Auto bereist, kommt zu dem Schluss, dass es sich genau genommen um eine Großstadt auf dem Wasser oder besser einen Verkehrsstau auf dem Meer handelt.«

René schlüpfte in den weißen Hotelbademantel und ihre Pantoffeln. Den hochflorigen Teppichboden betrat sie nur mit Schuhen an den Füßen. Sie ekelte sich vor dem Schmutz, den Essensresten und den Körperflüssigkeiten, die sich im Laufe der Jahre in den beigen Fasern festgefressen haben mussten. »Diese Einrichtung ist ein wertiger Ausdruck uniformer Mutlosigkeit. Mit wenigen Kleinmöbeln oder einer Pflanze könnte man den vielen Zimmern einen individuellen Touch verleihen«, dozierte sie. Dabei nickte sie wissend mit zusammengepressten Lippen und zog die Augenbrauen missbilligend hoch. Lachend legte sie sich neben

Claus auf das Bett.

»Schlechter Geschmack bereitet der hochwohlgeborenen Ästhetin körperliche Beschwerden«, witzelte Claus, »vor unserem Urlaub wusste ich noch nicht einmal, wo genau sich Malta auf dem Globus befindet. Und jetzt sind wir tief in die Geschichte dieser Insel eingetaucht.« Er drückte seine Zigarette im Aschenbecher aus und strich sein Haar aus dem Gesicht.

»Du hast Recht. Malta ist winzig und liegt doch im Schnittpunkt sämtlicher Ereignisse mediterraner Geschichte. Wenn man bedenkt, dass die Inseln Reste einer alten Landverbindung zwischen Afrika und Europa sind, versteht man besser, dass hier viele Kulturen ihre Spuren hinterlassen haben.«

»Was für ein Glück für die Malteser, dass der Meeresanstieg sie einst vom Rest der Welt abtrennte. Hier leben nur wenig mehr Menschen als in Wuppertal. Für die Bürger Maltas stehen die Chancen gut, einen wichtigen Posten in der Regierung zu bekleiden oder beim Chanson Eurovision die Heimat zu repräsentieren. Jeder Malteser ist wertvoll, denn es gibt nicht viele. Darum beneide ich diese Insulaner.«

»Danke für diese schönen Tage.« René küsste ihren Mann auf den Mund und stand auf. Sie streifte den Bademantel ab, nahm ihre Wäsche vom Sessel und zog sie an.

»Wenn ich deinen Luxuskörper sehe, komme ich auf sehr unanständige Ideen. Schau, was du anrichtest oder ich sollte besser sagen ›aufrichtest‹!« Claus entblößte seinen steifen Penis, René verdrehte die Augen. »Hallo, mein Freund, gedulde dich bis heute Abend, dann nehmen wir uns die geile Schnitte vor!«, schimpfte Claus seinen standhaften Partner mit erhobenem Zeigefinger in gespieltem Ernst und zog den Reißverschluss seiner Hose wieder zu. Dann sprang er vom Bett und fasste René von hinten zwischen die Beine. Sie stöhnte, spürte den Atem von Claus warm und feucht in ihrem Ohr. »Werfen wir heute einen Blick auf die Schönheiten der kleinen Schwesterinsel Gozo, bevor wir morgen nach Hause fliegen. Geh frühstücken, ich hole Tickets für die Fähre. Und ich möchte, dass du genau so feucht bleibst, bis ich in der Nacht über dich herfalle!«, flüsterte er und löste seine Hand aus ihrem Schritt. René verstörte die Intensität, mit der Claus sie begehrte. Sie wollte niemandem gehören, sehnte sich nach dem Tanz zweier Körper im

Liebesspiel. Doch ihre Vagina war anderer Meinung und antwortete auf seine dominante Geilheit. Claus machte sich auf den Weg in die Stadt und René ging in den Speisesaal. Ihr Magen knurrte. Sie freute sich auf einen Kaffee.

Die beiden Freitreppen aus Marmor waren mit dunkelrotem Teppich ausgelegt und von üppig verzierten Metallgeländern gesäumt. Die Gäste des Grand Hotels liefen nicht einfach hinauf oder hinunter. Wie von unsichtbaren Fäden emporgezogen, reckten sie die Köpfe wie Marionetten und schritten aristokratisch mit nach hinten geschobenen Schultern die Freitreppen hinab. Das gelang den Gästen mehr oder weniger gut. René richtete sich gerade auf und gab ihr Bestes, einen guten Eindruck zu hinterlassen. Erleichtert erreichte sie die riesige Lobby der Hotelburg. Malteserinnen in grauen Kostümen liefen an der langen Theke der Rezeption emsig hin und her, ihre Absätze klapperten auf dem Marmorboden, ein Telefon klingelte.

Beim Frühstück hatte René nicht nur einen grandiosen Ausblick auf Manoel Island mit dem beeindruckenden Fort Manoel, einer weiteren Perle militärischer Baukunst. Sie beobachtete auch die vorbeifahrenden Schiffe auf ihrem Weg vom Yachthafen ins offene Meer. Sie saß an einem Tisch am Fenster des großen Speisesaals. Ihre Vagina pochte hungrig auf dem kühlen, dunkelroten Lederbezug des Stuhls. Ganz langsam bewegte sie sich hin und her. Eine Woge der Lust durchströmte sie. Mit dem Arm rieb sie unauffällig über ihre harten Nippel und widerstand der Versuchung, ihren Kopf stöhnend in den Nacken zu legen. René leckte sich die Lippen und bestrich ein Croissant mit Honig. »One more coffee with milk, please!«, bestellte sie eine Tasse Milchkaffee, obwohl die erste noch halbvoll war. In Hotels befürchtete sie stets, es stehe ihr zu wenig Kaffee zur Verfügung.

Die Kellner trugen gelbe Westen über schwarzen, kurzärmeligen Hemden zu grauen Hosen. In ihren engen Wespenkostümen schwirrten sie eilig, aber ohne zu summen, hin und her. Geschirr klapperte. Ein junger Mann mit nach hinten gegelten Haaren stellte mit einer angedeuteten Verbeugung eine Cromargan-Kanne mit frischem Kaffee und eine weitere mit aufgeschäumter, heißer Milch auf den Tisch. »Here you are, Madam!«

René riskierte einen Blick auf den Schritt des Kellners. Der junge Mann war gut bestückt. »Thank you!«

»You are welcome!«, antwortete der Bedienstete.

Genüsslich löffelte sie die Schaumkrone und überlegte, wie der Kellner wohl im Bett war. Die Höflichkeit der Malteser war »very british«. Englisch war nach hundertfünfzig Jahren unter der Regierung der britischen Krone neben dem Maltesischen Amtssprache. Die Aussprache klang hart mit leicht gerolltem »R«, ohne dem Singsang der Inder zu ähneln. Der Geschäftssinn war arabisch. Als ebenbürtiger Partner wurde anerkannt, wer Maltesisch sprach. René war verliebt in die Melodie dieser Sprache, die sie in ihrer Fremdheit als poetisch und leidenschaftlich empfand. Die Einheimischen freute es, wenn man ein paar maltesische Worte hervorbrachte. Einige Malteser sprachen auch Italienisch durch die Nähe zu Sizilien. Lebensfreude und Küche des Inselvolkes waren italienisch geprägt. Das Manoel Grand Hotel verwöhnte seine Gäste auch mit englischen Gerichten. »Jetzt bestelle ich mir einen Berg ›Breakfast Sausages‹«, rief Claus. Er wedelte mit zwei Tickets und setzte sich vergnügt zu René an den Tisch. »Wirklich ein gewaltiges Open-Air-Museum dieses Malta. Auf Gozo gibt es die ältesten Tempel der Welt.«

»Die schauen wir uns an!«, begeisterte sich René.

»Alles organisiert, Baby, inklusive einer Führung nur für uns zwei Hübsche. Das wäre doch Mal eine Kulisse. Du auf dem Altar, nackt und gefesselt für mich.«

»Ich glaube, die steife Brise draußen wird dich abkühlen. Die See ist aufgewühlt. Hoffentlich ist die Fähre heute in Betrieb.«

René schaute aus den Fenstern des Bordrestaurants. Langsam wie eine Götterburg stieg Gozo aus dem Meer auf. Unzugänglich. Unnahbar. Ein Felsplateau mit ringsum steil abfallenden Küsten. Grün nur, wenn der erste Herbst- oder Frühlingsregen Fruchtbarkeit schenkten. An diesem dritten Januar war das Gesicht der Insel hart und verschlossen. »Look, how angry the sea is!« Ein alter Gozitaner im Sonntagsstaat trat dicht neben René. Der Geruch von Mottenkugeln stieg ihr in die Nase. Sie nickte dem Fremden freundlich zu, obwohl dessen Nähe ihr unangenehm war.

René öffnete die Tür zum Balkon des Zwischendecks. Kräftiger Wind schlug ihr entgegen. Trotzdem trat sie nach draußen und umklammerte die Reling. Ihr Gesicht drehte sie in den Wind, damit die Haare ihr nicht die Sicht versperrten. Der lindgrüne Trenchcoat flatterte laut. Plötzlich baute sich eine dunkle Welle vor René auf. Als wäre die Fähre aus Papier, hob das Meer sie empor. Für einen Moment blieb die Welt stehen, dann glitt das Schiff knarrend und schnaubend den Wellenberg hinunter. Eine Woge schnaubte über die Reling. Der Gichtatem der See spannte auf der Haut und schmeckte salzig. Erschrocken wich René zurück. Claus riss die Tür auf und zog seine Frau nach drinnen. René war nass bis zu den Knien. Erleichtert drückte sie die Hand ihres Mannes. »Schatz, bleib drinnen, sonst gehst du über Bord!«

»Jetzt muss ich meine Beine zum Trocknen aus dem Auto halten«, scherzte René benommen.

Der Hafen von Mgarr kam näher. Magische Augenpaare musterten die Ankömmlinge argwöhnisch, wippten auf und ab mit den geschwungenen Fischerbooten, deren Vordersteven sie zierten. Auf der Anhöhe schien »Our Lady of Lourdes« über der Bucht zu schweben, die Kirche des Dorfes war im gotischen Stil erbaut.

Eine Frau mit einem Hahn im Korb drängelte sich vor Claus und René, als sie die Treppen zu ihrem Auto hinabkletterten. Im Bauch der Fähre stand feuchtwarmer Benzingestank. Quietschend öffnete das alte Schiff sein Maul und ergoss seine Fracht auf die Straße des Hafenstädtchens. Entlang der Straßen drängten sich Häuser wie große Treppenstufen aneinander. Alle waren aus dem Kalkstein der Insel erbaut, verziert mit Balkonen und Erkern.

Im Gegensatz zu Malta wohnten auf Gozo nur wenige Menschen. Das Gesicht der Insel prägten sanfte Hügel, auf denen Ziegen grasten. Sie gaben die Milch für den traditionellen Käse namens Gbejna. Als Kind trank René Ziegenmilch, die ihr Großvater vom Bauern holte, weil sie bekömmlicher war. Wenn René auf dem Schoß des Opas saß, nahm sie gerne die Briefmarkenlupe und betrachtete seine Haut. Sie war in unzählige, kleine Felder in verschiedenen Brauntönen aufgeteilt, die von Furchen umgrenzt waren. An die Hand ihres Großvaters erinnerte René der Anblick der fruchtbaren Felder Gozos, auf denen Ziegenpfeffer, Artischocken und Zucchini wuchsen. Wie vereinzelte Sommersprossen verteilten sich traditionelle Dörfer mit einer Pfarrkirche und einem Dorfplatz über das Antlitz der zweitgrößten der maltesischen Inseln. Friedliche Orte. Ältere Männer saßen plaudernd auf Bänken oder beobachteten die Welt. Frauen kamen aus der Kirche oder gingen zum Dorfladen.

»Dort drüben ist die Tempelanlage!«, jubelte René.

Claus bog von der Straße ab. Der Wind trieb graue Wolken vor sich her. Unter dem übellaunigen Himmel türmte sich das urzeitliche Mauerrund aus riesigen Steinen auf.

»Hello, Sie sind Mister und Misses Linde?«, begrüßte sie eine junge Frau auf dem Parkplatz. »Ich bin Kulturanthropologin und führe Sie durch die Megalithanlage der Ġgantija. Mein Name ist Conny.« Die Augen der Malteserin waren schwarz mit grün-violetten Sprenkeln. Ihr Gesicht war flach mit einer kräftigen Nase. Ihr langes, dunkles Haar flog im Januarwind.

Claus zog einen Cordblazer über. Sie folgten der zierlichen Frau. Conny trug zu Jeans und Turnschuhen ein kariertes Flanellhemd über einem weißen Rollkragenpullover. Der Ġgantija näherten sie sich auf Holzstegen. Conny deutete auf die bis zu sechs Meter hohen Megalithmauern der Tempelanlage. »Ġgantija bedeutet ›Die Gigantische‹. Der Legende nach errichtete eine Riesin die Kultstätte. Sie baute die Gebäude ganz in Ruhe in nur einem Tag und einer Nacht, erzählen die Einheimischen, denn sie trug dabei einen Säugling an der Brust.« Was die urzeitliche Riesengöttin Dreitausendsechshundert vor Christus auftürmte, wirkte auch heute noch befremdlich großartig. »Die Tempel gelten als die ältesten Gebäude der Welt. In ihrer Form bilden sie die Rundungen der Erdenmutter nach, die hier verehrt wurde. Die Ġgantija ist Ausdruck einer hochentwickelten matriarchalen Kultur.«

»Rundungen finde ich attraktiv«, flötete Claus. René strafte ihn mit einem strengen Blick.

Sie betraten das Innere des Tempels. »Das ist mein Lieblingsplatz!« Conny breitete die Arme aus und drehte sich zu René und Claus um. Sie standen in einem halbrunden Raum, erbaut aus hellen, durchlöcherten Steinbrocken. Wie Arme umschlossen die Mauern des Tempels große Altäre aus Stein. »Hier wurden der

Erdenmutter Opfergaben dargebracht und Rituale durchgeführt. Die Riesengöttin war beleibt, voll draller Lebenslust mit gewaltigen Brüsten und kräftigen Schenkeln. Mit ihrer fast kugeligen Gestalt war sie Sinnbild der universellen, weiblichen Kraft. Die ›Magna Mater‹ war eine allumfassende Göttin. Sie zeigte sich als Mutter Erde, von der alles Leben stammte, als Gebieterin über Leben und Tod, Schicksalsgöttin und Herrin der kosmischen Ordnung. In der Verehrung der Ġgantija spiegelte sich das Matriarchat, in dem der Frau über Jahrtausende eine erhöhte, sogar göttliche Stellung als Kulturbringerin gegeben wurde. Hier genau an diesem Platz.«

Conny stampfte mit dem Fuß auf, etwas Wildes lag in ihrem Blick. »Genau hier und jetzt stehen wir auf Mutter Erde, stehen wir inmitten der großen Göttin.«

René bekam Gänsehaut. Ein freudiger Schauer durchlief ihren Körper. ›Eine Zelle in meinem Körper ist Teil eines Organs. Meine Organe sind Teil meines Körpers. Mein Körper ist Teil dieses Raumes. Nichts ist ausschließlich Teil oder Ganzes. Immer bin ich Teil und Ganzes. Wie die russischen Matrjoschka-Puppen, wie die Maschen eines Netzes ist alles miteinander verbunden. Nichts kann allein existieren. Die Göttin ist in mir und ich bin in ihr. Durch meine Augen betrachtet sie die Welt. Ich stehe im zeitlosen Raum von Mutter Erde. Ġgantija ist unter meinen Füßen. Ich bin nicht allein. Mutter Erde liebt mich und hält mich in ihren Armen in guten wie in schlechten Momenten. Und ob ich schon wanderte im finsteren Tal, fürchte ich kein Unglück; denn du bist bei mir, dein Stecken und dein Stab trösten mich. Ġgantija fordert nichts und gibt alles. Sie ist die Mutter, die ich nicht hatte. Ġgantija ist meine Weiblichkeit.‹ René war erfüllt von der fruchtbaren Energie der Erde. In der Kraft dieser Liebe warf sie den Kopf in den Nacken und lachte befreit auf. ›Ich bin matera, ein intuitives, sinnliches Wesen. Ich bin eine starke Frau. In meinen Adern fließt die Kraft der universellen Liebe‹, sang es in ihr.

Conny lächelte sie an. »Ein besonderer Ort, nicht wahr? Für mich heißt Weiblichkeit, tanzen im Rhythmus der natürlichen Zyklen. Mal extrovertiert, gutgelaunt und aktiv. Mal verschlossen und traurig, nach innen gekehrt. Mal hell, mal dunkel. Immer ganz und da.«

»Ganz allein macht so viel Weiblichkeit doch gar keinen Sinn.

Was wärt ihr ohne?«, beschwerte sich Claus, dabei bewegte er seine Hüften lüstern vor und zurück und deutete grinsend auf sein Geschlecht. »Ohne den gäbe es euch sicher nicht. Das ist der Rhythmus, auf den ihr steht!«

»Heute zu scharf gefrühstückt?« Conny verdrehte lachend die Augen. »An diesem Ort herrscht eine besondere Energie. Man weiß nie, was sie in uns entfacht. Hier wurden Fruchtbarkeitsfeste gefeiert.« Conny leckte sich lustvoll über die ungeschminkten Lippen. »In der Ggantija wurde in einem Schrein ein mannshoher heiliger Stein aufbewahrt, ein Phallussymbol männlicher Fruchtbarkeit.« Conny genoss das verdutzte Gesicht von Claus. »Das Weibliche ist nicht auf uns Frauen beschränkt. Yin und Yang, zwei Aspekte, die sich gegenseitig auszuschließen scheinen, ergeben nur gemeinsam ein vollständiges Bild der Wirklichkeit. Sie ergänzen sich gegenseitig. Der kleine schwarze Yin-Kreis im weißen Yang-Bereich und umgekehrt der kleine weiße Yang-Kreis im schwarzen Yin-Feld zeigen, dass Yin und Yang den Samen des jeweils anderen in sich tragen. Ganz ohne Sex. Ich danke Ihnen für Ihre Aufmerksamkeit!«

»Ich habe meine eigenen Ideen, wie ich in das Weibliche eindringe. Aber nichts für ungut. Geile Führung, wirklich sexy!«

»Conny, danke. Das war eine außergewöhnliche Führung. Claus, lass uns bitte gehen!« René schämte sich einmal mehr für ihren Mann, verärgert stieg sie in ihren weißen Jeep.

Sie fuhren nach Victoria, der Hauptstadt der Insel. Alle Straßen auf Gozo führten nach Ir-Rabat, wie der offizielle Name der einzigen Siedlung von nennenswerter Größe lautete. Die Zitadelle der Stadt, die sich hoch über die Landschaft erhob, war fast von der ganzen Insel aus zu sehen. Rabat war nicht nur das geographische Zentrum von Gozo, sondern auch der pulsierende Mittelpunkt des Alltagslebens.

Inzwischen war der Himmel januarblau mit pinselstrichartigen, aquarellweißen Schleierwolken. Der Wind hielt Siesta im Gegensatz zu der winzigen Inselmetropole. Auf den engen Straßen verständigten sich die Fahrer mit Hupen und Gesten. Es herrschte Linksverkehr und die vielen Kreisverkehre waren manchmal nur an einem Blumentopf in der Mitte der Kreuzung zu erkennen. Im Licht der Nachmittagssonne wich der Ockerton der Steinfassaden einem warmen Honiggelb, was der Stadt ein freundliches Antlitz gab. Claus bog vor der St. George-Kirche rechts ab. »Schau mal, ein Immobilienbüro!«, rief er begeistert.

René stieß einen Seufzer aus, das Spiel kannte sie. Auf jeder Reise kam der Zeitpunkt, an dem er landestypische Immobilien besichtigte. Da war Widerstand zwecklos. Claus näherte sich seinem Traum, das Leben in einem Domizil im sonnigen Süden zu genießen, indem er tat, als stünde die Umsetzung unmittelbar bevor. Die Ausdauer, die Claus dabei an den Tag legte, über-strapazierte ihre Geduld. Aber René spielte in seinem absurden Theaterstück mit und ließ sich bereitwillig von den verschiedenen Bau- und Einrichtungsstilen inspirieren.

In dem gozitanischen Immobilienbüro lugte eine junge Frau hinter der gemauerten Rezeption mit einer massiven Holzplatte als Theke hervor. Ihr lockiges Haar war zu einem Pferdeschwanz zusammengebunden. »Mariella Gauchi«, las René auf dem Namensschild an ihrer Bluse.

»Victor will be here in a minute. Take a seat, please.« Die weiche, singende Stimme der Empfangsdame passte zu ihren dunklen Reh-augen, von denen René sich nicht vorstellen konnte, dass sie es vermochten, grimmig dreinzuschauen.

Kaum hatten René und Claus auf der restaurierten Zweierbank aus dem neunzehnten Jahrhundert Platz genommen, läutete die Glocke der Eingangstür. Ein groß gewachsener Malteser mit locki-gem, kurzem Haar trat ein. ›Eine Eule‹, amüsierte sich René. Seine auffällig gebogene Nase dominierte das Gesicht, der Lidschlag seiner schwarzen Augen war langsam. Er trug zum Lacoste-Polo-shirt eine Jeans und stellte sich als Victor vor. Unter seinem Arm klemmten ein Terminplaner mit Ledereinband und ein Handy. Der Malteser hielt den Oberkörper leicht nach vorne gebeugt, als müsse er den Kopf einziehen, um nicht am Türrahmen anzustoßen. Dabei war Victor kaum größer als René. Auch seine Bewegungen waren eulenlangsam. René spürte, wie er seine Gäste musterte, während sie die Treppe in den ersten Stock hinaufstiegen. Victors Büro hatte hohe Wände aus nacktem Kalkstein. Wie bei restaurierten, einheimischen Häusern üblich, waren die Spuren der Meißel zu erkennen, mit denen der Stein auf traditionelle Art behauen worden war, um ihn zu begradigen und die dunklen Ablagerungen der vergangenen Jahrhunderte zu beseitigen. Unterhalb der Decke eingezogene Rundbögen gaben dem Raum einen kathedralen Charme und ließen ihn weniger lang wirken. Durch die großen Rundbogenfenster mit Rahmen aus dunkel gebeiztem Pinienholz fiel Sonnenlicht ein und ließ ein tanzendes Staubuniversum erstehen. Der Saum der majestätisch-roten Seitenstores lag auf dem Boden auf, der mit dicken Kalksteinplatten ausgelegt war. Durch die jahrhundertelangen Schritte waren sie uneben ausgehöhlt geworden. In der Mitte des Büros thronte ein langer, viktorianischer Bibliothekstisch mit Stühlen aus verschiedenen Stilepochen. Manche hatten Sitzbezüge in der Farbe der Gardinen. Auf dem Tisch lagen Zauberbücher mit Klarsichthüllen, in denen Fotos von Häusern und Wohnungen zusammengestellt waren. ›Diesen Raum hat ein Künstler gestaltet‹, dachte René und war von dessen Einfachheit und Eleganz beeindruckt. Dem Gespräch von Claus und Victor folgte sie kaum. Sie war überrascht, als sich ihr Mann nach kurzer Zeit erhob.

»You always meet twice!«, verabschiedete sich Victor von René, dabei umschloss er ihre Hände mit den seinen und hielt sie diesen einen Moment zu lange.

Erschrocken blickte René auf. Sie erforschte Victors Augen. Ein dunkler Schleier lag über ihnen und verbarg vollkommen, was sich dahinter abspielte. ›Waren da nicht wieder diese seltsamen grün-violetten Sprenkel?‹

Aus heiterem Himmel fühlte sie sich in ihrem Wesen gesehen von Victor. Sie atmete ganz ruhig in dieser Begegnung. Urplötzlich schien Victor sie empor in den Abendhimmel zu heben und verehrte die Göttin Gozos in ihr. Verstört wich René Victors Blick aus und löste ihre Hände aus den seinen. ›Habe nur ich das empfunden?‹, fragte sie sich verwirrt.

René verließ mit Claus das Immobilienbüro. »Gab es nichts Passendes?«, erkundigte sie sich.

»Wir warten hier. Mary von Tom Pepper Immobilien holt uns gleich ab. Sie spricht Deutsch und besichtigt mit uns einige

Objekte.«

Kurz darauf hupte es hinter René und Claus. Sie stiegen in den Kleinwagen von Mary, einer rundlichen Malteserin Mitte Dreißig. Ihr Gesicht mit breiten Wangenknochen war ungeschminkt und von der herben Schönheit dieses Wintertages. Der windige Atem Gozos gerbte die Gesichter seiner Bewohner und prägte sich früh in deren Antlitz ein. Um seinen ständig drehenden Böen zu entgehen, trugen die Frauen die dunklen Haare meist zum Zopf gebunden, hatten einen Knoten oder eine Kurzhaarfrisur. Den schulterlangen Pferdeschwanz von Mary hielt ein perlenbesetztes Band zusammen. Ihr schwarzer Hosenanzug war für den Anlass passend, aber nicht modisch. »Wie gewünscht, zeige ich Ihnen ›Townhouses‹ in barocker Bauweise mit hohen Decken und einer repräsentativen Entrance-Hall. Im ersten Stockwerk befindet sich meist ein für Malta typischer Erker. Dort saßen früher die Jungfrauen. Hinter den Gardinen beobachteten sie das Treiben auf der Straße und mögliche Heiratskandidaten. Dieses Objekt hat zusätzlich einen schattigen Garten mit altem Baumbestand im Hinterhof.«

Seit die Wälder Maltas abgeholzt worden waren, um daraus Schiffe zu bauen oder zusätzliche Ackerflächen zu gewinnen, gab es Bäume und Palmen nur in öffentlichen Parks oder Gärten. Die von Mary ausgewählten Häuser verfügten über eine gute Bausubstanz. Die Grundrisse waren mehr oder weniger interessant, alle waren stark renovierungsbedürftig. Groß konnte der Käuferandrang nicht sein, denn die Gebäude standen seit langem leer. Claus unterhielt sich mit Mary, während sie von Objekt zu Objekt fuhren über die schmalen mit Schlaglöchern übersäten Straßen Gozos. René wollte interessiert wirken und beteiligte sich am Gespräch. »In jedem Dorf steht eine gewaltige Kirche«, bemerkte sie.

Marys Augen begegneten den ihren im Rückspiegel. »Die Geschichte des Christentums in Malta begann mit dem Schiffbruch des Apostels Paulus an der kleinen Felseninsel Selmunetta. Seither ist die große Mehrheit der Malteser römisch-katholisch. Allerdings sind die Kirchen und Kathedralen Orte der Marienverehrung. Es gibt dreihundertfünfundsechzig Kirchen. Es heißt, die Malteser haben eine Kirche für jeden Tag im Jahr.«

René lachte. »Also ist ein wenig von der Verehrung des Weiblichen auch in christlichen Zeiten erhalten geblieben.« »Yes! Malta ist eine Frau!« Mary nickte stolz. Die meisten Malteserinnen arbeiteten, ob sie Kinder hatten oder nicht. Mary trug keinen Ehering. ›Eine Nachfahrin der Priesterinnen der Großen Mutter.‹ René gefiel der Gedanke.

»Für Sie habe ich eine andere Idee. Wir fahren zu einem vierhundertfünfzig Jahre alten Bauernhaus in einem Dorf in Küstennähe.«

Der staubbedeckte Kleinwagen holperte über die Landstraße. Schließlich bogen sie in San Lawrenz vom menschenleeren Kirchplatz in die »Triq Wied Merill« ein und parkten am Ende der Straße. Mary führte Claus und René in eine schmale, schattige Gasse. Der Betonbelag war teilweise aufgerissen, Unkraut quoll aus den Löchern hervor. An beiden Seiten wurde der Weg von zehn Meter hohen Mauern erdrückt. An einigen Stellen fiel der Putz ab und das alte Mauerwerk lag frei.

Vor einem zweiflügeligen, grün gestrichenen Holztor in Rundbogenform blieb Mary stehen. Oben in der Wand quietschte der winkende Lamellenladen eines kleinen Fensters aus besseren Zeiten. Abweisend blickte das Gebäude auf seine Besucher herab. Mary öffnete die Tür mit dem rostigen Schlüssel, der auch zu einer Schatztruhe gehören könnte. Direkt hinter dem Tor standen sie unter einem Überdach, das den Boden der ersten Etage bildete. Links ging es in einen fensterlosen Stall mit zwei steinernen Trögen und schweren Eisenringen an der Rückwand. Der Innenhof mit Brunnen lag in der Sonne. Eine Eidechse flüchtete vor den Besuchern und verschwand in einer Ritze im Mauerwerk. Lange Schatten riefen den herannahenden Abend aus. Ein Arkadengang befand sich an der rechten Seite, durch den man in einen großen, rechteckigen Raum mit Rundbögen gelangte. Geradeaus folgten René und Claus der Maklerin über einige Stufen in ein halbdunkles Zimmer mit fünf Meter hohen Decken. Die Wand ummantelte einen Hausaltar mit Rundbogen. Eine Marienstatue stand darin und segnete die Besucher mit ausgebreiteten Armen. Die einzigen beiden Fenster waren zugemauert. »Im Erdgeschoss wurden die Tiere untergebracht. Wohnräume baute man bei Bedarf daneben oder darüber. Typisch ist der Innenhof mit Brunnen, den hohen schützenden Burgmauern und den außen liegenden Treppen«, erläuterte Mary.

Überall fehlten die Türen zwischen den Räumen, sie konnten nur durch den Innenhof betreten werden. Über eine breite Treppe mit ausgetretenen Stufen und großzügigen Absätzen erreichten sie den ersten Stock. Der kirchenschiffsförmige Raum erinnerte René mit seinen hohen Decken und Rundbögen an das Büro von Victor. Das kleinere Zimmer war als Küche verwendet worden. Eine schmale Treppe ohne Geländer klebte an der Hauswand in Richtung Flachdach. Vorsichtig kletterten die Besucher über die hohen Stufen hinauf zur Dachterrasse. Dort hielt ein Turmzimmer Wache und bildete den Abschluss der kleinen Burg. Von der Terrasse eröffnete sich René ein grandioser Blick auf das Meer und den Fungus Rock, einer kleinen Insel in Form eines Kalksteinblocks, der das einzige Vorkommen Maltas einer seltenen Heilpflanze beherbergte, die zur Blutstillung und als Aphrodisiakum diente.

In unmittelbarer Nähe befanden sich das Azure Window, ein gewaltiges Felsentor im Meer sowie das bei Tauchern beliebte Blue Hole, ein Loch in der Steilküste, das unter Wasser mit dem Meer verbunden war. Als weitere Attraktion Gozos war der Inland Sea zu sehen. Der Salzwassersee war durch einen Felstunnel mit dem offenen Meer verbunden. »Hier oben sitzen und schreiben. Das wird mein Zimmer, okay?«

»Ja klar!« René gefiel das Haus und sofort startete ein Film in ihrem Kopf.

Sie sah nicht die jahrhundertealte, nahezu fensterlose Ruine. Das Anwesen offenbarte ihr seine wahre Schönheit. Rundbogenfenster ließen Sonnenlicht eintreten, weiße Seidengardinen wehten in einer sanften Brise. Der Fußboden im Erdgeschoss war mit altrosafarbenen Fliesen ausgelegt. Im Wohnzimmer lud eine Sitzecke mit weißen Leinenbezügen zum Verweilen ein. Deckenfluter leuchteten die Rundbögen aus. Eine Innentreppe verband den Wohnraum mit dem Essbereich, der in die offene Küche überging, die von einer, mit rotem Granit belegten Theke umschlossen war. Im ehemaligen Hausaltar lag das Gästebuch und Maria verschenkte ihren Segen wie eh und je. Glasplatten waren in die Rundbogennischen der Küchenwände eingesetzt und reflektierten das Licht der Deckenspots. René drückte die Stopptaste, der Film in ihrem Kopf hielt an.

»Das Haus bewohnten zwei alten Ladies, die sich nicht mehr darum kümmern können. Es gehört kein Land zum Anwesen. Daher ist es nicht möglich, einen Pool zu integrieren. Auch handelt es sich um ein Erbpacht-Grundstück, das nicht gekauft werden kann.«

»Wer braucht einen Pool, wenn das Meer vor der Haustür liegt? Alle natürlichen Attraktionen Gozos erreicht man zu Fuß. Was kostet das Haus?« Claus verhandelte mit Mary.

Verabschieden und ab zur Fähre wäre René lieber gewesen.

»Wir nehmen es!«, jubelte Claus.

René verschluckte ihren Kaugummi, ihr Herz sprang aus dem Brustkorb. »Entschuldige Mary, ich möchte meinen Mann kurz allein sprechen!«

»Selbstverständlich. Ich warte draußen.«

»Bist du von allen guten Geistern verlassen? Das ist ein Steinhaufen auf einer Insel am Ende der Welt. Weißt du, was es bedeutet, das hier aufzubauen? Was wollen wir hier?«

René beschrieb einen Halbkreis mit dem Arm. Der Blick von Claus ließ ihn mutlos in der Luft verhungern. Ihr Mann war innerlich bereits in das Haus eingezogen, das sie in Gedanken restauriert hatte. Kopfschmerzen traten gegen ihre Schläfen, ihr war schwindelig. Claus machte einen Schritt auf seine Frau zu. »René, Liebes, das wird ein Klacks. Ganz gemütlich, nach und nach, wie wir Lust und Geld haben, setzen wir das Kleinod in Stand. Die Größe ist perfekt. Die Lage und der Preis stimmen. Keine Touristenschwärme. Eine fantastische Landschaft. Freundliche Menschen. Mehr geht nicht.« Claus lächelte sehnsüchtig. »Bitte. Wir nennen es Rosebud.«

›Rosebud, Citizen Canes Schlitten, der seine verlorene Kindheit symbolisierte, der sein letztes Wort auf dem Sterbebett war, als er feststellte, dass Geld nicht glücklich macht. Das ist großes Kino. Rosebud entbehrt nicht einer gewissen Ironie ‹, dachte René resigniert.

»Lass uns zu Mary gehen!« Auf dem Weg zum Auto legte Claus siegessicher den Arm um die Hüften seiner Frau.

Im Büro von Isaac Bajada futterte sich der Zahn der Zeit durch die dunklen Möbel im repräsentativen Stil des neunzehnten Jahrhunderts. Der abblätternde Lack entblößte die Fraßspuren. An den Wänden vegetierten vergilbte Fotos in schwarzen Holzrahmen mit Isaac im Kreis seiner Kommilitonen und seine Ernennungsurkunde zum Notar. Der kahlköpfige, kleine Mann um die Fünfzig hatte eine Enterhakennase von beeindruckender Größe. Renés Sinn für Höflichkeit bewahrte sie davor, diese unentwegt anzustarren. Seinen runden Bauch versteckte der Notar vergebens unter der gestreiften Weste seines Anzugs. Er klemmte hinter einem mächtigen Schreibtisch, im Aschenbecher qualmte seine Zigarre. Mister Bajadas graublaue Augen waren eine maltesische Attraktion und durchbohrten jeden in der Runde. Sein gieriges Lächeln erinnerte René an einen Barrakuda.

Der Notar leierte seine Erläuterungen zum Kaufvertrag gelangweilt herunter. In Renés Schädel pochte der Schmerz, ihr war speiübel. Sie verstand nur einen Teil der rechtlichen Belehrung und befürchtete, dem mit kleinen, spitzen Zähnen gespickten Fischmaul von Mister Bajada würden gleich blutrote Luftblasen entweichen. Mit Galgenhumor ertrug René die Vorstellung, an der sie nicht teilnehmen wollte. Gelähmt ließ sie das morbide Schauspiel über sich ergehen und übernahm bereits die Verantwortung für die Umsetzung der Entscheidungen, die andere trafen. Das schmerzte, doch um ein Vielfaches größer war Renés Angst vor dem vernichtenden Schmerz, wegen Ungehorsams verlassen zu werden. Mit einem Mal erinnerte sie sich daran, wie der Vater sie und ihren großen Bruder in den Keller gesperrt hatte, wenn sie unartig gewesen waren. Dort mussten sie sitzen, bis die Mutter sie zum Abendessen rief. »Ziemlich doof von ihm, uns in den Hobbykeller zu sperren!«, erklärte Christian dann großspurig. Aber René spürte seine Angst, auch wenn er überlegen grinste. Gemeinsam kratzen sie Schwarzpulver aus halb explodierten Sylvesterknallern, die ihr Bruder in einer Schachtel unter der Werkbank verbarg oder Christian heizte seine Dampfwalze an, die er zum Geburtstag bekommen hatte. Damit überfuhr er Fliegen, die er fing und mit einer Stecknadel auf der Asbestplatte befestigte, die zum Schutz auf der Hobelbank lag. Innendrin war Christian wütend, unentwegt. René verabscheute, was er den Fliegen oder anderen Tieren antat.

Aber sie schwieg. Was René lähmte, war die Angst in ihrem Bauch, die sie oft schweißnass aufwachen ließ in der Nacht. Sie wäre verloren, wenn der einzige Mensch, den sie für ihren Freund hielt, sie auch verlassen würde. Warum sie als Erwachsene immer noch fürchtete, wegesperrt und verlassen zu werden, wenn sie nicht brav war, verstand sie nicht. Aber sie spürte, dass sie ein Geheimnis in sich trug, dass schrecklicher war, als mit dem Bruder eingesperrt im Keller zu sitzen.

Plötzlich flog die Tür auf. Victor ging geradewegs auf René zu. Zum zweiten Mal an diesem Tag umschloss er ihre Hände. »I'm lucky to meet you again.« René glaubte dem Malteser jedes Wort, denn Victor hatte sie gerade aus dem Keller ihrer Kindheit befreit.

»Mister Gonzi is the owner of the farmhouse«, erklärte Isaac Bajada und stieß eine Wolke Zigarrenqualm aus. Grinsend legte er seinen Füller auf den Kaufvertrag und sagte: »Please sign the purchase contract now!«

»Von wegen alte Ladies«, flüsterte René ihrem Mann ins Ohr. »Das ist trotzdem ein Schnäppchen!«, presste Claus leise zwischen den Zähnen hindurch und erhob sich. René unterschrieb den Kaufvertrag nach ihrem Mann.

Draußen auf der Straße überreichte Victor seine Visitenkarte Claus mit den Worten: »If you need a builder for your house«, und fügte mit einem Blick in die Augen von René hinzu, »I would be very happy to hear from you.«

René hatte sich in Gozo verliebt. Doch niemals wollte sie ein Haus besitzen und sei es noch so besonders.

BLUTSVERWANDTE UND
SCHNÄPPCHENJÄGER TREFFEN

René fühlte sich von jeglichem Besitz besessen und umgab sich nur mit wenigen Dingen, die sie wegen ihrer Nützlichkeit und ihres Designs schätzte. Der Begriff Besitz erschien ihr fragwürdig. Das ist mein Haus. Was wohl die Spinne in der Ecke dazu sagt? Oder der Stein in der Wand des alten Bauernhauses auf Gozo, der einst dem Fundament Gozos entwendet worden war. Als gebranntes Kind verabscheute René Schulden. Anschaffungen tätigte sie nur, wenn ihr weit mehr als die benötigten Mittel zur Verfügung standen. Der Kaufpreis für das Bauernhaus auf Gozo zehrte die Ersparnisse von René und Claus auf. Über den Hauskauf sprachen sie in den ersten Wochen nicht. Claus war ein Schnäppchenjäger. Fehlte das nötige Geld für die schönen Dinge, mit denen er sich gerne schmückte, verzichtete er nicht etwa auf die »wirklich besonders elegante Armbanduhr« oder die »einzigartige Schreibtischlampe im Bauhaus-Stil« oder »das silberne Zigarettenetui mit der außergewöhnlichen Gravur«. Er kaufte alle diese »einmaligen Gelegenheiten«, für die er einen »sensationellen Preis« ausgehandelt hatte. Rechnungen für die Autoversicherung seines Alfas oder den Fliesenleger legte er auf den Kühlschrank und wartete. »Manche Dinge erledigen sich von allein, mein Schatz. Man muss ihnen nur Zeit geben«, erklärte er dabei großspurig. Tatsächlich verschwanden die Zahlungsaufforderungen auf unerklärliche Weise.

Lindes hatten getrennte Konten. In der Praxis ihrer Schwiegermutter verdiente René weniger als in der Agentur. Der Verlust ihrer finanziellen Unabhängigkeit ängstigte sie, obwohl sie die freie Zeit zum Lesen genoss und Reiten lernte.

Am Gründonnerstag saß René hinter dem Tresen in der Praxis. Sorgfältig zog sie Spritzen auf und stapelte sie Reihe über Reihe auf ein kleines Tablett. Manche Substanzen waren klar wie Wasser, andere siruprot und rochen süß. Sobald der Vorrat in Kriemhilds

Behandlungszimmer zur Neige ging, brachte sie Nachschub. »Danke, Liebes. Holst du mir bitte einen Schlauch aus dem Räumchen? Frau Rosenthal braucht einen Aderlass.«

René riskierte angewidert einen Blick auf die Krampfadern der älteren Dame, die in deren Kniekehlen nisteten. In die bläulich hervortretenden Gedärme der Geschwulstlandschaft rammte Kriemhild die Kanüle mit dem Schlauch daran. »Das tut gut!« Frau Rosenthal stöhnte erleichtert.

René verzog das Gesicht und starrte in den Becher. ›Das ist nur dicke, rote Farbe‹, beruhigte sie ihren Magen. Im Blut schwammen rote Klümpchen. Sie brachte das Gebräu ins Räumchen und ließ Wasser laufen, bis alle Spuren im Becken weggespült waren. »Blut ist ein ganz besonderer Saft.‹ Warum bestand Mephisto darauf, dass Faust den Teufelspakt mit Blut besiegelte?‹ Das Geschnatter im vollbesetzten Wartezimmer unterbrach Renés Gedanken.

Die Patienten hielten sich über ihre Krankengeschichten auf dem Laufenden. Viele kamen regelmäßig zur Behandlung. Einige waren an Krebs erkrankt, andere litten an chronischen Leiden wie Arthrose oder Migräne. Über der Eingangstür hing das Zitat von Arthur Schopenhauer: »Die Gesundheit ist zwar nicht alles, aber ohne Gesundheit ist alles nichts«.

Oft schämte sich René für die eigene Gesundheit und Jugend im Kreis dieser Menschen, deren Leben von Krankheiten beherrscht wurde und streifte kurz ihre Trauer über das eigene Unvermögen, sich mehr am Geschenk ihres Lebens zu erfreuen.

Kriemhild behandelte jeden Patienten mit der gleichen Intensität. Manchmal recherchierte sie nächtelang und erarbeitete einen Behandlungsplan. Todkranken Menschen erleichterte sie die wenige Zeit, die ihnen blieb. Manch einem verlängerte sie das Leben weit über die Prognosen der Schulmedizin hinaus. Eine Kämpferin war sie. Die eigenen Gallenkoliken beachtete sie nicht. Konnte sich jemand das Honorar nicht leisten, behandelte sie den Kranken umsonst. Wohlhabende, die einmal im Jahr zu Verjüngungskuren in Spritzenform kamen, bat sie dagegen zur Kasse.

»Heilpraxis Linde, guten Tag. Wie kann ich Ihnen helfen?«

»Hallo René, hier ist dein Vater. Also in letzter Zeit nimmt mein Magendrücken zu. Ich brauche einen Termin bei Frau Linde.«

»Okay, ja, nächste Woche Freitag um sechzehn Uhr ist ein Termin frei.« Verwirrt legte René auf. Plötzlich war ihr kalt.

Ihr Vater hatte die Schwiegereltern lediglich bei der Hochzeit von René und Claus getroffen. Ihre Eltern hatten Kriemhild und Franz die Hand hingestreckt und die dargereichten Pfoten der Schwiegereltern beäugt, als bestünden diese aus fauligem, übelriechendem Fleisch. Mit versteinerter Miene griffen Friedhelm und Edeltraud zu. Ihr unterkühltes »Guten Tag« dokumentierte das Desinteresse an einer weiteren Annäherung. Der bevorstehende Besuch ihres Vaters in der Praxis beunruhigte René. Sie war Kriemhild dankbar für ihre Aufnahme und fürchtete, ihr Vater werde die Schwiegermutter beleidigen.

Widerwillig schrieb sie seinen Termin in den Kalender. Das Wartezimmer leerte sich. Zum Abschied reichte René jedem Erwachsenen ein Kräuterelixier. Nachdem die letzten Patienten die Praxis verlassen hatten, räumte René die benutzen Schnapsgläser in die Spülmaschine. Zurück hinter dem Tresen räumte sie die Karteikarten weg. Aus dem Behandlungszimmer hörte sie zu ihrer Verwunderung die Stimme von Claus. »Ich bin gerade klamm«, flüsterte er

Kriemhild fiel ihrem Sohn ins Wort: »Nimm, mein Junge, schon gut. Steck das weg, deine Frau muss nichts davon wissen!«

René fragte sich, ob Kriemhild ihrem Lieblingskind regelmäßig Finanzspritzen verabreichte. ›Auf diese Weise erledigen sich also die Rechnungen auf unserem Kühlschrank von selbst‹, stellte sie ernüchtert fest.

Kriemhild streckte ihren Kopf aus dem Behandlungszimmer. »Komm rein, Kindchen, es gibt Neuigkeiten!«

René nahm neben Claus auf der Behandlungsliege Platz. Es roch nach Desinfektionsmittel. Kriemhild saß hinter ihrem Schreibtisch und machte ein wichtiges Gesicht. »Ihr wisst ja, dass ich mich um meinen Jugendfreund Shorty kümmere.« Der einmeterundneunzig lange Shorty war ein kettenrauchender, abgemagerter Greis, der nach dem Krieg nach Amerika ausgewandert war und dort ein Vermögen als Verleger gemacht hatte, bevor er im Alter in seine Heimat zurückkehrte. »Shorty ist allein und möchte, dass ich mich um ihn kümmere. Seine Diagnose lautet Lungenkrebs im

Endstadium. Er möchte in seinem Haus sterben, das bedeutet ihm viel. Wir haben einen Pflegschaftsvertrag geschlossen. Wenn Shorty stirbt, erbe ich sein Mehrfamilienhaus.« Kriemhild schwieg einen Moment, bevor sie René mit ihren eisblauen Röntgenaugen fixierte. »Wisst ihr, über einen Enkel würde ich mich schon freuen. Wenn ihr mir den ersten Enkel schenkt, bekommt ihr ein Haus als Dankeschön.«

»Hört, hört!« Claus lachte und zwinkerte René zu.

›Verbarg sich hinter Kriemhilds Hilfsbereitschaft in Bezug auf Renés Menstruationsschwierigkeiten eine Portion Eigennutz?‹, schwieg René und fühlte sich benutzt, inzwischen bekam sie ihre Periode regelmäßig und könnte durchaus Kriemhilds Enkel gebären.

»Mein Vater hat heute angerufen und einen Termin vereinbart«, wechselte sie das Thema.

»Gerne. Du behandelst ihn.«

René unterstützte Kriemhild bei Seminaren für angehende Heilpraktiker. Von Zeit zu Zeit behandelte sie auch Patienten, die einverstanden waren. Kriemhild wollte René für ihren Beruf begeistern. So gern sie ihrer Schwiegermutter den Wunsch erfüllen wollte, fiel es ihr schwer, Distanz zum Leid der Patienten herzustellen.

Nachdem sie Kriemhild nach Hause abgesetzt hatten, platzte es Zuhause aus René heraus: »Ein Haus als Kopfgeld für einen Enkel? Wie geschmacklos ist das denn?«

»Das meint sie nicht so!« Claus stapfte die Treppe hoch. Auf einmal blieb er stehen, machte kehrt und rannte nach unten, seine Ledersohlen polterten auf den Holzstufen. René erschrak, sie löste gerade vornübergebeugt die Riemchen ihrer Lack-Sandaletten.

»Was wäre schlimm daran? Ein Kind zeugen, wie scharf ist das denn?« Er zog seine Frau am Kinn zu sich hoch. Lüstern musterte er ihr Dekolleté und drängte sie mit seinem Körper gegen die Wand. Sein Atem traf sie ins Gesicht, er roch nach Kriemhilds Kräuterschnaps. Seine Hand schraubte sich in ihren Schritt. »Bitte, lass mich!«, stieß René leise hervor, sie versuchte, ihn wegzuschieben.

Er zog ihr Oberteil herunter, seine feuchten Hände grapschten nach ihren Brüsten. »Du tust mir weh!«, schrie sie auf. Schmatzend saugte Claus an ihren Brustwarzen. René spürte seine Zähne, ihr wurde heiß. Alles drehte sich, sie schloss die Augen. In ihrer Dunkelheit verfluchte René die Lust, die in ihren Schamlippen kochte. Claus drang in sie ein. Er presste Renés Arme gegen die Wand, ihr Po hämmerte das Staccato seiner Stöße gegen die Wand, bis er seinen Samen in René spritzte. ›Gieriger, braver Sohn‹, dachte sie wütend und schwieg.

Fürsorglich musterte Claus seine Frau, als habe sie sich den Kopf angestoßen: »Alles okay, Liebes? Das war ein wenig stürmisch.« René zog ihr Kleid zurecht. Still ging sie hoch, ihr war übel.

Das Telefon klingelte eine Weile, bevor sie es hörte. »Na, lebst du noch?«

René bedeckte ihre Augen mit der Hand, ihre Mundwinkel zuckten. »Wie geht es dir, Mutter?«

»Das kümmert dich wenig, so selten, wie du dich meldest. Schlecht geht es mir. Wirklich schlecht. Ich hatte wieder eine Blasenentzündung und …« Ein lauter Seufzer quoll aus dem Hörer. »Mein Herz schmerzt bei jedem Atemzug. Aber, wen kümmert das? Dr. Müllbradt meint ja, ich würde zu viel arbeiten und bräuchte mehr Unterstützung. Was soll ich machen? Immer so weiter. Eins nach dem anderen. Immer nur Arbeit. Und wer dankt es einem? Niemand. Noch nicht mal angerufen werde ich von meinen Kindern. Undank ist der Welten Lohn. Eines Tages fall ich tot um. Aber was erzähl ich. Du kommst noch nicht einmal an mein Grab. Und pflegen wirst du es auch nicht.«

René verzog das Gesicht, rollte die Augen, legte den Kopf in den Nacken, stand auf, lief durch ihr Zimmer, setzte sich und wiederholte ihr Bewegungsprogramm wieder und wieder. Eine Stunde ertrug sie die Litanei und wusste, es würde wieder Wochen dauern, bis die Worte der Mutter in den Windungen ihres Gehirns weggesperrt waren. Sie fand kaum noch einen freien Platz auf dem Friedhof ihrer Enttäuschungen, wo sich ihr Schmerz und ihre Wut vergraben ließen.

Nach dem Telefonat mit ihrer Mutter saß René am Schreibtisch und hielt sich die summenden Ohren zu. Claus klopfte an ihre Tür.

Er hatte Pizza geholt. Auf dem Boden sitzend aßen sie schweigend. Die Mahlzeit verband René wieder mit ihrem Körper. Sein stürmischer Überfall schien lange zurückzuliegen. »Keiner sieht mich«, brach es aus René hervor. »Was mein Vater in der Praxis will, weiß ich auch nicht.«

Claus nahm René in seine Arme, streichelte ihr über den Rücken. Mit der Serviette trocknete er ihre Tränen. »Mach einfach mal das Gegenteil von dem, was du gewöhnlich tust. Sag deinem Vater die Meinung. Fordere etwas. Verlang Geld, Gold, was dir einfällt. Nur Geben ist verboten! Hör auf zu leiden. Und schau, was passiert.«

René verzog das Gesicht.

»Wenn Shorty stirbt, bekommt meine Mutter sein Vermögen. Der Alt-Nazi ist stinkreich! Weißt du, was das bedeutet? Natürlich werde ich es sein, der Shortys Immobilien verkauft. Zusammen mit dem Geld, das ich meiner Mutter aus den Rippen leiere, führen wir ein sorgenfreies Leben auf Gozo. Unser Haus verkaufen wir. Arbeit ade. Schatz, freu dich! Bald haben wir ausgesorgt. Verstehst du?«

›Mit Claus den Rest meiner Tage auf Gozo verbringen? Freut mich das?‹ René lächelte angestrengt.

Am nächsten Tag war der Vater mit Kriemhild zunächst allein im Behandlungszimmer, damit sie das Anamnesegespräch führen konnte. Ängstlich lief René auf und ab, kaute auf ihrer Unterlippe, bis sie Blut schmeckte. Noch immer wusste sie nicht, was sie dem Vater sagen wollte. René schnappte sich eine Zeitschrift und schlug sie auf. Auf der Seite war eine Skulptur abgebildet. Ein nacktes Paar hielt sich eng umschlugen, über den beiden sauste ein Schwert hinab. »Geschwister « hieß das Kunstwerk. René dachte an Christian und an jenen Abend. Zwölf war sie damals gewesen. Im Nachthemd kam sie aus dem Bad. Sie hatte die Zähne geputzt und wollte zu Bett gehen. »Komm rüber René, ich habe eine Überraschung!«, rief Christian aus seinem Zimmer. Er lag im Schlafanzug auf seinem Bett, den Kopf an die Wand gelehnt, seine Beine hingen aus dem Bett. »Setz dich zu mir, ich zeig dir was.« Dabei klopfte er mit der Hand auf die Bettdecke. René legte sich neugierig neben ihren Bruder, die Matratze quietsche. »Guck Mal!« Christian schlug die Bettdecke auf und schaute sie an, wie die Fliegen auf der Asbestplatte im Keller ihrer Kindheit. »Der ist groß, da staunst du, was!« René glaubte an das Christkind, bis sie in die vierte Klasse kam. Einen Penis hatte sie noch niemals in diesem Zustand gesehen. Sie hatte Angst, wollte aufstehen. Doch Christian nahm ihre Hand und flüsterte eindringlich: »Komm fass Mal an, wie hart der ist!« René gehorchte ihrem großen Bruder. »Lass Mal bei dir anfassen«, raunte Christian und seine Hand glitt unter ihr Nachthemd. René lief weg. Die Geschwister schwiegen über dieses Ereignis, als habe es nie stattgefunden. Doch ihre Verbundenheit hatte tief drinnen einen Riss, der nicht mehr heilte. René erzählte niemanden von diesem Erlebnis, sie schämte sich und wollte nicht, dass Christian geschlagen wird. Trotzdem war sie wütend auf die Eltern, die sie nicht beschützt hatten.

Seit sie sechs Jahre alt war, schickte die Mutter sie jedes Jahr vor dem Osterfest zur Beichte. Auf dem Weg zur Kirche überlegte René, was sie dem Pfarrer erzählen sollte, denn sie wusste nicht, was ihre Sünde war. In der Kirche öffnete sie die quietschende Tür des Beichtstuhls mit den violetten Gardinen. Zu laut fiel die Tür hinter ihr ins Schloss. Es roch modrig in der engen Kabine. Ängstlich kniete sie sich auf die Büßerbank, wie es die Mutter erklärt hatte. Der Pfarrer murmelte etwas Unverständliches und René bekreuzigte sich. »Nun mein Kind, was hast du zu beichten?«, wollte der Gottesmann wissen.

Obwohl seine Stimme freundlich klang, verschwieg René lieber die Wahrheit, denn sie wollte den Pfarrer zufrieden machen. »Ich habe gelogen«, flüsterte sie und war erleichtert, in diesem Moment zu sündigen. Wenn sie nach der Beichte nach Hause zurückkehrte, begrüßte die Mutter sie überschwänglich wie bei keiner anderen Gelegenheit. ›Habe ich eine Lüge frei, wenn man dafür bereits seine ›Vater Unser‹ als Sühne gebetet hat‹, überlegte sie als die Tür des Behandlungszimmers aufflog und gegen die Wand donnerte.

»Dem fehlt gar nichts. Deine Aufmerksamkeit möchte er. Geh rein und setz Schröpfglocken an. Später nimmst du Blut ab für die Eigenblutbehandlung gegen seinen Heuschnupfen«, erklärte Kriemhild leise im Vorbeigehen. Die Toilettentür fiel hinter ihr ins Schloss.

Widerwillig ging René in das Behandlungszimmer, ihr Herz

pochte bis zum Hals. Auf der Liege lag ihr Vater auf dem Bauch, artig wartend in einer feingerippten Schiesser-Unterhose, die sie tausendfach gebügelt hatte. Mit geschlossenen Augen grinste er wie ein zufriedenes Kind. Renés Magen verkrampfte sich. Sie goss warmes, nach Lemmongras duftendes Öl auf den Rücken des Vaters und massierte ihn. Seine Haut war weich und mit Leberflecken übersät. Danach setzte sie ihm Schröpfglocken an, die saugten die Haut des Vaters an, die sich langsam tiefrot verfärbte. »Mhmm, das tut gut«, raunte er stöhnend.

»Hast du nachher kurz Zeit für mich? Ich möchte mit dir sprechen«, brachte René leise hervor.

»Ja. Wäre schön, wenn ihr mich danach zum Bahnhof bringt.«

»Machen wir. Claus holt uns später ab.«

Nach der Blutabnahme krempelte der Vater den Hemdsärmel herunter und verschloss ihn sorgfältig mit dem Manschettenknopf. Er nahm sein graues Sakko von der Stuhllehne, René half ihm in den Trenchcoat. Die Glocke über der Tür läutete, als sie gemeinsam die Praxis für einen Spaziergang verließen. Schweigend liefen sie nebeneinander die Straße hinunter. Ein Handrasenmäher surrte über eine Grünfläche, Kinder spielten in der Einfahrt. René nahm ihren ganzen Mut zusammen. »Jemand aus unserer Familie trat mir sexuell zu Nahe, als ich ein Kind war. Ich fühlte mich schuldig. Anders. Befleckt. Ich schämte mich. Mit Fünfzehn hasste ich meinen Körper. Ist euch nicht aufgefallen, dass ich immer magerer wurde? Manchmal konnte ich gar nicht so viel essen, wie ich kotzen musste.« Ihre Stimme klang leise und monoton, sie lauschte ihr von Ferne. René hatte immer geglaubt, es sei schwer, gehorsam zu sein. Jetzt wusste sie, dass Ungehorsam weitaus schwieriger war.

»Aha, ja, ja. Lass uns umkehren, es wird Zeit.« Wie eine Schmeißfliege, die gegen eine Scheibe klatschte, prallten ihre Worte am Vater ab.

»Du bist nicht der Einzige mit Schulden. Auch ich brauche finanzielle Unterstützung.« Die Worte quälten sich aus Renés Mund.

Friedhelms Augenbraue zuckte. »Wie viel?«, fragte er rein geschäftlich.

»Dreißigtausend!«, haute René ihre Forderung raus und erschrak bis ins Mark über ihre Dreistigkeit. Es war eine Fremde, die sprach. Doch ein Teil von ihr fand Gefallen an der Idee, der Vater zahle für die Schmerzen, die er Christian und ihr zugefügt hatte. Schweigend liefen sie zurück zur Praxis. Claus wartete draußen.

Während der Fahrt zum Bahnhof saß Friedhelm still auf der Rückbank. Mit ausdruckslosem Gesicht umklammerte er seine Aktentasche.

Eine Woche lang blieb das Telefon stumm. René rief ihre Eltern an. »Mit dir spreche ich nicht mehr!«, verkündete ihre Mutter mit Grabesstimme. Sie legte auf.

René stürzte in einen Abgrund. Sie musste wahnsinnig gewesen sein. Warum hatte sie nicht geschwiegen? Jetzt bekam sie ihre Strafe und wurde weggesperrt. Sie war schuld, das wusste sie doch. Ihr stand keine Unterstützung zu. Ganz allein saß sie im Verlies ihrer Angst und rüttelte an den Stäben, Schweiß stand auf ihrer Stirn. Wieder wählte sie die Nummer der Eltern. »Sprich mit deinem Vater!«

Es knisterte, der Hörer wurde weitergereicht. »Nichts bekommst du von uns, hörst du, gar nichts! Der Pfarrer sagt das auch! Wir wollen nichts mehr mit dir zu tun haben!«

Die Worte des Vaters bohrten sich in Renés Herz wie ein Dolch. »Wisst ihr was? Ich rede auch nicht mehr mit euch! Nie wieder.« Mit zitternder Hand legte sie auf.

›War das ein Hexenprozess im zwanzigsten Jahrhundert?‹, meldete sich die Wut. René presste ihre Ellbogen in den brennenden Magen, der Schmerz dämpfte ihre Gedanken. Auf die Verzweiflung folgte Ruhe. Sie fiel und fiel in eine namenlose Tiefe. Gleich würde sie aufschlagen auf den Boden. Ihr Herz schlug wild. Sie schaute unter sich und musste urplötzlich lachen. Wenn alles verloren war, gab es auch keinen Boden mehr, auf dem sie zerschellen konnte. »Unter mir ist gar kein Boden!«, sagte sie laut. Befreit von ihrer Angst vor dem Aufprall breitete René die Arme aus und flog los. Im Radio lief Queen, sie drehte die Musik lauter. »Is this the real life? Is this just fantasy? Caught in a landslide, no escape from reality. Open your eyes, look up to the skies and see«, sang Freddie Mercury.

Frei wie ein Adler flog René über Täler und Gipfel. Sie schwebte über das Blau des Meeres, rastete auf einer unbewohnten Insel und landete schließlich in ihrer Küche. Dort häufte sie Mehl auf der Steinplatte an. Das aufgeschlagene Ei glitt in die Kuhle in der Mitte. Auf dem Rand verteilte sie Butterstückchen in symmetrischen Abständen. Sie würdigte kurz das Kunstwerk, dann knetete sie aus den Zutaten einen Mürbeteig. Die feuchte Masse an ihren Händen spendete ihr Trost. So wie die Zutaten sich zu einem neuen Ganzen verbanden, so verwandelten sich Renés quälende Gefühle in eine neue Erfahrung. »I'm just a poor boy, I need no sympathy. Because I'm easy come, easy go, little high, little low. Any way the wind blows doesn't really matter to me, to me.«

Mit den Fingern fettete René die Springform, den Boden und einen Teil des Randes legte sie mit Teig aus. In einer Schüssel verquirlte sie Eier und Zucker mit dem Handmixer, bis die Masse cremig wurde. Vorsichtig hob sie gemahlene Mandeln, abgeriebene Zitronenschale, Zimt und einige Tropfen Bittermandelöl unter und inhalierte den Duft. Dann füllte sie die Mandelmasse in die Form und strich überstehende Teigränder glatt. Der Backofen war heiß und sie schob den Kuchen hinein. Mit dem Finger leckte sie die bittersüße Creme aus der Schüssel. Ihr Leben lang wünschte sich René, von Mutter und Vater geliebt zu werden. Zu Beginn ihres Lebens hing ihre Existenz von der Zuwendung der Eltern ab. Später war Renés Beitrag zu deren Zufriedenheit das Maß, mit dem ihr Aufmerksamkeit zuteilwurde. René diente Vater und Mutter, so gut sie es vermochte und hatte doch stets das Gefühl, ungenügend zu sein. Etwas geschenkt zu bekommen, ohne zuvor eine Leistung erbracht zu haben, diese Erfahrung war ihr fremd. Nun hatte sie es anders gemacht. Sie hatte ihr Bedürfnis nach Verständnis ernst genommen und Unterstützung gefordert. Dafür war sie gedemütigt und verstoßen worden. Das Schlimmste war eingetreten. Sie hatte ihre Eltern verloren. Doch etwas Unerwartetes geschah. Als ihre Angst und Einsamkeit übermächtig wurden, blieb sie stehen. Frei von Hoffnung und Erwartung, gab sie zu, gedemütigt worden zu sein und fühlte ihre Angst und Verzweiflung. Selbst Jesus hing nicht am Kreuz und sah gelassen seinem Tod entgegen, er rief aus dem tiefsten Grund seiner Seele: »Vater, Vater, warum hast du mich verlassen?« René blickte nicht länger nach oben, verlangte nach keinem Heilmittel, keiner Unterstützung. Sie ließ los. Am Ort ihrer größten Pein wurde sie still und es vollzog sich die innere Alchemie, die Blei in Gold verwandelt. In einem solchen Moment stirbt das Individuelle in das Universale hinein, so wie Jesus am dritten Tag nach seinem Tod am Kreuz wieder auferstand. Das Dasein selbst schenkte René in einem Akt der Gnade ein Gefühl der Annahme, das ihr niemand geben oder nehmen konnte außer sie selbst. Sie stand vor dem Ofen und fühlte Ruhe und die Verbundenheit des All-eins-seins anstelle von Ein-samkeit und Verzweiflung.

René nahm die galicische Mandeltorte aus dem Ofen, die Oberfläche war goldbraun. Der Duft des Kuchens zog durch das Haus. Nach dem Abkühlen löste sie die Torte aus der Form und schob sie auf die blaue Kuchenplatte aus Glas. In der Mitte legte sie eine Schablone in Gestalt des Jakobskreuzes auf und bestäubte die Oberfläche mit Puderzucker. Vorsichtig nahm sie die Papiervorlage ab. Das Kreuz der Santiagoritter, ein fußgespitztes Lilienkreuz ziert bis heute Kirchenfahnen, Grenzsteine am Jakobsweg und den berühmten Mandelkuchen, die »Tarta de Santiago«. Die Lilie symbolisiert das »reine Herz«. Wer es besitzt »schaut Gott« und »unterscheidet mit dem Schwert die Geister«. Jakobspilger, die auf ihrem Weg geläutert wurden, treten mit reinem Herzen »ins Heiligtum ein.« René hatte diese Botschaft erfahren und fand Bestätigung in den Worten der Bibel.

DEM UNGEHEUER IN DIE AUGEN SEHEN

Das älteste Konferenzzentrum der Rosenkreuzer befand sich in Calw. Dort war schon Valentin Andreä tätig gewesen. René und Claus hatten dort bereits mehrfach ein Wochenende verbracht und Freunde gefunden. René war dankbar, Teil dieser Gemeinschaft sein zu dürfen und hoffte, einen Beitrag leisten zu können. Claus wartete darauf, endlich etwas zu erhalten, dass ihn weiterbringen würde. Sie standen nebeneinander in der Aula in der Warteschlange.

»Wie heißet Sie gleich?«, erkundigte sich die Schwäbin an der Anmeldung mit ihrer durchdringend hohen Stimme. Der gemütliche Dialekt versöhnte René mit dem Anblick der Schleife, die den Hals der älteren Dame strangulierte und zu einer Schluppenbluse in Arielweiß gehörte. »Sie besitzt die Bluse in mindestens drei Farben. Bei der letzten Konferenz trug sie eine blaue und davor eine rote«, flüsterte René.

Claus grinste, mit der Hand rieb er sich den verspannten Nacken, denn er war während der letzten Stunden schnell gefahren. Der kalte Schweiß stand ihm allerdings aus einem anderen Grund auf der Stirn. Claus fühlte sich abgelehnt, obwohl niemand ihn kritisierte. Er strebte nach oben, wollte etwas Besonderes sein und fand nicht die gewünschte Bestätigung. Dieser innere Druck trieb seinen Blutdruck in die Höhe und färbte sein Gesicht rot. René spürte, wie seine innere Unruhe von ihm in einer Endlosschleife forderte, sich gegen den Feind zu wehren und die Meute in die Flucht zu schlagen. Schwer atmend widerstand er nur mit Mühe dem stärker werdenden Drängen. ›In seiner Nähe muss Glas zerspringen!‹, stellte René besorgt fest. ›Wie er sich fühlen muss, wenn ich es neben ihm schon kaum aushalte.‹ Ihre Schilddrüse vibrierte heftig, sie hatte ein feines Körpergefühl. Ihr Geruchssinn war besonders ausgeprägt. Kriemhild hatte sie gelehrt, Gerüche den verschiedenen Organen zuzuordnen. Claus roch süßlich nach einer strapazierten Leber. Vielleicht fürchtete er, ein Niemand zu sein, wenn er den Mantel des Besitzes ablegte, mit dem er sich präsentierte. Der größte Feind wohnt oft in unserem Inneren. René schob die schwarze Reisetasche mit dem Fuß weiter, die Reihe der Wartenden bewegte sich langsam nach vorne. Endlich kam sie vor dem Tisch der grauhaarigen Schwäbin an und reichte ihr die Anmeldeformulare. »Weib Lind Zäwwl Sieba, Herr Lind Zäwwl Zwölf.«

»Zimmer Zwölf ist ein großer Schlafsaal mit quietschenden Stockbetten! Wieder eine Nacht ohne Schlaf!« Claus stöhnte und verdrehte seine Augen.

»Tja, ein Grand Hotel sieht anders aus. Hier muss es schon etwas Besonderes geben, wenn Hunderte Menschen gemeinsam ein Wochenende auf engem Raum ohne Komfort verbringen.« René musterte ihren Mann aus den Augenwinkeln und stieß sanft den Ellbogen in seine Seite.

»Kann es etwas Richtiges im Falschen geben?«, zischte Claus.

»Alles ist möglich«, grinste René aufmunternd. Mit hochgezogenen Augenbrauen und gespielter Bewunderung fügte sie hinzu: »Der Satz ist von dir, mein Schatz.« Claus lächelte zufrieden.

Der Fünfzigerjahre-Charme des weiß gestrichenen Gebäudes mit funktionalen Möbeln war wenig ansprechend. Überall roch es nach schwäbischer Salmiakgründlichkeit. René nahm jedes Detail wahr und sah doch über die Äußerlichkeiten hinweg. »Da sind Johannes und Masha!« Freudig winkte sie dem Paar, das schnurstracks auf sie zusteuerte.

Masha und Johannes Kostevski schlossen auf Zehenspitzen balancierend ihre einen Kopf größere Freundin in die Arme. Claus wahrte Abstand. Höflich reichte er die Hand und machte einen Diener. »Wollen wir vor dem Gesangsdienst einen Spaziergang machen?«, fragte René.

»Ich helfe in der Küche«, entschuldigte sich Masha.

Wie die meisten Teilnehmerinnen belastete die Siebenunddreißigjährige »das Fahrzeug ihrer Seele« nicht mit giftigen Haarfärbemitteln oder Dauerwellen. Kosmetische Produkte mied sie ebenfalls. Die ungeschminkte Wahrheit war früh ergraut, trug einen Pagenschnitt, hatte große, hellblaue Augen und einen Rubenskörper, dessen ausladende Hüften nach Babys schrien.

»Wir können gerne gemeinsam laufen. Ich bringe meine Sachen auf das Zimmer, dann treffen wir uns draußen«, antwortete Johannes. Er zwinkerte René zu und legte den Arm um die Schulter von Claus, der verhalten lachte, denn der Größenunterschied zwischen den Männern war enorm. Vereint marschierte das ungleiche Paar zu den Schlafräumen. Auch René machte sich beruhigt auf den Weg. Johannes würde Claus sicher unterstützen.

»Hallo René! Teilen wir uns ein Bett?«, erkundigte sich Lydia überschwänglich. Die zierliche Person trug die eisgrauen Haare raspelkurz, ihre Rehaugen leuchteten warm. Lydias Teint war tief gebräunt von ihren Reisen in tropische Länder. Die Saarländerin schwebte in kolibribunten Gewändern durch die Welt. Wie der exotische kleine Vogel verweilte sie heftig mit den Flügen schlagend nur kurz auf der Stelle, trank den süßen Nektar und flog blitzschnell weiter von Blüte zu Blüte.

»Ich teile mir gerne ein Bett mit dir. Kann ich unten schlafen?«, antwortete René vergnügt und schaltete beim Anblick der schillernden Paartherapeutin vom schwäbischen Schwarzweiß- auf Farbsehen um.

»Ich mag die Höhenluft. Wenn ich schnarche, tritt mich bitte in den Allerwertesten! Mir geht es blendend. Unser Haus ist fast fertig. Die letzten Wochen beschäftigte ich mich mit der Farbauswahl für unser handgefertigtes Bleiglasfenster im Eingangsbereich mit smaragd und blaugrün schimmernden Paradiesvögeln. Ihr müsst unbedingt vorbeischauen, wenn es eingesetzt ist.«

»Das machen wir gerne!«

Schweigend bezogen die beiden ihre Betten. Denn auf dem Gelände der Geistesschule war Stille ein Gebot.

Wer sich unterhalten wollte, tauschte sich kurz in den Schlafräumen oder während der Mahlzeiten aus. Viele machten einen Spaziergang. In dem ausgedehnten Waldgebiet rund um das Konferenzzentrum herrschte ein reger Pilgerverkehr. Heute schimpfte der eisige Aprilwind in den alten Tannen, die bedächtig ihre Köpfe schüttelten. Es war viel zu kalt für die Jahreszeit. René schlüpfte in ihre Lederhandschuhe und knöpfte den beigen Wintermantel zu. Um ihre Schultern lag ein dunkelblauer Wollschal. Leise trat Johannes an ihre Seite und schlug den Kragen seines Wollmantels zum Schutz gegen die Kälte hoch. Mit den behandschuhten Fingern rieb er sich seine gerötete Nasenspitze, die ihrer Bezeichnung alle Ehre machte.

»Claus ruht sich aus«, sagte Johannes zuversichtlich nickend.

»Das ist gut. Ich sorge mich um ihn. Wenn wir hier sind, schläft er kaum.« René hakte sich bei Johannes unter, sie hatte lange auf dieses Gespräch gewartet.

Gemeinsam verließen sie das Gelände und bogen in einen breiten Waldweg ein. Erst jetzt fing Johannes an zu sprechen: »Jeder reagiert auf seine Art auf das Strahlungsfeld der Geistesschule. Tritt ein Mensch in positive Resonanz damit, drängt ihn diese Kraft zur Verwirklichung der angenommenen Aspekte der universellen Lehre in seinem Leben. Die Sicherheit, dieses innere Wissen, angekommen zu sein, das ist der Glaube, der lebendig macht. Das meint Jesus, wenn er von dem Mann spricht, der sein Haus auf Felsen baut und nicht auf Sand.«

René fühlte jedes Wort von Johannes. Zum ersten Mal war sie Teil einer Gemeinschaft. Einer Gruppe von sehr unterschiedlichen Menschen, die der Glaube, der Zweifel und ihr Bemühen einte. Auch René kannte den Zweifel, der sie von Zeit zu Zeit von innen anfraß und Pfeffer in die Wunde streute. Dann übertönte der Verstand die Stimme des Herzens und sie beobachtete mit einem Mal skeptisch, was sie an diesem Ort Merkwürdiges tat. Lange hatte sie unter dem Katholizismus ihrer Mutter gelitten. Jetzt war sie Teil einer Gruppe, die von Christuskraft und Gott sprach.

»Der Glaube an eine andere, eine göttliche Welt und die Erkenntnis, dass der Weg dorthin von jedem früher oder später gegangen wird, bilden die erste Stufe des Pfades.« Johannes blieb stehen und schaute René eindringlich in die Augen. »Wer Widerstände durchkämpft, ist richtig hier. Niemand bleibt davon verschont. Niemand sieht in einen anderen hinein. Keine Person weiß von sich selbst, an welcher Stelle des Pfades sie sich befindet. ›Fleisch und Blut können das Königreich Gottes nicht ererben.‹ Wir sind aus ›Staub‹ geschaffen und werden wieder zu ›Staub‹ vergehen. Diese Erkenntnis gefällt dem Ego nicht. Nur die Summe unserer Erfahrungen, gesammelt in vielen Inkarnationen, bewegt die Persönlichkeit, an die Pforte einer Geistesschule zu klopfen.

Das heißt nicht, dass die Persönlichkeit schlecht ist oder unerwünscht oder unterdrückt werden sollte. Sie ist, was sie ist. Ein Geschöpf dieser Welt.«

René musterte Johannes von der Seite. Seine Wangen waren vom Wind gerötet. Erleichtert die Sorge, um ihren Mann mit ihrem Freund teilen zu können, sagte sie: »Claus beschäftigt sich seit langem mit diesen Themen. Ohne ihn wäre ich wohl nicht hier. Aber etwas in ihm will sich nicht beugen. Auch im Alltag treibt ihn eine zerstörerische Kraft.«

Eine Weile liefen sie schweigend nebeneinander, René lauschte dem Gleichklang ihrer Schritte, bis Johannes fortfuhr: »Die Bibel kennen die meisten als Manifest der Kirche. In Wahrheit ist sie ein Buch mit sieben Siegeln. Wer anklopft, dem wird geöffnet. Man kann von zwei Bibeln sprechen. Die zweite ist die allgegenwärtige Weisheit Gottes, die Gnosis, die von der Bruderschaft der unsterblichen Seelen beschirmt wird. In der Confessio Fraternitatis R.C. der klassischen Rosenkreuzer von 1614 heißt es über die Bibel: ›Gesegnet ist, wer sie besitzt; gesegneter, wer sie liest; am gesegnetsten ist, wer sie gründlich kennenlernt; während jener Gott am ähnlichsten ist, der sie versteht und befolgt.‹ Jeder Schüler, der zu einer Konferenz anreist, bringt seine Erfahrungen, seine Urteile und Prägungen mit. Meist sind wir katholisch geprägt. Es ist nicht einfach, die Wertungen unserer Erziehung abzulegen.«

Johannes nickte zwei grauhaarigen Herren in dunkelblauen Wollmänteln zu, die in ein Gespräch vertieft vorbeiliefen und den Gruß erwiderten. René und Johannes bogen in einen schmalen Pfad ein, der steil bergauf führte. »Die Persönlichkeit möchte teilhaben. Nicht wenige versuchen, die Person aktiv weniger werden zu lassen, in dem sie sich unauffällig kleiden oder sich von der Welt abwenden. Andere meinen, ihr Wissen über den Pfad drücke ihre Reife aus. Wieder andere kämpfen dagegen an. Manche verlieben sich leidenschaftlich, nachdem sie in eine Geistesschule eingetreten sind. Die Persönlichkeit ist erfinderisch und am Ende ist jede Kapriole ein Schritt auf dem Pfad. Aber der Prozess, den Johannes mit den Worten beschreibt ›Er muss wachsen, ich aber muss abnehmen‹ geschieht einzig von innen heraus aus der Christuskraft. Menschen, die den Pfad weit gegangen sind, strahlen Frieden aus. Sie wirken auf ihre Umwelt langweilig oder uninteressant, werden übersehen von der bunten, geschäftigen Welt, weil sie aus einer anderen Kraft leben. ›Das Licht scheint in die Finsternis, und die Finsternis hat es nicht begriffen.‹

»Danke Jo für deine Worte. Das weltliche Gewand der Geistesschule ist nicht makellos, kann es gar nicht sein, weil es eben die weltliche Ansicht ist.«

»Jeder sieht die Welt seinem Seinszustand entsprechend. Es gibt kein richtig und falsch. Jeder trifft seine Wahl und die Christuskraft holt ihn genau dort ab. «

»Vielleicht ist diese Geistesschule nicht die passende für Claus. Gibt es noch andere Gefäße, in denen sich die Christuskraft den Menschen offenbart?«

»Es gibt drei verschiedene Einweihungswege. Es gibt Systeme, in denen durch Übungen und Mantras das Bewusstsein von der Persönlichkeit abgespalten wird, ähnlich wie es im Schlaf geschieht. Von den körperlichen Beschränkungen befreit, erhebt sich das Bewusstsein in die Sphären der Astral- und Mentalwelt und gewinnt dort Kenntnis aus erster Hand. Dann existieren Gemeinschaften, die die Persönlichkeit in einen Zustand höchster Reinheit und Verfeinerung bringen möchten, damit das Licht des Gottesgedankens sich darin spiegelt. Und schließlich gibt es Schulen, die danach streben, die alchemische Verwandlung der Persönlichkeit herbeizuführen. Die Rosenkreuzer gehen den dritten Weg. Einen langsamen, kontinuierlichen Weg.«

»Manchmal verwandelt sich Claus in ein Ungeheuer. Ich möchte ihm helfen und habe Angst, gefressen zu werden. Ich weiß nicht, wie man einem Ungeheuer begegnet.«

Johannes blieb stehen. Der Blick seiner dunklen Augen ruhte liebevoll auf René. »Nimm diese Frage mit. Trage sie mit dir in die Tempeldienste. Wiederhole sie beim Ein- und beim Ausatmen. Stell sie dir immer wieder neu. Ohne zu grübeln. Wie begegne ich einem Ungeheuer? Dann lass los und schau, was geschieht.«

In Renè öffnete sich eine neue Tür, hinter der eine weite Landschaft der Möglichkeiten lag. Etwas in ihrem Inneren behütete sie und half ihr Antworten zu finden.

Nach dem Spaziergang ruhte sich René aus, bis die Glocke läutete und zum Gesangsdienst am Nachmittag rief. Frauen und

Männer strömten in Stille vereint auf dem Rundweg zum Tempel, der in seiner Kreisform den ewigen Geist Gottes symbolisierte, der alle Offenbarung umschließt. René lauschte dem Gleichklang der Schritte von dreihundert Menschen auf dem Asphalt. Das schmucklose Hauptgebäude des Tempels hatte rundum große Fenster. Es war in Form eines Dreiecks erbaut, das Sinnbild des geoffenbarten Geistes in seiner dreifaltigen Ansicht als Vater, Sohn und Heiliger Geist. Die quadratischen Nebengebäude des Tempels bildeten das Viereck des Bauens, die Verkörperung der göttlichen Idee in der Ursubstanz. Kreis, Dreieck und Viereck sind ein universelles Symbol für die göttliche Schöpfung. René betrat neben Claus den Tempel. Sie trug ein schwarzes Kostüm mit einem wadenlangen schmalen Rock. Wie die meisten Männer trug Claus einen Anzug. Er wirkte entspannt. Sie nahmen in einer der hinteren Reihen Platz. René atmete zufrieden die Atmosphäre des lichten Tempels, in dessen Mitte ein Brunnen plätscherte. ›Wie begegne ich einem Ungeheuer?‹

Einzelne Huster hallten in die Stille. Vorne stand ein schlichtes Rednerpult aus dunklem Holz, dahinter hing ein goldenes Kreuz mit einer stilisierten Rose in der Mitte. Öffnet ein Mensch sein Herz für das Christuslicht, begegnen sich Geist und Materie im Schnittpunkt des Kreuzes, im Herzen. Zur unsterblichen Seele erblüht die dort verborgene Rose und ihre Aura färbt sich golden, umhüllt sich nach und nach mit dem »Goldenen Hochzeitskleid«, dem »Goldenen Vlies«. Die Klänge einer Querflöte durchbrachen plötzlich die Stille und fluteten Renés Körper. Flügel und Violinen gesellten sich dazu. René bewegte sich kaum wahrnehmbar im Takt der Musik. Die einsetzenden Männerstimmen verdunkelten den Raum mit ihren tiefen Vibrationen. Hell und klar war die Antwort der Frauenstimmen. Der Gesangsdienst einte und erhob die Geister. Als die Instrumente nach dem letzten Ton erstarben, erhob sich Intendant Huber von seinem Platz in der ersten Reihe. Sorgfältig verschloss er sein Sakko und schritt zum Rednerpult. Sein Seitenscheitel teilte akkurat die kurzen, grauen Haare. Das Auffälligste an Herrn Huber war seine Unauffälligkeit vom Scheitel bis zur Sohle. Renés Lider wurden schwer und schwerer, obwohl sie ausgeschlafen war. Sie gab ihrem Bedürfnis nach und schloss die Augen. ›Wie begegne ich einem Ungeheuer?‹, wiederholte sie ihre Frage. Die Melodie der rituellen Texte, die Intendant Huber vorlas, trugen sie in einen Halbschlaf hinüber.

Während einer Konferenz schliefen die meisten Teilnehmer mehr als normal. Auch René ruhte nach dem Tempeldienst in ihrem Bett.

»Bist du wach?«

Lydias Kopf lugte über die Kante des oberen Bettes. Blinzelnd lächelte René in das fröhliche Gesicht über ihr und murmelte, während sie sich wohlig streckte: »Ja, jetzt schon.«

»Ich habe von dem Musical geträumt, das ich mit Bernd gesehen habe, ›Die Schöne und das Biest‹.«

Augenblicklich war René hellwach. »Um was geht es da?«

»Als Paartherapeutin würde ich sagen, es geht um eine junge Frau, die ihr Glück nicht in der Familiengründung sucht und ihrer Begegnung mit toxischer Männlichkeit.«

»Toxischer was?«

»Der Begriff giftige Männlichkeit fasst männlich geprägte Eigenschaften zusammen wie Dominanz, Narzissmus, Härte, Aggressivität und Frauenfeindlichkeit. Als erstes begegnet Belle dem General Gaston. Er ist dermaßen in sich selbst verliebt, dass die Wahl seiner Herzensdame eine rein narzisstische ist. Belle ist keine eigenständige Person für ihn, sie ist ein Schmuckstück, das ihn selbst dekoriert wie ein Orden. Die schönste Frau steht Gaston einfach zu. Er will sie heiraten und damit ist sie bereits sein. Wenn Gaston die Selbstbeherrschung und den letzten Funken Empathie verliert, dann denkt er an Krieg und Tod, um wieder zur Ruhe zu kommen.«

»Ein Ungeheuer!«

»Das ist er. Um ihren Vater zu befreien, trifft unsere Schöne auf das nächste Exemplar der Gattung. Dieses Biest unterscheidet sich zunächst kaum von Gaston. Vielleicht nur dadurch, dass sein Äußeres zu seinem Inneren passt. Der Fluch einer Zauberin verwandelte den Prinzen in ein haariges Ungeheuer. Nur der Kuss der wahren Liebe vermag ihn zu erlösen. Jähzornig und aggressiv tritt es jeden Tag vor seine schöne Gefangene hin und fordert ihre Hand. Belle lehnt ab Tag für Tag. Sie denkt nicht daran aus Angst, dem Ungeheuer gefällig zu sein, Zustimmung und Sympathie vorzutäuschen. Als das Biest die Schöne vor einem Rudel Wölfe rettet, verändert sich die Beziehung der beiden. Nicht weil er seinen Besitz verteidigt, sondern weil er aus Mitgefühl und Fürsorge handelt. Belle erkennt die Schönheit in dem Ungeheuer. Das Biest verliebt sich in die Schöne und nimmt damit Abschied von seinem Narzissmus. Das Ungeheuer entscheidet sich für eine Beziehung, in der sich die Partner gegenseitig unterstützen. Weil sich die Liebenden in Freiheit auf Augenhöhe begegnen, kann jeder in der Begegnung wachsen. So verwandelt sich die Bestie in einen Menschen. Als die Schöne das Ungeheuer küsst, ist es nebensächlich, welche Gestalt der Geliebte hat. Es kommt nicht auf die Maske an. Nimmt man sie ab, liegt dahinter etwas, das du schätzen lernen musst und lieben. Bis es soweit ist, bist du gefangen. Nur durch wahrhaftige Selbstakzeptanz erkennen wir unsere Herausforderungen als die Geschenke, die sie sind. Dann können wir uns mit dem ungeheuerlichen Merkmal unseres Lebens vereinigen und glücklich bis ans Ende leben.«

»Lydia, du hast mir die Augen geöffnet!«

»Nein, meine Liebe, das machst du ganz allein!«

»Ich brauche jetzt einen Kaffee!«

»Kaffee klingt wunderbar.«

René betrat den langen Weg der Selbstakzeptanz. Das Ungeheuer und Gaston glichen Claus in einem Maße, dass sie beschämte. Einen derart schonungslosen Blick auf ihren Mann hatte René sich nie zuvor erlaubt. Sie vertraute auf die Kraft dieses Ortes. Hier würde die harte Schale seines Narzissmus zerschlagen werden, wenn die Zeit dafür reif war. René wollte herausfinden, was sie veranlasst hatte, sich einen Mann wie ihn zu suchen.

Im Foyer wartete Claus. Schon von Weitem erkannte René an seinem zerknirschten Gesicht mit den tiefen Falten über der Nasenwurzel, dass etwas vorgefallen sein musste. Neben Claus stand Bernd Fliege, Lydias Mann. Weiche Locken umrahmten dessen feine Gesichtszüge. Seinen mittelgroßen, schlanken Körper beugte er nach vorne wie einen gespannten Bogen, stets auf dem Sprung, zur Flucht bereit.

»Worte sind wie Schiffe. Sie verlassen den Hafen und kehren irgendwann in ihn zurück.« Bernd schob seine rahmenlose Brille mit runden Gläsern zurück, die ihm ständig von der Nase rutschte. »Wie poetisch. Mir kommen die Tränen!« Claus' Worte entwichen ihm unter Schmerzen, nervös fuhr er sich durch die Haare. Als er weitersprach, gestikulierte er übertrieben mit den Armen, dabei bog er stöhnend seinen Oberkörper zur Seite. »In meinem Fall muss es heißen: Worte sind schnaufende Dampfloks, sie verlassen den Bahnhof und kehren irgendwann als schallende Ohrfeige zurück!« René stellte sich neben ihn.

»Claus schnarchte laut. Wolfgang sprach ihn mehrmals an, konnte ihn aber nicht wecken. In seiner Verzweiflung hielt er Claus die Nase zu. Dabei drückte er ein wenig zu fest. Jedenfalls hat sich Claus erschrocken und mit der Faust in Wolfgangs Auge geschlagen«, erklärte Bernd mit sanfter Stimme.

»Was für eine Frechheit!«, entfuhr es Claus mit hochrotem Gesicht. »Ich dachte, ich ersticke! Da ist mir die Hand ausgerutscht!«

»Wolfgang sitzt mit einem Kühlkissen im Speisesaal. Er wird es verschmerzen. Wollen wir einen Kaffee trinken?« Bernd schaute versöhnlich in die Runde.

»In jedem Unglück liegt ein Schatz verborgen, du musst ihn nur heben«, tröstete Lydia.

»Geht ihr vor, Claus und ich kommen nach«, entschuldigte sich René.

»Danke. Noch so ein Sinnspruch und ich hätte ›Verpisst euch!‹ gebrüllt, dass es die beiden aus der Aula fegt!«

René wusste, dass er es ernst meinte. »Die beiden sind nur in homöopathischen Dosen zu genießen. Aber sie meinen es gut.«

»Gut gemeint ist das Gegenteil von gut gemacht!«, zischte Claus.

»Wenn die Weisheiten wieder sprudeln, geht es dir besser.« René lächelte und kraulte Claus' Nacken, der ihre Hand wütend abschüttelte.

»Schon gut. Mir geht es besser, wenn ich mit dir spreche. Inhaltlich bin ich hier mit fast allem einverstanden, aber die Leute in ihrem Einheitsbraunbeigegrau mit ihrem devoten Gesülze gehen mir mächtig auf den Sender. Da spielt mein Blutdruck verrückt!«

»Bitte, Claus, beruhige dich! Du solltest einen Arzt aufsuchen, der dein Herz und deinen Blutdruck untersucht.«

In gespielter Souveränität schnitt er ihr das Wort ab: »Lass uns in den Speisesaal gehen. Waldorf und Statler sitzen dort. Eine Portion Sarkasmus – das ist es, was mir jetzt guttut!« Claus setzte ein übertriebenes Grinsen auf.

Waldorf und Statler überblickten von der letzten Reihe aus das Geschehen. Von Zeit zu Zeit steckten sie die Köpfe zusammen. Mit einem Mal erhellten sich ihre Mienen, sie winkten die Freunde zu sich. »Hallo Lästerschwester. Sei mir gegrüßt, Blutsbruder!« Herbert Hohensee rückte zwei Stühle zurecht. Der geniale Geist spielte Piano, komponierte Opern und schrieb Bestseller. Seinen Job als Beamter im Innendienst der Steuerfahndung hatte der gelernte Verwaltungsjurist gekündigt. Dem blendend aussehenden Mann von hochgewachsener, schlanker Statur sah man seine Existenzängste nicht an, die ihn seit der Quittierung des Beamtenlebens quälten. Die strohblonden Haare waren durch einen Mittelscheitel sauber geteilt und mit Gel am Kopf fixiert. Herbert lebte sein Faible für das London des beginnenden zwanzigsten Jahrhunderts. Er verabscheute jede Verbindlichkeit. Seinen blauen Augen entging wenig, außer ein Blick auf sich selbst. Die hilfsbereite Charlene stand im Schatten ihres mit künstlerischen Talenten reich beschenkten Mannes. Manchmal ist es unergründlich, welches Gefäß Gott mit Talenten anfüllt. Charlene illustrierte Kinderbücher und spielte Saxofon. Beides bescherte ihr nur mäßigen Erfolg. Einmal im Jahr machte sie eine strenge Diät. Die verlorenen Pfunde futterte sie in den darauffolgenden Monaten wieder drauf und weitere dazu. Ihre Oberarme hatten das Format von Renés Oberschenkeln. Sie redete wie ein Wasserfall.

Herbert war bekennender Egozentriker. Die Welt war geschaffen, um ihm dienstbar zu sein. »Na, an der gnostischen Tanke gewesen und den Geist erhellt? Wir sind gerade angereist. Die Hitparade der Scheußlichkeiten haben wir uns erspart.« Herbert lachte diabolisch und warf dabei seinen Kopf in den Nacken.

»Du bist in Fahrt!« Claus nickte bewundernd.

»Pst!« Charlene legte den Finger auf die Lippen und deutete auf Intendant Huber, der hinter dem Rednerpult stand. Die Rückkopplung, die er beim Anstellen des Mikrophons erzeugte, brachte ihn nicht aus der Ruhe. Er zurrte die Krawatte zurecht. Mit freundlicher Stimme las er von einem Zettel ab: »Das Gebot der Stille gilt

auch während der Mahlzeiten. Ich bitte im Namen der Geistesschule alle Schülerinnen und Schüler, dieses zum Wohle der
Gemeinschaft einzuhalten.

Licht der Befreiung,
berühre uns jetzt in dieser Stunde.
Damit die neue Geburt geschehe,
in deiner Kraft,
in deiner Liebe.

Der Mensch, der Gott in seinem
täglichen Leben dient,
ist wahrhaft fromm.

Glücklich ist der Mensch,
der in seinem Innersten die Liebe trägt,
die Liebe, die in Gott ihren Ursprung hat,
die Liebe, die glaubt, erwartet und erträgt.

Gottes Liebe ziehe auch in ihre Seele ein
und mache sie zu einem neuen Menschen,
der betet, wirkt und baut in Gottes Kraft.«

Nach einem Moment der Stille setzte das Geklapper der Tassen
und Teller erneut ein. »Intendant Huber! Nach der letzten Konferenz schloss man Herbert wegen unangemessenen Bemerkungen
von den Tempeldiensten der inneren Schule aus. ›Richtet nicht, und
ihr werdet nicht gerichtet werden, verurteilt nicht, und ihr werdet
nicht verurteilt werden‹ Wir schreiben den Spießern von der obersten Heeresleitung einen deutlichen Brief, ein solches Urteil steht
denen nicht zu!«, ereiferte sich Charlene.

›Was aber siehst du den Splitter, der in deines Bruders Auge ist,
den Balken aber in deinem Auge nimmst du nicht wahr‹, dachte
René traurig.

Charlene und Herbert waren Schüler der oberen Grade und
rieben sich doch heftig an der weltlichen, hierarchischen Struktur
der Schule. Aus dieser Perspektive glich die Geistesschule für einige
einem hässlichen Gefäß. War es oftmals aber nicht gerade das

unansehnliche Kännchen, an dem man besonders hing? Das Läuten der Glocke forderte auf, sich für den großen Tempeldienst am Abend fertig zu machen.

René schaute noch schnell nach Claus, der sich mit Kopfschmerzen in sein Bett zurückgezogen hatte. Daher betrat sie als eine der Letzten den Tempel. Lydia wies ihr einen Platz in der ersten Reihe zu. Ein Geiger spielte zur Eröffnung ein Stück von Chopin. Danach erhob sich Bernd Fliege und trat an das Mikrophon: »Herzlich willkommen zum Tempeldienst an diesem Abend.« Bernds schüchterne Zurückhaltung war verflogen. René war überrascht, wie groß seine Strahlkraft als Redner war. »Lassen Sie mich einige Betrachtungen zum Thema dieser Konferenz ›Das lebendige Wasser von Aquarius‹ übertragen. In der heutigen Zeit ist nicht mehr die Entwicklung der Ich-Persönlichkeit das Ziel der Einweihung, sondern die Erweckung der ursprünglichen Seele, die sich mit dem Geist verbinden will. Dabei hilft das ›Lebendige Wasser von Aquarius‹, das als Strahlung über die Menschheit ausgegossen wird.

Zu Beginn des Einundzwanzigsten Jahrhunderts, am Anfang des Wassermannzeitalters, sind die Menschen der westlichen Zivilisationen sehr individualisiert. Das war nicht immer so. Wenn man in die Vergangenheit der Menschheitsgeschichte zurückblickt, erkennt man den langen Weg und die vielen Etappen, die zu diesem Punkt führten. Diese Wegstrecke mit ihren alten Einweihungsformen diente der Entwicklung der eigenständigen Persönlichkeit. Sie begann mit dem aufkeimenden Eigenbewusstsein im primitiven Menschen und führte zur vollständig individualisierten Persönlichkeit. Das Ziel der Individualisierung ist jetzt für die gesamte Menschheit erreicht.«

›Wir drehen uns in einem Maß um uns selbst, das den Dienst am Nächsten fast als Zumutung erscheinen lässt‹, dachte René. ›Für Claus ist der Dienst am Nächsten ein Ausdruck von Schwäche, des Unvermögens sich durchzusetzen und sich zu nehmen, was einem zusteht. Die anderen sind dazu da, ihm nützlich zu sein. Kriemhild tut viel, um andere zu heilen. Aber am Ende ist es ihr Erfolg, wenn ein Schwerkranker länger lebt, als die Prognosen der Schulmediziner besagen. Sie verfolgt ihre Ziele. Für einen Enkel setzt sie ein

Preisgeld aus und denkt wenig darüber nach, was andere möchten. Wie ist es mit mir? Ich helfe, aus Angst verlassen zu werden, weil es schon immer meine Aufgabe war, mich um andere zu kümmern. Ich weiß, wie es sich anfühlt, keine Unterstützung zu bekommen und wünsche niemanden diese Erfahrung. Gleichen Claus und ich einem Pendel, das in zwei Richtungen ausschlägt? Sehnen wir uns nicht alle nach den gleichen Dingen? Nach Liebe, Frieden und der Freiheit, unser Leben zu gestalten. So hat jeder seine Motive. Vielleicht ist die einzige Art und Weise einem anderen Menschen zu helfen, ihn nicht als hilfsbedürftig zu betrachten. Das Leben beschert jedem tagtäglich Möglichkeiten zu der Art von Selbsterkenntnis, die befreiend wirkt. Die Motivation zu handeln aber, kann nur dem eigenen Herzen entspringen. Ich kann meinem Nächsten lediglich zur Seite zu stehen und ihn in dem Vertrauen auf seinen Weg bestärken. Am Ende bedeutet wahre Hilfe, selbst den Weg der Befreiung zu gehen und dadurch den Weg für andere zu erhellen.‹

»Der Mensch zu Beginn des Aquariuszeitalters steht am Ende einer langen Entwicklung der Bewusstwerdung in der Materie, die tiefer nicht führen kann. Er muss jetzt eine neue Tür finden und durchschreiten! Diese Tür führt zur Befreiung aus der dialektischen Welt. Das hartnäckige Bestehen auf einem Standpunkt, das ›Entweder - Oder‹ wird losgelassen. Jedes vermeintliche Besserwissen wird losgelassen und entwickelt sich zu Demut. Jede Form des Erzwingens, der Selbstbehauptung, wird losgelassen. Sie entwickelt sich zu Liebe und aktiver Intelligenz. Das niedere Bewusstsein, das auf Basis des ›Auge um Auge‹ operiert, wird losgelassen und durch das höhere Bewusstsein ersetzt: ›wenn dich jemand auf deine rechte Backe schlägt, dem biete die andere auch dar.‹ Blei in Gold verwandeln, ist nichts anderes als der große Verwandlungsprozess in unserem Inneren. Der neue Mensch lebt in Einheit, Freiheit und Liebe. «

›Wie begegne ich einem Ungeheuer?‹ Dieses Mal richtete René ihre Frage an die Anteile in sich selbst, die sie hinderten, in die Liebe einzutreten. Mutig entfachte sie ihre Laterne und stieg hinab in die Verliese ihres Unbewussten. Kaum war sie unten angekommen, ließ ein grausames tiefes Stöhnen ihr das Blut in den Adern erstarren. Ein langer Gang mit Kerkerzellen lag vor ihr. Wasser tropfte an den Wänden herab. Es war kalt. René blieb vor dem ersten Gefängnis stehen. In der Dunkelheit raschelte es, eine Kette schleifte über den Boden. Dann drang ein Wimmern an ihr Ohr. René zitterte. ›Wer ist da?‹, flüsterte sie in die Finsternis. Der grelle Schrei schmerzte in Renés Ohren, sie blieb angewurzelt stehen. Plötzlich sprang ein kleines wildes Tier gegen die Gitter der Zelle, kreischte schrill und rüttelte lautstark an den Stäben. Die zotteligen lange Haare verdeckten sein Gesicht, es steckte in einem Sack, der nur die Arme freiließ. René trat ein Schritt näher und leuchtete mit ihrer Laterne in die Behausung. Das Geschöpf kauerte ganz hinten in der Ecke und musterte sie ängstlich aus blauen Augen. Renés Furcht war verflogen, langsam ging sie in die Knie und streckte ihre Hand durch die Eisenstäbe. Nach einer Weile krabbelte das Geschöpf nach vorne, zaghaft berührte es Renés Hand. Sie hielt ganz still. Schließlich strich sie dem Wesen die Haare aus dem Gesicht und erschrak. Vor ihr in dem Verließ saß die dreijährige René, die in ihrem Schlafsack steckte. Nur ein Riegel außen an der Zelle, hielt das Mädchen gefangen. René öffnete die Tür. Ängstlich verkroch sich das Kind in der Ecke seines Kerkers. René trat beherzt ein, setzte sich auf den kalten Boden und wartete. Ganz langsam näherte sich die Kleine und kletterte schließlich auf Renés Schoß. Eng umschlungen blieben die beiden sitzen und hielten sich, als seien sie eins.‹ Bernds Stimme holte René langsam zurück in die Gegenwart.

»Lieben bedeutet in diesem Zusammenhang nichts Eigenes wollen. Die Liebe zu Partner, Familie und Besitz ist begrenzt und daher vergänglich. Erst wenn sich unsere Liebe ins Grenzenlose weitet, verwandelt sie Zweckgemeinschaften in Liebesbeziehungen. Wer nur seinen persönlichen Zielen nachjagt, mag reich, mächtig und berühmt werden. Was Liebe ist, erfährt er nie. Wer dagegen die Liebe als ›Wu wei‹ lebt, ist ewig und ganz wie Himmel und Erde.«

Renés Herz klopfte wild, das war die Liebe, nach der sie sich sehnte und suchte. Diese Liebe konnte ihr niemand reichen und niemand vorenthalten. Sie hatte nicht die besten Startbedingungen gehabt, aber die universelle Liebe wartete auch auf sie in jedem Moment und überall. Sie wollte sich ihr zuwenden. René hoffte, auch Claus werde seine Laterne entzünden und neben ihr gehen.

»Wir sterbliche Wesen gehen aus der körperlichen Liebe hervor. Das Unvergängliche aber ersteht aus der Liebe zum Ganzen. Was ein Mensch in dieser Liebe tut, überlebt ihn. Augenblicke der Liebe sind gelebte Ewigkeit. Himmel und Hölle sind keine fernen, jenseitigen Reiche, deren Pforten sich nach dem Tod öffnen. Wer auf Erden liebt, ist im Himmel, und wer hasst, fährt augenblicklich in die Hölle hinab. Für unsere Taten werden wir weder belohnt noch bestraft, sie sind Lohn und Strafe, da sie im Moment ihres Geschehens Himmel oder Hölle sind. Die meisten Menschen befinden sich in der Hölle, weil sie nicht wissen, was Liebe ist. Liebe ist alles, was ohne Eigenwillen geschieht. Jesus sagt: ›Nicht mein, sondern Dein Wille geschehe!‹ Dieser Lebenshaltung entspricht das taoistische: ›Wu wei‹, das Handeln im Nicht-Handeln. Wer dem Eigenwillen folgt, ist ein Gefangener seines Egos. Wer dem Willen eines anderen folgt, ist der Sklave eines fremden Egos. Einzig in der Hingabe an den Willen des Ganzen ist man frei. Schließen möchte ich mit einem Zitat von Dostojewski:

›Brüder, vor der Sünde der Menschen schreckt nicht zurück,
liebet den Menschen auch in seiner Schuld,
liebet die ganze Schöpfung Gottes,
das ganze All,
jedes Sandkörnchen, jedes Blättchen, jeden Strahl Gottes.
Liebet die Tiere, liebet jegliches Gewächs und jegliches Ding.
Wenn du sie liebst, wird sich dir das Geheimnis Gottes in den Dingen offenbaren,
und schließlich die Welt mit allumfassender Liebe umfangen.‹«

Plötzlich schoss in René eine gewaltige Energie nach oben. Eine Woge der Liebe weitete sie in alle Richtungen und verband sie auch mit ihrer Mutter, die sich so sehr vor der Hölle fürchtete. Wenn sie ihr doch den Himmel öffnen könnte.

Am Sonntag war der Himmel strahlend blau. Nach dem letzten Tempeldienst wartete René am Auto. Neben ihr stand Wolfgang Maté. »Diese Konferenz wird mir in Erinnerung bleiben!« Er deutete versöhnlich grinsend auf sein Auge, das ein lila-blauer Kranz zierte.

»Es tut mir leid, was passiert ist. Das war ein intensives Wochenende, ich werde es so schnell nicht vergessen.«

Wolfgang berührte René sanft an der Schulter. »Du brauchst einen starken Mann, damit du nicht wegfliegst.« Dann blies er über seine Handfläche und schaute sehnsüchtig der imaginären Feder hinterher.

Johannes und Masha gesellten sich zu den beiden. »Claus sollte sich untersuchen lassen und mit einem Arzt über seine Kreislaufprobleme sprechen. Er wirkt wie ein Getriebener. Habt ihr Dr. Susanne Tellerlein kennengelernt?«, erkundigte sich Masha vorsichtig.

»Leider nein.«

»Sie ist eine hervorragende Ärztin und Homöopathin. Eine zierliche Person mit einer dicken Brille. Sehr resolut. Ich gebe dir die Telefonnummer.«

»Claus braucht Unterstützung, danke.« René steckte den Zettel ein. Als die Drei vom Parkplatz fuhren, winkte sie ihnen lange hinterher. Die Botschaften, Gedanken, Gespräche und Ereignisse der Konferenz reihten sich wie Perlen einer Kette aneinander.

»Schatz, ich weiß nicht, ob ich diesen Laden weiter beehren werde«, erklärte Claus auf der Heimfahrt. »Ich schlafe kaum in Calw und mein Herz rast nirgendwo so stark wie in diesem Schuppen mit seinem Fünfzigerjahre-Muff.«

»Masha hat mir die Adresse einer Ärztin für dich gegeben.«

»Redet ihr etwa über mich?«, brauste Claus auf.

»Claus, es ist nicht zu übersehen, dass du Beschwerden hast, und Masha ist Arzthelferin. Lass dich durchchecken, dann sehen wir weiter.«

»Entschuldige. Das ist nett von ihr. Vielleicht sollte ich einen Termin ausmachen, bevor wir nach Gozo fliegen.«

In den Tagen nach der Konferenz fühlte sich René wie in einer warmen Badewanne. Sie war reich beschenkt worden und hoffte, die verwandelnde Kraft, die auch ihr übertragen worden war, im Alltag einzusetzen. Der Urlaub auf Malta stand kurz bevor. René traf Reisevorbereitungen und plante die Restaurierung des Bauernhauses. Ihre Ablehnung wurde kleiner, wenn sie sich der Objekte ihrer Angst annahm, sie gestaltete und sich diese so aneignete. Auf das Wiedersehen mit Victor freute sie sich. Am Tag vor ihrer

Abreise ließ sie sich verschönen und hatte einen Friseurtermin.

»Gehen Sie hoch!« Um den faltigen Hals der älteren, solariumgebräunten Dame lag eine dreifach umschlungene Perlenkette. Ein gequältes Lächeln hatte sich in ihrem Gesicht festgesetzt. Sie stand hinter dem Glastisch mit der goldfarbenen, antiken Kasse. Die dunklen Haare trug sie kurz und den Kopf hielt sie schief.

»Danke, Frau Neun!« Renés Blick schweifte über die auf Schneiderpuppen drapierten Designer-Kleider im Schaufenster. Dann stieg sie die Treppe aus rosafarbenem Granit nach oben, dabei streichelte ihre Hand über das reich verzierte Messinggeländer.

»Jeder Gast verlässt meinen Salon mit der Gewissheit, schön zu sein«, fasste Bettina die Philosophie ihres Friseursalons zusammen. Junge und alte Frauen, Männer und Kinder begaben sich gerne in die geschickten Hände der Meisterin. Die Preise waren durchschnittlich, Bettinas Ruf exzellent.

Über einer Wolke aus Stimmengezwitscher, Föngesumme und Lachen schwebte ihre glockenklare Stimme: »Janette, bitte bringe Frau Schlegel einen Kaffee. Anschließend geleitest du sie zum Waschen. René, Schatz, schön, dich zu sehen. Abgespannt schaust du aus. Ella kümmert sich um dich. Was machen wir heute?« Mit wiegenden Hüften tanzte Bettina auf ihren Stiletto-Mules herüber.

Die Friseurmeisterin von internationalem Format hatte ein klassisch schönes Gesicht, ihr goldblond gefärbtes Haar war kurz geschnitten. Das Minikleid in Leoparden-Design betonte die kurvenreiche Figur und raubte den männlichen Kunden den Atem. Die beiden Frauen begrüßten sich mit auf die Wangen gehauchten Küssen. Bettinas dunkelrot lackierte Nägel fuhren durch Renés Haar.

»Abschneiden, bitte!«, fasste René ihren Wunsch in Worte.

»Wie du möchtest. Deine Augenbrauen bringen wir auch in Ordnung.«

Bettina war im Friseurladen ihrer Eltern aufgewachsen. René kannte noch deren vollgestopften Laden kaum größer als ein Wohnzimmer. Spiegel mit geschwungenen, goldfarbenen Rahmen hingen an den Wänden neben goldenen Gips-Putten, Urkunden und Auszeichnungen von Bettina. Waschbecken gaben röhrende Geräusche von sich. Eine Wolke aus Haarspray und Zigarettenrauch brannte in den Augen. Größer und nobel war der neue Salon, der Geschmack hatte sich nicht verändert. Die Eltern hatten den Grundstein für das Imperium der Tochter gelegt. Bettina lebte deren Traum, der glücklicherweise auch der ihre war. »Fühlen Sie sich wohl bei dieser Wassertemperatur?«, erkundigte sich eine Stimme so sanft wie die Hände, die Renés Haare einschäumten.

»Ich bin im Himmel, danke.« René betrachtete die Lüster an der Decke. Über das Treiben an den Waschbecken wachte eine lebensgroße Aphrodite. Mit einer Kopfmassage beendete Ella die Haarwäsche. René schnurrte.

Mit einem kunstvoll verschlungenen Handtuch auf dem Kopf schritt sie zu einem der Sessel und ließ sich vor dem goldumrahmten Spiegel nieder. Von hinten kam Bettina auf einem Rollhocker angefahren. Sie zog den Turban von Renés Kopf. »Du hast wunderbare Haare.«

»Danke. Was macht Geraldine?«

»Ich habe sie gestillt, jetzt ist sie mit der Nanny draußen. Seit die Nackenwirbelsäule von meiner Mutter so schlimm ist, kann sie sich nicht mehr um die Kleine kümmern. Was würde ich drum geben, mehr Zeit mit meinem Kind zu verbringen. Vor drei Wochen musste ich für eine Fotostrecke nach Mexiko. Wie ein angeschossenes Tier habe ich mich gefühlt. Am Ende reiste ich einen Tag früher ab. Aber der Laden muss laufen.«

»Was ist mit Fred? Unterstützt er dich nicht?«

»Für Fred ist es problematisch, mit einer erfolgreichen Frau verheiratet zu sein.«

Bettinas Gatte war Anwalt, mit einem Schnauzbart, dessen Enden hochgezwirbelt waren. René verstand nicht, was Bettina mit diesem Mann verband. Vielleicht war er nur der Erzeuger ihres Kindes. »Es gibt nur wenige Dinge, für die Männer unentbehrlich sind«, hauchte ihr Bettina in den Nacken. Die Blicke der Frauen trafen sich im Spiegel. »Schneid sie ab!«, rief René in das gemeinsame Lachen hinein.

»Das wird extraordinär!« Bettina holte einen elektrischen Haarschneider. Ein Raunen ging durch den Salon, die langen, dunklen Locken von René sanken Bahn für Bahn auf den Boden.

»Vorne lassen wir eine Locke stehen, die ziert deine Stirn. Du kannst das tragen mit deinem klassischen Profil und den sensationellen Augen. Elouise zeigt dir, wie man die Augen bei einer Kurzhaarfrisur betont. Warum tust du das?«

»Manchmal ist es an der Zeit, die alten Zöpfe abzuschneiden!«
René lachte und war gespannt, was Victor zu ihrer Verwandlung
sagen würde.

ZU JEMANDEM GEHÖREN

Die Maisonne schien warm vom Himmel und hatte einen grünen Teppich mit bunten Tupfen über Gozo ausgebreitet. René erwartete Victor wie einen Freund, den sie seit langem kannte und der ihr vertraut war, wie es nur wenige Menschen im Leben sind. Sie trug einen tiefblauen Minirock und eine fließende Bluse in der gleichen Farbe, die leise in der Frühlingsbrise flatterte, die vom Meer hinüberwehte. Ihre beigen Ballerinas waren mit dem weißlichgelben Staub bedeckt, den der weiche Kalkstein der kleinen Insel wie Schweiß absonderte. Sie hatte gerade die Entwürfe vom Erdgeschoss fertiggestellt. Zufrieden klappte sie den Block zu und ging in die zukünftige Küche ihres Hauses. Vor dem kleinen Hausaltar in der Wand lag ihre Tasche auf dem Boden. René verstaute Block und Stifte darin und trat vor Maria hin, die in ihrem blassblauen, langen Kleid milde lächelte. Ein Stein in der Ablage vor dem Altar ragte über die anderen hinaus. Vorsichtig wackelte René daran und hob den Stein an. In dem Hohlraum darunter lag eine kleine Schatulle aus Holz. Eine Intarsie in Herzform war in den Deckel eingearbeitet. Neugierig nahm René die Schatzdose heraus und öffnete sie. Ein kleiner Zettel lag darin. René entfaltete ihn und las:

»Steinstaub überall.
Tage regnen vom Himmel.
Keine Spur von dir.«

›Die Mauern dieses Hauses schwitzten Sehnsucht und beherbergten einen Menschen, der Haikus verfasste‹, dachte sie gerührt. Auch René empfand die Sehnsucht nach dem einen Menschen und liebte die japanischen Kurzgedichte, die als die kürzesten der Welt betrachtet wurden. Das Gedicht legte sie an seinen Platz zurück. Es klopfte an der Tür.
»Ich gehe!«, rief sie.

»Okay, komme gleich!«, antwortete Claus, der in einem Liege-stuhl auf der Dachterrasse döste.

Das Tor der Ruine quietschte in seinen alten Scharnieren. Draußen stand Victor in der Mittagssonne. Unbewegt und still betrachtete er René. Es gab viele Arten zu schweigen. Menschen schwiegen aus Desinteresse, weil es nichts zu sagen gab, sie schüch-tern waren oder weil sie nicht die richtigen Worte fanden. Victor aber badete in Renés Anblick. Sein Interesse zeigte er derart offen, dass sie vergaß zu erröten. So standen sie voreinander und ver-gaßen Raum und Zeit. Schließlich legte Victor den Kopf zur Seite. Sein Lächeln strich die Locke aus Renés Stirn und streifte bewun-dernd ihr kurzes Haar. Darauf folgte ein langsamer Lidschlag und Victors Blick ankerte wieder im Blau ihrer Augen. Er bat um Einlass.

René ließ Victor ein und gemeinsam durchwanderten sie das Haus ihrer Seele. Er schaute in jeden einzelnen Raum. Sie zeigte ihm die lichten Räume ihrer Lebenslust. Die feuchten Verliese ihrer Angst erhellte er mit seinem Dasein.

»Hello René!«, sagte Victor schließlich und reichte ihr seine Hand.

»Hello Victor, come in!«, rief Claus. Er war die Treppe hin-untergerannt und drängte sich vor seine Frau. »Ah, the Master of this Universe!«, begrüßte Victor ihn.

Die Drei spazierten durch die Ruine des Bauernhauses und sprachen über die Renovierung. Auf der Treppe zur ersten Etage erzählte Victor von den beiden alten Ladies, die in dem Haus gelebt hatten. Er hatte sie oft besucht. Immer sei es sauber gewesen, denn die Freundinnen kehrten jeden Tag die jahrhundertealten Stein-platten. Eine der Ladies war Schriftstellerin gewesen, berichtete er voll Bewunderung. Auch Victor las gerne, obwohl er nur vier Jahre die Schule besuchen konnte.

»I'm condemned to work.« Er zuckte die Schultern, sein Lächeln stand im Widerspruch zu der matten Dunkelheit seiner Augen. René mochte den Humor des Maltesers.

›Seltsam‹, dachte sie, ›zu den merkwürdigsten Anlässen explo-diert Claus aus Eifersucht. Aber Victor nimmt auch ihn auf eine besondere Art für sich ein, die ihn vertrauen lässt.‹

René folgte den Männern auf die Dachterrasse. Oben beschrieb Victor die Treppe, die später dorthin führen sollte: »These stairs could be the pride of the house. No, I'm sorry!« Sein Blick streichelte René, bevor er an Claus gewandt hinzufügte: »The pride of your house is your wife!«

»You are a Master of Words!« Claus verbeugte sich, er beneidete Victor um dessen Wortgewandtheit und seinen Charme.

»I have another appointment. Sorry, I must go! Always busy!«, entschuldigte sich Victor.

Beim Abschied luden René und Claus ihn und seine Familie zum Essen ein.

Am nächsten Morgen waren René und Claus mit der Immobilienmaklerin Mary in deren Auto nach Gharb unterwegs, um einen Steinmetz kennenzulernen. »Victor ist der Richtige, wenn Sie sich nicht kümmern und auch in Gestaltungsfragen auf andere verlassen möchten. Ohne Frage liefert seine Firma exzellente Ergebnisse, aber ein großes Mitspracherecht haben sie nicht. Mir scheint, Sie haben genaue Vorstellungen, wie Ihr Haus aussehen soll. Wenn Sie das Haus nach Ihren Wünschen und solide restaurieren möchten, arbeiten Sie mit Josef Vincent Camilleri. Er wird sich große Mühe geben. Ein Haus komplett zu restaurieren, ist genau die Referenz, die Joe benötigt, damit er als Steinmetz weiterkommt. Bislang arbeitete er lediglich anderen zu. Allerdings benötigt er Anregung und Führung«, pries Mary die Talente des Steinmetzes während der Fahrt zu dessen Wohnhaus. Vor einem schmucklosen modernen Reihenhaus parkte ein staubiger Truck. Mary hielt an.

»My name is Joe Camilleri!« Zaghaft ergriff René die von Hornhautschwielen bedeckte Hand des Steinmetzes und fürchtete, ihr Gegenüber werde die ihre sogleich zermalmen.

Ein Kranz aus winzigen Locken umschloss Joes quadratisches Gesicht und glänzte golden in der Nachmittagssonne. Auch die kräftige Behaarung seiner Arme und Beine war mit Sandsteinstaub überzogen. Zartbitterschokoladenfarbig schimmerte seine Haut hindurch. Halb Mensch halb Stein trug Joe einfache Ledersandalen an den Füßen. Über der Jeansshorts hing ein löchriges T-Shirt, dessen Farbe René »light Dust« taufte.

Joes Händedruck fiel überraschend zurückhaltend aus. Auch das freundliche Braun seiner Augen wurde von einem hellen Wimpernkranz illuminiert, der in Sandsteinstaub badete.

Der Baumeister führte die Besucher in sein Haus. Zwei Buben mit verfilzten Locken und dunkler Hautfarbe schossen jauchzend um die Ecke und sprangen in die Arme ihres Vaters. Wie Federn hob Joe sie hoch und küsste seine Buben auf die Stirn. Die sechsjährigen Zwillinge blieben dicht beim Vater, seine Hände ruhten auf ihren Köpfen, während er den Gästen das Haus zeigte. »I think, God gave me a head made of stone!« Lachend klopfte der Steinmetz mit der Faust gegen seinen Kopf, von dem sich eine Wolke Sandsteinstaub erhob.

»I love nothing more than the maltese sandstone. And you see how much I love my sons, Huckleberry and Finn. Look at this!« Er deutete auf ein übergroßes Bett aus Stein, in dem Mister und Misses Camilleri schliefen. Es war perfekt gearbeitet, doch ließ seine Gestaltung Spielraum für Verbesserungsvorschläge. René hatte sofort einige Ideen.

Auf der Ablage standen Fotos von Joes Angehörigen. Eines zeigte ihn vor dem Sydney Opera House, denn ein Teil seiner Familie war nach Australien ausgewandert. Auch Joe hatte einige Jahre dort gelebt. Kaum wahrnehmbar nickten sich Claus und René zu.

»Mister Stonehead Camilleri«, begann Claus und erklärte, wie er sich die Zusammenarbeit mit dem Steinmetz vorstellte. René und Claus wollten auf die Renovierung ihres Hauses Einfluss nehmen. Auch stimmten sie darin überein, dass ein derart interkulturelles Projekt nicht ohne Ärgernisse über die Bühne gehen würde. Zufrieden über ihre Entscheidung fuhren René und Claus zurück in ihr Hotel.

»Earl of Wellington« war ein wohlklingender Name. René hatte das zentral gelegene Hotel in Victoria gebucht. Dass die besten Tage des Earls lange zurücklagen, wurde spätestens klar, als während des Frühstücks eine Reihe quiekender Küken an ihrem Tisch vorbeirannte. An den Wänden hingen barocke Bilderrahmen mit

Fotos von Mitgliedern der englischen Königsfamilie und feinen Herrschaften in Abendroben. Andere stellten Danksagungen des Sekretärs von Winston Churchill aus. Die Benutzung der Badezimmer empfahl sich nur für hartgesottene Nostalgie-Fans. Der prominente Besuch war nach der Unabhängigkeit Maltas ausgeblieben. Das Eiland war noch tiefer in den Dornröschenschlaf gefallen und den Eigentümern des Grandhotels ging das Geld aus.

Die seltenen Gäste tafelten noch immer an üppig gedeckten Tischen mit Damasttischdecken, auf denen das silberne Besteck ordentlich platziert wurde. Bei schlechtem Wetter wurde das Geklapper der Messer und Gabeln allerdings von tropfendem Regenwasser untermalt. Es sickerte durch die Decke und wurde in Eimern aufgefangen. Glücklicherweise regnete es selten auf Gozo. Trotz der Unannehmlichkeiten fühlte sich René in dem alten Hotel wohler als in einer der seelenlosen Hotelburgen. Sie lag auf dem Bett, freute sich auf das Treffen mit Victor am Abend und war gespannt, seine Familie kennenzulernen.

Die Sonne versank rotglühend hinter den Häusern Victorias und nahm das Licht des Tages mit sich. Victor betrat die Lobby des Earls und begrüßte freundlich die Eigentümer. Während er auf Maltesisch mit ihnen plauderte, wanderten seine Blicke zu René hinüber und kitzelten sie. An diesem Abend trug sie ein enges Kleid in Zartgelb, das ihre Figur betonte, ihr kurzes Haar war nach hinten gekämmt. René erhob sich langsam von dem roten Samtsofa in der Eingangshalle. Die Symphonie ihrer Absätze auf dem Fliesenboden verschmolz mit Puccinis Arie »Nessun dorma«, die Luciano Pavarotti leidenschaftlich durch das Grammophon hinter der Rezeption schmetterte. Auf dem unvergleichlichen hohen C des Ausnahmetenors schwebte sie zu Victor hinüber. »Ich mag den Klang der maltesischen Sprache«, begrüßte René ihn strahlend und wieder hielt Victor ihre Hände, als bewahre er eine seltene Kostbarkeit. »Maybe you should stay here for a long time and listen to a maltese man.« Er wusste um die Wirkung seiner Worte. Verlegen schaute René zu Boden.

Die Rolle des souveränen Geschäftsmannes im Anzug spielte Victor nicht das erste Mal, die Mitarbeiter des Hotels behandelten ihn mit großem Respekt. René kam zum ersten Mal der Gedanke, dass er mehr sein könnte als der Angestellte eines Immobilienbüros.

Claus kam die Treppe herunter. Zu seinem beigen Leinenanzug trug er ein spöttisches Lächeln mit einseitig hochgezogenem Mundwinkel. »Nobody can look behind your eyes, Mister Pokerface. You must be a perfect businessman!« Seine Bemerkung klang gerade so vorwurfsvoll, dass sie noch als Kompliment durchging. Victor begrüßte ihn mit einem freundschaftlichen Schlag auf den Rücken.

»I'm really sorry, but I'm sure you know that we could have, could have ...« Claus errötete, weil ihm die Vokabeln fehlten. Wütend blickte er zu René hinüber. »Erklär du ihm bitte, dass wir uns eine bessere Bleibe hätten leisten können. Du hast das versiebt mit dem Hotel!«

»Ich glaube, der Einzige, der hier ein Problem hat, bist du!«, murmelte René mit einem Lächeln in Victors Richtung. »I'm sorry Victor, I booked the hotel, because it is centrally located. I didn't know it was in this condition«, entschuldigte sich René.

»No problem, I love the charm of this house and the owners are friends of mine. I have not seen them for a long time. Don't worry.« Victor zwinkerte René aufmunternd zu. Gemeinsam verließen die Drei das Hotel.

Außerhalb von Victoria wiesen nur die Scheinwerfer von Victors Jeeps den Weg durch die holprige Dunkelheit der gozitanischen Straßen. »Das Earl of Wellington ist das älteste Hotel der Insel. Eröffnet wurde es Achtzehnhunderteinundachtzig. Dort nahm bereits Königin Elizabeth II. ihren Tee. Während eines Aufenthaltes stellten die Bediensteten für ihren Vater eine Badewanne in dessen Suite. Nach dem Bad stieg er aus der Wanne und ließ wie gewohnt das Wasser ab. Sein ganzes Zimmer wurde überschwemmt! Die Gozitaner hatten es versäumt, Abflussrohre zu installieren!« Victors bauchiges Lachen klang warm.

»Warum hast du uns nicht verraten, wie hervorragend du unsere Sprache sprichst?«, riefen René und Claus verblüfft aus. »Dann habe ich mich ja vorhin ganz umsonst blamiert!«, stellte Claus fest und strengte sich an, nicht beleidigt zu wirken.

»Ich möchte wissen, was ihr redet, wenn ihr meint, ich verstehe es nicht«, erklärte Victor unschuldig. Sein Profil glich dem eines nach Beute Ausschau haltenden Adlers. Den Oberkörper beugte er beim Autofahren nach vorne, manchmal legte er sein Kinn auf das Lenkrad. Dem Geschaukel über die vielen Schlaglöcher gab er entspannt nach.

Für einen Augenblick leuchtete ein Schild im Lichtkegel der Scheinwerfer auf. »Auberge Ta' Paul«, las René.

Victor bog in einen finsteren Feldweg ein und lenkte den Jeep auf einen gutbesuchten Parkplatz. Beim Aussteigen reichte er René seine Hand zur Unterstützung.

Eine junge Frau näherte sich dem Auto. »Darf ich vorstellen, meine Frau Andrea.«

»Hallo. Ich freue mich, euch kennenzulernen.« Andrea blickte verlegen lächelnd zu Boden. Ihre Füße, die in schwarzen Lackballerinas steckten, drehte sie einwärts und verschränkte die Arme hinter dem Rücken. Wie ein gescholtenes Schulmädchen stand Andrea da in ihrem karierten Faltenrock und der weißen Bluse. Sie war fast so groß wie René. Andreas Gesicht war klassisch schön, was dem Betrachter fast entging, da sie unentwegt den Mund verzog oder die Augenbrauen hochzog. Die schlanke Frau mit enormer Oberweite trug ihr aschblondes Haar kurz mit einem Seitenscheitel und Pony.

»Lasst und reingehen. Wir haben einen Tisch auf der Terrasse. Mathilda tanzt«, erklärte Victors Frau.

Runde Tische aus Rattan waren mit weißen Tischdecken in verschiedenen Größen geschmückt, die sanft in der kühlen Abendbrise wippten. Palmen wiegten in riesigen Tongefäßen und separierten die Tische voneinander. Lebensgroße Statuen aus Sandstein blickten milde von ihren Sockeln. Neben Paulus, der die Hand segnend über die Gäste hielt, blieb Andrea stehen.

»Nach ihm ist das Restaurant benannt.« Victor streichelte den Fuß des Apostels. Dann zog er einen der schmiedeeisernen Stühle mit dicken, weißen Polstern heraus und bat René Platz zu nehmen. Sie konnte sich nicht erinnern, dass ihr ein Mann je derart charmant einen Platz angeboten hatte. Dann ging Victor auf seine Frau zu. Andrea winkte ab und setzte sich. »Dort drüben seht ihr unsere

Tochter!« Sie deutete auf eine kleine Gestalt im von zahllosen Kerzen illuminierten Restaurantgarten, über dessen weitläufige Terrasse der Rhythmus von Ravels Boléro hämmerte.

Sehnsüchtig ragte Mathildas Hand in den Abendhimmel. Den anderen Arm winkelte das Mädchen ab, dabei war die Handfläche mit den aufgefächerten Fingern der Erde zugewandt. Die Töne der Querflöte kletterten sanft an der kleinen Tänzerin empor. Ihr Blick hatte sich im Netz der Sterne verfangen, ein tiefer Atemzug hob die schmale Kinderbrust. Zu den einsetzenden warmen Oboenklängen löste sich Mathildas Blick aus den himmlischen Gefilden. Langsam wanderten ihre Augen den Arm hinunter, schwenkten hinüber und verharrten bei der linken Hand. Mit der Klarinettenmelodie senkten sich die Lider des Kindes zur Erde. Dann schwang ihr Körper kaum wahrnehmbar zur erklingenden Posaunenstimme und ergab sich endlich dem Anschwellen der nach und nach hinzutretenden Instrumente. Mit dem ersten Paukenschlag stieß sich Mathilda kurz und kräftig mit dem Fuß ab. Linksherum auf einem Bein drehte sich der kleine Derwisch mit geschlossenen Augen um die eigene Achse, rotierte mit dem rollenden Rhythmus der leidenschaftlichen Musik um sein Herz. Plötzlich hielt das Mädchen inne. Mit beiden Beinen stand sie fest verwurzelt auf der Erde. Mathilda verharrte in der vierten Position im Demi-Plié, den rechten Fuß auswärts gedreht, parallel mit einigem Abstand vor dem linken ebenfalls auswärts gedrehten Bein, leicht in die Knie gesunken, als stelle sie sich der Flut der anschwellenden Musik entgegen. Langsam bewegte sich ihr Oberkörper nach vorne, hielt die ausgestreckten Arme neben den Kopf mit zum Boden gesenktem Blick. Das Kind verbeugte sich mit großer Anmut. Darauf beschrieben Mathildas Arme einen Halbkreis und verschwanden hinter ihrem Rücken. Langsam hob die Tänzerin den Kopf zu der dramatisch anschwellenden Stimme der Violinen.

René erschauerte. Die tiefgrünen, wilden, trotzigen und viel zu erwachsenen Augen des Mädchens suchten die ihren und fanden lange Vermisstes. René hatte keine Ahnung, was sie veranlasste, sich füreinander zu entscheiden, aber ihre Blicke verschmolzen und René wusste, Mathilda und sie würden sich nie wieder loslassen. René lächelte in der Geborgenheit dieser Begegnung, sie empfand eine tiefe Verbundenheit zu dem kleinen Mädchen. Die magere Brust des Kindes hob und senkte sich heftig im Rhythmus der Musik. Schweißnass klebten die langen, aschblonden Locken im Gesicht. Jetzt sprang die Tänzerin mit nach hinten gestreckten Armen auf den kräftigen Posaunenklängen nach vorne. Kerzen flackerten in ihrer Nähe. Ravels Boléro erklang in seiner ganzen Kraft. Das Kind flog zu den steinernen Skulpturen. Mathilda umarmte eine, an einer anderen sprang sie wild in die Höhe. Hier und da verbeugte sie sich vor den Kunstwerken mit einer geneigten Arabesque, streckte auf einem Bein stehend das andere mit durchgedrücktem Knie nach hinten oben mit der größtmöglichen Spreizung der Beine und neigte dabei den Oberkörper nach vorne. Mit den Schlägen der mächtigen Becken vollführte sie wie eine verrücktgewordene Marionette groteske Figuren und genoss es unbändig, vom Puppenspieler befreit zu tanzen. Zum Finale stoppte Mathilda mitten in der Bewegung, ihr kleiner Körper folgte einem neuen Impuls und drehte mit geschlossenen Augen zum pompös rollenden Rhythmus anmutige Pirouetten.

»Sie wird es nicht müde zu tanzen. Nichts liebt Mathilda wie das Ballett«, flüsterte ihre Mutter, dabei surrte ihr linkes Bein auf und ab wie der Fuß einer Nähmaschine und ihr Körper schwang im Takt. Andrea Gonzi ignorierte das Zittern.

»Als ich vor fünf Jahren zu Mathildas Geburt nach Hause fuhr, war mein Engel seit Wochen überfällig. Der Arzt hatte Bedenken, entschied sich aber trotzdem für eine natürliche Geburt. Mathilda blieb im Geburtskanal stecken. In ihrer Angst schied sie das Kindspech aus und atmete es ein. Ohne Herztöne wurde mein Baby mit der Zange auf die Welt gezogen. Die Ärzte der Berliner Charité kämpften lange um Mathildas Leben. Den Diagnosen der Experten zum Trotz überlebte mein Baby. Wenn du hättest sehen können, wie dünn sie war!«

»Mager ist sie, aber kraftvoll wie eine Marathonläuferin!«, rief René bewundernd aus. Als Kind hatte sie davon geträumt, Balletttänzerin zu werden. Wenn Töne ihren dürren Körper bewegten, war René glücklich gewesen. An ihrem zwölften Geburtstag beendeten die Eltern den Ballettunterricht, weil sie sich um die Schule kümmern sollte.

»Sieben Monate dauerte es, bis ich meine Tochter das erste Mal im Arm hielt«, murmelte Victor vorwurfsvoll.

»Ihre Bronchien waren entzündet. Ich konnte nicht früher nach Gozo kommen«, entschuldigte sich Andrea mit gesenkten Lidern. Wenn sie sprach, klang sie gehetzt, als verfolge sie jemand und ihr bliebe nicht genügend Zeit, einen Satz in Ruhe auszusprechen.

›Dieses Gespräch hätten die beiden schon vor langer Zeit führen sollen oder sie berichten das Geschehene immer wieder neu, um ihren Erinnerungen den Schrecken zu nehmen‹, überlegte René und hörte zu.

»Ganz sanft habe ich meine Hand auf den kleinen Bauch gelegt und ›My daughter‹ in ihr Ohr geflüstert. Mathilda hörte sofort auf zu strampeln. Ich erkannte in ihren Augen, dass ihr Gehirn keinen Schaden genommen hatte. Aber Andrea war krank vor Sorge! Täglich wog sie unser Baby. Die Ergebnisse und Trinkmengen schrieb sie in ein Buch. Jeden Entwicklungsschritt hielt sie fest. Auch unsere Ehe veränderte sich. Ich hatte bezweifelt, ob Mathilda meine Tochter ist. Tut mir leid, Andrea, aber deine Affäre mit Philipp endete kurz vor unserer ersten Nacht, aus der Mathilda hervorging.« Victor schaute in Renés Augen, während er diese Worte aussprach, als fände er Halt darin. »Doch die Wahrheit war plötzlich nicht mehr wichtig. Die Zähigkeit, mit der sich das kleine Wesen am Leben festkrallte, beeindruckte mich. Mathilda macht mich zum Vater und ich liebe sie dafür. Und dich liebe ich auch.« Endlich suchten Victors Augen die seiner Frau, aber Andrea starrte auf die Tischdecke. Victor ergriff ihre Hand, die auf dem zitternden Knie lag.

»One kiss, please, give me one kiss«, bettelte er mit gespitzten Lippen. Andrea wandte ihr Gesicht ab. René machte es traurig zu sehen, wie zwei Menschen, die viel füreinander empfanden, nicht zusammenfanden, weil sie nicht die Ketten ihrer Verletzungen abstreifen konnten. Das Glück war bisweilen ein einsamer Jäger.

Claus schüttelte unmerklich den Kopf. Für ihn war völlig unverständlich, dass ein Mann sich die Blöße gab, um einen Kuss zu betteln.

Der Restaurant-Manager, Henry Tabone, trat an den Tisch. Beim Servieren sang er zu jedem Gang ein Sprüchlein mit seiner wohlklingend tiefen Stimme. Die Speisen trugen lange Namen und waren auf feinem Porzellan dekoriert, manche wurden am Tisch flambiert. René fühlte sich als Mittelpunkt einer wichtigen Zeremonie, obwohl sie die meisten Erläuterungen zu den französisch angehauchten Gerichten mit maltesischen Wurzeln nicht verstand.

Mathilda machte es sich nach ihrem Tanz auf einem Stuhl gemütlich. Sie lächelte artig in Richtung von René und Claus. Dann legte sie wortlos den Kopf in Victors Schoß. Einen Moment später war das Mädchen eingeschlafen.

»So macht sie das, tanzen und anschließend schlafen. Sie ist es gewöhnt, mit uns unterwegs zu sein.« Victor strich zärtlich über das Haar seiner Tochter. René war sich sicher, dass der Charme von Victor nur selten sein Ziel verfehlte. »Wie habt ihr euch kennengelernt?«, fragte Claus.

»Ich verbesserte auf Malta meine Englischkenntnisse. Mit einer Kommilitonin, die mit mir in Berlin Medizin studierte, wohnte ich in einem winzigen Apartment. Wir genossen das Nachtleben in St. Julian's!« Andrea lächelte. »Nach einer unglücklichen Affäre mit einem englischen Nachtclubbesitzer mietete ich mich zusammen mit meiner Freundin Silvia für ein Wochenende in einem Hotel auf Gozo ein. Freitagabends fallen die Amüsierwilligen wie ein Heuschreckenschwarm über unser verschlafenes Eiland her und feiern in den Discotheken und Bars.«

»Ich war sehr überrascht, dass die aparte Blondine mich ansprach. Den zweitältesten Sohn maltesischer Bauern mit acht Geschwistern und nichts als einer Vision in der Tasche. Damals verirrte sich noch kein Tourist nach Gozo. Zusammen mit meinem Freund Hector kaufte ich Bauernhäuser, die niemand wollte. Das Geld für die Restaurierung der bis zu fünfhundert Jahre alten Anwesen verdiente ich als Arbeiter in einer Jeansfabrik. Unsere Landsleute belächelten uns.«

»Das erste Projekt von Victor und Hector war ein Restaurant mit exzellenter, einheimischer Küche. Am Wochenende saß Victor dort an der Bar und ich sprach ihn an.« Bei diesen Worten erblühte Andrea wie eine Blume, die nach einer langen Dürre der Regen benetzte.

»Nach einer einzigen gemeinsamen Nacht beichtete mir Andrea ihre Schwangerschaft. Nur vier Monate nach unserer ersten

Begegnung gaben wir uns das Ja-Wort in einer Kapelle auf Malta. Ohne Familie. Ohne Freunde. Auf dem Hochzeitsfoto schaue ich überrascht in die Kamera.«

»Das bist du noch heute!«, zischte Andrea. »Aber wir sind ein erfolgreiches Team.« Zum ersten Mal an diesem Abend schaute Andrea ihrem Mann in die Augen.

»Ich verstehe«, sagte René leise und vor ihrem inneren Auge sah sie Victor, wie er an der Bar lehnte und seine Begleiterin durch die Nacht erblickte. Sie fühlte mit ihm, wie er sich verwundert gab, obwohl er die Unbekannte längst als potenzielle Partnerin eingestuft hatte. René verstand, es war die Besonderheit einer Frau, die ihn inspirierte und seinen Charme beflügelte. Ehe und Vaterschaft mussten schwere Fesseln für ihn sein. Wie konnte er seiner Verehrung der Weiblichkeit in ihrer unermesslichen Vielfalt mit der Bindung an eine Frau untreu werden?

Auch Andrea hatte begriffen, dass Victor süchtig war nach dem Duft der Frauen. Er gehörte ihr allein, aber ihre Ehe war ein Schutzschild für Victor. So machten sich die Damen seiner Wahl keine Hoffnungen. Die neidischen Blicke der Frauen während der Sonntagsmesse ließen Andrea ihre Einsamkeit ertragen und Victor war seiner Frau dankbar. Sie stellte keine Forderungen, dafür kompromittierte er sie nicht in der Öffentlichkeit. Aber Victor nutzte jede sich ihm bietende Gelegenheit und zeichnete die Landkarte einer weiteren Frau in den Atlas seines Herzens ein. Ein wahrhaftiger Casanova und Liebhaber der Weiblichkeit in jeder Erscheinungsform. Benommen kehrte René ins Hier und Jetzt zurück, sie verstand ihre Freunde nun besser.

Wunderkerzen sprühten Funken auf der Eisbombe, die als Nachtisch serviert wurde. Andrea und René klatschten in die Hände.

»Eine bühnenreife Inszenierung!«, jubelte Claus und war ehrlich beeindruckt von der charmanten Darbietung des Managers.

»In diesem Restaurant werden Körper und Seele gleichermaßen genährt! Zum krönenden Abschluss des Festmahles möchte ich gerne eine Zigarette rauchen«, erklärte René und zog ihre schwarze Zigarettenspitze aus der Handtasche.

»Ich wusste gar nicht, dass du rauchst«, stellte Victor überrascht fest.

»Ich rauche nur zu besonderen Anlässen.«

»Genau wie ich! Die Zigarettenspitze passt zu dir«, sagte Victor bewundernd, gab René Feuer und zündete sich einen Zigarillo an.

Voll des Lobes über den gelungenen Abend orderte Claus schließlich die Rechnung. Henry blickte hilfesuchend zu Victor hinüber und zog sich mit einer angedeuteten Verbeugung zurück. »Wollen wir einen Drink bei uns Zuhause nehmen?«, fragte Victor freundlich in die Runde und erhob sich.

»Für das vorzügliche Mahl zahle ich gerne!«, erinnerte Claus an die ausstehende Rechnung und als müsse er seine Zahlungskraft unter Beweis stellen, legte er demonstrativ sein Portemonnaie auf den Tisch, aus dem maltesische Pfundnoten quollen. Mathilda verschwand in Richtung Ausgang.

»Everything is okay, relax.« Victor lachte laut und spazierte in die Küche.

»Das Restaurant gehört uns. Dort drüben an dieser Bar lehnte Victor, als ich ihm begegnete«, löste Andrea die Verwirrung auf.

»Das wussten wir nicht. Tut uns leid«, entschuldigte sich Claus auf dem Weg zum Parkplatz.

»Das braucht es nicht. Von allen Restaurants Gozos habt ihr dieses ausgesucht. Ein großes Kompliment für uns.« Andrea meinte, was sie sagte.

Plötzlich spürte René etwas Feuchtes und Kühles. Mathilda ergriff ihre Hand und schaute hoch. »Now you belong to me!«, stellte das Kind fest, Schüchternheit und Siegesgewissheit mischten sich in seinem Blick.

»Das ist meine Frau!«, maulte Claus von hinten.

»No problem, I can wait for a long time!«, echote Victor.

René führte Mathilda zum Auto, als liefen sie in einer heiligen Prozession. Verwirrt überlegte sie, warum das Mädchen gerade sie erwählte und in ihr Leben einlud. Der Magie zwischen ihnen war René längst erlegen.

Im Jeep saß Mathilda auf der Rückbank zwischen den Frauen und hielt weiter die Hand ihrer neuen Freundin. Ab und zu deutete sie mit dem Zeigefinger der freien Hand auf ein Gebäude in der Dunkelheit: »This is ours! Das Haus belongt auch uns, true Pa?«, präsentierte die Fünfjährige den Besitz der Familie.

Die Gonzis waren ein sehr erfolgreiches Team, ihnen gehörte halb Gozo.

»Please, don't think I'm the owner of the world«, flötete Victor, er hatte das verblüffte Gesicht von Claus registriert. »In Wahrheit gehört alles Mister Bajada, er ist der Chef!«, schob er nach.

Victor und Andrea waren reich, das hatte René nun verstanden und diese Tatsache lehnte sie ab. Es waren die Erinnerungen an ihre Kindheit, die es ihr schwer machten, die Mächtigen und Reichen zu mögen.

»Wie viele Sprachen spricht Mathilda?«, erkundigte sie sich bei Andrea und lenkte die Aufmerksamkeit auf ein anderes Thema.

»Mathilda spricht Englisch, Deutsch, Maltesisch, Italienisch und Französisch. Mit mir spricht sie Englisch und Deutsch. Maltesisch mit ihren Freunden, der Familie und mit ihrem Vater, wenn sie nicht möchte, dass ich es verstehe. Französisch und Englisch lernt sie in der Vorschule. Im Moment vermischt sie die Sprachen noch, aber das wird sich ändern mit den Jahren. Wenn Mathilda im Büro ans Telefon geht, unterhält sie sich mit unseren Kunden und manch einer überhört, dass er mit einem kleinen Mädchen spricht.«

»Schatz, sie ist kein kleines Mädchen. Das war sie nie!«, widersprach Victor.

Der Jeep bog in einen Feldweg ein und kletterte steil bergauf. Auf der Anhöhe lag die Mühle der Familie umgeben von hohen, schützenden Mauern. Von dort überblickte man den größten Teil der Insel mit ihren sanften Hügeln. Die Flügel der restaurierten Mühle waren verschwunden, was dem Gebäude mit dem Turm in der Mitte das Aussehen einer Burg verlieh. Victor öffnete das weißgestrichene Holztor. Das Rauschen von Palmen verriet den Garten in der Finsternis. »Bitte entschuldigt, wir sind erst vor kurzem eingezogen. Das Außenlicht muss noch angeschlossen werden.«

Im Haus bat er, die Stapel mit Umzugskartons zu übersehen, die sich überall türmten. Zwischen eingestaubten Antiquitäten standen Körbe mit Wäsche.

»We are always busy.« Victor hob die Schultern und schaute zu Boden wie ein Junge, den man beim Stehlen erwischt hatte. »Normalerweise kommt niemand in unser Haus. Wir haben keine Gäste«, entschuldigte er sich erneut.

»Ich liebe eure Mühle! Ich sehe, wie sie einmal ausschauen

wird«, rief René begeistert.

»Let's listen to some music!« Mathilda drehte die Anlage auf. Der Klang eines Saxofons ließ jede Körperzelle schnurren wie eine Katze. Mit einem Satz sprang das Mädchen in Renés Arme, klammerte sich mit den Beinen am Leib der Freundin fest und umschlang deren Hals. Plötzlich ließ das Kind los und fiel mit über dem Kopf erhobenen Armen nach hinten. René stützte Mathildas Rücken, die sich in rhythmischen Wellen mit der Musik bewegte und beugte sich über sie. Derart verbunden, hoben und senkten sich ihre Körper in leidenschaftlichen Wogen, während sich René im Kreis drehte. »So etwas habe ich bei Mathilda noch nie gesehen. She likes you a lot!«, staunte Victor und entkorkte eine Flasche erlesenen Rotwein. Nach dem Tanz verabschiedete sich Mathilda und Andrea brachte sie zu Bett. Die Erwachsenen plauderten noch eine Weile, bevor Victor weit nach Mitternacht René und Claus in ihr Hotel chauffierte.

René fühlte sich reich genährt von den Speisen und Begegnungen des gestrigen Abends. Sie war mit dem Auto unterwegs nach Xlendi, um Kacheln abzuholen. Eine mit den Armen rudernde Gestalt am Straßenrand riss sie aus ihren Gedanken. Im Rückspiegel erkannte sie Andrea mit Mathilda am Bein, bevor die Staubwolke, die ihr Wagen hinter sich herzog, die beiden verschluckte. René hielt am Straßenrand. Die Mittagshitze schlug ihr entgegen. Andrea trug ausgetretene Halbschuhe und eine unförmige Jeans, die nur von einem Gürtel gehalten wurde. An ihrem Oberkörper klebte ein verschwitztes Shirt. Schweißperlen standen auf ihrer Stirn, nervös strich Andrea ihren Pony aus dem Gesicht. »René, dich schicken die Engel! Mathilda musste Pipi und wir haben angehalten. Jetzt steckt der Schlüssel und die Türen sind verschlossen! Ich muss nach Gharb. Dort warten die Putzfrauen. Ich muss sie abholen und nach Nadur bringen! Heute Abend kommen neue Gäste an!«, ereiferte sich Andrea und sprach mit schriller Stimme immer schneller.

René hielt der Freundin ihre Handflächen entgegen und blinzelte in die Sonne. Weinend umklammerte Mathilda ein Bein der Mutter. »Relax. Alles ist gut. Ich bringe dich, wohin du willst. Hast du einen Ersatzschlüssel zuhause?«

»Daran habe ich nicht gedacht! Danke! Danke.«

Während der Fahrt zur Mühle entspannte sich Andrea. Im Rückspiegel schaute René in Mathildas Augen. »Claus und ich fahren morgen nach Comino zum Baden. Magst du mitkommen?«

»Oh, yes. Das sounds great. Mummy, is das okay?«

»Mhm, yes.« Andrea nickte vor und zurück wie ein Metronom.

Am nächsten Morgen fuhren René und Claus zur Mühle der Gonzis. Kaum hatte Claus den Motor abgestellt, stürmte Mathilda auch schon aus dem Haus. In der Hand schwenkte sie einen kleinen Rucksack mit einer Meerjungfrau darauf. Von der Haustür aus winkte Andrea zum Abschied. »Fasten seat belts, please!«, posaunte Claus.

»All right!« Mathilda zappelte aufgeregt mit ihren gebräunten, dürren Beinen. »Mum and dad never have Zeit for ein Ausflug.«

Die Drei fuhren nach Xlendi und gingen an Bord eines Ausflugsbootes. Bevor das umgebaute Fischerboot nach Comino fuhr, ankerte es auf halber Strecke über einer Unterwasserhöhle, damit die Passagiere schnorcheln oder schwimmen konnten.

»Mathilda nein! Stopp!«, schrie René. Aber das dürre Mädchen im verwaschenen, blassblauen Badeanzug lachte wie eine kleine Hexe, warf den Kopf in den Nacken und sprang. Claus schnellte in die Höhe. Beim Absprung stieß er sich heftig von der Reling ab. Das Boot schaukelte kräftig, ein sonnenverbrannter Tourist verschüttete seine Cola und blickte sich böse um. Claus tauchte direkt neben Mathilda auf. Wie ein Hund paddelte das Kind mit Armen und Beinen und streckte die energische, kleine Nase weit aus dem Wasser.

»Don't touch mich!«, zischte Mathilda und umklammerte ihr kleines Schwimmbrett, das sie vor dem Sprung vom Ausflugsboot in weitem Bogen ins offene Meer geschleudert hatte.

Erleichtert kletterte René Stufe für Stufe die Leiter an der Bordwand hinunter. Selbst bei einer Wassertemperatur von dreiundzwanzig Grad brauchte sie ihre Zeit, bis sie sich an das fremde Element gewöhnte. Wer René mit Wasser besprizte, bevor sie sich akklimatisiert hatte, erlebte eine wütend schimpfende Frau. Mathilda trat mit den Füßen nach Claus, als René endlich neben den beiden ankam. »How funny!« Claus wandte sich ab und schwamm beleidigt zum Boot zurück.

Mathilda schlang die Arme um Renès Hals. »Vorsicht, sonst gehen wir unter!« Doch Mathilda hielt sie fest umschlungen. Sie kitzelte die Kleine unter den Armen, damit sie losließ. Die beiden planschten, bis das Signalhorn des Bootes zur Rückkehr aufforderte.

Den Nachmittag verbrachten sie auf Comino. Der Name der kleinsten Insel des maltesischen Archipels leitete sich ab vom maltesischen Wort für Kümmel - »Kemmuna«. Das Eiland beherbergte ein Hotel, ansonsten war es unbewohnt, es gab auch keine Autos. Comino war beliebt bei Tauchern, Windsurfern und Spaziergängern. In letzter Zeit störten Rennboote die Ruhe der Blauen Lagune. An diesem Tag aber war am Strand außer dem Rauschen der Brandung nur das Schnarchen von Claus zu hören. Mit weit geöffnetem Mund lag er auf dem Rücken. Immer noch beleidigt, hatte er kein Wort mehr gesprochen, seit dem Tritt von Mathilda. René bewegte die Hüften hin und her und formte eine Sandkuhle, in der sie ihren Po platzierte. Mit den Zehen schaufelte sie den feinen, weißen Sand, während sie Mathilda beobachtete, die im flachen Wasser schnorchelte. Der Oberkörper des Mädchens verschwand wieder und wieder in dem aquamarinblauen Wasser der Lagune, nur das knochige Hinterteil des Mädchens ragte aus dem Wasser.

»Gut. Gut. Gut.« Das war das Nächste, was René hörte. Arm auf Arm, Bauch auf Bauch, so lag Mathilda auf ihr und trank die Wärme ihres Körpers. René hielt ganz still und widerstand ihrem Bedürfnis, das Kind zu umarmen. Zu groß war Renés Furcht, Mathilda zu vertreiben. Es musste schön sein, ein Kind zu haben, dachte sie befreit. Nach einer Weile rollte Mathilda sich zur Seite und lag auf ihrem Handtuch. »Let's paint some Checks!«, rief sie.

»Schecks?«

»Ja, wenn ich mit Mum und Dad bin, I always paint checks in the office.« Mathilda hockte sich hin und zeichnete mit den Fingern ein großes Rechteck in den Sand. In die Mitte schrieb sie »1000 Lm«.

Dann sammelte sie mit René Muscheln und bunte Glasstückchen, deren Kanten vom Meer abgeschliffen waren. Gemeinsam verzierten sie den Geldschein, bis das Signalhorn des

Ausflugbootes zum Aufbruch rief.

Claus erwachte, immer noch stumm wie ein Fisch machte er ein Foto von dem Kunstwerk im Sand. »I paint the Geld nur for dich, Claus!«, erklärte Mathilda mit erhobenem Zeigefinger und bohrte ihn anschließend in Claus' nackten Bauch, der sich in der Sonne krebsrot gefärbt hatte. »And I don't do that for jeden, kannst du mir believen!«, schimpfte sie.

René hielt den Atem an, sie war unsicher, wie Claus reagieren würde. Sein stummes Beleidigtsein konnte sich von einem Augenblick zum nächsten in blinde Wut verwandeln. René machte sich bereit, Mathilda zu verteidigen. Zu ihrer Erleichterung lachte Claus und befreite sich endlich aus dem stummen Gefängnis, in den ihn seine übertriebene Empfindlichkeit gesperrt hatte. »Du bist echt eine besondere Marke!«, stellte er großmütig fest und hob Mathilda hoch, die sich das jauchzend gefallen ließ.

René schüttelte den feinen weißen Sand aus den Handtüchern. Dann packten die Drei ihre Badesachen und gingen an Bord.

Während der Rückfahrt spürte René sanft die Sonne auf ihrer Haut, die den Horizont berührte. Mathilda saß dicht neben ihr und summte ein Lied. Claus hatte nur in einer Sitzreihe weiter hinten einen Platz gefunden. René roch an Mathildas Haar, es duftete nach Salzwasser und Liebe. »Du bist eine kleine Nixe!«, erkannte René lachend und zog eine Muschel aus Mathildas Haar.

Zärtlich legte sie ihren Arm um das Mädchen und schloss die Augen. Das Boot schlingerte tuckernd über die sanften Wellen, der Fahrtwind kühlte ihre Haut. Unzertrennlich klebten René und Mathilda aneinander, bis das Boot wieder in Xlendi anlegte.

Auf der Autofahrt zur Mühle schlief Mathilda auf der Rückbank ein. René streichelte über ihr schmales Gesicht. »Wir sind at home?«, rief Mathilda erschreckt. Dann schnappte sie ihren Rucksack, sprang aus dem Auto, winkte kurz und rannte ins Haus, ohne sich noch einmal umzusehen.

René hatte sich den Abschied herzlicher vorgestellt. Doch sie erinnerte sich an Victors Hinweis, dass Mathilda Abschiede einfach überging. Das tat weniger weh, glaubte sie. Der Verbundenheit der beiden tat das keinen Abbruch, ganz im Gegenteil, René bewunderte Mathildas Mut, ihren eigenen Weg zu gehen.

In den nächsten beiden Jahren verbrachten René und Claus jeden Urlaub auf Gozo. Die Bauarbeiten schritten nach maltesischer Zeit voran. René brachte aus Deutschland Geschenke für Mathilda mit und nützliche Dinge für die Renovierung. Auch dieses Mal war sie auf das Urteil des Baumeisters gespannt. Mit den Abflussrohren aus Plastik unter dem Arm sprang sie aus dem Auto und überquerte die Triq Wied Merill. In der Mittagszeit stand die Hitze wie eine flirrende Glaswand in der schmalen Gasse zum Haus, der Boden war mit den ockerfarbenen Karrenspuren des einfachen Holzwagens bedeckt, mit dem die Steinmetze Sandsteinblöcke zum Haus transportierten.

Im Innenhof ihres Hauses standen drei Steinmetze im Schatten des Arkadengangs zusammen und besprachen das Maß der Steinquader, mit denen sie einen letzten Rundbogen im Innenbereich ergänzen wollten. Wie seit Hunderten von Jahren vereinbarten sie die Arbeitsschritte zum Einfügen der Steine in den antiken Rundbogen. Ein Arbeiter hatte sein Bein auf eine kleine Mauer gestellt, ein anderer ritzte die Anzahl der Blöcke und deren Maße in die Wand. Nur die aus Jeansshorts, T-Shirts und Sandalen bestehende Arbeitskleidung deutete auf das zwanzigste Jahrhundert hin.

René gravierte das Bild der Steinmetze in ihr Herz. ›Stück für Stück eine Arbeit fertigstellen. Jeden Schritt bedenken und mit Geschick ausführen. Täglich nimmt das Werk Gestalt an. Kein Mausklick löscht einen Fehler. Den Fortschritt am Abend sehen, das Tagewerk loslassen bis zum nächsten Morgen. Ich möchte etwas mit meinen Händen tun‹, stellte René glücklich fest und trat aus dem Schatten des Eingangsbereichs heraus.

René lobte die Fortschritte der Arbeit und erkundigte sich bei den Männern, wann Joe eintreffen würde, mit dem sie das Badezimmer neben ihrem Schlafzimmer besprechen wollte. Die Arbeiter wichen Renés Blick aus. »Where is he? In a brothel?«, scherzte sie.

Alle lachten. »No! He is on birds hunting.«

René verabscheute die Hauptfreizeitbeschäftigung der Malteser. Jahr für Jahr fielen ihr mehrere Hunderttausend Vögel zum Opfer. Die Tiere wurden ausgestopft und als Trophäen oder auf den Märkten Valettas in kleinen Holzkäfigen zum Kauf angeboten.

Malta lag an einer wichtigen Zugvogelroute zwischen Europa und Afrika. Millionen von Vögeln machten Rast auf ihrem gefährlichen Weg. Auch die scheue Blaumerle, Nationaltier Maltas und Namensgeberin der Straße, in der sich das Haus von René und Claus befand, war ein beliebtes Haustier. Ihr melancholischer Gesang war in den Abendstunden weit zu hören, wenn die meisten Artgenossen schwiegen. Das blau-rot gefiederte Männchen war seiner Gefährtin ein Leben lang treu. Immer wieder kehrte ein Paar zu seinem Nistplatz zurück. In Gefangenschaft starben Blaumerlen meist nach einem Umzug. Malteser machten den »bösen Blick« für das Ableben ihrer kleinen Mitbewohner verantwortlich. Zum Schutz hängten sie ein Stück roten Stoff in die Käfige. René verstand nicht, warum ein leidenschaftlicher Vater wie Joe Vögel erschoss, und in Kauf nahm, dass deren Brut in den Nestern verhungerte. Ihr blieb nichts anderes übrig, als in ihr Auto zu steigen und sich auf die Suche nach ihrem Baumeister zu machen.

»My goodness!« Mit aufgerissenen Augen starrte Joe auf das Abflusssystem für die Badewanne in seinen Händen. Wie eine wertvolle Statur drehte er es vorsichtig in den Händen. »Malta is located behind the moon«, stellte er schließlich kopfschüttelnd fest und schenkte René ein breites Grinsen, das seine makellosweißen Zähne freilegte. »We are a Top-Team! Let's have a look in the bathroom«, sagte Joe und sprang die Treppen nach oben.

Dort besprachen sie die Form des gemauerten Waschtisches und der Ablage hinter der Badewanne. Gingen René und Joe die englischen Vokabeln aus, fertigten sie Skizzen, bis sie beide zustimmend nickten. René beschrieb die Armaturen, Spiegelrahmen und Handtuchhalter aus Bronze und markierte die Stellen, wo der Elektriker Michael Anschlüsse für zwei Deckenfluter vorsehen sollte. »You know, ›Deckenfluter‹ in shell-design with ornaments made of gold would be wonderful! Do you know, where I can buy lamps like this?« René skizzierte einen Deckenfluter in Muschelform mit goldenen Ornamenten.

»No.« Joe kratzte sich am Kopf, dann rief er aus: »I have an idea! I will do the stone-lamps! Just paint me the sketch, please. In Medina lives a gilder. He will do the rest. I give you the adress. You can visit him.«

»We are a Top-Team!« René legte den Arm um ihren Baumeister und verzieh ihm fast, dass sie ihn heute bei der Vogeljagd abgeholt hatte.

An diesem Abend übte René in der Dunkelheit des Hotelzimmers ihre Ansprache an Claus, der neben ihr schnarchte. »Das Haus ist mir ans Herz gewachsen mit jedem Stein, den wir wieder an seinen Platz gesetzt haben. Mathilda bedeutet mir viel. Aber leben möchte ich nicht in einem Land, in dem ich nicht arbeiten kann. Ich möchte ein Handwerk erlernen«, flüsterte sie. Wie sich zwei negative Magnetpole abstoßen, so war ihr die Nähe ihres Mannes zunehmend unangenehm. Seine cholerischen Ausbrüche, die mimosenhafte Empfindlichkeit, der massige, schweißgebadete Körper und seine Mittelmäßigkeit, an der sie lediglich störte, dass er diese nicht akzeptierte. Aber René fürchtete den Kampf, sie schlich sich lieber auf leisen Sohlen davon. Vielleicht gab es ihn irgendwo da draußen, den einen Menschen, der sie verstand und sich für sie interessierte. Plötzlich spürte sie die Hand von Claus unter ihrem Negligé. ›Hatte er sie gehört?‹, überlegte sie erschrocken.

»Wir werden nichts tun, was du nicht möchtest. Wir haben Zeit. Entspann dich, Liebes«, flüsterte Claus heiß und feucht in ihr Ohr. René folgte seinen Plänen meistens nur widerwillig. Das war nicht neu. Dieses Mal aber spürte Claus ihre Entschlossenheit und vor seinem inneren Auge rollte er frustriert die Leinwand ein, die ihn als Schriftsteller auf der Dachterrasse eines gozitanischen Bauernhauses sitzend präsentierte. Schritt für Schritt trat René schweigend zurück und der Platz hinter ihm war leer. Wut brannte in seinem Magen. »Ich weiß, was das Beste für uns ist, mein Schatz. Vertrau deinem Mann!«, forderte er und vertrieb die Bilder in seinem Inneren.

Claus küsste seine Frau wieder und wieder, seine Lippen glitten sabbernd ihre Wirbelsäule hinab, als hoffe er, sie dadurch wieder für sich einnehmen zu können. René spürte seine Zunge zwischen ihren Beinen. Claus drehte sie auf den Bauch und spreizte ihre Beine. »Lass los, Schatz. Vergiss das alles. So ist es gut. Ja, du machst mich geil.« Seine Lippen saugten gierig an ihrer Klitoris. »Komm Baby! Zeig es mir! Du gehörst zu mir!«

»Lass mich, ich will das nicht!« René setzte sich auf und funkelte Claus wütend an. Zu ihrer Überraschung zuckte er zusammen und ließ beleidigt von ihr ab.

»Liebe ist der Weg über die Abgründe unserer Seele. Manchmal gleicht er einer breiten Allee. Ein anderes Mal zieht uns die Tiefe, die wir angstvoll unter unseren Füßen spüren, in ihren Bann.« René fand den handgeschriebenen Zettel unter der Serviette neben ihrem Frühstücksteller. Claus gab nicht auf, wenn er etwas wollte. Es fiel ihr schwer, sich an die Vorzüge ihres Mannes zu erinnern. Wem würde sie das Haiku schenken, das unter dem Stein am Eingang zu ihrem Herzen lag?

Claus löffelte sein weichgekochtes Ei und erklärte siegessicher: »Wenn wir das nächste Mal auf Gozo sind, schlafen wir in unserem Haus, meine Liebe. Du wirst staunen, wie schön das wird! Du wirst nicht mehr wegwollen! Victor hat mir erklärt, wir sollen unsere Möbel bestellen und Joe informieren, dass sie an seine Adresse geliefert werden, falls das Haus nicht binnen vier Monaten fertig ist. Bevor wir nachher zum Flughafen fahren, bringen wir dem Polsterer deine Skizzen für die Sofas.«

STROH ZU GOLD SPINNEN

Wieder zurück in Deutschland vermisste René ihre Freundin Mathilda und beschloss, ihr das nächste Mal eine dunkelblaue Cabanjacke mitzubringen. Sie verstaute gerade die mitgebrachten maltesischen Lebensmittel in der Küche, als Claus nach Hause kam.

»Ich gehe nicht zum Psycho-Klempner! Das kann der faltige Besenstiel mit seinen Koboldmaki-Augen abhaken!«, wetterte er und schmiss den Zettel mit der Telefonnummer des Therapeuten auf die Ablage im Flur des Reihenhauses. Seit drei Jahren behandelte ihn Frau Dr. Tellerlein inzwischen. Wegen ihrer fortschreitenden Sehschwäche trug die alte Dame eine Brille mit dicken Gläsern, die ihre Augen extrem vergrößerte. Sie hatte Claus eine zuckerfreie Diät verordnet, durch die er ein paar Pfunde verlor. Auch war sein Blutdruck gesunken. Außerdem führte Frau Dr. Tellerlein eine Eigenblutbehandlung bei ihrem Patienten durch. Das seelische Befinden von Claus besserte sich kaum. Nachts wachte er schweißgebadet auf, tagsüber war er ein Getriebener. Daher ermunterte sie Claus, ihren Mann zu besuchen, einen bekannten Psychotherapeuten.

Der vergangene Claus war gelassen durch das Leben geschlendert und steckte seine Mitmenschen mit seiner Leichtigkeit an. Den erwerbstätigen Teil der Bevölkerung, der in den »Tretmühlen der Arbeitswelt feststeckte«, verhöhnte der charmante Philosoph. Dieser Mann hatte Renés Pflichtbewusstsein zum Schweigen und sie ihrem Bedürfnis nach Leichtigkeit nähergebracht.

Der gegenwärtige Claus war eine tickende Zeitbombe. Er versuchte, sich von seiner Mutter zu lösen und suchte Bewunderung in Renés Augen. Um sein Ziel zu erreichen, häufte er mehr und mehr Besitz an, den würde René so schnell kein anderer Mann bieten. Dieser eine Gedanken leuchtete immer greller über seinem Leben und beherrschte Claus. René kannte den Preis für zum

Lebensinhalt gewordenen Wohlstand und hörte die Alarmglocke in ihrem Inneren. Leise ging sie in den Flur. Das Blatt war von der schwarzen Muranoglasplatte der Konsole gerutscht. Nachdenklich hob sie den Zettel auf. »Sieben - Fünf - Neun - Acht - Drei - Drei - Zwei - Sechs«, die riesigen Ziffern füllten den Briefbogen aus. Darunter war »Herr Dr. Tellerlein« gekritzelt. Langsam wählte René seine Telefonnummer.

Eine kleine, rundliche Frau mit zerzauster Kurzhaarfrisur öffnete die Tür der Praxis. Ihr rosa Lippenstift war bis auf die Wangen verschmiert, die gemusterte Bluse falsch geknöpft. Ihr blumiges Parfum mischte sich mit dem süßlichen Duft nach Ekstase. ›Sex am Arbeitsplatz!‹, schoss es René durch den Kopf. Sie spitzte die Lippen, um ein ernstes Gesicht zu machen. ›Warum nicht, Herr und Frau Dr. Tellerlein teilen sich nur noch den Namen‹, wusste sie. Die speckigen Hände der Blondine fingerten mit rot lackierten Nägeln an den Knöpfen ihrer Bluse und wiesen René den Weg in das Behandlungszimmer.

Dr. Steffen Tellerlein war ein attraktiver Mann jenseits der Sechzig. Sein feuerroter Rollkragenpullover schmiegte sich eng an den muskulösen Oberkörper und unterstrich seine vitale Ausstrahlung mit gebräuntem Teint. Die weißen Haare waren ordentlich nach hinten gekämmt. René schluckte zu laut, wie sie fand und nahm verlegen auf dem grauen Sofa Platz, das zu einer schmucklosen Sitzgruppe gehörte, dem einzigen Möbel mitten im Raum. Die Wände des Sprechzimmers waren weiß und bilderlos, auf dem Boden glänzte Eichen-Parkett im Fischgratdesign. Dr. Tellerlein saß im Sessel gegenüber von René. Still nahm er seine Nickelbrille ab und reinigte sie mit einem Tuch, bevor er sie wieder aufsetzte. »Was führt Sie zu mir?«, erkundigte er sich dann freundlich lächelnd mit einer glockenklaren Stimme.

Zu den feingliedrigen Händen des Therapeuten fasste René Vertrauen, sie mussten einem sensiblen Menschen gehören. »Ich«, war trotzdem alles, was sie hervorbrachte. Ihr Hals war strohtrocken, ihre Wangen röteten sich. Verwirrt über die Leere in ihrem Kopf starrte sie auf die eiskalten, weißen Fäuste in ihrem Schoß und zweifelte an ihrer Entscheidung, einen Therapeuten aufzusuchen. Nach einer Weile seufzte René und öffnete ihre Hände.

Langsam strich sie mit dem Daumen über die Handflächen, als hoffe sie, die passenden Worte darin zu lesen.

»Ich ist ein wichtiges Wort. Sie sind die Einzige, die sich so nennen darf. Niemand kennt Sie, wie Sie sich selbst kennen.«

Die Worte von Dr. Tellerlein malten ein herzliches Lächeln in Renés Gesicht. Sie war eine wichtige, nein, sie war die wichtigste Person in ihrem Leben! So hatte sie sich noch nicht betrachtet. Sie besaß Bedeutung. Dieses Gefühl gab ihr den Mut zu glauben, dass ihre Geschichte es wert sein könnte, gehört zu werden. »Ich, ich habe angehalten. Ich kann nicht weitergehen. Erst möchte ich verstehen, was hinter mir liegt. In der Hutschachtel in meinem Zimmer habe ich so viele Bilder gesammelt. In meiner Kindheit und Jugend sind Dinge geschehen, die ich nicht einordnen kann«, stammelte René und war überzeugt, Dr. Tellerlein habe Besseres zu tun, als sich mit ihren Problemen zu beschäftigen.

»Es freut mich außerordentlich, wenn ein junger Mensch den Weg zu mir findet. ›Erwachsen werden‹ ist ein zentraler Schritt im Leben. In dem Wort ›Erwachsen‹ steckt ›erwachen‹. Vor den Altar hintreten, auf dem die Ikonen unserer Eltern stehen. Jede einzelne in die Hand nehmen, betrachten und beim Namen nennen. Entscheiden, welche wir behalten möchten. Manche stellen wir zurück, einige stecken wir ein. Am Ende bedanken wir uns. Wir verbeugen uns und gehen mit den Ikonen, die wir an uns genommen haben, unseren Weg. Ohne diesen Prozess bleiben wir Kinder. Das kleine Mädchen tut, was Papa gefällt, damit es seine Liebe bekommt. Schauen Sie sich um! Die Welt ist voller kleiner Mädchen und kleiner Buben. Viele kommen erst mit Anfang Fünfzig zu mir. Meist ist es dann bereits zu spät. Die Strukturen sind verhärtet. Veränderung passiert nicht einfach so!« Er schnippte mit den Fingern. »Wissen Sie, was der längste Weg im Leben eines Menschen ist?«

René schüttelte der Kopf.

»Von hier.« Dr. Tellerlein deutete auf seinen Kopf. »Nach dort.« Jetzt zeigte er auf seinen Bauchnabel. »Ich begleite Sie sehr gerne auf Ihrem Weg!«

Dieser Mann fasste ihre Absicht in anschauliche Worte, Tränen standen in Renés Augen. »Was werden wir tun? Wie geht das?«, erkundigte sie sich neugierig.

»Einen Plan gibt es nicht. Ich bin Ihr Spiegel. Was Sie erzählen, werde ich übersetzen. Wir gehen so weit und tief, wie Sie es möchten.«

»Warum kommen nur wenige junge Menschen zu Ihnen?«

»Weil ihr Leidensdruck nicht groß genug ist.«

René fühlte sich ertappt, sie wich Dr. Tellerleins klaren, blauen Augen aus und betrachtete seine vollen Lippen.

»Wen die Götter lieben, den prüfen sie.«

René war sich unsicher, ob die Worte des Therapeuten sie zu trösten vermochten. Plötzlich ließ sie ihren Gefühlen freien Lauf. »Die Liebe, sie macht das Leben lebenswert. Einen Menschen treffen, der ist wie ich, den ich verstehe, dem ich mich zeige. Und der mich versteht. Das wünsche ich mir«, sprudelte es aus René heraus.

Dr. Tellerlein lachte herzlich. »Das Letzte, was wir uns wünschen, ist ein Mensch, der so ist, wie wir selbst! Stellen Sie sich ein Kind vor, es steht oben auf der Treppe und sieht den Vater nach Hause kommen. Der winkt seinem Kind und breitet die Arme aus. Das Kind springt, egal wie hoch die Treppe ist. Keine Sekunde zweifelt es an seinem Vater. Ein Kind öffnet seinen Mantel weit. Voller Vertrauen. Wieder und wieder. Man muss oft zustechen, bis die Verletzungen so tief sind, dass ein junger Mensch sein Herz verschließt. Wie war das bei ihrem Vater?«

René schloss die Augen. »Mein Vater steht unten an der Treppe. Traurig schaut er zu mir hoch. ›Tröste mich!‹, ruft er. Ich springe, ich schwebe. Aber mein Vater sieht mich nicht, er wendet sich ab und geht weg. Mein Körper schlägt auf. Was für eine Sauerei habe ich angerichtet!« Entschuldigend fügte sie hinzu: »Es ist nicht so, dass mein Vater mich nicht liebt. Wieder und wieder sagte er, ich sei etwas Besonderes für ihn. Ich half ihm beim Einkaufen und beim Kochen. Mein Vater bereitete das Mittagessen an den Wochenenden zu. Nach der Kirche gingen wir in die Küche. Ich schnitt die Zutaten klein, spülte, räumte auf und deckte den Tisch. Er brachte mir allerhand über Kräuter und den perfekten Zeitpunkt ihrer Zugabe zu den Speisen bei. Einmal schenkte er mir einen Ring, mit einem violetten Stein, der in der Sonne blinkte und mein Vater erklärte mir, er habe sich eine Frau wie mich gewünscht!«

»Das war ein verdeckter Heiratsantrag«, erklärte Dr. Tellerlein ruhig. Die Worte waren für René wie ein Peitschenhieb. Dr. Tellerlein wartete, bis sie ihre Fassung wiederfand. Dann sprach er weiter: »Missbrauch ist ein weites Feld. Stellen Sie sich einen Raum vor, in dem sich drei Stühle befinden. Sie betreten das Zimmer zusammen mit Ihren Eltern. Wo nehmen Sie Platz?«

»Ich sitze in der Mitte zwischen meinen Eltern und schaue erwartungsvoll nach rechts und links. Ich gebe mir große Mühe, die Wünsche der Eltern zu erfüllen. Mein Vater lächelt, meine Mutter ärgert sich. Was ich auch tue, sie ist verärgert.«

»Das ist der Platz, der ihnen von den Eltern zugewiesen wurde. Zwischen Vater und Mutter. So sehr Sie sich auch anstrengten, Sie konnten es den beiden nicht Recht machen. In unglücklichen Paarbeziehungen kommt es leider häufig vor, dass die Tochter zur Projektionsfläche für die unerfüllten Wünsche des Vaters wird. Das kleine Mädchen möchte den geliebten Papa glücklich sehen, sie tut alles, erfüllt seine Sehnsüchte, so gut sie kann. Und bleibt seine Gefangene. Die Kleine kann ihre Persönlichkeit nur eingeschränkt entwickeln. Eine Meisterin im Erahnen der Bedürfnisse anderer Menschen wird sie, denn davon hängt ihre Akzeptanz ab. Das ist die Währung, in der ihr Zuneigung und Bestätigung zuteilwerden. Der Zugang zu ihren ureigenen Bedürfnissen bleibt ihr jedoch verschlossen. Es ist ihre Aufgabe, sich selbst kennenzulernen. Sie werden lernen, sich in der Welt auszudrücken. Hinzu kommt die Abneigung der Mutter, sie gibt der Tochter die Schuld für das Verhalten des Ehemannes. Sie straft ihr Kind mit Verachtung. Die Mutter verlässt ihre Tochter.« Einen Moment hielt Steffen Tellerlein inne, Mitgefühl lag in seinem Blick. »Mütterliche Fürsorge blieb Ihnen verwehrt und Sie waren den Übergriffen ihres Vaters schutzlos ausgesetzt.«

Über Renés Wangen liefen Tränen. »Ja, genauso fühlte sich das an bei mir zu Hause«, stammelte sie schluchzend und spürte einen brennenden Ball im Bauch. Dr. Tellerlein reichte ihr ein Taschentuch. Vorsichtig tupfte René die Tränen trocken. Ihre Schminke sollte nicht verschmieren, die Fassade nicht bröckeln und dahinter nichts, einfach gar nichts zum Vorschein bringen. »Wissen Sie, was mich erschüttert? Erst leidet man als Kind. Dann muss man sich als Erwachsener damit beschäftigen. Und das Schlimmste ist, dass man angefüllt ist mit diesem Müll bis oben hin!« René hielt die Hand an die Kehle und machte ein Gesicht, als müsse sie sich übergeben. »Aber das reicht noch nicht! Man besitzt zu allem Überfluss auch noch das Potential, alles zu wiederholen! Richtig?«, rief sie wütend.

»Sie begreifen schnell. Ein Recht auf Schadensersatz gibt es nicht. Mutter und Vater leben in uns fort. Wenn wir selbst Eltern werden, setzten wir uns den Mutterhut auf, den vor allem die eigene Mutter gestaltet hat und wenn wir einen Mann suchen, ist der Vater das Vorbild.« René dachte wieder an die Hutschachtel mit den Fotografien ihrer Kindheit. All diese Bilder waren ein Teil von ihr.

Nach einer Pause fügte Dr. Tellerlein hinzu: »›Man‹ erlebt das nicht. Sagen Sie: ›Ich machte diese Erfahrung. Ich verstehe das und wähle einen neuen Weg. Meinen Weg.‹ ›Man‹ kommt nirgendwo hin. Ich gehe. Ich komme so weit, wie ich gehe.«

René nickte, Dr. Tellerlein hatte Recht mit jedem einzelnen Wort. Die Wahrheit ist einfach. In ihrem Bauch aber fühlte sie Schmerz, einen Schmerz, der ihr den Verstand raubte und ihre ganze Aufmerksamkeit auf sich zog. Wie ein Ballon schwoll er weiter und weiter an. Ein riesiges Reservoir an laut schreiendem, brennendem Schmerz saß in ihrem Bauch und fing an, sich zu bewegen. Schneller und schneller drehte das Ungeheuer sich. René wurde schwindelig. Hilfesuchend blickte sie in die Augen von Dr. Tellerlein. Der streckte René die Arme entgegen, seine Hände schienen den Feuerball zu umfassen und er nahm ihn an sich. Entspannt hielt Dr. Tellerlein das Ungetüm vor seinem Körper, ihn verbrannte der Schmerz nicht.

»Was ich nicht bekommen kann, muss ich verschmerzen. Was ich nicht verschmerzen kann, dafür räche ich mich.« René schluchzte laut auf.

»In uns allen liegen inwendige Seen, angefüllt mit ungeweinten Tränen. Weinen Sie. Weinen Sie.«

Dr. Tellerlein fasste ihr Leben in wenigen Sätzen zusammen. Ursache und Wirkung. So einfach war das. In René erwachten der Wunsch und die Kraft, sich zu verändern. ›Ich bin die Einzige, die das für mich tun kann‹, erkannte sie. Mit Dr. Tellerlein an der Seite fühlte sie sich ihrer Aufgabe gewachsen. Aber zunächst befolgte sie den Rat des Therapeuten und weinte am Morgen, am Mittag und am Abend, an diesem Tag und an einigen weiteren. Bis sie eines Morgens aufstand und mit dem Weinen aufhörte.

René wrang den Putzlappen aus und wischte durch die Praxis. Heute wollte sie Kriemhild ihren Entschluss mitteilen, eine handwerkliche Ausbildung zu absolvieren. Kriemhild saß hinter ihrem Schreibtisch und zählte die Einnahmen. »Nimm Kindchen, dein Lohn für die Woche liegt hier.«

»Danke.« René steckte die Geldscheine ein und räumte das Sprechzimmer auf. »Kriemhild, ich möchte dir etwas sagen. Ich bin dir dankbar, dass du mich bei dir aufgenommen hast und ich für dich arbeiten durfte. Aber wir wussten beide, dass diese Tätigkeit etwas Vorübergehendes für mich ist, bis ich eine neue Aufgabe finde. Ich möchte ein Handwerk erlernen, das ist mir nun klar. Wenn ich eine Lehrstelle gefunden habe, werde ich hier aufhören. Du hast genügend Zeit, dir eine neue Assistentin zu suchen.«

»Okay, Liebes! Geh, wann du möchtest.« Das war alles, was Kriemhild zwischen ihren Zähnen hindurchquetschte, während ihre Augen den Anamnesebogen eines Neuzuganges fixierten. Renés Ankündigung war ungeheuerlich für Kriemhild, aber die Patriarchin schwieg. Lediglich ihre Mundwinkel zuckten kurz beleidigt.

So einfach hatte René sich das Gespräch mit Kriemhild nicht vorgestellt. Doch die erfahrene Herrscherin mimte nur die Verständnisvolle. Widerspruch akzeptierte das Familienoberhaupt nur vom weiblichen Geschlecht. Zweifellos war René Mitglied in diesem Club, doch als Gattin des Lieblingssohnes der Vorsitzenden bestand Renés Aufgabe einzig darin, den Thronfolger glücklich machen. Worin das Glück von Claus bestand, wusste Kriemhild. Nur Kriemhild. Keinen Enkel zu gebären, war eine Majestätsbeleidigung. Nicht mehr für sie arbeiten zu wollen, machte es Kriemhild unnötig schwer, über den Einfluss auf René die Kontrolle über Claus zu behalten. Sie grübelte, für welchen Preis sie René zurückholen konnte.

Der Tod von Shorty kam Kriemhild gelegen, traurig war sie über den Verlust des Jugendfreundes nicht. Ein sentimentaler Narr war er in ihren Augen gewesen. Beim Abschlussball hatte der hervorragende Tänzer ihr einen Kuss auf die Wange gehaucht. »Der Mann meiner Träume trägt Uniform, ist groß und athletisch gebaut!«, hatte Kriemhild ausgerufen und ihn zurückgestoßen.

Shorty überragte seine Mitschüler. In den darauffolgenden Jahren gab er sein Bestes. Der Stabhochspringer verfehlte nur knapp die Qualifikation für die Olympiade 1936, später wurde er SS-Standartenführer. Aus Liebe ging er weit. Zu weit, wie er spät erkannte. »Meine Ehre heißt Treue«, flüsterte er auf dem Sterbebett in Kriemhilds Ohr.

Claus wusste sofort, was der Spruch bedeutete. »Das ist der Wahlspruch der SS! Ich habe dem alten Sack sein soziales Getue nie abgekauft!«, erklärte er René.

»Du meinst, der Grundstein seines Vermögens war Geld, das schmutzigen Quellen entstammte?«

»Da bin ich mir fast sicher. Warum sonst hat er Deutschland nach dem Krieg Hals über Kopf verlassen, obwohl er seine Heimat doch ach so sehr liebte?«

»Macht dir das nichts aus, Geld zu erben, an dem vielleicht Blut und Unrecht klebt? Vielleicht erbst du auch die Folgen der Taten, mit denen dieses Geld erworben wurde.«

»Ach, hör auf. Das ist Schnee von gestern. Geld ist Geld. Gut und Böse sind doch nur die beiden Seiten einer Münze. Geld wechselt andauernd seine Besitzer. Alles ist im Fluss, mein Schatz. Meine Mutter hat keine Ahnung und ich werde sicher keine Fragen stellen. Was ich kriegen kann, nehme ich!«

»Das klingt wahrlich globalgalaktisch, deine Worte in Gottes Gehörgang!«, beendete René die Diskussion und war sich sicher, würde Claus sein Vermögen verlieren, wäre das nicht der Moment für großzügige, philosophische Betrachtungen.

In den kommenden Monaten verkaufte Claus im Auftrag seiner Mutter Shortys Immobilien und erhielt seinen Anteil am Vermögen. Kurz danach veräußerte er das Haus in der Stadt und kaufte sich in eine Immobilienfirma ein. René und Claus mieteten eine Wohnung auf dem Land.

Nach der Vertragsunterzeichnung mit seinem neuen Partner klopfte Claus abends an die Eingangstür der Praxis. Die letzten Patienten waren bereits gegangen, René hatte abgeschlossen. An ihrem letzten Arbeitstag bei Kriemhild hatten die beiden kaum ein Wort gewechselt. René hatte die ganze Zeit auf eine Möglichkeit gewartet, sich bei Kriemhild für die Aufnahme und Zeit mit ihr zu bedanken, doch ihre Schwiegermutter weigerte sich, über dieses Thema zu reden. Mit rumorendem Magen stopfte René ihren weißen Kittel in ihre Tasche zusammen mit den Sätzen, die sie sich zurechtgelegt hatte und öffnete die Tür.

Claus hauchte einen Kuss auf Renés Wange und rauschte an ihr vorbei. Er sah gut aus in seinem dunkelblauen Anzug mit weißem Hemd und Krawatte. »Mutter, es gibt wunderbare Neuigkeiten!«, rief er freudestrahlend und setzte sich auf die Behandlungsliege.

René blieb im Türrahmen stehen, vergrub ihre Hände in den Taschen ihrer Strickjacke und machte sich mit zusammengepressten Lippen bereit, dem Kampf zweier Titanen beizuwohnen. Am liebsten hätte sie die Flucht ergriffen, doch hoffte sie, ihre Anwesenheit würde besänftigend wirken.

»So, was denn?«, knurrte Kriemhild misstrauisch, ihre Huskyaugen schienen die Zähne zu fletschen.

»Ja, also …« Claus' Gesichtsausdruck änderte sich schlagartig. Er wich dem Blick seiner Mutter aus. Sein Kopf verschwand zwischen den hochgezogenen Schultern und sein Mund zog sich zusammen, als beiße er in eine Zitrone.

›Er geht vor seiner Mutter in Deckung!‹, schoss es René durch den Kopf. Gerne hätte sie die Hand gehoben und »Halt!« gerufen. Sie spürte, dass die beiden einander liebten. Doch kleinmütig verschlug es René die Sprache. Sie fühlte sich zu schwach, um den Titanen entgegenzutreten.

Claus zweifelte, ob er für seine guten Nachrichten Beifall ernten würde. Schnaufend pumpte er sich wieder auf und fuhr sich durch die Haare. Seine Sehnsucht nach Kriemhilds Anerkennung war größer als seine Furcht und er kämpfte wie ein Löwe darum. Dafür bewunderte René ihn. »Also, das Neueste zuerst«, begann Claus und holte tief Luft. »Ich habe mich in eine Immobilienfirma eingekauft und werde von nun an nicht mehr nur für deine Patienten arbeiten, sondern Häuser und Gewerbeimmobilien in ganz Deutschland verticken.« Er hob seine Hand und rieb zwei Finger aneinander. »Na, ist der Groschen gefallen?« Dabei riss er grinsend Mund und Augen auf, als lausche er verzückt dem segenbringenden

Klimpern von Goldtalern.

Doch seine Begeisterung erfror in Kriemhilds eisigem Schweigen. René sah sie auf dem Boden in tausend Stücke zerspringen. Beleidigt ließ Claus seinen Arm sinken. Es herrschte eine frostige Stille. Insgeheim quälten René Zweifel an Claus' Entscheidung mit der eigenen Firma. Sie wusste, wie bequem er war und wie chaotisch er mit Papieren umging. ›Vielleicht kümmert sein Partner sich um die kaufmännische Seite. Claus muss wissen, was er tut‹, betrachtete René die Sache wohlwollend und freute sich darauf, eine Lehrstelle zu finden.

Dann stand Kriemhild sehr langsam auf, ihr Bürosessel quietschte beim Zurückschieben. Sie baute sich vor ihrem Sohn auf. René bewegte sich nicht vom Fleck, stellte sich tot und hoffte, nicht zwischen die Fronten zu geraten. Die Luft war aufgeladen.

»Was fällt dir eigentlich ein?«, brüllte Kriemhild mit hochrotem Kopf, ihre Arme stemmte sie in ihre Seiten wie das Nackenschild eines Drachen.

René zuckte zusammen und war doch erleichtert, dass sich die Spannung entlud. ›Ihre knallrote Gesichtsfarbe beißt sich mit dem ausgewaschenen Mahagonirot ihrer Haare! Gleich spuckt sie Feuer.‹ René verkniff sich ein Grinsen, ihr Humor verschaffte ihr Distanz zu den Streithähnen. Zum ersten Mal erlebte sie, wie ihre Schwiegermutter die Fassung verlor.

»Ich füttere euch hier durch! Mach und tu, was ich kann. Und dann das! Seit wann triffst du Entscheidungen, ohne dich mit mir zu besprechen? Ich will nicht, dass du für andere Leute arbeitest!«, spie Kriemhild ihre feurigen Vorwürfe auf Claus und fuchtelte dabei mit ihrem Zeigefinger vor seinem Gesicht herum.

Claus folgte angsterfüllt jeder ihrer Bewegungen. Urplötzlich erkannte René den kleinen Jungen in ihm, der sich von der Mutter gescholten und ungeliebt fühlte, wenn er seinen Willen äußerte und sich von Kriemhild abwandte. In diesem Moment verstand René, warum Claus sich für sie entschieden hatte. Er hatte eine schwache Frau gewählt, weil er nicht mehr verletzt werden wollte. Doch innen war René stark, auch wenn sie noch nicht wusste, wie sie diese Kraft nach außen zeigen sollte.

Claus trat gegen die Schatten seiner Vergangenheit an und erhob sich von der Behandlungsliege. Wie eine Festung positionierte er sich mit verschränkten Armen vor seiner Mutter, die er um einen Kopf überragte. Ob Kriemhild wollte oder nicht, jetzt musste sie zu ihrem Sohn aufblicken. »Jede gottverdammt normale Mutter freut sich für ihren Sohn, wenn er selbstständig wird und seine eigenen Entscheidungen trifft. Ich war ein erfolgreicher Makler und werde es weiter sein. Übrigens, das Haus in der Stadt ist auch verkauft! René und ich haben eine Wohnung auf dem Land gemietet. Wenn du dich dazu durchringst, uns zu besuchen, kannst du dir ein Bild davon machen! Wir machen alles schön! Darum kümmert sich René und ich verdiene das Geld. Wie es sich gehört! Wir führen eine gute Ehe!«

René roch Kriemhilds versenkte Haare, die in Claus' Salve wutentbrannter Worte verkohlten. Sie war traurig, denn gut lief es bei ihr und Claus nur nach außen. Wenn sie ihn lieben könnte wie Michael, vielleicht müsste er dann sein Glück nicht im Geldverdienen suchen. Claus domminierte sie und ihr fiel es umso schwerer, die vielen Stimmen in ihrem Inneren zu hören und sich mitzuteilen. Aber noch platzte der Knoten in René nicht und Kriemhild wetterte weiter.

»Ich muss mir das nicht anschauen! Ich mache mir lange genug ein Bild von dir und deiner Frau! Was seid ihr ohne mich? Von wem stammt denn das Geld, mit dem der feine Herr sein Reihenhaus angezahlt hat? Von Mami. Dafür ist sie gut genug! Meinst du, einer meiner Patienten hätte einem gescheiterten Möchtegernschauspieler, der nichts auf die Kette bekommt, den Verkauf seines Hauses anvertraut, wenn ich dich nicht empfohlen hätte? Unterstütze ich dich nicht immer, wenn du knapp bei Kasse bist? Und René habe ich auch aufgenommen. Aber jetzt hat die feine Dame was Besseres gefunden! Haut doch einfach beide ab! Ich wollte teilhaben an eurem Leben. Meinen Enkel aufwachsen sehen. Du bist doch schon groß, mein Bub, mein kleiner Augenstern.« Ihre letzten Worte verwandelten Kriemhild in eine einsame Mutter. Verzweifelt wiegte sie ihr Baby zum allerletzten Mal im Arm, bevor sie es für immer an Fremde weggeben musste.

René wollte widersprechen, aber ihre Worte verbrannten in Kriemhilds Zorn und sie hatte Mitgefühl mit der einsamen Frau in Kriemhild, die ihren Sohn nicht loslassen konnte und nur den kleinen Buben in Claus sah. In Gedanken legte sie ihren Arm um

Kriemhild.

Claus bebte vor Zorn. »Wo komme ich denn in deinen Plänen vor? Hast du dich jemals gefragt, wie ich mich dabei fühle, nach deiner Pfeife zu tanzen oder ob ich das überhaupt möchte? Hier dreht sich alles nur um dich. Ich dachte, ich mache dich stolz und jetzt höre ich nur Vorwürfe, weil du nicht ertragen kannst, dass ich erwachsen bin und meinen Weg gehe. Weißt du was, mach deinen Mist allein! Ich gehe!«

»Ach, jetzt, da der noble Herr mein Geld abkassiert hat, spuckt er große Töne. Ich bin gespannt, wie weit dich dein Hochmut trägt!«, murmelte Kriemhild bitter, das Feuer in ihr war erloschen. Kraftlos sank sie in ihren Schreibtischsessel und blätterte mechanisch in einem Lehrbuch.

Claus nahm Renés Hand. Ohne ein weiteres Wort zerrte er sie aus dem Behandlungsraum und aus der Praxis seiner Mutter. René hätte sich gerne freundlich von Kriemhild verabschiedet, aber sie fühlte sich wie eine Nebendarstellerin in diesem Duell und blieb an der Seite ihres Mannes, obwohl sie das Gefühl hatte, zwischen den Stühlen zu sitzen. Aber da war noch eine andere Empfindung, die René erleichtert zur Kenntnis nahm. Auf einer tiefen, inneren Ebene herrschte Frieden zwischen Kriemhild und ihr. Vielleicht hatte es niemals Schulden zwischen ihnen gegeben und es war einfach Zeit zu gehen.

Im Auto brach Claus weinend zusammen. »Was für eine Hexe! Sie benutzt mich wie ein Spielzeug!« Er drückte seine Daumen in die geschlossenen Augen, als wolle er seine Tränen zurückhalten.

René streichelte ihm über den Rücken und reichte ihm ein Taschentuch. Nur zu gut wusste sie, wie es sich anfühlte, benutzt zu werden und was es bedeutet, seine Familie zu verlieren. »Die Mutterliebe, mit der wir gefüttert wurden, war vergiftet. Meine Mutter konnte es nicht abwarten, bis ich selbstständig war und das Haus verließ, deine Mutter kann dich nicht loslassen. Warum eigentlich? Sie hat doch deinen Vater.«

»Ach, der ist in ihren Augen ein Narr. Ich dachte, ich hätte ein besonderes Verhältnis zu ihr. Am Ende war ich nur ein besonders großer Idiot, den sie manipuliert hat, damit sie nicht allein ist.«

»Wir sind beide benutzt worden«, sagte René traurig und stellte überrascht fest, dass sich diese Gemeinsamkeit gut anfühlte. Claus und sie standen auf der gleichen Seite.

»Ich bezweifle, dass sich unsere Eltern dazu bewusst entschieden haben. Sie sind auch nur die Kinder ihrer Eltern. Glaub mir, der abgebrochene Kontakt zu deinen Eltern fühlt sich an, als hättest du ein schmerzendes schwarzes Loch in deinem Bauch. Vielleicht beruhigt Kriemhild sich wieder. Lass ihr Zeit«, ermunterte sie Claus, den Streit mit seiner Mutter beizulegen.

Claus schlug mit der Faust auf das Lenkrad. René zuckte zusammen, ihr Gefühl der Verbundenheit zerplatzte wie ein Ballon. »Die kann sie haben, mehr als sie möchte! Bis sie bei mir wieder vorsprechen kann, muss ihr schon eine echt gute Entschuldigung einfallen! Schluss damit! Wir haben, was wir brauchen. Geld ohne Ende und den Mietvertrag für die neue Wohnung habe ich auch in der Tasche. Heute ist ein Tag zum Feiern, mein Schatz!«

René stand der Sinn nicht nach einem Fest. Doch sie schwieg, um Claus nicht zu reizen. Heute hatte es genug Streit gegeben.

»Zuhause wartet ein Fläschchen Schampus auf uns!«, verriet Claus und tätschelte erregt ihr Bein.

Sechs Wochen später zogen René und Claus in eine großzügige Wohnung auf dem Land, am Waldrand gelegen, in der Nähe eines Reiterhofes. Zum ersten Mal in seinem Leben arbeitete Claus täglich und war oft die ganze Woche unterwegs. Obwohl Claus jetzt ein Vermögen besaß, das es ihm ermöglichte, bei ihrem Lebensstil nicht mehr arbeiten zu müssen, tat er es. Am Ziel seiner Träume angekommen, war er angespannter denn je. René genoss die Zeit allein, wenn Claus auf Geschäftsreise war. Sie kümmerte sich um die Renovierung und Ausstattung der Wohnung.

Der neue Tisch würde Claus gefallen, war sich René sicher. Er stand in der Mitte des Esszimmers. Zufrieden streichelte sie über die kühle Marmorplatte, die auf zwei Marmorquadern ruhte. Ihre Finger malten die wilde, grau-weiße Maserung nach. Die mächtige Steintafel füllte den Raum aus, an dessen Längsseite vom Boden bis zur Decke ein Bücherregal stand. Die lange Fensterfront gab die Aussicht auf den Wald frei. Beim Abendessen hatte René Rehe beobachtet. Champagnerfarbene Seidengardinen verschleierten den Blick nach draußen, tanzten in der Sommerbrise, die durch ein geöffnetes Fenster einströmte.

»Herr Kraft, der Tisch ist wunderbar. Vielen Dank. Darf ich Sie etwas fragen?«, bedankte sich René bei dem Steinmetz, der nach ihrem Entwurf den Tisch gefertigt hatte.

»Sicher, Frau Linde, fragen Sie.«

Der alte Mann trug einen grauen Kittel über einer dunklen Hose, die einmal zu einem Anzug gehört haben musste. Von mittelgroßer, schlanker Statur, versteckte er seine Halbglatze unter einem Hausmeisterhut. Falten hatten ein freundliches Netz in sein Gesicht graviert, seine Hände waren mit gelblichen Hornhautschwielen übersäht. »Ich möchte gerne Steinmetz werden. Kann ich den Beruf bei Ihnen erlernen?«, fragte René schüchtern und blickte dabei hoffnungsvoll in die dunklen Augen des Meisters.

Adam Kraft lachte herzlich und zwei Reihen vom Pfeiferauchen vergilbter Zähne kamen zum Vorschein. Er knöpfte seinen Kittel auf, kramte aus der Innentasche seiner Strickjacke ein kleines Fotoalbum hervor und reichte es René. »Steine werden über lange, lange Zeit von der Natur geformt. Mit meinen Arbeiten gebe ich der Persönlichkeit des Steins Ausdruck, damit sie für die Menschen sichtbar wird.«

Die Fotos zeigten meist aus Granit geschlagene Köpfe mit Gesichtsausdrücken wie Überlegenheit oder Demut, die auf einer Tafel am Hals der Steingesichter geschrieben standen. »Sie verbinden die Maserung der Rohlinge mit Empfindungen und meißeln diese in Stein. Das ist beeindruckend.«

»Diese Arbeiten sind mein privater Spaß. Tagein tagaus sind Grabsteine mein Geschäft. Nicht sehr aufregend und körperlich anstrengend. Nichts für Frauen. Viel zu schwer. Lernen Sie Tischlerin. Das ist was für Frauen.«

»Tischlerin?« René legte ihre Stirn verdutzt in Falten und sah Herrn Kraft mit großen Augen fragend an.

»Ja, Holz ist ein warmer Werkstoff und leicht zu bearbeiten. Holz besitzt einen Duft. Gehen Sie zu Aarón Cortés. Ein guter Mann. Ein Spanier. Seine Kunstschreinerei baut hochwertige Möbel und restauriert.«

»Restauriert?« Bei diesem Wort machte es klick in René Bauch und ihr Herz hüpfte vor Freude. Das war die Tätigkeit, nach der sie gesucht hatte. Die Dinge wieder in Ordnung bringen, sie ihrem ursprünglichen Aussehen und ihrer Funktion wieder zuführen. ›Wie innen so außen‹, dachte sie. ›Das ist es, was ich im Innen mit Dr. Tellerlein tue und das ist es, was ich im Außen an Möbeln tun werde.‹ Befreit über ihre Erkenntnis, sprang René mit einem Satz zu Herrn Kraft und umarmte den verdutzten Steinmetz.

»Sowas passiert einem alten Mann nicht alle Tage!«, lachte er.

»Es freut mich, wenn ich Ihnen helfen kann. Aarón beherrscht die alten Techniken der Intarsienarbeit und Schellackpolitur. Wunderbar, ich habe oft zugesehen. Mit seinen Leuten fertigt er auch Nachbauten wertvoller Kunstgegenstände. Einzigartige Möbelstücke im Barock- oder Rokoko-Stil. Nur wenige seines Fachs sind dazu im Stande. Gehen Sie zu Aarón Cortés.«

Vor dem zweistöckigen Neubau in dem kleinstädtischen Industriegebiet parkte ein schwarzes Cabrio mit offenem Verdeck. Der Zündschlüssel steckte. »Kunstschreinerei Cortés« stand in geschwungener Schreibschrift auf der violetten Tafel an der Wand. Renés strich bewundernd über die kunstvoll geschnitzten, filigranen Ornamente und Ranken der zweiflügeligen Eingangstür in Rundbogenform. Das Tor in ihre Zukunft hatte eine goldene Türklinke. Da sie keine Klingel fand, trat sie leise ein und verliebte sich auf der Stelle in den erdigen, leichten Duft von Holz, der ihr seltsam vertraut war und sie mit ihren Wurzeln verband. In die helle Werkstatt fiel das Sonnenlicht durch große Fenster ein, Holzstaub schwirrte in der Luft. Vor den Fenstern befanden sich Werkbänke. In der Mitte des großzügigen Raumes standen ein Frankfurter Schrank und eine barock geschwungene Kommode. Hier und da lagen kleine Häufchen mit Holzspänen. »Danke, Herr Kraft. Hier möchte ich bleiben«, murmelte René glücklich.

»Was kann ich für Sie tun?«, erkundigte sich ein kleiner Südländer mit leicht untersetztem Körperbau, der sich René in den Weg stellte und sie freundlich abwartend musterte. Er trug eine hellbraune Latzhose mit einem rotkarierten Flanellhemd darunter. Sein ebenmäßiges und längliches Gesicht hatte eine Tendenz ins Pausbäckige mit feminin geschwungenen Lippen. Die schwarzen Haare klebten mit Gel fixiert am Kopf.

»Guten Tag, ich möchte bitte Aarón Cortés sprechen«, begrüßte ihn René.

»Ari ist in seinem Büro. Kleinen Moment!«

Der Handwerker hatte sich noch nicht in Bewegung gesetzt, da flog die Tür mit der Aufschrift »Büro« an der Seite der Werkstatt auf und donnerte gegen die Wand. Aarón Cortés schoss auf René zu. Sie hatte einen älteren Mann erwartet, aber der gutaussehende Spanier, der auf sie zukam, musste Anfang Dreißig sein. Seine braune Latzhose saß eng wie eine Pelle, dazu trug er elegante Lederslipper, deren beste Zeiten vergangen waren. Sein dunkles Haar war stoppelkurz geschnitten, dichte, schwarze Wimpern rahmten seine tiefbraunen Augen. ›Um die beneidet ihn jede Frau‹, schwärmte René.

»Hallo, ich bin Aarón Cortés.« Der Schreinermeister schenkte ihr einen warmen Dackelblick und reichte ihr seine Hand. René griff gerne zu, sie hatte das Gefühl, diese Szene bereits erlebt zu haben.

»Ich bin René Linde. Ich möchte gerne Restaurieren lernen. Kann ich in Ihrem Betrieb eine Ausbildung machen?«, stellte sie aufgeregt ihre Frage.

»Eine Lehrstelle kann ich nicht anbieten, tut mir leid. Wir bilden bereits drei Lehrlinge aus. Aber ein Praktikum können Sie in meinem Betrieb machen.«

»Una mierda!« Eine weitere Tür gegenüber dem Eingang wurde aufgestoßen, bevor René etwas antworten konnte. Maschinenlärm quoll aus dem Nebenraum und ein junger Mann in Shirt, ausgewaschenen Jeans und Turnschuhen kam auf sie zu. Der Spanier war groß und schlank gebaut, sein Teint war auffallend blass, die Augen wasserblau. »Hola, ich bin Neveo«, stellte sich der Mitarbeiter kurz vor. Er musterte René schüchtern und strich sich die schwarzen Haare aus dem zerknirscht dreinschauenden Gesicht.

›Was für ein schöner und sensibler Mann‹, dachte René und kam wieder nicht zu Wort, denn Aarón Cortés feuerte eine laute Salve spanischer Wörter auf seinen Mitarbeiter ab. Der Gescholtene antwortete jedoch nicht weniger furios. Gebannt verfolgte René das Duell. So viel Temperament war ihr neu. »Maschine! So was darf nicht passieren! Mach's nochmal!« Aarón Cortés machte eine abwinkende Geste. Neveo kehrte um und schlenderte nach dem Schlagabtausch zurück in den Maschinenraum.

Das Temperament des Schreinermeisters schaltete wieder auf Normalbetrieb und Aarón erinnerte sich an René. »Mein Cousin und ich mögen uns, keine Angst. Aber wir bauen hochwertige Möbel aus edlen Materialien, wenn da was beim Zuschnitt schiefgeht, wird es teuer. Neveo ist ein genialer Tischler, aber manchmal träumt er mit offenen Augen.« Aarón wiederholte die abwinkende Geste. »Dann ist er einfach nicht bei der Sache. Restaurierungen und Nachbauten von antiken Möbeln machen wir auch, aber existieren könnten wir davon nicht.«

Der Schreinermeister verschränkte die Arme vor dem Bauch. »Wir reden uns beim Vornamen an. René, ich zeige dir jetzt die Werkstatt!«, erklärte Aarón feierlich und bezweifelte keinen Moment, dass sie bleiben würde. »Die hier wird deine!«, verkündete er mit Dackelblick und unwiderstehlichem Grinsen, während er auf die Arbeitsplatte klopfte.

René war im Himmel. Durch das Fenster hinter ihrer Hobelbank blickte sie in einen Garten mit Laubbäumen und blühenden Sträuchern. In der Mitte des Rasens befand sich ein Teich mit Schilf, um den sieben Liegestühle herumstanden. Aarón ging weiter zu den Antiquitäten in der Mitte der Werkstatt. »Hm, die barocke Kommode da wird dein erstes Werkstück. Die Oberfläche muss runter geschliffen werden. Mit Gefühl!« Es folgten Dackelblick und unwiderstehliches Grinsen. »Neveo und mich hast du bereits kennengelernt. Matteo, der dich empfangen hat, ist unser Sizilianer. Wir sind zusammen zur Schule gegangen. Er ist gelernter Schlosser, alles über Holz hat er hier bei mir gelernt. Banänchen, Baser und Frank sind heute in der Berufsschule.«

René folgte dem Meister in den Maschinenraum. »Wie du siehst oder auch nicht …« Aarón machte eine Pause und blinzelte René mit seinen Diva-Wimpern zu. »Nun, wir sind mit Technik vom Feinsten ausgestattet. Lohnen tut sich das nicht, aber Spaß macht es! Hier werden Mäuse getragen!« Aarón reichte René einen gelben Gehörschutz, der wie ein Kopfhörer mit Mickeymausohren aussah und schützte sich ebenfalls vor dem Jaulen der Format-Kreissäge, an der Neveo stand. »Ah, da ist Sepp, unser Altgeselle und Fachmann für Innenausbau«, brüllte Aarón.

Errötend nickte Sepp der neuen Kollegin mit einem »Servus!« zu und beschäftige sich weiter mit dem Zuschnitt von

Furnierpaketen. Der Rundgang endete in einer geräumigen Küche mit einem langen Tisch und sieben Stühlen. »Wir frühstücken zusammen. Mittags kochen wir abwechselnd. Wer mag, macht am Nachmittag eine Kaffeepause. Jeder muss nach Arbeitsschluss mal Abspülen.«

›Schneewittchen und die sieben Zwerge!‹ René lachte glücklich beim Aufschließen der Wohnungstür. Sie hatte einen Praktikumsplatz im Paradies bekommen!

Im Bad rauschte die Dusche, Claus war bereits von der Dienstreise zurück, René hatte erst abends mit ihm gerechnet. Im Flur lag sein aufgeklappter Aktenkoffer auf dem Boden. Das wilde Durcheinander aus Formularen und Prospekten war mit Cashewkernen garniert. Die leere Verpackung lag neben dem Koffer auf dem Parkettboden und tanzte zusammen mit einem handgeschriebenen Brief im Luftzug der Haustür, die René leise schloss. »Liebe meines Lebens«, las sie und ihr Hals war plötzlich strohtrocken. René schluckte, atmete und las weiter. »Du bist der tollste Mann, den ich je kennenlernte, die Nacht mit dir war überwältigend. Jede Zelle meines Körpers schreit nach deinen heißen Küssen. Ich zähle die Stunden, bis wir uns wiedersehen. Dann serviere ich dir Sushi und Sekt bekleidet mit nichts als meiner Geilheit nach dir! Deine Vanessa«

René war weder wütend noch verletzt, eher überrascht, dass es jetzt passierte. Sie legte den Brief zurück in den Koffer. Wie eine Löwin, die Beute wittert, erkannte sie ihre Chance. In Flagranti ertappt, würde Claus nicht auf sie losgehen. Er würde ihr nichts tun. Sie legte sich auf die Lauer und wartete. Endlich öffnete sich die Badezimmertür. Mit einem um die Hüften geschlungenen Handtuch bekleidet stand Claus vor René und starrte auf den Brief, der ordentlich gefaltet auf seinem Koffer lag.

»Bitte keine Erklärungen! Nimm deine Sachen und geh!« René sprang ihre Beute an und beobachtete sich gleichzeitig beim Sprechen selbst, wie sie es immer tat, wenn eine Situation sie aufwühlte. Der Abstand zu ihren Gefühlen half ihr, die Szene mit allen Details wahrzunehmen und dadurch freier zu handeln.

»Lass uns reden! Das ist einfach so passiert, ich wollte es nicht. Ich will dich behalten!«, bettelte Claus.

»Wie gesagt, du brauchst mir nichts erklären. Die Frau gibt dir, was du von mir nie bekommen wirst. Bedingungslose Anbetung, Selbstbestätigung in ganz hohen Potenzen. Und klar, du bist nur aus Versehen über die Ärmste gestolpert und zufällig steckte dein… Geh!« Ihre Stimme klang gedämpft, fast monoton.

»Das ist Leidenschaft. Wir waren machtlos!«, stammelte Claus.

»Geh zu ihr! Geh! Sofort!«, brüllte René und riss die Haustür auf.

Claus wusste, was er zu tun im Stande war, hätte René ihn betrogen. Besiegt warf er ein paar Kleidungsstücke in seinen Koffer. Den Blick auf den Boden gesenkt ging er stumm an René vorbei und die Tür fiel hinter ihm ins Schloss.

»Ja!« René ballte grinsend ihre Faust. Im Esszimmer zog sie eine Gardine zur Seite. Schnaufend stapfte Claus durch das Gartentor, ohne es hinter sich zu schließen. René spürte keine Abneigung oder Genugtuung, sie empfand Mitgefühl. ›Ein verletztes Kind. Wir sind beide verletzte Kinder‹, dachte sie traurig und ließ den Vorhang fallen. Der Applaus am Ende ihrer Ehe war verhalten. Weggetragen war der Spiegel, in den sie jeden Tag geschaut hatte. Wir sehnen uns alle nach Liebe und Annahme. Wir hoffen, der andere könne uns das Gefühl schenken, geliebt und ganz zu sein. Aber wie soll das gehen, wenn wir uns selbst nicht annehmen und vermeidlich negative oder schmerzhafte Aspekte von uns wegsperren. Ganz zu sein bedeutet, die eigene Person mit allen ihren Seiten anzunehmen. Vielleicht passen zwei Menschen eine Weile zusammen, weil sie beide an einer Verletzung tragen oder der eine dem anderen helfen und ihm eine wichtige Lektion erteilen kann. Aber alles verändert sich. Und das ist gut so. Wie sollte ein Kind heranwachsen, wenn das Leben statisch wäre? Es müsste immer ein Kind bleiben. Wir verändern und entwickeln uns ununterbrochen. Wenn ein Partner seinen Kurs ändert oder der eine einen Gipfel erklimmen möchte und der andere eine Pause benötigt, dann kann es passieren, dass es der förderlichste Schritt ist, sich loszulassen. Das Ende einer Partnerschaft kann ein Erfolg sein. Sie hatte sich vor dem Ende ihrer Ehe gefürchtet. Dem Aus. Dem Verlassen werden. Und nun stand sie da und hatte fast ein schlechtes Gewissen, weil sie ganz ruhig war. Manchmal tauchte eine Prise Angst auf, eine leichte Verwirrung oder ein leeres Gefühl im Bauch. Das Empfinden von

Weite und Freiheit aber lag über allem und trug René. Lieben. Verlieren. Und was dann? Wieder lieben?

Morgens fiel die schwere Holztür der Werkstatt hinter René ins Schloss. Den lindgrünen, knöchellangen Trenchcoat und das Streublümchenkleid tauschte sie gegen Jeans, Hemd und Turnschuhe. Gut gelaunt richtete sie das Frühstück, vor der Arbeit hatte sie Brötchen, Wurst und Käse eingekauft. Der Duft von Kaffee zog durch die Werkstatt. Aarón verriegelte die Eingangstür, jeder kannte das Klackern des Drehschlosses und folgte seinem Signal. René hatte man den Platz an der Seite des Schreinermeisters zugewiesen, die lange Tafel stand mit einer Längsseite an der Wand der schmalen Küche. Neben dem Paar saßen die Lehrlinge aufgereiht und ganz außen hatte Sepp seinen Platz. Die Stühle von Matteo und Neveo standen an den Stirnseiten. Sebastian Mahrendorf alias »Banänchen« betrat die Küche als Letzter mit einer Frühstücksdose unter dem Arm. »Na, Banänchen, was hat Mutter Mahrendorf ihrem Buben heute eingepackt?«, unkte Mateo.

Einmeterneunzig lang war der Bub mit blonder Seitenscheitelfrisur. Neben einer Nickelbrille trug er zwanzig Kilo Übergewicht mit sich herum. Gegen den Willen seiner Eltern hatte er sich für die Tischlerlehre entschieden. Aarón hatte die Mutter von Sebastian überzeugt, dass eine handwerkliche Ausbildung sinnvoll sei als Basis für das Ingenieurstudium, welches sich Frau Mahrendorf für ihren Sohn wünschte. Die Hänseleien der anderen brachten den Siebzehnjährigen zum Erröten, aber niemals vom Kurs ab. »Das ist Trennkost!«, erklärte Sebastian und biss genüsslich in eine Stulle mit zentimeterdicker Butter- und Käseschicht. »Banänchen« verdankte seinen Namen der Bananendiät, die er zu Beginn seiner Lehrzeit eingehalten hatte.

»Baser« war nach seiner Baseballkappe benannt, die er mit dem Schild nach hinten trug, die beiden waren unzertrennlich. Die Eltern von Benjamin, wie er mit richtigem Namen hieß, waren Alkoholiker. Der Junge hatte die Schule geschmissen und hing nachmittags mit seinen Kumpeln an der Tankstelle ab. Benjamin kümmerte sich um seine drei jüngeren Geschwister. Aarón lernte den Sechzehnjährigen beim Tanken kennen und überredete ihn, seine Schule zu beenden und eine Lehre zu machen. Baser bewunderte Aarón und fand die Orientierung, die er benötigte.

René war stolz, ein Teil dieser Gemeinschaft zu sein. ›Das Leben kann so einfach sein. Der Meister, Gesellen, Lehrlinge und eine Praktikantin. Eine Jahrhunderte alte Struktur, die funktioniert, wenn der Meister ein Vorbild ist, Menschen führt, damit sie mit Freude bei der Sache sind, Fehler machen, aus diesen lernen, Selbstvertrauen entwickeln, sich immer größeren Aufgaben stellen und diese schließlich eigenverantwortlich bewältigen. Das fängt beim Einrichten des Arbeitsplatzes an und hört damit auf, eine Baustelle ordentlich zu verlassen. Am Ende ist es der einzelne Mensch, der durch sein Vorbild führt.‹

In der Werkstatt bearbeitete René ein Möbelstück, bis es fertig war. Es gab keine Entfernen-Taste für einen Fehler. Abends begutachtete sie das Tagewerk mit Aarón oder einem Gesellen und meist ging sie zufrieden nach Hause. Das anfängliche Getuschel von Aarón und seine Gesellen entging René nicht. »Das ist eine teure Frau. Nach zwei Wochen ist die wieder weg!«

Aber René schliff Kommode um Schrank um Truhe. Erst grob, dann fein, dann sehr fein. ›Ich und das Holz. Das Holz. Das Holz. Ich und das Holz.‹ In den ersten Wochen bluteten ihre Fingerkuppen nach Feierabend. Schleifen bricht den Willen. »Du polierst das Holz. Unfassbar. Maschine, schau dir das an. Die Kommode brauchen wir nicht mehr lackieren«, drückte Aarón schließlich seine Bewunderung aus und strich über die zarte, glatte Oberfläche.

Frank war Ende zwanzig und der dritte Lehrling der Kunstschreinerei. Manche vermuteten, er erlerne den Tischlerberuf, weil er den Besenstiel zersägen wollte, den er offensichtlich verschluckt hatte. Der Tanzlehrer hatte aus Gründen, die er nicht nannte, seinen Beruf an den Nagel gehängt. Asthma, Neurodermitis und Heuschnupfen waren nur einige seiner Krankheiten, über die er lange referierte. Die schmale, mittelgroße Gestalt trug meist Schwarz. Kam Frank morgens zur Tür herein, sah René einen Butler. Einen steifen Pinguin, der durch seine Herzensgüte und Hilfsbereitschaft überraschte. Altgeselle Sepp war der Außenseiter im Team. Schüchtern fand er keinen Zugang zum südländischen Trio der Alphatiere. Aarón, Neveo und Matteo waren »Familie«, obwohl Matteo keine wirkliche Verwandtschaft war. Sepp war ein guter Handwerker mit viel Erfahrung. Die nutze Aarón für

Aufträge, die nichts mit Möbelbau zu tun hatten, er aber nicht ablehnen wollte. Sepp akzeptierte seine Rolle, vielleicht hatte der Einzelgänger sie sich selbst ausgesucht. Matteo gab den »strengen Sizilianer«, denn er fürchtete, die Lehrlinge könnten seine mangende Bildung belächeln. Keiner verstand sich wie Matteo auf das Schärfen von Hobeln, Stemmeisen oder Sägen. Kein Schloss, das er nicht knacken oder reparieren konnte. Vor zwei Jahren hatte sein Vater ihm eine Frau in Sizilien ausgesucht. Erst kurz vor der Heirat lernte Matteo die Auserwählte kennen. Lautstark forderten Aarón und Neveo, er müsse sich dem Willen seines Vaters, den »überkommenen Traditionen« widersetzen. Matteo aber blieb still. Das waren die anderen auch, als sie Matteo und Pina das erste Mal sahen. Hand in Hand spazierte ein Paar in die Werkstatt, das die Augen nicht voneinander lassen konnte und miteinander plauderte, als sei es füreinander bestimmt.

Der schüchterne Neveo war ohne Frage der geniale Tischler der Truppe. Waren die Zeichnungen für ein neues Möbel fertiggestellt, breitete er sie beinahe zärtlich auf seiner Hobelbank aus, stellte ein Bein auf den Zwischenbalken, stütze den Ellbogen auf und legte das Kinn auf seiner Faust ab. In der Denkerpose verharrte Neveo manchmal stundenlang. Alle machten dann einen Bogen um ihn, niemand sprach ihn an, bis er seine Notizen abschloss. Nicht einmal Aarón. Anschließend schlenderte Neveo leichtfüßig, ein Liedchen pfeifend zum Maschinenraum und fertigte Möbel in höchster Perfektion. René gefiel nicht nur seine Zurückhaltung.

»Du machst mich nervös. Bitte geh zur Seite!« Neveo wies Renés Versuche ab, ihn bei der Arbeit in ein Gespräch zu verwickeln. Sie spürte seine Verunsicherung, die er nicht versteckte, Neveos Sanftheit, von der seine Augen bei jedem Blick und sein Körper bei jeder Bewegung zeugten, seine Bescheidenheit, die zweifelte, ob ihm eine Frau wie René zustand, seine Hingabe an seinen Beruf. Neveo war ihr vertraut und das Gegenteil von Claus. Ohne es zu ahnen, gab er René die Zuversicht, dass Sensibilität und Feingefühl zu einem Mann gehören.

»Vergiss das! Sie ist eine teure Frau. Nichts für dich!«, zischte Aarón, als René nachmittags unbemerkt die Küche betrat. Die zarten Bande zwischen seiner Praktikantin und Neveo zersägte Aarón. Beim Essen unterhielt sich der Meister mit René, ihre

Arbeiten überwachte er persönlich. Wie einen Schatz behütete er sie. Kam seine Lebensgefährtin Katherina zu Besuch, schickte er René in den Maschinenraum. In dem halben Jahr ihres Praktikums bekam sie die Freundin des Chefs nur ein einziges Mal zu Gesicht. Die zierliche Studentin der Innenarchitektur war eine blonde Schönheit. Als die Eltern Cortés noch das Unternehmen führten, absolvierte Katherina eine Lehre in der Werkstatt. In dieser Zeit verliebten sie und Aarón sich. »Sie hätte bleiben sollen!« Das war alles, was René dem ansonsten auskunftsfreudigen Matteo entlocken konnte. Seit Katharina die Möbel nach Kunden-wünschen entwarf, stritt das Paar oft und lautstark. Auch an diesem Morgen schrie der Chef ins Telefon. Manchmal klang Aarón wie Claus.

René hatte sich am Tag zuvor mit Claus getroffen. Er hatte sie darum gebeten. Auf einem Parkplatz stieg sie in sein Auto. »Bitte komm zurück zu mir. Ich wollte dich nie verlassen!«, flehte er schluchzend. René streichelte seine Hand.

»Das mit Vanessa und mir ist vorbei. Ich bin nur zu ihr gezogen, weil du mich weggeschickt hast! Nichts konnte ich ihr recht machen. Wenn ich gekocht habe, hat sie gemeckert, wie die Küche ausschaut. Habe ich aufgeräumt, war das auch nicht in Ordnung. Seit einer Woche wohne ich in einer Altbauwohnung in der Stadt-mitte. Schau doch Mal vorbei. Ich bin mir sicher, der Ausblick über die Dächer der Stadt gefällt dir. Unten im Haus ist ein exzellenter Italiener.«

»Lass mir bitte Zeit. Ich muss jetzt gehen. Wir hören voneinan-der«, verabschiedete sich René, es war Zeit sich Claus' Einfluss zu entziehen. René ließ seine Hand los und stieg aus.

Obwohl es sie fortzog, vermisste sie ihren Mann auch. Viel-leicht war es weniger Claus, der ihr fehlte, als die Vertrautheit mit einem Menschen, das Gefühl seinen Platz zu kennen, auch wenn der nicht so war, wie sie es sich wünschte. Vor allem aber nagte an René der Zweifel, ob sie selbst gut genug war für den Traum-prinzen, der vielleicht irgendwo da draußen auf sie wartete. Manch-mal beschlich sie der Zweifel, ob sie das Glück, das sie suchte, aushalten würde. ›Lieber der Spatz in der Hand als die Taube auf dem Dach.‹ Gedanke reihte sich an Gedanken. René konnte ihre

Plagegeister nicht abstellen. Traurig schaute sie aus dem Fenster hinter ihrer Werkbank. »Sorry seems to be the hardest word«, schmetterte Aarón im Chor mit Elton John und sprühte in der Lackierkabine weiße Farbe auf Türen. In der gesamten Werkstatt hingen Lautsprecher und Popmusik untermalte die Arbeit.

›Wenige Frauen würden einen vermögenden Mann verlassen‹, überlegte René, ›Wovon will ich eigentlich leben? Ich verdiene fast nichts, obwohl ich jeden Tag acht Stunden arbeite.‹ Noch wohnte sie in der gemeinsamen Wohnung. Von ihren Ersparnissen würde sie ihren Lebensstil auf Dauer kaum halten können. ›Gut, dass mein Herz keine Bank ist‹, stellte sie fest und lächelte.

»Der hat dich nicht verdient!«, flüsterte Aarón plötzlich hinter René und sein Atem kitzelte in ihrem Nacken.

In der Werkstatt durfte jeder nach Feierabend eigene Werkstücke fertigen und Aarón stand mit Rat und Tat zur Seite. René hatte eine Aussteuertruhe gekauft. Mit dicken Gummihandschuhen und einer Gasmaske im Gesicht hatte sie die alten Farbschichten mit einer Ammoniaklösung heruntergewaschen. Sie strich über die raue Oberfläche der Truhe, die Weichholzhaare standen zu Berge. René riss sich Schleifpapier auf die passende Größe für den Schleifklotz. Sie dachte daran, wie man sie anfangs ausgelacht hatte, weil sie Schleifpapier mit der Schere zuschnitt. »Das machen nur Heimwerker!«, erklärte Aarón und betonte das Wort »Heimwerker«, als handele es sich um ein gammelige alte Chorizo-Wurst, die er so gerne aß. »Matteo, schaust du bitte nach dem Schloss? Der Schlüssel lässt sich nicht drehen«, bat René den Altgesellen.

»Lass Papa mal ran!« Matteo hielt grinsend sein Ohr an das Schloss. »Ich baue das aus, das kriege ich wieder hin.«

»Danke, Matteo.«

»Du bist seit sechs Monaten hier, Schneewittchen. Wie lange willst du eigentlich noch Praktikum machen?«

René erschrak, sie wollte die Werkstatt nicht verlassen. »Trau dich, Ari ist im Büro. Frag ihn, was wird«, forderte Matteo und nickte ermunternd.

»Du meinst jetzt?«

»Sofort, ja.«

René klopfte zögerlich an die Tür ihres Chefs und wartete, bis das temperamentvolle »Herein« von Aarón ertönte. Verlegen saßen sie sich an seinem Schreibtisch gegenüber. Diese Situation unterschied sich von den Gesprächen in der Gemeinschaft oder dem Austausch beim Kochen. René und Aarón waren noch nie allein gewesen. »Aarón, ich bin seit einem halben Jahr hier. Es gefällt mir sehr bei euch und die Arbeit macht Freude. Aber ich, ich sollte nicht endlos so weitermachen.«

»Ach, erwähnte ich es nicht? Die Innung erteilt mir eine Sondergenehmigung. Ich darf einen weiteren Lehrling aufnehmen. Und jetzt rate mal, wer das ist.« Aarón strahlte wie ein Honigkuchenpferd und sein Dackelblick war für Renè der schönste der Welt. Sie sperrte Augen und Mund auf und klatschte begeistert in die Hände. »Deine Lehrzeit verkürzt sich übrigens auf zwei Jahre und die Praktikumszeit wird dir angerechnet.«

»Das ist …!« René wollte »unglaublich, wunderbar, fantastisch« rufen. Aber Aarón legte den Zeigefinger auf seine Lippen. »Sag nichts. Ich muss dir noch was verraten. Jeden Morgen, wenn du mit deinem Alfa GT anfährst, blutet mein Herz. Ich habe selbst mal einen gefahren, wie du weißt. Komm mit!«

Aarón sprang auf und lief in die Garage. Wie ein Junge, der seinem besten Freund seine Lieblingsmurmel schenkt, zeigte er auf einen Satz Breitreifen mit Felgen. »Die sind für dich!«

›Ein echtes Männergeschenk!‹, dachte René gerührt und freute sich.

Zuhause hatte René Mühe, die schweren Reifen im Keller zu verstauen. Sie durfte in der Werkstatt bleiben und ihre Ausbildung zur Tischlerin absolvieren. Das war mehr als sie zu hoffen gewagt hatte, sie fühlte sich wie im Himmel. Es dauerte lange, bis René an diesem Abend in den Schlaf hinüberglitt. Als sie dann aber losließ, hatte sie einen seltsamen Traum. Im blauen Meer des Lebens schwamm sie wie ein Fisch. Schwerelos. Zeitlos. Geborgen. So schaukelte sie in den schützenden Wogen. Plötzlich ertastete sie die pulsierenden Grenzen ihrer Unendlichkeit. Das Paradies zog sich zusammen! Eben noch umhüllten sie weiche Wände, wenig später wurde René von ihnen hin und her gestoßen. Mit ausgebreiteten Armen versuchte sie, ihr Zuhause wieder zu weiten. Sie klopfte gegen die Wände und trat mit den Füßen dagegen. Merkwürdig dumpf klangen ihre Schreie unter Wasser. Vergeblich. Die Welt griff unnachgiebig nach ihr. Fest umwickelt wurde René in einen engen Kanal gepresst. Ihr Herz raste laut wie der hämmernde Galopp von Pferdehufen auf Asphalt. Für einem Moment stoppte ein Hindernis die wilde Fahrt, doch einen Weg zurück gab es nicht. Ihrer Freiheit beraubt, ergab sich René. Sie bewegte sich mit, so gut sie konnte. Weiter und weiter ging die Rutschpartie. Von einem Moment auf den anderen starben alle Geräusche, ihr Herzschlag setzte vor Angst aus. Renés vertrautes Universum verschwand. Orientierungslos fiel sie in eine leere Welt und erwachte. Es dauerte lange, bis sie wieder in den Schlaf fand.

Auch am nächsten Morgen dachte René an den Traum und fühlte sich seltsam fremd in der neuen Welt, in die sie hineingeboren war. Sie fuhr nicht in die Werkstatt, denn sie hatte mit Claus einen Termin bei der Bank, um ihre finanziellen Mittel aufzuteilen.

»Normalerweise sitzen Entliebte vor mir und streiten um die vierte Stelle nach dem Komma! Den Auftrag, ein Vermögen gerecht aufzuteilen, habe ich in all den Jahren noch nicht erhalten. Wollen Sie sich wirklich trennen?«, erkundigte sich der Vermögensberater schmunzelnd.

René erhielt die Hälfte des gesamten Vermögens. »Ohne dich hätte ich das nicht erreicht. Du hast jedes Haus verwandelt, damit ich es gewinnbringend verkaufen konnte. Nun verwirkliche deine Pläne. Nach deiner Ausbildung wirst du weitere Einnahmen benötigen.« René war beeindruckt. So viel Großzügigkeit hatte sie Claus nicht zugetraut. Sie konnte es kaum erwarten, Dr. Tellerlein davon zu berichten.

René freute sich auf jedes Treffen mit ihrem Therapeuten. Meist besuchte sie Dr. Tellerlein einmal in der Woche. Gemeinsam mit ihm brachte sie Licht in das Dunkel ihrer Kindheit. Scham und Schuld wichen dem Mitgefühl für ihre eigenen Wunden und die der Täter. »Claus teilt sein Vermögen mit mir! Darf ich das annehmen?«, zweifelte sie plötzlich, ob ihr das Geld zustand.

»Wenn das Leben Ihnen ein Geschenk reicht, nehmen Sie es an! Die einfachsten Dinge sind mitunter die schwersten. In diesem

Zusammenhang ist Ihr Traum von der Geburt sehr interessant. ›Heute back ich. Morgen brau ich. Übermorgen hol ich der Königin ihr Kind!‹ Kennen Sie das Märchen?« Dr. Tellerlein lugte über seine Brille.

»Rumpelstilzchen! Die schöne Müllertochter gerät unverschuldet in Not, weil ihr Vater sie dem König anbietet und behauptet, sie könne Stroh zu Gold spinnen.« René schlug im Geist das dicke Märchenbuch auf, dass in dem sie oft gelesen hatte, dessen Illustrationen sie mochte. Ihr Großvater hatte es ihr geschenkt.

»Ja, genau. Was wird von der Müllertochter erwartet, wenn sie Stroh zu Gold spinnen soll?«

»Sie wird gezwungen, etwas Unmögliches zu vollbringen, sie muss die überzogenen und egoistischen, männlichen Erwartungen ihres Vaters und dann des Königs erfüllen.«

Dr. Tellerlein nickte. »Einerseits liebt der Müller seine Tochter über alles und andererseits schickt er sie zum König unter Vorspiegelung falscher Tatsachen. Vermutlich ist ihm klar, dass der König seine Tochter töten wird, wenn sich seine Behauptung als Lüge herausstellt. Warum tut der Müller seine Tochter das an?«

»Ich habe mich oft gefragt, warum mein Vater mir das angetan hat. Das habe ich mich wirklich oft gefragt.« René rang mit den Tränen und seufzte.

»Entscheidend ist zu erkennen, dass ihr Vater den Müller und das Bild des Königs in ihrem Inneren geprägt hat.« Dr. Tellerlein betonte das Wort »ihrem« und René verstand, das Entscheidende ist nicht, die Täter zu entlarven, sondern die schädlichen Strategien in ihr selbst zu erkennen und zu verändern. »Der Müller und der König sind die Antreiber, die Sie glauben machen, sich immer noch ein bisschen mehr bemühen zu müssen, um dem Vater, dem Ehepartner, dem Arbeitgeber zu gefallen. Wenn wir deren Anforderungen entsprechen wollen, dann müssen wir behaupten, Stroh zu Gold spinnen zu können und geben alles, um den Anforderungen der männlichen Vorbilder zu entsprechen und vor allem uns selbst nicht zu enttäuschen. Wie schafft die Müllertochter es, das Stroh in Gold zu verwandeln?«

René schloss kurz ihre Augen, bevor sie antwortete. »Die Müllertochter merkt, dass sie mit der Aufgabe überfordert ist. Aber der König hat sie eingesperrt und ihr Leben ist in Gefahr. In ihrer Not weint sie und fleht um Hilfe. Da erscheint das kleine Männchen, dessen Namen sie nicht kennt. Übereifrig spinnt es für die Müllertochter und verwandelt das Stroh in Gold. Dafür schenkt sie dem Kobold ihre Halskette. Aber der König ist am nächsten Morgen nicht zufrieden und sperrt die Müllertochter in die nächste Kammer mit noch mehr Stroh. Auch in dieser Nacht erscheint das Männchen und hilft ihr. Dafür bekommt es den Ring. Vielleicht sind die Geschenke Symbole für die Freizeit, Freunde und Interessen. Die Müllertochter gibt mehr und mehr auf und lebt nur noch für die Forderungen des Königs. Ja, und dann hat sie nichts mehr, was sie dem Kobold geben kann und verspricht ihm in ihrer Not ihr erstes Kind.«

Dr. Tellerlein nickte zufrieden. »Inzwischen hat unsere schöne Müllertochter viel erreicht, sie hat die Anforderungen der männlichen Protagonisten erfüllt. Vielleicht zeigen sich jetzt aber auch körperliche und seelische Auswirkungen der ständigen Überforderung. Sie leidet unter Kopfschmerzen, hat Magenprobleme. Wenn sie ihr erstes Kind hergeben muss für eine weitere Kammer voller Gold, dann geht es für die Königin ans Eingemachte.«

»Ihr Körper und ihre Seele leiden, aber sie unterdrückt die Symptome weiter. Sie wird sogar befördert. Sie wird Königin. Sie will nicht hinschauen und erkennen, dass sie sich fremdbestimmt zerstört. Die Müllertochter kenne ich gut. Es ist beschämend«, stellte René fest.

»Was passiert, als das Männchen das Kind fordert?«, forderte Dr. Tellerlein René weiter.

»Da kann sie nicht länger wegschauen. Ihre Vergangenheit bestimmte ihr Vater, ihre Gegenwart dominiert der König und ihre Zukunft fordert Rumpelstilzchen. Die Müllertochter ist völlig fremdbestimmt. Das Kind ist ihr Sein selbst und ihre Hoffnung auf ein anderes Leben. Wenn sie nicht zusammenbrechen will, muss sie sich ihrem Problem stellen, es beim Namen nennen. Sie muss anfangen, auf ihre Bedürfnisse zu hören!« Hoffnung keimte in René. Das war eine verlockende Aufgabe! Auf die eigenen Bedürfnisse hören. Das klang einfach und versprach Zufriedenheit. Renés Herz hüpfte in der Brust für einen glücklichen Moment. Dann meldete sich eine andere Stimme. ›Was soll das denn sein? Du hast doch keine Ahnung, was du willst. Das geht schief!‹, unkte die

Stimme des Antreibers in ihr. René ließ ihn reden. Sie lauschte dem Plätschern ihres inwendigen, tiefblauen Sees, randvoll mit Talenten und Möglichkeiten, genährt von einer immersprudelnden Quelle.

»Sehr gut. Wie erreicht sie das?«, bohrte Dr. Tellerlein erfreut weiter.

»Sie sendet ihre Boten in den Wald.«

»Genau. Der Wald ist ein Symbol für ihre unbewussten Seelenanteile.«

»Die Boten beobachten das Männchen, wie es übermütig um sein Feuer tanzt. ›Ach, wie gut, dass niemand weiß, dass ich Rumpelstilzchen heiß!‹«

»Wie ist dieses Rumpelstilzchen?«

»Es hat zu essen und zu trinken. Aber es lebt allein im Wald, Rumpelstilzchen ist einsam. Seine Fähigkeit, Unglaubliches zu vollbringen, Stroh zu Gold zu spinnen bringt nur den anderen etwas. Rumpelstilzchen ist sonderbar, unansehnlich, einsam und voller Scham.«

»Auch Rumpelstilzchen lebt im Inneren der Königin. Was geschieht im Märchen, als die Königin seinen Namen nennt?«

»Der zerstörerische Antreiber wird entlarvt und zerreißt sich wütend in zwei Teile. Die Königin erkennt ihr Problem und kann ihr Verhalten ändern?« Rene schaute fragend zu Dr. Tellerlein hinüber.

»Das kann sie! Sie ist kein Kind mehr, das von Vater und Mutter abhängig ist und deren Anforderungen erfüllen muss, um Nahrung und Liebe zu erhalten. Sie ist erwachsen, sie ist Königin und kann ihr Leben gestalten und für ihre Bedürfnisse sorgen. Es entsteht ein neuer Antreiber in ihr. Der ist von anderer Gestalt. Aber glauben Sie mir bitte eins. Veränderung ist ein langer Prozess. Er beginnt mit der Erkenntnis des Problems. Dann ist es viel, wenn wir unsere Muster im Alltag erkennen. Und nur ganz allmählich beginnen wir, die Schablone für unsere Handlungen durch neue zu ersetzen und erwerben eine neue, selbstbestimmte Lebensbasis.«

René verstand, dass ein weiter Weg vor ihr lag. Aber auch der beginnt mit dem ersten Schritt, dachte sie zuversichtlich auf der Fahrt nach Hause.

WEIHNACHTEN AM ENDE DER WELT
FEIERN

Weihnachten stand vor der Tür. Traditionell bereitete René das Fest der Liebe ein bodenloses Unbehagen. Es beschwor die betretenen Gesichter ihrer Geschwister herauf, wenn die Mutter angestrengt mit den Regensburger Domspatzen »Vom Himmel hoch, da komm ich her« um die Wette piepste und der Vater gerührt die Nase schnäuzte. Trotz Renés Bemühen, die Laune zu heben, war die Stimmung im Hause Beckmann alle Jahre wieder bleischwer. Da half auch der Engel auf der Spitze des Christbaumes nicht. Seit René selbst entscheiden konnte, zog sie es vor, die Feiertage in einem anderen Land zu verbringen. Joe hatte sich am ersten Advent gemeldet, das Haus auf Gozo war tatsächlich fertiggestellt. Es gehörte René und Claus gemeinsam. Nur zeigte Claus plötzlich wenig Interesse, dorthin zu reisen. Er müsse arbeiten, erklärte er und wolle nicht allein auf Gozo sitzen. Nach Malta zu fliegen, erschien René verlockender als Weihnachtsgedudel und Shoppingstress in Deutschland. ›Wenn ich mich selbst kennenlernen will, verbringe ich am besten Zeit mit mir‹, dachte sie beim Kofferpacken.

Ein bisschen einsam fühlte sich René schon. In den neuen Stiefeln, einem warmen Strickkleid und ihrem Lieblingstrenchcoat wartete sie auf dem Flughafen in Malta auf das Signal zum Besteigen des ehemaligen Armeehubschraubers, der sie nach Gozo tragen sollte. Sie hätte nicht sagen können, was abenteuerlicher war, die Überfahrt mit der Fähre bei rauer See oder der kurze Flug mit dem wenig Vertrauen erweckenden Hubschrauber. Heute hatten noch fünf weitere Menschen den Mut gefunden, auf diese neue Art nach Gozo überzusetzen. Mit einem dröhnenden »Tatatat« schienen die Rotoren wie Maschinengewehrsalven mit präzise getakteter Gnadenlosigkeit nach Opfern zu suchen und wirbelten die Luft mächtig durcheinander. René vergrub ihre Hände tief in den Manteltaschen, den roten Wollschal zog sie über den Mund. Endlich räumte ein Mitarbeiter die Absperrung weg. Der stürmische Wind hatte sich so weit gelegt, dass der Helikopter starten durfte. Eine Handvoll Passagiere suchte im Inneren des Fliegers einen Platz, niemand schnallte sich an. ›Kein Wunder‹, dachte René, als sie die labbrigen Bauchgurte begutachtete. Doch sie entschied, ihren trotzdem anzulegen und zog in fest, so gut es ging. In der Reihe vor ihr saß ein Mann Ende Vierzig, bekleidet mit Chinohose und Poloshirt der Marke »Teuer«.

»Verkaufen! Verkaufen Sie, unverzüglich! Wie bitte? Der Helikopter ist fürchterlich laut!«, brüllte der Geschäftsmann wütend. Er nahm sein Handy vom Ohr, schüttelte und musterte es, als erkunde er zum ersten Mal das Aussehen des Gerätes, das er unentwegt an seine Gehörmuschel presste. Immer wieder starrte der Mann auf seine Uhr, wählte und wartete. Doch er hatte die Verbindung verloren. René schaute aus dem Fenster, in den Wellen des Meeres versanken ihre Gedanken, bis die Steilküste Gozos auftauchte. ›Heimat‹, pochte ihr Herz und nahm zu der kleinen Insel Verbindung auf.

»Gozo Airport« war eine Bushaltestelle »in the middle of nowhere«. Weder Personal noch ein Schalter erwarteten die Reisenden. Das nackte, grau betonierte Wartehäuschen trotzte einsam auf weitem Feld dem Dezemberwind, der René beim Aussteigen entgegenschlug und das Atmen erschwerte. Mit ihrem Gepäck beladen gingen die Passagiere wortlos auseinander. Victor hatte einen verbeulten, roten Kleinwagen am Ende des Feldweges bereitstellen lassen. René zog den Zündschlüssel unter der Fußmatte hervor und verstaute ihren Hartschalenkoffer im Kofferraum. Vierzehn freie Tage lagen vor ihr. Noch nie hatte sie Weihnachten und Silvester mit sich allein verbracht. Ihre Hand zitterte, als sie den Motor startete.

Auch ihre Jungfernfahrt allein in einem Leihwagen in einem fremden Land absolvierte sie, ohne sich zu verfahren, und landete beim Parken in San Lawrenz nicht in dem tiefen Straßengraben. Zwischen den eilig vorbeiziehenden, weißen Wolkenbergen lugte die Abendsonne hervor. Das frisch gestrichene, dunkelbraune

Holztor glänzte in ihrem rötlichen Licht. Voller Vorfreude öffnete René das Tor. Sie stellte ihren Koffer ab. Still und dankbar stand sie im Innenhof ihrer aus einer Ruine erdachten kleinen Welt, die zusammen mit Joe und dessen Männern eine so schöne Gestalt angenommen hatte. Mit ausgebreiteten Armen drehte sie sich glücklich um ihre Achse, die hohen dicken Außenmauern ihres Hauses umschlossen schützend ihr Happy End. Weiße Sofas und ein Glastisch mit geschmiedetem Gestell standen im Wohnzimmer. Bronzene Deckenfluter illuminierten die Abteilungen des Raums, die von mehreren Rundbögen begrenzt wurden. Die altrosafarbenen Bodenfliesen harmonierten mit den Sandsteinwänden und den antiken Bodenvasen auf den Seitenemporen der Treppe, über die René den Küchen- und Essbereich betrat. Hochlehner-Stühle reihten sich um die Tafel aus Massivholz, auf der Küchentheke aus rotem Granit stand eine Schale mit Obst. In den Stein eingelassene Spots beleuchteten die Glasregale.

Zufrieden saß René am Tisch, die Schönheit dieser Räume nährte sie, bis ein Frösteln ihre Andacht beendete. Dunkel war es und der Raum abgekühlt. Über die Außentreppe brachte sie ihr Gepäck in die erste Etage. Leere Blumenkästen zierten die Treppenabsätze. ›Ich werde morgen Pflanzen besorgen‹, beschloss sie und verscheuchte das Bild einer Frau, die allein einen großen Koffer trug.

Das Schlafzimmer hatte mit seinen hohen Sandsteinwänden die Form eines Kirchenschiffs. Über ein paar Stufen erreichte René den begehbaren Kleiderschrank. Er war vom übrigen Raum abgetrennt durch eine zimmerhohe Front aus Kassettenfenstern und -türen, hinter deren Scheiben goldfarbene Gardinen hingen und den Einblick verwehrten. Ein großes Doppelbett mit goldfarbener Tagesdecke war der einzige Einrichtungsgegenstand. Mit Blattgold verzierte Deckenfluter in Muschelform erhellten sanft den Raum. An der Decke surrte der Ventilator. Die Wintersonne hatte den Raum unter dem Flachdach erwärmt. Tagsüber speicherte der Sandstein Energie, nachts gab er sie ab.

René ruhte auf dem Bett, als der Türklopfer anschlug. ›Das sind die Nachbarn!‹ Sie suchte ihr Portemonnaie. Conny und Angelo Mifsud waren die Housekeeper. René wollte ihnen den Vorschuss für die nächsten Monate überreichen.

»Hi, Misses Linde, here is gozos best plummer and his family. Looking for some work!« Victor grinste breit, sein Arm lag um Mathildas Schultern. Andrea hielt sich nervös von einem auf das andere Bein wippend im Hintergrund.

»What a nice surprise! Come in!« René umarmte ihre Gäste.

»My Goodness. How wonderful. Great! Ich kann nicht glauben, dass Joseph zu einer solchen Arbeit im Stande ist!« Victor zog die Augenbrauen hoch, überlegte kurz und schüttelte den Kopf. »Das ist er nicht. Du hast ihn angeleitet. Isn't it? The house has so much the touch of you!« Victor deutete begeistert auf René.

»Es ist wunderschön. Vielleicht hängen wir bei uns auch solche Lampen auf. Für das Restaurant wären sie passend. René, wir haben ein Geschenk mitgebracht!« Andrea zog ein Gästebuch aus der Handtasche.

»Danke! Lasst uns ins Wohnzimmer gehen, ich mache uns Kaffee und Kakao.«

Das Präsent legte René in der Küche ab. Sie servierte Schokocookies zu den Getränken. »It's Christmas!«, verkündete die Stimme in Mathildas kleinem Recorder. Sie tanzte durch das Wohnzimmer und die Erwachsenen schauten zu. »Mir ist kalt. Victor, Schatz, mach uns den Kamin an«, quengelte Andrea.

»Leider habe ich kein Holz. Ich werde elektronische Heizkörper kaufen«, entschuldigte sich René.

»I will see, what I can do for us.« Victor verschwand und kehrte wenig später mit einem Korb Brennholz zurück. Er entfachte das Feuer im Kamin. »Das wird dein Schlafzimmer mitheizen. Die Mifsuds werden dich von nun an mit Brennholz versorgen!«

Wohlige Wärme breitete sich aus. »Morgen besuchen uns Mathildas Cousinen. Wollen wir zusammen einen Spaziergang machen?«, fragte Andrea.

»Careful! Andreas Spaziergänge sind berüchtigt. Manchmal ist sie Stunden unterwegs«, warnte Victor.

»Ich kenne einen wunderschönen Rundweg an den Klippen entlang zu einer Höhle. Und ich verspreche, danach gehen wir zurück!« Andrea warf Victor einen ärgerlichen Blick zu.

»Also, ich komme gerne mit!« René freute sich über die Verabredung.

»Am Heiligen Abend bist du unser Gast! Wir gehen in die Kirche und danach trifft sich die Familie zum Abendessen bei uns. Natürlich nur, wenn es dir nichts ausmacht, Zeit mit dieser verrückten Familie zu verbringen«, erklärte Victor beim Abschied.

»Ich wüsste nicht, was ich lieber täte!« René war gerührt, dass ihre Freunde sie in den Kreis ihrer Familie einluden.

Nach Mitternacht trug sie das Geschirr in die Küche. Auf der Theke lag das aufgeschlagene Gästebuch. René las:

»I came, I saw and I lit the fire.

Victor Gonzi«

»Das ist genau, was ich wollte. I was looking for a dress like this, aber ich konnte es nirgends finden!« Mathilda begeisterten die modischen Mitbringsel ihrer großen Freundin aus Deutschland. Renés Weihnachtsgeschenk für sie war eine dunkelblaue Winterjacke. Zwar überreichten sich die Erwachsenen keine Präsente zum Fest, doch René wollte keinesfalls mit leeren Händen erscheinen.

Also bereitete sie den »Grandma Julia's Chocolate Cake« nach dem Rezept der Mutter von Renés Freundin Camilla zu. Die gelernte Hauswirtschafterin backte und kochte, wie es ihr gerade einfiel. René war die Einzige, die das Rezept mit genau diesen Zutaten besaß. Auf der Küchentheke brannten Kerzen. »Wie im Traum, da sah ich dich am Wege so allein. Wie ein Schmetterling im Sonnenschein«, sang die kehlige, leicht raue Sopranstimme der Maria Callas das traurigschöne Liebeslied der »Madam Butterfly«. René hackte eine Tafel Bitterschokolade und zerkleinerte Zwieback und Haselnüsse. Dann verrührte sie die Zutaten mit Butter, Zucker und Backpulver. Zum Binden hob sie Eier und einige Löffel Milch unter. Als die Callas verstummte, glitt Renés Zeigefinger durch die dunkle Masse. »Hhmhh, gut!«, leckte sie genüsslich ihren Finger ab. René füllte den Teig in die gefettete, mit Semmelbröseln ausgestreute Springform. Nach einer Stunde im Ofen war der Kuchen außen braun und innen wunderbar saftig. René schmolz Bitterschokolade im Wasserbad und verflüssigte sie mit etwas Milch. Zum Abschluss verteilte sie die bittersüße Krönung von »Grandma Julia's Chocolate Cake« auf dem Kuchen.

Am Nachmittag, auf der Fahrt zur Mühle der Gonzis hielt René das Lenkrad fest umklammert, denn der stürmische Wind schüttelte den Kleinwagen hin und her. Für die Wanderung hatte sie sich warm angezogen.

Andrea öffnete gutgelaunt die Haustür der Mühle. »Im Wohnzimmer sind die Töchter von Victors Schwester Agnes. Die eine ist fleißig und brav, die andere huhhh«, wedelte sie mit der Hand, als habe sie sich die Finger verbrannt. »Die beiden sind neugierig, dich kennenzulernen. Mathilda hat von ›ihrer René‹ erzählt.«

»René!«, rief Mathilda und sprang mit einem Satz in deren Arme. »Du bist meine allerallerbeste große Schwester«, flüsterte sie in Renés Ohr und überhäufte ihr Gesicht mit feuchten, kleinen Kinderküssen. René hatte keine Ahnung, warum Mathilda sie in ihr Kinderherz schloss, aber sie fühlte sich bedingungslos geliebt und drückte Mathilda an ihr Herz. ›Manche Wunden heilen spät, aber sie heilen‹, dachte sie gerührt.

Aus ihren flaschengrünen Augen betrachtete Mathildas Cousine Elena die Szene. Das glatte, dunkelblonde Haar bedeckte den Po der Achtjährigen. Mit Baskenmütze und dunkelblauem Mantel stand sie wie eine gozitanische Madonna vor René. Die tiefschwarze Lockenmähne von Elenas jüngerer Schwester Angelique kräuselte sich wild, ihre dunklen Augen blicken provozierend in die Welt. »Zwei ebenso schöne wie ungleiche Schwestern!«, flüsterte René zu Andrea beim Anziehen.

Andrea chauffierte die Wandergruppe im Jeep zu »Il-Qawra«. Gozos Binnenmeer war durch einen achtzigmeterlangen Tunnel mit der offenen See verbunden. Wellen klatschten gegen die Felsbarriere und forderten Einlass. Energisch verschluckten sie jedes andere Geräusch. Durch den schmalen Tunnel wurde Wasser in den Inland Sea gepresst, Wellen brachen sich an dem sonst so stillen Ufer. »Look, how angry the sea is!«, mahnten schaulustige Insulaner und René spürte den Respekt, den die Insulaner dem Meer entgegenbrachten. Sie schmeckte den salzigen Atem des Dezembermeeres, ihre Haut spannte im Gesicht. An der Steilküste parkten Autos, einige schaukelten auf und ab. »They watch the sea!« Andrea kicherte. »Und sie machen Liebe dabei.«

Untergehakt folgten die Frauen den Mädchen, die hüpfend und lachend einige Meter vorweg liefen. René und Andrea zogen ihre Schals bis zur Nase hoch. Mit dem Mundschutz fiel das Sprechen

leichter, obwohl es anstrengte, gegen den heftigen Wind anzu-
schreien. »Die Mutter der beiden hat sich vor Kurzem von ihrem
Mann getrennt, er hat sie einfach zu oft betrogen«, erklärte Andrea
vorwurfsvoll.

»Ist einmal in Ordnung oder wie oft ist zu viel?«, fragte René
erstaunt.

Andrea seufzte. »Auf Gozo stellt der Mann seine Frau nicht
bloß und die Ehefrau akzeptiert die Affären des Gatten«, antwortete sie traurig.

»Du auch?«, erkundigte René sich vorsichtig, denn sie fühlte
Andreas Traurigkeit, die über Mitgefühl für die Schwägerin weit
hinausging.

»Wir heirateten aus Liebe, hoffe ich. Aber die Erwartungen von
Victor und mir sind verschieden«, quälten sich die Worte aus
Andreas Mund und schienen ihr körperliche Schmerzen zu
bereiten. »Victor ist ein leidenschaftlicher Liebhaber. Mir hat das
weh getan. Er könne nicht sanfter sein, versicherte er mir immer
wieder. Als ich eine Pause forderte, fing er eine Affäre an. Darauf
habe ich meine ehelichen Pflichten verweigert, wie es Victor
ausdrückt. Victor kann fast jede Frau haben. Du kennst nur die
charmante, unterhaltsame Seite von ihm. An die kann ich mich
noch erinnern.« Wieder und wieder zuckte sie mit den Schultern,
aber ihr Schmerz ließ sich nicht abschütteln. René legte den Arm
um Andrea. »Er kommt meist gereizt und überarbeitet nach Hause,
explodiert wegen Kleinigkeiten, weil ich im Dezember den Electric
Heater benutze oder die Wäsche nicht gebügelt ist. Victor investiert
fast alle Einnahmen in die Company. Gardinen für die Mühle? Zu
teuer. Victor ist der älteste Sohn einfacher Fischer.« Andrea
verstummte, sie wollte nicht länger über den Mann klagen, den sie
liebte.

Hinter der St. Anna-Kapelle kletterten sie die steilen Felsstufen
hinauf, von denen aus man das Binnenmeer überschaute. Die
Treppe führte zu einem alten Durchgang, den die Dorfbewohner
von San Lawrenz in der Vergangenheit nutzten. Andrea führte die
Gruppe etwas abseits der ausgetretenen und rutschigen Stufen.
»Siehst du die parallelen Rillen? Diese Schleifspuren sind frühe und
rätselhafte Anzeichen menschlicher Aktivitäten. Sie geben Anlass
zu allerlei Spekulationen. Manche behaupten, es handele sich um

Spuren von außerirdischen Raumschiffen. Mehr davon findet man auf Malta. Auf Gozo sind sie eher selten.«

Die Mädchen legten sich in die Rillen und kicherten.

René machte Fotos. Das Gefühl eines Déjà-vus drängte sich ihr auf. ›Haben wir den Weg hinauf in das Dorf schon einmal genommen?‹, überlegte sie.

Während des steilen Aufstiegs nach San Lawrenz, vorbei am großen Steinbruch, schwiegen die Frauen. »Weniger als sechshundert Menschen leben hier. Die Wurzeln des Dorfes reichen ins siebzehnte Jahrhundert zurück. Als Pfarrort wurde San Lawrenz 1893 gegründet. Das Wappen erinnert an das Martyrium des Schutzheiligen Sankt Lawrenz.«

»Du weißt so viel über die Insel!«, staunte René.

»Manchmal führe ich Touren mit Victors Geschäftspartnern. Gozo ist klein und birgt viele Geheimnisse. Hier werden die alten Traditionen gepflegt. Heute Vormittag betete Mathilda mit ihrer Tante und den Cousinen vor sieben Kirchen. Mich befremdet das. Mathilda balanciert mühelos zwischen den Kulturen. Innen ist sie Malteserin.« Andrea klopfte mit der Faust gegen den Brustkorb.

Sie gingen weiter in Richtung Għajn Abdul Hügel. »In den Mixta-Höhlen wurden Tonscherben aus der neolithischen Phase der Inseln von etwa fünftausend vor Christus gefunden.«

Auf dem Hügel betraten sie eine der Höhlen, die vor langer Zeit als Behausungen dienten und genossen die grandiose Aussicht auf das Meer. ›Bin ich schon einmal hier gewesen?‹, überlegte René wieder, denn auch dieser Ort war ihr seltsam vertraut und sie fühlte sich erneut aufgehoben in der maltesischen Landschaft und Kultur.

Dieses unbestimmte Gefühl begleitete René den restlichen Tag, bis sie am Abend ein Bad einließ und ihre Erinnerungen sich im Lavendelduft des dampfenden Wassers auflösten.

Victor holte René am Weihnachtsabend ab. »René, you look like a model!«, rief er aus, nahm René an die Hand und drehte sie bewundernd lächelnd im Kreis. Es war das erste Mal, dass René mit Victor allein war. Sie ermahnte ihr Herz, ruhiger zu klopfen. Nach dem Spaziergang mit Andrea fühlte sie sich befangen. Sie wollte keinen Anlass geben, dass die Freundin sich traurig fühlen musste und doch gab es diese besondere Verbundenheit, die sie für

Victor empfand. René war sich unsicher, ob er dasselbe empfand oder ob sie nur Nummer Dreitausendsieben in dem Atlas seines Herzens war. Aber selbst, falls das so sein sollte, wusste sie nicht, ob das so schlimm wäre. Denn Victor sah sie so, wie sie war, und das hatte René noch nicht erlebt.

»Die anderen warten vor der Kirche auf uns«, erklärte Victor, der einen dunkelblauen Anzug trug, und half René gentlemanlike in ihren schwarzen Blazer, den sie zu einem edlen, beigen Minirock kombinierte. Der Duft von Victors Parfum umarmte sie, er roch nach Limonen und Zedernholz. Victor nahm René den Schlüssel aus der Hand, verriegelte die Tür des Hauses und überprüfte, ob das Tor von »Rosebud« auch wirklich verschlossen war. Dann hielt er René die Beifahrertür auf.

In der Dunkelheit machten sie sich auf den Weg zur Kirche in Victoria. Die Straßen waren leergefegt. Alle Autos schienen in der Inselhauptstadt zu parken. Nur mit Mühe fand Victor einen Parkplatz.

Die Pracht der »goldene Kirche«, wie sie die Gozitaner nannten, war beeindruckend. Innen vollständig mit Marmor verkleidet, war die Basilika reich mit Gemälden und Statuen ausgestattet. An hohen Feiertagen wurde sie zusätzlich mit rotem Samt geschmückt. Der Bau und die Innenausstattung der Gotteshäuser Maltas wurden von Spenden der Gläubigen bezahlt, die meist ein einfaches Leben führten. Sie ehrten Gott durch die Errichtung prunkvoller Gebäude. ›Entspringt ihre Gottesfurcht beim Anblick dieses weltlichen Reichtums im Vergleich zu ihrer eigenen Armut? Oder ist diese Pracht nicht vielmehr ein Hinweis auf den weit herrlicheren Reichtum im Inneren?‹ René versuchte, den Pulsschlag dieser archaischen Gläubigkeit zu ertasten.

Bis auf den letzten Platz war die Basilika gefüllt. Die Weihnachtsmesse hatte bereits begonnen. Victor und René schlichen durch die Reihen der Gläubigen, wie es René einst mit ihrem Bruder getan hatte. Dann stellten sie sich zu Andrea hinter die letzte Sitzreihe, in der Mathilda und die Cousinen einen Platz gefunden hatten. An einer Kette unter der Kuppel war ein großes, silbernes Weihrauchfass befestigt. Mit einem mächtigen Rauschen schwang das Gefäß in einer gewaltigen Pendelbewegung hin und her. Das Kirchenschiff verschwand im heiligen Nebel. René sog den würzigen Duft ihrer Kindheit auf. Ein Mädchen stieg die Treppe zum Altar empor und wandte sich zur Gemeinde. »Silent night, holy night …«, streichelte die engelsanfte Stimme des Kindes die Wangen der Zuhörer.

»That's Mary Grace. Sie besucht mit Mathilda die Vorklasse«, erklärte Andrea flüsternd.

Als der Pastor die Fürbitten verlas, sank Elena auf die Knie und betete. Mit geschlossenen Augen hob sie ihre gefalteten Hände über den Kopf, in ihrem Haar spiegelte sich der Kerzenschein. René liebte ihren Anblick, er erfüllte sie mit Zuversicht. ›Vor wem beugt sie das Knie? Vor der Macht der Kirche in ihrem prunkvollen Gewand oder vor der Liebe Gottes, die jedes Menschenkind einschließt?‹, überlegte René und fühlte sich getragen und behütet in dem Glauben dieser Menschen, die zur Hingabe fähig waren, in der sich jedes Gefühl der Entfremdung auflöst. Auch wenn Elena es nicht bewusst war, in ihrem inbrünstigen Gebet ergab sie sich Gott und trat ein in die Arme der Wahrheit. In der Hingabe an den Willen des Ganzen war sie frei. Ihr Kniefall war ganz und gar. Das meinte Paulus, wenn er sagte: »Betet ohne Unterlass!«

Nach dem Gottesdienst lenkte Victor den Jeep vorsichtig durch die Menschenmenge. Sein Auto war blitzblank. Er hatte es für den Weihnachtsabend extra reinigen lassen. Nach wenigen Minuten bog er in den Feldweg zur Mühle ab. Kurze Wege waren ein Vorteil der kleinen Insel. »Beeilung! Beeilung!«, forderte Andrea und wippte nervös mit dem Knie, »Ich habe noch nicht einmal den Tisch gedeckt!«

Um den Tisch mit massiver, brauner Marmorplatte standen zwölf viktorianische Stühle mit Bezügen aus unterschiedlichen Stoffen. Die Tafel füllte das Esszimmer aus. An der Wand hing ein langer Spiegel mit einem üppig verzierten Goldrahmen und gab dem Raum mehr Tiefe. In der Mitte der Tafel lag der Teil eines Wandfrieses mit singenden Puttenköpfen.

René half beim Eindecken, als es klingelte. Bewaffnet mit zwei großen Töpfen standen Rebecca und Hector im Wohnzimmer. Victors Partner hatte wieder zugenommen, jedes Kilo Übergewicht verstärkte seine dominante Ausstrahlung. Vor der Heirat arbeitete

Rebecca als Lehrerin. Inzwischen kümmerte sich die zierliche Person um die drei Söhne der Cassars. Artig gaben die hübschen Jungs jedem die Hand. Anschließend setzen sie sich im Wohnzimmer nebeneinander auf das große Sofa mit ockerfarbenem Brokatbezug. Zusammen mit den drei Sesseln war die Sitzecke zu mächtig für den kleinen Raum. Victor brachte regelmäßig antike Schmuckstücke mit nach Hause, jedes Teil war besonders. Es fehlte eine gestaltende Hand, die seine Sammlerstücke zu einem harmonischen Ganzen zusammenfügte. Andrea waren häusliche Pflichten zuwider. Seit kurzem studierte sie Betriebswirtschaft. Morgens setzte sie mit der Fähre über und besuchte die Universität in Valeta. Rebeccas strafende Blicke bündelten das Missfallen der Anwesenden. Andrea hatte einfach aufgehört, sich Mühe zu geben, die Erwartungen ihres Mannes oder irgendeines anderen Mitgliedes dieser Familie zu erfüllen. Einzig Mathilda schenkte sie ihre ganze Liebe und Fürsorge. René beeindruckte Andreas Mut, die eigenen Bedürfnisse nicht hinter denen anderer zurückzustellen.

Mit Christbaumkugeln und einer Handvoll Lametta huschte Andrea in den Flur und schmückte hektisch die Yucca-Palme im Eingangsbereich. Vor der Weihnachtspflanze türmten sich Geschenke für Mathilda, die traditionell erst am nächsten Morgen ausgepackt wurden.

Der Türklopfer schlug energisch gegen die Eingangstür. Mit einer Christbaumkugel in der Hand öffnete Andrea. René wusste sofort, dass es sich bei dem Paar um Victors Eltern handelte. Mit einem Kopfnicken begrüßte Andrea stumm ihre Schwiegereltern und verschwand in der Küche. Die beiden schauten ihr mit einem wissenden Lächeln hinterher.

Victor umarmte seine Eltern und stellte sie René vor. »She ›is‹ a beautiful woman!«, bestätigte Victors Mutter in Richtung ihres Sohnes und hielt Renés Hand. René war verwirrt, Victor musste seiner Mutter ihr Aussehen beschrieben haben. Doch sie fühlte sich auch angenommen von der kleinen Person mit kurzen, dunklen Haaren. Anna war zwei Köpfe kleiner als ihr Mann Francesco. Er überreichte René den Topf mit dem Weihnachtsbraten, den sie mitgebracht hatten. René platzierte ihn in der Mitte der Tafel und nahm den Deckel ab. Die »Ahhhs« und »Mhhhs« der Anwesenden fasste Victor zusammen. »Mum, that smells great!«

Nervös lächelnd brachte Andrea die Schüsseln mit den übrigen mitgebrachten Speisen aus der Küche. Inzwischen waren auch Agnes und die Mädchen eingetroffen. Die Gesellschaft ließ sich an der festlichen Tafel nieder. Das Besteck klapperte, das üppige Festmahl schmeckte köstlich, dessen Duft sowie die Blume des kräftigen Rotweins, der reichlich getrunken wurde, erfüllten den Raum. Über allem schwebte das maltesische Stimmengewirr. Es klang wohlig warm und doch fremd, wurde immer wieder von herzlichem Lachen untermalt und sättigte Renés Hunger nach Zugehörigkeit. ›Familie kann auch DAS bedeuten‹, atmete sie tief ein und saß sie glücklich im Kreis dieser Familie. ›Ich genieße das Weihnachtsfest!‹, stellte sie bewundernd fest.

»Verstehst du, was gesprochen wird?«, erkundigte René sich bei Andrea. Die schüttelte heftig den Kopf. »Ich verstehe etwas, wenn langsam gesprochen wird. Vor ein paar Jahren habe ich einen Kurs besucht.« Sie machte eine abwinkende Handbewegung. »Sobald ich den Mund aufmache, lachen alle! Mit ihrem Vater spricht Mathilda nur maltesisch.«

Nach dem Abwasch servierten die Frauen den Espresso im Wohnzimmer. »Please, uncle, tell us a story«, schmachtete Nathaniel, der jüngste Sohn der Cassars mit seinen unschuldig dunklen Kinderaugen Victor an und schlang seine Arme um den Hals des Patenonkels, der in der Mitte der Kinder saß. Victor strich durch die schwarze Lockenpracht des Jungen und überlegte mit geschlossenen Augen. Die Kinder rückten näher an ihn heran.

»Sag mir, was wiegt eine Schneeflocke?‹, fragte der Sperling die Taube an einem schönen Wintertag.

›Nicht mehr als nichts!‹, gab die Taube zur Antwort.

›Dann muss ich dir eine wunderbare Geschichte erzählen‹, sagte der Sperling.

›Ich saß auf dem Ast einer Tanne, dicht am Stamm, als es zu schneien anfing. Nicht etwa heftig, nein, lautlos und ohne Schwere. Da ich nichts Besseres zu tun hatte, zählte ich die Schneeflocken, die auf die Zweige und Nadeln meines Astes fielen und hängenblieben. Genau dreimillionensiebenhunderteinundvierzigtausendneunhundertzweiundfünfzig waren es. Als die dreimillionensiebenhunderteinundvierzigtausendneunhundertdreiundfünfzigste Flocke niederfiel - nicht mehr als nichts, wie du sagst, brach der Ast!‹

Damit flog sie davon.

Die Taube sagte zu sich nach kurzem Nachdenken: ›Vielleicht fehlt nur eines einzigen Menschen Liebe zum Frieden in der Welt!‹«

Mathilda saß auf dem Schoß ihres Vaters und schmiegte sich an seine Schulter. Für René bekam das Wort Familie eine neue Bedeutung. Trotz Verschiedenheit und Differenzen gaben sich diese Menschen gegenseitig Halt und ihren Kindern Wurzeln.

»Was ist Schnee?«, fragte Nathaniel.

»Gefrorenes Wasser, wie klitzekleine Wattebäusche fällt es vom Himmel.« Victor strich mit seinen Fingern ganz leicht über das Gesicht des Kindes und erhob sich. Auf dem Weg zur Küche blieb er vor René stehen, die im Türrahmen lehnte. Eine Woge der Verbundenheit und Dankbarkeit erfüllte René. Sie umarmte Victor und war überrascht über die Zartheit und Selbstverständlichkeit ihrer Berührung.

»Gefällt dir Weihnachten bei uns?«, erkundigte Victor sich lächelnd.

»Wenn ich singen könnte, würde ich dieses Weihnachtsfest lobpreisen wie die Engel auf eurer Tafel! Danke für deine Einladung!« Als René in dieser Nacht in ihrem Doppelbett lag, betrachtete sie die Rundbögen über sich und fühlte sich genährt von der Liebe dieses Tages. Sie erinnerte sich an Elena, die in Dankbarkeit auf ihre Knie gesunken war. René war mutterseelenallein in ihrem Haus auf der Insel am Ende der Welt, der Ostwind pfiff um ihr Haus, doch sie empfand ein warmes Gefühl der Verbundenheit. »Fröhliche Weihnachten Claus! Fröhliche Weihnachten Mama und Papa!«, murmelte sie und schlief zufrieden ein in dieser Weihnachtsnacht.

SICH ÜBEL IN DEN WIND LEGEN

In der Weihnachtskarte von Claus lag ein Polaroidbild. Ein Baum stand in der Mitte des schneebedeckten Gartens, er reckte seine verdorrten Äste hungrig in den blauen Abendhimmel. Die Villa aus der Jahrhundertwende hatte einen Wintergarten, in den weiß gerahmten Sprossenfenstern spiegelte sich die Nachmittagssonne.

»Wollen wir die Kirschblüte gemeinsam an diesem Ort erleben?«, hatte Claus mit einem Permanentstift in seiner unregelmäßigen, kleinen Handschrift auf den dicken, weißen Rahmen unter das Foto geschrieben. Darunter waren ein Datum mit Uhrzeit und die Adresse eines Hotels notiert.

›Gebe ich vorschnell auf?‹, nagte der Zweifel plötzlich an René. ›Wie viel größer sind die Probleme, die Andrea und Victor meistern? Die beiden bleiben zusammen.‹ Doch da war auch die Ablehnung, die René wie eine Urgewalt wegzog von dem Mann, mit dem sie noch immer verheiratet war.

René saß frisch gebadet am Frühstückstisch in ihrem geliebten himmelblauen Morgenmantel mit einem filigranen Paisleymuster in Ocker und Weiß, ihre Füße wärmten dicke Wollsocken. Claus' Karte lehnte an dem antiken, silbernen Kerzenleuchter, der in der Mitte der Marmortafel seinen Platz hatte. Gut gelaunt zelebrierte sie ihren Café au Lait, aß Obst mit Quark und Honig. Meist fiel es René schwer, eine Entscheidung zu treffen, die Vorstellungen und Wünsche anderer klangen überzeugender als ihre Gefühle, die oft widersprüchlich waren und sich selten in Worte fassen ließen. Ihr Teller war leer, sie legte Messer und Gabel ordentlich darauf ab. Dann stellte sie einen Fuß auf die Sitzfläche ihres Stuhls, umfasste ihr Bein mit den Armen und stützte ihr Kinn auf dem Knie ab. Mit geschlossenen Augen atmete René tief durch, sie nahm sich Zeit, bis sich ihr Entschluss innen gut anfühlte. Wenn René allein war, schwieg der Störfunk aus den Gedanken und Äußerungen anderer, dann vernahm sie die Stimmen in ihrem Inneren klar und deutlich. Gleichzeitig pulsierte eine fröhliche Leichtigkeit in ihren Adern und sie fühlte sich verbunden mit der Welt. Es war dieses Glück, das sie in der Liebe zu einem Mann teilen und leben wollte.

Entschlossen räumte sie den Tisch ab. Sie würde dem Treffen mit Claus vertrauen und nicht den Überlegungen, die sie Mal in die eine und dann wieder in die andere Richtung trieben. Als sie vor einigen Jahren ihrer Professorin an der Uni auf die Frage, was ihr Berufswunsch sei, nicht hatte antworten können, lugte die grauhaarige Dame über ihre Brille und ermahnte René mit strengem Blick: »Mein liebes Kind, hören Sie auf, von einem Zufall in den nächsten zu leben!«

René verstand damals nicht, was die sympathische Frau hatte ausdrücken wollen, denn sie musste erst eine Begegnung spüren, erst dann fühlte sie mit ihrem ganzen Sein, wohin ihr Körper, Herz und Geist sie führten. Das war Renés Art, eine Entscheidung zu treffen. Manchmal dauerte es lange, bis sich alle Instanzen einigten. Wir sind mehr als die Summe unserer vernünftigen Schlussfolgerungen, war René überzeugt und bereit, ihren eigenen Weg zu gehen. Dabei war sie sich der Gefahr bewusst, die ein Treffen mit Claus in sich barg. Gab sie die Position der betrogenen, verletzten Ehefrau auf, würde Claus sie bedrängen und vielleicht sogar aggressiv werden.

René räumte die Küche auf, als das Telefon klingelte. Es war Johannes. »Hast du Lust mit uns Segeln zu gehen?«, erkundigte er sich.

»Segeln, das habe ich noch nie gemacht«, antwortete René überrascht.

»Ich glaube, ein Segeltörn wäre genau das Richtige für dich. Auf See lässt du alles hinter dir und bist frei von allen Einflüssen. Wir laden nicht jeden ein, denn in der engen Welt auf einem Boot kommt jedes Problem ans Licht, die Crewmitglieder müssen miteinander harmonieren. Alle möchten dich gerne dabeihaben. Wir werden mit zwei Booten vor der Küste Südfrankreichs segeln, für die Anreise mieten wir einen Bus. Komm mit. Du wirst es nicht bereuen!«

Es schmeichelte René, dass Johannes und die anderen einen Urlaub mit ihr verbringen wollten. »Ich bin dabei!«, sagte sie zu.

Später wählte sie die Nummer von Claus, doch keiner nahm ab. »Ich freue mich auf das Abendessen mit dir am Samstag!«, sprach sie auf seinen Anrufbeantworter.

Am nächsten Wochenende fuhr René in das noble Hotel am Rhein. Es war bereits dunkel. Den ganzen Tag hatte es geregnet, die Erde war aufgeweicht, die Luft roch feucht. Sie klopfte an die Tür der Suite im obersten Stockwerk. Ihr Herz pochte aufgeregt. Claus öffnete, seine Augen blitzten vor Freude über ihr Wiedersehen. René war gerührt, niemand außer Claus freute sich derart über ihren Anblick.

»Genieße die traumhafte Aussicht, meine Schöne, während ich das Dinner bereite!«, flötete er vergnügt.

Jedes Härchen an Renés Körper stellte seine Antennen auf Empfang. Würde dieses Dinner ihr Leben verändern? Was würde Claus ihr erklären? Es war Zeit für Antworten.

Gespannt blickte René aus dem offenen Fenster der Suite hinüber zu dem Felsen der Lorelei. Die nackte langhaarige Schönheit saß dort seit ewigen Zeiten und lockte mit ihrem Gesang die Schiffer in das Verderben ihres sich wollüstig drehenden Strudels, um sie in ihrer feuchten, unergründlichen Tiefe zu ertränken.

»Es ist angerichtet, meine Liebe!«, flötete Claus hinter ihr. Sie wollten im Zimmer speisen.

René drehte sich um. Claus hatte abgenommen, in seinem schwarzen Anzug sah er blendend aus. Die obersten Knöpfe seines weißen Hemdes standen offen, seine Brusthaare lugten dunkel hervor. Er verbeugte sich vor dem kleinen runden Tisch mit weißer Tischdecke, der mitten im Raum stand. Sie schloss das Fenster und ging hinüber zu ihm, der flauschige wasserblaue Teppich schluckte die Melodie ihrer hohen schwarzen Pumps. Claus geleitete sie zu ihrem Platz. Die Kerze auf dem Tisch zauberte mit den unzähligen, in der Suite verteilten Windlichtern ein romantisches Halbdunkel, das den Blick auf das dramatische Rheinambiente jenseits der Fensterfront erlaubte. Mitten auf dem Tisch duftete in der Vase eine weiße Rose.

Claus verschlang René mit seinen Augen. »Du siehst umwerfend aus! Dieses Kleid habe ich dir zu unserem dritten Hochzeitstag geschenkt. Erinnerst du dich?« Sie nickte ernst.

Schweigend aßen sie die Vorspeise, einen leichten Fenchel-Ananas-Salat mit Shrimps. Claus verspeiste die Meeresfrüchte, danach die Ananas, den Salat ließ er liegen.

»Immer das Beste zuerst!«, flüsterte René und sah ihm in die Augen. Jede von Claus' Gesten war ihr vertraut. Für einen Moment vergaß sie, wo sie endete und er anfing.

»Das Leben ist zu kurz, um sich mit Nebensächlichkeiten zu beschäftigen. Du kennst mich!«, gab er zurück.

Claus servierte den Hauptgang, der aus Wolfsbarsch an gerös-tetem Chinakohl mit Reis bestand. René genoss jeden Bissen der erlesenen Köstlichkeiten. »Auf diese Weise zubereitet, schmeckt der Chinakohl herrlich würzig«, lobte sie und nahm sich Claus' Portion von dessen Teller.

»Du weißt, was mir schmeckt. Grünzeug ist für die Kaninchen und vor mir sitzt das schärfste Häschen des Universums.«

Er wischte sich den Mund mit der weißen Leinenserviette ab und fügte lüstern hinzu: »Aber noch sind wir nicht beim Nachtisch. Was ich dir sagen möchte: Der unstete Kerl an deine Seite hat sich verwandelt. Meine Firma läuft hervorragend. Ich stehe auf eigenen Beinen. Kriemhild ist Geschichte. Die brauche ich nicht mehr! Ich habe unser Traumhaus angezahlt. Ein Wort von dir und es ist unser. Wenn du Nein sagst, verliere ich die unbedeutende Summe von dreißigtausend Mark. Aber du bist mir alles Geld der Welt wert.«

René spürte Claus' Bitterkeit und seine Wut, die er für seine Mutter empfand und schwer atmend unterdrückte. Er kämpfte um René mit den Mitteln, die sein Maßstab für Anerkennung geworden waren. Claus brachte ihr mit der Villa ein Geschenk dar, von dem er glaubte, es sei groß genug, sie zurückzugewinnen. Man sucht sich seine Familie nicht aus, aber sie macht einen zu dem, was man ist, wusste René in ihrem Herzen. Claus' Narben und seine offenen Wunden, René sah sie alle. Ein kleiner Teil von ihr wollte ängstlich gehen. Aber aus irgendeinem Grund konnte sie es nicht. Sie hatte keine Ahnung, wen sie retten wollte.

»Trägst du unter dem entzückenden, kleinen Schwarzen den Hauch von Nichts, den ich dir damals zur erotischen Ergänzung dargebracht habe?«, säuselte Claus mit einem zärtlichen Unterton, der René berührte. Lächelnd senkte sie den Blick.

Gemeinsam löffelten sie ihren Nachtisch, hausgemachtes Vanilleeis mit heißen Kirschen, über denen sich ein Berg aus Sahne erhob, dekoriert mit Bitterschokoladenstückchen. Claus zog genüsslich den Dessertlöffel aus dem Mund, das Kerzenlicht flackerte in seinen blauen Augen, seine Blicke hafteten an René. »Dann möchte ich, dass du dich jetzt nicht von der Stelle bewegst. Willst du das für deinen Mann tun?«, hauchte er langsam jedes Wort, als koste er deren prickenden Geschmack.

Als der Damm gebrochen war, kam die Flut. Renés Wangen glühten vom Rotwein, Lust erhob sich heiß in ihren Lenden. Sie wusste, wohin das führen würde, wollte aufstehen und blieb doch schweigend sitzen. ›Alles ist gut, ich tue nichts Verbotenes. Ich sitze hier mit meinem Mann und esse‹, entschuldigten ihre Wollust und Nachgiebigkeit, was Renés Verstand missbilligte, aber nicht kontrollierte.

Claus leckte sich lüstern über seine Lippen, schob einen großen Löffel mit Sahne und Bitterschokoladenraspeln in den Mund und verschwand unter dem Tisch. René stöhnte mit offenem Mund, sie schloss ihre Augen, ihr Herz pochte ungeduldig. Claus spreizte ihre Beine. René warf den Kopf in den Nacken. Quälend langsam kletterten Claus' Finger an ihren schwarzen Strümpfen hinauf. Vorsichtig schob er seine Finger unter ihre Strapse, die im nächsten Moment heftig gegen Renés nackte Oberschenkel schnalzten. Sie stöhnte vor Schmerz auf und lehnte sich in ihrem Sessel zurück. Mit der Zunge drang Claus weich und neugierig in sie ein, ihr Slip aus schwarzer Spitze hatte eine praktische Öffnung an der entscheidenden Stelle. »Das wird ein erste Sahne Fick, meine Liebe! Deiner hungrigen, engen Möse habe ich den Mund gestopft! Du unartiges, lüsternes Ding!« Claus schlug gegen ihre Vagina, das glühende Brennen steigerte Renés Begehren. Sie hätte alles getan, was Claus in diesem Augenblick von ihr verlangt hätte.

Doch mit einem Mal ließ er von ihr ab und tauchte wieder auf. An seinen Lippen hing Sahne. Er wischte sich mit der Hand über den Mund, dann leckte er die weiße Flüssigkeit mit der Zunge auf. »Schmeckt nach reiner Geilheit!«

In nächsten Augenblick schnappte er René zu ihrer Erleichterung und trug sie hinüber zum King Size-Doppelbett.

»Sei still!«, forderte er mit dem Finger auf seinen gespitzten

Lippen.

Claus zog sich langsam aus. Dunkelrot geschwollen starrte sein Penis gierig auf René hinab. Sie erwartete ihn lüstern mit gespreizten Beinen. Endlich kletterte Claus auf das Bett, er drang hart in sie ein. Rein und raus eroberte Claus sie zurück, bis er rasend vor Lust jede Kontrolle verlor. Zu lange hatte er darauf gewartet, sich zu nehmen, was ihm zustand. Renés Vagina bettelte heiß und sahnig um mehr. Wogen der Lust tobten durch ihren Körper. Claus stöhnte. Heftig atmend blieb er auf seiner Frau liegen. Seine fleischige Zunge schob sich in ihren Mund. René versuchte, das Gefühl der Verschmelzung über die Zeit zu retten. Doch ihre Eingeweide schrien unvermittelt: »Stoß ihn weg!«

Ihre Lungen rangen nach Luft, Claus war zu schwer. Mit einer heftigen Bewegung stieß sie ihn von sich hinunter und setzte sich auf seinen Schoß. René war wieder unbeschwert und frei. Claus starrte auf ihre nackten Brüste, die der schwarze Spitzen-BH anhob. Ihr Kleid war bis zur Taille aufgeknöpft. Er hob den Rock, sein Blick bohrte sich in ihre Scham. Dann stieß er ihren Oberkörper nach hinten. René lag mit dem Rücken auf seinen Beinen, blickte in den mächtigen, goldgerahmten Spiegel, der über dem Bett hing.

›Warum mache ich das?‹, quälte sie die Frage auf einmal. ›Weil du ein geiles Stück bist und er es dir erstklassig besorgt!‹, antwortete ihre Wollust ekstatisch lachend. René kam schreiend. ›Und du blödes Stück trennst dich von dem Hengst!‹, brüllte ihre Vagina trunken vor Verlangen.

Claus glitt mit seiner Hand in sie hinein. Tief in ihr drückte er die Knöpfe ihrer unergründlichen Lust, bis sich ein lustvoller Strahl mit Renés Orgasmus auf ihn ergoss.

»Steh auf!«, befahl er.

René krabbelte aus dem Bett und landete auf ihren Knien. »Beib' so!«, forderte Claus und stolzierte nackt zum Tisch, langte mit der Hand in den Dessertteller und schmierte seinen steifen Penis mit geschmolzenem Vanilleeis ein. »Das ist nach deinem Geschmack, mein Süßmäulchen!«, wedelte er seinen Penis vor ihrem Gesicht und schob ihn tief in ihren Mund.

René konnte den Würgereiz kaum unterdrücken, mit der Hand dämpfte sie sein Eindringen. Breitbeinig stand Claus da, eine Hand in die Hüfte gestützt, mit der anderen strich er ihre Haare aus dem Gesicht und steigerte seine Gier an ihrem Anblick. Endlich war René wieder sein, jubelten seine Augen.

Im nächsten Moment wurde sie von Claus an den Haaren nach oben gezogen. Er drehte sie um und penetrierte sie im Stehen von hinten. Ihre Vagina brannte, René war erschöpft. Endlich kam Claus mit einem Schrei zum zweiten Mal in dieser Nacht.

Schweißnass sanken sie in das zerwühlte Bett. René lag auf dem Rücken, Claus ruhte auf ihrem Bauch und grinste selig wie ein Kind, das sein Lieblingsspielzeug wiedergefunden hatte.

»Das gibt dir kein anderer Mann, Rosebud, oh Rosebud!«, sang er und streichelte selig über ihre feuchte Haut.

»Ja, das stimmt«, gab sie leise zu.

»Wir gehören zusammen, Baby. Ich liebe dich. Gib unserer Ehe eine zweite Chance! Ich ziehe wieder zu dir. Nur als Test, verstehst du. Wir versuchen das für, sagen wir, drei Monate. Wenn es nicht funktioniert, bin ich weg. Ohne Stress. Ich verspreche es dir. Aber diese Chance musst du uns geben! Baby, denk an die Villa mit dem Kirschbaum im Garten. Gib es zu, das ist genau das Zuhause, von dem du träumst. Dein Mann hat es für dich gefunden und eine klitzekleine Anzahlung geleistet. Wenn wir wieder zusammen-kommen, wohnen wir in deinem Traumhaus. Alles wird gemacht, wie du es wünschst!«

René blickte Claus in die Augen. »Ich bin einverstanden!«, sagte sie mit fester Stimme.

Was Claus besaß, hatte er immer mit René geteilt. Die Trennung hatte ihn verändert. Sie dachte an Victor und Andrea, die beiden blieben zusammen trotz ihrer größeren Probleme. Claus und René hatten besseren Sex und waren immer noch ein Ehepaar. Sie gab ihm die Chance, um die er inständig bat, obwohl sie unsicher war, ob das ihr Herz und ihr Geist zusammen mit ihrem Körper entschieden oder eher die feuchte Ritze zwischen ihren Beinen sie in ihren Strudel gezogen hatte. Trotzdem fühlte sich die Ent-scheidung richtig an.

Eine Woche später zog Claus wieder ein. Seine Kleidung hing dominant im Schrank und ihre Zahnbürsten schauten in verschie-dene Richtungen in dem weißen Porzellanbecher im Bad, als wäre nichts gewesen. In aller Frühe war er zu einer Geschäftsreise aufgebrochen.

René lehnte barfuß im Türrahmen des Wohnzimmers und stierte hinüber zu dem Sofa, das Claus in der Zeit ihrer Trennung erworben hatte. Der Stein des Anstoßes stand in der Mitte des Raumes, das knallbunte Sitzmöbel war der einzige Einrichtungsgegenstand, den er mitgebracht hatte. Ein Fremdkörper in Renés Gesamtkunstwerk. Sie zwang sich zu Toleranz, er sollte seine Chance bekommen.

René duschte, anschließend packte auch sie ihre Sachen, denn nachmittags würde sie zu ihrem Segeltörn aufbrechen. ›Das passt perfekt‹, dachte sie erleichtert, die Reise war eine willkommene Gelegenheit, ihre aufgewühlten Empfindungen zu sortieren. René verschnürte den Seesack aus dunkelblauem Leinen, den sie sich gekauft hatte.

Mit von der Partie würden Lorenz und Jackie sein. Sie hatte das Ehepaar bei den Rosenkreuzern kennengelernt. Das unbändig gelockte, knapp schulterlange schwarze Haar von Jackie gefiel René auf Anhieb. Die schlanke, ungeschminkte Frau, die den Unterkiefer wie einen Verteidigungswall vor sich hertrug, arbeitete als Betriebswirtin bei einer Bank. Männer wie Lorenz übersah René für gewöhnlich. Der Computerfachmann war aschblond vom Scheitel bis zur Sohle. »Wenn du möchtest, dass Lorenz eine Emotion zeigt, musst du ihn anweisen: ›Bitte freu dich über das Geschenk, das ich dir gleich überreiche!‹ Wir kennen uns seit der Schule, das war nie anders!«, hatte Jackie lachend erklärt.

René beneidete die Frau des Skippers um ihre pragmatische Art, Jackie hatte einen zuverlässigen Partner an ihrer Seite. Was Lorenz für René interessant machte, war der Umstand, dass auch seine Eltern bei den Rosenkreuzern waren und er schon als Kind in dem Kraftfeld der Schule gespielt hatte. Johannes und Lorenz segelten oft zusammen, Jackie war erst seit zwei Jahren Teil der Crew. Auf jedem Törn wurden wenige Segelanfänger geduldet zum Senken der Charterkosten. Zu dieser Gruppe gehörten René und Masha. René bezweifelte, dass sie ihre Crew gut genug kannte, um zwei Wochen mit diesen Menschen harmonisch auf engstem Raum zu verbringen. Aber sie vertraute auf ihre Fähigkeit, sich den verschiedensten Situationen wie ein Chamäleon anpassen zu können. Sollte das nicht funktionieren, böte ein Konflikt schließlich die Möglichkeit sich weiterzuentwickeln, war sie überzeugt.

Ohne jede Segelerfahrung bestieg René mit Seesack und Schlafsack ihr Taxi und machte sich abenteuerlustig auf den Weg. Am Treffpunkt für die Busse nach Südfrankreich lernte sie die Mannschaft des Partnerbootes kennen. Helga Mannberger machte ihrem Nachnamen alle Ehre. Die Ärztin war groß mit einem Kreuz mächtig wie ein Berg. Ihr beinahe durchsichtiger Teint stand im Kontrast zu ihrer kräftigen Statur. An den Schläfen schimmerten bläulich feine, sich verzweigende Äderchen. Helgas Nickelbrille vergrößerte ihre blauen Augen, die unnachgiebig in die Welt blickten. Das aschblonde Haar war mannskurz geschnitten und aus dem Gesicht gekämmt. »Wir werden den Burschen zeigen, was es heißt, sich in den Wind zu legen!«, posaunte sie großspurig. René wäre auf dem Trockenen geblieben, hätte sie geahnt, dass dieser Ausruf die Ankündigung einer zweiwöchigen Segelregatta war statt eines ruhigen Segeltörns. Helga wollte sich mit Lorenz und seiner Crew jeden Tag aufs Neue im Wettsegeln messen und der Skipper der »Pegasus« nahm die Herausforderung an.

Wie ein riesiger Schuljunge mit abgeschnittenen Jeans-Shorts und Ringel-Shirt hielt sich Helgas Ex-Mann Bernd im Hintergrund, trug Socken zu Sandalen und schaute vertrauensvoll durch fingerdicke Brillengläser. Lediglich ihr Nachname verband die Mannbergers noch. Warum sie zusammen Segeln gingen, blieb deren Geheimnis. Die Kommunikation der beiden bestand aus Helgas Befehlen, die Bernd befolgte. Seebär Tom rettete die Stimmung auf Helgas Boot. Auf allen Weltmeeren war der vollbärtige Zwei-Meter-Mann schon unterwegs gewesen und seit Kurzem Helgas Geliebter. Die Crew der »Aphrodite« machten Anne und Fred komplett, das junge Pärchen hatte auf Helgas Zeitungsannonce geantwortet wegen der günstigen Charterkosten. Sie hatten ihre Crew nie zuvor gesehen. Frisch verliebt, befingerten sich die beiden ununterbrochen und überhörten die Anweisungen ihres Skippers. René war froh, auf der »Pegasus« angeheuert zu haben und mit Menschen zu segeln, zu denen sie eine Verbindung spürte.

Am nächsten Mittag kam die Truppe in Saint-Laurent-du-Var

an. Im Hafen der südfranzösischen Kleinstadt wurden die Kajüten zugeteilt und die Ladung in den Segelyachten verstaut. »Gekocht wird abends, abwechselnd auf jedem Boot!«, brüllte Helga, während sie einen Sack Kartoffeln auf ihre Schulter lud.

Leichtfüßig balancierte sie über die unter ihrem Gewicht schwingende Bohle und schleppte den Proviant an Bord. Nicht nur René unterdrückte den Impuls zu salutieren. Ihr Blick traf die verständnisvoll leuchtenden Augen von Johannes, der ein Grinsen nicht unterdrückte.

René bekam eine Doppelkajüte für sich allein im Bug des Segelschiffs zugewiesen. Sie rollte ihren Schlafsack aus, verstaute den Seesack und brachte ihre Blümchentasse mit goldfarbenen Blätterranken in die Kombüse. Der modrige Geruch unter Deck missfiel ihr.

»Wo sind meine Socken, Schatz?« Johannes streckte den Kopf aus der Kajüte und machte ein zerknirschtes Gesicht.

»Hört alle her! Johannes, der ›Ich-weiß-auf-alles-eine-Antwort-Johannes‹ findet an keinem Tag seines Lebens allein seine Socken! Jeden Morgen lege ich ihm die Kleidung zurecht!« Mit diesen Worten schmiss Masha ihrem Johannes ein Paar rot-weiß-gestreifte Socken an den Kopf, die der Gescholtene auffing und seiner Frau damit den voluminösen Hintern versohlte.

Masha rannte lachend die Treppe hinauf zum Deck und stieß dort mit Lorenz zusammen. »Masha, zieh Segelschuhe an! Sag René Bescheid, wir üben in fünf Minuten ›Fender einholen und setzen‹. Lass dir von Jackie Seile geben. Den Webeleinstek beherrscht ihr bitte bis heute Abend!«

An Bord herrschen klare Regeln. Der Skipper trägt die Verantwortung und hat das Sagen.

Kaum hatten die Segelboote den Hafen hinter sich gelassen, opferte Johannes dem Meeresgott Neptun. Mehrere Male erbrach er sich in hohem Bogen über die Reling, das Getucker des Motors überdeckte sein Würgen nicht. Wortlos und bleich verschwand er unter Deck, um kurz darauf neu eingekleidet aufzutauchen. Bestens gelaunt besprach er nun mit Lorenz das Setzen der Segel.

»Klar zum Setzen Großsegel!«, brüllte Lorenz.

Er stand am Ruder, Johannes sprang wie ein kleiner Affe über das Boot und befolgte die Kommandos des Skippers. Lamentierend rannte Jackie hinterher. Ununterbrochen wetteiferte sie mit ihrem Mann, wer der sachkundigere Segler war. Eine fruchtbare Auseinandersetzung. Meist segelte die »Pegasus« am Ende des Tages zuerst ins Ziel und kochte das Abendessen für beide Teams.

Schnell versenkte René die romantische Vorstellung eines Sonnenbades auf Deck mit anschließender Abkühlung im Meer. »Segler schwimmen nicht, es sei denn, ihr Boot kentert«, verkündete Helga und stopfte sich eine halbe Scheibe Brot in den Mund.

Alle lachten. Einige aus Zustimmung, manche aus Höflichkeit, Anne und Fred aus seliger Ahnungslosigkeit. »Was hat Helga gerade gesagt?«, erkundigten sich die beiden verwundert. Selbst beim Essen hielten sie Händchen.

René fand Trost in Johannes' Augenzwinkern und nahm sich vor, ihr Bestes zu geben, um ihre Crew zu unterstützen.

Es wurde weiter um die Wette gesegelt. Die Boote fuhren nur in einen Hafen ein, wenn die Vorräte zu Ende gingen.

Bei Wind wurde es von einem auf den anderen Augenblick kalt auf See. Dann zog die Mannschaft die Segelanzüge über und leinte sich an. René mochte es, wenn »Pegasus« mit dem Wind um die Wette flog. Bei Höchstgeschwindigkeit legte sich ihre Übelkeit. Schon bei der Ausfahrt aus dem Hafen hatte Lorenz ihr seine homöopathischen Tropfen gegen Seekrankheit überreicht. Doch sie blieben wirkungslos. Nur wenn René das Ruder hielt, verspürte sie Linderung und fühlte sich als nützlicher Teil der Crew. Doch mit einem Mal half auch das nicht mehr. Ihre Übelkeit und das Bedürfnis, sich zu übergeben, wurden übermächtig. René verschwand unter Deck und tauchte nicht wieder auf.

Drei Tage lag sie nun schon unter Deck, gehörte einzig der Übelkeit, die sich in ihrem Bauch festgefressen hatte. Krachend schlug der Rumpf der Segelyacht auf den Gipfelkamm einer Welle auf. Renés Körper verlor den Kontakt zur Matratze, schwebte erstarrt in der Luft und gab sich willenlos dem Aufprall hin. Matt rollte sie auf der weichen Unterlage hin und her, bis sie an der

Kajütenwand zum Liegen kam. Eine Aufnahme fester Nahrung war unmöglich, selbst Wasser erbrach René nach wenigen Minuten. Erschöpft hielt sie die Schale mit der erbrochenen Flüssigkeit fest.

»Da bist du ja wieder!«, lallte René und schwenkte die Schüssel mit glasklarem Erbrochenen, auf deren Boden sie die mit buntem Stoff bezogene Geschmacklosigkeit eines schwedischen Möbelbauers erkannte, die Claus in ihrem Wohnzimmer platziert hatte. Wie das Wesen von Claus wollte sein Sofa nicht zu den Dingen passen, mit denen René sich gerne umgab.

»René, schau mich an!«, brüllte jemand.

Schmerz fuhr in ihre Schädelmitte, sie hielt sich mit beiden Händen den Kopf. Am Ende eines langen Ganges erkannte René verschwommen die Gestalt von Lorenz. Gequält blinzelte sie zu ihm hinüber. Sein Mund öffnete und schloss sich in Zeitlupe, die Laute einer zu langsam abgespielten Schallplatte quollen hervor. Obwohl René anstrengt die Ohren spitzte, misslang es ihr, die gruseligtiefen Laute in Worte zu übersetzen. Sie wollte dem Skipper winken, brachte aber nicht mehr als das Zucken ihrer Hand zustande. Ein schiefes Lächeln musste reichen. Das Bestreben ihres Körpers, mit dem Schließen der Lider die Welt zu verhüllen, war übermächtig. Gnädig senkte sich der Nebel des Vergessens über René hinab.

»Morgen legen wir an. Wir haben die Aphrodite aufholen lassen. Helga besorgt ein Medikament, das wird sie dir injizieren. Alles wird gut. Halte noch ein bisschen durch!«, tröstete sie Masha von Ferne.

Auf Renés Stirn breitete sich Wärme aus, die kräftige Hand des Skippers strich sanft durch ihr verklebtes Haar.

»Gut«, wimmerte sie kraftlos.

Als René erwachte, hörte sie das zänkische Kreischen der Möwen. Das Tuckern des Motors kündigte das Einlaufen in den Hafen an. »Fender an Steuerbordseite ausbringen!«, schrie Lorenz auf Deck.

»Fender klar an Steuerbordseite!«, echote gehorsam Mashas glockenklare Stimme.

181

»Wach auf, schau mich an!«, forderte Helga und schlug dabei mit ihrer Handkante gegen Renés Wange.

Sie musste wieder eingeschlafen sein, verstört schlug René ihre Augen auf und erblickte Helga, die ihr die Manschette des Blutdruckmessgerätes anlegte und straff aufpumpte.

»Oh je, oh je!« Helga schüttelte mit hochgezogenen Brauen den Kopf. »Du bist kaum noch am Leben!«, schimpfte sie.

Dann hielt sie eine Spritze hoch und klopfte fachkundig gegen das Glasgehäuse. Die Injektion schmerzte kaum.

»Du wirst von Bord gehen. Du musst Nahrung aufnehmen. Die nächsten Tage verbringt Masha mit dir an Land. Danach trefft ihr uns wieder und wir segeln das letzte Stück gemeinsam zum Zielhafen. Bis dahin sollte sich dein Zustand stabilisieren«, ordnete Helga an und klebte ein Pflaster auf die Einstichstelle.

»Aber …«, versuchte René matt zu widersprechen.

»Keine Widerrede!«, schnitt ihr Helga das Wort ab, »du gehst von Bord! Als Ärztin verantworte ich es nicht, dass du noch einen Tag länger kein Wasser bei dir behältst.«

Der Skipper hat das Sagen an Bord und René war eine Anfängerin.

Mit der Hilfe von Masha packte René das Nötigste und ging gestützt auf ihre zwei Köpfe kleinere Freundin von Bord begleitet von den besten Genesungswünschen der Crew.

Sobald René festen Boden unter den Füßen spürte, minderte sich ihre Übelkeit. Lange standen die Frauen auf dem Steg und winkten »Pegasus« und »Aphrodite« hinterher, bis die Yachten hinter den Klippen an der Hafenausfahrt verschwunden waren. Als handele es sich dabei um ein geheimes Signal, schauten die Freundinnen einander tief in die Augen und lachten befreit auf. Sie hatten die Welt der Fender und Segelknoten hinter sich gelassen.

»Du wirst es lieben!«, brachte Masha schließlich heraus, »es ist ein Privileg zu den wenigen Menschen zu zählen, die auf Porquerolles leben.«

Die gerade mal zwölfeinhalb Quadratkilometer große Insel war die Heimat eines typisch südfranzösischen Dorfes, das auf einem Stück Land vor der Küste von Hyères Anker geworfen hatte. Überzogen von Pinienhainen und Olivenbäumen, von Weinreben und

Sanddorn, war Porquerolles umgeben von strahlend hellen Sandstränden und schroffen Klippen. Auf dem Eiland gab es kaum Hundert Autos. Wenn die heftige Übelkeit der Preis war, einige Tage auf dieser Insel im letzten freien Zimmer einer romantischen Auberge zu verbringen, René hätte ihn noch einmal bezahlt.

In ihrem Zimmer mischte Masha in einer Wasserflasche kalte Gemüsebrühe und flößte sie ihrer Freundin geduldig löffelweise ein. Mit jedem Schluck kehrte Renés Lebensfreude zurück. »Es gab wohl eine Menge, was du loswerden musstest, um zu dir zu kommen!«, schmunzelte Masha.

Die Frauen lagen auf den weißen Metallbetten mit Messingverzierungen. Von den offenen Balkontüren blätterte die weiße Farbe ab, eine sanfte Brise duftete nach Meer und bewegte die Gardinen. Möwen schrien im Hintergrund.

»Männer sind stark genug, um Sachen hochzuheben. Doch kaum haben sie das geschafft, wissen sie nicht, wo sie die Dinge hinstellen sollen.«

René versuchte vergeblich, die Brühe im Mund zu behalten, prustend vor Lachen verspritzte sie die Suppe in hohem Bogen auf dem Dielenboden, Freudentränen liefen über ihr Gesicht.

Plötzlich machte Masha ein ernstes Gesicht. »Weißt du, was ich dachte, als ich dich und Claus das erste Mal sah?«

René schüttelte überrascht den Kopf.

»Da kommt eine reife Frau mit einem kleinen Jungen an der Hand. Wenn du einen Raum betrittst, René, dann ruhen alle Blicke auf dir. Du bist eine Erscheinung, wie ich gerne eine wäre. Was bindet dich an einen Kerl wie Claus?«

Mit einem Mal begriff René, wie sehr Claus sie brauchte und sie immer wieder überzeugte, dass sie allein es war, die ohne ihren Mann lebensunfähig war. »Ich glaube, ein Mangel bindet uns aneinander. Wir haben beide nicht genügend Mutterliebe bekommen. Leider sind wir nicht in der Lage uns zu schenken, was uns fehlt«, stellte sie traurig fest.

René und Masha verbrachten unverhoffte Bilderbuchtage auf Porquerolles. Kornblumenblau schimmerte das Meer, die Sonne vibrierte glitzernd auf der nahezu spiegelglatten Wasseroberfläche der Bucht. Die Freundinnen dösten auf Bastmatten am Strand und beobachteten das fröhliche Treiben auf einer unweit ankernden Segelyacht, auf der eine Party gefeiert wurde. Der Wind trug ein französisches Chanson herüber, das Meer säuselte leise dazu. René hatte sich erholt.

»Lass uns heute Abend noch einmal bei Armand gegrillte Doraden essen«, schlug sie vor.

Masha nickte und strich sanft über ihren tief gebräunten Bauch. »Morgen müssen wir fahren, um Johannes und die anderen zu erreichen.«

»Vermisst du deinen Mann?«

»Ja, wobei ein bisschen Abstand gut tut. Wir sind seit fünfzehn Jahren ein Paar. Da kennst du jede Bewegung, die der andere macht, wenn du verstehst, was ich meine.«

René liebte Mashas bauchiges Lachen. »Also der Sex mit Claus ist leidenschaftlich. Da kann ich mich nicht beschweren«, gestand René und leckte sich lasziv über die Lippen.

»Leidenschaft ist das, was Leiden schafft«, sinnierte Masha mit dramatischtiefer Stimme.

»Das stimmt. Das Leiden zwischen mir und Claus erschafft diesen Sex. Er versucht, mich in Besitz zu nehmen. ›Ich liebe dich‹, das sage ich schon lange nicht mehr zu ihm. Er tut es deshalb.« René seufzte. »Ich habe es versucht. Aber seit Claus eingezogen ist, fällt mir das Atmen schwer. Wenn ich eine Beziehung führen würde, die auf Liebe und partnerschaftlichem Verständnis anstatt Dominanz beruht, würde ich sicher eine neue Form der Sexualität kennenlernen«, überlegte sie laut.

Masha zuckte bestätigend die Achseln, sie schwiegen eine Weile miteinander.

»Darf ich dich noch etwas fragen, Masha?«

»Ich bitte darum!«

»Ist Lorenz oder Johannes erleuchtet?«

»Wer kann das mit Sicherheit von sich sagen? Manchmal sind wir sicher, etwas erreicht zu haben und plötzlich belehrt uns das Leben eines Besseren. Erleuchtung kann man sich nicht erarbeiten wie ein Diplom. Erleuchtung ist keine Veränderung, sondern die Erkenntnis oder Wiederentdeckung dessen, was sich nicht verändert.«

René saß auf einmal kerzengerade auf ihrem Handtuch. »Danke Masha! Erstmal für deine Worte, bevor ich das vergesse. Mir ist gerade klar geworden, ich meine nicht nur theoretisch, sondern mehr körperlich, dass ich frei bin. Was ich ausdrücken möchte ist, also wenn mir danach ist, kann ich mit Claus schlafen oder auch nicht. Das verpflichtet mich zu nichts, keiner kann mir meine Freiheit nehmen. Ich muss Claus nicht zurücknehmen, nur weil wir Sex hatten! Ich schulde ihm nichts. Wir sind gleich viel wert! Kein Mensch ist mehr wert als ein anderer!«

»Danke nicht mir, danke dir! Erleuchtung bedeutet zu erkennen, dass alle Menschen in ihrem tiefsten Wesen gleich sind. Nichts, was dir je angetan wurde, niemand, noch nicht einmal du selbst, kann deinem strahlenden Wesenskern etwas anhaben und es ist ein noch viel größerer Schritt, diese Erfahrung im täglichen Leben zu verwirklichen, gerade in der Begegnung mit Menschen, die uns ärgern. Dann befreien wir den Nächsten von unseren Urteilen und Konditionierungen. Das ist wahre Vergebung.«

»Diese Wahrheit ist Liebe!«, stellte René glücklich fest und umarmte die Welt in der Gestalt von Masha.

Nach einem letzten wunderbaren Abend in Armands Restaurant versprachen sie beim Abschied wiederzukommen. René ging körperlich, seelisch und geistig gesättigt zu Bett.

Am nächsten Morgen in alle Frühe warteten René und Masha am Hafen auf die »Pegasus«, die sie wieder aufnehmen würde. »Ich bin gleich zurück!«, verabschiedete sich René auf einmal.

Masha zwinkerte ihr zu. »Wir fahren nicht ohne dich!«

Direkt hinter dem Bootssteg fand René, wonach sie suchte. Die Scheiben der Telefonzelle waren verschmiert. Sie öffnete die Tür. Selbst am Morgen war die ausströmende Luft heiß und stickig, es stank nach Urin. Angewidert atmete René durch den Mund. Sie kramte Kleingeld aus ihrer Hosentasche, warf ihre letzten französischen Münzen in den Schlitz und wählte.

»Claus Linde, hallo«, meldete sich seine vertraute Stimme.

»Hier ist René, salut.«

»René, Liebes, wie geht es dir? Hier läuft alles bestens. Ich erwarte dich sehnsüchtig! Ich habe für unser neues Zuhause gestern …«

»Bitte hör mir zu!«, schnitt René ihm das Wort ab, »Es ist vorbei. Hörst du. Ich möchte das alles nicht. Das neue Haus. Dein Einzug. Das geht nicht. Es ist vorbei. Wenn ich zurückkomme, bist du bitte ausgezogen. Ich möchte die Scheidung. Verstehst du? Vorbei. Ich kann das nicht.« René rang nach Atem, sie hatte gesprochen, ohne auch nur einmal Luft zu holen.

»Sei still! Ich habe verstanden. Klar und deutlich!«

Klirrend verschwanden die Münzen in den Eingeweiden des Telefonapparates. Claus hatte aufgelegt.

Das Geräusch, das René beim inneren Erwachen vernahm, war das Quietschen einer Telefonzellentür in einem Hafen in Südfrankreich, die langsam hinter ihr ins Schloss fiel. Sie spürte die Strahlen der aufgehenden Sonne und rannte leichtfüßig zurück zum Steg. Die »Pegasus« hatte bereits angelegt.

Die letzten Tage der Reise überstand René mit leichter Übelkeit. Im Bauch der »Pegasus« hatte sie sich von allem Belastenden entledigt und auf ihre ureigene Art entschieden, dass ihre Ehe mit Claus zu Ende war. Ein einziges Mal in den zwei Wochen erkämpften sich sie und Masha das Privileg eines Spaßsprunges ins Meer. Frei wie ein Delphin fühlte sich René beim Eintauchen und blieb, solange es ihr Atem zuließ, unter Wasser. Als René in Saint-Laurent-du-Var von Bord ging, war sie froh, festen Boden unter den Füßen zu spüren.

DAS EIGENE FENSTER RESTAURIEREN

Claus und sein Sofa waren aus Renés Wohnung verschwunden, als sie von ihrem Segeltörn auf dem Mittelmeer nach Hause zurückkehrte. Sie fühlte sich unbeschwert wie selten in ihrem Leben. Fast schämte sie sich, wie gut es ihr ging. Hatte sie so viel Wohlbefinden überhaupt verdient? »Ja, das habe ich!«, bestätigte René sich gut gelaunt im Spiegel und machte sich auf den Weg zu ihrer Freundin Erna, die sie bei den Einführungsabenden der Rosenkreuzer kennengelernt hatte.

Erna Eleonore Traube-Witsch residierte in der Belle Etage eines Stadthauses aus dem achtzehnten Jahrhundert mit stuckverzierten Decken und weißgestrichenen Wandschränken mit Schnitzereien auf den Türen. Deckenhohe Schiebetüren verbanden die Räume mit knarrendem Eichen-Parkett in Fischgrätmuster. In der Wohnung der älteren Freundin fühlte sich René jenseits von Raum und Zeit. Entspannt saß sie im Sessel und betrachtete das Schwarz-Weiß-Foto im goldverzierten Rahmen, das neben ihr auf dem weißen Beistelltisch zusammen mit einem Strauß weißer Rosen stand. Es zeigte die kleine Erna Traube. Die Fünfjährige drückte ihre Knie durch und schaute verdrießlich neben der Cousine drein, die ihre zornigen Stirnfalten hinter der Kommunionkerze verbarg. Erna mit den langen, geflochtenen Zöpfen war Papas Liebling gewesen und wie der Vater es gewünscht hatte, wurde sie später eine Grundschullehrerin. Sie heiratete Herbert Witsch, den Sohn von Vaters Angelfreund. Niemand kann sagen, was aus dem Paar geworden wäre, hätte der Klapperstorch seine Arbeit mit mehr Erfolg verrichtet. Nach drei Fehlgeburten dankte Erna ihrem Herbert für die gemeinsamen Jahre und ging. Sie studierte Psychologie und brach den Kontakt zu ihrer Familie ab.

Siebenundvierzig Jahre war Erna inzwischen alt und schwebte in hohen Pumps über das Parkett, dabei summte sie die Melodie von »La Donna e Mobile«. Ihre schlanken Arme zogen elegant die weißen Raffrollos nach oben, die Abendsonne fiel neugierig durch die weißgerahmten Sprossenfenster. Mit einer geschmeidigen Drehung ließ Erna ihre Strickjacke auf das frei im Raum stehende Doppelbett sinken, das von einer weißen, im Stil der Rollos gerafften Tagesdecke verhüllt war. Ihr wollweißes Strickkleid betonte ihren durchsichtig blassen Teint. Der modrigrote Lippenstift hingegen passte perfekt zu ihren dunkelmahagoniroten Haaren, die sich voluminös gelockt über Ernas Schultern räkelten. In diesem Kunstwerk der Feinsinnigkeiten stachen einzig Erna Eleonores laszivgrüne Augen hervor, sie durchbohrten gnadenlos die Objekte ihrer Begierde und vereitelten schlussendlich Ernas Präsentation eines schutzbedürftigen, ätherischen Wesens. Mit einer angedeuteten Pirouette sank ihr schlanker Körper in den weiß-goldenen Sessel im Louis-Seize-Stil, in dessen Zwillingsbruder René wartete.

Am liebsten hätte René für die Vorführung ihrer Freundin Beifall geklatscht, denn sie bewunderte deren Diva-Auftritte, obwohl sie ihr bisweilen einen gruseligen Schauer über den Rücken trieben, als sei da auch etwas spinnenhaft Dunkles in ihrer Inszenierung. Erna Eleonore verstand es wahrhaft, sich in Szene zu setzen. Eine Fähigkeit, die René noch entwickeln wollte. Erna fächelte sich mit der weißen Stoffserviette Luft zu, beugte sich nach vorne und hauchte ihrer Freundin René einen Kuss auf jede Wange. »Als ich gestern von meinem Supervisions-Seminar aus Kolumbien wiederkam – übrigens war ein Teamleiter der Entwicklungshelfer von meinen Fähigkeiten dermaßen betört, dass er mich direkt für die nächste Moderation gebucht hat. Nächsten Monat geht es nach Hawaii! Nun, jedenfalls im Hausflur habe ich Herrn Knoblauch, unseren Verwalter, getroffen. Er berichtete mir, die Dachetage im Haus werde ausgebaut, zwei neue Wohnungen sollen hier oben entstehen. Natürlich berichtete ich ihm sofort von dir. Das ist eine seltene Chance! Eine Wohnung in dieser Lage. Du gehörst in die Stadt, mein Schatz. Ich würde dir jeden Morgen einen extraordinären Café au Lait bereiten. Du kannst mir nach der Arbeit Gesellschaft leisten und kümmerst dich um meine Wohnung, wenn ich unterwegs bin. Außerdem ist der Weg zur Kunstschreinerei von hier kürzer. Greif zu! Ruf Herrn Knoblauch an und vereinbare einen Termin. Die Trennung von Claus steht dir übrigens bestens. Du erblühst wie eine meiner weißen Rosen, mein Kind. Wunderbar schaust du aus. Ist der Lippenstift neu?«, sang Erna wie eine Sirene und rührte ihren Tee, den sie mit reichlich Honig trank. Um nicht im Strudel von Ernas verführerischem Sprechgesang zu ertrinken, richtete sich René in ihrem Sessel auf. Die Wohnung, in der sie lebte, war in der Tat auf die Dauer keine Lösung. An einen Umzug hatte sie allerdings noch nicht gedacht. Aber als René am Abend wieder Zuhause war, folgte sie dem Rat der Freundin und verabredete einen Termin mit Anselm Knoblauch.

Das Büro des Immobilienverwalters befand sich in einer Altbauwohnung in bester Innenstadtlage. Artig nahm René auf der Holzbank im Flur Platz. Das Bild an der Wand gegenüber zeigte einen Mönch in einer orangen Kutte von hinten, der barfuß das Tor einer Ruine durchschritt. »Dem wahrhaft Gehenden legt sich der Weg unter die Füße« stand darunter.

›Na, der hat auch keinen Lebensplan in der Kutte versteckt‹, dachte René erleichtert und wusste, dass es nicht Planlosigkeit war, die den Mönch unbeschwert wandeln ließ. Vertrauen in die Welt, die alle Wesen nährt und trägt, machte jeden Schritt des Mönches zu einem Gebet der Dankbarkeit, auch wenn er barfuß durch die Hölle lief. Dieses Vertrauen wollte René lernen und fühlte sich stärker, seit sie allein lebte.

Ein junger Mann verließ das Büro und schloss lautlos die Tür hinter sich. »Der Nächste bitte!«, ertönte kratzend eine Stimme durch den Lautsprecher, als würde eine alte Schellackplatte abgespielt.

Gespannt öffnete René die knarrende Tür. Ein kleiner, sehr schlanker Mann um die Siebzig erhob sich von seinem Schreibtischsessel und kam auf René zu. Vertrauensvoll ergriff sie seine feingliedrige, unterkühlte Hand.

»Anselm Knoblauch, ich grüße Sie, gnädige Frau!«, stellte sich der Immobilienverwalter vor.

Sein dunkler Anzug mit Weste stand in strengem Kontrast zu seinem kurzen weißen Haar. Im Stil der dreißiger Jahre war es dandylike mit einem Seitenscheitel nach hinten pomadisiert. Ein schwarzer Spazierstock mit silbernem Knauf, in den feine

Ornamente eingraviert waren, lehnte am Stuhl. »Ich bin sehr erfreut, dass Sie den Weg zu mir gefunden haben. Nehmen Sie Platz!«

Anselm Knoblauch betrachtete René bewundernd und begleitete sie zu einem braunen Clubsessel, der an der Besucherseite seines Schreibtisches stand. Darauf nahm auch er wieder Platz. »Frau Traube-Witsch berichtete mir, Sie sind Restauratorin.«

»Nun, ich werde gerade Restauratorin. Ich mache eine Ausbildung«, gestand René.

»Wo sind Sie tätig?«, erkundigte sich Herr Knoblauch und lugte freundlich über seine Halbbrille mit Hornfassung, die auf der Spitze seiner schmalen Nase saß.

»Ich arbeite bei der Kunstschreinerei Cortés«

»Den Vater von Aarón Cortés kenne ich gut! Er arbeitete die Türen in meinem Büro auf sowie Antiquitäten aus meinem Privatbesitz. Eine schöne Fügung, die Sie zu mir führt. Ich hatte lange keinen Kontakt mehr zur Familie Cortés.«

Als blicke er in längst vergangene Tage zurück, machte der Verwalter verträumt lächelnd eine Pause. Schließlich zuckte er zusammen und fuhr fort: »Sie sind also an der Studio-Wohnung interessiert. Im Februar ist sie bezugsfertig. Wir sollten uns vor Ort treffen, damit Sie mit der Architektin Ihre Wünsche bezüglich des Bodenbelages, der Fliesen und Tapeten abstimmen. Den Mietvertrag schicke ich Ihnen zu.«

René bedankte sich und verließ überglücklich das Immobilienbüro.

Sie hatte eine Traumwohnung zu einem himmlischen Preis gefunden, ohne einen Verdienstnachweis vorlegen zu müssen. ›Das Leben meint es gut mit mir, danke!‹ Renè hüpfte die Holztreppe nach unten.

Wenige Tage später war René mit dem Hausverwalter auf der Baustelle verabredet. Völlig außer Puste kam sie im Dachgeschoss an. Anselm Knoblauchs Spazierstock hämmerte zusammen mit den Lederabsätzen seiner handgefertigten Schuhe einen langsamen Dreivierteltakt in den Estrich. Erfreut nahm er René am Eingang der Wohnung in Empfang. Mit einer eleganten Bewegung zog er seinen Hut und senkte vornehm das Haupt zum Gruß. René machte einen Knicks, das schien ihr eine angemessene Geste. Herr Knoblauch ergriff ihre dargereichte Hand und hauchte einen Kuss darüber, als handele es sich um eine Kostbarkeit, die es sich nicht ziemte, mit den Lippen zu berühren.

»Treten Sie näher, verehrte Dame. Darf ich Sie bekannt machen …« Er deutete mit einer ausladenden Handbewegung auf eine Frau, die hochschwanger war. »Das ist Sophia Kirsch, unsere Architektin.«

René fühlte sich in die längst vergangene kaiserliche und königliche Zeit zurückversetzt. Mit äußerster Höflichkeit besprach das Trio die Gestaltung des großzügigen Apartments im sechsten Stock. »Ihren Kanonenofen werden wir genau hier anschließen, das Ofenrohr verläuft durch die gesamte Höhe der Wohnung.« Die Architektin hob zur Veranschaulichung ihre Arme. »Das Fischgrät-Parkett ist klassisch. Die modernen Dachfenster bilden einen Kontrast zu der Holzsäule und dem alten Erkerfenster hier vorne, die wir beide erhalten. Die Treppe zur Empore bekommt Stufen aus Holz, das Geländer lassen wir in schlichtem Metall fertigen. Was meinen Sie?«

René stand auf der Empore unter dem Dach und fühlte sich wie eine Prinzessin, die vom Turmfenster aus über ihr Reich blickte. »Was für ein grandioser Ausblick! Wenn ich in meinem Bett liege, schaue ich über die Skyline der Stadt!«, jubelte sie.

Schnaufend stieg Sophia Kirsch die wackelige Holzleiter hinauf, die einstweilen die Treppe ersetzte. »Langsam wird es beschwerlich. Ich freue mich, Paul bald in meinen Armen zu halten.«

»Sie wissen bereits, was es wird?«

»Ja, meine Ärztin plauderte es schneller aus, als ich es ihr untersagen konnte.«

Das Mutterglück in den Augen von Frau Kirsch versetzte René einen Stich und mit einem Mal erinnerte sie sich an das warme Bäuchlein ihrer Cousine, das sie gestreichelt hatte, bevor ihre Mutter sie ermahnte, eigene Kinder aus ihrem Leben zu verbannen. »Welche Farbe sollen Ihre Tapeten haben?«, erkundigte sich die Architektin.

»Babyblau wäre schön!«, schwärmte René.

Wieder zuhause richtete sie ihr neues Heim in Gedanken ein und fertigte eine Zeichnung an.

»Silberlocke, komm zu mir!«, flötete Aarón am nächsten Morgen in der Werkstatt.

Der neue Spitzname versöhnte René mit den cappuccino-farbenen Strähnchen, die ihre Frisörin Bettina in ihren gelocktem Pagenschnitt gezaubert hatte. Die Highlights waren leicht mit grauen Haaren zu verwechseln, da der Kontrast zu ihrem dunkelbraunen Haar zu stark ausfiel. Allerdings grinste René zum Ausgleich an diesem und auch an den nächsten Tagen beim Anblick des Chefs.

Rein in die Dusche, nass machen, einseifen, abspülen. Bei Aarón dauerte das keine fünf Minuten. Er war, wie René auch, ein »Schnellduscher«. An diesem Morgen hatte »Gesicht eincremen« die Morgentoilette des Schreinermeisters abgerundet. Dazu hatte Aarón trällernd die Gesichtscreme seiner Freundin in den Handflächen verteilt und sie kräftig im Gesicht verrieben. In der Werkstatt war er dann in seinen »Braunmann« gestiegen und hatte die edlen Slipper gegen das Werkstattmodell getauscht. Wie jeden Morgen würdigte Aarón sein südländisch-gutes Aussehen mit einem stolzen Blick in den Spiegel. »Weil du noch immer ein heißer Typ bist!« stand in der Geburtstagskarte, die auf der Fensterbank neben der Werkstatttoilette lag. Seine Lebensgefährtin Katharina hatte sie ihm geschenkt. Heute beendete ein Aufschrei den meisterlichen Schönheitscheck. Denn den Zusatz »mit Selbstbräunungseffekt« hatte Aarón auf der Cremetube übersehen und seinem Gesicht einen braun-weiß gestreiften Zebrateint verpasst.

»Das Fenster hier bearbeitest du bitte sofort. Schleifen, die kleinen Stellen hier und hier ausbessern und mit Lasur streichen. Das dürfte ausreichen«, wies er René an.

Ihre Augen weiteten sich. »Wo hast du das her?«, fragte sie ungläubig.

»Als ich die Küche bei unserer Gräfin Mocheleau ausmaß, tauchte mit einem Mal deren Freundin auf mit einem sehr dicken Bauch und diesem Erkerfenster in der Hand.«

»Das ist aus meiner neuen Wohnung!«

»Was für ein Zufall!« Ungläubig legte der Schreinermeister die braun-weiß gescheckte Stirn in Falten, drehte sich auf den rutschigen Sohlen um und schmiss die Tür seines Büros hinter sich zu.

René befreite den Rahmen ihres Erkerfensters von den alten Farbschichten. Dann schliff sie hingebungsvoll das alte Holz. Matteo besserte den Kitt aus, der die Scheiben hielt. Zum Abschluss bestrich René den Rahmen mit einer wetterfesten, braunen Lasur und reinigte vorsichtig das antike Glas. Es faszinierte sie jedes Mal aufs Neue, in welchem Glanz alte Dinge erstrahlten, wenn man sie mit Liebe bearbeitete.

»Excelente!«, lobte sie eine tiefe, unbekannte Stimme aus dem Hintergrund.

Überrascht drehte René sich um und blickte in die Dackelaugen von Aarón, allerdings war das dazugehörige Gesicht faltig und mager.

»Ich bin Fernando Cortés, der Vater von Aarón«, stellte sich der Alte vor.

»Es freut mich, Sie kennenzulernen!«

Von den anderen hatte sie bereits gehört, dass Fernando mit seiner Frau wieder in Nordspanien lebte, seit er die Werkstatt an seinen Sohn übergeben hatte, und nur selten zu Besuch kam. Der alte Mann hatte kurze Haare, die sich zu freundlichen, grauen Locken kräuselten. Er war von schmaler Statur, sein Rücken beugte sich unter der Last der Jahre.

»Nicht so förmlich.« Der Alte winkte lachend ab. »Komm mit, ich zeig dir was!«

René folgte ihm zu einem alten Werkzeugschrank. Fernando zog einen Bund mit vielen alten Schlüsseln aus seiner Hosentasche, probierte einige aus, bis er den passenden fand. Zufrieden zog er eine Holzlatte aus dem Schrank und hielt sie René unter die Nase. »Sag mir, was du siehst!«, forderte er mit seiner tiefen Stimme und dem harten, spanischen Akzent.

René überlegte angestrengt. »Wow, das sind verleimte Holzleisten. Wenn ich die aufschneide, erhalte ich ein perfektes Mäanderband. Wie genial ist das denn! Jetzt weiß ich endlich, wie ein kompliziertes Muster einfach und perfekt gefertigt wird.«

»Glaub mir, die alten Meister wussten sich auch ohne Elektronik zu helfen. Ich werde dir noch einige ihrer Intarsientechniken beibringen«, erklärte Fernando. »Es freut mich, dass sich ein junger Mensch für die alten Künste begeistert.«

Vielleicht inspirierte René die Begegnung mit Fernando, vielleicht war es die Arbeit an ihrem Erkerfenster oder ihr Wunsch, reinen Tisch mit der Vergangenheit zu machen. An diesem Abend jedenfalls rief sie Michael an. Sie konnte die Telefonnummer ihrer ersten Liebe nicht aufsagen, doch ihre Finger drehten die Wählscheibe ganz selbstverständlich.

René hatte sich ihre Sätze zurechtgelegt, sie wollte Michaels Eltern nach der Adresse ihres Sohnes fragen.

»Michael Hirte!«, meldete sich seine heisere Stimme. René erschrak, er war selbst am Apparat, damit hatte sie nicht gerechnet.

Michael klang vertraut und doch weit entfernt. Was aber nicht an den Jahren lag, die sie sich nicht gesehen hatten, auch nicht an einer schlechten Verbindung, sondern an seiner Überzeugung, leises Sprechen nötige den Gesprächspartner aufmerksam zuzuhören. In Renés Bauch loderte plötzlich ein Feuer. »Hier ist René«, brachte sie aufgeregt hervor, ihr Hals war strohtrocken.

Auf das dumpfe Geräusch am anderen Ende folgte Stille. René rätselte angestrengt, was passiert war, verunsichert überlegte sie wieder aufzulegen. Endlich hörte sie Michaels Räuspern. »Entschuldige, mir ist der Hörer aus der Hand gerutscht!«, flüsterte er und hüstelte verlegen.

»Bist du bei deinen Eltern zu Besuch?«, brachte René das Gespräch in Gang.

»Ich lebe bei meinen Eltern. Ich bin hiergeblieben!«

Der leise Vorwurf in seiner Stimme machte René zuversichtlich, dass sie Michael noch etwas bedeutete. »Wollen wir uns treffen?«, fiel sie mit der Tür ins Haus. René wollte mit einem Mal spüren, wer der Mann war, der in seiner Jungengestalt in ihrem Herzen saß.

»Ich bin jeden Mittwoch im Solei«, sagte er eher resignierend als vorwurfsvoll, als warte er bereits eine so lange Zeit auf sie, dass es auf ihr Erscheinen nicht mehr ankam.

»Dann komme ich morgen Abend!«, versprach sie.

René tanzte mit dem Telefon in der Hand um den Esstisch. Sie hatte eine Verabredung mit Michael! Wie er wohl aussehen wird? Vielleicht haben wir uns nichts mehr zu sagen? Michael hatte sich in den vergangenen fünfzehn Jahren zu allem verdichtet, was René mit wahrer Liebe verband. Würde er ihren Idealen standhalten?

Zufällig am Tag des Rendezvous tauschte sie ihren reparaturanfälligen Oldtimer gegen ein gebrauchtes BMW-Sportcoupé in Graumetallic mit Alu-Felgen und schwarzen Ledersitzen ein. Aarón kannte den Inhaber der Tuning-Werkstatt, der René sofort erklärte, dieser Wagen habe auf eine Klasse-Frau wie sie gewartet. Es war Liebe auf den ersten Blick, René kaufte das PS-starke Gefährt und machte ihre Jungfernfahrt zu dem Café, in dem sie in ihrer Jugend händchenhaltend mit Michael gesessen hatte.

Im Autoradio dudelte die internationale Hitparade, die war damals schon Kult gewesen. An René flogen die altbekannten Laubbäume vorbei, nach einem harten Winter entfalteten sie ihre saftiggrünen Blätter in der Frühjahrswärme. ›Wow, ich sitze in einem Raumschiff und reise rückwärts durch die Zeit!‹, dachte René beim Drücken der elektrischen Fensterheber. Sie hielt ihren Arm aus dem Fenster, der Maiwind trug ihre Hand und wehte verlockend durch ihr Haar, René träumte von einem heißen Sommer.

Sie war kaum eine Stunde unterwegs, obwohl es sich anfühlte, als durchflöge sie Lichtjahre in ihrem Automobil. Fast hätte sie die Ausfahrt verpasst. Überrascht angekommen zu sein, würgte René den Motor ab. ›All die Jahre existierten Michael und ich so nah voneinander. Warum kehre ich erst jetzt zurück?‹, überlegte sie und akklimatisierte sich in ihrer Vergangenheit mit pochendem Herzen. Der Nebel des Vergessens ist bisweilen dicht wie eine Wand aus Stein. Verwirrt beugte sie den Oberkörper über das Lederlenkrad und erkundete die Umgebung im Schutz der getönten Windschutzscheibe.

Die vergangenen Jahre hatten das Café in dem schmucklosen Einkaufszentrum unverändert zurückgelassen. Auf den Scheiben der großen Glasfront stand noch immer in verschlungener Schreibschrift »Café Solei« und tatsächlich war dieser Ort in Renés Jugend der lebensspendende Mittelpunkt ihres sozialen Lebens gewesen. René verabredete sich nicht, sie ging, wie die anderen auch, abends einfach ins »Solei« und schaute, was angesagt war.

Wenn wir einen Ort verlassen, kann es geschehen, dass etwas von uns dortbleibt und wir müssen zurückkehren, wenn wir uns wiederfinden möchten.

Mutig schmiss René die Tür ihrer Zeitmaschine hinter sich zu und schaute unsicher an sich herab. Gäste des Kleinstadt-Cafés drehten die Köpfe. René sorgte mit ihrer zart gemusterten Rüschenbluse, die über den engen weißen Jeans hing, für Getuschel und verstohlene Blicke. Keiner kannte die langbeinige Schöne, die vor dem tiefergelegten Sportwagen stand. René erkannte Michael sofort durch die Scheiben, er spielte Karten. Sie näherte sich der Eingangstür und ihre Erinnerungen trugen sie urplötzlich weit zurück.

Das Lagerfeuer am See erhellte das Ufer, der Gesang der kleinen Meerjungfrau schwebte über dem dunklen Wasser. René spürte Michaels Hand auf ihrer Haut. Seine Küsse brannten heiß auf ihren Lippen. Sie hörte das Lachen des dicken Olli, der Michael und ihr einen Stock mit gegrillten Würstchen reichte. Mit einem Mal fuhr ein stechender Schmerz in Renés Unterleib. Sie blieb stehen. Michael und Sybille liefen Hand in Hand an ihr vorbei und schauten sich verliebt in die Augen.

Fünfzehn Jahr später stand René vor dem Tisch, an dem Michael mit Freunden saß und Skat spielte.

»Hallo«, hauchte sie.

Michael versteckte den Körper seiner Jugend in mindestens fünfzehn Kilo Übergewicht. Hinter seinem dichten Vollbart suchte René das Gesicht ihres Märchenprinzen von damals. Der blonde, in einer Welle aus der Stirn geföhnte Pony war ihr vertraut. Michael missfielen nach wie vor seine Locken. René hatte manchmal seine Haare mit Föhn und Rundbürste glatt in Form gebracht.

Michaels Blick wanderte langsam von unten nach oben an ihr hinauf, dabei unterließ er wie damals jeden Versuch, die intensive Erforschung ihres Körpers zu verbergen. Erleichtert registrierte René sein Lächeln. Michael war mit dem Ergebnis seiner Betrachtung zufrieden und zog den Bistrostuhl an seiner Seite zurück. »Nimm Platz, Prinzessin!«, forderte er sie auf. Renés Wangen erröteten, was seine grau-blauen Bussard-Augen wohlwollend zur Kenntnis nahmen.

Sie setzte sich neben Michael. ›Ariel und Rauch‹, dachte sie zufrieden und sog den vertrauten Duft seines braunen Woll-pullovers ein, aus dem artig ein hellblauer Hemdkragen lugte.

Michael stieß den Qualm seiner Marlboro-Zigarette durch

Mund und Nase gleichzeitig aus.

»Eine neue Marke?«, stellte René überrascht fest. Ein wohliger Schauer stellte die Härchen an ihrem Körper auf. Michaels Art zu rauchen, war immer noch sexy.

»Wie du weißt, verabscheue ich Veränderungen. Aber der Duft nach Freiheit und Abenteuer passt einfach besser zu mir«, erklärte Michael trocken und strich eine Ponylocke aus der Stirn.

»Eine Weißweinschorle, nehme ich an?«, erkundigte er sich fast beiläufig und winkte der Bedienung.

»Ja, gerne.« René grinste zufrieden. Wie damals fühlte sie sich von ihm wahrgenommen und badete in dem warmen Gefühl, das sie lange vermisst hatte.

»Die Frau kann Skat spielen, meine Freunde!«, verkündete Michael begeistert und fügte an René gewandt hinzu: »Das ist mein Studienkollege Bert und Rabe kennst du sicher noch.«

»Hallo Rabe, schön, dich wiederzusehen!«, begrüßte René den alten Bekannten und nickte ihm zu.

»Die Freude ist ganz auf meiner Seite«, nuschelte Rabe, der eigentlich Maximilian Rabe hieß, verlegen.

Wie früher saß er in sich gesunken und vornübergebeugt am Tisch. Rabe hatte sich nicht verändert, seine Haare und seine Augen waren immer noch dunkel wie sein Gemüt. Vielleicht nannten ihn deshalb alle nur Rabe. Er sprach wenig. Seine Mutter war Alkoholikerin, seinen Vater kannte er nicht. Er und Michael waren im gleichen Alter und Nachbarskinder gewesen. Rabe war wie eine Vase, die sich niemand ausgesucht hatte, die aber bereits so lange an ihrem Platz stand, dass sie jeder vermissen würde, wenn sie plötzlich verschwunden wäre.

»Kompliment, mein Freund, das hätte ich dir nicht zugetraut. Selten eine solche Orchidee gesehen!«, flötete Bert und verneigte sich in Richtung Michael.

»Und du spielst echt Skat?«, fragte er René und schenkte ihr einen schmachtenden Blick mit hochgezogenen Augenbrauen, die im Gegensatz zu seinen blauen Augen buschig und schwarz waren.

Berts Gesicht war schmal und tief gebräunt, er musste Anfang Zwanzig sein, schätzte René. »Ich habe drei Brüder, da gehört Skat zum Pflichtprogramm. Obwohl ich ein wenig eingerostet bin«, entschuldigte sie sich und hoffte inständig, sich nicht zu blamieren.

»Rabe, du gibst!«, entschied Michael und übereichte seinem Freund den Stapel mit Karten.

Rabe mischte fachkundig und teilte aus.

»Lady, wir hören«, murmelte Michael und fixierte seine Karten.

»Achtzehn, zwanzig, zweiundzwanzig, vierundzwanzig.«

»Muss leider passen, die Frau hat Reize, äh, ich meine, kann reizen!«, raunte Bert.

»Siebenundzwanzig, dreißig!« René lächelte Michael erwartungsvoll an, sie hatte ein fantastisches Blatt.

»Wie keine Zweite! Das kannst du mir glauben«, bestätigte Michael in Richtung Bert und senkte anschließend demütig sein Haupt vor René. »Ich ergebe mich!«, gestand er.

René fühlte sich begehrenswert und schön. »Herz ist Trumpf!«, eröffnete sie errötend.

»Was sonst!« Bert griente in seine Karten, die er aufgefächert vor sein Gesicht hielt.

Plötzlich zuckte Rabe zusammen. »Da ist sie!«, flüsterte er.

»Rabe ist in die Frau dort verliebt und weiß nicht, wie er es ihr mitteilen soll«, flüsterte Michael.

»Warum schreibst du ihr nicht einen guten alten Liebesbrief?«, empfahl René spontan.

»Ach, sowas kann ich nicht«, jammerte Rabe und runzelte betrübt die Stirn.

»Warte«, mischte sich Michael ein. »In dem wunderbarsten Brief, den ich jemals erhalten habe, stand:

›Ich trinke dich, ich rede dich, ich küsse dich.

Wenn ich dich verliere, verliere ich alles.

Welche Farbe hat deine Liebe?‹

Ich bin mir sicher, die Autorin hat nichts dagegen, wenn du ihr Gedicht verwendest. Es wirkt, das kannst du mir glauben.«

René stockte der Atem. Michael sah sie von der Seite an. Ihr Körper glühte. Sie versuchte, sich nichts anmerken zu lassen und nippte an ihrer Weinschorle. Die Luft zwischen ihnen flimmerte. Sie hatte Michael diese Zeilen geschrieben, am Tag bevor er wegen Sybille Schluss gemacht hatte. Damals hatte sie ihre Empfindungen in Worte fassen müssen, obwohl sie wusste, dass Gedichte Michael wenig berührten. Doch er kannte ihre Zeilen auswendig. René fühlte sich wie die kleine Meerjungfrau, die vor ihrem Prinzen stand und sich zum ersten Mal in seinen Augen erkannte.

»Der Denker Michael hat eine poetische Seite, die er bis jetzt geschickt verborgen hat. Wenn das Mal nicht was mit der Perle an unserem Tisch zu tun hat«, fügte Bert amüsiert hinzu.

René lachte prustend los, ihre Wangen glühten. ›Ich fühle mich wie fünfzehn‹, dachte sie verwirrt.

»Was hast du geantwortet?«, bohrte Rabe nach.

Michael errötete.

Die Bedienung brachte die Bestellung.

»Zum Wohl, ihr zwei!« Bert erhob sein Glas und prostete René und Michael zu.

Versunken streichelte Michael sein Weizenbierglas und stierte hinein. Alle beobachteten ihn erwartungsvoll. »Ich glaube, ich verstehe jetzt, was der berühmte Wissenschaftler uns mit der Kiste und der Katze sagen wollte. Wir sind alle am Leben und wir sind alle tot. Es kommt darauf an, dass wir aus der Kiste herausklettern.«

Nach dieser Erkenntnis hob er glücklich grinsend sein Glas. »Prost!«, rief er sichtlich befreit.

Alle erhoben die Gläser und stießen an. »Auf uns!«, sagte René mit bebender Stimme. In ihr schwangen so viele Gefühle, dass es kaum länger möglich war, sie zu kontrollieren.

»Rück schon raus, Michael, was hast du geantwortet?«, ließ Rabe nicht locker.

»Ich Idiot habe gar nicht geantwortet. Was ich hätte sagen sollen ist: Die Farbe meiner Liebe ist Blau, wie deine Augen und die Sehnsucht nach dir.« Seine Stimme klang mit einem Mal weich, er errötete tief und schaute René nicht an.

Aber in ihrem Herzen schmolzen die letzten fünfzehn Jahre dahin. Ganz jetzt, ganz hier, ganz neu, gab es nur diesen ewigen Moment, in dem Michael sich zu ihr bekannte.

»Ich glaube, Meister, es ist an der Zeit, dass du dein Zölibat aufkündigst. The times they are a changing!«, sang Bert und leerte sein Pils auf ex.

Den Rest des Abends spielten sie Karten. Doch jeder am Tisch spürte die Magie, die René und Michael verband.

Nach dem Rendezvous mit Michael flogen die Tage wie der Wind dahin und René fieberte seinem Besuch entgegen. Endlich war es so weit, sie hatte Wein eingekauft und die Wohnung aufgeräumt. Abends schlüpfte sie in eine weiße Hemdbluse und einen knöchellangen schwarzen Shirtrock, darunter trug sie ihre himmelblaue Lieblingswäsche. Kerzen erhellten das Wohnzimmer, es roch nach Bienenwachs und Renés Parfum, das seinen blumigen Duft mit einer dunklen Note aus Moschus, Sandelholz und Patschuli verströmte. Alles war vorbereitet. René sank in ihr Sofa, da klingelte es. Michael war pünktlich.

»Hier hast du dich also versteckt. Im Wald bei den Rehen!« Michael lachte und hielt René einen Strauß Wiesenblumen unter die Nase.

»Ich liebe solche Sträuße! Komm rein!«

Im Wohnzimmer saßen sie sich verlegen gegenüber, hier war es intimer als in dem Café ihrer Jugend. Als sie das letzte Mal miteinander allein gewesen waren, hatte Michael Schluss gemacht. René füllte die Unsicherheit zwischen ihnen mit Worten. Sie berichtete, warum sie in der Werbung aufgehört hatte und von ihrer Ausbildung als Restauratorin. Michael rauchte viele Zigaretten und sie tranken den Wein. Mit dem Korken der dritten Flasche löste sich der Knoten in Michaels Zunge und er erzählte und erzählte, all die Jahre seines Lebens ohne René teilte er mit ihr. Von seinem Engagement als Sozialdemokrat sprach er, von den sozialdemokratischen Werten, der sozialdemokratischen Idee, der sozialdemokratischen Parteistruktur und dem sozialdemokratischen Frauenbild. René lauschte seiner Stimme und der Gesang der kleinen Meerjungfrau mit seinen bezaubernden Klängen schwebte im Zimmer. Michael verbrachte seine Freizeit ehrenamtlich im Vorstand des Ortsvereins, half bei Festen, klebte Plakate und trug Werbemittel aus. »Naja, deshalb studiere ich auch noch mit Anfang dreißig. Die letzten Jahre habe ich für eine Landtagsabgeordnete gearbeitet. Da blieb nicht genug Zeit für die Uni. Manchmal habe ich ein Seminar mehrmals belegt, ich habe es so lange wiederholt, wie es eben dauerte, bis ich das Thema verstand.«

»Was willst du werden?«, erkundigte sich René neugierig.

»Ein Mann mit Kreditkarte werde ich jedenfalls nicht! Ich will an der Universität wissenschaftlich arbeiten. Die reine Mathematik interessiert mich.« Unvermittelt gähnte Michael laut. »Kann ich bei dir schlafen?«, fragte er beiläufig und leerte sein Glas.

René trafen seine Worte wie ein Donnerschlag. »Ja, natürlich«, versuchte sie entspannt zu klingen, während die Trommel ihres Herzens wie verrückt schlug.

Die Sache mit Sybille hatte sie ihm verziehen. Aber war sie bereit, sich ihren großen Gefühlen zu stellen? ›Ich habe so lange auf Sparflamme gekocht, dass mich schon der Anblick eines einzigen brennenden Holzscheites verängstigt. Für Michael ist es nichts Außergewöhnliches, bei einer Frau zu übernachten, die eine gute Freundin ist‹, besänftigte sie ihre Fantasie.

Michael stand auf und ging hinüber in ihr Schlafzimmer. Plötzlich hörte René wieder das Knistern des Feuers am See und sah ihn, in seinen engen Jeans mit wiegenden Hüften. Durch die geöffnete Tür beobachtete sie, wie Michael sich bis auf Shirt und Unterhose auszog. Seine Kleidung legte er ordentlich über die Lehne des Rattansessels, der neben dem Doppelbett aus Pinienholz mit schmiedeeisernen Verzierungen stand. Dann schlüpfte er unter ihre Decke, ohne jede Scheu, als sei er zuhause in Renés Bett.

Verzaubert folgte René ihm ins Schlafzimmer, ihr Kopf dröhnte vom Rotwein. Sie entkleidete sich bis auf ihre Unterwäsche. Zitternd vor Aufregung stieg sie zu Michael ins Bett und verbannte jeden Gedanken daran, was sie gerade tat. Eine Nacht mit Michael war all die Jahre unvorstellbar gewesen und jetzt passierte es. René wagte kaum zu atmen.

Kaum lag sie neben Michael, vernahm sie sein gleichmäßiges Schnarchen. Verblüfft über seine Entspanntheit erkundete sie neugierig, das neue und doch vertraute Gefühl neben ihm zu liegen. René wärmte sich an der Erinnerung ihrer Liebe und rutschte näher an Michaels Rücken heran. Auf einmal drehte er sich um, René hob ihren Kopf und sie lag in seinem Arm. Keine Liebeserklärungen, keine theatralischen Gesten, eine unbewusste Drehung im Schlaf vereinte sie mit ihrem Märchenprinzen. Bisweilen sind die Momente, die unser Leben entscheidend verändern, unspektakulär und lautlos wie eine Drehung im Schlaf.

Michaels Atem roch nach Rotwein und Zigaretten. Er öffnete seine Augen, ihre Lippen fanden sich, ihre Zungen erkannten sich. Neugierig ertasteten sie ihre Körper und die vergangenen Jahre verglühten zu Asche. Michael hatte keine Eile, in sie einzudringen, er kam nach Hause. Zum ersten Mal war René ganz bei ihm.

Langsam bewegte Michael sich in ihr, stöhnte befreit auf und erreichte seinen Höhepunkt. Darauf blieb er eine Weile still auf ihr liegen, als müsse er erst begreifen, was gerade geschehen war. Er legte sich neben René und strich mit seiner kastigen Hand sanft über ihr Haar. René lachte glücklich, es fühlte sich richtig an, was geschah, endlich fand zusammen, was zusammengehörte. Michael war mit seinem Körper in sie eingedrungen und ein Teil von ihm blieb dort für immer.

»Warum lachst du?«, fragte Michael und gab ihr einen Klaps auf den Po. Ohne eine Antwort abzuwarten, verschwand sein Kopf zwischen ihren Beinen.

»Halt dich am Gitter fest und lass nicht los!«, raunte er. René vertraute Michael und umfasste die Verzierungen des Kopfteils hinter ihr. Michael domminierte sie nicht, er schenkte ihr Lust und es war ein freudiges, tiefes Verlangen, mit dem Renés Körper antwortete. Sie kam ein ums andere Mal, geborgen in der hellen Liebe ihres Märchenprinzen.

»Wie habe ich deine natürliche Geilheit vermisst!«, rief Michael und sackte schließlich neben ihr in das Kissen.

»Es ist, als ob unsere Körper miteinander tanzen, nicht wahr?«

»Oh ja, sowas erlebe ich nur mit dir, meine Primaballerina!«

Sie schwiegen im Glanz ihrer Vereinigung, bevor sie Hand in Hand einschliefen.

In aller Frühe erwachte René und betrachtete Michael, der neben ihr schlief. ›Die Geschichte vom Prinzen und der kleinen Meerjungfrau geht weiter!‹, jubelte es in ihr.

Leise stand sie auf und duschte, denn es blieb ihr nicht viel Zeit am Morgen ihres neuen Lebens. René hatte einen Urlaub auf Gozo mit einem Tauchkurs gebucht. Als Michael erwachte, waren ihre Koffer fast gepackt.

»Willst du wieder weglaufen, Prinzessin?«, rief Michael, gähnte und rieb seine Augen.

»Ich bin nicht weggelaufen. Du hast mich verlassen, schon vergessen?«

»Ich habe dich vielleicht verlassen und glaub mir, das war das Dümmste, was ich jemals getan habe. Die Affäre mit Sybille war nach wenigen Wochen vorbei. Keinen Sex mit dir zu haben, war tausendmal befriedigender als das Rein-Raus-Spiel mit jeder anderen. Das habe ich schnell gelernt. Ich hätte dir meinen Fehler gerne gestanden.« Michael schwieg einen Moment. »Aber du bist verschwunden in die scheinheilige Werbewelt. Als ich hörte, du hast geheiratet, gab ich die Hoffnung auf, dir meine Antwort auf deinen Brief geben zu können. Ich gebe sie dir jetzt noch einmal: Die Farbe meiner Liebe heißt René. Ich sehe dich, ich sehe dein wahres Gesicht. Das war gestern so, das ist heute so und das wird immer so sein.«

René sprang auf seinem Schoß. »Du hast keine Ahnung, wie sehr ich mir gewünscht habe, das von dir zu hören!«

Michael setzte sich auf und nahm René in seine Arme. Sie spürte seinen Körper, warm und feucht von der Nacht. Ihre Zungen umgarnten sich, erfanden immer neue Drehungen, Stöße und raffinierte Verwicklungen. René schwindelte vor Lust. »Ich fall gleich wieder über dich her!«, raunte Michael.

»Das müssen wir aufschieben. Ich hatte noch keine Gelegenheit, es dir zu erzählen, aber ich fliege heute nach Gozo. Würdest du mich zum Flughafen bringen?«

»Nur unter einer Bedingung. Du telefonierst mit mir mindestens einmal am Tag!«

»Ist das ein unanständiges Angebot?« René lachte, Michael biss ihr ins Ohrläppchen. Trunken vor Liebe schauten sie einander an.

»Weißt du, was ich an dir bewundere?«, fragte Michael.

»Nein«, antwortete René ehrlich.

»Du hast aus deinem Herzen nie eine Mördergrube gemacht!«

»Wie meinst du das?«

»Du hörst die Stimme deines Herzens und nichts und niemand hält dich davon ab, ihr zu folgen. Deshalb habe ich dir damals ›Selig sind die geistig Armen‹ auf die Jeans geschrieben. Ich glaube, du bist die einzige Anarchistin, die ich kenne. Du bist frei von Vorstellungen, wer oder was du sein musst. Du hörst die Stimme deiner Intuition und die deines Körpers. Immer bist du ganz da.«

»Danke. Dass wir wieder zusammengefunden haben, ist das Beste, was mir in meinem Leben passiert ist.« René war überrascht und freute sich, dass Michael in ihr bereits die Frau schätzte, die sie sich bemühte, zu werden.

»Wir lassen uns nicht noch einmal los!«

»Versprochen!«, hauchte René, eine Träne lief über ihre Wange.

»Du bist schön, wenn du lachst, und wenn du weinst, bist du anders schön.« Michaels Lippen berührten sie und tranken ihre Träne.

Nach dem Frühstück half er René beim Packen und brachte sie zum Flughafen. »Von jetzt an gibt es nur noch Freudentränen, Prinzessin!«, versprach er beim Abschied.

Erst als die Stimme der Stewardess ihren Namen ausrief, ließ René ihren Michael los. Es war das erste Mal, dass sie lieber zuhause geblieben wäre.

Nach Mitternacht räumte René auf Gozo ihre Sachen in den Wandschrank im Schlafzimmer ihres Bauernhauses. Sie roch an ihrem Pullover, er verströmte den zitronig-würzigen Duft von Michaels Aftershave, der sich mit dem Aroma seiner Zigaretten mischte. Bevor René in dieser Nacht zu Bett ging, stieg sie auf die Dachterrasse. Dort setzte sie sich auf die Brüstung und steckte eine Zigarette in ihre schwarze Zigarettenspitze. Den Rauch blies sie in kleinen Wölkchen in den Nachthimmel und spürte Michael. Über ihr leuchteten die Sterne, in der Ferne rauschte das Meer. Von nun an betrachteten sie denselben Himmel. »Gute Nacht!«, flüsterte sie.

In dem geschäftigen Hafenstädtchen Marsalforn war es still am frühen Morgen. René war müde. Hier und da hörte sie maltesisches Stimmengewirr, Lachen und das Klappern von Geschirr durch die heruntergelassenen schweren Metallrollläden der Bars und Restaurants.

Die Glocke an der Eingangstür läutete, René betrat die Tauchschule und ihr stockte der Atem. Der Fußboden war in einem perspektivischen Intarsienmuster in verschiedenen Brauntönen gefliest. Exakt dieses Muster in genau diesen Brauntönen hatte René als Entwurf für einen Fußboden in ihrem Haus gezeichnet, sich dann aber gegen die teure Sonderanfertigung entschieden. ›Nun, dieser Kurs liegt wohl auf meinem Weg‹, interpretierte sie die Vertrautheit mit dem Ort und tauchte ein.

Beim Schwimmen im Meer begleitete René eine gewisse Angst, wer oder was unter ihr sein Unwesen trieb oder sie gar berühren würde. Aber von Zeit zu Zeit werden wir aufgefordert oder, wenn wir uns weigern, durch widrige Umstände gezwungen, in die Unterwelt einzutreten. Dort erwarten uns die fürchterlichsten Ungeheuer. Da wir sie selbst schufen, können auch nur wir selbst sie besiegen. René ahnte das und war gespannt darauf, sehenden Auges in die Wasserwelt hinabzusteigen.

Charly war Lehrer in der kleinen Tauchschule, die Victor ihr empfohlen hatte. Der Gozitaner mit langen blondgefärbten Haaren unterrichtete seine Handvoll Schüler geduldig und routiniert in der Planung eines Tauchganges und den notwendigen Sicherheitsvorkehrungen. Zur Gruppe gehörten Bernd und Franz, ein älteres Schwulenpärchen aus der Schweiz, Iris war eine Allgäuerin Mitte Dreißig. Ulrike und Tom waren Anfang Zwanzig, das Paar kam aus Bielefeld. Sie saßen in dem kleinen Raum auf Stühlen, in deren Armlehne eine Ablage für die Lehrbücher und Notizen integriert war. Charly stand vorne, deutete auf eine Schautafel an der Wand und drehte ununterbrochen einen Kugelschreiber in den Fingern. Unvermittelt entglitt ihm sein Schreibgerät, rollte über den Intarsienboden und blieb vor Renés Füßen liegen. »Kiss« stand darauf. Der Stift schmachtete René eine Weile an, dann hob sie ihn auf.

»Danke!«, flüsterte sie freundlich und legte den Kugelschreiber mit einem Lächeln zurück auf Charlys Schreibpult. Sie war eingehüllt in Michaels Liebe und berauschte sich an seiner Stimme, der sie täglich am Telefon lauschte. Seit der Damm gebrochen war, ergab sie sich der Flut ihrer Gefühle und die Welt verlor ihre Wirksamkeit. Auch der flirtende Kugelschreiber ließ sie unbeeindruckt.

Morgens folgte René dem Unterricht in der Schule und mittags absolvierte sie Tauchübungen in der seichten Bucht.

Ulrike riss sich bei ihrem ersten Tauchgang auf drei Metern Tiefe das Atemgerät aus dem Mund, tauchte sofort auf und verließ, gefolgt von ihrem Mann, das Wasser und später den Kurs. Charly erklärte, bei jedem Lehrgang reagierten ein paar Teilnehmer panisch auf den Aufenthalt unter Wasser.

Das war für René unverständlich. Wasser war ihr Element. Sie hatte das Gefühl zu vertrocknen, wenn sie nicht regelmäßig in der Badewanne lag. Als sie das erste Mal auf dem Meeresboden saß und die Sonnenstrahlen im Wasser mit ihren Händen streichelte, fühlte

René sich geborgen im himmelblauen Leib des Meeres. Der Frieden der Unterwasserwelt übertraf ihre Erwartungen. Charly nannte seine Lieblingsschülerin »Little Buddha«, weil René kaum Luft beim Tauchen verbrauchte und ihre Flasche nach dem Ende der Tauchgänge am meisten Pressluft enthielt.

Ein Abstieg auf fünfzig Meter Tiefe bildete den Abschluss der praktischen Tauchübungen. Die Gruppe fuhr mit dem Boot hinaus. René saß auf der Reling, ihre dunklen Locken wehten im Fahrtwind, sie fasste sie zu einem Zopf zusammen. Iris war Renés Buddy. Die zierliche Frau hatte ihren englischen Lebensgefährten viele Jahren zu den schönsten Tauchrevieren begleitet, ehe sie sich entschloss, dem Meer zu vertrauen und selbst tauchen zu lernen.

Charly stoppte das Boot. »Buddies sind füreinander verantwortlich. Sie helfen sich beim Anlegen der Ausrüstung und prüfen die Geräte des Partners. Unter Wasser haben sie ein Auge aufeinander. Das ist bei einem Tieftauchgang besonders wichtig! Vergesst das nicht!«, ermahnte er seine Schützlinge.

René half Iris beim Anlegen der Sauerstoffflasche, prüfte ihre Mundstücke und die Funktionstauglichkeit der Weste. Danach tauschten sie die Rollen. »Wird schon schiefgehen, meine Liebe!«, rief Iris zum Abschied in ihrem warmherzigen oberstaufener Dialekt und verstaute ihre dunklen Haare unter dem Kopfteil des Neoprenanzuges. Das Leuchten ihrer blauen Augen versprühte die Zuversicht eines Mädchens, das auf einer Alm in den Bergen aufgewachsen war und sich mit einer wechselhaften Natur verbunden fühlte.

In voller Montur ließ René sich von der Reling rückwärts ins Meer fallen. Dort trieb sie mit aufgeblasener Weste im Wasser, blies ihre Tauchermaske aus und wartete, bis Iris neben ihr auftauchte. Lachend gaben sie sich mit erhobenen Daumen ein »Okay«. Dann öffneten sie das Ventil ihrer Westen, die Luft entwich zischend und sie sanken Seite an Seite in eine unbekannte Tiefe.

Die Geräusche der Welt über dem Meeresspiegel erstarben. René glitt schwerelos mit ihren Schwimmbewegungen dahin. Schon als Kind hatte sie davon geträumt, in der Luft schwerelos durch die Wohnung ihres Opas zu gleiten. Unter Wasser gab das Herz den Takt an und die Lungen atmeten dazu. René lauschte ihrem Körper. »Hah … Hahhhhh … Bumbum … Bumbum …«

Nach ihrem letzten Stopp zum Druckausgleich erreichten René und Iris ihren Tauchlehrer, der seine Gruppe auf fünfzig Meter Tiefe versammelte. Die Taucher schwebten um Charly an der Steilwand, die in eine schwarze Tiefe hinabreichte. Charly drehte sich um seine Achse, befragte jeden seiner sechs Schützlinge per Handzeichen, ob alles okay sei. Es war kühl. René war froh, Schuhe und Handschuhe aus dickem Neopren zu tragen. Trotzdem drang die feuchte Finsternis in ihren Körper ein.

Die Taucher standen im Wasser, einzig die Schwimmflossen bewegten sich leicht wie die Schwanzflossen von Fischen. René blickte nach oben. Als handele es sich um eine gallertartige Masse, schützte die Wasseroberfläche die blaue Stille der Meereswelt vor der Betriebsamkeit der Sonnenwelt. René wurde schwindelig, sie ließ Iris' Hand los und fand sich mit einem Mal im Körper der sechsjährigen René wieder.

Wenn wir jung sind, leben wir, als seien wir unsterblich. Wir balancieren auf der Grenze zur Sterblichkeit und springen nach Lust und Laune zwischen den Welten hin und her. René hatte das getan und die Erinnerung in ihrem Herzen leuchtete plötzlich auf. Zum Abschluss des Schwimmkurses schwammen die Kinder am Rand des tiefen Beckens entlang. Sie trugen Leinenkissen zur Unterstützung ihrer Schwimmversuche, die vor der Stunde mit Luft aufgeblasen wurden, sie dann aber nach und nach abgaben. Auf diese Art wurden die Kinder ermuntertet, sich selbst durch ihre Schwimmbewegungen im Wasser zu tragen. Die Luft aus Renés Stoffkissen war vollständig entwichen.

»René, komm sofort zurück!«, schrie der Bademeister.

Erschrocken drehte René sich um, der Beckenrand war weit entfernt, Mutters verärgertes Gesicht verhieß nichts Gutes. »Verflucht, René, sofort hierher! Das gibt es doch nicht! Komm an den Rand!«, brüllte der Bademeister, so laut er konnte.

Aber René folgte nicht, sie stellte ihre Bemühungen ein. Das Wasser nahm sie auf, still und warm setzte es sie behutsam auf dem Beckenboden ab. Ihre Beine stießen sich reflexartig ab, doch die Ohren wollten sich den vorwurfsvollen Rufen der Erwachsenen nicht mehr stellen. Sie schaute nach oben und erblickte zum ersten Mal diese gallertartige Masse, die sie vor den Befehlen der Erwachsenenwelt bewahrte. René schloss ihre Augen und wiegte mit dem Wasser hin und her. ›Hier wird dein Kummer vergehen‹, hörte sie Tante Hildes Stimme. Doch plötzlich packten sie kräftige Arme und die Geräusche kehrten aufdringlich zurück. Sie erbrach das chlorhaltige Wasser, es brannte im Hals und in der Nase.

Auch Charly packte René fünfzig Meter unter dem Meeresspiegel und schüttelte sie. Seine Augen blickten sie verärgert an, wie die ihrer Mutter, als sie sich am Beckenrand schimpfend über sie gebeugt hatte. Charly hatte erkannt, dass René die Orientierung verloren hatte, ein Anzeichen des Tiefenrausches. In schlimmen Fällen führt die narkotische Wirkung des Stickstoffs in der Pressluft dazu, dass ein Taucher seine Ausrüstung ablegt und in dem Glauben stirbt, frei zu sein. Dumpf und heftig klopfte Renés Herz im Stakkato der Angst, sie hatte einen metallischen Geschmack im Mund. Unter Wasser dauert es länger, bis der Körper reagiert. Es war das Lächeln von Iris, das René schließlich erweckte und ihr Herzschlag verlangsamte sich wieder. Ihre Sehnsucht nach Entgrenzung führte René in leuchtende, unirdische Welten. Es war nicht verboten, darin zu baden, aber es war notwendig, die Regeln und den Rückweg zu kennen. Die intuitive Wahrnehmung braucht den denkenden Verstand als Buddy. Wir entfliehen unseren Widersachern zwar durch Auflösung, aber dann sind wir tot. Das hatte René zum zweiten Mal erlebt und endlich verstanden, was die nette Professorin ihr hatte sagen wollen, als sie René aufforderte, ihr Leben bewusst zu gestalten. Leben bedeutet, sich auseinanderzusetzen und für seine Bedürfnisse einzutreten.

Die Buddys ließen einander nicht mehr los, bis ihre Köpfe an diesem Sommertag auf Gozo aus dem Meer auftauchten.

»Ich bin jahrelang tauchen gegangen. Bis ich eines Tages eine Flasche mit schlechter Luft erwischte. Ich schaffte es gerade noch aufzutauchen, dann wurde ich ohnmächtig. Andrea sprang ins Wasser und hat mich gerettet. She saved my life!« Victor lehnte an der Anrichte aus Weichholz und schaute betreten auf den Küchenboden in der Mühle.

»Ihr seht müde aus. Wie lange habt ihr gestern noch gemacht?«, erkundigte er sich leise.

Am Vorabend war Victor nach dem Essen wortlos aufgestanden und verschwunden. »Viel habe ich nicht geschlafen«, gab René zu.

»Du wolltest nicht schlafen gehen!«, beschwerte sich Andrea, die mit René am Küchentisch saß und im Rhythmus ihres auf und nieder schwingenden Beines wie ein Schachtelteufel wippte.

»Wir wollten beide lieber reden als schlafen«, entschied René versöhnlich, die Stimmung zwischen Victor und Andrea war angespannt.

In der vergangenen Nacht hatte Andrea sich ihren Schmerz von der Seele geredet und einmal mehr den jähzornigen Victor beschrieben, der hart zu sich und seiner Familie war, der Andrea für ihre Bemühungen um Selbstständigkeit verurteilte und nachts immer öfter nicht nach Hause kam. Andrea war sich sicher, dass Victor eine feste Freundin hatte. Für wen sollte sie das Heim hüten? Für einen abwesenden Mann, der Geliebte wie Briefmarken sammelte? Für eine Tochter, die eine Ganztagsschule besuchte, wie es auf Malta üblich war?

»Du hast eine Freundin! Ich weiß, dass du bei ihr warst!«, klagte Andrea unvermittelt ihren Mann an und erstarrte zur Salzsäule.

Victor schwieg, er machte die resignierte Handbewegung eines Mannes, der hart arbeitete für das Wohl der Familie und als Dank ungeheuerliche Unterstellungen erntete. Andrea wandte sich traurig ab und ging nach oben.

René wollte nicht die Richterin in diesem Konflikt sein. Zum ersten Mal war sie ärgerlich auf Victor. Ihre Gefühle für Michael schufen eine Distanz zu Victor und auch er unternahm nichts, um die Nähe zu René wieder herzustellen. ›Victor ist verliebt und ich bin es auch‹, dachte sie.

René suchte in ihrem Inneren nach einer Brücke zu ihrem Freund und erinnerte sich an das Straßenschild vor ihrem Haus, vor dem sie am Morgen geparkt hatte. »Was bedeutet Wied Merill?«, fragte sie leise in die Stille.

»Der Merill ist ein schöner, bunter Vogel. Er sitzt einfach da, still und schön. Dann singt er und danach schaut er wieder auf seine besondere Art. Wie du.«

René fühlte sich wieder mit Victor verbunden. »Wenn ich nach Hause komme, werde ich von Claus geschieden.«

»Nun, manche Ehen enden nicht unglücklich, sie werden

geschieden.« Victor lächelte bitter.

Diesmal war es René, die zum Abschied Victors Hände ergriff und sie in den ihren hielt. Sie standen voreinander und blickten sich in die Augen. Das Leben entfernte sie voneinander, das spürten sie beide. »Ich wünsche dir das Beste, mein Freund!«, sagte René.

»Gute Reise!« Victor küsste sie auf die Stirn.

René wusste, auf die eine oder andere Art würden sie verbunden bleiben. Trotzdem war sie trauriger als sonst, als sie die Koffer packte und Gozo verließ.

Im Flugzeug hatte sie ein wenig Schlaf nachgeholt. Michael konnte sie wegen einer Fraktionssitzung nicht vom Flughafen abholen. René freute sich darauf, mit ihm die eingelegten Oliven und den Gbjena-Käse zu essen, die ihr Victor mitgegeben hatte. Zuhause erwartete sie auf dem Anrufbeantworter eine gute Nachricht. Ihr Apartment über den Dächern der Stadt war bald fertig, René konnte in ein paar Wochen einziehen. Alles fügte sich, schöner als sie es sich erträumt hatte.

Am Umzugstag lachte die Sonne vom Augusthimmel. René manövrierte den Lieferwagen von Aarón in die Parklücke vor ihrem neuen Zuhause, als sie unerwartet einen Widerstand spürte. Überrascht öffnete sie die Fahrertür und sah den Hydranten, den sie gerammt hatte.

»So ein Mist, Aarón wird mich verfluchen!«, jammerte sie und verzog das Gesicht. René wusste, was ihr Chef und bekennender Macho von den Fahrkünsten des weiblichen Geschlechts hielt.

»Ach was, halb so schlimm, Prinzessin. Rutsch rüber. Die Beule ist winzig!«, beruhigte sie Michael. Er sprang auf den Fahrersitz und rangierte das Auto geschickt vom Hydranten weg.

Die wenigen Einrichtungsgegenstände, die René mit in ihr neues Leben nahm, waren schnell abgeladen. »Gott sei Dank, hast du keine Schrankwand! Der Aufstieg unter das Dach ist Hochleistungssport! Ich bin echt froh, dass uns Baser und Banänchen fleißig helfen«, stellte Michael grinsend fest und schloss die Flügeltüren des Lieferwagens.

Kleine Rinnsale liefen an seinen Schläfen herunter, das schwarze Frottee-Stirnband vermochte sie nicht aufzuhalten. Seine

Augen leuchteten glücklich, zehn Kilo hatte er in den letzten Monaten an Gewicht verloren. Sein Pony lockte sich schweißnass und wippte im Rhythmus seiner wiegenden Schritte.

Zu Renés freudiger Überraschung hatte Michael zur Feier des Tages seinen Bart abgelegt. Vor ihr stand strahlend schön, der wiederauferstandene Prinz ihrer Jugend. Hoch oben im Schloss unter dem Himmel der Stadt hielt Michael sie fest in den Armen. Unmerklich schüttelte René den Kopf, sie konnte es kaum fassen, dieses Bild noch einmal zu sehen, und streichelte dankbar über sein Gesicht.

»Mhmm!«, räusperte sich Banänchen, »Wir sind auch noch da. Das ist eine geile Bude!«, brachte er trotz der halben Pizza hervor, auf der er angestrengt kaute.

Gemeinsam mit Baser saß er auf dem Parkettboden des Apartments, beide trugen ihre braune Schreiner-Latzhosen mit karierten Hemden darunter. Um sie herum standen Umzugskisten und Möbel. »Wir bauen noch das Bett auf, dann ist Feierabend für heute.«

Wenig später lag Michael nackt mit hinter dem Kopf verschränkten Armen auf dem Bett, das auf der Empore stand. »Weißt du, was all die Jahre mein Lieblingssong war, neben ›Born to be wild‹?«

Am Fußende stehend versuchte René, nicht lüstern an seinem Körper hinunterzusehen. Michael wartete nicht auf ihre Antwort. »Es war ›If I could turn back time‹. Lass uns für immer jung und verliebt sein, Baby.«

»Warum hast du nie ein Wort gesagt?«, fragte René gerührt.

»Ich habe mich geschämt«, gestand er traurig.

Michael hatte in seiner Jugend selbstsicher auf René gewirkt. Immer wusste er, was zu tun war. Seine Freunde respektierten ihn, sahen zu ihm auf, nicht zuletzt wegen seiner hervorragenden Leistungen in der Schule. Mit dem besten Abitur des Landkreises beendete er seine Schulzeit. Dass dieser Michael aus Scham nicht über seine Gefühle sprach, überraschte René. Das war eine neue Seite ihres Märchenprinzen.

Michael war täglich bei ihr. Die Dachwohnung war ihre »himmlische Herberge der Glückseligkeit«. Erna sah das anders, sie hatte gehofft, René nehme sich mehr Zeit für sie. René hörte das an ihrem Tonfall und den vorwurfsvollen Blicken. Sie war Erna wirklich dankbar für die Vermittlung des wunderbaren Apartments, aber sie wollte sich weder mit ihr eine Waschmaschine teilen, die in Ernas Wohnung stehen sollte, noch wollte sie deren Hausschlüssel, auch nicht »für alle Fälle«. Gemeinsam einkaufen und kochen waren für René von Zeit zu Zeit okay. Doch Ernas einnehmendes Wesen fand täglich einen Grund zu klingeln. An diesem Abend schlief René bereits, als das Telefon sie weckte.

»Hier ist Erna Eleonore!« Die Begrüßung kroch wie ein Insekt kalt und eilig Renés Rücken hoch.

Erna holte tief Luft. »Ich bin im Krankenhaus, heute Mittag wurde ich eingewiesen«, stieß sie jedes Wort einzeln hervor und das Schweigen zwischen den Wörtern steigerte ihr Leiden und ihre Bedürftigkeit, die sich wie eine Schlange um Renés Hals legten.

René atmete tief in den Bauch und nahm Ernas Klageschrift in Empfang. Der Wiedervorlagetermin »Mutter klagt an« war offensichtlich noch nicht von der Agenda gelöscht. Aber mit Renés Erkenntnis verschwanden ihr schlechtes Gewissen und das Gefühl, schuldig zu sein. »Okay Erna, ich komme vorbei«, räumte sie gelassen ein.

Ein lautes Schluchzen war Ernas Antwort. »Sie wollen mich operieren«, murmelte sie, als erkenne sie erst in diesem Moment, was die Ärzte vorhatten. »Bitte René, hole meinen Schlüssel. Er liegt unter deiner Fußmatte. Die wollen mich operieren! Mein Darm ist durchgebrochen. Bring mir meine Gesichtscreme, meine Haut ist sehr empfindlich. Wenn ich sie nicht täglich eincreme, trockene ich aus. Das tust du doch für mich? Bitte creme mein Gesicht und meine Hände einmal am Tag ein, wenn ich daliege nach der Operation.« Sie schluchzte hemmungslos.

»Dieser Schnitt, dieser große Schnitt in meinen Bauch, das kann ich nicht zulassen!«

»Erna!« Verwirrt über ihre Heftigkeit hatte René auf einmal das Gefühl, mit einem kleinen Kind zu sprechen. »Erna«, wiederholte sie leise und klang nun mitfühlend, »ich komme gerne und bringe die Creme.«

Wenig später nahm ein Arzt mit Sorgenfalten auf der Stirn René in Ernas Zimmer in Empfang. »Bitte sprechen Sie mit Frau Traube-Witsch. Wenn wir den Darmdurchbruch nicht sofort operieren, stirbt sie!«, bat er inständig.

»Wo ist sie?«, fragte René entsetzt.

»In der Krankenhauskapelle.«

René machte sich sofort auf den Weg.

Unter der Flügeltür der Krankenhauskapelle quoll das Requiem in D-Moll von Bach hervor. Auf ihr Klopfen erhielt René keine Antwort, sie drückte leise die Türklinke. Vor dem Altar tanzte Erna Eleonore barfuß mit zerzausten Haaren, ihr Morgenmantel stand offen. Das lange, geblümte Nachthemd hob sie mit beiden Händen an, wie eine Dame des letzten Jahrhunderts, die es vermeiden wollte, beim Treppensteigen auf den Saum ihres Kleides zu treten. Mitgefühl durchströmte René.

»Da bist du ja, meine Liebe. Endlich!«, sang Erna, flog auf René zu und musterte sie mit gesenktem, leicht zur Seite geneigtem Kopf aus feuchten Augen. Weinend warf sie sich in Renés Arme.

»Ich lasse mich nicht operieren! Gott sagt, das würde mich das Leben kosten!«, stieß sie hervor.

»Wenn es das ist, was dir dein Herz sagt, dann tu das!«

René war sich nicht sicher, welche Stimme Erna hörte. Aber es war nicht an ihr, das zu beurteilen. Sie würde ihrer Freundin beistehen.

Erna verließ das Krankenhaus auf eigene Verantwortung, René brachte sie nach Hause. Im Briefkasten fand Erna eine Nachricht. »Frau Traube-Witsch, bitte melden Sie sich schnellstmöglich bei mir. Wir haben einen Befund, den wir dringend mit Ihnen besprechen möchten.« Die Mitteilung war von Dr. van Brouns, dem Tropenarzt des Instituts, für das Erna regelmäßig in ferne Länder reiste und Supervisionen für Entwicklungshelfer gab.

Nach ihrem Besuch im Institut wurde Erna in die Quarantäne-Station der Universitätsklinik eingewiesen. In ihrem Körper hatte sich ein Parasit eingenistet, dessen Larven den Darmdurchbruch verursacht hatten. Mit einer Art Netz hatte Ernas Körper die

Bruchstelle verschlossen. Eine Operation hätte zu einer rasenden Vermehrung der Parasiten geführt, die bereits Eier in Ernas Gehirn abgelegt hatten. Wären diese geschlüpft, hätte das den Tod von Erna zur Folge gehabt. Erna Eleonore Traube-Witsch lehnte jede weitere schulmedizinische Behandlung ab und therapierte sich durch eine spezielle Diät, die es ihr nach einigen Monaten erlaubte, wieder arbeiten zu gehen. In ferne Länder reiste sie nie mehr.

Einmal in der Woche aß René mit Erna zu Abend. Meist gab es Rohkost. Dieses Mal stand eine Platte mit Kohlrabi und Stauden-sellerie bereit. René hatte Sesampaste aus der Stadt mitgebracht. Gemeinsam schnibbelten die beiden Zucchini und Gurken. Danach bereiteten sie den Humus zu. Dazu gaben sie gekochte Kichererbsen, Saft und Schale einer Zitrone sowie einige Löffel Tahin in eine Schüssel und pürierten die Mischung.

»Morgen ist mein Scheidungstermin«, sagte René. Sie zerquetschte zwei Knoblauchzehen, mischte diese unter die Masse und fügte Olivenöl hinzu.

Erna streute Kreuzkümmel, Pfeffer, Salz und eine Prise Chili-flocken hinein. »Zieh was Schickes an! Du solltest deine Scheidung zelebrieren als einen Akt der Befreiung«, riet ihr Erna und knab-berte eine Stange Staudensellerie, den sie zuvor durch die Schüssel mit Humus gezogen hatte.

»Einfach köstlich!«, jubelte sie.

Renés Scheidung war ihr erster Besuch bei Gericht. Sie trug ein dunkles Kostüm, schwarze Pumps und ein flaues Gefühl im Magen. ›Ich werde nicht an den Pranger gestellt. Die Zeiten sind vorbei‹, murmelte sie nervös vor sich hin.

Mit gesenktem Blick öffnete sie die Tür zum Verhandlungssaal, insgeheim erwartete sie ein Richtergremium, das hoch oben in einer Reihe thronend sein Urteil fällt. Doch das schmale, überheizte Zimmer hatte wenig gemein mit Renés Vorstellung eines Gerichtssaals. Erleichtert nahm sie Platz und stellte fest, dass sie overdressed war im Vergleich zu der Richterin, die in Jeans und einem ausgeleierten Wollpullover entweder ihre verschnupfte Nase putzte oder ihr Diktiergerät mit Worten fütterte. Sie saß hinter einem einfachen Holzschreibtisch, auf dem sich Aktenberge und Papiere türmten, obenauf verströmte eine offene Tüte Eukalyptusbonbons ihren scharfen Geruch. Für die Teilnehmer standen Stühle im Raum. Claus lächelte René an, während er angestrengt auf seinem Kaugummi kaute und den Stuhl neben sich zurechtrückte. Sie setzte sich zu ihm und lächelte zurück, wie man einen Fremden angrinst, der einem an der Kasse des Supermarktes einen heruntergefallenen Gegenstand reicht. Claus betrachtete René unentwegt von der Seite, dann bot er ihr einen Kaugummi an. Was immer er auch tat oder hätte tun können, um ihre Aufmerksamkeit zu gewinnen, es verfehlte seinen Zweck. Es war nicht etwa Renés Abneigung gegen Claus, sondern ihre Liebe zu Michael, die sie unerreichbar machte. Es gab zwei Renés. Eine Michael liebende und eine davor. Und es gab ein Nadelöhr, das René mit René verband. Das war die Scheidung.

Ebenfalls anwesend war Frau Dr. Wallenstein. Die zierliche Anwältin mit rotem Kurzhaarschnitt streute hier und da ein paar erklärende Worte ein. Ohne Vorwarnung drückte die Richterin die Stopptaste, das Diktiergerät war satt.

»Sie benötigen einen Anwalt, Frau Linde«, erklärte sie mit erhobener Stimme und schaute René zum ersten Mal an.

»Kein Problem, wir haben ja bereits im Vorfeld darüber gesprochen: Vor Gericht ist ein Anwalt als gemeinsame Vertretung eines Ehepaares nicht zulässig, auch wenn ich sie beide im Vorfeld ihrer einvernehmlichen Scheidung beraten habe. Da sich üblicherweise der Ehepartner, der offiziell ohne Anwalt vor Gericht erschienen ist, für die erforderliche Unterschrift spontan einen Rechtsbestand sucht, bitte ich Sie, liebe Frau Linde, gehen Sie über die Gänge und bitten Sie eine Kollegin oder einen Kollegen herein«, regte Frau Dr. Wallenstein an, die stets den Geschlechterproporz wahrte. René verließ den Raum.

Ein Mann mittleren Alters stand im Flur am geöffneten Fenster. »Sind Sie Anwalt? Ich bin auf der Suche nach einem Anwalt für mein Scheidungsverfahren«, erkundigte sie sich zurückhaltend.

»Ich bin gleich für Sie da«, sagte der Unbekannte zu.

Er rauchte seine Zigarette zu Ende und gewährte René den gewünschten juristischen Beistand.

Und dann war es so weit. »Hiermit erkläre ich die Ehe für geschieden.« Der finale Satz der Richterin verschwand zusammen mit Renés Ehe im Diktiergerät.

Sie streichelte über Claus' Arm, ihr Ex-Mann war blass, er blickte schwer atmend unter sich. René war durch das Nadelöhr geschlüpft. Befreit inhalierte sie die Morgenluft ihres neuen Lebens.

»Leb wohl, Claus!«, reichte sie ihm die Hand nach der Verhandlung und versuchte, sich zum Abschied in seinen Augen zu erkennen. Doch da war nichts außer seinem Schmerz. Claus und sie würden Fremde werden.

»Na, ich denke wir sehen uns!«, flüsterte Claus hoffnungsvoll.

Im Gang plauderten die beiden Anwälte über einen neuen Italiener in der Stadt.

»Entschuldigung, benötigen Sie meine Kontaktdaten?«, fragte René ihren unbekannten Helfer.

»Ich wende mich an Frau Dr. Wallenstein, danke der Nachfrage«, antwortete der Anwalt, griff in die Tasche seines beigen Cord-Jacketts und überreichte René seine Visitenkarte.

»Dr. Peter Tellerlein? Sind Sie verwandt mit Dr. Steffen Tellerlein?«

»Das ist mein Vater. Sie kennen sich?«

»Ja, er ist mein Therapeut!«

René dachte gerührt an Dr. Tellerlein, der sie durch seinen Sohn an diesem wichtigen Tag in ihrem Leben beschützt hatte.

DAS MÄRCHEN BEENDEN

René lud Michael zur Feier ihrer Freiheit zum Abendessen in das kleine Restaurant an der Ecke ein. Pascal und Tom, zwei junge Sachsen, hatten das Lokal vor kurzem eröffnet, sie servierten spanische Gerichte. Das Lokal war voll besetzt, es roch nach einer würzigen Mischung aus Olivenöl, Knoblauch und Thymian. René hatte ihren Lieblingstisch mit dem antiken Sofa davor reserviert. An den übrigen Tischen standen Stühle oder Sessel, wobei kein Sitzmöbel dem anderen glich. René und Michael bestellten eine Auswahl an Tapas. Wenn sie sich nicht gerade küssten, fütterten sie sich gegenseitig mit den leckeren Kleinigkeiten.

»Schau dich um, Prinzessin«, raunte Michael und knabberte dabei an Renés Ohrläppchen.

Auch an den anderen Tischen küssten sich Paare oder hielten sich an den Händen, ein älteres Pärchen prostete den beiden zu. »Unsere Liebe ist ein Parfum, sie verströmt ihren Duft und die Menschen können sich der Wirkung nicht entziehen!«, stellte Michael strahlend fest.

Seine Worte streichelten Renés Seele. »Diese Feststellung aus deinem Mund. Aber du hast Recht, die Menschen in unserer Nähe sind glücklich. Liebe ist ansteckend.«

Unvermittelt machte Michael ein ernstes Gesicht und schmatzte, obwohl sein Mund leer war. Prüfend schmeckte er seine Worte, bevor er sie bedächtig freigab wie ein Politiker, der eine Statur enthüllte. »Ich bin dir dankbar.« Michael schmatzte wieder. »Meine Gefühle waren tief verschüttet. Du hast die Mauern eingerissen, die ich um mein Herz errichtet hatte und mich befreit! Ich bin glücklich wie nie zuvor!« Tränen der Rührung standen in Michaels Augen.

»Lass uns zusammenleben! Zieh' zu mir. Ich möchte unsere Liebe feiern!«, sprudelte es aus René heraus. Der Prinz und die Prinzessin waren befreit, ihr Schloss war fertig, jetzt musste nur noch der Prinz einziehen, damit das Paar glücklich zusammenlebte bis ans Ende seiner Tage.

»Das geht nicht!«, lehnte Michael schroff ab, sein Gesicht versteinerte sich.

»Warum nicht?« René war fassungslos, sie würde jedes Hindernis beseitigen und das erwartete sie auch von ihrem Prinzen.

Schmatzend suchte Michael nach Worten, fand sie nicht und stieß endlich heftig atmend hervor: »Darüber möchte ich nicht sprechen!«

Der Zugang zu Michaels Innerem war verschlossen, er schien vergessen zu haben, dass es ihn je gegeben hatte. René rüttelte und trat gegen den mächtigen Steinblock, der ihr den Eingang verwehrte. Ihre Finger bluteten, die Füße schmerzten. Aber, was sie auch unternahm, der Fels rührte sich nicht vom Fleck. Von einem Moment auf den anderen fiel Renés heile Welt in Schutt und Asche. Schockiert und hoffnungslos rang sie mit den Tränen. Michael wandte sich wieder von ihr ab. Niemand sollte ihren Schmerz sehen, sie fürchtete, ihr Elend würde sich verdoppeln, wenn sie darüber sprach.

»Kopf hoch, schöne Fee. Auch im Paradies sorgen Stürme für neues Wachstum«, murmelte Pascal, als er die Rechnung brachte und in die zerknirschten Gesichter seiner Stammkunden blickte.

René verabschiedete sich mit einem bitteren Lächeln, Michael folgte ihr wortlos mit gesenktem Blick.

An diesem Abend stiegen René und Michael die Stockwerke in ihr Himmelreich schweigend empor. Stumm entkleideten sie sich. Rücken an Rücken lagen sie abgewandt voneinander im Bett. René betrachtete traurig die Lichter der Stadt, Michael schnarchte. ›Das ist ein Missverständnis‹, entschied sie, ›das kann nur ein Missverständnis sein!‹ Mit einem Mal erinnerte sie sich daran, dass Gewalt nicht das Zauberwort war, das den Eingang zum Herzen öffnete. »Du bist«, murmelte sie zu sich selbst und spürte plötzlich wieder den Quell der alles verbindenden Liebe in sich, der sich warm in ihre Adern ergoss.

René richtete ihr Bild von Michael wieder auf und der goldene Ritter kämpfte für sie gegen die Gewöhnlichkeit der Welt. ›Vielleicht versuche ich, nicht nur ihn zu retten‹, dachte sie mitfühlend. Unter der Decke fand sie seine Hand und endlich in den Schlaf.

Es war Mittag, als René aufwachte. Leise stand sie auf, holte Brötchen und bereitete das Frühstück.

»Morgen, Prinzessin!«, murmelte Michael zerknirscht, als er in T-Shirt und Slip die Treppe von der Empore schlaftrunken herunterschlich und an dem reich gedeckten Tisch auf seinen Stuhl sank. Laut gähnend reckte er sich und warf René einen Kuss zu.

Sie lächelte, schob die Stunden des Schweigens beiseite und knüpfte an, wo ihre Unterhaltung am Abend zuvor geendet hatte. »Was ist seltsam an meinem Wunsch, zusammen leben zu wollen? Sprich mit mir! Millionen von Paaren tun das!«, machte sie ihren Gefühlen Luft.

Michaels Gabel fiel klirrend zu Boden, sein Spiegelei landete neben Renés Teller, das Eigelb lief über ihre Serviette. Laut schluchzend verdeckte er sein Gesicht mit den Händen. René sprang auf, kletterte auf Michaels Schoß und umarmte ihn.

»Bitte erkläre es mir!«, forderte sie sanft und war froh, eine Verbindung zu ihm zu spüren.

»Ich bin ein Habenichts!«, brach es aus ihm heraus.

»Was?«, rief René verwirrt.

»Ich habe nichts! Ich kann dir nichts bieten! Gar nichts! Meinen Eltern liege ich auf der Tasche. Mein Leben ist eine Lüge«, flüsterte er den letzten Satz so leise, dass René ihn kaum hörte.

»Was meinst du damit?« Michael war der wertvollste Mensch in ihrem Leben, der sie jeden Moment reich beschenkte, wie konnte der ein »Habenichts« sein? Und überhaupt, ein derart verstaubtes Wort gebrauchte nur Michael.

»Meine Eltern, meine Freunde und du. Ihr glaubt an mich, wartet vertrauensvoll darauf, dass ich meinen Abschluss mache. Der hervorragende Abschluss des Klassenprimus, der eine große wissenschaftliche Karriere vor sich hat. Nichts ist weiter entfernt, glaub mir. Seit zwölf Jahren besuche ich die Uni. Manche Kurse wiederhole ich mehrmals und bleibe doch mit meinem Ergebnis unzufrieden. Dazu die Arbeit für die Partei. Die Studenten um mich herum werden immer jünger. Ich kann nicht mehr, ich möchte diese Lüge beenden, ich werde diese Lüge beenden! Du bist die Erste, der ich mich mitteile. Für mich ist eine wissenschaftliche Karriere ausgeschlossen. Mein Studium der Mathematik ist sinnlos!«

Vorsichtig nahm sie Michaels Hände von seinem Gesicht und schaute ihm eindringlich in die Augen. »Tu das. Beende das Studium an der Universität. Mit dem, was du bisher erreicht hast, kannst du mir nichts dir nichts auf einer Fachhochschule dein Studium beenden oder eine andere Ausbildung in kurzer Zeit abschließen!«

René war erleichtert, dass es nicht sie war, die etwas falsch gemacht hatte. Michaels Problem ließ sich leicht lösen. Wenn sich bei ihr eine Tür schloss, ging zugleich eine neue auf. Michael hatte nicht nur seine Gefühle eingemauert, auch seine Ausbildung war zur Salzsäule erstarrt. Aber sie würde ihn befreien und streichelte über sein Haar. »Ich bin hier für dich. Was mir gehört, gehört auch dir. Geld wird nicht darüber entscheiden, ob wir zusammenleben oder nicht!«

»Du bist eine wahre Prinzessin! Würdest du mich zu meinen Eltern begleiten? Ich möchte ihnen meinen Entschluss mitteilen.«

»Natürlich! Ich freue mich darauf, sie nach all den Jahren wiederzusehen.«

Alles würde sich fügen, war René überzeugt.

Michael Eltern waren in ein Dreifamilienhaus in der gleichen Kleinstadt umgezogen. Die beiden Arbeiterkinder hatten sich mit Fünfzehn kennengelernt, seitdem waren sie ein Paar. Aber für René waren sie mehr als das. Rosemarie und Ingo waren glücklich verheiratet und Eltern, wie sie sich welche gewünscht hatte. Wenn Michael oder seine ein Jahr ältere Schwester Kerstin Schwierig-keiten hatten, war ihnen die Unterstützung ihrer Eltern gewiss. Ohne große Worte stand das Paar nicht nur den eigenen Kindern bei, wenn sie die letzte Bahn verpasst hatten oder nachts von der Polizeiwache abgeholt werden mussten.

Seit Renés letztem Besuch hatte sich wenig verändert. Nur die Wohnung war größer, der Banker und die Leiterin eines Kinder-gartens hatten es zu etwas gebracht. »Schön, dass du wieder hier bist. Du bist also die Frau, auf die unser Sohn all die Jahre gewartet hat!«, verkündete Michaels Vater freudig und umarmte René.

»Ingo, jetzt lass das Kind erst Mal reinkommen. Du zerquetschst René noch!« Rosemaries schob sich vor ihren Mann.

Sie drückte René an ihren voluminösen Busen und führte sie zum Sofa.

»Ich freue mich, euch wiederzusehen!«, brachte René gerührt hervor und errötete. Schon bei ihrem ersten Besuch vor fünfzehn Jahren hatte sie sich wie ein Familienmitglied gefühlt.

Michaels Mutter war eine stille Frau. Wenn sie sprach, überraschte sie durch ihre melodische Sprechweise, die im Gegensatz zu ihrem massigen Körper stand, der sich selten und wenn überhaupt, nur äußerst langsam bewegte. Sobald sie von ihrer Arbeit nach Hause kam, tauschte sie ihre klassische Kleidung gegen einen Nicki-Hausanzug und lag auf dem Sofa, neben dem sich Bücher stapelten, die sie eins nach dem anderen verschlang. Großen Wert legte Rosemarie auf ihr perfekt frisiertes, aschblondes Haar, weshalb sie einmal in der Woche den Friseur besuchte. Zwischen den Terminen wusch oder kämmte sie ihr kurzes Haar nicht, zupfte es lediglich morgens zurecht und fixierte es mit intensiv duftendem Haarspray. René erinnerte Michaels Mutter insgeheim an eine freundliche, alte Kröte, obwohl sie erst Anfang Fünfzig war. Rosemaries Augen, die meist kräftig blau geschminkt waren, traten aus ihrem Kopf hervor, besonders wenn sie lachte. Ihr Doppelkinn hatte dicke Falten, die nahtlos in den Hals übergingen und sich in einem riesigen Busen und Bauchspeckwellen fortsetzten. Einzig Rosemaries Beine waren schlank, fast mager, im Verhältnis zu ihrem kugelrunden Oberkörper. Aber auf eine geheimnisvolle Weise übte Rosemaries Unattraktivität eine magische Anziehungskraft aus, nicht nur auf ihren Mann. Ingo sah blendend aus, plauderte unentwegt und war immer zu einem Spaß aufgelegt. Seine schwarzen Haare kämmte er nach hinten. Ingo hatte besondere Augen. Immer wenn René sich in ihrem Meeresblau spiegelte, musste sie lächeln. Ingo arbeitete als Vermögensberater und war ein Athlet, der auf Händen lief. Sein schlanker trainierter Körper und seine Seele gehörten dem Hammerwerfen. Stets griffbereit lag das Wurfgeschoss im Kofferraum seiner stets sportlichen Autos. Betrat Ingo unbekanntes Terrain, schwang er seinen Hammer und entschied, je nachdem, wie er sich drehen ließ, ob es sich um einen guten Platz handelte. Er trainierte täglich, nahm an Wettkämpfen teil, zu denen seine Frau ihn begleitete. Das Ehepaar reiste viel und pflegte einen großen Freundeskreis. Rosemarie war eine leidenschaftliche Köchin.

Auch an diesem Tag stand sie in der Küche. René hörte ihren schweren Atem, der wie eine Seufzerkette klang, besonders wenn sie sich bückte. Immer noch gab es pünktlich um Zwölf Uhr Mittagessen, es duftete nach Lammbraten, Klößen und Rotkraut. René trug die Speisen von der offenen Küche hinüber zu dem antiken Eichentisch im Wohnzimmer. Michael schlug den Essensgong.

»Eins musst du mir verraten, liebe René!«, forderte Ingo und eine Gabel mit Lammfleisch verschwand in seinem Mund.

René war verunsichert und hoffte, nicht von ihrer gescheiterten Ehe berichten zu müssen.

»Wie ist es dir gelungen, noch schöner zu werden? Du bist wie guter Whiskey, der hält sich hundert Jahre. Du wirst immer eine Schönheit bleiben, mein Kind!«

Rene errötete, Ingos Kompliment schmeichelte ihr.

»Mach dir nichts daraus. Du kennst den alten Charmeur doch.« Rosemarie legte ihre Hand auf Renés Knie.

»Was machen deine Eltern?«, erkundigte sie sich.

»Die habe ich lange nicht gesehen.« René vermied es, im Kreis dieser Familie zuzugeben, dass sie keinen Kontakt zu ihren Eltern hatte.

»Ich habe deinen Vater letzte Woche beim Bäcker getroffen.« Rosemarie machte eine Pause. »Er wollte mich wohl nicht kennen. Wir hier versuchen jedenfalls, miteinander auszukommen. Jeder kann sein, wie er möchte, und wir vertragen uns.«

»Das klingt einfach, ist es aber nicht«, antwortete René respektvoll.

»Lass es uns gemütlich machen und einen Frauen-Espresso mit Grappa trinken!«, entschied Rosemarie nach dem köstlichen Mahl.

Sie erhob sich umständlich, hakte sich bei René unter und bot ihr einen Platz neben sich auf ihrem Lieblingssofa an. Ingo servierte die Getränke und leistete Michael Gesellschaft, der noch am Esstisch saß.

Rosemarie las aus einem neuen Krimi vor, ihre Beine lagen auf Renés Schoß. René lauschte mit geschlossenen Augen, den Anlass des Besuches hatte sie fast vergessen, als lautes Schluchzen sie aufschreckte. Von Weinkrämpfen geschüttelt suchte Michael hinter seinen Händen Schutz. Mitfühlend legte Ingo seinen Arm um ihn und führte ihn zum Sofa. Michael überragte seinen Vater um eine Kopflänge. Verstört reichte Rosemarie ihm ein Papiertaschentuch, in das er kräftig schnäuzte. Ingo setzte sich neben seinen Sohn. »Bub, wenn du möchtest, kannst du dein ganzes Leben bei uns bleiben!«, rief er gerührt und streichelte über Michaels Rücken. Dann erklärte er seiner Frau: »Michael bricht sein Studium ab.«

Rosemarie geriet in emotionale Wallungen und ihr ohnehin schon wenig bewegliches Gesicht versteinerte. Einzig ihre Augen traten noch stärker hervor, als prüften sie auf Teleskopstangen die Situation von allen Seiten. Dabei war Rosemaries Schweigen derart schwer, dass René fürchtete, mit ihr und dem Lesesofa durch den Boden zu brechen. Glücklicherweise beruhigte sich Michael ebenso abrupt, wie sein Gefühlsausbruch begonnen hatte. »Es gibt auch gute Nachrichten!«, verriet er freudestrahlend, »ich ziehe zu René, wir wollen zusammenleben. Ihr braucht mich finanziell nicht länger zu unterstützen!«

›Halt!‹, wollte René rufen, das hatte sie sich anders vorgestellt. Michael hatte kein Einkommen und sie war bereit, ihn zu unterstützen. So weit, so gut. Dass er auf die Zuwendungen seiner Eltern verzichtete, damit hatte sie nicht gerechnet. Nach dem ersten Schreck tröstete sie sich mit dem Gedanken, dass Michael sicher schnell eine Arbeit finden würde und schließlich möchte niemand mit fast Dreißig von seinen Eltern abhängig sein. ›Was mein ist, das ist auch dein‹, glaubte René.

»Alles Gute für euch!«, räusperte sich Rosemarie und erwachte aus ihrer Starre. »Ingo, hol uns einen Sekt.« Zu Michaels Studienabbruch schwieg sie.

Ingo brachte die Gläser und ließ den Korken der Sektflasche gegen die Decke knallen. »Herzlich willkommen in der Familie und alles Glück der Erde für euch!«, rief Ingo freudestrahlend und alle stießen an.

›Das ist die Art Familie, mit der ich mir gewünscht habe, Weihnachten zu feiern‹, dachte René überglücklich.

Als sie und Michael am Abend wieder in ihr Apartment zurückgekehrten, überreichte René ihrem Prinzen die Scheckkarte zu ihrem Konto.

Eine Sporttasche mit Kleidungsstücken war alles, was Michael beim Übertreten der Schwelle in Renés Leben dabeihatte. Die meiste Zeit verbrachte er in ihrem Liebesnest oder ging einkaufen, wenn René arbeitete. Michael war sich im Unklaren, was er tun wollte. Er wischte Staub, bügelte und kochte einfache Gerichte. Die Sommersonne schien prall und wollüstig in die Dachfenster über dem Bett auf der Empore. Im Herbst klebten fröhlichbunte Blätter am Glas. Heiligabend verbrachten sie bei Michaels Eltern. René bereitete zum ersten Mal eine Gans zu. Dazu gab es Rotkraut und handgemachte Klöße aus gekochten Kartoffeln, die Michael stampfte und formte.

»Ihr seid hervorragende Köche!«, lobte Rosemarie das Weihnachtsmenü.

René schenkte ihr eine handgeblasene Glaskugel für den Christbaum und Ingo zwei Whiskygläser. Sie selbst bekam ein Notizbuch mit einem Bleistift. »Für die Dinge, die dir auffallen. Vielleicht möchtest du sie aufschreiben«, las sie aus Rosemaries und Ingos Karte vor.

»Das Büchlein haben wir in einem kleinen Laden in Schottland entdeckt. Wir wussten, irgendwann würde es einen würdigen Besitzer finden«, bemerkte Ingo zufrieden.

An diesem Weihnachtsabend fühlte René sich reich beschenkt, denn sie erhielt in jeder Hinsicht die sättigende Nahrung, nach der sie lange gehungert hatte.

Der Winter blieb mild, es regnete die meiste Zeit. Nur an wenigen Tagen näherte sich die Temperatur dem Gefrierpunkt. Zwar versagte die Heizung des Apartments häufig, denn die alte Pumpe schaffte es trotz der Bemühungen des Hausmeisters nicht, das wärmende Wasser in das oberste Stockwerk zu transportieren. Doch der kleine Kanonenofen bollerte einwandfrei. René war innerlich warm.

Ende März läutete das Osterfest den Frühling ein. Ihre Lieblingsjahreszeit überzeugte sie jedes Jahr aufs Neue davon, dass das Leben überwältigend schön sein konnte. Für das bevorstehende Ostermenü hatte sie sich mit Michael auf eine Forelle Müllerin Art anstelle des obligatorischen Lammbratens geeinigt. René hatte den Fisch bestellt und auf dem Markt Frühkartoffeln gekauft.

Als sie abends nach Hause kam, roch es nach Mirácoli, das Michael schon in seiner Jugend dreimal die Woche gegessen hatte. Auf dem Tisch stand ein riesiger Strauß Weidenkätzchen geschmückt mit handbemalten Eiern in einer bauchigen, goldenen Vase, auf der Putten fröhlich einen Reigen tanzten. »Danke. Ich hätte nicht vermutet, dass dir ein Osterbrauch etwas bedeutet!« René war überrascht und erfreut über Michaels kreative Ader.

»Heute Vormittag war ich in der Stadt und dachte, ein Strauß würde ganz vortrefflich in unsere kleine Burg passen.« Seine Augen leuchteten. »Ich fühle mich frei mit dir, wie seit meiner Jugend nicht mehr. Alles Schwere liegt hinter mir«, gestand er glücklich und umarmte René.

»Ich bin ganz staubig!«, rief sie lachend. »Den ganzen Tag habe ich lackierte Türen geschliffen.«

»Staubig? Dagegen sollten wir etwas tun!«

Mit lüsternem Blick leckte Michael sich über die roten Lippen, griff zwischen Renés Beine und hob sie auf die Tischplatte. Genüsslich knöpfte er ihre Hose auf. »Ahh, ein schmutziges Mädchen haben wir hier! Das sehe ich mir genau an!«

Michael zog ihr die Hose mit dem Slip runter und versank mit seinem Gesicht in Renés Schoß. Seine Zunge erkundete intensiv jede lustvolle Ritze. René legte sich mit dem Rücken auf den Tisch und streifte ihre Hose ab. Neugierig spreizte sie die Beine. Michaels Hände drangen hingebungsvoll in sie ein. »Zeig mir, wie du kommst, Prinzessin!«, rief er und stöhnte mit René im Chor.

»Lass los, da geht noch mehr!«, feuerte er sie an, als sei er es, dessen Vagina wollüstig pulsierte.

»Bitte, komm zu mir!«, bettelte René, ihr Unterleib schmerzte vor Verlangen nach ihm.

Endlich entblößte Michael seinen Penis. Kaum spürte René ihn in sich, sackte er stöhnend zusammen. »Du bist zu geil, das halte ich nicht aus. Für dich brauche ich einen Waffenschein!«, sagte er entschuldigend.

Sich mit einem Mann zu vereinen, war für René auch ein heiliger Akt, bei dem sich die Wahrheit einer Beziehung offenbarte. Michael ergötzte sich an ihrem Körper, es war, als badete er in ihr und hatte teil an ihrer Lust. Mit aller Hingabe studierte er jede ihrer Sinnesfreuden und verstand es, sie mit seinen Händen und seiner Zunge zu steigern. Bisweilen stöhnte er sogar lauter als René selbst. Hin und wieder wehrte er jedoch ihre Berührungen ab, als bereiteten sie im Unbehagen. In sie einzudringen, vermied er so lange wie möglich. Weil er seine Lust nicht zügeln konnte, vermutete René. Oder fürchtete er, die Kontrolle zu verlieren? Vielleicht quälten ihn schlechte Erinnerungen. René war enttäuscht, wenn ihre Vereinigung nur wenige Momente andauerte. In ihrer Jugend hatte es beim Austausch ihrer Zärtlichkeiten ein Einvernehmen gegeben, das sie zu einem gemeinsamen Höhepunkt geführt hatte. Vereint im Orgasmus berührte René die Wahrheit ihres Ichs, die lachende, fließende, in allen Farben fluoreszierte Liebe war, und im Moment der höchsten Lust löste sie sich darin auf. Dieses Erlebnis wollte sie wieder mit Michael teilen. Doch René hatte keine Ahnung, wie sie das Michael erklären sollte, für den Gott eine Erfindung windiger Tourismusmanager war, um Schaulustige in sinnlose Sakralbauten zu locken, und Sex einfach nur eine geile Sache.

Mittwochs traf sich Michael mit sozialdemokratischen Freunden zum Stammtisch im Lokal an der Ecke. An diesen Abenden besuchte René ihre Freundin Erna. Seit ihrer Erkrankung war Erna schmal geworden und um Jahre gealtert. Durch ihre langen Haare schimmerte die Kopfhaut hindurch, ihr Gesicht war von Falten durchzogen und ihre Wangen gaben sich kraftlos der Schwerkraft hin. Einzig Ernas Augen glitzerten immer noch wassergrün. Mit ihrer zuckerfreien Diät, die sie eisern befolgte, hielt sie die Parasiten in Schach, die sich nicht mehr aus ihrem Körper entfernen ließen.

Beethovens »Ode an die Freude« summend servierte Erna tänzelnden Schrittes Rohkost mit drei Sorten Dips auf dem Bestelltisch im Wohnzimmer. Dann ließ sie sich elegant wie eh und je neben René in den weiß-goldenen Louis-Seize-Sesseln sinken und die beiden knabberten das gesunde Abendmahl.

»Michael nennt dich unentwegt Prinzessin. Das ist sehr romantisch, ohne Frage. Aber manchmal glaube ich, er kennt deinen Namen nicht«, hauchte Erna mit skeptischem Blick, während eine Karotte mit Kräuterquark in ihrem Mund verschwand.

»Glaub mir, er kennt meinen Namen seit langem!«, erwiderte

René ärgerlich, denn sie merkte, dass die Frage darauf abzielte, ob Michael sie in ihrer Individualität wahrnahm oder ein Idealbild anhimmelte.

René wusste, dass Amors Pfeil nicht nur ihr Sehvermögen trübte und sie sich in ein Abenteuer stürzte. Doch darüber wollte sie mit Erna nicht diskutierten. Gegen die Liebe war kein Kraut gewachsen. »Wir haben in unserer Jugend oft zusammen das Märchen von der kleinen Meerjungfrau gehört. Wie bei der Nixe war auch unser Weg lang und schmerzhaft bis zum Happy End für die Liebenden. In Erinnerung an dieses Märchen nennt Michael mich Prinzessin.«

»Du meist, das Märchen endet mit der Heirat der beiden?«, fragte Erna überrascht und hielt ein Stück Kohlrabi mit giftigroter Chilisauce in die Höhe.

»Ja, natürlich!«, war René überzeugt. »Ich habe es hunderte Male mit Michael gehört! Die kleine Meerjungfrau heiratet ihren Prinzen! Er macht sie zur Prinzessin, weil sie ihn vor dem Ertrinken gerettet hat!«

»Meine Liebe, du irrst dich, das Märchen von Christian Andersen endet ganz anders! Der Prinz erkennt die stumme Meerjungfrau nicht. Er heiratet die Prinzessin eines Nachbarkönigreiches in der Überzeugung, sie sei es gewesen, die ihm das Leben rettete. Der erste Sonnenstrahl nach der Hochzeitsnacht würde den Tod der Meerjungfrau in Menschengestalt bedeuten. Einzig der Tod des Geliebten würde ihr erlauben, wieder zu ihren Schwestern ins Meer zurückzukehren. Aber die Kleine bringt es nicht übers Herz, ihren Prinzen zu ermorden. Sie stürzt sich ins Wasser in den sicheren Tod. Dabei verliert die kleine Meerjungfrau jedoch nicht ihr Leben, sondern löst sich in Meerschaum auf und verwandelt sich in einen Luftgeist.« Ernas Stimme klang mit einem Mal warm und einfühlsam.

»Das ist ein entsetzliches Ende! Was soll das bedeuten?«, stieß René aus und war wütend auf Erna, die anscheinend auf ihr Glück eifersüchtig war.

»Nun, ich würde sagen, es geht um Metamorphose, um Veränderung. Opfer, Wandlung und Wiedergeburt. Das sollte dir bekannt vorkommen.« Erna schaute sie aus ihren meergrünen Augen erwartungsvoll an.

»Ja, ja!«, stammelte René, am liebsten hätte sie sich die Ohren zugehalten, obwohl Amor auch ihren Gehörsinn trübte.

Erna rutschte auf die Sesselkante und beugte sich zu René hinüber. »Zu Anfang sehnt sich die kleine Meerjungfrau nach der Menschenwelt, weil sie eine unsterbliche Seele gewinnen möchte. Aber erst ihre Liebe zu dem Prinzen lässt sie diesen Weg auch einschlagen. Nur für ihn ist sie bereit, ihre Stimme zu geben und erträgt die schrecklichen Schmerzen. Als der Prinz sie nicht erkennt, kann sie keine unsterbliche Seele erhalten. Aber die stille Schönheit verzweifelt nicht. Ihre selbstlose Liebe hält sie davon ab, ihn zu töten. Im Wasser wird sie nicht zu Meerschaum, sondern verwandelt sich in eine Tochter der Luft und ist fortan so leicht, dass sie sich ohne Flügel erhebt, mit einer Stimme, schöner als sie je eines Menschen Ohr vernahm.«

»Was nützt ihr die wunderschöne Stimme einsam in der Luft?«, brachte René trotzig hervor und wünschte inständig, Erna möge es ihre bezaubernde Stimme verschlagen.

Aber Erna hatte ein untrügliches Gespür für die wunden Stellen anderer. Sie tunkte einen fingerbreiten Streifen Paprika in den blutroten Tomaten-Dip und fuhr fort. »Als Tochter der Luft berührt sie sanft den Prinzen und seine junge Frau. Sie lässt die Liebe zu ihm hinter sich und rückt dem Ziel einer unsterblichen Seele damit näher. Vom Wasser, dem ursprünglichen Element, sagt sich die suchende Seele los, sie lässt ihre Familie und die vertraute Welt hinter sich. Getrieben von ihrer Liebessehnsucht, führt sie ihr Weg über die Erde, als der Menschwerdung zur Luft mit ihren geistigen Wesen. Das ist der Leidensweg, den die kleine Meerjungfrau durchläuft, ehe sie nach dreihundert Jahren als Luftgeist ihre unsterbliche Seele erhält.«

René kämpfte mit dem giftigen Stachel, den Erna von hinten in ihr Herz stieß. Stumm wie ein Fisch starrte sie auf den Fußboden, aber in ihrem Inneren tobte der Schmerz der Erkenntnis. Doch Erna war noch nicht fertig mit ihr.

»Darf ich dir noch etwas mit auf den Weg geben, meine Liebe? Es beschäftigt mich bereits eine Weile, irgendetwas stimmt nicht mit deinem Prinzen, er verbirgt etwas. Das sagt mir mein psychologischer Instinkt.«

René erblickte plötzlich auf Ernas Platz einen riesigen, schwarzen Skorpion, der seinen Schwanz mit einem gewaltigen Stachel schwang. »Warum tust du das? Warum gönnst du mir mein Glück nicht?«, brüllte sie und sprang auf.

»Du irrst dich, meine Liebe. So ist es nicht. Die kleine Meerjungfrau ist auch mein Lieblingsmärchen und begleitet mich mein Leben lang.«

Erna klimperte unschuldig lächelnd mit ihren Augen und erhob sich aus ihrem Sessel. René starrte sie zornig an und rannte aus der Wohnung.

Aufgelöst erklomm René die ersten Stockwerke in Richtung Himmelreich. Aber ihre Beine wurden langsamer, je höher sie stieg. Schließlich blieb sie stehen und setzte sich auf die Treppe. Dieses Mal war René es, die ihre Hände vor das Gesicht schlug und weinte. Das Licht im Treppenhaus ging aus. Vor ihrem inneren Auge stand sie vor einem tiefen Graben. Sie sehnte sich nach der anderen Seite, aber der Abstand war einfach zu groß, um hinüberzuspringen. Traurig senkte René den Kopf und schloss die Augen. Da entdeckte sie die kleine Treppe, die ohne ein Geländer steil in die Tiefe ihres inneren Abgrundes führte. Das war ihr Weg. Wenn sie die Liebe zu Michael auch in die Dunkelheit führte, ihre Liebe war das Licht in der Laterne, die ihr den Pfad auf die andere Seite erhellte. Wenn das bedeutete, am Ende eine unsterbliche Seele zu erhalten, wäre das wunderbar. Aber jetzt war sie mit Leib und Seele die kleine Meerjungfrau, die still um die Liebe ihres Prinzen kämpfte und ihn nicht losließ. Renés erinnerte sich an Johannes' Worte: »Wer die Einladung zur chymnischen Hochzeit annimmt, dessen Leben nimmt Fahrt auf und manch einer verliebt sich leidenschaftlich.« Johannes hatte nicht gesagt, schlag deine Gefühle in den Wind, dann kommst du schneller ans Ziel. Das Leben führte René und schenkte in jedem Moment die beste Möglichkeit zum Wachsen, dazu gehörten die süßen wie die schmerzhaften Erfahrungen. Die Liebe führte sie zurück zu Michael, gemeinsam hatten sie eine neue Chance, sich zu entwickeln.

Die Haustür im Erdgeschoss wurde aufgestoßen und die Beleuchtung im Treppenhaus ging wieder an. Renés Wut war verraucht. Mit einem Mal sah sie die Schwester in Erna. Beide hatten sie ihre Familien verlassen, folgten allein ihrer Sehnsucht, unterwegs in luftige Gefilde. Erna hatte sie nicht hinterrücks aufgespießt, es war Renés eigene heilige Wunde, die schmerzte. Manche Wunden sind so tief, dass sie ein Leben lang nicht heilen. Sie fordern uns auf, ihr Potential zu entdecken und die Kraft, die ihnen entspringt, zum Wohl anderer einzusetzen. Auf diese Weise werden sie zu unseren Verbündeten. Renés heilige Wunde brannte, ihrer Vermögen war sie sich kaum bewusst und begann doch, die heilende Kraft der Vergebung zu verströmen, die der alles verbindenden Liebe entspringt. René folgte ihrem inneren Kompass, stand von der Treppe auf und klingelte bei Erna.

»Es tut mir leid!«, entschuldigte sie sich.

»Ich wünsche dir nur das Beste, glaube mir! Ich möchte dich nicht von Michael trennen. Ganz im Gegenteil! Ich möchte euch helfen.«

»Ich weiß!« René umarmte Erna.

Michael war noch unterwegs, als René in ihre Wohnung zurückkam. Aufgewühlt legte sie sich ins Bett, wälzte sich unruhig hin und her, bis ihre Lider schließlich zufielen. Auch im Schlaf ließen sie die Ereignisse des Tages nicht los und sie träumte.

René stand auf einer Lichtung im Wald und bildete mit vielen anderen zusammen eine weite Ellipse. An den Grashalmen hingen Tautropfen, in den winzigen Lampions reflektierte sich der Vollmond. Düster stand der Wald hinter den Menschen, die rhythmisch klatschten. Auch René feuerte die Paare in der Mitte an, die sich zur Musik der Violinen um ihre eigene Achse drehten und im Uhrzeigersinn an ihr vorbeitanzten. Mit einem Mal trat Michael vor sie und nahm sie an die Hand. Geschickt führte er René durch die tanzenden Paare zu einem freien Platz in der Mitte. René freute sich, sie hatten noch nie miteinander getanzt. Höflich nickte Michael ihr zu, eine Hand lag auf seiner Brust die andere verschwand hinter seinem Rücken. René deutete einen Knicks an, Michael legte seine Arme um sie. Einige Takte wiegten sie sich hin und her, dann verschmolzen sie mit dem Fluss der tanzenden Paare und die Welt verschwamm im Strudel ihrer leuchtenden Drehungen. Urplötzlich warf Michael seinen Kopf zurück, riss Augen und Mund auf, aus seiner Kehle brach ein dreckiges, lautes Lachen hervor. Seine kleinen, spitzen Zähne waren gelb und blutverschmiert. Renés Lächeln gefror. Schneller und schneller drehten sie sich. Sie wollte weg, doch stattdessen hielt sie den Geliebten fester, fürchtete, sie würden das Gleichgewicht verlieren und stürzen. Wieder bog sich Michaels Oberkörper wild nach hinten. René lehnte sich, soweit sie es vermochte, in die entgegengesetzte Richtung. Dabei fiel ihr Blick auf ihre Hände. Sie schrie auf, aber kein einziger Laut milderte ihr Leid. Stumm vor Entsetzen starrte sie auf die Handschellen, die sie an Michael ketteten. Stacheldraht fesselte ihre Gelenke und trieb seine Dornen in ihr blutiges Fleisch. Lauter und lauter dröhnte Michaels Lachen, bis es in der anschwellenden Musik unterging. Sein kalter Blick durchbohrte sie.

Schweißnass erwachte René, ihr Atem raste. Diesen Traum hatte sie nicht zum ersten Mal geträumt. Es war vier Uhr morgens. Sie stand auf, öffnete eines der Dachfenster. Fröstelnd atmete René die kalte Brise dieser Nacht.

Gerade hatte sie sich wieder hingelegt, da hörte sie den Schlüssel in der Tür.

»Prinzessin, es gibt gute Nachrichten!«, rief Michael, zog seine Schuhe aus und nahm mehrere Treppenstufen auf einmal auf seinem Weg zum Bett.

In der Hand schwenkte er eine Flasche Champagner. »Ich werde für Stefan arbeiten! Als Fahrer. Er hat einen Uhrenhersteller als Kunden gewonnen. Die Vitrinen für Süddeutschland liefere ich aus und bestücke sie! Ich fange morgen an!«

René war erleichtert, außer ihrem Lehrlingsgehalt und den Zinseinkünften hatten sie keine Einnahmen. Seit Michael bei ihr lebte, stiegen ihre Ausgaben. René lebte sparsam, sie aß in der Werkstatt, abends blieb sie meist zuhause, selten besuchte sie Freunde. Michael ging gerne aus, in Restaurants wählte er mit sicherem Instinkt das teuerste Fleischgericht. René reiste mit leichtem Gepäck, umgab sich nur mit Gegenständen, zu denen sie eine Verbindung spürte. War deren Zeit um, trennte sie sich. Ihr Geld auf der Bank gab ihr ein Gefühl von Freiheit und ermöglichte ihr die Ausbildung zur Restauratorin. Stefan war Michaels Schwager und Inhaber einer Agentur, die Dekorateure vermittelte. René war froh, dass Michael nun einen Beitrag zum Lebensunterhalt leisten würde, bis er sich für eine Ausbildung entschied. Der Wermutstropfen war der Umstand, dass Michael oft die ganze Woche unterwegs sein würde.

Sie stießen mit dem Champagner an und schliefen noch eine Stunde. In aller Frühe verabschiedete er sich und brach zu seiner ersten Tour auf.

Es war erstaunlich, wie langsam die Tage ohne Michael vergingen. Endlich war Freitag und René hatte einen Termin bei Dr. Tellerlein. Sie konnte es kaum erwarten, ihm von ihrem Traum zu berichten.

»Der Traum gefällt mir nicht. Vielleicht ein wild gewordener Animus? Was erzählte Ihr Partner? Er lebe seit zehn Jahren sexuell abstinent? Ein junger Mann in den besten Jahren. Das glaube ich kaum. Da stimmt etwas nicht. Ich wäre froh, Sie würden eine Zeit lang allein leben.« Dr. Tellerlein schüttelte den Kopf. Er gönnte ihr das Glück mit Michael, er unterstützte sie und verfolgte keine persönlichen Interessen. »Was wissen Sie von Michael abgesehen von Ihren Jugenderinnerungen?«

»Michael ist zu mir gezogen!«, stellte René klar. Weil sie Dr. Tellerlein vertraute, nahm René ihre rosarote Brille der Verliebtheit behutsam ab, hielt sie aber fest in ihren Händen. »Ich weiß nicht viel über den erwachsenen Michael«, gab sie zu und ein großer Druck fiel augenblicklich von ihr ab. »Aber er ist die Fortführung meiner Jugendliebe! Er kann nicht völlig anders sein, wir lernen uns gerade neu kennen. Okay, mein Bild des selbstbewussten jungen Mannes, der von allen respektiert und bewundert wurde, hat ein paar Risse bekommen. Michael ist oft verschlossen und hat keine Idee, was er mit seinem Leben anfangen soll. Sein Plan Professor zu werden, lässt sich nicht realisieren. Manchmal habe ich das Gefühl, er sperrt sich selbst weg und ich bin die Einzige, die ihn in seinem Gefängnis besucht. Seine Eltern erzählten mir, dass er als Dreijähriger an Tuberkulose erkrankte und in ein Sanatorium eingewiesen wurde. Sie durften sich nicht von Michael verabschieden und hörten seine entsetzlichen Schreie, als die Pfleger ihn wegtrugen. In dem Sanatorium waren die Besuchszeiten stark eingeschränkt. Michaels Vater erkannte seinen Sohn kaum wieder, er lag apathisch und aufgedunsen in seinem Gitterbett. Gegen

Ende der halbjährigen Therapie ertrug Ingo das nicht länger und brachte sein Kind nach Hause. Michael konnte kaum noch laufen und sprach wenig.«

Dr. Tellerlein lächelte verständnisvoll. »Wenn sich zwei Menschen verlieben, begegnen sich immer auch zwei verletzte Kinder. Wir müssen uns dieser Kinder annehmen. Oft teilen Partner eine Verletzung und halten sich aneinander fest. Sie sprachen bereits davon.«

Dr. Tellerlein lehnte sich entspannt zurück und schloss die Augen. Er ahnte, was René im nächsten Moment aussprach.

»Wir waren beide von elterlicher Liebe abgetrennt! Meine Eltern gaben mir aufgrund ihrer eigenen Verletzungen keine Liebe und Michaels Eltern, weil ihr Sohn im Sanatorium weggesperrt war. Michael und ich halten uns aneinander fest in der Hoffnung, der eine gleiche den Mangel des anderen aus?« Sie blickte Dr. Tellerlein erwartungsvoll an.

Er nickte zufrieden und öffnete seine Augen wieder. »Das haben Sie treffend formuliert. Wenn wir geboren werden, wird uns die biologisch konditionierte Liebe in die Wiege gelegt. Diese Liebe, von den alten Griechen ›Storge‹ genannt, kann man sich nicht verdienen, sie ist da oder sie ist nicht da. Sie prägt unser Urvertrauen, aber auch unsere Muttersprache und unser Heimatgefühl. Den Geruch von Mutters Braten, den Duft unserer Kinderbettwäsche erkennen wir ein Leben lang. Leider zerbricht unser Urvertrauen in den allermeisten Fällen. Das kann durch eine Scheidung oder traumatisierte Eltern, einen Umzug oder den Aufenthalt in einem Sanatorium geschehen. Selbst die allerbesten Eltern lieben uns nicht bedingungslos. Das wird uns am schmerzlichsten in der Pubertät bewusst. Dann fühlen wir uns ungeliebt und folgen einer unbestimmten tiefen Sehnsucht. Wir machen uns heimatlos auf die Suche.«

René stand auf und lief im Zimmer auf und ab. »Mich treibt die Suche nach Liebe an! Nach der Trennung von Michael haben wir in der Schule den Mythos des Kugelmenschen gelesen, der erzählt, dass die Menschen ursprünglich die Gestalt einer Kugel besaßen. Jeder dieser vollkommenen Wesen trug zwei Gesichter, zwei Körper, ein weibliches und ein männliches Geschlechtsteil. Aber die Kugelmenschen kamen den Göttern zu nahe, denn sie strebten neben der körperlichen Vereinigung auch nach Vollkommenheit in Form von seelischem Gleichklang. Dieses Ideal von Liebe missfiel den Göttern sehr. Sie fürchteten, derart ausgeglichene Menschen würden aufhören, die Götter zu verehren. Deshalb teilten sie den Menschen. Fortan suchten die getrennten Hälften mit sehnsüchtigem Verlangen nach ihrer fehlenden Ergänzung, die sie wieder heil machen würde. Es muss wunderbar sein, diese Hälfte zu kennen und mit ihr zu verschmelzen. Schon damals spürte ich, dass meine fehlende Hälfte Michaels Gesicht trägt!«

Dr. Tellerlein klatschte freudig in die Hände. »Ein junger Mensch, der den Mythos von Platon kennt! Das freut mich! Runde Objekte sind weich und ausgleichend, sie sind in sich geschlossen. Das Leben vollzieht sich in Kreisläufen. Jeder Anfang ist Ende. Jedes Ende ist ein Anfang. Nietzsche sagt, allem Künftigen beißt sich das Vergangene in den Schwanz. Das Verlangen, seine fehlende Hälfte zu finden, nennt man ›Eros‹. Die Pubertät ist die Zeit, in der wir die erotische Liebe kennenlernen. Wir brennen für das Objekt unserer Begierde. Ganz und gar möchten wir uns mit dem langevermissten Teil unseres Selbst verbinden. Aber erotisches Begehren meint nicht nur die körperliche Vereinigung, sondern umfasst auch die inständige Hoffnung, der andere möge uns das schenken, was uns fehlt und uns wieder ganz machen. All die Zuwendung und Anerkennung, die wir als Kinder vermisst haben, hoffen wir von unserem Partner zu erhalten.«

»Das klingt irgendwie dumm, wenn man es sich so betrachtet!« René lief ärgerlich zum Fenster. Draußen sah sie ein altes Paar, das nebeneinander auf einer Bank saß. »Was ist falsch daran, sich das zu wünschen?« Sie deutete auf die beiden.

Dr. Tellerlein trat an ihre Seite und betrachte ebenfalls das alte Ehepaar, das aufstand und langsam Hand in Hand davonging. »Ich möchte mit jemandem, der mich versteht, alt werden. Was ist falsch an meinem Wunsch?«, wiederholte René ihre Frage.

»Ich hole uns Mal eine kleine Stärkung!« Dr. Tellerlein lächelte und verließ den Raum.

René nahm wieder auf der Sitzgruppe Platz und naschte eines der Bitterschokolade-Täfelchen, die in einer Glasschale auf dem Tisch vor ihr lagen. Dr. Tellerlein kehrte mit zwei Milchkaffee zurück, er teilte Renés Vorliebe für das Heißgetränk. René leerte ihre Tasse zur Hälfte. »Ihr Kaffee ist ein Gedicht!«

Dr. Tellerlein nahm einen Schluck und hielt die Tasse zwischen seinen von blauen Adern und Altersflecken gezeichneten Händen. »Mit jemandem sein Leben teilen zu möchten, ist ein zutiefst menschlicher Wunsch! Es tut mir leid, falls ich Sie verletzt haben sollte. Das ist nicht meine Absicht. Wer die erotische Liebe erlebt, ist zutiefst erfüllt von der Vorstellung, endlich wieder eins zu sein. Leider wird die romantische Liebe zumindest in Aspekten immer enttäuscht, wenn der andere nicht so ist, wie wir uns das erhofft haben, oder uns gar verlässt.«

»Das stimmt. Aber ich habe mir das Bild meiner Liebe zu Michael bewahrt. Auch wenn er sich verändert hat, ist er meine fehlende Hälfte!«

Dr. Tellerlein zog leicht eine Augenbraue hoch.

»Ich durfte viele Paare begleiten. Glauben Sie mir, es kommt der Zeitpunkt, an dem man erkennt, dass der andere nicht der Mittelpunkt des Universums ist und mit der Aufgabe überfordert ist, uns glücklich zu machen.«

Dr. Tellerlein beugte sich nach vorne und wollte seine Tasse abstellen. Dabei stieß er heftig gegen die Tischkante. Schnell tastete er die Tasse ab. »Glück gehabt, nur ein Riss!«, stellte er erleichtert fest.

»Genauso ist es in der Liebe! Jeder von uns hat Kerben und unschöne Stellen und wir richten in einer Beziehung neue Scherben an. Aber ist uns die Tasse mit dem Sprung nicht meist die liebste? In der Liebe entscheiden wir uns, immer wieder neu anzufangen. Die Schlange, die sich selbst in den Schwanz beißt. Deshalb schenken sich Liebende einen Ring. Liebe ist eine zyklische Entwicklung, die in Kreisbahnen immer höher führt. Liebe überwindet jede Schwierigkeit!«, verteidigte René ihre Überzeugung.

Dr. Tellerlein hob beschwichtigend seine Hände. Frisch Verliebte gleichen Süchtigen und Renés Droge hieß Michael. »Ich möchte Ihnen die romantische Liebe nicht wegnehmen, aber ihr etwas an die Seite stellen. Der kleine Prinz drückt es so aus: Liebe bedeutet nicht, sich gegenseitig anzuschauen, sondern gemeinsam in die gleiche Richtung zu blicken. Sie müssen sich nicht für oder gegen ihren Partner entscheiden. ›Philia‹ nennt man die Art der Liebe, die auch als Bruder- oder Schwesterliebe bezeichnet wird oder Freundschaft. Verbinden wir uns auch auf diese Weise mit dem geliebten Menschen, wenden wir uns einer gemeinsamen Aufgabe zu. Das kann die Erziehung von Kindern sein. Wir lernen etwas dazu, wir entwickeln uns gemeinsam weiter. Die erotische Liebe geben wir dabei nicht auf. Eine Mutter und eine Heimat haben wir nur eine. Aber alle Menschen dieser Erde sind unsere Brüder und Schwestern. Das gilt auch für unseren Partner.«

Dr. Tellerlein reinigte seine Brille mit einem Putztuch, damit René Zeit zum Nachdenken hatte. Sie stützte ihren Kopf in die Hände und schwieg, die Worte arbeiteten in ihr. Bisher hatten sich die Prinzessin und der Prinz verliebt in die Augen geschaut und dabei an den Händen gehalten. ›Sie sind gefesselt, wie in meinem Traum! In dieser Haltung verhungern die beiden! Zum Kochen braucht jeder zumindest eine freie Hand!‹, schoss es ihr durch den Kopf. Aber allein die Vorstellung, die beiden könnten ihre Blicke voneinander abwenden, schmerzte. Trotzdem erweiterten Dr. Tellerleins Worte Renés Vorstellung von einer Beziehung.

»Unser Gespräch hat meinem Märchenprinzen ein wenig den Glanz genommen«, gab sie schließlich zu, legte den Kopf nachdenklich zur Seite und lächelte schief.

»Aber er sieht immer noch fantastisch aus!«, schob René grinsend nach, »vielleicht geraten wir ja mehr als einmal in den gleichen Schlamassel! Das Leben schickt uns einfach erneut das gleiche Päckchen in einer dermaßen verlockenden Verpackung, dass wir nicht widerstehen können. Das wiederholt sich, bis wir unsere Wunden heilen.«

Dr. Tellerlein schmunzelte. Manchmal erinnerte René ihn an seine Frau. Er dachte daran, wie wunderbar es gewesen war, von einer starken Frau geliebt zu werden. Als sein Atem und Pulsschlag einzig seiner Marleen entgegenschlugen und es nicht vom Wetter abhing, wie gut ein Tag war. ›Unser beider Schatten sah wie einer aus‹, hatte er für seine Marleen gesungen. ›Wann und wo haben wir uns verloren?‹, überlegte er traurig und beschloss, sich bei seiner Frau zu melden, von der er seit zehn Jahren getrennt lebte.

René fuhr sich nachdenklich durch die Haare. Auch bei Michael bestand ihre Rolle darin, ihm zu helfen, wie bei Claus und ihren Eltern. Doch René war bereit, die Herausforderung anzunehmen und mit Michael zu wachsen. »Wissen Sie, obwohl mein Prinz entzaubert wurde, ist heute mein Vertrauen in das Leben selbst gewachsen, das mich an die Hand nimmt auf meiner Reise in die Freude.«

In Dr. Tellerleins Ohr verstummte die Melodie von Lili Marleen. Vielleicht würde es seiner Patientin gelingen, den Tango der Liebe mit mehr Erfolg zu tanzen. Er würde sein Bestes dazu geben. Dr. Tellerlein räusperte sich und setzte seine Brille wieder auf, bevor er fortfuhr. »Es gibt noch eine letzte Form der Liebe. Sie wird ›Agape‹ genannt und bezeichnet die selbstlose Liebe, in der wir mit allem fühlen. Dieses Mitgefühl ist etwas anderes als Mitleid. Agape liegt jenseits all unserer Konditionierungen, nimmt alle Wesen bedingungslos an und befreit sie dadurch von unseren Vorstellungen. Ich möchte, dass Sie verstehen, dass jede dieser Arten zu lieben gleichzeitig besteht und Sie unterstützt auf Ihrer Reise. Sie brauchen niemals zu wählen!«

Eine alte Erinnerung erwachte in René. Sie lachte befreit auf. »Diese ›Agape‹ habe ich kennengelernt! In dem Moment als ich meiner Mutter verzieh, und noch einmal im Tempel der Ġgantija. Es war, als geschehe es mir. Ich weitete mich aus in alle Richtungen, aus meinem Herzen strömte Energie. Diese Liebe war mächtig und einfach. Sie tauchte auf ohne einen Anlass, schloss nichts und niemanden aus. Dann war sie wieder verschwunden. Aber ich weiß, dass sie da ist. Etwas ist anders, seit ich sie gespürt habe. Sie ist ein Trost selbst im größten Schmerz.«

Dr. Tellerlein nickte zufrieden und beugte sich René entgegen, als wolle er sicherstellen, dass sie sich die nächsten Worte besonders gut merkte. René hob ihre Augenbrauen und schaute ihn aus großen Augen erwartungsvoll an.

»Diese Liebe nur einmal zu erleben, ist ein großes Geschenk! Sie nähern sich ihr nur durch sich selber. Niemand kann sie einem anderen reichen. Gehen Sie Ihren Emotionen nach und sie kommt Ihnen entgegen. Im richtigen Moment werden Sie in Agape hineingeboren. Sie ist die wahre Heimat eines jeden Menschen. Sie sind auf einem guten Weg. Bringen Sie Ihren Michael das nächste Mal mit. Es würde mich freuen, ihn kennenzulernen!«

Als René die Praxis verließ, fühlte sie sich vom Leben getragen, wie von einer liebenden Mutter, die ihr Kind auf dem Arm hält. Sie und Michael hatten zu wenig Liebesnahrung in der Kindheit erhalten und klammerten sich in ihrem Mangel aneinander fest. Sie waren wie Verdurstende, die im Fluss des Lebens stehend nach Wasser schrien. ›Michael, ich möchte mit dir verschmelzen, dich in Freundschaft beim Heilen deiner Wunden unterstützen und in der Erfahrung dieser Beziehung mein Urvertrauen stärken‹, versprach sie auf der Heimfahrt.

Zuhause rannte René die sechs Stockwerke empor und öffnete die Tür. Michael war bereits da und sie brannte darauf, ihre Neuigkeiten mitzuteilen. Doch er saß leichenblass und versteinert am Tisch, starrte auf das Telefon, das vor ihm lag. René näherte sich ihm vorsichtig. »Alles okay?«, hauchte sie, schlang von hinten ihre Arme um seinen Hals und küsste ihn auf die Wange.

Michael zuckte zusammen. René bereitete es körperliche Schmerzen, wenn sie mehrere Tage getrennt waren. Er roch nach Straße und Schweiß.

»Was ist passiert?«, erkundigte sie sich besorgt.

Michael ergriff Renés Hand. »Das glaubst du nicht, Prinzessin! Ich fasse es selbst noch nicht! Heute auf dem Heimweg ist mir in Regensburg an der Ampel ein Lieferwagen hinten in den nagelneuen Hänger gefahren. Glücklicherweise ist nicht viel passiert. Wir tauschten also die Adressen aus und weiter ging es. Bevor ich auf die Autobahn fuhr, musste ich noch tanken. Beim Bezahlen höre ich draußen einen lauten Rumms. Ich renne raus und traue meinen Augen nicht. Ein Kombi ist in meinem Hänger gelandet! Er war zu schnell auf die Tankstelle abgebogen und konnte nicht mehr rechtzeitig bremsen. Der Fahrer steigt aus und sagt: ›Bitte entschuldigen Sie, das wollte ich nicht!‹ Dieses Mal hat auch Stefans neuer Volvo etwas abbekommen. Also tausche ich auch mit dem Kombifahrer die Adressen und fahre weiter. Was passiert mir drei Straßen entfernt von hier? Es ist einfach skandalös! Ein Fahrradkurier schießt aus der Seitenstraße und rauscht in meine Beifahrertür. Die sieht echt geküsst aus. Ich bin heilfroh, dass der Typ nicht verletzt ist. Jetzt sitze ich hier, warte auf einen Rückruf von Stefan und muss ihm den Salat erklären. Das war meine erste Tour!«

René schüttelte lachend den Kopf. »Du hast keinen der Unfälle verursacht. Mag sein, dass es Stefan besser findet, wenn du die

Polizei gerufen hättest. Aber solange die Verursacher die Schäden an ihre Versicherung melden, wird er nicht viel sagen. Ich bin froh, dass dir nichts passiert ist! Nimm' ein Bad, entspann dich. Ich koche uns was Leckeres, ich war auf dem Markt und habe für unser Abendessen eingekauft!«

»Du bist ein Schatz!«, flötete Michael erleichtert und verschwand im Bad.

René blieb noch einen Moment sitzen. ›Was sendet ein Mensch aus, in dessen Wagen mehrmals an einem Tag Autos hinten hineinfahren? Manche Geschichten sind einfach verrückt. Die würde einem keiner glauben, wenn man sie aufschreibt‹, beschloss sie nicht länger nachzudenken, denn ein heftiges Ziehen im Unterleib forderte ihre Aufmerksamkeit. In letzter Zeit hatte sie Schmerzen, bevor sie ihre Tage bekam. Überhaupt war ihre Periode unregelmäßig. Sie entschied, ihren Frauenarzt aufzusuchen.

In der Küche nahm René ihre Einkäufe aus dem Korb. Beim Kochen versank sie in jeden einzelnen Handgriff. Vorsichtig befreite sie den geräucherten Lachs aus seiner Verpackung, er duftete frisch und würzig. René mochte kein Fleisch, aß aber gerne Fisch. Michael liebte Fleisch und verschmähte gebratenen oder gekochten Fisch. Geräucherten Lachs schätzten sie beide. René schälte die neuen Kartoffeln und teilte sie in zwei Hälften. In ihren Händen spülte sie die Erdäpfel ab und legte sie vorsichtig in den Topf. Anschließend gab sie Salz in das Kochwasser und ein Lorbeerblatt. Für René waren Lebensmittel fühlende Wesen und sie war überzeugt, dass sie spürten, wie sie ihnen begegnete. Beim Kochen schmeckte René jede Zutat der Mahlzeit, wie ein Komponist, der die Töne seiner Oper, jedes Instrument und das gesamte Orchester hörte, wenn er die Noten niederschrieb. ›Was ist ein einzelner Ton? Erst in der Gesellschaft anderer Töne erschließt sich sein wahres Wesen und verwandelt ein Geräusch in einen himmlischen Klang. Alchemie vollzieht sich in jeder Tätigkeit, in jedem Moment. Weil ich mich dabei verbinde. Ich bin nicht allein, bin es niemals gewesen‹, stellte René freudig fest und roch an dem frischen Dill, der seinen zitronig-süßen Duft verbreitete.

Während die Kartoffeln garten, presste René eine Zitrone aus, mischte den Saft mit einigen Spritzern Rotweinessig und Olivenöl.

Unter Wasser abgespülte Kapern, Pfeffer und Salz rundeten das Dressing ab. Zuletzt hackte sie den Dill und gab eine Hälfte der Kräuter in das Dressing. Inzwischen waren die Kartoffeln gerade durch. Noch warm vermischte René sie vorsichtig mit dem Dressing. Die Lachsstücke breitete sie am Rand einer schwarzen Porzellanschale aus. Sie entkorkte den Bordeaux und ließ ihn in den mundgeblasenen Kelchen atmen. Anschließend deckte sie den Tisch und schnitt das Baguette auf. Der Kartoffelsalat war durchgezogen. René häufte ihn in der Mitte der Schüssel auf. Zwischen die Lachsstücke kleckste sie kleine Häufchen Sahnemeerrettich und krönte das Ganze mit dem Rest gehackten Dill. Obwohl sie etwas getan und geleistet hatte, fühlte sich René nach dem Kochen erfrischt und gestärkt. Gerade wollte sie Michael zum Essen rufen, da kam er barfuß aus dem Bad in seinem grün-blau gestreiften Frottee-Bademantel, den er seit seiner Jugend besaß.

»Alles okay, Prinzessin. Stefan ist nicht amused, aber er macht kein Ding draus. Den Volvo samt Hänger bringe ich Morgen in die Werkstatt.«

Im Vorbeigehen klopfte er René auf den Po. Sie lachte erleichtert.

Nach dem Essen gingen sie ins Kino und nahmen im Anschluss einen Drink bei den Sachsen. Ihr Lieblingssofa war frei. Michael sank hinein und entzündete auf seine ganz besondere Art eine Zigarette. René beobachtete ihn glücklich von der Seite. Er inhalierte den Rauch, stieß eine riesige blaue Wolke aus und deutete auf eine Aktzeichnung in Kohle, die an der Wand hing, mit zwei nackten Frauen im Schneidersitz als Motiv. »Was für ein Bild! Das macht sich hervorragend über unserem Bett. Ich finde, dieses Bild wartet auf uns!«, rief er begeistert.

René betrachtete das Preisschild. »500 Mark finde ich ein bisschen viel! Die Proportionen der Hände und Knie passen nicht zu den übrigen Körperpartien.« Sie hatte kein Interesse an dem Kunstwerk.

Kopf an Kopf lagen sie an der Sofalehne, hielten Händchen und warteten auf ihre Getränke. »Bitte schön, hier kommt Nachschub an Amors Liebestrank für meine Turteltäubchen!« Pascal schmunzelte und stellte die Gläser ab.

Michael leerte sein Pils, ohne abzusetzen. »Ich geh Mal mein Bier wegtragen, bin gleich wieder da!«, flötete er arglos wie ein Kind und verschwand in Richtung Toilette.

René warf ihm einen Handkuss hinterher, nippte an ihrer Weißweinschorle und dachte an das Gespräch mit Dr. Tellerlein. Heute war nicht der richtige Tag, Michael von dessen Bitte um einen gemeinsamen Besuch zu berichten.

»Schau mal, was ich mitgebracht habe, ich habe dir die Entscheidung abgenommen!«, raunte Michael in ihr Ohr und stellte die Aktzeichnung auf ihren Schoß.

René schluckte. »Das können wir uns nicht leisten! Du hast nur gelegentlich Aufträge von deinem Schwager und ich verdiene fast nichts als Lehrling! Die Gewinne, die mein kleines Vermögen abwirft, möchte ich später als zusätzliche Einnahmequelle nutzen, wenn ich als Restauratorin arbeite. Da verdient man nicht üppig!«, machte sie ihrem Ärger Luft.

René war erleichtert, das Thema endlich anzusprechen. Manchmal hatte sie das Gefühl, Michael wolle sie ärgern. Doch auf einmal wurde ihr klar, dass Michael keine Erfahrung im Führen eines Haushaltes besaß. Er hatte zuhause gelebt und die Wohnung seiner Eltern war voll von schönen Dingen, die Rosemarie und Ingo von ihren Reisen und Ausflügen mitbrachten.

»Hey Prinzessin, ich finde, dieses Gemälde gehört zu uns. Tut mir leid.« Wie ein gescholtener Junge saß Michael vor ihr. René konnte diesen Anblick nur schwer ertragen.

»Das Bild passt wunderbar in unser Schlafzimmer. Vielleicht hätte ich es lieber zu einem anderen Zeitpunkt gekauft«, lenkte sie ein und lächelte versöhnlich.

»In zwei Wochen fahre ich wieder eine Tour für Stefan! Da klingelt die Kasse«, brachte Michael stolz vor.

»Bitte versuche, einen Abschluss zu machen. Ein Fachhochschulabschluss als Mathematiker wird dir leichtfallen. Die meisten deiner Scheine werden anerkannt. Hast du dich erkundigt?«, drang sie in ihn.

»Ich werde bestimmt kein Versicherungsfuzzi, der Verträge berechnet!«, wehrte sich Michael und brachte sich hinter seiner finsteren Miene vor René in Sicherheit.

›Das war nicht der richtige Zeitpunkt‹, wies René sich wieder zurecht. ›Alles wird gut. Mit Liebe wird alles gut!‹, entschied sie.

»Dann lass uns die beiden nackten Schönheiten nach Hause tragen!«, sagte sie lächelnd und stand mit dem Bild in der Hand auf.

Am nächsten Abend hängten René und Michael das Gemälde über ihrem Bett auf. Michael versuchte, einen Nagel in die Wand zu schlagen, aber seine Hand zitterte derart, dass er den Nagelkopf mehrmals verfehlte.

»Prinzessin, ich glaube, du bist der Handwerker in unserer Beziehung. Mir hat man zwei linke Pfoten gegeben.« Er wedelte mit ihnen und hechelte wie ein Hund dazu.

»Kein Problem!« René nahm ihm den Hammer aus der Hand und schlug den Nagel ein.

»Einen Dreier gibt es nur über dem Bett, aber nicht darin! Klaro?«, scherzte sie.

»Du bist geil für Zwei, sexiest Princess ever! Komm her, dein Hengst will dich besamen!« Michael riss sich seinen Slip vom Leib und schleuderte ihn in hohem Bogen von der Empore.

»Geschlecht reichlich!«, brüllte er, warf den Kopf in den Nacken und schrie aus voller Kehle: »Born to be wild!«

René lachte herzlich. So übertrieben seine schauspielerischen Einlagen auch sein mochten, sie waren ursprünglich und ehrlich. René klatschte Beifall. »Du bist unglaublich! Ich liebe dich!«

Michael kam zu ihr hinüber und sprang übermütig mit ihr auf das Bett.

»Oh, apropos besamen«, flüsterte René zwischen zwei Küssen, »ich weiß nicht, ob du es mitbekommen hast, aber ich verhüte mit der Temperaturmethode. Das klappt seit Jahren perfekt. Aber seit einigen Wochen geht die Kurve im Zickzack rauf und runter. Ich gehe morgen zu einer Frauenärztin und kläre das.« René machte ein zerknirschtes Gesicht.

»Kein Problem, dein Prinz hat Ewigkeiten auf dich gewartet! Wenn ich eins habe, dann ist es Ausdauer. Und der standhafte Kerl hier macht es sich auch gerne in deinem Plappermäulchen gemütlich!«

»Na, dann werde ich wohl ein sehr intensives Gespräch führen. Das sieht mir nach einer steinharten Auseinandersetzung aus! Mal sehen, wie dem Kandidaten meine vollmundigen Argumente schmecken.«

Weiter sprach René nicht. Michael brüllte vor Lust und ließ sich Zeit, bis er kam.

Da Renés Frauenarzt im Urlaub war, hatte Camilla ihr Dr. Meyer empfohlen. Die dunkelhaarige Frauenärztin mit vollbusigem Rubenskörper saß in ihrem Sessel hinter dem Schreibtisch und lachte herzhaft. »Da sitzen Sie schon Mal gut!«, posaunte sie. Mit verdutztem Gesicht schaute René an sich herunter, dann nach rechts und links, bis sie durch den Fingerzeig der Doktorin den Klapperstorch über sich entdeckte.

»Ihr Hormonspiegel ist derart niedrig, wenn Sie ein Kind möchten, müssen wir eine Hormonbehandlung durchführen«, erklärte Dr. Meyer mit einfühlsamer Stimme und blickte auf die Laborergebnisse.

René schüttelte heftig den Kopf. »Sie verstehen mich falsch. Da ich sehr starke Blutungen hatte, wurde mir die Pille mit Dreizehn verordnet. Ich nahm sie ununterbrochen, bis ich sie vor einigen Jahren absetzte. Darauf blieb meine Periode völlig aus, aber seit einer naturheilkundlichen Behandlung bekomme ich meine Tage wieder regelmäßig. Seitdem verhüte ich mit der Temperaturmethode, weil ich ›kein‹ Baby möchte. Seit Wochen ist meine Temperaturkurve durcheinander, ich kann keine fruchtbaren Tage ablesen und zuverlässig verhüten, deshalb bin ich hier.«

»Entschuldigen Sie das Missverständnis. Hat sich etwas in Ihrem Leben verändert?«

»Ich, ähm …« René sprach ungern vor einer Fremden über ihre Gefühle. »Ich bin verliebt. Ich habe meine Jugendliebe wiedergefunden«, verriet sie schüchtern.

»Na, das ist doch eine wunderbare Erklärung. Machen Sie sich keine Gedanken, schwanger werden Sie nicht! Wenn Sie möchten, benutzen Sie zusätzlich ein Pessar.«

Dr. Meyer öffnete die Schublade ihres Schreibtisches und kramte eine Packung hervor. »Diese Einmal-Pessare hat meine Tochter aus Amerika mitgebracht. Sie sind mit einer spermienabtötenden Schicht überzogen. Nehmen Sie die Packung mit. Wenn Sie die benutzen, sind Sie super-save!«

René bedankte sich und fuhr beruhigt nach Hause.

An diesen Abend rollte René im Wohnzimmer auf dem Boden Packpapier aus. Sorgfältig strich sie es mit ihren Händen glatt. Ihre Acrylfarben standen neben ihr auf einer Zeitung, die Pinsel holte sie aus der Schachtel im Ankleidezimmer. René malte selten. ›Wenn es über mich kommt, ist es ein Bedürfnis wie Kacken müssen!‹ Sie lachte leise über ihren Vergleich und wusste, Michael würde das verstehen und mitlachen.

Einen Augenblick saß René bewegungslos mit einem handbreiten Pinsel vor der Leinwand, dann atmete sie tief ein. Beim Ausatmen ließ sie auf der gesamten Fläche einen Himmel in Blautönen entstehen. Auf der nassen Farbe modellierte sie mit reichlich Gelb eine gewaltige kugelförmige Sonne mit Strahlen wie Blütenblätter. In die Mitte des leuchtend gelben Sterns malte sie mit einem feinen Pinsel das Profil einer Frau mit langem Haar, deren Blick in den schemenhaften Umrissen eines Gesichtes versank, das sich mit ihr die Kugel teilte. ›Das ist Michael, mit dem ich da im Himmel schwebe, denn Kinder kann ich keine bekommen‹, entschied sie und blieb eine Weile zufrieden vor dem Gemälde stehen, bevor sie zu Bett ging. René fühlte sich erleichtert, wenn sie ihren inneren Bildern auf einer Leinwand Gestalt gegeben hatte, bevor sie als Thema in ihrem Leben Form annahmen.

Rosenduft weckte René. Michael stand vor ihrem Bett mit einem Strauß roter Rosen in der Hand. Er war von seiner Tagestour nach Köln zurück, die Haut in seinem Gesicht glänzte, sein Hemd und die Jeans waren schmutzig.

»Die sind für dich, Prinzessin!« Michael hielt ihr die Blumen unter die Nase. Sie genoss deren lieblichen Duft.

»Und die zwei auch!«, rief er übermütig und legte zwei Mozartkugeln auf ihren Bauch.

»Oh, ich liebe diese Kugeln!«, freute sich René.

Sie schälte genüsslich das Papier ab, die Leckerei mit einem Kern aus Nougat und Pistazien, umhüllt von Marzipan mit einem Schokoladenmantel, zerging bittersüß auf ihrer Zunge. Michael legte sich zu ihr auf das Bett, er nahm sein Schweißband ab. René schob ihm die zweite Kugel in den Mund.

»Ich habe auf der Fahrt nachgedacht. Mein ganzes Leben habe

ich an einem Ort verbracht. Jetzt wohne ich bei dir in der Stadt und bin für Stefan überall in Deutschland unterwegs. Ich finde, es ist an der Zeit, dass ich mit dir eine Reise mache!«, erklärte er laut schmatzend und klebte das Mozartkugelpapier auf seine Stirn. »Was meinst du, wohin die Fahrt geht?«,

»Nach Wien!« René schmatzte lachend zurück. »Da war ich noch nie!«, applaudierte sie.

Michael übereichte ihr eine Karte mit Mozarts Profil in Gold als Scherenschnitt darauf, in der ein Gutschein für ein Wochenende im Hotel Sonnenhof in Wien lag.

»Apropos. Die Sonne mit den beiden Profilen, die du da unten gemalt hast, ist ein echtes Kunstwerk. Erwarten wir Nachwuchs oder was wollte die Malerin ausdrücken?«, fragte er beiläufig.

»Ach was! Die Frauenärztin hat mir versichert, dass ich kein Kind bekommen kann. Alles in Ordnung! Vielleicht bist du das auf dem Bild, wer sagt denn, dass ich die Frau bin? Etwas ist natürlich von dem Künstler in seinem Werk enthalten, aber autobiografisch ist es deshalb lange nicht. In Wien möchte ich die Secession besuchen, ich liebe den Jugendstil! Eine Reise in die Stadt der Kaffeehäuser, des Palatschinkens, in die Welt von Sissi und Franz. Das wird wunderbar!«

DEM TOD IN WIEN BEGEGNEN

Der Wiener Kutscher schaute sich von Zeit zu Zeit ungläubig grinsend nach René und Michael um und vergewisserte sich, dass er seine erste Fiakerfahrt vom Stephansplatz zum Zentralfriedhof nicht träumte. Im November chauffierte er nur wenige Touristen, dieses Geschäft rettete seinen Tag. Längst hatten sie die Innenstadt hinter sich gelassen. Hier war die Kutsche weniger eine Attraktion als vielmehr ein Hindernis, auf das die anderen Verkehrsteilnehmer im Arbeiterviertel Simmering wenig Rücksicht nahmen.

Michael hatte das Sightseeing-Programm als Überraschung für René zusammengestellt. »Das wird ein Tag der Superlative«, flüsterte er stolz in ihr Ohr, »der Zentralfriedhof ist eine der größten Anlagen Europas, der Prater ist weltberühmt und diese Fahrt in einem Fiaker ist meiner Prinzessin würdig!«

René spürte seinen warmen Atem an ihrem eisigen Ohr. Sie nickte tapfer. Mit geschlossenen Augen lauschte sie den Pferdehufen, die einen Staccato-Trab auf dem Asphalt tanzten. Ihre Füße waren taub und die Kälte kroch ihre Beine hinauf, obwohl sie die schwere Wolldecke des Kutschers bis unter das Kinn gezogen hatte. Die Fiakerfahrt reihte René in die Kette der Merkwürdigkeiten ein, die ihr Michael in aufrichtiger Liebe schenkte. Wobei das Ertragen von Kälte eine besondere Herausforderung darstellte, denn selbst bei fünfundzwanzig Grad im Schatten bekam René eine Gänsehaut. An diesem Morgen zeigte das Thermometer Minus zwanzig Grad an. Renés Körper stellte sämtliche Funktionen ab, die nicht existenziell waren. Das Leben zog sich in einen winzigen Punkt in ihrer Mitte zurück, in dem eisigen Fahrtwind erstarrten selbst ihre Gedanken.

Endlich stoppte das Gespann, die Pferde schnaubten und ließen die Köpfe sinken, ihr Fell dampfte in der Kälte. Der Kutscher bedankte sich überschwänglich für sein Honorar samt üppigem Trinkgeld, das Michael ihm überreichte. Dann half er René aus der Kutsche. Sie sprang auf der Stelle, bis das Gefühl in ihre Beine zurückkehrte, und schaute dem Fiaker hinterher.

Arm in Arm spazierten René und Michael durch das Stillleben des winterlichen Zentralfriedhofes, nur das Knirschen der Stiefelsohlen im Schnee unterbrach die feierliche Totenruhe.

»Schnee macht mich fröhlich, die Probleme der Welt schlafen unter der glitzernden weißen Decke«, sagte René bibbernd. Sie lehnte ihren Kopf an Michaels Schulter und hauchte in sein Ohr, als fürchte sie, jemand würde sie belauschen: »Friedhöfe erfüllen mich mit Demut. Es ist der Tod, der die Zeit lebendig macht.«

Michael schaute sie verdutzt an. Mit offener Jacke stapfte er durch den Schnee, der unter seinen Schuhen schmolz. »Alles Vergängliche ist nur ein Gleichnis«, las er eine Grabinschrift vor und witzelte im Tonfall eines Oberlehrers: »Was wollte der werte Goethe uns damit sagen?« Dann schüttelte er sich, als liege die kalte Hand von Gevatter Tod auf seiner Schulter und fügte hinzu: »Klingt mir zu morbide.«

René hielt inne. »Alles Vergängliche ist nur ein Gleichnis – damit endet Goethes Faust. Mich berührt die Aussage. Beim Anblick einer Blumenwiese empfinde ich Ehrfurcht, denn ihre Schönheit weist über die Form hinaus. Sie deutet auf das Wesentliche. Goethes Worte sind keine Geringschätzung. Er wandte sich nicht von dem Lebendigen ab, sondern verweilte in Andacht vor einer Blüte, die in wenigen Tagen verwelkt sein würde. Goethe erforschte diese formgebende Kraft. Das Urbild nicht erkennen, nannte er Materialismus.« Im Eifer ihrer Worte röteten sich Renés Wangen und sie vergaß zu frieren, als sie Michael an dem teilhaben ließ, was sie mehr antrieb als alles andere: Ihre Suche nach dem, was die Welt im Innersten zusammenhält und sich ihr in allem Vergänglichen auf anbetungswürdige Art offenbarte.

Michael legte seine Stirn skeptisch in Falten und musterte René von der Seite. »Das ist wohl eher Fühlen als Forschen, was du da beschreibst! Ich setze auf Analyse. Ich untersuche die Dinge zuverlässig und präzise mit meinem Verstand, so erschließen sich mir die Gesetzmäßigkeiten der Natur«, entgegnete er.

René blieb stehen und widersprach. »Wenn du ein Ding in seine Bestandteile zerlegst, offenbart es dir nicht sein Geheimnis. Die Fülle dieses Wissens aus analytischer Erkenntnis gibt uns Sicherheit in der materiellen Welt. Fliegen wirst du auf diese Weise nie lernen. Die innere Sprache der Dinge erschließt sich durch Intuition. Der Gesichtsausdruck eines Menschen verrät dir etwas über sein seelisches Empfinden und genauso ist es mit allen Dingen. Worte transportieren das nur unzureichend. Goethe nannte das sinnlich-sittliche Erkenntnis. Sie offenbart dir das Geheimnis einer Schöpfung aus dem lebendigen Nichts.« René schaute Michael erwartungsvoll an und hoffte, er würde verstehen, besser konnte sie ihre Weltsicht nicht formulieren.

Doch Michael schüttelte den Kopf. »Nein, nein und nochmals nein!« Plötzlich sah er wie ein Professor des letzten Jahrhunderts aus, der ärgerlich über seine Brille lugte und seine Studenten im Hörsaal zurechtwies: »Ich halte es mit Kants kategorischem Imperativ: Handle so, dass die Maxime deines Handelns zum allgemeinen Grundsatz werden kann. Das ist das höchste moralische Prinzip und beruht auf intellektueller Erkenntnis. Kant hat den intuitiven Aspekt des Verstandes anerkannt, aber er sah auch klar die Gefahr der Willkür, der eine solche intuitive Weltanschauung Tür und Tor öffnet. Ich beschränke mich auf die Logik des Verstandes. Eine Blüte ist die bestäubungsbiologische Einheit der Blütenpflanzen. Durchaus hübsch anzusehen, dient sie der sexuellen Vermehrung. Hat sie ihren Zweck erfüllt, verwelkt sie und düngt den Boden, aus dem die nächste Pflanze keimt. Das ist alles!« Michael schwieg einen Moment, dann zündete er sich eine Zigarette an und hielt René das Päckchen hin. Sie schüttelte missmutig den Kopf. Michael stieß eine gewaltige blaue Wolke aus und erklärte mit stolzgeschwellter Brust: »Ich kämpfe mit meinem Freund Rousseau, dem ich zwar kaum verzeihen kann, dass er ein froschfressender Franzose war, der aber erkannt hat: Der Mensch ist frei geboren und überall liegt er in Ketten. Diese Freiheit ist eine Wirklichkeit und nicht gefühlige Illusion.« Mit glänzenden Augen ergriff er Renés Hände, seine Zigarette qualmte zwischen seinen Lippen. »Du bist die anarchistische Prinzessin meiner Jugend, die nichts und niemanden als Autorität anerkennt, auf ihre Überzeugungen hört und doch andere neben sich gelten lässt. Du vertrittst das Prinzip Ordnung ohne Herrschaft wie keine Zweite. Wie du diesen Standpunkt halten kannst, ist mir allerdings ein komplettes Rätsel und ganz sicher ungeeignet als Gesellschaftsmodell.« Michael schüttelte zur Bekräftigung seinen Kopf. »Ich kämpfe für Freiheit, Gleichheit und Brüderlichkeit mit meiner politischen Arbeit. Meine Eltern sind in einem Arbeiterviertel aufgewachsen, wie meine Großeltern auch. Meine Vorfahren waren allesamt demokratische Sozialisten! Die Freiheit, selbstbestimmt zu leben, basiert auf der gleichen Würde jedes Menschen. Gerechtigkeit bedeutet gleiche Teilhabe an Bildung, Arbeit und sozialer Sicherheit. Das erreichten sie durch Solidarität. Ich teile deren Bereitschaft, füreinander einzustehen und für die sozialdemokratischen Werte zu kämpfen!«

René betrachte Michael, vor ihrem inneren Auge sah sie ihn die rote Fahne schwingend als Anführer seiner Ahnen, die ihm mit Stolz erhobenen Fäusten folgten. Michael war der erste Student in seiner Familie, doch in seinem Herzen blieb er ein Proletarier. Als Mann mit Scheckkarte wäre er Mitglied der bürgerlichen Klasse und würde die Ehre seiner Familie verraten. René wusste, wie sehr Ingo sich gewünscht hatte, Mathematik zu studieren. Michael hatte diesen Traum für seinen Vater wahrgemacht, obwohl er als Jugendlicher Politik studieren wollte. »Reine Mathematik ist Philosophie«, hatte er später erklärt und selbst sein Mathematikstudium in den Dienst des Freiheitskampfes gestellt. Das war für Michael eine Frage des Anstandes und Dankbarkeit, die er für seine Eltern empfand.

Michael schnippte seine Zigarette in einen Müllkorb. »Es kommt mir nicht auf eine politische Karriere an. Neben meiner Arbeit als ehrenamtlicher Stadtverordneter, Mitglied des Ortbeirats und stellvertretender Fraktionsvorsitzender habe ich Tausende von Plakaten geklebt und bei jeder Wahl geholfen. Dafür sollte sich kein Genosse zu schade sein. ›Born to be wild! Seid stark und unabhängig!‹, schreie ich hinaus in die Winterstille dieses Friedhofs!« Michael breitete seine Arme aus, warf seinen Kopf hin und her und riss in einem lautlosen Schrei seinen Mund auf.

René lachte, obwohl sie gegen Rousseau und Kant verloren hatte, fühlte sie mit Michael. Seine Ketten waren die sozialdemokratischen Werte, die er für seine Eltern trug. Hundertzwanzigprozentig, wie er nun einmal war, kämpfte er für seine Ideale, Geldverdienen und Karrieredenken empfand er als unsozial. René teilte seine Abneigung gegen eine Ellbogengesellschaft, aber sie wusste nur zu gut, dass man Geld verdienen muss, bevor man es ausgeben kann. Sie hoffte, Michael dazu bewegen zu können, die Verantwortung für sein materielles Leben zu übernehmen. Das hatten seine Eltern schließlich auch getan. Wenn sie ihm nur klar machen könnte, dass sich jeder selbst fesselte, würde er sicher erkennen, was ihn hemmte und sich ändern. »Du schaust aus wie Joe Cocker, wenn du deinen Tanz aufführst.« René ahmte Michaels Bewegungen nach. Doch dann hob sie den Zeigefinger und erklärte: »›Unchain my heart‹ hat Joe Cocker gesungen. Was, wenn die Ketten, die uns unfrei machen, um unsere Herzen liegen und wir sie uns selbst angelegt haben? Du warst der Erste, der etwas Liebenswertes in mir gesehen hat. Ich lerne gerade, mich selbst anzunehmen, mich zu lieben, so unvollkommen, wie ich nun einmal bin. Mit der Hilfe von Dr. Tellerlein habe ich einige Ketten zerrissen. Ich glaube, jeder Einzelne hat eine Verpflichtung, glücklich zu sein. Glück ist der Urzustand des Menschen! Er wartet in uns darauf, entdeckt zu werden.«

René klopfte gegen ihre Brust, sie hatte alles gesagt und vertraute darauf, dass ihre Worte wie Samen keimen und Michaels Möglichkeiten zum Erblühen bringen würden, auch wenn sie enttäuscht war, dass er noch keinen Sinn für das Schöne hatte. Schweigend liefen sie Hand in Hand zum Ende der Gräberreihe und bogen in den Mittelgang ein, den nackte Bäumen säumten, von deren Ästen Eiszapfen bedrohlich herabhingen.

Völlig unvermittelt fragte Michael: »Wo gehst du sonntagsmorgens hin? Du denkst ich bekomme das nicht mit, weil ich bis mittags schlafe, aber ich merke das, so lange geht keiner Brötchen holen!«

René erschrak. Obwohl sie insgeheim auf diese Frage gewartet hatte, schlug ihr Herz bis zum Hals. Sie fürchtete, den wertvollsten Teil ihrer selbst im nächsten Moment seziert unter Michaels messerscharfem, analytischem Verstand zerfallen zu sehen. Wie sollte sie dem Atheisten, dem politisch aktiven Menschen die Besuche im Zentrum der Rosenkreuzer zum Tempeldienst erklären? Sie sah ihre Worte in einen Abgrund der Verständnislosigkeit stürzen. Leise und stockend begann sie zu sprechen: »Ich treffe mich mit Freunden, die wie ich und der werte Goethe ergründen wollen, was die Welt im Innersten zusammenhält. Wir sind ein

Zirkel, der sich mit philosophischen Fragen beschäftigt.« Allgemeiner und unverbindlicher vermochte René das Anliegen der Rosenkreuzer nicht zu formulieren. Dabei fühlte sie sich wie eine Verräterin, doch Michael von Tempeldiensten mit rituellen Texten zu berichten, machte ihr Angst. René liebte die erhabenen Worte der heiligen Schriften und brauchte sie gegen das Elend der Welt. Sie leuchteten tröstend wie die Fenster des Doms, den sie mit ihrem Großvater besucht hatte. Sie mochte nicht in einer Welt ohne Kirchen leben und rechnete damit, Michael würde ihre Kathedralen niederbrennen.

Er ließ ihre Hand los und lief schweigend neben ihr. René fürchtete, er sammle neue Munition. »Mensch, erkenne dich selbst. Wenn ich die Menschen von weit oben betrachte, sind wir alle auf dem Weg nach Hause. Und wenn wir angekommen sind, stellen wir fest, dass wir gar nicht hätten losgehen müssen. So gesehen, ist alles, was uns geschieht, nur ein Gleichnis, eine Handreichung des Lebens für uns, auf der Suche nach unserem Wesenskern, damit wir ankommen, von wo wir nie weggegangen sind«, ereiferte sie sich und gestikulierte dabei mit ihren Händen, als verliehe das ihrer Erklärung größere Überzeugungskraft.

Doch Michaels Miene verfinsterte sich und Renés Worte schmolzen im Schnee. Sie waren am Ausgang des Friedhofs angekommen. »Unterwegs nach nirgendwo. Das ist mir echt zu metaphysisch. Aber geh da ruhig hin, wenn es dir guttut. Wir besuchen jetzt den Prater! Da tanzt das Leben! Komm, Prinzessin, wir wollen mit der Menge schwofen!«, beendete Michael ihr Gespräch.

›Warum ist es mir so wichtig, dass Michael versteht, was mich im Innersten bewegt?‹, überlegte René und berührte ihre Sehnsucht nach Verschmelzung. Sie fühlte sich allein und fror, als sie in die Straßenbahn zum Prater stiegen.

»Winterpause!«, beschimpfte Michael das Schild am Eingang des Praters. »Das ist skandalös!«, stöhnte er enttäuscht und rüttelte vergebens an den verschlossenen Toren des Vergnügungsparks.

»Lass uns dort drüben einen Kaffee trinken, ich spüre meine Wangen nicht mehr«, schlug René vor.

In dem kleinen Café gegenüber dem Prater schlüpfte René aus

ihren Schuhen und wärmte die Füße an dem Kanonenofen, der zusätzlich zur Heizung bollerte. Langsam kehrte Leben in ihre kalten Gliedmaßen zurück.

»Ich möchte deine Freunde kennenlernen«, forderte Michael, während er den dritten Löffel Zucker in seinen Kaffee kippte.

»Gerne!«, antwortete René, bemüht selbstverständlich zu klingen, doch es misslang ihr, Michael und ihre Rosenkreuzer-Freunde in einem Gedanken zusammenzufassen. Wieder vermied sie es, das Wort ›Rosenkreuzer‹ in seiner Gegenwart auszusprechen und widerstand dem Impuls, für ihre Sache einzustehen. Michael würde sich nur darüber lustig machen.

Er spürte ihre Anspannung. »Philosophisch habe ich was auf dem Kasten, wie du weißt, da kann ich mit jedem mithalten.« Michael grinste selbstzufrieden.

»Das weiß ich!«, stimmte René ihm freundlich nickend zu. ›Jetzt oder nie‹, dachte sie plötzlich und stellte die Frage, die ihr seit Langem auf der Seele lag: »Wer dich gerne kennenlernen möchte, ist Dr. Tellerlein, er hat mich darauf angesprochen.« Kaum hatte sie ihre Frage auf die Reise geschickt, hätte sie lieber geschwiegen, denn Michaels Gesicht rötete sich und seine Augen traten wütend hervor. René schluckte ängstlich.

»Zu einem Seelenklempner gehe ›ich‹ nicht! Ich meine, ist okay, wenn ›du‹ hingehst. Für mich ist das nichts!«, stieß er hervor und knallte seine Kaffeetasse auf den Unterteller.

Beim Anblick seines versteinerten Gesichtes fröstelte René wieder, es traf sie wie eine Ohrfeige, dass er Dr. Tellerleins Einladung derart heftig verweigerte. ›Michael bekommt gar nicht mit, wie der Mörtel aus seiner sozialdemokratischen Fassade bröselt. Aber gut, wer sich nicht selbst seinen Problemen stellt, den stößt das Leben drauf!‹, dachte sie wütend und schluckte gleichzeitig ängstlich. Denn Michaels Schlinge lag auch um ihren Hals und so sehr sie es sich wünschte, wusste sie doch, dass sie kein Stroh in Gold verwandeln konnte. Die Bestätigung folgte auf dem Fuße.

Als würde eine weitere schlechte Nachricht die erste in ihrer Wirkung schwächen, schob Michael nach: »Ich habe gerade andere Sorgen, Prinzessin. Stefan hat keine Arbeit mehr für mich. In letzter Zeit stimmt unser Verhältnis nicht mehr. Mein Herr Schwager hat sich über die Höhe meiner Spesen echauffiert. Er würde schließlich auch nicht jeden Tag Steak essen und in teuren Hotels absteigen. Echt ein knauseriger Kleingeist der Kapitalist, der zig Wohnungen sein Eigen nennt. Aber das ist unwichtig. Stefan hat zwei Kunden verloren und für mich gibt es nichts mehr zu tun. Ich muss mir bald eine neue Arbeit suchen.«

»Warum machst du keine Ausbildung?«, drang René erneut in ihn ein. »Michael, dein Leben ist für dich. Du bist frei damit zu machen, was du möchtest. Nur manchmal sehen wir das nicht. Stell dir einen leeren Bus vor. Auf der einen Seite liegt eine Landschaft mit saftigen Wiesen und Bäumen, auf der anderen eine düstere Steinschlucht. Ganz hinten im Bus sitzt ein Mann, er schaut unentwegt zur düsteren Steinschlucht. Alle anderen Plätze im Bus sind leer. Doch der Mann bleibt hinten sitzen und bewegt noch nicht einmal seinen Kopf. Du kannst nicht entscheiden, welche Erfahrungen du machst, doch du bist frei zu wählen, ob und wie du darauf schaust. Es ist deine Verantwortung zu entscheiden, ob die Erfahrung dich stärkt oder dich vom Leben abtrennt. Wenn du dir Vorwürfe machst, kettet sie dich an die Vergangenheit. Jeden Tag schickst du mit den Gedanken an eine verletzende Gegebenheit deine Energie in die Vergangenheit. Das Ereignis dauert oft nur zwanzig Sekunden, doch wir halten zwanzig Jahre daran fest. Deine Gedanken, deine innere Welt ist es, die alles im Außen erschafft. Du hast im Studium dein Bestes gegeben. Du musst nicht immer der Primus sein. Niemand muss das. Vergib dir, Michael. Was immer du erlebt hast, Vergebung hilft, die Ketten abzustreifen.«

»Ich lege mir bestimmt keine Ketten an, das machen die Mächtigen!«, brüllte Michael mit schmerzverzerrtem Gesicht.

René zuckte zusammen und war doch erleichtert, dass Michael seinen Schmerz durch Lautstärke ausdrückte, anstatt ihn hinter nüchternen Erklärungen zu verbergen. Das Café war leer bis auf den Mann hinter dem Tresen. Er räumte stoisch Tassen ins Regal.

Doch sofort gewann Michael seine Selbstkontrolle zurück. »Meine politische Arbeit werde ich fortführen und mich für die Arbeiterklasse einsetzen. Von den Genossinnen und Genossen des Ortsverein in unserem Stadtteil wurde ich zum Delegierten für den Unterbezirksparteitag gewählt. Wir wollen bezahlbaren Wohnraum zur Verfügung stellen und die Mieten gehören gedeckelt. In dem Viertel, in dem meine Eltern aufgewachsen sind, tummeln sich mittlerweile schnöselige Yuppies. Das ist skandalös! Ich kümmere mich um einen Job, wenn wir zurück sind. Das ist nicht das Wichtigste im Leben. Wir haben eine Wohnung und Essen. Da wären viele Menschen froh drüber. Jeder Mensch hat ein anständiges Leben verdient. Dafür kämpfe ich. Der Rest ist metaphysisches Geschwafel! Übrigens, falls du es vergessen haben solltest, wir sind nicht im Sana… ich meine, im Verhörzimmer. Wir sind in Wien und jetzt genießen wir den Urlaub!«

Fast hätte Michael zum ersten Mal in der Gegenwart von René das Wort ›Sanatorium‹ ausgesprochen. Aber eben nur fast. Sie wusste, dass jeder seinen Prägungen folgte. Das galt für ihre Suche im Inneren nach einem Urgrund, der sie behütend in die Arme schloss, wie für Michaels Bedürfnis, die Welt im Außen zu verbessern. ›Ist die Liebe nicht die Triebfeder und das Ziel unser beider Handeln?‹, überlegte René und hoffte inständig, dass ihre Worte Spuren hinterließen. »Du hast Recht, Michael, lass uns ins Hotel gehen«, lenkte sie ein und küsste ihn zärtlich auf die Wange.

»Das ist eine gute Idee, wir verbringen den Nachmittag im Spa-Bereich und wärmen unsere Knochen in der Sauna, was meinst du?« Michael lächelte versöhnlich und rief dem Mann am Tresen zu: »Bitte zahlen und rufen Sie uns ein Taxi zum Sonnenhof!«

Als sie zurück ins Hotel fuhren, tobte draußen ein Schneegestöber. Den Rest des Tages verzichteten sie auf geistige Auseinandersetzungen. Stattdessen verwöhnten sie ihre Körper, schwitzten in der Sauna und Michael trug René auf seinen Armen durch das warme Wasser des Pools. Später relaxten sie neben riesigen Schwertpalmen in ihren Hotelbademänteln auf Deckchairs, die mit dicken Polstern bezogen waren, und nahmen auch das Abendessen im Spa-Bereich ein.

»Ich fühle mich wie runderneuert!«, stellte Michael am nächsten Morgen fest und räkelte sich verschlafen im Bett.

»Oh, es ist fast zehn!«, rief René und sprang aus dem Bett, sie wollte das Frühstück nicht verpassen.

»Jetzt aber hurtig, sonst geht unser Kaffee-Junkie leer aus!«, witzelte Michael.

Wenig später saßen sie im Wintergarten des Sonnenhofs, der als Frühstücksraum diente, und blickten über die Dächer Wiens, die von Raureif überzogen waren und eisig glitzerten. Die Glocken des Stephansdoms schlugen.

»Dieses Hotel macht unserer Herberge zur Glückseligkeit ernsthafte Konkurrenz«, stellte Michael mit großen Augen fest.

René lächelte. »Die Herberge zur Glücksseligkeit ist da, wo du an meiner Seite bist.«

Michael warf ihr einen Kuss zu. »Ich habe einen Wolfshunger! Lass uns das Buffet plündern!«

»Geh du schon, ich genieße noch meine Melange.«

Wenig später kehrte Michael mit zerknirschter Miene an den Tisch zurück. »Der Sonnenhof ist ganz sicher nicht die Herberge zur Glückseligkeit! Ohne Rinderbierschinken kein Titelanspruch!«, knurrte er und biss widerwillig in sein Brötchen mit Schweinebierschinken, als handele es sich bei dem Belag um verdorbene Wurst.

»Was du einmal entschieden hast, ist wahrlich bis in alle Ewigkeit in Stein gemeißelt.« René wusste, wie Michael litt, wenn er seine Gewohnheiten ändern musste. Frühstücken ohne Rinderbierschinken, das ergab keinen Sinn für ihn. Sie grinste tapfer, doch mit einem Stich im Magen schwand ihre Hoffnung, Michael für ihre Welt zu begeistern.

»Das ist nur zu deinem Besten!«, konterte Michael. »Einmal meine Prinzessin, immer meine Prinzessin! Du bist auch nicht amused, wenn es kein Obst mit Quark und Honig zum Frühstück gibt, gell?« Michael hauchte René einen Handkuss zu.

»Erwischt!«, gab sie lachend zu.

»Aber keine Sorge, es gibt Quark, Heidelbeeren und Waldhonig, der aus einer riesigen Wabe läuft.«

»Klingt göttlich! Ich muss los!«, flötete René, leckte sich genüsslich über die Lippen und verschwand in Richtung Buffet.

Nach dem Frühstück verließen sie Hand in Hand das Hotel und fuhren mit der U-Bahn zur Secession.

Auf der gegenüberliegenden Straßenseite blieb René mit offenem Mund stehen. »Wow! Ist das schön!«, bewunderte sie das berühmte Ausstellungshaus.

Es war die lichte Ausstrahlung des künstlerisch gestalteten

Gebäudes in Weiß und Gold, die sie an den Tempel der Rosenkreuzer erinnerte, obwohl der Fünfzigerjahre-Bau in Calw die zeitlose Eleganz der Secession vermissen ließ. Den Eingangsbereich des Wiener Bauwerks flankierten Blöcke, die vier Pylonen darüber umfassten eine filigrane Kuppel aus vergoldetem Blattwerk mit unzähligen Beeren.

»Secession bedeutet Abspaltung. Gustav Klimt und die Künstler um ihn riefen eine neue Kunst aus und errichteten achtzehnhundertsiebenundneunzig das Gebäude mit einem quadratischen Grundriss und fensterlosen Wänden«, las Michael aus der Broschüre, die er aus dem Hotel mitgenommen hatte. »Das klingt nach Revolution!«, fügte er enthusiastisch hinzu und schwang kämpferisch die Faust

René deutete auf den Wahlspruch der Künstlervereinigung neben der Eingangstür. »›Ver Sacrum‹ bedeutet heiliger Frühling. Das drückt die Hoffnung auf eine neue Kunstblüte aus. ›Der Zeit ihre Kunst. Der Kunst ihre Freiheit‹«, las sie die Inschrift über dem Eingangsportal in goldenen Lettern. »Dieses Gebäude ist bezaubernd wie eine weiße Orchidee. Die Secessionskünstler verkündeten eine religiös-kultische Erneuerung der Kunst und der Gesellschaft«, schwärmte René.

»Erneuerung der Gesellschaft ist gut. Den religiös-kultischen Teil können wir gerne weglassen, wenn es nach mir ginge«, kommentierte Michael augenzwinkernd.

Im Inneren der Secession betraten sie den eigens für die Ausstellung des Beethovenfrieses geschaffenen Raum. Oben an den Wänden zog sich auf drei Seiten ein zusammenhängendes Gemäldeprogramm entlang.

»Was Klimt da gemalt hat, war damals ein Skandal für die prüden bourgeoisen Herrschaften«, gab Michael hocherfreut das Wissen seines Prospektes weiter.

René bereitete es körperliches Unbehagen, dass Michael ihren Lieblingsmaler auf das Format eines politischen Revolutionärs zurechtstutzte. Missmutig rieb sie sich ihren Bauch. Ihr Kampfgeist erwachte und auf ihre ganz eigene Art und Weise unternahm sie einen neuen Anlauf, Michael für ihre Weltsicht zu begeistern. »Das Werk von Gustav Klimt gilt als einer der Höhepunkte des Wiener

Jugendstils und ist eine Hommage an den Komponisten Ludwig van Beethoven. Die drei bemalten Wände bilden eine zusammenhängende Erzählung, die die Sehnsucht der Menschen nach dem Glück darstellt.«

Sie ging zum ersten Teil des Kunstwerkes und deutete auf die schwebenden Genien mit prächtigem Haar. Michael runzelte die Stirn. »Wenn du mich fragst, ist das eine haarige Angelegenheit! War Klimt ein Friseur? Geht es um Beethovens wellige Mähne?« Michael kicherte heiser, verwuschelte seine sorgfältig geföhnte Frisur und nahm in der Mitte des Raumes Platz.

René spreizte die Arme und drehte eine elegante Pirouette. »Goldenes, üppiges, weiches, vierunddreißig Meter langes Rapunzelwallehaar«, sang sie, dabei warf sie den Kopf nach hinten und fuhr sich mit den Händen durch ihre Lockenpacht.

»René, lass dein goldenes Haar herab, bitte! Oh, holdes Weib, schwebenste aller Genien, zeig mir deinen Haarfrizz, ich meine, erkläre diesen haarigen Fries«, flehte Michael amüsiert.

»Das will ich tun, werter Herr. Sitz er still, mein bester Freund.«

Michael legte seine Hände an den Mund und rief ausgelassen: »Dein Wunsch ist mir Befehl. Nun sage an mir frisch, du goldige Maid!«

Mit einem Mal sprang René tanzend durch den Saal, verbeugte sich hier und da vor Figuren des Frieses mit einer geneigten Arabeske, lachte glücklich, wirbelte um ihre eigene Achse und war ganz und gar in ihrem Element. Vor dem ersten Teil des Beethovenfrieses kam sie zum Stehen.

»Darf ich vorstellen, meine teuren Freundinnen, die Genien. Sie sind allerschönste Schutzgeister und geleiten dich durch deine Suche nach dem Glück, nach dem, was dir Erfüllung im Leben schenkt. Immer sind sie da und umschweben dich, sie träumen dich hinein in dein besseres Leben. Denn wir alle brauchen Hilfe bei diesem unseren höchsten Anliegen, so wie diese drei hier. Nackt und elend stehen sie da.« René nahm die ihr vertraute Haltung des nackten Kindes ein, auf das sie deutete. Mager und verloren stand es hinter einem knienden Paar. »Mir dürstet nach Wärme, nach Nahrung, nach Liebe. Bitte hilf mir!«, flehte sie verzweifelt und starrte Michael mit hungrigem Verlangen an.

»Alles, alles, will ich dir geben, mein Kind. Aber schau, die

Genien schweben mit dir!«, antwortete Michael, sprang auf und deutete auf die Schutzgeister.

»Sie geleiten den Glückssucher zum guten Ritter. Er ist groß, er ist stark und er ist gekleidet in eine Rüstung aus reinem Gold«, schwärmte René und schritt hinüber zu der erhabenen Gestalt, in der sie vergebens Michaels Antlitz suchte. Wie der hilfreiche Ritter in edlem Gewand tat sie, als stemme auch sie ihr mächtiges goldenen Schwert in den Boden.

Michael rutschte auf den Knien zu René hinüber. »Salbe mein Haupt, goldener Ritter!«, flehte er.

»Nach deinem Willen geschehe dir!«, sprach René mit würdevolltiefer Stimme.

Im nächsten Moment drehte sie sich um ihre eigene Achse, dieses Mal waren ihre Drehungen wild. Schneller und schneller wirbelte sie herum, bis ihr die Sinne schwanden. Dann hielt sie abrupt an, nur ihr Brustkorb hob und senkte sich. Würdigen Schrittes trat sie vor Michael hin und hielt das imaginäre goldene Ritterschwert hoch in die Luft. »Frei, Leben zu geben und zu nehmen, segne ich dich!«, verkündete sie.

Anschließend berührte sie Michaels Kopf und seine Schultern mit dem Ritterschwert. »Ich kämpfe jetzt durch dich, werter Mensch«, versprach René mit tiefer Stimme und für einen Moment steckte auch Michael in einer goldenen Rüstung. »Erhebe dich!«

Michael tat, wie ihm befohlen. Mit erhobenem Haupt nahm er wieder Platz.

René wandte sich dem Fries zu. »Dank sei dem edlen goldenen Ritter, er ist wahrhaftig ein Glücksfall für uns suchende Kreaturen. Aber selbst er braucht Ermutigung. Das übernehmen diese beiden hier.« Rene lächelte wie die Schönen über dem Ritter, unter denen sie stand und sprach: »Diesen Lorbeerkranz reiche ich dir. Er schenkt dir Mut.«

Dann faltete sie ihre Hände wie die andere Gestalt und erklärte: »Ich verkörpere das Mitgefühl, es begleitet und segnet dich auf deinen Wegen.« Sie verharrte mit geschlossenen Augen in ihrer Pose.

Darauf nahm René wieder die Haltung des goldenen Ritters ein, der sein Schwert vor sich trug. »Kommt, meine schwebenden Genien, es ist Zeit für das große Abenteuer! In die Höhle des

Löwen geht es jetzt!«, rief er seine Gefährten zusammen und marschierte in den zweiten Teil des Frieses. Dort angekommen sackte René plötzlich zusammen und hielt sich mit schmerzverzerrtem Gesicht die Ohren zu. »Ahhh!«, schrie sie. »Hörst du die entsetzlichen Schreie des Affenmonsters, wie es kreischt und tobt?«

Mit verzweifelter Miene hob René die Arme und presste ihre Hände an die Schläfen, ihr Schrei vibrierte in der Luft. Michaels Augen quollen entsetzt hervor, er wollte René zur Hilfe eilen. Doch sie wehrte seine Hilfe ab. »Den Gefahren und Verführungen der ›einfachen feindlichen Gewalten‹ muss sich jeder selbst stellen! Hör nur das entsetzliche Geschrei des zotteligen Giganten Thypeus, der den zweiten Teil des Frieses beherrscht! Achtung, sein schleimiger Schlangenkörper windet sich!« René duckte sich, denn Thypeus schlug mit seinen Flügeln nach ihr.

Links neben dem haarigen Monster lauerten drei Gorgonen. »Die beißen!«, warnte René und deutete auf die giftigen Schlangen im Haar der Schreckensgöttinnen. »Schau Medusa nicht in die Augen! Sonst verwandelt sie dich in Stein!«

Über dem grauenvollen Trio starrten Tod, Krankheit und Wahnsinn aus leeren Augen auf René und Michael hinab. »All diese Gestalten sind die Feinde des Menschen auf seiner Suche nach dem Glück. Genien! Wo sind die Genien?!« flehte René, ihr Blick irrte hilfesuchend umher.

»Nein, noch mehr Schreckensgestalten! Unter dem Monsterflügel lauern weitere Gefahren. Auf den ersten Blick sehen sie freundlich und nett aus. Aber Achtung, sie wollen uns täuschen. Siehst du die Frau mit dem dicken Bauch? Sie bekommt nie genug. Mehr und mehr will sie haben. Dabei ist sie so gierig, dass sie ihren Schmuck kaum mehr tragen kann und ihren fetten Bauch auch nicht. Die anderen beiden heißen Wollust und Unkeuschheit. Aber damit nicht genug, die letzte Gefahr ist der nagende Kummer. Seine dunkle Gestalt kauert hier unter dem Affenflügel, sogar die Haare des Kummers sehen traurig aus.«

Doch mit einem Mal erhellte sich Renés Miene, denn sie hatte die Genien entdeckt. »Schau, da sind sie, die Schutzgeister waren nie verschwunden, wir haben sie nur aus den Augen verloren. Unsere Wünsche und Sehnsüchte schweben über die Gefahren hinweg.«

Erleichtert schwebte René geniengleich durch den Saal. Mit nach hinten abgespreizten Armen folgte sie den goldhaarigen Schönen auf ihrer Suche nach dem Glück. Der goldene Ritter in seiner glänzenden Rüstung setzte sich auch wieder in Bewegung. »Hörst du die lieblichen Klänge?«, jubelte René und machte Halt bei einer leierspielenden Frauengestalt. »Unsere Sehnsucht nach Glück findet süße Erfüllung in der Poesie«, sang René, ihren Kopf neigte sie dabei verzückt zur Seite.

Darauf tanzte sie hinüber zu einer leeren Wand. »Einst war hier eine Öffnung in der Wand und der Betrachter erblickte eine Beethovenplastik.« René legte ihre Hand an die Stirn und tat, als lugte sie durch die ursprüngliche Öffnung. »Klimt stimmt uns ein und bereitet uns vor auf den Höhepunkt. Denn Beethovens Musik macht uns glücklich.« René tanzte Walzer auf der Stelle und bewegte sich hinüber in die ideale Sphäre der Kunst.

Michael saß auf seinem Platz und verfolgte gebannt Renés Bewegungen. Jetzt verbeugte sie sich vor einer Gruppe weiblicher, in Gold gehüllter Gestalten. »Meine Damen und Herren, wir sind in der idealen Sphäre der Kunst angekommen. Diese goldenen Schönheiten sind Sinnbilder der Künste. Sie sind die letzte Station und weisen den Weg in den göttlichen Rosengarten.«

Mit einem eleganten Sprung trat René ein in die Gefilde des Glücks. »In der Oase der Kunst singt der ›Chor der Paradiesengel‹. Wenn wir tun, was wir am liebsten mögen, wenn wir tanzen, singen, schreiben, spielen, stört uns kein Monster. Im Garten des Friedens und der Freiheit verweilt innig umschlungen das küssende nackte Paar. ›Diesen Kuss der ganzen Welt‹ heißt es im Schlusschor von Beethovens IX. Symphonie, nach Friedrich von Schillers ›Ode an die Freude‹. Hier sind alle Menschen Brüder und Schwestern. Hier können wir bleiben, hier wollen wir verweilen. So endet der gold-durchwirkte Beethovenfries und die Suche des Menschen nach Glück findet ihre Erfüllung.«

René verbeugte sich tief. Plötzlich dachte sie an Mathilda und ihren Tanz im Garten des Restaurants. Für einen Augenblick spürte sie die feuchte Kinderhand in der ihren. »Gut gemacht, meine sister!«, lobte Mathilda.

»Bravo! Bravissimo!« Michael war aufgesprungen und klatschte wild Beifall.

Überraschenderweise erklang Applaus auch vom Eingang des Saales. Eine kleine alte Frau mit goldblondem Haar trat näher. »Möchten Sie das eventuell wieder tun?«, erkundigte sie sich vorsichtig mit freundlicher Stimme. »Ich bin die Kuratorin der Secession.«

René erröte. »Entschuldigen Sie bitte. Ich dachte, wir sind allein.«

»Ich muss mich entschuldigen, dass ich ungebeten zugeschaut habe. Ich habe Ihre Aufführung sehr genossen und bin überzeugt, Sie können mehr Menschen mit Ihrer Kunst begeistern.«

»Wir sind zu Besuch in Wien und reisen morgen ab. Ihr Kompliment ehrt mich«, dankte René verwirrt der Fremden.

»Ich habe zu danken und möchte Ihnen diesen Umschlag überreichen.« Die Kuratorin gab René ein Kuvert. »Viel Glück dem holden Paar!«, wünschte sie und zog sich zurück. Bisweilen ist die Schönheit einer Genie nicht auf den ersten Blick zu erkennen.

Michael trat vor René hin. »Deine Welt ist wunderschön! Geh den Weg zum Glück mit mir an deiner Seite, ich bitte dich!«

»Nichts leichter als das. Küss mich jetzt für immer!«, flüsterte René überglücklich. Sie hatte seine Weltanschauung ins Wanken gebracht. Michael nahm sie in seine Arme und sie küssten sich leidenschaftlich.

Als sie die Secession verließen, dämmerte es. René kuschelte sich an Michaels Schulter und hatte das Gefühl, mit ihm auf der gleichen Wellenlänge zu funken.

»Hast du gewusst, dass Beethoven seine ›Neunte Sinfonie‹ taub komponierte? Seine Kunst hat selbst die Ketten seiner versagenden Sinne gesprengt! Hast du dich schon einmal gefragt, wohin uns die Künste tragen? Der Verstand wird still, das Herz lauscht und du trittst ein in den natürlichen Zustand der Liebe«, sprudelte es aus René heraus.

»Ja, ja, ich bin dein liebestoller Diener!«, brummte Michael lachend und presste seine Hände auf sein Herz. »Aber jetzt muss ich meinen Körper schnellstmöglich in ein Restaurant tragen, denn mir knurrt der Magen. Öffne den Umschlag der Dame! Vielleicht können wir noch länger in Wien bleiben.«

René zog zwei Karten aus dem Kuvert. »Die sind für das

Musical ›Elisabeth‹ für heute Abend!«, jubelte sie.

»Schätze, das heißt ›Mc Doof‹. Und weiter geht's zum krönenden Abschluss unserer Reise!«

»Tut mir leid um dein Steak, aber das dürfen wir uns nicht entgehen lassen. Das Musical ist Monate im Voraus ausverkauft.«

Im Theater an der Wien hatten die Gäste bereits ihre Plätze eingenommen. Eine Mitarbeiterin geleitete das Paar mit den VIP-Karten zu ihren Sesseln vor der Bühne. »Besser geht es nicht!«, freute sich René, dann setzte auch schon die Musik ein.

In der Handlung und Musik des funkelnd-dunklen Musicals ging René von der ersten bis zur letzten Minute auf, obwohl die Darbietung auf der Bühne weit von ihren Erwartungen an die unsterbliche Liebesgeschichte von Sissi und Franz abwich. Zur Aufführung kam ein rauschhaftes Drama, das der herzigen Sissi das Bild einer starken und gebildeten Frau entgegensetzte, die um Eigenständigkeit kämpfte und am Ende im goldenen Käfig starb.

Der erste Akt begann im Reich der Toten und Träumer, wo sich der Mörder der Kaiserin Nacht für Nacht für seine Tat rechtfertigen musste. Der Täter wies jede Schuld von sich, denn der Tod habe ihn zu seiner Tat angestiftet. Zu seiner Verteidigung beschwor der Angeklagte die Welt des Habsburgerreiches und die fünfzehnjährige Elisabeth wieder herauf. Auf der Bühne erschien ein Mädchen, das wie René lieber tanzte und Zirkuskunststücke übte, als die Verwandtschaft mit der Mutter zu empfangen. Bei einem Sturz begegnete sie zum ersten Mal dem Tod und beide spürten die gegenseitige Faszination. Auch René wusste um ihre sehnsuchtsvolle Liaison mit dem Tod, der es ihr ermöglichte, einen Fuß hinüberzusetzen, um dem Trubel der Welt zu entfliehen. Schließlich war er es doch, der jeden einzelnen am Ende seiner Tage in seine Arme schloss. Dass es eine in ihrem Leben verborgene Ursache gab für ihre dunkle Sehnsucht, ahnte René nicht.

Elisabeth gelang es im Laufe ihres Lebens, sich von vielen Fesseln zu befreien, doch ihre Verbindung mit dem Tod blieb bestehen. Er war es, der dem Attentäter die Waffe überreichte und die Kaiserin mit seinem Kuss in das Reich der Toten führte.

Bis zu diesem Abend war René die selbstzerstörerische Kraft dieser Beziehung entgangen. Und auch jetzt blitzte diese

Erkenntnis allenfalls kurz auf. Doch sie spürte den Stachel in ihrem Herzen, den sie früher oder später würde ziehen müssen. Denn wer das Grenzland bewohnt, ist weder richtig tot, noch lebt er wahrhaft.

Der Vorhang fiel und René hörte Michaels Schnarchen. So sehr sie sich auch wünschte, ihre Eindrücke mit Michael teilen zu können, wusste sie doch, dass es dafür zu früh war. Michael war ihr heute weit gefolgt bei ihrer Suche nach dem Glück oder dem, was die Welt im Innersten zusammenhält. Sie schüttelte seinen Arm.

»Entschuldigung, war es schön?«, stammelte Michael verschlafen.

»Es war anders schön. Lass uns gehen.«

Beim Verlassen des Theaters lief René ein Schauer über den Rücken, denn ihr graute tief in ihrem Inneren vor dem Schmerz beim Ziehen des Stachels.

Nach ihrer letzten Nacht in Wien deponierten René und Michael ihr Gepäck an der Rezeption. Ein letztes Mal frühstückten sie ausgiebig im Wintergarten, dann war es Zeit auszuchecken.

»Ein Gruß des Hauses!« Der freundliche Herr an der Rezeption überreichte ihnen zwei Mozartkugeln mit der saftigen Rechnung, die René beglich. ›Michael hat zum ersten Mal meine Welt betreten. Die Reise hat uns nähergebracht‹, dachte sie zufrieden.

An ihrem ersten Arbeitstag nach dem Urlaub bereitete René beim Frühstück für ihre Kollegen eine Wiener Melange zu.

»Gar nicht so übel«, stellte Aarón grinsend fest und stellte sein leeres Glas ab. Dann sah er René ernst an. »Silberlocke, mach dir langsam Gedanken über dein Gesellenstück!«, forderte er.

Die Prüfung rückte näher und Aarón distanzierte sich zunehmend von René. Das verunsicherte sie, hoffte sie doch, weiter für ihn arbeiten zu können. ›Ist seine Förmlichkeit ein Hinweis, dass er mich nicht übernehmen will?‹, grübelte sie, denn bisher hatte sie kein Angebot erhalten. Die Werkstatt war René zu einem Zuhause geworden und den sieben Zwergen fühlte sie sich in Freundschaft verbunden. Es machte Schneewittchen glücklich, für ihre Gefährten zu sorgen und das Essen zuzubereiten. René fürchtete sich davor, von diesem Ort vertrieben zu werden und auf den Schutz der Zwerge verzichten zu müssen. ›Die Prüfung wird ans Licht bringen, wie weit ich bin‹, dachte sie und gestand zögerlich: »Ich werde einen Spieltisch bauen.« Sie wusste, ihre Idee würde Aarón wenig begeistern.

»Auf Replikas stehen die Prüfer nicht, zumindest ist das meine Erfahrung der letzten Jahre. Du musst zwei Türen in dein Möbel einbauen. Wie willst du das umsetzen?« Aarón sprach immer lauter und temperamentvoller.

»In der Mitte der Platte werde ich zwei Türen einlassen, die mit einem Schachspiel furniert sind, darunter ist ein Fach mit einem Backgammon-Spiel verborgen. An den Stirnseiten befinden sich die geforderten Schubkästen, einer davon mit Schloss«, erläuterte René und gestikulierte mit den Armen wie eine Stewardess, die den Reisenden die Fluchtwege zu den Notausstiegen zeigte. »Was meinst du?«, erkundigte sie sich zum Schluss und hoffte inständig, ihn überzeugt zu haben.

Die dunklen Dackelaugen des Meisters blitzen auf, nachdenklich strich er über sein Kinn und legte seinen Kopf zur Seite. Plötzlich strahlte er wie die Sonne Spaniens. »Coole Idee! Aber wie lassen sich die Türen öffnen?«, bohrte Aarón nach, seine Miene verfinsterte sich wieder und er legte die hohe Stirn in Falten.

»Das ermöglicht ein geheimer Mechanismus in Form eines Kolbens, der sich nach innen drücken lässt. Ich passe ihn in das Profil der Tischkante ein. Wird er perfekt, kann man ihn kaum als solchen erkennen.«

Aarón blies seine Backen auf und nickte sichtlich beeindruckt. »Gute Idee, René, wirklich gute Idee. Fang mit den Zeichnungen an. Ich möchte sie als Erster sehen!« Sein Lächeln erinnerte sie an die erfüllte, gemeinsame Zeit.

Am Wochenende machte René sich an die technischen Zeichnungen für ihr Gesellenstück. Doch kaum hatte sie das Blatt in ihr Zeichenbrett eingespannt, überwältigte sie eine tiefe Traurigkeit und ohne einen offensichtlichen Grund, fing sie zu weinen an. Ihre Tränen tropften auf das Papier, sammelten sich zu kleinen Pfützen, die sich mit anderen zu kleinen Seen verbanden. Ihre Bleistiftstriche lösten sich auf, das Millimeterpapier quoll auf und wellte sich hässlich.

René versuchte, ihre Tränen mit einem Papiertaschentuch aufzufangen. Doch mit einer Hand konnte sie nicht zeichnen. ›Was ist nur los mit mir?‹, überlegte sie entmutigt und unterbrach ihre Arbeit.

Mit ihrer Zigarettenspitze und einer Zigarette stieg René die Treppe hoch. Auf der Empore öffnete sie ein Dachfenster und zündete sich die Zigarette an. Der Rauch beruhigte ihre Nerven. Erleichtert machte sie sich erneut ans Werk. Doch kaum saß sie vor dem Zeichenbrett, strömten die Tränen aufs Neue und eine bodenlose Traurigkeit spülte René hinweg. Manchmal springt unsere Seele auf die Bühne des Lebens und weist uns durch unseren Körper auf eine noch ungelöste Aufgabe hin. Doch René fühlte sich außer Stande, ihren Stachel zu ziehen, denn sie war überzeugt, an der Wunde zu verbluten, die er hinterlassen würde. Sie gab die Arbeit auf und war froh, am nächsten Tag einen Termin bei Dr. Tellerlein zu haben.

»Seit ich angefangen habe, mein Gesellenstück zu zeichnen, versiegen meine Tränen nicht mehr. Mein Herz läuft vor Trauer über. Ich weine einfach so ohne einen Anlass. Für heute habe mich krankgemeldet. Wie soll ich zur Arbeit gehen, wenn das nicht aufhört? Was ist nur los mit mir?«, klagte sie.

Dr. Tellerlein zog ein gebügeltes Stofftaschentuch aus der Hosentasche und reichte es René. Es duftete nach Sandelholz.

»Sie bringen die aufgestauten Energien in ihrem Inneren zum Fließen. Das ist ein guter Prozess. Ein wichtiger Prozess. Energie will fließen. Die Staumauern der Seen mit Ihren nicht geweinten Tränen brechen, Sie machen Frieden mit den Dämonen Ihrer Kindheit. Diese Tränen verwandeln vertrocknetes Land in das fruchtbare Delta Ihres zukünftigen Lebens. Diese Tränen sind das Lebenselixier Ihrer Entwicklung. Freuen Sie sich darüber, soweit es geht«, verbreitete Dr. Tellerlein Zuversicht und sah René mitfühlend an.

»Meine Tränen gießen also mein Gesellenstück, das Ergebnis meiner Lehrzeit. Das ist eine neue Sicht. Die gefällt mir!« René richtete sich auf, sie weinte und lachte zur gleichen Zeit.

»Bleiben Sie einige Tage zu Hause«, riet Dr. Tellerlein und drückte Renés Hand, als sie sich verabschiedete.

»Das mache ich. Nächste Woche fahre ich mit Michael nach Gozo, das tut mir sicher gut.«

Den Rest der Woche verbrachte René in ihrer Wohnung. Wie es Dr. Tellerlein vorhergesagt hatte, versiegten ihre Tränen so plötzlich, wie sie angefangen hatten. Es geschah, als René in der Badewanne lag. Mit einem Mal fühlte sie sich innen und außen gleichermaßen gereinigt. Sie lachte erleichtert auf und ließ das Wasser ab. Der Stachel schmerzte nicht mehr und dankbar gab sie sich der trügerischen Hoffnung hin, das bliebe auch so.

Michael musste jeden Moment kommen. Er hatte nach seiner Tour noch einen Termin beim Arzt wegen des Attests für seinen Tauchkurs. René freute es, dass Michael ihr in die Unterwasserwelt folgen wollte. Sie zog das neue blauweiße Streublümchenkleid an, legte sich auf das Sofa und schloss die Augen. In letzter Zeit war sie oft müde und brauchte mehr Schlaf als sonst.

»Hallo Prinzessin!«

René schreckte aus dem Schlaf auf.

Michael kniete neben ihr auf dem Boden und riss sein Hemd auf. »Ich bin verkabelt!«, schimpfte er und deutete auf die Elektroden auf seiner Brust.

René setzte sich benommen auf. »Was ist passiert?«, stammelte sie.

»Der Arzt hat Herzrhythmusstörungen festgestellt! Das kommt vor und muss nichts Schlimmes bedeuten. Aber man muss es überprüfen, hat er gesagt. Ich werde in den nächsten Wochen jedenfalls keinen Tauchkurs absolvieren.« Michael machte ein trauriges Gesicht.

Es wunderte René wenig, dass ihm der Zutritt zur Unterwasserwelt verschlossen blieb. So weit war Michael noch nicht. »Wirklich schade. Nun gut. Dann passt du auf das Boot auf, wenn ich mit Iris und Tom tauche. Ich habe heute mit Iris telefoniert, wir treffen uns mit den beiden im Haus.«

»Hast du den Rinderbierschinken bekommen?«, erkundigte sich Michael mit ernster Miene.

»Leider nein. Ich war bei zwei Metzgern. Ohne Erfolg.«

»Das ist skandalös! Den Ahnungslosen sollte man den Laden

schließen! Wenn ich nur daran denke. Zwei Wochen fremdländische Küche mit weichgenervtem Gemüse!«, jammerte er und stand auf.

»Die maltesische Küche ist vielfältig. Ein Ragout aus Kaninchenfleisch und gegrillte Steaks werden fast überall serviert«, übertrieb René. »Dein Erdbeerjoghurt und die Granny-Smith-Äpfel habe ich bekommen. Das nehmen wir alles mit«, beruhigte sie ihn.

Plötzlich fixierte Michael einen Punkt vor seinen Füßen auf dem Parkettboden, als handele es sich um den Durchgang in eine andere Welt. »Weißt du, der Pfleger, der damals morgens kam, war ein besonderes Arschloch. Wenn ich das pürierte Obst nicht runterwürgen konnte, trug er mich zurück ins Bett und schnallte mich an. Stundenlang lag ich so da. Ich hatte solche Angst. Mittags schleppte er mich in den Essensaal. Dort musste ich erst das Frühstück aufessen und darauf das weichgenervte Gemüse. Ich hasste das Sanatorium, die Pfleger und vor allem mich. Was musste ich für ein schlechter Junge sein, dass meine Eltern mich dort einsperren ließen.« Michael weinte. Nicht wie sonst, sondern wie ein kleiner Junge.

»Das sind wertvolle Tränen, sie machen dich heil«, flüsterte sie, zog Michael zu sich auf das Sofa und hielt ihn in ihren Armen. Sanft wiegte sie ihn hin und her, bis er sich beruhigt hatte. »Ich habe uns einen Tisch bei den Sachsen reserviert«, flüsterte sie in sein Ohr.

»Ich bringe den Transporter noch weg und wir treffen uns im Restaurant. Das war meine allerletzte Tour für Stefan.«

Als Michael gegangen war, streichelte René über ihren Busen. Er war praller geworden. Eher beiläufig dachte sie an den Schwangerschaftstest, den heute eine scheinbar andere René in der Stadt gekauft hatte. Hätte man diese René gefragt, warum sie das getan hatte, sie hätte gestammelt: »Weil es dran ist.« Das entsprach ihrer Art, sich Themen spiralförmig anzunähern, die zu gewaltig waren, um ihnen direkt in das Gesicht zu schauen.

Jetzt verschwand René mit dem Schwangerschaftstest im Bad. Nach der Anwendung setzte sie sich auf den Rand der Badewanne und wartete. Nicht etwa aufgeregt, sondern in der Art wie man auf den Empfang einer Unterrichtsbefreiung wartete. In Gedanken pochte sie darauf, nicht schwanger werden zu können. Doch das

Display zeigte zwei Streifen. René verglich das Ergebnis mit der Abbildung auf dem Beipackzettel. »Schwanger?«, murmelte sie leise und schüttelte zweifelnd den Kopf, als beurteile sie das Ergebnis eines Aufsatzes, was Spielraum für eine subjektive Betrachtungsweise ließ.

Doch von einem Moment auf den anderen zog sich ihre Nackenmuskulatur zusammen. Vor ihrem inneren Auge lief in einem Zeitraffer der Film »Kinder sind nichts für dich!« mit der Fortsetzung »Wie willst ›du‹ das schaffen?« und dem Untertitel »Der Lehrling mit seinem arbeitslosen Partner«.

René hoffte, das Kopfkino würde enden, wenn sie sich mit aller Macht gegen den Strom ihres Lebens stemmte. Kopfschüttelnd lief sie mit dem Test in der Hand kreuz und quer durch die Wohnung. Plötzlich blieb sie stehen und rief: »Ich und schwanger, das ist wie ein gemüseliebender Michael!« Erleichtert rannte René in die Küche. »Das ist ein Irrtum, diese Tests taugen nichts!«, entschied sie und beförderte ihn kurzerhand in den Mülleimer.

Außerdem hatte die Frauenärztin es klar und deutlich erklärt. Sie konnte keine Kinder bekommen und deshalb musste sie sich keine Sorgen machen, wenn ihre Periode ausblieb. Warum hatte sie diesen idiotischen Test überhaupt gekauft? René ärgerte sich über sich selbst, schnappte ihre Handtasche und schmiss die Haustür hinter sich ins Schloss.

»Du schaust besonders verführerisch aus in letzter Zeit. Wenn ich eine Biene wäre, ich würde deinen Nektar trinken!« Pascal grinste breit und vernaschte dabei René mit hungrigen Augen. »Was darf ich für dich tun?«, fragte er schließlich.

»Deine Mitternachtsblume braucht stilles Wasser, bitte«, hauchte René übertrieben sinnlich und sonnte sich doch in Pascals Blicken, den Test hatte sie verdrängt.

»Wenn das alles ist, dein Wunsch ist mir Befehl«, säuselte der Sachse und verschwand in Richtung Tresen.

»Für mich eine Gerstenkaltschale, wie immer!«, rief ihm Michael beim Reinkommen hinterher.

Er küsste René auf ihr Haar und setzte sich neben sie. »Was ist los? Du ziehst ein Gesicht, als hättest du ein Gespenst getroffen.«

»Ich, wieso?«, gab René ärgerlich zurück. Mit Michaels Erscheinen dachte sie wieder an die Streifen im Display und war doch weit davon entfernt, die Möglichkeit zu erwägen, ihre Zweifel in ein klitzekleines Wesen zu transformieren, das vielleicht in den Weiten ihres inneren Ozeans schwamm, sich drehte und um Einlass in ihr Leben bat.

»Freust du dich denn gar nicht, Iris und Tom wiederzusehen? Du gehst übermorgen tauchen!« Michael grinste übertrieben und wackelte dabei mit dem Kopf wie ein Clownsgesicht, das gerade an der Feder aus seiner Kiste gesprungen war. »Komm, zeig mir dein Lächeln!«, bettelte er.

Mühsam zog René ihre Mundwinkel hoch. »Ich freue mich«, maulte sie, machte eine abwehrende Handbewegung und verbannte damit den Test aus ihrem Gedächtnis, der immer wieder wie ein Stoppschild an ihrem inneren Horizont auftauchte. »Lass uns eine Paella bestellen, ich habe einen Mordshunger.«

Michael stierte lüstern auf Renés pralle Brüste und spielte mit seinen Fingern an ihnen, ohne sie wirklich zu berühren. »Das stimmt, in letzter Zeit hast du ordentlich Kohldampf. Das steht dir sexy gut, Prinzessin.«

»Hör auf, du Lustmolch!«, schimpfte René kichernd.

»Da ist es ja wieder, dieses Lachen, das Tote zum Leben erweckt!« Michael war sichtlich erleichtert.

Während des Essens weinte am Nebentisch ein Baby. René duckte sich und stocherte in der Paella. Michael hielt seine Hand unter Renés Mund. »Los, spuk es aus! Welche Spinne kriecht über deine Leber? Am Ende ist es eine Perle, die rauskommt! So was in die Richtung hat mir eine wunderschöne Fee mit schwarzen Locken und Himmelsaugen erklärt.«

René richtete sich kerzengerade auf und machte ein ernstes Gesicht. Sie wusste nicht, dass es ihr Stachel war, der auf das Weinen des Säuglings reagierte und die Mauern ihrer Abwehr zum Einsturz brachte. Falls es da trotz der unmöglichen Möglichkeit ein winziges Geschöpf in ihr gab, so verdiente selbst die vage Aussicht auf die Existenz eines Wesens ihr Mitgefühl und ihre Fürsorge. Sicher würde Michael ihr gleich erklären, dass sie sich umsonst Sorgen machte. »Du weißt, mein Zyklus ist seit längerem unregelmäßig. Ich spüre in den letzten Wochen, dass sich etwas in meinem Körper verändert. Aber klar ist auch, ich kann nicht schwanger werden! Ich möchte einfach nur, dass du Bescheid weißt. Ich habe vorhin einen Schwangerschaftstest gemacht. Also ich kenne mich nicht aus, aber ich habe gehört, die sollen nicht besonders zuverlässig sein. Deshalb habe ich den von heute auch weggeworfen. Er war positiv, also schwanger, und das kann nicht sein.«

Michael ließ seine Gabel sinken. Er legte seine Hand auf Renés Rücken und machte ein besorgtes Gesicht. »Besser, du gehst zu einem Arzt und lässt dich untersuchen, bevor wir nach Malta fliegen. Ich kenn mich da auch nicht aus. Sicher ist sicher. Danach können wir den Urlaub unbeschwert genießen. Okay?«

René nickte, Michael war vernünftig. Mit dem Besuch bei einem Arzt hatte sie das Gefühl, ›die Sache‹ in hochrichterliche Hände zu legen. Ein Fachmann sollte entscheiden, ob das Unmögliche passiert war.

Wieder zu Hause holte Michael die Koffer aus dem Keller. Was immer René auch tat, auf eine eigentümliche Art war sie aus dem Spiel genommen und beobachtete sich selbst. Ihr aus der Stille betrachtender Teil wusste, was morgen geschehen würde und bereitete Renés aktives Wesen darauf vor, das sich tapfer bemühte, Mamas Anweisungen zu befolgen. Seufzend prüfte sie ihre Tauchausrüstung. Alles war in Ordnung.

DIE FRAGE DES KLEMPNERS
BEANTWORTEN

René hatte einige Praxen abtelefoniert. Es war nicht leicht gewesen, kurzfristig einen Termin zu ergattern. Doch schließlich hatte sie Glück gehabt. Sie betrat die Praxis von Dr. Krämer mit gleichgültiger Miene. An den Wänden im Eingangsbereich hingen riesige Kollagen mit Fotos von Neugeborenen. Schnurstracks marschierte René daran vorbei.

»Sie können direkt reingehen! Der Doktor kommt gleich«, begrüßte sie die Sprechstundenhilfe mit rotem Haar und deutete auf die Tür des Behandlungszimmers.

Im Sprechzimmer nahm René auf dem Besucherstuhl am Schreibtisch des Frauenarztes Platz und blätterte in einer Broschüre über Verhütung mit einer Kupferspirale, bis hinter ihr die Tür aufging. Ein schmaler Mann Mitte Dreißig mit Halbglatze und Nickelbrille trat neben sie. Freundlich streckte er ihr seine Hand hin. »Ich bin Dr. Krämer!«

René schüttelte seine warme Hand und fand, der Mediziner mache einen kompetenten Eindruck. Er würde ihr gleich mitteilen, dass der Schwangerschaftstest sich geirrt hatte.

Dr. Krämer setzte sich auf seinen Ledersessel und erkundigte sich mit einem Blick auf Renés Lektüre: »Sie interessieren sich für eine Kupferspirale?«

René wich seinen analytischen Augen aus, konzentriert sammelte sie imaginäre Fussel von ihrem Rock, bevor sie sich erklärte, den Bick noch immer auf ihre Kleidung gerichtet. »Also, ich habe gestern einen Schwangerschaftstest gemacht.« René wurde heiß. »Der ist, also der ist positiv ausgefallen.« Sie sprach mit der Gelassenheit eines Delinquenten, der gerade das Urteil »lebenslänglich« erhalten hatte und sich trotzig der Tragweite des Richterspruchs verschloss.

Dr. Krämer wollte antworten, doch Renés Hand schnellte in die Höhe, bevor er ein Wort sagen konnte. »Moment, warten Sie! Das ist wichtig: Meine Frauenärztin hat mir versichert, ich kann nicht schwanger werden!«, trug sie ihre Wahrheit sicher wie ein Professor vor, der mit seinen Worten die These seines Konkurrenten ein für alle Mal widerlegte.

»Ich verstehe. Das Beste ist, ich untersuche Sie.« Dr. Krämer deutete auf die Umkleidekabine.

Erleichtert, die Sache klar gestellt zu haben, entkleidete René sich und kletterte auf den Behandlungsstuhl. Mit konzentrierter Miene schob Dr. Krämer seine behandschuhte Hand tief in ihre Vagina und tastete gleichzeitig mit der anderen Renés Bauch ab. Im Anschluss führte er eine Vaginalsonde ein und studierte das Ultraschallbild aus dem Bildschirm.

›Je länger er mich untersucht, desto sicherer ist, dass ich nicht schwanger bin!‹ René entspannte sich mit jedem Moment mehr, den der Doktor sich mit ihr beschäftigte.

»Also eines ist sicher, Sie sind schwanger«, stellte Dr. Krämer mit ruhiger Stimme fest.

Der Satz hallte in Renés Ohren, als habe er eine Zauberformel ausgesprochen, verwandelten seine Worte das schwarz-weiße Bild des Monitors in ein wildes Schneegestöber. Ein einziger Atemzug, so lange hatte Dr. Krämers Satz gedauert, beendete Renés bisheriges Leben. Hustend füllten sich ihre Augen mit Tränen. Sie starrte auf den Monitor. »Das ist ein Irrtum!«, stieß sie hervor.

Ihre Eingeweide gluckerten, der Darm bewegte sich zuckend. ›Wach auf! Aufwachen!‹, brüllte René innerlich und kniff sich in ihren Arm.

»Atmen Sie! Atmen Sie! Das ist völlig normal«, sprach Dr. Krämer im Rhythmus seines Atems, dabei bewegte er seine Arme auf und ab, als fächere er René mit Palmwedeln Luft zu.

Dann zog er seinen Atem durch die Nase ein und entließ ihn mit einem entspannten »Puhh« wieder durch den Mund. Er beobachtete seine neue Patientin mit hochgezogenen Augenbrauen und beschwor sie: »So ist es gut. Atmen Sie. Selbst Frauen, die sich Jahre vergeblich ein Kind wünschen, sind geschockt, wenn sie erfahren, dass sie schwanger sind. Ihre Gefühle sind natürlich.«

»Ich kann nicht schwanger werden«, wehrte sich René. »In meinem Leben ist kein Platz für ein Kind. Ich mache eine Ausbildung, mein Partner ist arbeitslos und die Wohnung hat keine

Türen.« Die inneren biologischen Mauern waren vielleicht einge-
stürzt, doch es gab ganz reale, konkrete Barrieren, das musste selbst
Dr. Krämer einleuchten.

»Nun, das lässt sich ändern. Weswegen meine Kollegin Ihnen
Unfruchtbarkeit bescheinigte, ist mir unklar. Nach meiner Erfahrung ist eine derartige Diagnose unverantwortlich, der Hormonspiegel verändert sich von einem auf den anderen Tag, wie Sie es ja
gerade erleben.«

»Ich fahre morgen in den Urlaub und werde tauchen gehen!«
René klammerte sich an ihre Normalität, die ihr entglitt wie ein
Stück Seife in der Badewanne. Unwillkürlich richteten sich alle
Härchen an ihrem Körper auf und stellten sich der neuen Situation.

»Fahren Sie in den Urlaub, das ist eine gute Idee. Was das
Tauchen angeht, gibt es verständlicherweise keine Untersuchungen
über die Auswirkungen der Druckveränderungen unter Wasser auf
ein Embryo. Fahren Sie in den Urlaub. Wenn Sie das Kind behalten
wollen, gehen Sie nicht tauchen. Kommen Sie nach dem Urlaub zu
mir und wir besprechen alles Weitere.«

Dr. Krämer gratulierte René nicht. Manch einer würde die
Aussagen des Frauenarztes als kalt oder herzlos empfinden. Doch
René fasste in diesem Moment Vertrauen zu ihm. Denn ohne, dass
es ihr bewusst war, fiel das Gefühl von ihr ab, in eine Rolle gezwungen zu werden. Völlig durcheinander, aber mit dem befreienden
Empfinden, wählen zu können, verließ René die Praxis und machte
sich auf den Weg zu Dr. Tellerlein. ›Wenn ich ihn am nötigsten
brauche, habe ich einen Termin‹, stellte sie dankbar fest. Für einen
Augenblick dachte René an ihre Mutter. Was ist naheliegender für
eine junge Frau, als ihr die freudige Botschaft der ersten eigenen
Schwangerschaft anzuvertrauen? Doch René bekam bei dem
bloßen Gedanken daran eine Gänsehaut. Denn auf ihrer ureigens-
ten Aufgabe als Frau lag der Fluch ihrer Mutter. Sie schloss ihre
Strickjacke bei fünfundzwanzig Grad im Schatten und überquerte
die Straße.

Doch mitunter entfaltet etwas sehr Kleines eine große Wirkung.
In René glühte lebhaft ein winziger Funke Hoffnung, der ihr Mut
gab. Trotz ihrer Gänsehaut fuhr sie zu ihrer Mutter.

Sie parkte ein paar Straßen entfernt und ging die letzten Meter zu Fuß, bis sie mit einem flauen Gefühl im Magen vor ihrem Elternhaus stand. Ihr Blick streifte die großen Wohnzimmerfenster, die akkurat gewellten Gardinen verwehrten den Einblick. Mit zittriger Hand drückte René den goldfarbenen Klingelknopf am Gartentor. Der Türöffner summte abweisend. Zögerlich betrat René den mit Waschbetonplatten ausgelegten Weg. ›Was mache ich hier bloß?‹, zweifelte sie, als sich die Eichentür mit dem Messingtürklopfer öffnete und Edeltraut sie vom Treppenpodest herab mit kaltem Blick musterte.

Ängstlich näherte René sich Stufe für Stufe ihrer Mutter wie eine Drittklässlerin, die etwas Entsetzliches ausgefressen hatte und sich nun die wohlverdiente Strafe abholte.

»Hallo, Mutter!«, presste sie gehorsam zwischen ihren Lippen hindurch und schluckte, obwohl ihr Mund strohtrocken war.

»Na, womit habe ich die Ehre denn verdient?«, schimpfte Edeltraut mit bedrohlich leiser Stimme. »So begegnen wir uns also wieder.« Dabei verzog sie bitter enttäuscht den Mund und winkte René mit einer abfälligen Geste ins Haus, während sie sich verstohlen umblickte, als fürchte sie, jemand beobachte, wie sie einen unanständigen Besuch empfing.

Im Flur mit dem kalten Marmorboden blieb Edeltraut vor ihrer Tochter stehen und verwehrte den Zugang ins Wohnzimmer. Schon als Kind hatte René die abweisende Kälte des Eingangsbereichs angesprungen, wenn sie auf dem Hocker neben dem Telefontischchen kauernd befürchtet hatte, dass jemand ihre Gespräche belauschte. Nichts hatte sich verändert. Das olivgrüne Telefon stand auf dem kleinen Eichentisch neben dem Hocker. Die Wählscheibe war noch immer mit einem Schloss versperrt, obwohl keine Kinder mehr im Haus lebten, die mit ihrem unnötigen Gequassel die Telefonrechnung hätten in die Höhe treiben können. Kommunikation war unerwünscht im Hause Beckmann. Sie musste verrückt gewesen sein, hierher zu fahren.

»›Ich‹ war gerade bei meinem neuen Herzspezialisten. Und, wo treibst du dich rum?«, fragte Edeltraud knapp und ohne jede Hoffnung auf eine Auskunft, die ihren Erwartungen genügen könnte.

Wer weiß, wie diese Begegnung verlaufen wäre, wenn René nicht das Stichwort ›Herz‹ von ihrer Mutter bekommen hätte. Denn instinktiv fasste sie sich an ihr eigenes und massierte dabei unbewusst den Stachel darin, der sich sofort meldete.

»Wo ich mich rumtreibe?«, äffte René verächtlich die Grabes-stimme ihrer Mutter nach und erschrak über ihre eigene Ausdrucksweise und die Wut, die plötzlich heiß ihre Wangen rötete. »Ach, weißt du, das ist schnell erklärt. Deine Schlampe von einer Tochter ist schwanger!«, knallte sie ihrer Mutter die Neuig-keiten an den Kopf und ein provozierendes Lächeln spielte um ihren Mund. Dieser Stachel war eine scharfe Waffe und René führte ihn gut. Mehr noch, sie erwachte zu ihrer lebendigen Größe, denn sie verteidigte mit ihm ein Geschöpf, das noch keine Stimme besaß.

Edeltraut rang nach Atem. Doch sofort gewann sie ihre Fassung zurück und wehrte sich. »Hast du dir denn rein gar nichts von dem gemerkt, was ich dir tagein tagaus gepredigt habe? Kinder sind eine Last! Sie ketten dich an einen Mann. ›Du‹ hattest weiß Gott alle Möglichkeiten, Karriere zu machen. Aber nein, das Fräu-lein Tochter lässt sich einen Balg andrehen. Wer ist denn der werte Erzeuger?« In Edeltrauts Blick lag Verachtung.

René wich einen Schritt zurück. In den Augen ihrer Mutter war Michael ein Nichtsnutz und sie traf damit ins Schwarze, mitten in Renés eigene Zweifel an seinen beruflichen Plänen. »Es ist Michael!«, schleuderte sie Edeltraut trotzdem entgegen, obwohl sie sich insgeheim schämte, den Anforderungen ihrer Mutter nicht zu genügen. Dabei blickte sie ängstlich zu ihr empor, wie damals, als ihre Hand auf dem warmen Bäuchlein ihrer Cousine lag, obwohl sie ihre Mutter heute um mehr als einen Kopf überragte.

»Natürlich! Die Buschtrommeln im Ort haben mich längst informiert, dass der superschlaue Emporkömmling sein Studium geschmissen hat und weggezogen ist. War doch klar, dass aus dem nichts wird, bei dem Elternhaus. Ich hätte es mir denken können: ›Du‹ fütterst den Nichtsnutz durch! Falls es dich interessiert: Die Tochter unserer Putzfrau hat gerade einen Anwalt geheiratet und ist ebenfalls schwanger. Diese junge Frau hat Grips und macht was aus ihrem Aussehen!«

René war keine Klassenkämpferin wie Michael, doch sie war zutiefst überzeugt, dass jeder Mensch gleich viel wert war und ein Recht auf Unterstützung besaß. Michael war sicher kein Empor-kömmling und ein Nichtsnutz war er auch nicht. Wie jeder andere hatte er seine Geschichte, die ihn prägte und zu dem Menschen machte, der er nun einmal war. Was immer es an ihm zu kritisieren gab, es stand ihrer Mutter nicht zu, den Vater ihres Kindes zu beleidigen.

Manchmal sind es unsere Widersacher, die uns mit unseren Werten verbinden, und wir kämpfen mutig wie nie zuvor. René erhob innerlich die Fahne der Solidarität und des Mitgefühls. Sie schwang sie Schulter an Schulter mit Michael, lächelte dabei und verband sich mit dem unschuldigen Geschöpf in ihrem Leib. René schaute Edeltraut in die Augen. Die wich ihrem Blick aus.

»Du hast Recht, Mutter. Mein Leben verläuft nicht nach ›deinem‹ Plan. Und ich habe keine Ahnung, ob ich je eine gute Mutter werde. Wie auch? Ich hatte kein Vorbild. Ich weiß nicht, warum du vier Kinder bekommen hast und keines davon willkommen war. Ja, ich habe Angst zu versagen. Ein Kind groß zu ziehen, ist eine schwierige und teure Angelegenheit. Jedenfalls weiß ich, dass meine Eltern mich nicht unterstützen werden. Danke dafür! Aber das Wesen in mir kann nichts dafür. Ich werde es sicher ›nicht‹ dafür verantwortlich machen, dass es meinen Lebensplan durcheinanderwirbelt.« René rang erleichtert nach Atem. Ihre Mutter hatte ihr ungewollt geholfen, den eigenen Standpunkt zu finden.

Edeltrauts wassergrüne Augen füllten sich mit Tränen. »Du bist stark. Das war ich nie«, jammerte sie nun kleinlaut mit weinerlicher Stimme.

»Das ist nicht meine Schuld!«, entgegnete René scharf, obwohl der Anblick ihrer Mutter sie rührte. Auch sie war ein kleines Mädchen gewesen mit Träumen und hatte schlimme Dinge erlebt, die sie so hartherzig gemacht hatten.

Edeltraut hob an, etwas zu erwidern, doch zu Renés Überraschung schwieg sie. Eine Weile standen Mutter und Tochter still voreinander. In einem Film mit Happy End hätten die beiden sich jetzt umarmt und einen neuen Anfang gewagt. Aufgeregt wartete René auf eine Geste ihrer Mutter. Tatsächlich zuckte Edeltraut kurz, als wolle sie ihre Arme ihrer Tochter entgegenstrecken. Doch es war keine mütterliche Liebkosung, die René empfing und sie willkommen hieß in der Welt der Schwangeren. Es war Edeltrauts erhobener Zeigefinger, der sie in die Brust traf. René erstarrte. Edeltraut kniff ihre Nasenflügel zusammen und hämmerte ihre Worte in Renés Herz: »Du hast keine Ahnung, wie es war, im Krieg aufzuwachsen!«

René verdrehte die Augen. »Ich kenne deine Geschichte und es tut mir leid, dass du Hunger und Angst erleben musstest. Doch es gibt Menschen, die haben das auch erlebt, und ihr Herz ist trotzdem warm.«

Edeltraut schimpfte unbeeindruckt weiter: »Eine gute Ausbildung und eine Berufstätigkeit machen dich frei, deine eigenen Entscheidungen zu treffen‹, das habe ich von meiner Mutter gelernt. Leider bin ich nicht so talentiert wie du. Ich musste nächtelang büffeln. Mein Vater war ein strenger Lehrer. Zum Glück habe ich an der Uni André kennengelernt.« Mit einem Mal strahlten Edeltrauts Augen liebevoll.

René lächelte. Sie sammelte die wenigen Momente, in denen ihre Mutter glücklich aussah, damit sie sich später daran wärmen konnte.

»Er war Pianist. Ich tanzte zu der Musik, die er spielte. Aber meine Mutter hatte Recht, so einer ist keine gute Partie. Sie hat mir dann deinen Vater vorgestellt.« Edeltrauts Blick war wieder leer.

René erkannte die todmüde Müllerstochter darin, die ihr Leben lang versuchte, Stroh zu Gold zu spinnen. Nun sollte René die unmögliche Aufgabe ihrer Mutter fortführen, die Edeltraut von ihren Eltern übertragen bekommen hatte.

»Hast du jemals irgendetwas selbst in deinem Leben entschieden?«, stieß René leise hervor und erkannte bitter, dass der Apfel nicht weit vom Stamm fiel.

»Es ist schwer, eine gute Christin zu sein. Gott macht es einem nicht leicht!«, verkündete Edeltraut jetzt und klang wie der Pfarrer, der von seiner Kanzel predigte. Im nächsten Moment errötete sie und Wollust blitzte in ihren Augen auf, während sie sich genüsslich über die Lippen leckte.

›Sie denkt an Sex vor der Ehe, den hat sie wohl genossen‹, erkannte René verblüfft.

Doch diesen Teil der Geschichte übersprang ihre Mutter. »Ich wollte keine Kinder. Aber Verhütung ist unchristlich«, lamentierte sie stattdessen. »So wurde Christian geboren, als ich noch in der Ausbildung war.«

Wieder merkte René, dass sie mehr mit ihrer Mutter gemeinsam hatte, als ihr lieb war.

»Wegen dem Kind brichst du dein Studium nicht ab«, haben meine Eltern entschieden und Christian zu sich genommen. Nach der Hochzeit wohnte ich bei Omama, wie du weißt. Die hat mich abgelehnt, von Anfang an. Eine Lehrerstochter war ihr nicht gut genug für ihren ältesten Sohn. Wie habe ich gelitten unter der Fuchtel dieser hartherzigen Frau! Mein Vater hat mir endlich vorgeschlagen, wieder zu ihm zu ziehen. Doch dann wurde ich erneut schwanger! Mitten im Referendariat! Ihr habt mir fast den Bauch gesprengt!«

»Wen meinst du mit ›ihr‹?« Renés Stachel schmerzte heftig.

»Was plappere ich da?« Edeltraut erblasste und schüttelte ärgerlich den Kopf. »Du‹ hast mir fast den Bauch gesprengt! Sandsäcke haben sie mir nach der Geburt auf den Leib gelegt. Aber mit Geduld und Spucke erträgt man manche Mucke!« Edeltraut grinste schief, als erwarte sie ein väterliches Lob für ihren Sinnspruch.

»Merkst du eigentlich«, René kämpfte mit den Tränen, »dass es immer nur um dich geht? Hast du dich je gefragt, wie es sich für mich anfühlt, als die Übeltäterin dazustehen, die für dein Unglück verantwortlich ist?«

Edeltraut erhob ihre Hand wie ein Schutzschild und schüttelte mit leichenbitterer Miene den Kopf. Renés Vorwürfe prallten an ihr ab. »Lassen wir das! Du hast nichts aus dem gemacht, was ich dir beigebracht habe. Ich bin enttäuscht von dir. Zutiefst enttäuscht.« Edeltraut seufzte resignierend, dann wandte sie sich einfach ab, ging ins Wohnzimmer und schlug die Tür zu.

René stand einen Moment still da, dann verließ sie das Haus ihrer Eltern und zog die Haustür leise hinter sich zu.

›Eines Tages wirst du es verstehen‹, ließ sie ihr Stachel wissen, dessen Stimme sie längst als eine Unterstützung verstand. Noch gab es keine Brücke zwischen ihr und ihrer Mutter. Edeltraut interessierte sich weder für ihre Tochter noch für ihr Enkelkind. Aber René war nicht länger zornig. Denn sie sah die Kette der Ahnen, in der sie stand und spürte Edeltrauts Bitterkeit, die sich ihr Leben lang abgerackert hatte und die Ansprüche ihrer Eltern doch nie erfüllen konnte. René verstand, warum ihre Mutter immer müde und überarbeitet war, obwohl sie eine Putzfrau und ein Kindermädchen an ihrer Seite hatte. Wer Stroh zu Gold spann, verbrauchte dafür seine Lebensenergie. Edeltraut hatte sich nie ihren Dämonen gestellt und sich für ihre eigenen Bedürfnisse eingesetzt. Doch das konnte niemand anderes für sie tun. Vielleicht wäre sie am Ende auch gerne Mutter geworden. Diese Lebensaufgabe hatte René von ihr geerbt und der Streit hatte René erkennen lassen, dass sie eine gute Mutter werden wollte. Auch wenn sie noch nicht wusste, wie sie das anstellen sollte.

Erschöpft von der Auseinandersetzung spürte sie wieder diese freudige leichte Liebe als verbindende Kraft, die still alles im Innersten durchdrang. Es waren unsere Glaubenssätze und Urteile, die uns von dieser ersten Liebe und unseren Nächsten trennten. René seufzte auf dem Weg zu ihrem Auto, würde sich das je ändern?

»Na, warum so traurig, schöne Frau?«

René blickte überrascht auf. Vor ihr stand ein indischer Blumenverkäufer und reichte ihr eine seiner Rosen.

»Die schenke ich Ihnen.«

»Herzlichen Dank.«

Es war höchste Zeit, sich auf den Weg zu Dr. Tellerlein zu machen. René legte die Rose auf den Beifahrersitz und genoss ihren lieblichen Duft.

Kaum saß René auf dem Sessel in Dr. Tellerleins Gesprächszimmer, brach es aus ihr heraus: »Ich bin schwanger! Eine Rose blüht auf dem Nordpol!« Sie lachte und betrachtete die Rose des Blumenverkäufers in ihrer Hand, doch gleichzeitig liefen die Tränen.

Dr. Tellerlein nahm ebenfalls Platz und sammelte sich einen Moment.

›Er wird sich von mir abwenden!‹, interpretierte René sein Schweigen, mit gesenktem Haupt erwartete sie die nächste Standpauke. ›Was denken Sie sich dabei, ein Kind in materiell völlig unzuverlässige Verhältnisse zu setzen! Ihren Michael habe ich auch nicht kennengelernt! Sie und ein Kind, das geht wirklich nicht! Werden Sie erstmal erwachsen!‹, reihte René ihre Bedenken wie glühende Eisenperlen zu einer Kette aneinander, die sie in vorauseilendem Gehorsam um ihren Hals warf. Obwohl sie den Geruch verbrannter Haut in der Nase hatte, meldete sich auch jetzt dieser neue, ruhige Teil in René. Zuversichtlich legte er seine Hand auf ihre Schulter und sprach ihr Mut zu.

»Ein Kind empfangen, es austragen und gebären, das sind die bewegendsten Dinge der Welt. Es würde mich sehr freuen, wenn Sie es als das betrachten, was es ist. Ein Wunder. Nehmen Sie dieses Geschenk an. Wenn Sie das Kind gar nicht wollen, geben Sie es nach der Geburt zur Adoption frei.«

Die Freundlichkeit in Dr. Tellerleins Stimme befreite René vollends aus ihrer Selbstgeißelung. Die Kette um ihren Hals riss, die selbstgeschmiedeten Perlen rollten über den Boden. Dr. Tellerleins Worte waren die Brücke, die es René erlaubte, Mutter zu werden. Vorsichtigen Schrittes ging sie hinüber und setzte einen Fuß an das andere Ufer. Wohlige Wärme breitete sich in ihrem Körper aus, die Landschaft kam ihr bekannt vor.

»Wir haben kein geregeltes Einkommen. Sie kennen meine Lebenssituation«, trug sie ihre Bedenken nun entspannt vor, denn sie stellten René nicht länger in Frage, sondern waren Probleme, für die es eine Lösung zu finden galt.

Dr. Tellerlein verschwand kurz ins Nebenzimmer und holte ein silbergerahmtes Foto seiner Familie, das er vor René auf den Tisch stellte. »Meine Frau und ich haben vier Kinder. Als sie klein waren, wussten wir manchmal nicht, wie wir die Miete bezahlen oder genügend Essen kaufen sollten. Ich studierte erst spät und meine Frau wollte bei den Kindern bleiben. Glauben Sie mir, diese Jahre waren die glücklichsten meines Lebens.« Dr. Tellerleins Augen füllten sich mit Tränen.

René fühlte sich plötzlich reich beschenkt vom Leben. Sie sprang auf und streckte Dr. Tellerlein ihre Hand hin. »Ich danke Ihnen. Für alles. Ich glaube, ich mache mich auf den Weg. Es wird Zeit für mich zu gehen.«

Dr. Tellerlein schaute verdutzt auf seine Uhr. »Warten Sie, unsere Stunde ist noch nicht um. Was haben Sie mir sonst zu berichten?«

René setzte sich wieder, zog die Augenbrauen hoch und sah Dr. Tellerlein mit großen Augen an. »Wissen Sie, am Anfang meiner Therapie wusste ich bei jeder Sitzung gar nicht, wo ich anfangen sollte, so viel hatte ich zu berichten. Inzwischen überlege ich auf dem Weg hierher, was ich sagen könnte. Die Themen meiner Kindheit haben wir geklärt. Mit der Schwangerschaft ist sowieso alles anders. Ich möchte wieder nach vorne blicken und leben.«

Dr. Tellerleins Gesicht verfinsterte sich, er musterte René mit strenger Miene. »Das ist eine Blockade! Da müssen Sie durch! Malen Sie wieder? Haben Sie Träume? Hören Sie nicht auf, mit mir zu sprechen!«, drang er energisch in René ein.

›Er klingt ängstlich‹, schoss es René durch den Kopf.

»Dr. Tellerlein, bitte verstehen Sie mich nicht falsch. Ich bin dankbar für alles, was ich mir mit Ihrer Unterstützung erarbeiten durfte. Ich dachte nur, ich mache bald meine Gesellenprüfung, ich bekomme ein Baby. Vielleicht möchte das Leben gelebt werden, ich meine, vielleicht machen wir eine Pause und ich komme später wieder. Aber wenn mein Wunsch eine Blockade ist, mache ich weiter. Sie sind der Experte.«

»Das ist eine gute Entscheidung! Machen wir heute früher Schluss, schließlich wollen Sie dem Vater Ihres Kindes die frohe Nachricht bringen«, lobte sie Dr. Tellerlein und begleitete sie zur Tür.

René konnte es kaum erwarten, mit Michael zu sprechen.

»Ich habe gebügelt und die Koffer gepackt. Schau bitte noch einmal deine Tauchausrüstung durch. Ich hoffe, ich habe alles ordentlich verstaut. Wir sind startklar! Ach ja, alles gut verlaufen beim Frauenarzt?«

»Kommt darauf an, was du als ›gut‹ bezeichnest.«

René sah ihn mit großen Augen erwartungsvoll an.

»Du meinst?«

René nickte.

Michael fiel auf die Knie und ergriff ihre Hand. »Ich möchte dich von Herzen fragen, ob du meine Frau werden willst.«

Obwohl er seine Aussage in jammervollem Ton und ganz und gar nicht fragend vortrug, hörte René doch den Antrag, den sich die kleine Meerjungfrau sehnsüchtig wünschte, und ihr Herz sprang vor Freude in ihrer Brust. Aber noch bevor sie antworten konnte, schluchzte Michael laut auf und Renés Lächeln gefror in ihrem Gesicht.

Traurig blickte sie zu Michael hinunter, der stammelte: »Aber ich kann nicht, denn ich bin ein Habenichts! Ich kann nicht für dich sorgen und auch nicht für unser …« Seine Stimme versagte, ein

Weinkrampf schüttelte ihn.

Mitgefühl erweichte René, sie sank zu Boden und umarmte ihren verzweifelten Prinzen. Obwohl er gerade seiner Meerjungfrau die schönste Frage nicht gestellt hatte, konnte sie ihn nicht leiden sehen und gab sich Mühe, ihrer Stimme einen zuversichtlichen Klang zu geben. »Mach dir keine Sorgen, wir müssen nicht heiraten«, beruhigte sie Michael, zog seinen Kopf an ihre Brust und streichelte über sein Haar.

Wie so oft versiegten seine Tränen so plötzlich, wie sie geflossen waren, und Michael erhob sich sichtlich erleichtert. »Weißt du was, ich gehe uns eine Flasche Champus besorgen zum Anstoßen!«, verkündete er und schnäuzte seine Nase.

»Das ist eine gute Idee, auch wenn ich nur daran nippen kann!«

Kaum hatte Michael die Wohnung verlassen, klingelte das Telefon. Es war Claus.

»Sag einmal, du hast doch die Papiere von unserem Haus auf Gozo, oder?« Wie immer, fiel er mit der Tür ins Haus, Claus nannte das ›chefig sein‹. Sein scheinheiliger Tonfall stellte Renés Nackenhaare zu Berge.

»Ja, habe ich.« Ihre Antwort klang wie eine Frage.

»Die bräuchte ich mal«, flötete er unschuldig.

»Für was, Claus?«, fühlte René ihm auf den Zahn.

»Du willst es wieder Mal ganz genau wissen!«, schnaubte er, wie ausgewechselt, beleidigt durch den Hörer. »Na schön, ich habe Scheiße gebaut. Ich habe für eine Freundin gebürgt, weil die Bank ihr kein Geld für ihre Geschäftsidee geben wollte. Klang echt genial, also ich fand's jedenfalls super.«

›Wahrscheinlich eher ihre Sicherheiten in Form von langen Beinen und einem großen Busen‹, schoss es René durch den Kopf.

»Na ja, die Sache ging schief und jetzt muss ich eine nicht ganz unerhebliche Summe zahlen. Was wirklich gar kein Problem wäre, nur meine Geschäfte laufen gerade etwas schleppend. Deshalb muss ich das Haus beleihen.«

»Das möchte ich nicht!«, widersprach René mit fester Stimme.

»Das kannst du nicht verhindern!«, zischte er zurück und drohte lautstark: »Natürlich kannst du mir auch eine Vollmacht für dein Konto geben, da ist doch eh mein Geld drauf!«

René hielt den Hörer für einen Moment vom Ohr weg. Ein Teil von ihr war erleichtert, dass der großzügige und selbstlose Claus nur so lange existierte, wie er Geld im Überfluss besaß. Sie befürchtete, er werde sie auch zukünftig in seine »Geschäfte« verwickeln, solange sie das Haus verband. Nüchtern stellte sie fest: »Schön zu hören, wie weit dein Sinn für Gerechtigkeit trägt!«

Ihre Worte schlängelten sich durch die Telefonleitung und bissen Claus ins Ohr. »Ja klar, wenn ich dich Mal brauche, Fehlanzeige! Meine Mutter hat recht. Du hättest mir nichts abgegeben, wenn du die mit Vermögen wärst!«, tobte er.

Doch sein Zorn erreichte sie nicht mehr. Instinktiv legte René ihre Hand auf den Unterleib. Sie fühlte sich wie eine Löwin, die ihre Jungen verteidigte und wollte den Eindringling ein für alle Mal loswerden. In festem Ton erklärte sie: »Claus, ich mache dir einen Vorschlag. Wir verkaufen das Haus. Dann sind wir in jeder Beziehung getrennt.« In diesem Moment dachte René nicht an die Liebe und Arbeit, die sie in die Restaurierung gesteckt hatte. Sie wollte die Verbindung zu Claus ganz und gar auslöschen.

»Einverstanden!« Claus klang kleinlaut.

»Ich kümmere mich darum.«

Bevor er noch etwas antworten konnte, legte René auf.

Michael kam zurück. »Da hast du was vor!«, scherzte René und deutete auf die Magnumflasche Champagner. Das Telefonat mit Claus erwähnte sie nicht, er hatte keinen Platz in ihrem neuen Leben. Stattdessen ging sie in die Küche und stellte Sektkelche bereit.

»Große Ereignisse wollen gebührend gefeiert werden!«, verkündete Michael freudestrahlend. Mit einem »Plopp« knallte der Sektkorken gegen die Küchendecke, Michael schlürfte den überschäumenden Champagner vom Flaschenhals.

»Komm, Prinzessin, lass uns anstoßen! Das vertreibt die bösen Geister!« Michael schenkte ein.

»Auf unser Baby!«, sprach René zum ersten Mal das Zauberwort aus und erhob ihr Glas.

»Auf uns Drei!«

Sie stießen an, doch nur Michael trank. Zärtlich legte er seine Hand auf ihren Bauch. »Was allerbestes Samenmaterial bewirken kann!«, stellte er stolz fest, dabei glitt seine Hand zwischen ihre Beine.

»Es macht mich scharf, dass wir ein Kind gezeugt haben. Wie ist das eigentlich mit Sex in der Schwangerschaft?«, stieß er schwer atmend hervor.

»Finde es heraus«, schnurrte René erregt und schob ihren Po auf die Arbeitsplatte. Fordernd blickte sie in Michaels Augen, ihr Blut pulsierte und schoss heiß in ihre Vagina.

»Ah, es ist angerichtet für ein Anstoßen der geileren Art! Mach die Beine breit, meine feuchte, pralle Schöne!«, posaunte er lüstern.

Bereitwillig öffnete René ihre Schenkel, ihre Füße setzte sie lasziv auf die Küchenplatte. Mit seinen Blicken drang Michael in sie ein. Schwer atmend löste er langsam den Gürtel ihres Morgenmantels, ihr Haar strich er über die Schultern. Mit der Hand auf seinem Schritt ergötzte er sich an ihrer Nacktheit. Dann tunkte er seinen Daumen in den Champagner und fuhr mit ihm über ihre Stirn und Nase. Sein Finger roch nach Nikotin und Sekt. Willig öffnete René ihre Lippen, unsanft kreiste sein rauer Daumen über sie und drang endlich in ihren Mund ein. René saugte gierig daran.

»So ist es brav, lutsch die Brause ab!«, raunte Michael genüsslich.

Auf dem Weg zu Renés Brustwarzen hinterließ sein Daumen eine feuchte Spur auf ihrer Haut. Schmatzend umschloss sein Mund ihre harten Knospen. Seine spitzen Zähne schmerzten bittersüß. Plötzlich trat er einen Schritt zurück und starrte auf ihre Brüste. »Mein Zauberstab giert danach, diesen Anblick zu beschwören. Tanz für mich!«, flehte er und riss sich die Kleider vom Leib.

Nackt und breitbeinig stand er da, schob sein Becken René entgegen und massierte stöhnend seinen Penis. René legte den Kopf in den Nacken und kreiste ihr Becken sehnsüchtig vor ihm. »Bitte, fick mich!«, bettelte sie.

Michael verteilte einen Schluck Champagner mit seinen Lippen auf ihrem Bauch. Ausgiebig wälzte er seine Hand darin, bevor er sie tief in ihrer Vagina verschwinden ließ. »Komm, Baby! Zeig mir, was du kannst. Lass dich gehen!«, forderte er.

Ihre Hüften kreisten schneller im Takt seiner Hand, bis sie sich schreiend ergoss in einem befreienden Schwall. »Ja, Baby, spritz ab! Ich komme auch!«, schrie Michael.

René spürte seinen Samen auf ihrem Bauch, den er genüsslich in ihre Haut rieb. Dann schob er seine Finger mit dem Gemisch aus Champagner und Sperma tief in ihren Mund. »Trink mich, Baby! Schwanger bist du noch heißer!«

Am nächsten Morgen schmiegte Michael zärtlich seinen Kopf an Renés Bauch. »Wie sich das wohl anfühlt, wenn ein Mensch in einem heranwächst? Spürst du das?«, murmelte er verschlafen.

René war bereits wach. »Bewegungen spüre ich natürlich noch nicht. Doch ich fühle mich erweitert, die Welt hat ein wenig Abstand genommen und etwas hat in mir seine Heimat gefunden und schickt sich an, aus mir hervorzugehen. Ich bin auf eine völlig neue Art nicht mehr allein, ich bin Zwei.« Obwohl das ihre erste Schwangerschaft war, erinnerte sie sich tief drinnen schmerzlich an eine ähnliche Zweiheit.

Nach dem Frühstück fuhren Michael und René zum Flughafen. Sie checkten ein und warteten auf die Boardingtime für ihren Flug nach Malta.

»Das gibt es doch nicht! Charlotte, da ist Charlotte!«, rief René und klopfte an die Scheibe, die sie von dem Gang des Arrival-Bereiches trennte.

Doch die hochgewachsene Frau auf der anderen Seite hörte ihr Rufen nicht. Ihre verschränkten Hände lagen schützend über dem Rücken des Säuglings, den sie in einer Bauchtrage vor sich trug. Die Beine des schlafenden Babys wippten im Rhythmus ihrer Schritte. Charlotte schaute sich nach ihrem Begleiter um, der sie einholte und eine leere Tragetasche trug. Die Familie war gerade gelandet. Müde sah Charlotte aus. ›Das Leben mit einem Baby ist anstrengend. Ob ich das schaffe? Wir wird es sein, mit einem Baby zu verreisen?‹, schoss es René durch den Kopf.

Charlotte war eine Schulfreundin von René, die beiden hatten zusammen für das vorgezogene Abitur gelernt. Wie René war Charlotte keine Streberin gewesen und hatte bis kurz vor den Prüfungen mit dem Lernen gewartet. Sie hatte Karriere machen wollen, ein Kind und Ehemann waren in ihren Plänen nicht vorgekommen. René hatte sie für ihre Entschlossenheit bewundert.

»Ich hätte nie gedacht, dass sie Mutter wird«, stammelte René und wandte sich von der Glasscheibe ab.

»Du bist nicht die Erste, der das passiert«, antwortete Michael in seinem Oberlehrerton.

»Ja.« René nickte erleichtert, Charlotte hatte ihre Pläne geändert und glücklich ausgesehen.

Michael umarmte René von hinten, seine Hand legte er beschützend auf ihren Unterleib. So blieben sie stehen, bis der Aufruf für ihren Flug ertönte.

In den ersten Tagen auf Gozo fuhren René und Michael gemeinsam mit Iris und Tom auf das Meer hinaus und halfen den Tauchern beim Anlegen der Ausrüstung. Auf die Dauer war das wenig erfüllend, da sie selbst nicht hinabtauchen konnten. Also entschieden die beiden, an Land zu bleiben, ihre Freunde trafen sie meist nur noch zum Abendessen.

Allerdings zeigte Michael wenig Interesse für »olle Steinhaufen« wie den Tempel der Ggantija. Einzig die Citadella von Victoria begeisterte ihn. »Gar nicht so doof, diese Malteserritter. Von der Zitadelle überblickt man die ganze Insel und hat Sichtkontakt zu den Wachtürmen an der Küste. Aber die Hitze ist trotzdem unerträglich«, maulte er im Minutentakt und verbrachte seine Zeit am liebsten im Haus.

Seine Schweißdrüsen teilten diese Auffassung, denn sie sonderten unentwegt enorme Mengen ihres kühlenden Sekrets ab. Mehrmals täglich wechselte Michael die Kleidung. Im Innenhof trocknete seine Wäsche auf einer Leine in der Meeresbrise. Ein felsiges, heißes Eiland wie Gozo war nicht Michaels Sache, er bevorzugte die skandinavischen Länder. Das Bauernhaus hätte er gerne gegen ein klimatisiertes Apartment eingetauscht. René hatte ihm noch nichts von ihren Verkaufsplänen berichtet. Seine Begeisterung hätte sie geschmerzt. Sie wollte Victor als Makler beauftragen.

Dieses Mal war es René, die sich zurückzog. Wie eine Raupe spann sie sich ein in einen Kokon gewebt aus Stille.

Immer wieder bäumten sich widerstrebende Aspekte in ihr auf. Am schlimmsten war ihre Existenzangst, die sie fast jede Nacht aufschrecken ließ. Das Gefühl, sich auf einen anderen Menschen

286

verlassen zu müssen, der für sie sorgte, wenn sie sich um ihr Kind kümmerte, ließ ihre Nackenmuskulatur bisweilen bretthart erstarren. Fürsorge hatte René selten erlebt und auch Michael war bisher nicht der zuverlässige Partner, der finanzielle Sicherheit bot. Umso mehr hoffte sie auf Aaróns Zusage, weiter für ihn arbeiten zu können. Das Baby könnte sie sicher in die Werkstatt mitnehmen.

Trotz dieser Widerstände erweichte ihr Kern auf eine sonderbare Weise und geborgen im Schoß von Mutter Natur verwandelte René sich langsam von innen nach außen in eine Mutter. Sie fügte sich einfach in die Notwendigkeit dieses Prozesses. ›Ich vertraue meinem Körper‹, stellte sie morgens unter der Dusche fest.

»Bitte, sprich mit mir!«, bat Michael beim Frühstück, und zum ersten Mal war er es, der das Schweigen zwischen ihnen beenden wollte.

Am letzten Abend hatte René ihre Freunde zum »German Grillfest« eingeladen. Michael hatte Mathilda bereits mittags abgeholt und war danach einkaufen gefahren.

In der Küche stand Mathilda auf einem Hocker und schnippelte geduldig Tomaten. »Das machst du wunderbar, alle Stücke sind gleich groß!«, lobte René sie und pellte kalte Kartoffeln.

»I`ve learnt it von Nick, er ist Daddy's Koch in the Restaurant«, erklärte Mathilda stolz, ohne aufzuschauen.

Mit den Fingern kostete René von den Tomatenstückchen. »Die sehen ›delicious‹ aus und schmecken auch so! Genau wie du! Machen wir eine Pause und ernten Basilikum!«, schlug sie gutgelaunt vor.

Mit einem Satz sprang Mathilda von ihrem Hochstand und lief lachend nach draußen. Im Innenhof drehte sie Pirouetten, während René Kräuter erntete, die in den Blumenkübeln der Außentreppe wuchsen.

»Die Gewürze duften nur auf Gozo so intensiv!«, schwärmte René und sog den zitronig-süßen Basilikumduft ein. »Wie findest du eigentlich Michael? Meinst du, er ist der Richtige für mich?«, erkundigte sie sich fast beiläufig und war insgeheim gespannt auf das Urteil ihrer kleinen Freundin.

Wie vom Donner gerührt blieb Mathilda stillstehen, bis sie »I have an Idee!«, rief und lächelnd einen Stein aufhob. Mit dem

Rücken stellte sie sich einige Meter entfernt vor dem kleinen Brunnen am Rand des Innenhofs auf, küsste den Stein inbrünstig und schmiss ihn mit geschlossenen Augen in hohem Bogen über ihre Schulter. Mit einem »Blubb« versank das Geschoss im Brunnenwasser. »Getroffen! As you can easily see, das passt!«, rief sie zufrieden kichernd aus.

Manche Dinge lassen sich auf einfache Art entscheiden und René stärkte Mathildas Bestätigung genauso viel wie ein weitschweifiger Beitrag über Michaels Vorzüge.

Nachdem die Salate zubereitet waren, saßen die beiden im Schatten des Arkadengangs. René schleckte genüsslich ihr Schokoladeneis und sagte mit einem dankbaren Blick auf Mathilda: »Ich möchte dir etwas verraten.«

Neugierig blickte Mathilda mit ihrem von Himbeereis umrandeten Mund auf.

»Ich werde Mama!«, platzte René freudestrahlend heraus.

Von einem Moment auf den anderen verfinsterte sich Mathildas Gesicht, sie schob ihren Eisbecher wütend nach hinten und erstarrte beleidigt. René ließ ihr Zeit.

Schließlich blickte Mathilda auf und fragte leise: »You will remember me, wenn du eine eigene Mummy bist?« Dabei drangen ihre trauriggrünen Augen in René ein.

›Auch sie hat Erfahrung im Verlassen werden‹, las René darin und erhob eine Hand zum Schwur, die andere legte sie auf ihr Herz. Ihr Stachel schwieg zustimmend. »Für immer und immer, my darling. Just because ›you‹ gave me your little hand, I will soon kiss my baby's hand. Das weiß ich from the bottom of my heart. Ich schwöre!«

Versöhnlich lächelnd kletterte Mathilda auf ihren Schoß und umarmte sie wie ein kleines Klammeräffchen. Wie die Affenmama schnupperte René an ihrem weichen nach Lavendel duftenden Haar und kraulte sie hinter den Öhrchen. Mathilda rieb sich wohlig an Renés Bauch.

»Mama sagt, ein Baby nimmt alles von dich. Wie bleibt da space for me?«, flüsterte sie mit geschlossenen Augen.

»Liebe wird nicht weniger, wenn du sie teilst. Wenn du mit einer Kerze eine andere Kerze anzündest, wird die erste Kerze nicht weniger, oder?«

Mathilda überlegte kurz, dann grinste sie zufrieden nickend und kuschelte sich mit ihrem warmen Kopf an Renés Bauch.

»Spürst du dein Baby?«, fragte sie leise.

»Ja, obwohl es sich noch nicht bewegt.«

»Ich verstehe. Später werde ich auch eine Mummy«, entschied Mathilda. René küsste sie auf den Scheitel.

In inniger Umarmung verschlungen, blieben sie sitzen, bis Michael vom Einkaufen zurückkehrte. Schweißgebadet schleppte er Tüten mit Fleisch, Würstchen und Schwertfischsteaks in die Küche und marinierte das Grillgut.

Am späten Nachmittag kamen Iris und Tom vom Tauchen zurück und hängten ihre Ausrüstung zum Trocken auf die Dachterrasse. Nachdem sie sich frisch gemacht hatten, trugen die Männer den Esstisch und die Stühle ins Freie. Iris hatte ihr nasses Haar zu einem Dutt verknotet, gut gelaunt schnitt sie von dem weißen und roten Oleander ab, der in den Terrakottatöpfen im Innenhof wuchs und flocht einen Blumenschmuck daraus.

»Sowas lernt man auf der Alm! Magst du auch mal?« Grinsend stupste sie Mathilda mit ihrem Ellbogen an, die begeistert zustimmte.

»Was means ›Alm‹?«, fragte Mathilda nach einer Weile.

»Das ist ein Bauernhaus, das ganz allein in den Bergen liegt. Dort bin ich mit meinen Eltern und meiner Schwester aufgewachsen.«

»It must be himmelich, to have Eltern for sich allein … und eine sister«, flüsterte Mathilda und machte nach, was Iris ihr mit geübten Händen zeigte.

»Du machst das wunderbar!«, lobte Iris sie überschwänglich und fügte hinzu: »Vielleicht solltest du Papi und Mami deine Wünsche mitteilen. Man muss seine Wünsche aussprechen, damit sie wahr werden.«

René dekorierte mit dem Blumengirlanden den Tisch.

Tom kam vom Duschen und brachte die Holzkohle mit. Michael entfachte den Grill. »Wenn ich eins kann, dann einheizen! Dem politischen Gegner, dem Fleisch auf dem Feuer. Ich grille alles, bis es gar ist, wobei ich mein Steak blutig, sehr blutig mag, meine Freunde!«, stieß er hervor. Sein Kopf glühte rot wie eine Ampel und der Schweiß rann in Strömen seine Schläfen hinunter. Dabei schwenkte er einen Spieß, als suche er ein Opfer und fixierte Mathilda mit gefräßigen Augen und aufgerissenem Mund.

Mathilda flüchtete kreischend, Michael verfolgte sie mit dem Grillspieß in der Hand. Mathilda ließ sich das gerne gefallen. Nicht weil sie Michael besonders mochte, sondern weil sie spürte, dass er für René wichtig war.

»Das sag ich Super Mario!«, schrie sie aus sicherer Entfernung und machte eine lange Nase.

»Wer ist Super Mario? Dein Freund aus der Schule?«, gab Michael zurück und kehrte erschöpft an den Grill zurück. Zum Nachlaufen spielen war es einfach zu heiß.

Iris lachte, sie lehnte in ihrem Stuhl, ihre nackten Füße lagen auf dem Tisch. An ihrem kleinen Zeh steckte ein goldener Ring. Sie schaute zu Michael hinüber und erklärte: »Der Super Mario ist die Spielfigur in einem Videospiel. Mein Neffe hat zum Geburtstag auch einen ›Nindendo‹ bekommen. Das ist ein ›Game Boy‹, also ein elektronischer Spielkamerad. Ein so kleines Gerät«, in der Luft formte sie mit Daumen und Zeigefingern ein Rechteck, »in das die Kinder ihre Videospiele einlegen.«

»Echt verrückt, was es heutzutage alles gibt! Elektronische Freunde!« Michael schüttelte ungläubig den Kopf und schwenkte ein Handtuch über dem Grill, um die Glut anzufeuern. Anschließend trocknete er sich damit ab.

Es klopfe an der Tür. »Das sind Mum und Dad!«, rief Mathilda und sprang sofort auf.

Mit aller Kraft öffnete sie eine der Flügeltüren und sprang in Victors Arme. »It smells like Drachenhöhle! Mhmm! I love Grillfeste!«, brummte Victor mit tiefer Stimme und setzte seine Tochter wieder ab. Mit ausgebreiteten Armen flog er auf René zu und rief lachend: »The dragon is looking for his virgin! You look like motherearth in diesem weißen Leinenkleid! Marvelous!«

René war froh, dass Michaels Englischkenntnisse bescheiden waren, sie wollte keine Rivalität zwischen den ungleichen Männern entfachen. »Wie schön, euch endlich wiederzusehen!«, gestand sie gerührt und schloss erst Victor in ihre Arme und dann auch Andrea, die wie immer hinter ihrem Mann eingetreten war.

»Du siehst wunderschön aus in dem Blümchenkleid!«, machte sie Andrea ein Kompliment, das sie errötend annahm.

»Und was ist mit mir?«, maulte Victor, er drehte sich popowackelnd in seinen grünen Shorts und seinem Lacoste-Poloshirt im Kreis.

»Du bist Gozos bestangezogener Plumber!«, platzte René heraus und alle lachten. An den Händen zog sie Victor und Andrea zum Grill. »Ich möchte euch Michael vorstellen!«

»Nice to meet you!« Victor streckte ihm freundlich seine Hand entgegen.

»Hallo«, brachte Michael heiser hervor und blickte hilfesuchend zu René.

»Du bist also der Grillexperte!«, half ihm Andrea über seine Verlegenheit hinweg und René schob ihre Freunde weiter zu Iris und Tom, die mehr Geschick im Smalltalk besaßen.

Nachdem sich ihre Gäste miteinander bekannt gemacht hatten, nahmen sie an der Tafel Platz. Michael bewachte den Grill. »Wir eröffnen das ›German Grillfest‹ mit Bowle!«, rief René und trug zwei Krüge aus der Küche.

Der Reihe nach schenkte sie jedem ein und blieb an ihrem Platz stehen. Mit einem Löffel brachte sie ihr Glas mit Kinderbowle zum Klingen und lächelte in die Runde, auch Michael kam zum Tisch.

»Ich möchte etwas bekanntgeben! Es ist noch etwas früh dafür, aber ich weiß nicht, wann wir uns wiedersehen, und heute ist unser letzter Abend.« Traurig schluckend machte sie eine Pause und schaute in die Gesichter ihrer Freunde. »In diesem wunderbaren Haus sind Menschen versammelt, die mich unterstützen und mir viel bedeuten. Ich liebe euch. Ich liebe euch sehr.«

Victor legte zwei Finger auf sein Herz, küsste sie und streckte sie zum Schwur erhoben René entgegen. Sein Zeichen der Verbundenheit nahm sie gerührt an.

»Was ich euch sagen möchte, ist dies: Michael und ich erwarten ein Baby!«

»Wow!«, rief Victor scheinbar begeistert und machte ein ernstes Gesicht.

Michael erhob sich und legte seinen Arm um René. Mit gerunzelter Stirn musterte Victor ihn kritisch von der Seite.

»Das ist eine Überraschung! Glückwunsch!« Andreas schrille

Stimme kippte aufgeregt, dabei schlug sie ihre Hände vor das Gesicht.

Mit erhobenem Glas zwinkerte Iris René zu und erklärte gelassen: »Ihr werdet das Kind schon schaukeln!«

»Mit Sicherheit!«, bestätigte Tom schlicht.

»Ich freu mich for dich!«, trällerte Mathilda und stieß als erste mit René an.

Victor stand mit dem Glas in der Hand auf. »Auf die glücklichen Eltern! Cheers!«, rief er und alle echoten:

»Auf die glücklichen Eltern!«

Tom half René, die Salate zu servieren.

»Fleisch ist fertig!«, verkündete Grillmeister Michael und stellte die Platte mit Fleisch auf den Tisch.

Begeistert griff Victor zu und kostete ein Steak. »Lecker! Wir sollten einen Grill in unseren Restaurantgarten bauen und uns von Michael beraten lassen.«

»Das ist eine gute Idee«, stimmte Andrea zu und nahm sich ein Schwertfischsteak.

Michael grinste gequält und setzte sich. Schweigend aß er sein blutiges Steak. René roch seine Scham im Angesicht des erfolgreichen Victors. Mit einem forschenden Blick in Victors Augen erkannte sie dessen Unzufriedenheit mit ihrer Wahl.

»Dein Kartoffelsalat ist sensationell. Ich nehme einen Nachschlag, bitte«, flötete Iris, die ebenfalls feine Antennen besaß, und reichte René ihren Teller.

»Das ist ein Rezept meines Vaters«, erinnerte René sich und überlegte kurz, ob ihre Eltern ihr Enkelkind kennenlernen würden.

»Ich bin erleichtert, dass dieses süße Geheimnis der Grund dafür ist, dass du deinen Buddy allein hast untergehen lassen. Ich dachte, du kannst dich einfach nicht von Michael losreißen«, maulte Iris mit einem aufmunternden Augenzwinkern in Richtung Michael und fügte hinzu: »Wenn das Baby auf der Welt ist, besucht ihr uns in Oberstaufen!«

Das Bild ihrer Freunde, die mit ihr an der Holztafel im Innenhof des Bauernhauses gemeinsam speisten, redeten und lachten, legte René sorgfältig in einer besonderen Ecke ihres Herzens ab und merkte sich den Weg dorthin. Erst jetzt wurde ihr klar, dass dies ihr letzter Besuch an diesem wunderbaren Ort war, den sie mit so viel Leidenschaft gestaltet hatte und in Zukunft nur noch in ihrer Erinnerung würde besuchen können. Heute würde sie mit Victor über den Verkauf sprechen und sie wusste, dass es viel mehr Interessenten als Bauernhäuser auf Gozo gab. Der Verkauf ihres Hauses würde schnell erledigt sein und auch ihre finanzielle Lage entspannen.

Wehmütig schaute sie sich um, gerade brach die Stunde des Tages an, die sie besonders liebte: Die Sonne verabschiedete sich langsam und der Sandstein färbte sich golden, als wolle er ihre Aufgabe übernehmen. René erinnerte sich an ihren ersten Besuch der Ruine mit Claus und ihre Angst, an diese Insel gebunden zu sein. Das Lachen von Joes Zwillingen drang wieder an ihr Ohr und sie genoss die kindliche Freude des Steinmetzes, wenn sie Bauteile aus Deutschland mitbrachte. Wie sehr war ihr das alles ans Herz gewachsen, der Abschied fiel schwer. Trotzdem spürte sie den Impuls, das Haus loszulassen. Es würde auch anderen Menschen Freude bereiten.

Mit einem Mal verschwand die Sonne hinter den schützenden Außenmauern, der Innenhof lag im Schatten und kurz darauf senkte sich die Dunkelheit herab. René entzündete mit Andrea die Kerzen, die auf dem Tisch, im Innenhof und auf den Stufen der Außentreppe verteilt waren. »Ich hoffe, deine Schwangerschaft verläuft besser als meine. Ich kann dir Fachliteratur geben«, bot Andrea fürsorglich an.

»Ich habe den Eindruck, mein Körper hat sie alle bereits gelesen. Er hat zweihunderttausend Jahre Erfahrung in Fortpflanzung. Aber danke, das ein oder andere Buch schadet sicher nicht.«

Als sie wieder Platz genommen hatten, fragte Victor mit dem Dessertteller in der Hand quer über den Tisch: »Michael, how much money do you make?«

Für einen Moment herrschte völlige Stille. René blieb ihr Bissen Käsekuchen im Hals stecken. Sie hustete. In Victors Frage erkannte sie seine Fürsorge und verstand gleichzeitig, wie verschieden die beiden Männer waren. Michaels Motive für seine Weigerung, Geld zu verdienen, würde Victor kaum verstehen, und sie waren kein

Thema für diesen Abend. Fürsorglich schaute sie sich nach Michael um. Victors Frage hatte ihn wie ein Speer getroffen. Voller Scham und mit hochrotem Kopf klopfte er René auf den Rücken, bis sie sich beruhigt hatte. Unsicher kehrte er zu seinem Platz an ihrer Seite zurück.

Doch als er sich auf seinem Stuhl niederließ, hielt er in seiner Bewegung inne und richtete sich langsam wieder auf. Nachdenklich stand er da, mit dem Handrücken wischte er sich den Schweiß von der Stirn. Dann fischte er sein Päckchen Marlboro aus der Hemdtasche und zog mit seinen Lippen eine Zigarette heraus, die er mit einem Sturmfeuerzeug entzündete. Die glühende Zigarette zwischen den Lippen schlenderte er zu Victor hinüber und hielt ihm grinsend sein Päckchen hin. Nicht einmal René wusste, ob die Scham Michaels Gesicht errötete oder die Wärme dieses Sommerabends. Sie rutschte unruhig auf ihrem Stuhl hin und her. Was hatte Michael vor?

»Nein danke!«, lehnte Victor mit erhobenen Händen ab und machte dabei ein Gesicht, als bedrohe Michael ihn mit einer Pistole. Dann fügte er in versöhnlichem Ton hinzu: »Aber ich rauche gerne einen Zigarillo mit dir!«

Michael zog einen Stuhl an den Tisch und setzte sich. Victor reichte ihm den Aschenbecher und entzündete seinen Zigarillo an Michaels Sturmfeuerzeug, das er ihm mit zitternder Hand hinhielt. Dabei beugte er sich zu Michael hinüber und Victors schwarze Locken berührten Michaels blonden Pony.

›Ich liebe euch beide‹, gestand René sich in diesem Augenblick, ›Victor von Weitem und Michael aus der Nähe.‹

Der Duft von Victors Zigarillo schwebte zu ihr hinüber. Er musterte ununterbrochen Michaels Gesicht, der auf die Tischplatte starrte und schmatzend nach Worten suchte. René widerstand dem Impuls einzuschreiten, sie war zu neugierig, wie dieses Duell verlaufen würde.

Andrea zog Mathilda auf ihren Schoß und verschloss mit ihren Händen sanft die Ohren ihrer Tochter, als erwarte sie einen von Victors Ausbrüchen. Iris nickte René zu und schwieg. Tom räusperte sich. »Ich könnte auch eine Zigarette vertragen«, versuchte er, die unangenehme Situation zu beenden.

Ohne den Blick zu heben, schnickte Michael ihm sein Päckchen rüber. Tom riss ein Streichholz an und hustete beim Entzünden seiner Zigarette. Dann herrschte wieder Schweigen.

»Du hast mich gefragt, wie viel Geld ich mache«, flüsterte Michael endlich.

Victor nickte bedächtig und fixierte ihn weiter wie ein Adler, der sich im richtigen Moment auf seine Beute stürzen würde.

Michael zog an seiner Zigarette und hüllte Victor in seine Rauchwolke, die er genüsslich ausstieß. Selbst durch den Qualm hindurch ließ Victor ihn nicht aus den Augen.

»Nun, ich mache kein Geld«, dozierte Michael wichtig, gefolgt von einer bedeutungsschwangeren Pause. Victor schaute ihn mit hochgezogenen Augenbrauen erwartungsvoll an. Als auch der Letzte am Tisch überzeugt war, Michael habe sein Pulver verschossen, hob Victor kurz seine Hände und zuckte die Schultern, denn damit hatte Michael keine Neuigkeit verkündet.

›Das hat er nicht verdient‹, dachte René und wäre ihm gerne zur Hilfe geeilt. Doch sie spürte, Michael würde sich noch erbärmlicher fühlen, wenn er von ihr gerettet würde und noch tiefer in Victors Achtung sinken.

Plötzlich erwachte Michael aus seiner Starre und konterte aufgebracht: »Weil Geld nichts ist, was ein Mensch machen kann! Geld ist ein Tauschmittel, mit dem eine Schuld beglichen wird. Ich bin ein Kind der Arbeiterklasse und politischer Kämpfer aus Überzeugung. Für mein Engagement in der sozialdemokratischen Partei im Ortverein und im Stadtparlament schuldet mir niemand etwas. Deshalb sind mein Handeln und meine Meinung frei und unabhängig. Ich setze mich für gerechte Löhne ein und bessere Arbeitsbedingungen in den Fabriken. Findest du es gerecht, dass du mit den Immobilien, die du an Ausländer verkaufst, ein Zigfaches von dem verdienst, was du den Einheimischen dafür bezahlt hast und die Preise derart nach oben treibst, dass die einfachen Menschen sich kein Haus mehr leisten können?«

Ein Lächeln spielte um Victors Mund, sein Blick klebte unerschütterlich an Michael. »Ich bin der Sohn eines Bauern und habe acht Geschwister. Die Schule habe ich nur vier Jahre besucht. Auch ich wollte das Leben meiner Familie verbessern. Deshalb habe ich in einer Fabrik gearbeitet. Mein verdientes Geld habe ich für meinen Traum gespart. Ich liebe meine Heimat und die wunderschönen Häuser der einfachen Menschen, in denen sie mit ihrem Vieh lebten. Doch die meisten Bauernhäuser verfielen. Die jungen Leute siedelten nach Malta über oder wanderten nach England oder Australien aus und suchten dort ihr Glück. Wir Gozitaner waren die Hillbillys, die das Gemüse für das wirtschaftlich erblühende Malta anbauten. Meinen Freund Hector und mich haben selbst unsere gozitanischen Landsleute ausgelacht, als wir die alten Bauernhäuser kauften und restaurierten. Niemand wollte sie haben. Doch schließlich kamen die Touristen und entdeckten die Schönheit Gozos. ›Ich‹ mache Geld. Ich nutze die Chancen, die sich mir bieten, und mehre den Wohlstand für mich und meine Familie. Hat das dein Vater nicht auch getan? Meine Tochter, meine Nichten und Neffen besuchen gute Schulen und werden studieren können. Meine Eltern und Geschwister leben in schönen Häusern. Mein Vater hat Krebs, doch er konnte in London von einem Spezialisten behandelt werden. Das ist mein bescheidener Beitrag zur Verbesserung der Lebensumstände der Arbeiterklasse. Wie verbesserst du die Lebensumstände von René und deinem Kind, das sie unter dem Herzen trägt?«

Michael stierte hypnotisiert in Victors Augen, die Asche seiner Zigarette fiel auf seine Hose. Insgeheim war René Victor dankbar für seine klaren Worte, obwohl sie Michael gerne erspart hätte, derart bloßgestellt zu werden.

»Victor unterstützt die Elementary School und einen Opernverein. Es ist nichts Verwerfliches daran, Geld zu verdienen. Man kann damit viel Gutes tun«, fügte Andrea mit sanfter Stimme hinzu und legte Michael ihre Hand auf die Schulter.

»Ich weiß einfach nicht, was ich tun soll«, stammelte Michael jetzt entschuldigend. »Ich habe mein Studium abgebrochen und keine Ausbildung. Es gibt nichts, was ich tun könnte, um eine Familie zu ernähren«, gestand er resigniert und trug sein politisches Engagement nicht länger als Schutzschild vor sich her. Victor nickte zufrieden.

»Auf dem Bau gibt es immer Arbeit. In meinen ersten Jahren in Oberstaufen habe ich dort gearbeitet, der Verdienst ist nicht schlecht«, mischte sich Tom ein. »Ihr schafft das!«, versicherte der Brite zuversichtlich in seinem allgäuer Dialekt mit englischem Akzent. »Ich habe auch als Skilehrer und Tauchlehrer gearbeitet, inzwischen führe ich mein eigenes Taxiunternehmen.«

Michael sah zu René hinüber. »Ich verspreche dir, wenn wir zurück sind, suche ich mir eine Arbeit und studiere Volkswirtschaft.«

»Das ist gut. Das ist wirklich gut.« René war erleichtert, dass Michael eine Ausbildung anstrebte. Obwohl sie bezweifelte, ob er seinen Entschluss verwirklichen würde, fasste sie neuen Mut, dass sich ihre materiellen Probleme lösen würden.

»Wenn ihr das nächste Mal kommt, werde ich dich noch einmal fragen: How much money do you make?«, mahnte Victor mit einem bauchigen Lachen.

René stimmte ein und wusste, dass er die Dankbarkeit in ihren Augen sah.

»Auf einem German Grillfest darf die Musik nicht fehlen! Ich hol' Mal die Kapelle«, sagte Tom erleichtert.

Einen Moment später kehrte er mit einem Ghettoblaster auf den Schultern zurück. »Keine Angst, ich habe keine bayerische Blaskapelle dabei, sondern Mozart für Babys. Die Kassette habe ich von meiner Schwester, sie schwört darauf als Einschlafmittel für ihren kleinen Sohn. Bei mir wirkt die Musik auch. Ich schenke sie euch!«, erklärte er grinsend und legte die Kassette ein. Piano- und Violinenklänge schwebten durch den Innenhof wie bunte Glühwürmchen und verbreiteten eine heitere Stimmung.

»Ein Walzer! Schenkst du deinem armen Freund diesen Tanz zum Abschied?«, bat Victor mit zufriedenem Gesicht und erhob sich. »Allerdings muss ich dich vor meinem bescheidenen Tanztalent warnen.« Mit diesen Worten verbeugte er sich formvollendet neben Renés Stuhl.

»Es ist mir eine Ehre!«, antwortete sie ehrlich und ergriff seine dargebotene Hand.

Victor führte René in die Mitte des Innenhofes, die Kerzen flackerten in der Abendbrise. Langsam drehten sie sich zur verträumten Walzermusik. René war feierlich zumute, sie legte ihre Wange sanft an Victors. »Is he the man you love?«, flüsterte er in ihr Ohr.

›Ist das der Mann, den ich liebe, mit dem ich alt werden möchte?‹, wiederholte René die Frage in ihrem Inneren und atmete tief durch. Seit ihrer Jugend hielt sie an ihrem ›Yes‹ fest, hatte nach den Jahren ohne ihn den Kontakt aufs Neue gesucht. Sie war es gewesen, die Michael gedrängt hatte, mit ihr zusammenzuziehen, obwohl er sie darauf hingewiesen hatte, wer er war - ein »Habenichts«. Doch das Geschöpf in ihrem Bauch war anderer Auffassung und hatte sie zu seinen Eltern erwählt. Für Abtreibungen hatte René Verständnis, für sic selbst kam das nicht in Frage. Gerade hatte Victor ihr neue Zuversicht geschenkt, dass Michael einen Weg finden würde, seine berufliche Zukunft in vernünftige Bahnen zu lenken. Es war an der Zeit, nach vorne zu schauen.

»Yes!«, antwortete sie mit fester Stimme und erteilte den Zweifeln an ihrer Liebe zu Michael, die nur noch leise in ihren Eingeweiden grummelten, eine letzte Absage. Sie wollte leben, was sie mit Dr. Tellerlein und durch ihre Zugehörigkeit zu den Rosenkreuzern erkannt hatte. Es kam nicht darauf an, einem unerreichbaren Ideal nachzujagen, sondern jeden Tag aufs Neue vertrauensvoll den anderen mit seinen Schattenseiten anzunehmen und sich gegenseitig zu unterstützen. Das war nicht einfach, aber alternativlos. »Würdest du unser Haus verkaufen?«, fragte René unvermittelt und blickte in Victors dunkle Augen.

Er erblasste, wie das bei einem von der Sonne gebräunten Südländer eben möglich war. »Warum tust du das?«, fragte er scharf und starrte sie mit aufgerissenen Augen an. »Behalte das Haus! Ich vermiete euer Haus, du hättest regelmäßige Einnahmen, die weit über eure Kosten hinausgehen. Believe me.« René erschrak. Nie zuvor hatte ihr Freund so zu ihr gesprochen. Nach Dr. Tellerlein war Victor der nächste Mensch, den sie verärgerte. Für einen Moment spiegelte sich in Victors Pupillen die schöne Müllerstochter, die in der Kammer saß und versuchte, Stroh zu Gold zu spinnen. Doch die war sie nicht mehr. Ihre Entscheidungen kamen aus ihrem Herzen und waren der Weg, den sie gehen wollte. Neugierig und staunend. Sollte sie sich geirrt haben, würde sie eine neue Richtung einschlagen. Sie wollte endlich an ›ihren‹ Entscheidungen und Fehler wachsen. René lächelte erleichtert.

»Claus möchte das Geld in ein Projekt investieren. Ich möchte keinen Kredit aufnehmen, um ihn auszuzahlen. Dieses Haus ist das Letzte, was mich an ihn bindet. Ich möchte einen Schlussstrich ziehen. Believe me, es fällt mir schwer, das Haus zu verkaufen, aber manchmal muss man Dinge loslassen, die man liebgewonnen hat.«

Jetzt war es Victor, der tief durchatmete. Mit seiner Hand hob er Renés Kinn an, seine Augen lächelten wieder. »Du« bist uns immer willkommen. There will be always a space for you.«

»Wir sind Freunde. Für immer.«

Die letzten Töne des langsamen Walzers verklangen, René und Victor blieben noch einen Moment miteinander stehen, ehe sie sich lösten und jeder an seinen Platz am Tisch zurückkehrte.

Michael legte seinen Arm um René. »Victor, es gibt etwas, das du nicht mit Geld kaufen kannst. Das ist Liebe und das Glück, mit einer Frau wie René zu leben.«

»Was du bewiesen hast, mein Freund«, gestand Victor unumwunden und fügte mit einem Augenzwinkern hinzu: »Zumindest bis jetzt.«

René setzte sich verlegen und schaute zu Andrea hinüber.

Sie leerte ihr Weinglas, während ihr Bein verzweifelt wippte. In das Glas starrend murmelte sie bitter: »Victor jagt leidenschaftlich, was er nicht haben kann. Doch seine Beute langweilt ihn schnell. Was er heute Liebe nennt, verwandelt sich morgen in Schattierungen von kaltem Grau.« Sie schüttelte traurig den Kopf und flüsterte: »Seid wachsam, meine Freunde!«

»Es wird Zeit, dass wir gehen«, stellte Victor knapp fest und nahm Andrea das Glas aus der Hand.

»Komm mit deinem Baby zu Besuch«, wünschte sich Mathilda und zappelte mit den Beinen wie ihre Mutter.

»Das mache ich!«, versprach René und dachte stolz: ›Wenn ich zurückkomme, werde ich Mutter sein.‹

Als ihre Gäste sich weit nach Mitternacht verabschiedet hatten, löschte sie mit Iris die Kerzen. »Was dieses Haus besonders macht, trägst du in deinem Herzen, das kann dir niemand nehmen«, flüsterte Iris und löschte das letzte Licht. Arm in Arm blickten die Freundinnen eine Weile in den sternenklaren Himmel, ehe sie zu Bett gingen.

Als sie mit Michael in der Früh abreiste, war René froh, dass sie nicht den Helikopter nahmen, sondern mit der Fähre nach Malta übersetzen, so hatte sie Zeit, sich von Gozo in Ruhe zu verabschieden. Michael saß unter dem Ventilator im Bordrestaurant. Wie bei ihrem allerersten Besuch stand René allein auf Deck und hielt sich an der Reling fest. Dieses Mal war das Meer spiegelglatt und die Sonne tanzte flirrend auf dem Wasser. Der Motor brummte zuversichtlich, kleine Wellen kräuselten sich am Bug des Schiffes. Die Morgenluft kühlte Renés Gesicht, sie hielt ihr Haar zusammen, das der frische Fahrtwind durcheinanderwirbelte. Dankbar blickte sie zurück, bis Gozo mit ihrem Haus am Horizont versank.

Auch zu Hause standen Veränderungen an. Ihre Herberge zur Glückseligkeit war ein Liebesnest mit nur einem Wohnraum, die Küche und die Empore mit dem Bett waren offen. Ein Kinderzimmer fehlte. Überhaupt vertrat Michael die Auffassung, mit einem Kind sollte man auf dem Land leben. René war anderer Meinung. In der Stadt gab es Parks und ruhige Wohnstraßen. Allerdings fand sie es praktisch, in der Nähe von Michaels Eltern zu leben und stimmte schließlich zu, in einen Vorort zu ziehen. Es musste ja nicht für immer sein. Die Wohnungsbesichtigungen in den nächsten Monaten übernahm Michael. Sollte eine Wohnung in Frage kommen, würde René ihn begleiten.

Für heute hatte er drei Termine vereinbart und René erwartete ihn jeden Moment zurück.

Sie stand im Bad und ölte ihren Bauch ein, der inzwischen deutlich gewölbt war. »Hallo Baby«, flüsterte sie zärtlich und nahm Kontakt auf, »du treibst kopfüber in meinem nährenden Wasser. Dort wartest du geduldig. Du fragst nicht, auf wen du dich da eingelassen hast und vertraust. Noch schlägst du Purzelbäume in deinem privaten Ozean, schwebst durch deine wohltemperierte Welt. Reines Sein. Du hast keinen Namen und keine Geschichte. Manchmal berührst du sanft die Grenzen deines Universums, das vibriert vom Widerhall meiner Stimme. Vertrauensvoll saugst du Worte ohne Bedeutung auf. Es ist ihre Musik, die sich in dein kleines Herz gräbt. Drum höre mein Lied: Ich liebe dich. Bis an das Ende meiner Tage. Ich liebe dich, dass es schmerzt, ohne dich zu kennen. Du bist von meinem Blut. Bitte verzeih mir all die Fehler, die ich machen werde. Es gibt so viel, was ich zu lernen habe. Wir fangen beide von vorne an. Zusammen schaffen wir das.« In dieser Mutterliebe, die in René mit jedem Tag ihrer Schwangerschaft wuchs, verschwand der Schrecken der Welt und sie badete in dem

Meer aus unerschütterlicher Liebe, in dem ihr Baby in ihr schwamm. Es waren keine politischen Kämpfe oder Kriege, die eine bessere Zukunft schufen. Einzig Liebe vermochte dies durch die Hinwendung zum Nächsten. So erweckte René das Bild zum Leben, das sie gemalt hatte, nachdem die Frauenärztin ihr erklärt hatte, sie können keine Kinder bekommen. Die Frau in der Mitte der sonnengelben Blume verband sich nicht mit dem schemenhaften Antlitz des Geliebten, die Frau in der Mitte versank in bedingungsloser Liebe zu ihrem Kind. Das Gemälde hing über dem Sofa im Wohnzimmer.

Das Klingeln an der Tür beendete Renés kleines Ritual. Sie schlüpfte in den geliebten Morgenmantel und öffnete. Auf seinen Gehstock gestützt zog Herr Knoblauch vornehm lächelnd vor ihr den Hut. Zum Smoking trug er einen elfenbeinfarbenen Seidenschal locker um den Hals geschlungen.

»Guten Abend, verehrte Frau Linde. Ich hoffe, ich komme nicht ungelegen.«

»Es ist mir eine Freude, Sie zu sehen. Treten Sie ein«, antwortete René freundlich.

Der kleine, elegante Mann blieb im Eingangsbereich stehen und signalisierte auf diese Weise dezent, dass er nicht beabsichtigte, Platz zu nehmen. Mit der Hand vor dem Mund räusperte er sich und erklärte mit seiner melodiösen Stimme: »Es ist mir ein Anliegen, Ihnen zu versichern, dass Sie selbstverständlich hier weiter wohnen können. Ihre ›Umstände‹ sind kein Grund für einen Auszug. Ihre Kündigung können Sie gerne jetzt und hier zurücknehmen.« Mit gesenktem Haupt verharrte er in der Haltung eines Butlers, der die Anweisung seiner Herrin erwartete.

»Lieber guter Herr Knoblauch, meinen herzlichen Dank für Ihr Angebot. Diese wunderschöne Wohnung aufzugeben, fällt mir schwer.« René presste ihre Hand auf das Herz. »Aber wir brauchen mehr Platz. Gäbe es ein weiteres Zimmer, würden wir bleiben. Aber ich möchte Ihnen die Adresse einer Freundin geben, die an dieser Wohnung interessiert ist. Auf diese Weise bleiben wir verbunden.«

Camilla arbeitete als Bildredakteurin in einer Nachrichtenagentur und konnte sich die Wohnung problemlos leisten. Anselm

Knoblauch nahm Camillas Visitenkarte entgegen und verabschiedete sich von René mit einem formvollendeten Handkuss.

Herr Knoblauch war gerade gegangen, da klingelte es erneut. René glaubte, er habe etwas vergessen und öffnete wieder. Sie erschrak bis ins Mark, bemühte sich aber, es zu verbergen, denn vor ihr stand ihr Vater. Kaum haben wir einen Entwicklungsschritt gemacht, werden wir geprüft.

»Kann ich reinkommen?«, fragte er streng, wie gewöhnlich sah Friedhelm durch seine Tochter hindurch.

Noch bevor René »Komm herein«, stammelte, war ihr Vater bereits an ihr vorbeigelaufen und legte mit einem bestimmenden »Ich darf doch?« seinen Hut und Trenchcoat ab. Ungebeten nahm er im Wohnzimmer auf Renés Sofa Platz.

»Schön hast du es hier«, stellte er mit einer wirren Handbewegung fest und grinste nervös.

Renés Blick klammerte sich an die Staubmaus, die unbeeindruckt vor ihren Füßen schwebte, als sie mechanisch zum Bügelbrett ging, das gegenüber dem Sofa aufgebaut war. Mit zittrigen Händen zog sie eine Bluse aus dem Korb und legte sie über das Bügelbrett. Dann schaute sie in die kaltblauen Augen ihres Vaters und fand dort keinen Anker für ihre Liebe. ›Keine Sorge, mein Herz ist warm, wir erfrieren nicht‹, sandte sie eine Botschaft an ihr Baby und blickte in dessen Antlitz in dem Gemälde, unter dem ihr Vater saß. Zur Sicherheit schlug sie den Kragen ihres Morgenmantels fest übereinander. Vaters Standpauken waren laut. Mutter würde ihn sicher geimpft haben mit Renés verbotener Schwangerschaft von dem nichtsnutzigen Emporkömmling.

»Also, ich war zur Kur! Dort haben mich meine Führungsoffiziere gefragt, was ich über meine Tochter weiß. Jetzt bin ich hier, weil sie meine Antwort ungenügend fanden.«

»Du kommst, um herauszufinden, wer ich bin?«, frage René mit wild pochendem Herzen nach, in ihrem Inneren prallten Wunsch und Erfahrung gegeneinander. ›Warum hatte ihre Mutter geschwiegen?‹, wunderte sie sich. Doch auch sie selbst hatte nicht einmal Dr. Tellerlein von der Begegnung erzählt. Sie schützten beide ihr Erlebnis vor dem Rest der Welt. Denn hinter den feindseligen Worten hatten sie sich berührt und den anderen gesehen. René war verwirrt.

Friedhelm nickte mehrmals auf die naiv hoffnungsvolle Art eines Jungen, der seiner Mutter die Kröte zeigte, die er im Teich gefangen hatte und dafür auf ein Lob hoffte. Stumm zog er ein kleines Schmuckkästchen aus der Tasche, ging zu René hinüber und reichte es ihr mit den Worten: »Für meine Tochter.« Seine Stimme zitterte gerührt.

Zögerlich öffnete René die Schachtel und betrachtete die goldene Kette, dabei dachte sie an den Ring, den ihr Vater ihr einst an den Finger steckte.

»Gefällt sie dir nicht?« Friedhelms Stimme holperte ängstlich.

René nahm sein Geschenk aus der Verpackung, die filigrane Kette lag schwer in ihrer Hand und René hätte sie gerne losgelassen. Doch sie stellte sich vor, wie sie selbst sich fühlen würde, wenn jemand ihr Geschenk abwies und log: »Danke, die Kette ist schön.«

»Wollen wir uns wieder besuchen?«, bohrte ihr Vater und René hörte die Hoffnung zwischen seinen Wörtern.

Sie hatte ein »Ja« auf den Lippen. Für einen Augenblick sah sie sich mit ihrem Baby und Michael bei ihrer Familie zu Hause vor dem Weihnachtsbaum sitzen. Doch plötzlich erinnerte sich an Dr. Tellerleins Worte: »Es ist gut, wenn Sie Ihre Eltern eine Zeit lang nicht sehen. Sie werden spüren, wann der Zeitpunkt für ein Treffen kommt. Dann wird die Begegnung anders verlaufen. Sie übernehmen nicht mehr die Verantwortung für den Gemütszustand der Eltern und diese werden keine Anknüpfungspunkte finden. Ihr Verhältnis wird ein anderes sein.«

René hatte ihren Kompass ausgerichtet und sah ihren Vater ruhig an, dabei antwortete sie bestimmt: »Tut mir leid, ich bin noch nicht bereit. Ich melde mich bei dir, wenn die Zeit gekommen ist. Bitte geh jetzt.«

Wortlos erhob sich Friedhelm auf seine fahrige Art, deutete mit seinem Hut einen Gruß an und ging, ohne René noch einmal anzuschauen. Ihren Babybauch hatte er übersehen.

»Das haben Sie gut gemacht«, bestätigte Dr. Tellerlein Renés Entscheidung, ihre Eltern weiter auf Abstand zu halten. Aber sie spürte, dass etwas anderes in der Stimme ihres Therapeuten mitschwang. Es war die Befürchtung, sie zu verlieren.

Nachdem Dr. Tellerlein René erklärt hatte, ihr Wunsch die Therapie zumindest vorerst zu beenden, sei falsch, hatte sie sich gefügt und ihn weiter besucht. Doch ihr Empfinden war gleichgeblieben und daher unternahm sie jetzt einen neuen Anlauf, sich auszudrücken. »Lieber Dr. Tellerlein, ich habe erfahren, was ich wissen wollte. Und ich komme eines Tages wieder«, versuchte sie ihn zu beschwichtigen. »Aber jetzt habe ich kein Anliegen mehr. All die wertvollen Dinge, die ich lernen durfte, werde ich mit Leben erfüllen. Ich habe eine Aufgabe.« Sie streichelte ihren Babybauch, sah Dr. Tellerlein mit großen Kinderaugen an und hoffte auf sein Verständnis.

Stattdessen setzte Dr. Tellerlein wie ein wütender Tiger zum Angriff an und schnellte aus seinem Sessel empor: »Ich habe mir solche Mühe mit Ihnen gegeben! Es ist falsch, was Sie tun!«, brüllte er.

Sein Raubtieratem traf René ins Gesicht, enttäuscht verharrte sie auf ihrem Platz. Mit Ausbrüchen hatte sie ihre Erfahrungen. Dr. Tellerlein erschreckte sie nicht, sie fand sein Verhalten unpassend. ›Versucht er, mir den Abgang zu erleichtern?‹, überlegte sie und verwarf den Gedanken wieder.

Wie ein Tiger im Käfig lief Dr. Tellerlein im Zimmer auf und ab und fuchtelte mit seinen Armen in der Luft herum, dabei schimpfte er laut: »Für alles braucht man heute einen Schein, eine Erlaubnis. Nur eine Beziehung führen und Kinder erziehen, das können wir einfach so!« Er schnalzte mit seinem Daumen vor Renés Gesicht. Sie zuckte zurück. »Wer bringt uns bei, wie wir eine Ehe führen oder Kinder großziehen? Ich empfehle Ihnen dringend, die Gesprächstherapie fortzusetzen und sich danach einer meiner Therapiegruppen anzuschließen. Nichts ist schwerer, als Verhalten nachhaltig zu verändern!« Erschöpft sackte er in seinen Sessel, sein Körper vibrierte vor Erregung.

Während seines Ausbruchs hatte René sich nicht von der Stelle gerührt und zu Boden geschaut, jetzt blickte sie ihm fest in die Augen. »Sie meinen, ohne Therapie klappt das Leben nicht? ›Ich‹ möchte eine Pause. Und wäre froh, wenn ich Ihnen zu einem späteren Zeitpunkt wieder willkommen bin.« René war überrascht, mit welcher Selbstverständlichkeit die Worte aus ihr herausflossen.

Die Zornesröte kehrte in Dr. Tellerleins Gesicht zurück. Erneut sprang er auf und rannte aus dem Zimmer, die Tür des Behandlungszimmers knallte heftig gegen die Wand. Geduldig wartete René auf ihrem Platz, bis sie verstand, Dr. Tellerlein würde nicht zurückkehren. Langsam erhob sie sich und sah, dass er an der Ausgangstür auf sie wartete. René ging zu ihm und blieb vor ihm stehen.

»Wenn Sie jetzt gehen, brauchen Sie nicht wiederzukommen!«, drohte er lautstark mit erhobenem Zeigefinger, seine Augen waren blind vor Zorn.

»Ich bedauere zutiefst, dass sich unsere Wege auf diese Art trennen. Doch Sie lassen mir keine Wahl. Vielen Dank für den Weg, den Sie mit mir gegangen sind.«

»Auf Wiedersehen, Frau Linde!« Dr. Tellerlein ignorierte Renés Hand, die sie ihm zum Abschied entgegenstreckte, und starrte wie ein beleidigter Junge gegen die Wand.

Irritiert und enttäuscht war René doch überzeugt, das Richtige zu tun. Auch Dr. Tellerlein hatte seinen wunden Punkt, stellte sie erstaunt fest und verließ seine Praxis.

›Selbst wenn ich mich geirrt habe, Scheitern gehört zum Leben dazu. Dr. Tellerlein ist zu weit gegangen‹, entschied sie auf der Fahrt nach Hause und war traurig, ihren Mentor verloren zu haben. Gemeinsam hatten sie ihr Leben auf neue Füße gestellt. Dr. Tellerlein hatte ihr Lektionen im Erwachsenwerden erteilt, von denen sie ihr ganzes Leben profitieren würde. René spürte daher nichts als Dankbarkeit für ihn. Ein guter Ratgeber weiß, wann es an der Zeit ist, seinen Schützling loszulassen.

»Ich glaube, der alte Sack steht auf dich!«, entschied Michael und war sichtlich erleichtert, dass ihm der Besuch bei Dr. Tellerlein nun ein für alle Mal erspart blieb.

»Lass mich das Baby spüren!«, wechselte er das Thema und kniete neben Renés Stuhl nieder. Vorsichtig schmiegte er sein Ohr an ihren Bauch und flüsterte: »Sein Name ist David!«

»Der Name gefällt mir. Woher weißt du, dass es ein Junge wird?«, fragte sie überrascht nach.

»Oh, ich habe gefragt und David hat zustimmend getreten.«

»Du hast wahrscheinlich Recht. Die Beinchen, die so lebhaft

Kontakt zu uns aufnehmen, gehören unserem Sohn. Wie wunderbar das klingt: ›unser Sohn‹.« Mit der Geburt ihres dritten Bruders hatte René akzeptiert, dass in ihrer Familie Jungen geboren werden und ihre Sehnsucht nach einer Schwester begraben. ›Warum meldest du dich?‹, befragte sie ihren Stachel, der schmerzte. Doch so sehr sie ihr Herz auch rieb, sie erhielt noch keine Antwort.

Die Monate vergingen und Renés Baby wuchs heran. Mit dem Umfang ihres Leibes weitete sich auch der Raum, den das Kind in ihrem Leben einnahm. Sie war nun im siebten Monat schwanger. Inzwischen hatten René und Michael den Mietvertrag für eine Dachwohnung in einem schmucklosen Sechs-Familienhaus in einem Vorort unterzeichnet. Ihr neues Zuhause gehörte einem freundlichen Inder, der mit seiner Frau viele Jahre vergeblich versucht hatte, ein Kind zu zeugen. Das Paar adoptierte schließlich einen Jungen und war sehr erfreut, jungen Eltern ein Zuhause zu geben, auch wenn ihre neuen Mieter keinen überzeugenden Gehaltsnachweis vorlegen konnten.

Die Wohnung war hell und hatte Charme durch ihre Erker. Die Böden waren weiß gefliest, die Einbauschränke in den Dachschrägen boten viel Stauraum. Michael wäre gerne in die Kleinstadt gezogen, in der sie ihre Jugend verbracht hatten, doch René war das zu nah an ihrem Elternhaus. Ihre neue Herberge war ein Kompromiss. René hatte sich durchgesetzt, was die Lage betraf. Allerdings hätte sie sich für eine günstigere Wohnung entschieden. Michael bestand auf das Zuhause unter dem Dach, das ihn an ihre Herberge der Glückseligkeit erinnerte. Auf der anderen Straßenseite befand sich eine schmucklose Kirche. Der Weg zur Arbeit war viel weiter. Doch zur Werkstatt würde René nur noch kurze Zeit fahren müssen. Würde ihre Zeit mit den sieben Zwergen mit ihrer Gesellenprüfung enden?

Auch ihr Frauenarzt war nun weiter entfernt, allerdings musste sie ihn ohnehin nur alle zwei Wochen besuchen, und die Geburt ihres Kindes rückte näher.

Zu Beginn der Kontrolluntersuchungen legte Dr. Krämers Assistentin René die CTG-Sonde an, der die Herzfrequenz ihres Babys hörbar machte. René wiegte ihren Kopf im Takt des lebenslustigen Galopps.

»Alles verläuft vorbildlich«, lobte Dr. Krämer bei der anschließenden Ultraschalluntersuchung. »Möchten Sie wissen, was es wird?«, erkundigte er sich und deutete auf den Bildschirm. Auf diese Frage war René nicht vorbereitet. Sie zögerte kurz, dann gab sie ihrer Neugierde nach und stimmte zu. Mit einem Mal war sie aufgeregt.

»Sie erwarten ein Mädchen!« Dr. Krämer grinste erwartungsvoll.

Ungläubig starrte René ihn an und wiederholte: »Ein Mädchen? Ein Mädchen«, dann jubelte sie: »Ich bekomme ein Mädchen!« Ihre Freude verwirrte sie, ihr war, als klopfe unvermittelt eine lange vermisste Freundin an. »Wissen Sie, ich habe mir als Kind inständig eine Schwester gewünscht und drei Brüder bekommen«, stammelte René und wischte eine Träne weg. »Danke, Dr. Krämer!«

»Manchmal dauert es lange, bis sich unsere tiefsten Wünsche ihre Bahn brechen. Meine Wenigkeit ist bestenfalls der Überbringer der guten Nachricht, wenn sie sich erfüllen.« Dr. Krämer lächelte verschmitzt, dabei trug er akribisch Renés Daten in den Mutterpass ein. Nie hatte er daran gezweifelt, dass seine Patientin nach den gefühlsmäßigen Turbulenzen der ersten Monate ihre Schwangerschaft genießen würde.

Über die Geburt und ihren Alltag als Mutter hatte René sich bisher wenig Gedanken gemacht. Sie hoffte, ihre Ausbildung beenden zu können, der errechnete Geburtstermin lag kurz nach dem Termin der Gesellenprüfung. Auf Anraten von Dr. Krämer besuchten sie mit Michael einen Geburtsvorbereitungskurs. Ein weiser Ratschlag, wie René schnell erkannte, obwohl sie keine Gruppenveranstaltungen mochte.

Ihre Kursleiterin hieß Corinna, sie arbeitete als Kinderkrankenschwester auf einer Intensivstation für Neugeborene. Zum Platzen reif thronten die werdenden Mütter auf grünen Medizinbällen in einem weiten Kreis um sie. Im Hintergrund säuselte entspannt eine Harfe. René fühlte sich wie die beleibte Fruchtbarkeitsgöttin Gozos. In dieser Runde war sie einfach nur Mutter. Die Hände der Männer lagen auf den Schultern ihrer trächtigen Weibchen und schwangen mit ihnen, manche blickten hilfesuchend zu Corinna.

Die Früchte des Leibes wippten sanft mit ihren Müttern auf und ab. Michael schnaufte lauter als René und blies seinen heißen Atem in ihren Nacken, dabei strich er ständig über ihren Rücken. In den Monaten ihrer Schwangerschaft hatte er einige Kilogramm zugelegt. Das sei der Fall, wenn ein Mann sich tief verbunden mit seiner Frau fühlt, hatte Corinna erklärt.

Die meisten werdenden Mütter wollten frühestens nach Kind Nummer zwei wieder arbeiten, um zur Abzahlung des Eigenheims beizutragen, das gerade gebaut wurde oder bereits bezogen war. Ihre Schwangerschaften waren geplant wie der Rest ihres Lebens.

Anfangs kam René sich ausgeschlossen vor und beneidete die anderen Paare, die ihr Leben fest im Griff hatten. Doch dann lächelte sie. Ihr Baby wohnte in ihrem Herzen und es erschien ihr falsch, ein Kind zum Lebenssinn zu erheben, denn Glück findet jeder nur in sich selbst. Das hatte sie auf ihrer Suche nach dem, was die Welt zusammenhält, inzwischen gelernt. Aber mitunter ist es ein Kind, das unsere Aufmerksamkeit nach innen lenkt und uns wertvolle Lektionen erteilt.

Renés Hände ruhten auf ihrem Bauch und mit geschlossenen Augen spürte sie ihr Baby. ›Deine Hände und Füße stoßen an die Grenzen deiner Wasserwelt. Du fragst dich, was geht da vor? Ich wachse und meine Welt wird enger und enger. Ist das mein Ende? Fürchte dich nicht, halte dich an meiner Stimme fest. Ich singe dich bald hinüber in eine neue Welt. Jedes Ende ist ein Übergang. Das Leben hier draußen wird dir gefallen.‹ Einmal mehr verschwand die Grenze zwischen ihr und ihrem Baby und René war geborgen in dieser Verbindung.

Corinna klatschte in die Hände und wippte ein paar Mal auf ihrem Medizinball, bis alle Teilnehmenden aufmerksam waren. Ihre dunklen Augen verweilten bei jeder Frau in der Runde. »Heute möchte ich mit Euch über die Ausstattung sprechen, die ein Baby benötigt. Kauft bloß keine neue Kleidung, denkt daran, wie schnell ein Säugling wächst. Kleidung aus dem Second-Hand-Laden oder von einem Flohmarkt ist mehrmals gewaschen, weniger schadstoffbelastet und viel günstiger. Die Sachen sehen meist aus wie neu, denn ein Strampler wird nur wenige Wochen getragen. Am Ausgang liegen Zettel mit einer Übersicht, was euer Baby als Erstausstattung benötigt. Ihr bekommt jetzt einen Fragebogen von mir. Dabei geht es um eure Einschätzung, wie ein Baby euren Tagesablauf verändert. Was meint ihr, wie viel freie Zeit habt ihr in Zukunft?«

›Da gibt es noch einiges, was ich organisieren muss‹, erkannte René. Auf ihrem Fragebogen notierte sie »vierundzwanzig Stunden«. Gehörten ihr nicht alle Stunden des Tages? René fühlte sich frei, diese zu gestalten. Die Zeit, die sie mit ihrem Baby verbrachte, schenkte sie ihm aus freien Stücken. Michael notierte »zwölf Stunden« und murmelte: »Schlafen muss man ja schließlich auch, oder?«

»Auf jeden Fall!«, schmunzelte René und fuhr ihm liebevoll durch die Haare. Sein Schlaf war ihm heilig.

»In den ersten Monaten werdet ihr das Gefühl bekommen, nicht einmal mehr Zeit zum Duschen zu haben. Alles dreht sich um das Baby. Auch wenn ihr euch das heute nicht vorstellen könnt, es wird Momente geben, da werdet ihr zornig auf euer Kind sein, das euch mehr abverlangt als ihr meint, geben zu können. Seid bereit, Hilfe anzunehmen. Nehmt euch Auszeiten. Nehmt euch Auszeiten als Paar.«

René widerstrebte es, sich auf die Ankunft ihres Kindes vorzubereiten, als erwarte sie eine Katastrophe. Plötzlich erfüllte sie Mitgefühl mit ihrer Mutter. Sie hatte das alles verpasst in ihrem Leben, aus Angst die Erwartungen ihrer Eltern nicht zu erfüllen. ›Ich erlebe das für uns beide!‹, entschied sie. ›Was nach der Geburt kommt, hat sich Mutter Natur sicher auch gut überlegt‹, war René überzeugt, denn sie fühlte sich in ihrer Schwangerschaft rundum vom Leben behütet. Innerlich begann sie auf dem Nachhauseweg eine Liste mit Dingen, die sie nach dem baldigen Einzug in ihr neues Zuhause besorgen wollte.

René parkte Aaróns Lieferwagen vor dem Haus, dieses Mal hatte sie keine Beule hineingefahren. Sie stand in der neuen Landhausküche aus weißem Holz, die sie günstig vom Vormieter übernommen hatten, und kochte Linsensuppe. Mit dem deftigen Duft des Eintopfs, der sich in der Wohnung ausbreitete, zog auch René in ihr neues Zuhause ein. Dabei dirigierte sie die Möbel und Kisten in die richtigen Zimmer. Beim Tragen konnte sie den Freunden nicht mehr helfen. Von Zeit zu Zeit schnürte sich ihr Bauch bereits zusammen.

»Das sind Senkwehen. Dein Baby macht sich langsam bereit für die große Reise«, hatte ihr Corinna erklärt.

»Vorsicht mit der Tischplatte!«, rief René, zur Sicherheit lief sie Bert und Rabe hinterher, die ihren geliebten Mahagoni-Esstisch ins Wohnzimmer schleppten.

»Puh, nur noch die Stühle, dann sind wir fertig!«, freute sich Bert. »Warum lebt ihr eigentlich immer so weit oben?«

»Das ist eine gute Frage. Ich höre das Treiben der Welt eben lieber leise und fühle mich sicher in luftiger Höhe. Vielleicht hat das aber auch gar nichts zu bedeuten.« Sie zuckte die Schultern. »Seid ihr fertig?«

»Yes, Madam, dank deinem Top-Management sind wir durch.« Rabe salutierte vor René.

»Sag bitte Michael Bescheid, ich serviere die Suppe!«, bat René und war erleichtert, denn der Umzug war mit der Unterstützung von Michaels Freunden problemlos über die Bühne gegangen und ihre Möbel waren wieder aufgebaut.

Breit grinsend zog Rabe eine Kassette aus der Tasche und reichte sie René. »Für dich, weil du ausschaust wie Moby Dick! Meine kleine Nichte liebt die Laute, mit denen sich die Wale verständigen.«

»Walgesänge! Die nehme ich mit zur Geburt!«, entschied sie und drückte Rabe einen Kuss auf die Wange.

Nach dem Essen waren die Freunde gegangen. Müde, aber zufrieden, saßen Michael und René am Abend das erste Mal nach ihrem Einzug auf dem champagnerfarbenen Sofa in ihrem neuen Wohnzimmer. Renés Beine lagen auf Michaels Schoß. Das lange Kleid aus braunem Shirtstoff war gemütlich und weich auf der nackten Haut, ihre Hand ruhte auf dem mächtigen Bauch, auf dem immer wieder kleine Beulen hervortraten. »Hast du das gesehen? Unsere Tochter spürt, dass ich Ruhe halte, und macht Turnübungen. Wollen wir sie Georgia nennen?«, fragte sie plötzlich hellwach.

»Nein«, murmelte Michael mit geschlossenen Augen.

René drang weiter in ihn ein. »Magst du Julia oder Madeline?«

Ein müdes Kopfschütteln war seine Antwort.

»Mach ›du‹ mal einen Vorschlag«, forderte René ärgerlich.

»Hm, weiß nicht. Beate?«, antwortete Michael zögerlich.

»Nein. Wir nehmen nur einen Namen, der uns beiden gefällt, abgemacht?« Der Vorschlag entsprach ihrem ausgeprägten Sinn für Gerechtigkeit, dabei wusste sie sehr gut, dass sie Michael leicht hätte beeinflussen können.

»Abgemacht«, brummte er und schlief ein.

In den nächsten Wochen füllte René einen Zettel mit Mädchennamen. Doch keiner davon gefiel Michael, einen eigenen Beitrag leistete er nicht.

Michael hatte sich mit den Möbeln seines Jugendzimmers ein Refugium auf dem Dachboden eingerichtet. Außerdem rauchte er dort oben, denn im Rest der Wohnung hatte René ihm das »Qualmen« verboten.

In der Küche räumte René die letzten Kisten mit Geschirr aus. Michael telefonierte unter dem Dach. Wenig später kletterte er die ausklappbare Treppe hinunter, die Stufen quietschten unter seinem Gewicht. Grinsend wie ein Honigkuchenpferd spazierte er in die Küche, von hinten legte er seine Hände auf Renés Babybauch und klimperte gutgelaunt mit seinen Fingern darauf.

»Vorsicht, die Sektgläser!« Kichernd stellte René die mundgeblasenen Kelche ab, die sie auf einem Flohmarkt in Budapest erstanden hatte, und lehnte ihren Kopf an Michaels Schulter. »Ich mag unser erstes gemeinsam eingerichtetes Zuhause«, flüsterte sie zufrieden.

»Und mein erster Auftraggeber heißt Löwen-Kurier«, raunte er in Renés Ohr, »ich bin selbstständig, Baby! Wie Victor und Tom!«

René verstand nicht, was sie hörte, und drehte sich entrüstet um. Stolz zog Michael ein Dokument aus der Hosentasche und hielt es ihr hin. Sie überflog den Vertrag. »Du arbeitest selbstständig für eine Firma Löwen-Kurier. Der Inhaber spart sich alle Abgaben und du erhältst nur Aufträge, wenn er dich braucht? Das nennt man Scheinselbstständigkeit!« Sie war verletzt, Michael stellte sie wieder einmal vor vollendete Tatsachen. Mit hochgezogenen Augenbrauen funkelte René ihn böse an. Eine Scheinselbstständigkeit entsprach ganz und gar nicht ihrer Vorstellung von einer sicheren

Arbeitsstelle mit geregeltem Einkommen. Mit einem bitteren Geschmack im Mund beschlich sie jedoch die Gewissheit, dass Michael ehrlicherweise das tat, was seinem Zustand entsprach: Zum Schein machte er sich selbstständig. An der Oberfläche vollführte er Ausweichmanöver und war nicht bereit, die Ursache seiner Hemmnisse zu erforschen.

Michaels Miene verfinsterte sich schlagartig. »Du wolltest, dass ich mir eine Arbeit suche! Das ist die Arbeit, die ich gefunden habe. Was meinst du, was ein Mann ohne Ausbildung für eine Wahl hat? Keiner will einen wie mich! Als Kurierfahrer bin ich für mich allein und niemandem Rechenschaft schuldig. In einem Büro halte ich es sowieso nicht aus!«, maulte er gequält und fügte trotzig hinzu: »Falls es dich beruhigt, ich habe mich bei der Fernuniversität für das Fach Volkswirtschaftslehre eingeschrieben.«

In den Brunnen gefüllt mit dem finsteren Wasser unserer Hemmnisse müssen wir allein hinabtauchen. Michael hielt gerade Mal seinem Kopf unter die Oberfläche und zappelte dort herum. Wer Veränderung wollte, musste bis auf den Boden sinken und sich von dort mutig abstoßen, um erneuert aufzutauchen. Michael gab sein Bestes, er musste seine eigenen Erfahrungen machen. Es wäre einfacher gewesen, das Mathematikstudium zu beenden. Doch der einfache Weg ist schwer zu erkennen. Leicht war es meist nur, das bei anderen zu sehen. René wusste das und lenkte ein.

Trotzdem war sie innerlich enttäuscht, auch wenn sie ein freundliches Gesicht machte. »Ich freue mich, dass du wieder studierst. Du wirst sicher nützliches Wissen zur Führung deiner Firma erwerben«, lobte sie ihn, ohne eine konkrete Vorstellung davon zu haben, was der Inhalt eines Volkswirtschaftsstudium war. Michaels verzagtes Gesicht nahm sie in ihre Hände und küsste ihn zärtlich. Danach fügte sie hinzu: »Ich finanziere dir den Transporter.«

»Alles wird gut, vertrau mir!«, freute Michael sich und lächelte selbstzufrieden.

Mit dem Einzug in die neue Wohnung erwachte Renés Nestbautrieb. Wie die zwitschernden Blaumeisen, die sie im Garten ihrer Eltern oft beobachtet hatte, flog sie emsig hin und her und trug die Einrichtung für das Kinderzimmer zusammen.

Von einem Schreiner erwarb sie eine Wiege in der Größe eines Gitterbetts. Dafür nähte sie aus dunkelrotem Stoff, auf dem Schafhirten ihre Herde hüteten, eine weiche Verkleidung für die Stäbe. Für die ersten Monate schlug sie einen Weidenkorb mit einem Nestchen aus Stoff aus und stellte ihn in das Kinderbett. Die Wickelkommode aus Weichholz fand sie aus einem Flohmarkt. Über dem Bett hing ein bunter Papagei aus Holz, der mit den Flügeln schlagen konnte. Die Fliesen im Kinderzimmer verschwanden unter einem grünen Teppich, darauf lagen große Kissen, die Rosemarie aus dem Kindergarten mitgebracht hatte.

»Hier würde ich gerne einziehen«, stellte René glücklich fest und strich mit der Hand über die Wiege.

»Ich auch«, stimmte ihr Michael zu, der im Türrahmen auftauchte, und berichtete: »Camilla hat angerufen. Sie hat uns eingeladen, mit ihr zusammen Silvester zu feiern. Ich bin gespannt, wie sie unsere alte Herberge eingerichtet hat.«

»Das ist eine gute Idee!«, freute René sich und wurde nachdenklich. »Das ist unser letztes Silvester allein.«

Michael nickte mit ernster Miene.

Seit Camilla ihre Wohnung übernommen hatte, war René nicht mehr in der Stadt gewesen. Als sie mit Michael am letzten Tag des Jahres durch die vertrauten Straßen fuhr, fiel ihr mit einem Mal das Atmen leichter. Es war die Vielfalt der Großstadt, die ihr ein Gefühl der Freiheit gab.

Schließlich bogen sie in »ihre« Straße ein und René freute sich über den Ausflug in ihr vergangenes Leben. Die Sachsen hatten zwischen den Jahren geschlossen. Auf die Fenster des Restaurants war in weißer Schrift »Happy new Year« gesprüht.

Beim Anblick ihres alten Zuhauses stieg Wehmut in René auf, die jedoch schnell verflog, als sie die Stockwerke nach oben erklommen. Mehrmals musste René schnaufend eine Pause einlegen, weil ihr Babybauch spannte.

Als sie endlich oben ankamen, lehnte Camilla in der Eingangstür. ›Sie ist eine rassige Schönheit‹, dachte René ohne Neid. Zur Feier des Tages waren ihre Mandelaugen mit schwarzem Kajal umrandet.

»Du bleibst kein Wal und bist übrigens der aufregendste

Meeressäuger aller Zeiten!«, tröstete Camilla ihre Freundin, denn auf die geheime Art wie nur beste Freundinnen miteinander kommunizieren, verstand sie, was René bei ihrem Anblick empfand.

»Michael, mein Lieber, mir scheint, du bist ebenfalls schwanger!«, stichelte sie ihren alten Klassenkameraden.

»Das sind alles Samenstränge!«, entgegnete Michael mit gespieltem Ernst und rollte mit den Augen.

»Kommt rein, meine Lieben! Aber seid nicht zu enttäuscht, denn ich besitze leider nicht Renés Händchen, den Dingen einen besonderen Touch zu geben.«

Camillas direkte Art schätzte René und sah sofort, dass die modernen Fertigmöbel auf denselben Plätzen standen, auf denen Renés Möbel ihren Platz gefunden hatten. Doch der Zauber, der Dinge zu einer lebendigen Einheit verschmilzt, fehlte.

»Diese Wohnung ist und bleibt ein besonderer Ort«, stellte René fest und sah auch über Camillas Unordnung hinweg. Der Parkettboden war übersät mit Kleidungsstücken und Zeitungen.

»Das ist wahr. Ich bin stolz, dass ihr sie mir vererbt habt. Und wie ihr seht, habe ich extra für euch aufgeräumt! Also, bitte nicht auf die Bananenschalen treten«, erklärte Camilla breit grinsend und lotste ihre Freunde zum Esstisch, der gegenüber der offenen Küche stand.

Mit wiegenden Hüften servierte sie die Aperitifs. »René, Schätzchen, für dich einen ›Tequilla Sunrise‹ ohne Alkohol. Bitte schön. Michael bekommt seine ›Bloody Mary‹. Der berühmte ›White Russian‹ ist für mich, weil das Leben bittersüß und cremig wie Schlagsahne ist und sich Sorgen am besten in viel Wodka auflösen.« Lachend setzte Camilla sich.

Wenig später hatten sie und Michael ihre Gläser geleert, während René an ihrem fast vollen Cocktail nippte. »Dann kommen wir Mal zu den wichtigen Dingen des Lebens. Was macht mein Patenkind?«, erkundigte Camilla sich ausgelassen und schielte auf Renés mächtigen Babybauch.

»Das braucht einen Namen! Unsere Verabredung lautet, der Name muss uns beiden gefallen. Einen Jungennamen hatten wir sofort. Leider ist der Mädchenname eine schwierige Geburt. Weißt du einen?«

Vergeblich strich Camilla eine Strähne ihres Pagenschnitts hinter ihr Ohr und erklärte mit ihrem leeren Glas in der Hand: »Also die Chinesen geben ihren Kindern keinen Namen, bevor sie auf der Welt sind. Nach der Geburt spitzen die Eltern ihre Ohren und lauschen, denn zu diesem Zeitpunkt flüstert das Baby ihnen seinen Namen zu. Aber wenn ihr mich fragt, also für mich gibt es nur ›einen‹ schönen Namen und der ist Sophia.«

»Sophia«, wiederholte René und nahm den Namen in sich auf. »Sophia klingt warm und stark. Ich hoffe, sie bekommt meine braunen Haare, denn es ist ein tiefer, dunkler Name. Michael, was meinst du?«

»Sophia gefällt mir, den nehmen wir.«

»Sophia.« René schmeckte den Namen auf ihrer Zunge. »Baby, ist das dein Name?« Erwartungsvoll lauschte sie in ihren Bauch. Alles blieb still. »Ich glaube, sie schläft. Das werte ich als Zustimmung.«

René war erleichtert, die Namenssuche war beendet, auch wenn ihr Georgia am besten gefallen hätte. Abmachung war Abmachung. Sophia war der einzige Name, der ihnen beiden gefiel. Endlich leerte auch René ihren Aperitif. »Köstlich, meine Liebe. Du bist nicht nur eine erstklassige Köchin!«

In der offenen Küche hantierte Camilla laut klappernd mit Töpfen und Pfannen. Überall stapelten sich Berge dreckigen Geschirrs, denn sie spülte nur, was sie gerade benötigte. Dieses liebevolle Chaos genoss René, obwohl sie es in den eigenen vier Wänden nicht ertrug. Dort brauchte sie eine Struktur, die ihr Halt gab im Angesicht ihrer vielen Empfindungen, die sich in einem sortierten Zuhause leichter ordnen ließen.

Camilla schnitt auf einem Holzbrett Gemüse klein. Neben ihr stand ein Teller mit Fleischstückchen. Auf dem Herd erwärmte sie einen Fonduetopf mit Öl und einen mit Gemüsebrühe. Auf den Tisch gestützt erhob René sich breitbeinig und schaute Camilla über die Schulter. Hungrig nahm sie ein Stück Baguette aus dem Brotkorb und fuhr damit durch die Knoblauchsahne.

»Köstlich! Wie machst du die?«, fragte sie interessiert.

»Das Rezept ist so einfach wie genial. Du bestreust einige Knoblauchzehen mit Salz und zerdrückst sie mit einem Messer.

Das ist wichtig. Anschließend vermischst du die Paste vorsichtig mit geschlagener Sahne. Das Ganze würzt du mit weißem und schwarzem Pfeffer, gibst einige Tropfen Tabasco dazu und eine Prise Zucker. Wenn die Creme dann einige Stunden im Kühlschrak gezogen hat, ist sie fertig - die weltbeste Knoblauchsahne mit Suchtpotential! Du solltest sie natürlich nur gemeinsam mit deinem Lover vernaschen.« Camilla küsste ihre Fingerspitzen und nahm die Schürze ab. Mit ihren langen schwarzlackierten Fingern strich sie ihr schwarzes Minikleid glatt, das ihre weibliche Figur aufregend in Szene setzte. »Wisst ihr, in den letzten Wochen hatte ich eine Affäre mit einem Millionär. Und was soll ich euch sagen, das Leben an seiner Seite war zuckersüß. Allerdings klebte er wie eine Klette an mir. Das ging mir auf die Nerven.« Camilla betrachtete erwartungsvoll grinsend ihre schwarzen Nägel, als warte sie auf etwas.

»Lass mich raten, du hast dich getrennt«, mutmaßte Michael trocken. Die Freunde lachten.

Camillas erotische Anziehungskraft bescherte ihr eine nahezu grenzenlose Auswahl an Männern, von der sie gerne Gebrauch machte. Es gab Phasen, in denen sich ihre Liebhaber in derart kurzen Abständen die Klinke in die Hand gaben, dass sie den Überblick verlor. Diese wechselten sich ab mit monogamen Kapiteln, die bisweilen Jahre dauerten, aber mit Affären gewürzt wurden. Das ging seit Camillas Jugend so. Doch jeden neuen Mann führte sie als die einzig wahre Liebe ein und seinen Abgang zelebrierte sie tränenreich. Dabei spielte es keine Rolle, ob die Liebe eine Woche oder drei Jahre andauerte. Manch einer hätte vermutet, Camilla betrachte sich als das weibliche Pendant zu Casanova, doch diesen Vergleich wies sie empört von sich.

»Ich suche den Mann, den ich liebe, mit dem ich zusammenlebe bis an mein seliges Ende«, brachte sie dann mit ihrer warmen, glockenklaren Stimme überzeugend hervor und entblößte beim Lachen ihre makellos weißen Zähne. »Die Suche gestaltet sich eben etwas langwierig!« Dabei zuckte sie zuversichtlich die Schultern.

»Was du brauchst, ist ein liebenswerter Millionär«, resümierte Michael trocken, der Camilla bewunderte. »Du nimmst dir, was sich sonst nur Männer erlauben. Respekt.« Michael hob sein Glas. »Wir trinken auf dich, liebe Camilla.«

»Mögest du im nächsten Jahr einen reichen Mann finden, den

du von Herzen liebst, bis dass der Tod euch scheidet«, ergänzte René.

»Ihr seid mein Leuchtturm. Ich liebe euch. Michael, dir wünsche ich weitreichende ›Er-Fahrungen‹, wenn du allein auf der Landstraße unterwegs bist. Liebe René, bestehe deine Gesellenprüfung, zersäge alle Einschränkungen und lege das Gute in seiner wahren Gestalt frei. Und viel Freude mit eurem Baby. Ich bin gespannt auf dich, Sophia, die du meinen Lieblingsnamen trägst und geboren wirst, um das Leben zu feiern und eures zu verändern. Jetzt lasst uns essen, trinken und lachen! Auf das neue Jahr!«

Die Freunde stießen an. Camilla leerte ihr Glas und warf es übermütig hinter sich.

DIE KAMMER VERLASSEN

Heute war der Tag der Tage, an dem René ihr Gesellstück mit Aarón besprechen würde. Aufgeregt betrat sie zu Beginn des neuen Jahres die Werkstatt. Die Arbeit an dem Spieltisch war ihr leicht von der Hand gegangen. Neveo hatte sie bei technischen Fragen beraten, die Schlösser und Scharniere hatte sie mit Mateos Unterstützung eingebaut. Alles sah gut aus, soweit sie das beurteilen konnte.

»Du schaust aus wie eine überreife Fleischtomate!«, platzte Banänchen heraus und kaute mit vollen Backen, seine Hände steckten im Latz seiner Arbeitshose.

»Ich hoffe, du machst nicht gerade eine Tomatendiät!«, entgegnete René grinsend und rieb zur Begrüßung ihren kugelrunden Bauch an Banänchens ordentlich gewölbtem Exemplar.

Banänchen schnurrte, dann trabte er gemächlich ans Fenster und deutete nach draußen mit einem Gesichtsausdruck, als quälten ihn Zahnschmerzen. »Haben meine kurzsichtigen Augen eben richtig gesehen, du hast dich von deinem extraordinären BMW-Sportgeschoss getrennt? Ist der blaue Uno da draußen etwa der Nachfolger?« Sein Finger hinterließ einen fettigen Abdruck auf der Scheibe.

Mit dem mitleidigen Gesicht einer Krankenschwester eilte René an Banänchens Seite und legte ihren tröstenden Arm um ihn. »Tut mir leid, wenn ich dich enttäuschen muss. Seit gestern bin ich stolze Besitzerin eines Mama-Mobils. Der Uno gehörte einer älteren Dame, die ihn kaum gefahren ist. Ein echtes Schnäppchen, praktisch und sparsam im Verbrauch.«

»Puh, wenn du meinst. Mir hat der Flitzer echt besser gefallen. Apropos besser. Dein Spieltisch ist erste Sahne!«

»Das freut mich! Ich hoffe, meine Prüfer sehen das genauso.«

Nervös ging René hinüber zu ihrem Gesellenstück und zog das weiße Laken herunter, mit einem Lappen begann sie das Stück zu reinigen.

René war noch nicht ganz fertig, da flog die Tür des Maschinenraums auf und als schösse er auf Skiern eine Abfahrtspiste hinunter, schlitterte Aarón auf seinen Slippern auf sie zu, sein Gesicht war vom Skiurlaub tief gebräunt. Mit einem gewinnenden Siegergrinsen stoppte er direkt neben ihr.

»In Gedanken bist du wohl noch auf der Piste«, scherzte René. »Ich wünsche dir Glück, Erfolg und Zufriedenheit für das neue Jahr!«

»Für dich, äh, euch auch! Wir sind erst gestern Nacht aus Südtirol zurückgekommen, ich muss mich noch akklimatisieren.« Aarón gähnte und strich vorsichtig über seine stoppelkurzen schwarzen Haare, die gegelt wie die Stacheln eines Igels abstanden, er wollte seine Frisur nicht zerstören. René lächelte ihn an, sie war bereit für den letzten Akt. Ihre Lehrzeit war fast vorüber und noch immer hegte sie die stille Hoffnung, Aarón würde ihr eine Arbeitsstelle anbieten. Den Gedanken, diese Gemeinschaft verlassen zu müssen, verdrängte sie. Gerne hätte sie Aarón umarmt und spürte, dass auch er sie in seine Arme schließen wollte. Stattdessen wich er verlegen ihrem Blick aus und schielte auf den Spieltisch. Mit der Hand vor dem Mund räusperte er sich übertrieben.

»Lass uns dein Werk begutachten!«, presste er schließlich hervor und richtete seine ganze Aufmerksamkeit auf Renés Gesellenstück.

Mit ernster Miene strich der Schreinermeister über die lackierten Oberflächen und nickte kaum wahrnehmbar. René wurde heiß, sie dachte an den kleinen Kratzer in der hinteren Zierleiste. Aarón ging in die Hocke und begutachtete die Tischbeine. Mit Nuten verziert verjüngten sie sich konisch und waren mit Messingrollen versehen. Aarón schwieg. Mit dem Lappen, den sie immer noch in der Hand hielt, fächelte René sich hektisch Luft zu und trat hinter Aarón, um das Ganze aus seiner Perspektive zu verfolgen. Mit hochgezogenen Augenbrauen kontrollierte er die Passgenauigkeit der Schubkästen. »Die laufen!«, lobte er zögerlich.

Als Nächstes drückte er mit Sorgenfalten auf der Stirn den Hebel zum Öffnen der in die Tischplatte eingelassenen Türen. Hastig drehte er sich mit aufgerissenen Augen zu René um. Ihr stockte der Atem.

»Silberlocke, puh, ich hatte echt Schiss, dass du das nicht hinbekommst. Respekt, der Mechanismus funktioniert perfekt! Das hast du gut gemacht. Egal, was die Prüfer sagen, sei stolz auf dich. Und die Spielbretter!«

René stand einfach nur da und bewegte sich nicht. Ein so großes Lob war ganz und gar ungewöhnlich für ihren Meister. Alle Spannung fiel von ihr ab. ›Sicher wird er mich übernehmen!‹, jubelte René innerlich und erinnerte sich, wie lange es gedauert hatte, bis er ihr die Ausbildungsstelle angeboten hatte.

Mit einer theatralischen Geste küsste Aarón inbrünstig seine Fingerspitzen. »Fantástico! Die Spielbretter sind Meisterwerke!«, überschlug er sich vor Begeisterung.

René strahlte wie ein Honigkuchenpferd. ›Ich werde ein Blech Pflaumenkuchen mitbringen an meinem ersten Tag als Gesellin!‹, malte sie sich ihre Feier zum Einstand aus.

Unvermittelt verschränkte Aarón seine Arme fest vor der Brust und verharrte schweigend mit durchgedrückten Beinen vor ihr, die Augen zu Boden gesenkt.

›Was ist jetzt passiert? Oder sucht er nach Worten, wie er mir die gute Nachricht servieren soll?‹, schwamm René im Wechselbad ihrer Gefühle.

Nach einer gefühlten Ewigkeit riskierte Aarón einen Blick in ihre Augen. René spürte, wie er das Blau ihrer Augen mutig in sein Herz gravierte.

Erleichtert atmete sie seinen Dackelblick ein. »So werde ich dich in Erinnerung behalten«, flüsterte sie und hoffte inständig, Aarón werde ihr widersprechen und endlich seine Offerte machen.

»Ab jetzt bleibst du zu Hause und bereitest dich auf die Prüfung vor. Ich fahre heute Nachmittag dein Gesellenstück zur Prüfungsstelle«, erklärte er ausweichend und wich ihrem forschenden Blick aus.

Aarón hatte recht, die Arbeit in der Werkstatt war kurz vor der Geburt einfach zu anstrengend und René wollte kein Risiko eingehen, schließlich hatte sie die Abschlussprüfung noch vor sich. ›Vielleicht erwartet Aarón, dass ich den ersten Schritt mache, wie damals, als ich ihn wegen des Ausbildungsplatzes angesprochen habe‹, erinnerte sich René, als sich plötzlich die Werkstatttür hinter ihr öffnete.

»Schau, wer da kommt und dir alles Gute wünschen möchte!«, rief Aarón über ihren Kopf hinweg, sichtlich erleichtert, dieses

Gespräch beenden zu können.

Liebevoll legte er seinen Arm um den kleinen Mann, der neben ihn trat, und küsste ihn auf die faltige Wange, bevor er sich in sein Büro zurückzog.

»Fernando, ich wusste nicht, dass du in Deutschland bist!«, freute sich René.

Mit einem väterlichen Blick aus seinen dicht umwimperten braunen Augen reichte Aaróns Vater René seine knochige Hand. »Meine Liebe, ich freue mich, dass wir uns noch einmal begegnen, bevor du Mutter wirst! Ich habe mir gestern erlaubt, dein Gesellenstück zu begutachten. Wirklich gute Arbeit. Bis auf den Kratzer in der Zierleiste!«

René schluckte. Fernandos Meisterblick entging nichts. Wenn er ihren Patzer bemerkt hatte, war er Aarón auch nicht entgangen. Warum hatte er geschwiegen?

»Da bist du mit dem Stemmeisen ausgerutscht!«

René nickte betreten, ihre Hoffnung auf eine Stelle schrumpfte.

»Nicht nur das! Du hast gegen den Faserverlauf gearbeitet!«

»Ja, aber …«, stammelte René und suchte nach einer Entschuldigung, obwohl sie wusste, dass ihr ein Anfängerfehler wie dieser nicht hätte passieren dürfen.

»Schweig!«, donnerte Fernando. So klein der Meister war, wenn er seine Stimme erhob, verwandelte er sich in eine mächtige alte Eiche. René schaute zu ihm auf.

»Merk dir ein für alle Mal: Im Handwerk gibt es nur eine Chance! Und weil das so ist, konzentrieren wir uns auf das, was wir tun. Der letzte Schnitt ist vergangen, du kannst ihn nicht wiederholen. Der nächste Schnitt ist noch nicht dran und du kannst nichts, aber auch rein gar nichts machen, um ihn in diesem Augenblick zu beeinflussen. Alles, was existiert, ist dieser eine Schnitt in diesem Moment. ¿Entiendes?«

Fernandos Worte schnitzten sich in Renés Geist. Sie nickte und schluckte ängstlich. René wusste nicht, wie die Prüfer unsaubere Arbeit bewerten, und Aarón hatte sie gewarnt, dass Replikas schlechter benotet werden. ›Deshalb macht er mir kein Angebot. Auch Aarón zweifelt an meinen Fähigkeiten‹, stellte sie zerknirscht fest. ›Hier arbeiten nur die Besten. Wenn ich eine schlechte Note auf mein Gesellenstück bekomme, übernimmt Aarón mich nicht‹, das war ihr klar. René blickte beschämt auf ihre Hände und ihr war, als glitte Stroh durch sie. ›Verlass die Kammer!‹, forderte sie sich selbst auf. ›Der Spieltisch ist genau das Gesellenstück, das du bauen wolltest. Der Kratzer ist ärgerlich, aber nicht das Ende der Welt.‹ René richtete sich auf.

Fernandos Gesichtsausdruck veränderte sich, jetzt sah er aus wie eine junge Birke, deren Blätter in der Frühlingssonne tanzten. René musterte ihn verwundert.

»Nur die Besten schule ich hart.« Fernando zwinkerte liebevoll und zog eine Stange Schellackkitt aus seiner Hosentasche. »Du weißt, wie man damit umgeht. Der Kitt trifft haargenau den Mahagoniton der Zierleiste. Verschließe den Kratzer ordentlich und niemand wird wissen, dass es ihn je gegeben hat. Du wirst deine Prüfung mit Bravour bestehen und dann die nächste ablegen.« Dabei deutete er bewundernd auf ihren Bauch. »Bitte, schick mir ein Foto von dir und dem Baby nach Spanien! Das Elternsein ist eine herausfordernde Aufgabe. Ein Leben lang.«

René war so erleichtert, dass sie laut auflachte. »Fernando, dein Zuspruch bedeutet mir viel. Ich mach mich gleich an die Arbeit. Du hast recht, alles ist gut gelaufen. Wenn Sophia sich noch ein bisschen geduldet, bevor sie mein Leben für immer verändert, mache ich in wenigen Tagen meine Gesellenprüfung.«

»Das wird sie, promedido! Deine Tochter hat den Duft von Holz durch die Nabelschnur geatmet. Sie wird warten! Zu schade, dass du hier aufhörst.«

René zuckte, ihr wurde schwarz vor Augen. Sie suchte Halt und fand keinen. Mutterseelenallein stand sie da, wie damals, als ihre Eltern sie verstoßen hatten, weil sie um Unterstützung gebeten hatte. Die Erinnerung an die Verletzungen ihrer Kindheit erhob sich in ihr und marschierte dunkel auf sie zu. Auch die sieben Zwerge hatten sich eingereiht und würden sie gleich überrollen.

»Mierda!« Mit seinem Fuß zog Fernando einen Stuhl heran, mit seinen Armen umfasste der kleine Mann die hochschwangere René, die auf das löchrige Geflecht der Sitzfläche sank.

»Du hast das nicht gewusst?«

Fernando legte eine Hand auf Renés Schulter, mit einem Bogen Schleifpapier fächelte er ihr Luft zu. René hörte ihn von Weitem, die Enttäuschung schnürte ihr Herz zusammen.

»Aarón hätte es dir sagen sollen!«, schimpfte Fernando. »Wir haben längst darüber gesprochen. Du bist jetzt eine Mama. Wie soll das gehen? Dein Baby braucht dich. Ich habe zwei Kinder. Du bist eine Wasserfrau, wie meine Maria. Glaub mir, wenn du dein Baby im Arm hältst, wirst du es Jahre nicht mehr hergeben. So hat das die Natur eingerichtet und so ist es gut. Ist ein Kind klein, hält ›la Madre‹ seine Hand, sein Herz aber hält sie ein Leben lang. Komm später wieder oder mach dich selbstständig. Die Zeiten, in denen die Zigeuner wertvolle Möbel vorbeigebracht haben und wir mit Restaurieren Geld verdient haben, sind leider vorbei. Aber als Ein-Frau-Betrieb kannst du das machen. Such dir eine kleine Werkstatt und fang an.«

René machte eine abwinkende Handbewegung. Obwohl Fernando versuchte, sie davon abzuhalten, stand sie breitbeinig auf. »Ich dachte, die Zeiten, in denen Mütter an den Herd gefesselt werden, sind vorbei!« Sie funkelte Fernando wütend an und fügte in Gedanken bitter hinzu: ›Du verrätst mich auch, genau wie Aarón und mein Vater! Der hat mich auch in den Himmel gehoben und in entscheidenden Momenten im Stich gelassen!‹

»René, bitte! Du musst das verstehen!« Fernando hielt sie an der Hand fest.

»Lass mich!« Sie riss sich los und ließ den alten Meister stehen.

Schluchzend rannte sie durch den Maschinenraum. Neveo blickte auf und sah sie mitfühlend an. ›Du hast mir auch nicht beigestanden. Alle dürfen bleiben, nur ich nicht!‹, klagte ihn Renés gequälter Blick an.

Im Garten hinter der Werkstatt blieb René schnaufend stehen. Die Kälte dieses Tages spürte sie nicht. Sie erinnerte sich an den Moment, als ihre Schwangerschaft sie aus der Bahn geworfen hatte und Dr. Krämer mit seinen rudernden Armen vor ihr stand. Wie damals atmete sie tief ein und aus.

›Alles klar, mein Schatz. Ich brauche nur eine kleine Auszeit‹, flüsterte sie Sophia zu und wischte ihre Tränen aus dem Gesicht.

René setzte sich auf die Holzbank am Teich und starrte in das grüne Wasser. Dabei stellte sie sich vor, wie sie hineinstieg in ihr Element und tiefer und tiefer hinabglitt, bis es ganz still wurde in ihr. René lauschte ihrem Atem und dem Pochen des kleinen und großen Herzens in ihr.

»Hey, Silberlocke.«

Aaróns Stimme klang wie das Brummen eines Motorboots an der Meeresoberfläche. René wollte nicht zurück, sie trieb schwerelos in ihrer Tiefe von Angesicht zu Angesicht mit ihrer Tochter. ›Wie auf meinem Gemälde‹, dachte sie glücklich.

Aaróns warmer Atem traf sie trotzdem ins Gesicht.

»Es tut mir so leid, dass du nicht bleiben kannst. Bitte, schau mich an, René!«, flehte er.

Aaróns Worten gaben ihr Auftrieb. Widerwillig öffnete sie sich der Welt da oben. Sie tauchte mit einem Seufzer auf und wendete sich Aarón zu, der neben ihr auf der Bank saß. Sein treuer Blick umarmte sie besorgt.

»Katharina«, stammelte Aarón und fuhr sich mit beiden Händen durch seine Haare. Jetzt war er es, der traurig in den Teich starrte.

René musterte ihn überrascht, Ärger stieg in ihr auf. Sie war nicht in der Verfassung, mit Aarón über seine Beziehung zu sprechen. Er sprach nie über seine Freundin. Was hatte sie mit Renés Sorgen zu tun?

»Katharina hat vor zehn Jahren an meine Tür geklopft. Genau wie du stand sie eines schönen Tages in der Werkstatt. Sie war gerade mit der Schule fertig. Wie ein Engel hat sie ausgesehen.« Aarón presste die Hände auf sein Herz.

›So schaut aufrichtige Liebe aus‹, dachte René bewundernd und hörte Aaron aufmerksam zu.

»Ich habe mich auf der Stelle in sie verliebt. Es dauerte eine Weile, aber dann wurden wir ein Paar.« Aarón hob einen Stock auf und stocherte damit im Teich, bevor er lächelnd feststellte: »Das war die schönste Zeit in meinem Leben! Ich hatte ein Zimmer unter der Werkstatt im Souterrain, Katharina zog zu mir. Morgens haben wir regelmäßig verschlafen! Du verstehst?« Aaron zwinkerte René zu.

»Comprendo!« René zwinkerte zurück, denn sie wusste, wie wichtig es Aarón war, als guter Liebhaber dazustehen. Doch sie verstand nicht, was seine Liebesgeschichte damit zu tun hatte, dass er sie wegschickte.

»Katharina schloss ihre Lehre ab und ich machte meinen

Meister. Drei Jahre später kehrten meine Eltern nach Spanien zurück und übergaben mir die Werkstatt. Mein Vater legte zum Abschied ein Stück Würfelzucker auf die Fensterbank. ›Für den Klapperstorch!‹, murmelte er dabei.« Aarón seufzte. »Damit gab mein Vater Katharina ihr Stichwort: Von diesem Moment an wünschte sie sich ein Kind. Ich war einverstanden und richtete das Kinderzimmer in der Wohnung meiner Eltern ein, in die wir inzwischen gezogen waren. Mein Vater schickte uns die Wiege, in der er als Kind gelegen hatte. Kurze Zeit später war Katharina schwanger. Alles war perfekt.« Aarón versagte die Stimme, seine Dackelaugen füllten sich mit Tränen.

René streckte ihre Hand aus, um sie tröstend auf sein Knie zu legen. Doch Aarón rückte von ihr ab ans äußerste Ende der Bank und als sei er noch nicht weit genug von ihr entfernt, stand er auf und warf den Stock in den Teich.

»Sie verlor unser Baby«, flüsterte er schluchzend. »Das wiederholte sich drei Mal. Jedes Mal diese unbeschreibliche Freude und dann der Abgrund der Enttäuschung, in den wir stürzten. Katharina konsultierte mehrere Spezialisten.« Aarón nahm wieder neben René Platz. Sie machte keinen Versuch mehr, ihn zu berühren und hörte zu. »Sie kamen alle zu dem gleichen Schluss: Katharina kann keine Kinder bekommen.« Wieder schluchzte Aarón. René zog ein Papiertaschentuch aus ihrer Hosentasche und reichte es ihm. »Danke«, stammelte er und schnäuzte kräftig hinein. »Katharina und ich stritten immer häufiger. Wir haben uns losgelassen, anstatt gemeinsam weiterzugehen. Verstehst du?« René nickte und dachte an Claus. Doch sie wusste, dass sie ihn niemals auf diese Art geliebt hatte.

»Katharina verließ die Werkstatt und studierte Innenarchitektur. Wie eine Besessene stürzte sie sich in die Arbeit. Seitdem sind wir auf verschiedenen Wegen unterwegs.« René schämte sich in der Gegenwart von Aarón für ihren prallen Bauch, der neues Leben in sich trug. Was Katharina und er sich vergeblich wünschten, war ihr ungebeten geschenkt worden. »Entschuldige«, sagte sie leise.

»Oh, für mich ist deine Schwangerschaft kein Problem. Ich freue mich für dich. Weißt du, ich würde ein Kind adoptieren. Doch für Katharina kommt das nicht in Frage. Wenn uns eine Frau mit einem Kinderwagen begegnet, wechselt sie die Straßenseite. Sie verbittert in ihrem Schmerz.« Aarón hob ratlos die Hände, schlug sie vor sein Gesicht und schüttelte ratlos den Kopf.

»Jetzt verstehe ich, warum du mich in den Maschinenraum verbannt hast, wenn Katharina in der Werkstatt war. Schlimm genug, dass eine andere Frau in der Werkstatt ist, sie wird auch noch schwanger. Oh Gott, Aarón, es tut mir leid.«

»Neveo und ich hatten anfangs die Idee, dass du dein Baby mitbringen könntest. Du bist eine wunderbare Tischlerin und Restauratorin, ich hätte dich gerne in meiner Werkstatt gehabt. Aber Katharina erträgt das nicht. Ich liebe sie und möchte ihr beistehen. Doch ich schäme mich vor dir.« Aarón verbeugte sich vor René.

»Aarón, das musst du nicht. Ich bin dir dankbar, dass ich in deiner Werkstatt bei den sieben Zwergen Zuflucht gefunden habe. Entschuldige meinen Gefühlsausbruch. Ich habe nur mich gesehen.«

»Hast du schon einmal über die Idee nachgedacht, dich selbstständig zu machen?«, erkundigte sich nun auch Aarón mit zuversichtlicher Miene.

»Nein«, gestand René. »Ich fühle mich noch nicht bereit dafür. Lass mich damit schwanger gehen. Komm, wir müssen zurück in die Werkstatt.«

Sie standen gleichzeitig auf und verharrten unsicher voreinander. Jetzt verstand René, warum Aarón jede körperliche Berührung vermied. Er wollte Katharina nicht verletzen.

»Eine eigene Werkstatt, am besten bei der Wohnung …«, wiederholte René die Idee, als sie wieder an ihrer Werkbank stand. Sie blickte durch das schmutzige Fenster in die Ferne und ihre zukünftige Werkstatt in einem alten Backsteingebäude mit großen, weißgestrichenen Butzenfenstern. Doch gerade als sie die Türklinke niederdrückte, packten ihre Zweifel sie am Schlafittchen und zogen sie unsanft zurück. Sie wandte sich ab und blickte überrascht in Fernandos Augen, der neben sie getreten war. Er musterte René fürsorglich.

»Ich habe zu wenig Erfahrung. Was mache ich, wenn mir jemand eine Kommode bringt und ich nicht erkenne, aus welchem Holz sie ist?«, vertraute sie sich dem alten Meister an.

Der lachte herzlich. »Du streichst mit der Hand wissend über das Möbel, fährst mit den Fingern langsam über ein paar Unebenheiten. Anschließend öffnest und schließt du mit kritischem Blick die Schubkästen. Ganz wichtig ist es, den Kopf schweigend ein paar Mal zur Seite zu legen, bevor du deinen Kunden mit deinen himmelblauen Augen anschaust und nachfragst: ›Hängen Sie an dem Stück?‹ Nickt der Kunde, erklärst du ihm, dass es bei dir in den besten Händen ist. ›Du‹ wirst die Kommode für ihn behutsam in Stand setzen und dabei die Geschichte des Möbels bewahren. Denn das ist es, was du kannst, das habe ich von Anfang an gesehen. Du gibst den Möbeln ihr Gesicht zurück. Und glaub mir, wenn ›du‹ nicht herausfindest, welche Holzart ein Furnier hat, vermag ich es auch nicht. In solch einem Fall sagst du: ›Nussbaum.‹ Bastante y fin!«

»Basta und Schluss! Das übe ich!« René ballte entschlossen die Faust, dann machte sie ein ernstes Gesicht und verbeugte sich in aufrichtigem Respekt vor Fernando. »Du hast mich in die Geheimnisse der Intarsienarbeit eingeweiht.«

Fernando winkte ab. »Jeder Meister wünscht sich einen Nachfolger, der ihn übertrifft. Denn nur auf diese Weise wird das Handwerk von Generation zu Generation weitergeben und die Tradition fortgeführt. Ich habe deine Spielbretter gesehen. In dir habe ich meine Meisterin gefunden. Jetzt lass uns frühstücken, ich habe Manchego-Käse dabei.«

Als hätte Aarón zugehört, schoss er aus seinem Büro und verschloss die Eingangstür.

Die Meister, die Gesellen und Lehrlinge versammelten sich in der Küche, wie sie es an jedem Tag taten. Für René war es das letzte gemeinsame Frühstück, aber das sprach sie nicht an. Nur Aarón, Fernando und Neveo wussten, dass sie nicht übernommen und nach der Geburt nicht zurückkehren würde. René mochte keine Abschiede und nahm sich vor, nach der Prüfung noch einmal vorbeizuschauen.

René war eine Panikbüfflerin. In der Schule hatte sie den Lernstoff oft in der Schulstunde vor der Klassenarbeit in ihre grauen Zellen gepresst, für ihr Abitur hatte sie erst eine Woche vor den Prüfungsterminen angefangen zu lernen. Später in der Universität hatte sie die besten Hausarbeiten in der Nacht vor dem Abgabetermin geschrieben.

»Dieses Mal machst du das anders!«, entschied Michael mit erhobenem Zeigefinger. »Wir stressen Sophia nicht. Sonst glaubt sie noch, sie muss herauskommen und nach dem Rechten sehen.«

»Da hast du Recht«, stimmte René mit artigem Augenaufschlag bereitwillig zu und hielt sich an Michaels detaillierten Plan, der ihr täglich kleine Lerneinheiten verordnete und die Ergebnisse ihrer Übung alle paar Tage überprüfte.

Am Ende der Lernperiode war René begeistert. »Wenn ich daran denke, wie gestresst ich immer war und wie sehr ich an mir zweifelte, ob ich die Prüfung bestehen würde.« Ungläubig schüttelte sie ihren Kopf und fuhr sich mit beiden Händen durch die dunkle Lockenpracht.

»In die übelsten Gefängnisse stecken wir uns selbst und halten sie anschließend für eine gemütlichen Behausung«, philosophierte sie und erkannte doch nicht, wie vielschichtig ihre Erfahrungen in dieser Hinsicht waren.

»Ich befreie dich aus jedem Verlies, Prinzessin!«, verkündete Michael und schwang das imaginäre Schwert des goldenen Ritters. Dann räumte er die Lehrbücher vom Tisch und erklärte: »Du bist fit für die Prüfung, lass uns schlafen gehen.«

»Vorbereitet sein, fühlt sich erstaunlich gut an«, stellte René am Prüfungsmorgen fest, zum ersten Mal hatte sie in der Nacht vor einem Examen wie ein Murmeltier geschlafen.

Im Morgenmantel saß sie am Esstisch, stellte einen Fuß auf die Sitzfläche ihres Stuhles und löffelte genüsslich schlürfend den Schaum ihres Milchkaffees, den sie nun ohne Koffein trank.

›Sophia, bist du bereit?‹, lauschte sie in sich hinein und blickte auf den Boden ihrer Tasse.

Michael räumte den Tisch ab und küsste sie im Vorbeigehen auf den Kopf. »Es wird Zeit.«

In ihre Schreiner-Latzhose schlüpfte René bereits zu Hause, das war einfacher als in der Werkstatt der Innung. Dazu legte sie sich im Schlafzimmer auf das Bett und kletterte im Liegen in die Hose. Michael half ihr beim Schließen der Träger und band die Schnürsenkel ihrer Arbeitsschuhe. »Nicht so fest, bitte, meine Füße sind geschwollen. Jetzt kann ich mir vorstellen, wie sich übergewichtige Menschen fühlen«, unkte René.

Michael trug die Tasche mit ihrem Frühstück zum Auto und half ihr beim Einsteigen. René genoss seine Fürsorge.

Auf der Fahrt öffnete Michael das Fenster und rauchte eine Zigarette.

Auf dem Parkplatz vor dem Innungsgebäude half er ihr aus dem Auto. »Wenn etwas ist, kommst du raus zu mir. Ich warte hier im Auto auf dich. Viel Glück!« Michael küsste René auf die Stirn und winkte ihr hinterher. Zuversichtlich, aber mit einem flauen Gefühl im Bauch watschelte sie breitbeinig in Richtung Eingang.

»Fertigen Sie einen Spiegelrahmen mit Schlitz- und Zapfenverbindungen, wie abgebildet«, lautete der Arbeitsauftrag. René studierte die technische Zeichnung und dachte an den Kratzer in ihrem Gesellenstück. Bei ihrer praktischen Prüfung gab es weder Kitt noch einen zweiten Versuch. Ein falscher Schnitt und die Prüfung war gelaufen. René hörte das Blut in ihren Adern pulsieren, ihre Latzhose spannte über dem dicken Bauch. Energisch rüttelte Sophia an den Wänden ihrer Behausung. Die Prüfer ahnten nicht, dass ihre Mutterschutzzeit, in der eine hochschwangere Kandidatin nicht mehr arbeitete, längst begonnen hatte. Mit einem Mal krampfte sich ihr Bauch zusammen. »Alles gut, mein Schatz. Mama hat verstanden. Wir sind bis hierhin gekommen, den Rest schaffen wir auch«, murmelte sie alarmiert mit einer Hand unter ihrem Bauch. Sie hoffte, ihre Worte auf diese Weise an ihre ungeborene Tochter in das Fruchtwasser zu übertragen, und schloss inbrünstig die Augen.

Unmittelbar vor dem Ziel wollte sie nicht scheitern. Doch ein Gefühl der Verzagtheit überkam René. Sie suchte Halt an ihrer Werkbank, vor ihrem inneren Auge lief die Zeit in rasender Geschwindigkeit rückwärts. Aarón tauchte auf. »Du kannst nicht bleiben!«, hauchte er so traurig, dass René die Tränen kamen.

Noch bevor sie etwas zu ihm sagen konnte, versank er im Teich hinter der Werkstatt, aus dem jetzt die Herberge zur Glückseligkeit auftauchte. Michael kniete vor ihr und gestand schluchzend: »Ich bin ein Habenichts!«

René wollte ihn trösten, aber ihre Mutter stieß ihn um und

stierte René mit ihren Fischaugen kalt an.

»Kinder sind eine Last!«, schrie sie wie die böse Hexe des Ostens und fegte René mit ihrem Besen aus dem Dachfenster.

Doch sie stürzte nicht in die Tiefe, sondern schwebte leicht wie eine Feder zur Erde hinab. Unten angekommen fror René nackt in Dr. Krämers Schneegestöber. Verzweifelt suchte sie ihr Kind darin, bis Mathilda sie mit ihrer feuchten Kinderhand in die warme Sonne Gozos zog und flüsterte: »Now we are together, für immer!«

René riss sich los und rannte wieder als rastlose Texterin umher auf der Suche nach der nächsten Headline. Es war Christian, der sie stoppte. In ihrem Elternhaus ließ er das Wasser im Küchenbecken ab. »Du musst einfach weiteratmen!«, brüllte er so laut, dass sich René ihre Ohren zuhielt.

Innerlich lauschte sie dem Knistern des Lagerfeuers am See. Ihre erste Liebe flammte auf und sie schmeckte Michaels ersten Kuss auf ihren Lippen. Mit der Hand aber spürte René das Strampeln ihrer kleinen Cousine. »Das ist nichts für dich!«, kroch die Stimme ihrer Mutter wie eine kalte Schlange in ihr empor.

Doch, bevor sie dieses Mal Renés Kinderherz würgte, legte die große René dem Mädchen im Wohnzimmer der Oma ihre warme Hand auf die Schulter und sprach in ihr eigenes Kinderherz: »Hör nicht hin! Ich bin bei dir. Glaub an dich!«

Die kleine René schenkte der großen René ein befreites Lächeln. »Danke, dass du gekommen bist!«

Dann schaute sie zu ihrer Mutter auf und antwortete mit fester Stimme: »Nein, Mutter, du irrst dich! ›Ich‹ werde eine Mama, wenn ich groß bin, eine ganz wunderbare Mama werde ich!«

René öffnete ihre Augen. Sie atmete ein und aus und ein und aus, wie sie es in ihrem Schwangerschaftskurs geübt hatte. Endlich löste sich der Krampf, ihr Leib entspannte sich wieder. René schaute sich vorsichtig um. Keiner der Prüflinge oder Innungsmeister, die durch die Reihen wanderten, hatten ihre Unpässlichkeit bemerkt.

Konzentriert nahm sie die Säge in die Hand und vertraute entschlossen in sich und das Leben, das sich in seiner fruchtbaren Fülle in ihr ausdrückte. Ihre Säge sägte Teil um Teil. René stapelte die Werkstücke auf ihrer Hobelbank und fügte die Rahmenteile schließlich passgenau zusammen. Am Ende begutachtete sie ihren

Spiegelrahmen und wusste, sie hatte den praktischen Teil von innen und außen bestanden.

In der Pause löffelte sie erleichtert ihr Obst mit Quark und Honig, das Michael ihr liebevoll zubereitet hatte. Dann ging sie gestärkt in den Klassenraum im oberen Stockwerk, in dem die theoretische Prüfung stattfand. René war froh, sich endlich setzten zu können, sie bewegte die Zehen ihrer geschwollenen Füße.

»Ist Ihnen nicht wohl? Wir wollen hier keine Sturzgeburt! Ist das überhaupt noch rechtens in Ihrem Zustand?«, erkundigte sich der Prüfer mit strengem Blick auf Renés Bauch.

»Alles bestens!«, log sie grinsend und schluckte.

Der Prüfer teilte die Unterlagen aus. René überflog die Fragebögen und dankte Michael innerlich. Ohne lange zu überlegen, wusste sie auf jede Aufgabe die Antwort und absolvierte den theoretischen Teil gelassen wie nie zuvor. Am Ende lehnte sie sich zufrieden zurück und flüsterte: »Sophia-Schätzchen, das haben wir perfekt hingekriegt!«

Auf ihr Gesellenstück bekam René eine Zwei, und auch die Gesamtnote auf ihrem Gesellenbrief lautete am Ende ›Gut‹.

Zu Hause stießen René und Michael auf den erfolgreichen Abschluss ihrer Tischlerausbildung an. Michael hatte Omeletts mit Champions gebraten.

Nach dem Abendessen saßen sie am Tisch, René legte ihre angeschwollenen Füße hoch und nippte an ihrem Sektkelch, der mit Sprudel gefüllt war.

»Mein Prickelwasser schmeckt einfach exzellent!«, trällerte sie vergnügt und stellte das Glas oben auf ihrem Bauch ab. In der letzten Phase ihrer Schwangerschaft übte sie sich mit Vergnügen darin, ein Glas oder ihre Kaffeetasse auf dem Plateau ihres Leibes zu balancieren.

Das Licht der Kerzen, die in der Mitte der Tafel in silbernen Leuchtern brannten, reflektierte sich in der glänzenden Mahagonioberfläche des Esstisches. Mit zufriedener Miene streichelte René über die Tischplatte und resümierte: »Wir haben es wirklich geschafft! Danke, Michael! Danke, Sophia! Und danke, Aarón und Fernando!« Für einen kurzen, bedächtigen Moment schloss René gerührt ihre Augen.

»Du« hast das geschafft! Herzlichen Glückwunsch zur Tischler-
prüfung! Das Baby haben wir geschaukelt! Jetzt kann Sophia kommen!« Auch Michaels Stimme klang bewegt. Er leerte sein Sektglas
und kraulte sanft ihren Rücken.

Es hätte ein schöner Abend bleiben können, doch nachdem sie
die Weichen für ihre berufliche Zukunft gestellt hatte, verspürte
René das Bedürfnis, auch in ihrer Beziehung mit Michael reinen
Tisch zu machen. Sie machte ein ernstes Gesicht. Mit den Fingern
hämmerte sie gegen ihr Glas und stierte versunken ins Wasser, das
aufgeregt hin und her schwappte. Eine angespannte Stille breitete
sich aus. Unvermittelt blickte René auf und schaute mit entrücktem
Blick in Michaels Augen. Was darauf über ihre Lippen kam, als
wäre es eine ganz und gar selbstverständliche Angelegenheit, überraschte sie selbst am meisten: »Michael, ich fände es schön, wenn
wir heiraten!«

Verunsichert sank Renés Blick zu Boden. Was war nur in sie
gefahren? Sie hatte doch auf Michaels Antrag warten wollen. Als
Nächstes vernahm sie innerlich das Läuten einer Glocke und
erschrak, denn es war kein freudigsüßes Hochzeitsläuten, sondern
das schnelle Anklingeln einer Runde im Boxkampf. René konnte
sich gerade noch aufrichten, da griff Michael bereits an.

»Ich brauche diese kleinbürgerliche Legitimierung unserer Partnerschaft nicht!«, schnaubte er und knallte dabei heftig seinen Sektkelch auf die Tischplatte.

Blitzschnell schlüpfte René in ihre Boxhandschuhe und stieg in
den Ring. Nervös tänzelte sie auf der Stelle, bevor sie zum Gegen-
schlag ausholte. »Das ›Ja‹ auf dem Standesamt verändert etwas, das
sich nicht in Paragrafen packen lässt! Das weißt du so gut wie ich!«
Sie kämpfte tapfer für ihr Mantra ›Mein Mann‹. Es war Renés
Bekenntnis für diesen einen Menschen, ihn zu lieben und zu ehren
in guten wie in schlechten Zeiten.

Doch Michael wich ihr geschickt aus, tauchte unter den Seilen
des Boxrings weg und flüchtete in den Schnellzug Lenins. »Vergiss
es! In diese bourgeoisen Ketten lasse ›ich‹ mich nicht legen!«,
donnerte das Ungetüm aus Stahl durch das Wohnzimmer und trug
Michael mitsamt Renés Träumen mit sich fort.

Im Fahrtwind roch René die Angst hinter Michaels roter
Fassade und erkannte: Romantik war hier hinderlich. Mutig sprang

sie auf den Zug auf und stellte ihn. »Gut. Ganz wie du willst, allerdings wirst du Sophia adoptieren müssen, wenn du als Vater deiner Tochter gelten möchtest! Bis dahin habe ich das Sorgerecht ›allein‹.«

Schlagartig zog Michael die Notbremse, die Lok kam quietschend zum Stehen. Das Wort »allein« hatte ihn gestoppt, denn er fürchtete plötzlich, ohne René durchs Leben reisen zu müssen. Das Gefühl kannte er und brüllte: »Scheiß Bürokratie! Weißt du was, wenn man der eh nicht entkommt, dann heiraten wir eben! Wenn es ›unbedingt‹ nötig ist!«

Ohne ein weiteres Wort schnappte Michael sich die Zeitung, die auf dem Tisch lag, und versteckte sich scheinbar lesend dahinter.

So überrascht wie zufrieden räumte René den Tisch ab, sie hatte für ihren Traum gekämpft und sich durchgesetzt. Ihr Siegergrinsen verbarg sie. Zwar hatte sie sich ihren Heiratsantrag anders vorgestellt, doch wusste sie um Michaels Scham, der überzeugt war, ihr nichts bieten zu können. Und ganz leise hinter der sozialdemokratischen Zeitung hörte sie sein ozeanisches Herz pochen, das für René schlug und sie aus Liebe heiraten wollte.

An ihrem Hochzeitstag Ende Januar strahlte die Sonne gebieterisch vom makellosblauen Firmament. Doch Väterchen Frost lächelte eiskalt über den vergeblichen Versuch, die Schneedecke zu erweichen, mit der die Welt seit Wochen unschuldigweiß versiegelt war, und trieb die Temperatur noch tiefer unter den Gefrierpunkt.

René fühlte sich wie das prachtvollste Winterei der Welt. Sie öffnete Ingo in einem edelfließenden taubenblauen Hängerkleid, um ihre Schultern lag ein blau-gold gemustertes Tuch. Im Haar trug sie eine Spange mit einem goldenen Mäanderband und im Herzen so viel Liebe, dass es schmerzte.

»Du schaust bezaubernd aus! Von innen und außen!«, rief Ingo begeistert, dabei hielt er René an der Hand, drehte sie bewundernd um ihre Achse und überreichte ihr mit einer galanten Verbeugung den Brautstrauß.

René sog den süßen Duft der weißen Rosen ein, die mit blauen Bändern geschmückt waren. »Genauso habe ich ihn mir vorgestellt!«, jauchzte sie und warf mit verliebtem Blick Michael einen Handkuss zu, er hatte das Brautbukett ausgesucht. Im Knopfloch seines Jacketts steckte ebenfalls eine weiße Rose.

»Jeder Gast möge etwas Blaues tragen«, hatten Michael und René sich in der Einladung zu ihrer Hochzeit gewünscht. Michael hatte sich für ein graues Sakko zur dunkelblauen Chinohose entschieden, aus seiner Brusttasche lugte ein blaues Seidentuch, das er am Morgen mit großer Sorgfalt zu einer »doppelten Rose« gefaltet hatte. Wie ein feiner Herr flanierte er grinsend im Flur auf und ab, die Absätze seiner Slipper klackerten auf den weißen Fliesen, dazu machte er ein wichtiges Gesicht und schmiss ein Ende des weißen Seidenschals, der um seinen Hals hing, mit einer theatralischen Geste über die Schulter.

»So elegant habe ich dich noch nie gesehen!«, staunte Ingo ehrlich beeindruckt und zupfte seine blaue Fliege zurecht, die er zu einem eleganten anthrazitfarbenen Anzug trug. Dann warf er einen Blick auf seine Uhr. »Bereit, meine Kinder?«, erkundigte er sich freudig und öffnete die Haustür.

Völlig unvermittelt sank Michael vor René zu Boden. Hilfesuchend blickte sie zu Ingo hinüber, dessen Augen ihre Sorge spiegelten. Mit weichen Knien befürchtete René das Schlimmste, sah Michael weinend darum betteln, die Hochzeit abzusagen. ›Warum habe ich ihn zur Hochzeit gedrängt?‹, schoss es ihr verzweifelt durch den Kopf. Warum hatte sie ihr wildes Herz nicht im Zaun gehalten? Reumütig beugte sie sich zu Michael hinab und legte ihre Hände versöhnlich auf seine Schultern. Sie liebte ihn auch ohne Zeremonie.

»Bist du bereit, meine Prinzessin? Möchtest du meine geliebte Königin werden und an meiner Seite dein Glück finden?«, zelebrierte Michael feierlich jedes einzelne Wort mit gesenktem Haupt und einer Hand auf seinem Herzen.

René fiel eine Gerölllawine vom Herzen. Genau so hatte sie sich Michaels Antrag gewünscht. »Ja, das möchte ich, mein goldener Ritter«, hauchte sie erleichtert.

Überglücklich ergriff sie seine Hand und ihr goldener Ritter erhob sich. Seite an Seite verließen sie ihr Zuhause und stiegen die Marmortreppe hinunter. Manchmal erfüllen die Götter unsere Wünsche ohne Wenn und Aber. Diese Erfahrung war René derart neu, dass ihre Verwirrung darüber die Freude in ihrem Herzen ein wenig dämpfte. Sie hatte gekämpft für ihre Hochzeit mit Michael und war innerlich nicht abgerückt von ihrem Traum. Das zeigte Wirkung. René fühlte sich stark ›in‹ der Welt. Es beschlich sie die Erkenntnis, dass es falsch war, in der Liebe hinter den Dingen sein Glück zu suchen. Denn diese erste Liebe, die die Welt in ihrem Innersten zusammenhält, will durch unsere Handlungen fließen und Gestalt annehmen. René lächelte und dieses Strahlen erfüllte schließlich ihren Geist und Körper. Das prächtige Osterei, als das sie sich sah, verbreitete weithin sichtbar seinen Glanz.

An Michaels Arm betrat René den schmucklosen Trausaal im Bürgerhaus ihrer neuen Heimatgemeinde. ›Treulich geführt, wo euch der Segen der Liebe bewahr'! Eint euch in Treue zum seligsten Paar‹, summte sie innerlich Wagners Hochzeitsmarsch und schritt im Takt nach vorne. In diesem Moment war ihr Bauch vergessen und für René verwandelte sich ihr Hängerkleid in ein bodenlanges Hochzeitskleid aus Elfenbeinseide mit einem tiefen V-Ausschnitt. Der schwingende bodenlange Rock mit Schleppe raschelte bei jedem ihrer Schritte. Michael glänzte neben ihr in seiner goldenen Rüstung.

Zu Renés Überraschung füllten Genossen den Raum, von diesen Gästen hatte sie nichts gewusst. »Sie wollen ihren treuen Mitstreiter in seinen neuen Lebensabschnitt begleiten und uns beglückwünschen«, flüsterte Michael stolz und führte sie zu den Plätzen in der ersten Reihe, die für das Brautpaar reserviert waren.

René sah sich um und Michaels Wegbegleiter verwandelten sich in schmucke Ritter, die ihrer Trauung im Festsaal der Heimatburg beiwohnten. Überwältigt von dem prachtvollen Anblick raffte sie ihre edle Robe und nahm Platz. Die Trauzeugen hatten sich bereits an den Seiten des Brautpaares eingefunden. Neben Michael saß sein Freund Andreas, ein Sozialdemokrat und Familienanwalt. In seinem hellgrauen Frack sah er aus wie ein ehrwürdiger Minister.

Camilla stierte an Renés Seite weinend auf ihre schwarzen High Heels. »Tut mir leid, aber ihr kennt mich«, entschuldigte sie sich und schnäuzte lautstark in ihr Taschentuch. In ein nachtblaues Etuikleid aus Seide gehüllt, war sie mit Sicherheit die begehrteste Jungfrau am Hofe.

»Deine Tränen nähren den Samen unserer Ehe!«, tröstete René sie und lenkte Camilla ab, indem sie grinsend ihren Rock anhob, dabei deutete sie auf das himmelblaue Strumpfband, das die Freundin ihr geliehen hatte. Es zierte Renés nackten Oberschenkel oberhalb der halterlosen, elfenbeinfarbenen Spitzenstrümpfe. »Fehlt nur noch etwas Altes zum Glück«, flüsterte René, als Rosemarie vor sie hintrat.

»Für dich!«, war alles, was sie hervorstieß, gleichzeitig nahm sie unbeholfen ihren Halsschmuck ab. Die goldene Kette hatte René oft an ihr bewundert, besonders den Anhänger in Form eines filigran gearbeiteten Schwanes, den eine weiße Perle in Tränenform zierte. Schwer atmend legte Rosemarie die Kette um Renés Hals. Sie fühlte sich angenehm kühl auf der Haut an.

Nun war es René, die weinte. ›Ich habe meine Herzensfamilie gefunden‹, dachte sie in diesem Augenblick und fühlte sich gewollt wie selten in ihrem Leben. Für einen Moment dachte René schmerzlich an Christian. Sie hätte ihn gerne an ihrer Seite gehabt. Doch Micheal hatte sie überzeugt, kein Mitglied ihrer Familie einzuladen. Denn weder René noch Michael wünschten sich den ungebetenen Auftritt einer dreizehnten Fee.

»Der Schwan ist wunderschön!«, schluchzte René überwältigt mit einer Hand auf ihrem neuen Geschmeide, dabei schaute sie mit tränengefüllten Augen hoch zu Rosemarie.

»Den habe ich von meiner Mutter bekommen! Aber ich finde, er schaut aus wie du!«, gestand sie nicht minder gerührt.

René wollte aufstehen, doch Rosemarie beugte sich zu ihr hinunter. »Bleib sitzen, mein Kind, in deinem Zustand!«, flüsterte sie.

Stattdessen lehnte René ihren Kopf an den mächtigen Mutterbusen ihrer alsbaldigen Schwiegermutter, die frisch frisiert nach Liebe und Haarspray duftete.

Rosemarie richtete sich auf und brachte ihr schwarzes Kleid wieder in Form, um die üppige Taille hatte sie ein Tuch in Blautönen geschlungen. Auf die ihr eigene schwerfällige Art kehrte sie gemächlich zu ihrem Platz hinter dem Brautpaar zurück.

René drehte sich um und zeigte Ingo freudestrahlend ihre Halskette. Ingo warf ihr einen Handkuss zu. An der Seite von Rosemarie hatte Alexander seinen Platz. Der Psychiater und Neurologe mit eigener Praxis war Camillas neuer Lebensgefährte und Millionär. Der stattliche Mann mit dunklem Haar funkelte René aus seinen wachen leuchtendblauen Augen an. Auch im Sitzen beugte er seinen Oberkörper leicht nach vorne und verbarg seine wahre Größe. Trotz seiner sechzig Jahre strahlte er Vitalität und Kraft aus. In seinem maßgeschneiderten, dunkelblauen Anzug war Alexander eine beeindruckende Erscheinung. Die beiden waren sich auf Anhieb sympathisch gewesen. René nickte ihm zu, bevor sie ihre Aufmerksamkeit wieder nach vorne richtete.

»Das Wünschen hilft auch heute noch, Alexander ist ein besonderer Mann«, flüsterte sie anerkennend in Camillas Ohr.

»Er ist Mister Big!«, bestätigte Camilla und weinte schon wieder.

»Na, dann weiß ich, wer meinen Hochzeitsstrauß mit nach Hause nimmt! Hast du gesehen, was Kerstin zur Feier des Tages trägt?«, lenkte sie Camillas Gedanken auf Michaels Schwester. Die ungleichen Geschwister stritten sich unentwegt. Kerstin und ihr Mann Stefan saßen neben Alexander ganz am Ende der zweiten Reihe.

»Ja, fehlen nur noch die Lauflernschuhe zum Babydoll-Look«, unkte Camilla und trocknete sich vorsichtig die Tränen, ohne den dramatischschwarzen Kajalstrich unter ihren Augen zu verwischen. Obwohl Kerstin die Ältere war, wirkte sie wie ein kleines Mädchen. Heute trug sie ein knallrotes Hängerkleidchen, das knapp unter ihrem sexy Popo endete.

»Blau sind meine Augen!«, hatte sie Michael vor der Hochzeit mitgeteilt, einer Kleiderordnung könne sich ihr kreativer Geist unmöglich beugen, die Farbe ihrer Kleidung richte sich einzig nach ihren wechselnden Stimmungen.

Ihr Mann Stefan war wie gemacht für die kapriziöse Person. Im Heim aufgewachsen, mit einer Alkoholikerin als Mutter, las er Kerstin jeden Wunsch von den Augen ab. Die beiden lebten in der Wohnung über Michaels Eltern. René verstand Stefan, er war ein stiller Mann, der vor allem das Gefühl liebte, Teil einer Familie zu sein. Kerstin freute sich überschwänglich über die Hochzeit ihres Bruders, da er nun sicher von ihrem Elternhaus fernbleiben würde und sie die Aufmerksamkeit ihrer Eltern für sich allein zu haben hoffte.

Michael ergriff Renés Hand, die Standesbeamtin betrat den Saal. Sie nahm an dem schlichten Tisch vorne im Trausaal Platz, hinter ihr an der Wand hing das Wappen der Gemeinde. Für René verwandelte sich die schlanke Person mit dauergewelltem mittellangem Haar, die in einem mausgrauen Kostüm steckte, in eine hohe Priesterin, die mit erhobenem Haupt vor einem mit funkelnden Edelsteinen verzierten Altar aus Stein stand. Sie trug ein blaues, bodenlanges Kleid mit einem enganliegenden Oberteil, unter dem ihre nackten, golden beringten Füße hervorlugten. Hinter ihr an der Wand des Burggewölbes hing nicht mehr das Wappen der Gemeinde. René sah vor ihrem inneren Auge ein mächtiges Holzkreuz, das zur Feier des Tages mit Efeu geschmückt war. In diesem Moment entstammte ihr goldener Ritter nicht länger einer Arbeiterfamilie, neben dem Kreuz hing das Familienwappen seines Adelsgeschlechts: zwei sich kreuzende Schwerter, in deren Mitte eine weiße Rose blühte.

Es wurde still im Saal, die Zermonienmeisterin trat vor die Hochzeitsgesellschaft. Renés Herz klopfte bis zum Hals, ihr Mund war strohtrocken. Sie atmete Weihrauchduft ein, denn ihr war, als ob die schöne Priesterin den silbernen Verbrenner schwang. In seinem Nebel lösten sich alte Fesseln und Belastungen. Die reine Atmosphäre für die Trauung erhob sich.

Die Hüterin der Sakramente breitete ihre Arme aus und sprach: »Hochwohlgeborenes Brautpaar, ehrenwerte Familie, Freunde und Gäste unseres Brautpaares! Jetzt ist er da, der Tag, an dem ihr beide, René und Michael, euch traut, einander das Ja-Wort zu geben. Ihr wollt gemeinsam den ›richtigen Weg‹ gehen.« Sie hielt inne, faltete ihre Hände vor dem Herzen und machte anschließend eine Handbewegung, mit der sie andeutete, dass es sich dabei um einen breiten schnurgeraden Weg handelte.

»Doch es gibt Umwege, Abwege, Bergpfade, Schluchten, tiefe Täler. Lebenswege sind bisweilen steinig und beschwerlich. Wir durchwandern Höhen und Abgründe, sonnige und wolkenverhangene Tage, Gewitter, Sturm und Hagel, Gut und Böse, Krieg und Frieden. Auf welchem Abschnitt eures Lebens ihr euch auch befinden mögt, entscheidend ist, dass ihr Liebe in euren Herzen tragt. Dann ist euer Weg der richtige. Eure Liebe ist der Kompass, der die dunkelste Schlucht in eine palmengesäumte Allee verwandelt.«

Dunkel und wissend ruhten die Augen der Priesterin auf dem Brautpaar. Ihr gewelltes Haar wurde von einem Stirnband gehalten, in dessen Mitte ein Stern glitzerte. Michael drückte Renés Hand, sie wandten ihre Gesichter einander zu und nickten zustimmend. Rosemarie schniefte leise, Camilla reichte ihr ein Taschentuch nach hinten.

Die Priesterin fuhr fort: »Was ist diese Liebe nun aber genau? Dazu einige Zeilen aus dem ›Hohen Lied der Liebe‹ aus dem ersten Korintherbrief:

›Wenn ich mit Menschen- und mit Engelzungen redete, und hätte der Liebe nicht, so wäre ich ein tönend Erz oder eine klingende Schelle. Und wenn ich weissagen könnte und wüsste alle Geheimnisse und alle Erkenntnis und hätte allen Glauben, also dass ich Berge versetzte, und hätte der Liebe nicht, so wäre ich nichts. Die Liebe ist langmütig und freundlich, die Liebe eifert nicht, die Liebe treibt nicht Mutwillen, sie blähet sich nicht, sie stellet sich nicht ungebärdig, sie suchet nicht das Ihre, sie lässt sich nicht erbittern, sie rechnet das Böse nicht zu, sie freut sich nicht der Ungerechtigkeit, sie freut sich aber der Wahrheit; sie verträgt alles, sie glaubet alles, sie hoffet alles, sie duldet alles.‹ Und am Ende heißt es ›Nun aber bleiben Glaube, Hoffnung, Liebe, diese drei; aber die Liebe ist die größte unter ihnen.‹«

An René sauste ihre Liebesgeschichte mit Michael vorbei. Ihr erster Kuss am Lagerfeuer, die dunkle Frau, die ihr den Liebsten entriss, die erste Liebesnacht in Renés Wohnung, ihr Baby, das sie noch tiefer miteinander verband, und der Heiratsantrag des goldenen Ritters. Das Leben hatte sie durch all diese Erfahrungen geleitet und sie waren gereift. ›Mutter Erde und Vater Himmel, ich danke euch, ihr behütet uns. In eurer Liebe wandeln wir.‹ René erkannte auch ihre Peiniger als verkleidete Engel, die uns auffordern zu wachsen. »Wen die Götter lieben, den prüfen sie«, erinnerte sie sich an Dr. Tellerleins Worte. Prüfungen sind not-wendig, damit wir der wahren Liebe entgegenwachsen und sie durch uns lebendig wird. Jetzt erlebten sie und Michael ihr Happy End und René war bereit, darüber hinauszugehen.

Die Priesterin hob ihre Arme zum Segen und sprach mit bebender Stimme: »Diese Liebe im Sinne des Korintherbriefes ist ein ›mächtiges‹ Gefühl, sie bewährt sich durch alle Höhen und Tiefen des Lebens! Diese Liebe wünsche ich euch, René und Michael, auf allen euren Wegen, auf eurer gemeinsamen ›Ehereise‹. Ich wünsche euch viele glückliche Jahre, eine gute Gesundheit und die Kraft, auch in kritischen Situationen des Lebens stets wieder zueinander zu finden.«

Michael trocknete fürsorglich Renés Tränen. »Wir bleiben zusammen, das verspreche ich dir«, gelobte er leise.

»Ich bitte das Brautpaar, sich zu erheben!«, forderte die Priesterin und machte ein feierliches Gesicht.

Hand in Hand traten René und Michael nach vorne. Wie die kleine Meerjungfrau würde René nun Erlösung von all ihren Schmerzen finden und eine unsterbliche Seele erhalten. Sie war am Ziel ihrer Träume angelangt.

Die Priesterin vereinte die Hände der Brautleute und band ein brokatbesticktes Tuch darum. »Ich frage dich, Michael Hirte, ist es dein freier Wille, mit der hier anwesenden René Linde die Ehe einzugehen, so beantworte meine Frage mit ›Ja‹.«

Michael blickte fest in Renés Augen.

»Dir gilt mein erster Gedanke am Morgen.

Deine Hand halte ich in tiefschwarzer Nacht.

Ich rufe ›Ja‹ zu meinem Leben mit dir!«

René schwebte wie eine glückliche Genie über dem Boden.

»Ich frage nun dich, René Linde, geborene Beckmann, ist es dein freier Wille, mit dem hier anwesenden Michael Hirte die Ehe einzugeben, so beantworte meine Frage mit ›Ja‹.«

René versagte die Stimme, Michael drückte ihre Hand, sie lächelte und fand Halt in seiner Liebe.

»Du bist der Fels, auf dem ich ruhe.

Auch in allergrößter Not halte ich dich ins Licht

und rufe mit jeder Faser meines Seins:

›Ja, ich will ›dich‹, auf ewig ›wir‹!«

Und die Götter erhörten Renés Schwur. Einen Moment dachte sie ängstlich daran, welche Prüfungen sie wohl erwarteten. Doch Michaels Schluchzen übertönte ihre Befürchtungen.

»Nachdem ihr meine Frage mit ›Ja‹ beantwortet habt, erkläre ich euch nunmehr Kraft der Gesetze zu rechtmäßig verbundenen Eheleuten. Mit dem Tausch der Ringe besiegelt ihr eure Verbindung.«

Michael zog das Schmuckkästchen aus seiner Tasche und hielt es René hin. Sie nahm seinen Ring heraus und steckte ihn auf Michaels Finger. »Diesen Ring schenke ich dir als Zeichen meiner

Liebe. Wie dieser Ring hat unsere Liebe keinen Anfang und kein Ende«, versprach sie dabei.

Der Schrei einer Krähe durchschnitt die feierliche Stimmung. Michael hatte Schwierigkeiten, René den Ring überzustreifen, ihre Finger waren durch die Schwangerschaft angeschwollen. Geistesgegenwärtig leckte er Renés Finger unter dem freudigen Gelächter der Gäste ab und streifte ihr endlich den Ring über.

Sichtlich erleichtert nahm Michael Renés Gesicht in seine Hände und rief: »Diesen Kuss der ganzen Welt!«

Sein Kuss schmeckte nach der Unendlichkeit des Himmels, Renés Körper vibrierte vor goldener Freude.

Nach der Unterzeichnung der Eheurkunde hakte sich René wieder bei Michael unter. Gemeinsam traten sie vor die Hochzeitsgesellschaft im Trausaal und blickten in die Gesichter ihrer Familie und Freunde, die unvermittelt applaudierten.

Ingo sprang nach vorne, breitete freudestrahlend seine Arme aus und rief: »Meine Kinder! Viel Glück euch Dreien!« Dann umarmte er die frisch Vermählten stürmisch, bis Rosmarie ihrem Mann auf die Schulter klopfte.

»Lass mich auch Mal!«, schimpfte sie lachend und Ingo trat zur Seite.

»Wir sind sehr glücklich, dass du unsere Tochter bist!«, flüsterte Rosmarie gerührt in René Ohr.

»Etwas Schöneres hättest du nicht sagen können!«, dankte René ihr.

»Noch ein Kuss!«, feuerte Camilla an.

»Noch ein Kuss! Noch ein Kuss!«, echote der Chor im Saal.

»Nichts leichter als das!«, schrie Michael und bog seinen Oberkörper wild nach hinten. Unter dem Jubel der Hochzeitsgäste schoss er wieder in die Höhe und küsste René leidenschaftlich auf ihren Mund.

Schließlich bewegten sich Michael und René in Richtung Tür. Immer wieder blieben sie stehen und nahmen Glückwünsche entgegen.

Eine Dame aus den hinteren Reihen kam auf René und Michael zu, sie überreichte ein Geschenk und gratulierte: »All die Jahre hast du auf deine René gewartet, lieber Michael. Jetzt ist sie da und an deiner Seite. Ich freue mich von Herzen, dass du zurückgekommen bist, liebe René, ihr seid ein wunderschönes Ehepaar.«

»Das ist Susanne Ehrenfeld, sie ist die Landtagsabgeordnete, für die ich gearbeitet habe«, stellte Michael die sympathische, dunkelhaarige Frau Ende Dreißig vor.

»Gearbeitet ist eine kolossale Untertreibung! Michael hat nicht nur meine politische Arbeit organisiert und alle Termine gemanagt. Er hat mir die besten Reden geschrieben, die ich je gehalten habe. Aber auch privat war er in vielerlei Hinsicht unentbehrlich. Selbst mein Mann hat da nicht widersprochen.« Dabei starrte Frau Ehrenfeld kurz und unehrenhaft auf Michaels Geschlecht. »Er hätte sich nicht wieder den trockenen Zahlen zuwenden sollen. Eine politische Karriere ist immer noch möglich, Michael. Ich warte auf dich. Du …«

»Frau Ehrenfeld neigt zu Übertreibungen«, fiel ihr Michael ins Wort.

»Es freut mich, Sie kennenzulernen«, antwortete René artig und reichte der Fremden ihre Hand, dabei traf sie ein Stich ins Herz. ›War Frau Ehrenfeld die dreizehnte Fee?‹, durchzuckte René ein ungutes Gefühl, doch es blieb ihr keine Zeit, dieser Empfindung nachzuspüren, denn Michael schob sie weiter Richtung Ausgang. René schwebte gleichgleich an der Hand ihres goldenen Ritters und Gatten aus dem Saal.

Draußen standen Aarón und die Kollegen aus der Werkstatt Spalier, sie bewarfen das Brautpaar übermütig mit Reis.

In ihren schwarzen Anzügen mit Sonnenbrillen sahen sie wie die Blues Brothers aus. Aarón überreichte René ein Mobile mit handgeschnitzten Engeln.

»Diese Engel hat Madre María ausgesandt, damit sie dein Kind beschützen! Sie werden Sophia auf Händen tragen«, versprach er. Gerührt nahm René das Geschenk und seinen Segen an.

»Alles Gute! Melde Dich nach der Geburt!«, riefen Banänchen und Baser aus einem Mund.

»Versprochen!«, antwortete René, dann verabschiedeten sie und Michael sich winkend.

Ingo fuhr hupend mit dem Auto vor, auf der Motorhaube

thronte ein Gesteck aus weißen Rosen. Die kleine Hochzeitsgesellschaft kutschierte nach der Trauung zu einer nahegelegenen Fasanerie mit Wildgehegen. René trug unter ihrem Hochzeitskleid eine lange Unterhose, die Pumps tauschte sie auf der Rückbank gegen gefütterte Boots. Das war eine schwierige Aufgabe mit dem dicken Bauch.

»Ein Wal auf dem Trockenen ist eben keine Primaballerina«, entschuldigte sie sich lachend.

»Du bist meine Mondgöttin, voll oder schlank erleuchtest du anbetungswürdig mein Firmament«, flötete Michael und band ihr vergnügt die Schnürsenkel zu.

Nach einem Imbiss mit Wildfleisch startete die kleine Hochzeitsgesellschaft auf Michaels Wunsch zu einem geführten Rundgang durch die Fasanerie. Heute spürte René die minus fünfzehn Grad nicht. Die Gruppe spazierte vorbei an Gehegen mit Goldfasanen und Füchsen. René fütterte das Damwild, ein Reh drängte sich zutraulich an den Zaun. Das Tier stieß seinen warmen Atem in kleinen Wölkchen aus. »Das ist die beste Zeit meines Lebens«, war René überzeugt und lehnte ihren Kopf an Michaels Schulter, der hinter dicht ihr stand.

Nach dem Spaziergang gab es Kaffee und Kuchen im neuen Zuhause von Michael und René. Die dreistöckige Hochzeitstorte stand bereits auf dem geschmückten Tisch, René hatte sie selbst gebacken. Sie war mit Marzipan überzogen, das mit Blättern aus Zartbitterschokolade und roséfarbenen Marzipanrosen verziert war. Obendrauf stand ein Brautpaar, die biegsamen Holzfiguren hatte Michael erstanden und am Morgen auf die Torte gestellt. Sie hielten sich im Kreis tanzend an den Händen, der Brautschleier schien im Wind zu fliegen.

René fröstelte kurz, sie erinnerte sich an ihren Traum, in dem sie mit Stacheldraht an Michael gefesselt gewesen war.

»Ein Kunstwerk!«, rief Alexander aus und klatschte begeistert in die Hände.

Unter dem Jubel der Gäste schnitten René und Michael gemeinsam die Torte an und verteilten die Stücke.

»Ich war auf vielen Hochzeiten! Das ist die erste Hochzeitstorte, die wirklich schmeckt!«, lobte Alexander Renés Backkünste, der Bassklang seiner Stimme und der tschechische Akzent verliehen seinen Worten Autorität.

Die übrigen Gäste nickten zustimmend und ließen es sich schmecken. Auch René war zufrieden mit ihrer Torte. Die Amaretto- und Kaffeefüllungen harmonierten mit dem Marzipangeschmack, die Torte war nicht zu süß.

Ingo klopfte mit seinem Löffel gegen sein Sektglas. »Ich möchte auf meine Kinder anstoßen!« Ingo wartete, bis ihn alle erwartungsvoll anblickten.

»»Gehe einmal im Jahr dorthin, wo du noch nicht gewesen bist!‹ Das hat der Dalai Lama gesagt und ohne diesen weisen Satz zu kennen, haben ihn Rosemarie und ich Zeit unseres Lebens beherzigt. Und heute möchte ich ihn euch ans Herz legen. Sammelt aufregende und neue Erlebnisse, damit sie euch nähren und inspirieren auf eurer ›Ehereise‹! Für eure Hochzeitreise habe ich dahinten ein kleines Sparschwein deponiert! Auf das Hochzeitspaar!« Alle erhoben ihre Gläser und stießen an.

Zum Abendessen hatte Ingo in ein Feinschmeckerrestaurant eingeladen, das sich in einem Fachwerkhaus in der Altstadt ihrer neuen Heimatgemeinde befand. Die rustikale Hochzeitstafel stand in der Mitte des Dachzimmers mit freigelegten Holzbalken und einem offenen Kamin, in dem ein Feuer prasselte.

Nach dem Essen setzte sich Ingo an das Klavier. »Ich wusste nicht, dass du spielst«, gestand René überrascht.

»Nur zu besonderen Anlässen, meine Liebe!« Ingo zwinkerte ihr zu und klappte den Klavierdeckel auf. Seine Finger glitten über die Tasten und er sang dazu mit samtweicher Stimme:

»Mona Lisa, Mona Lisa, men have named you.

You're so like the lady with the mystic smile.

Is it only 'cause you're lonely, they have blamed you

for that Mona Lisa strangeness in your smile?«

»Darf ich bitten?«, forderte Michael seine Frau auf und führte sie in die Mitte des Saals. Langsam drehten sie sich zu Ingos Musik.

»Are you warm, are you real, Mona Lisa?«, wiederholte Michael mit geschlossenen Augen.

»Manchmal scheint es mir, als träume ich. Als träume ich, ein

Schmetterling zu sein. Dann erwache ich und weiß nicht mehr, bin ich es, die träumte, ein Schmetterling zu sein oder ein Schmetterling, der träumte, ich zu sein. Doch eines weiß ich sicher im Wachen wie im Schlaf: Glücklich ist der Mensch, der liebt, und ich liebe dich, Michael.«

Bis nach Mitternacht blieb die Hochzeitsgesellschaft zusammen.

»Das war die schönste Hochzeitsfeier, die ich erleben durfte«, bedankte sich Alexander beim Abschied.

»In eurer Gesellschaft vergeht die Zeit auf bezaubernde Weise. Ich fühle mich in jeder Hinsicht reich genährt«, fügte Camilla hinzu und zierte sich ein wenig, ehe sie Renés Brautstrauß mit nach Hause nahm.

Einige Tage nach ihrer Trauung taute der Schnee nach dem wochenlangen Frost und gab widerwillig den Blick auf Felder und Wiesen wieder frei.

»Wenn es wärmer wird, kommt Ihre Tochter. Ein Wetterwechsel hat schon so manche Geburt ausgelöst. Alles sieht gut aus«, hatte Dr. Krämer zufrieden bei Renés letztem Besuch erklärt und den ersten Februar als Geburtstermin bestätigt.

Der erste Februar war ein Sonntag. Die Kontraktionen von Renés Gebärmutter begannen in der Frühe. Es war nicht mehr als ein sanftes Ziehen, das die Geburt ihres ersten Kindes ankündigte.

Michael lag neben ihr, er wandte ihr den nackten Rücken zu und schnarchte selig. Barfuß schlich René aus dem Schlafzimmer und ließ sich ein Bad ein. Im warmen Wasser fühlte sie sich leicht und getragen. Wie eine Walkuh holte sie Luft und tauchte unter. Ab und an zog sich ihr Bauch zusammen. ›Das kann ich gut aushalten‹, dachte sie entspannt.

René legte ihre Hände an Sophias Behausung und sprach mit geschlossenen Augen zu ihrer Tochter: »Ich weiß, es ist eng da drinnen. Deine Arme sind an den Bauch gepresst, die Knie an die Brust gezogen, du hast keinen Raum mehr für Purzelbäume. Dein Kopf ruht tief in meinem Becken. Die Welt ruft pulsierend nach dir. Kleine Sophia, komm zu mir! ›Wo werde ich da reingezogen?‹, magst du dich fragen. Nun, finde es heraus, mein Sonntagskind! Deine Welt geht zu Ende, gleite hinüber in eine neue! Fürchte dich nicht! Ich warte hier auf dich und nehme dich in meine Arme! Sie sind gemacht, um dich zu halten.«

Nach dem Bad zog sich René an und ging zurück ins Schlafzimmer. Sie setzte sich auf die Bettkante und betrachtete Michaels Gesicht. Heute war ihr letzter Morgen als Paar. Würden sie gute Eltern werden? Zärtlich strich sie über Michaels blondes Haar, das zerzaust von der Nacht abstand.

»Es geht los«, sang sie sanft in sein Ohr.

Michael schlug seine Augen auf und sprang hellwach aus dem Bett.

»Lass dir Zeit, meine Sachen sind gepackt«, versuchte sie, ihn zu bremsen.

»Weißt du noch, wie man atmet? Immer schön tief in den Bauch, ›eiiin‹ und ›auuus‹. Ich fliege! Bin sofort fertig!«, überschlug sich seine Stimme aufgeregt.

Michael schlüpfte in Jeans und Sweatshirt und verschwand im Bad. René hörte ihn die Zähne putzen. Nach wenigen Minuten stand er wieder im Türrahmen, mit den Händen brachte er seine Ponylocke in Form. »Kann ich noch eine …?«, erkundigte er sich mit fragendem Blick, hinter seinem Ohr klemmte eine Zigarette.

»Ja, wir haben Zeit«, beruhigte René ihn und streckte sich auf dem Bett aus.

Michael rauchte auf dem Balkon seine Zigarette, bevor sie sich auf den Weg ins Krankenhaus machten. Eine Hausgeburt hatte René nicht in Erwägung gezogen, ihr Verantwortungsgefühl verlangte, auf Komplikationen vorbereitet zu sein.

Ihre Hebamme hatte René bei der Besichtigung der Entbindungsstation kennengelernt. Leni war eine stattliche Frau mit kurzen schwarzen Haaren und ungeschminkten braunen Augen.

»Es ist so weit«, begrüßte René sie lächelnd und klopfte dreimal mit der Faust gegen den Türrahmen des Hebammenzimmers.

Leni stellte ihren Kaffeebecher ab, nahm ihre Beine vom Tisch und schlüpfte in ihre Birkenstockschlappen, die sie zur hellblauen Krankenhauskluft trug.

»Dann lass uns mal hören, wie es der Kleinen geht«, antwortete sie gutgelaunt und half René auf die Liege.

Gewissenhaft befestigte die Hebamme Dioden auf Renés Bauch. Der fröhliche Staccato von Sophias Herzschlag flog dahin wie die Hufe eines galoppierenden Ponys über eine Sommerwiese.

»Sophia kann es kaum erwarten, dich kennenzulernen, so fröhlich wie ihr Herz wummert!«, stellte Leni zufrieden fest.

»Wir auch nicht!«, gestand René glücklich, dabei streckte sie Michael ihre Hand entgegen, der mit einer Tasse Tee in der Hand den Raum betrat. Etwas unbeholfen blieb er neben René stehen, Schweißperlen glänzten auf seiner Stirn.

»Alles wird gut, Michael, deine Frau hört auf ihren Körper, mehr braucht es nicht!«, sprach Leni ihm Mut zu.

René lauschte in sich hinein und atmete mit ihren Wehen, die inzwischen regelmäßig kamen. »Wie viel Zentimeter noch?«, erkundigte sie sich gespannt bei Leni.

Die Hebamme lächelte, während sie mit ihren behandschuhten Fingern in Renés Vagina eindrang und ihren Gebärmutterhals abtastete. Mit schmerzverzerrtem Gesicht stöhnte René auf.

»Das ist unangenehm, ich weiß. Bitte entschuldige. Halbzeit. Lauf ein bisschen, wenn du magst, dann hilft die Schwerkraft mit«, empfahl Leni und reichte René ihre kräftige Hand beim Aufstehen.

Untergehakt bei Michael lief sie den Gang der Entbindungsstation auf und ab. Hinter den Kollagen mit Geburtskarten hing der Rahmen mit Hinweisen zum Stillen, gefolgt von der Informationstafel zu den Besuchszeiten. Den Abschluss bildete das Poster mit dem meditierenden Buddha, der seinen Zeigefinger an die gespitzten Lippen hielt und zur Stille mahnte. Und auf eine sonderbare Art war René ›still‹ inmitten der aufregenden und schmerzhaften Ereignisse, die in ihrem Körper abliefen, als erklänge das eine alte Lied, das seit Urzeiten Mutter Erdes kugelrunder Körper sang. Diese Melodie trug sie ins Innerste der Welt, wo sie im warmen Wasser der großen Liebe badete. Presste eine Wehe René aus, blieb sie stehen und atmete tief in ihren Bauch, dabei stellte sie sich einen Wal vor, der seine Wasserfontäne ausstieß. Anfangs überrollte sie auf ihren Spaziergängen nur eine einzelne Wehe auf der Höhe der Stillhinweise, mittlerweile erwischte sie eine weitere bei dem freundlichen Buddha. Wieder und wieder schritt René die Bilder ab. Jedes Mal glaubte sie, stärker wird der Schmerz nicht werden, doch bei jedem neuen Gang stellte sie fest, sie hatte sich geirrt. Ihre Wehen wurden immer heftiger. René atmete nicht länger mit, sondern gegen den Schmerz an, so gut sie es vermochte. ›Die Erde atmet durch mich‹, wiederholte sie ihr Mantra und versuchte weit zu werden.

Wenn sie stehen blieb, legte Michael ihr seine Hand auf den Rücken und schnaufte inbrünstig mit. Mehr konnte er nicht tun. Je heftiger Renés Schmerzen wurden, desto unangenehmer wurde jede Berührung. Schließlich entwand sie sich Michaels Hand. »Geht es dir gut? Soll ich die Hebamme rufen?«, presste er irritiert mit sorgenvollem Gesicht hervor.

»Lass uns zurückgehen«, entschied René mit leiser Stimme. Ihre Zuversicht, die Geburtsschmerzen gut auszuhalten, schmolz dahin.

In der Tür zum Wehenzimmer breitete sich der Schmerz explosionsartig in René aus, verschlang jede andere Wahrnehmung. Sie sackte stöhnend zusammen. Das uralte Geburtsritual tobte in ihr, hatte ungefragt das Regiment in ihrem Körper übernommen. René wollte flüchten. Stattdessen schlich sie vornübergebeugt zum Bett und krallte ihre Hände in das Fußteil. Breitbeinig stand sie da, legte ihre Stirn auf die gepolsterte Abschlussleiste und kreiste rhythmisch mit ihren Hüften.

Plötzlich drang eine markerschütternd tiefe Bassstimme an ihr Ohr. Sie gehörte einem Blauwalbullen. Sein langgedehnter Ton zog René in ihren Bann und trug sie hinab in die unendlichen Weiten des Ozeans weg von der Gegenwart ihrer rasenden Geburtsschmerzen. Michael hatte die Kassette mit den Walgesängen eingelegt.

»Alles okay?« fragte die Hebamme mitfühlend und beugte sich zu René hinunter.

»Ich wusste nicht, dass es so weh …«, jammerte René, doch der Schmerz der nächsten Wehe verschluckte ihre letzten Worte.

»Lass den Schmerz frei, schrei ihn raus!«, feuerte Leni sie laut an und ballte ihre Faust.

Irritiert hob René den Kopf. Und brüllte die nächste Wehe hinaus, so laut sie konnte. Es war das erste Mal, dass sie sich schreien hörte. Fest und klar klang ihre Stimme. Bei der nächsten Wehe klappte es besser und wenig später entwich der unerträgliche

Teil des Schmerzes durch ihren Mund. René brüllte zum Geknatter der Delfine und schrie zum Geträller der Weißwale.

»Du machst das wunderbar. Weiter so! Ist dir kalt?«, fragte Leni und René erbrach zitternd den Traubenzucker, den sie am Morgen gegessen hatte.

»Das ist normal, dein Körper mobilisiert alle Energien«, beruhigte die Hebamme sie und verließ den Raum, um kurze Zeit später mit einer Wärmflasche zurückzukehren.

Leni half René auf das Bett und deckte sie zu, die Wärmflasche packte sie unter ihre Füße. René war erschöpft. Sie wollte aufstehen und nach Hause gehen. Einfach weg von hier. Niemand hatte sie gefragt, ob sie an dieser Veranstaltung teilnehmen wollte. Doch es war niemand da, bei dem sie sich hätte beschweren können. René gab auf. Bereit zu sterben, hoffte sie inständig, die Hebamme würde ihr vorgeschlagen: »Ich betäube dich jetzt, wir machen einen Kaiserschnitt!«

René hätte sofort zugestimmt. Doch stattdessen versicherte Leni: »Du hast es fast geschafft. Du machst das toll. Alles verläuft wie im Bilderbuch.«

›Leni lügt!‹, entschied René ärgerlich, ›hier ist absolut nichts ›toll‹. Weiter kam sie nicht mit ihren Erkenntnissen, denn die nächste Wehenattacke tobte durch ihren Bauch und schnitt ihre Gedanken vollständig ab. René war nichts als heißer Schmerz.

›Sophia, hörst du mich? Ich bin bei dir!‹, sprach sie ihrem Baby am Ende ihrer Kräfte Mut zu. Wie ging es dem kleinen Menschen in ihr, wenn sie sich so anstellte?

Erschrocken öffnete René ihre Augen, Leni schob sie mit dem Bett in den Kreißsaal.

Eine junge Ärztin half René auf den Behandlungsstuhl und stellte sich vor: »Ich heiße Sabine und untersuche Sie jetzt kurz.«

Von Ferne drang die entspannte Stimme der Ärztin an Renés Ohr, sie kam aus einer Welt ohne Qualen, in der man adrett und leicht geschminkt seinen Mitmenschen freundlich die Hand reichte. Rene bemühte sich zu antworten, doch die nächste Wehe flutete sie und zog sie unter Wasser. Als sie wieder auftauchte, hatte sie den Geschmack von Blut im Mund und sah den Abdruck ihrer Zähne in Michaels Hand. Mit einem Mal schnürte sich ihr Bauch nicht länger zusammen, ihre Gebärmutter trat scheinbar aus ihr heraus und presste ihr Kind tiefer und tiefer in den Geburtskanal. Sie spürte, wie die kostbare Fracht in ihr geschmeidig und schwungvoll dem jahrmillionenalten Weg folgte. Und bevor René ihren nächsten Atemzug tat, schlitterte Sophia in die Arme der jungen Ärztin. Mit einem überraschten »Oh!« nahm sie die neue Erdenbürgerin in Empfang und entschuldigte sich verdutzt: »Ich habe nicht erwartet, dass es so schnell geht!«

Urplötzlich fühlte René sich wie eine leergelöffelte Kiwi. Ihre Augen suchten ›verzweifelt‹ die Frucht ihres Leibes. Gleichzeitig hörte sie Michaels ergriffenes Schluchzen. Sophia gab keinen Laut von sich. Renés Herz klopfte heftig, alle Anstrengung und der Schmerz der letzten Stunden waren vergessen. Was war mit ihrem Baby? René richtete sich kraftvoll auf. »Wo ist Sophia?«, fragte sie energisch. Noch bevor sie ihr Kind das erste Mal in den Armen gehalten hatte, raubte ihr die Angst den Atem, ihrem Baby könne etwas zugestoßen sein. Sie dachte an Aarón und Katharina. »Sophia!«, schrie René.

Leni drehte sich erschrocken um. »Alles in Ordnung«, erriet sie Renés Sorgen und legte ihr Sophia auf den Bauch. Als hätte man René einen Teil ihrer Selbst zurückgegeben, entspannte sie sich und küsste das feuchte Köpfchen ihres Kindes.

Dann hörte sie ein leises Schmatzen, das auf der Haut kitzelte. »Sie sucht Ihre Brust!«, erklärte die Hebamme lachend.

Die winzige nackte Sophia saugte an Renés Bauch und schob ihren geröteten, von Käseschmiere überzogenen kleinen Leib vorwärts. Wie ein kleiner, blinder Maulwurf erklomm sie den Weg zu ihrer Futterquelle und fand ihn instinktiv. Wenige Momente nach der Geburt saugte Sophia zum ersten Mal an Renés Mutterbrust. Leni klatschte begeistert. Vorsichtig legte René ihre Hand auf den warmen Rücken ihrer Tochter. Sie war überwältigend schön und schutzbedürftig. Und für einen Augenblick stand René wieder vor dem Kinderwagen.

»Schau, wen ich dir mitgebracht habe«, sagte sie leise zu der kleinen René, die mit großen Augen zu ihr hochschaute.

»Magst du sie halten?«

Die Kleine nickte und René legte das Neugeborene in ihre Arme.

»Ja, genau, so stützt du das Köpfchen richtig! Du machst das wunderbar. Ihr Name ist Sophia.«

»Jetzt ist alles gut«, hauchte das Mädchen und René wusste, der Fluch war gebrochen.

Im Kreissaal lachte René befreit auf. ›Wenn ein Kind geboren wird, fangen zwei Leben an. Ich war so dumm‹, erkannte sie und warf ihren Kopf überglücklich in den Nacken. »Wo habe ich überall nach dem Sinn des Lebens gesucht! Jetzt halte ich ihn in meinen Armen«, sagte René und blickte sich glücklich nach Michael um. Er stand hinter ihr und schluchzte herzzerreißend, dabei rieb er sich seine Hand.

»Lassen Sie Ihren Gefühlen freien Lauf und bleiben Sie am Kopfende stehen. Wir nähen Ihre Frau kurz. Ihr Baby hatte es so eilig, dass der Damm eingerissen ist«, erklärte die Ärztin und reichte Michael ein Papiertuch. »Ihre Wunde schauen wir später an.«

»Manchmal beißt die Löwin im Eifer des Gefechtes. Das ist nicht schlimm. Möchtest du ein Pflaster?«, erkundigte sich Leni und strich mitfühlend über Michaels Hand.

»Das spüre ich gar nicht!«, entgegnete er freudestrahlend.

René griff Michaels Hand, küsste sie und geleitete sie auf Sophias Rücken.

»Ein Wunder!«, stammelte Michael ergriffen.

Nachdem René verarztet war, durfte sie sich anziehen. Leni badete Sophia und half Michael dabei, sein Kind anzuziehen. Wenige Stunden nach der Geburt verließ die kleine Familie das Krankenhaus. Obwohl René sich breitbeinig wie ein Rodeoreiter zum Auto bewegte, fühlte sie sich wie neu geboren. Michael trug Sophia, die in ihrem Autositz schlummerte.

Michael kümmerte sich hingebungsvoll um seine Tochter. Wenn René kochte, trug er Sophia im Arm durch die Wohnung. Weinte sie, brummte er für sie wie ein alter Bär oder gab ihr ein Fläschchen mit Fencheltee. Manchmal tat es René leid, dass er nicht erleben konnte, wie wunderbar es war, ein Baby mit seinem Körper zu nähren.

Rosemarie kam regelmäßig vorbei und unterstützte die jungen Eltern. Heute ließ sie mit Michael das Badewasser ein. Er prüfte mit seinem Ellbogen, ob es die richtige Temperatur hatte. René machte Sophia langsam mit dem Wasser vertraut, dann schwebte die Kleine auf ihrer Hand durch das Wasser. Mit ihren kräftigen Beinchen machte sie Schwimmbewegungen und quietschte vor Vergnügen. Rosemaries dicker Bauch wackelte beim Lachen, sie machte ein Foto mit ihrer Pocketkamera. »So behalte ich dich in Erinnerung, kleine Meerjungfrau!«

René zuckte zusammen, sie wollte ihrer Tochter den Leidensweg der kleinen Meerjungfrau ersparen. »Nein, Sophia ist ein Engel, der entschieden hat, uns Gesellschaft zu leisten!«, widersprach sie und bat: »Michael, bitte reich mir das Handtuch.«

Michael breitete Sophias Badetuch auf seinen Armen aus und René legte ihr Kind hinein. Auf dem Wickeltisch im Kinderzimmer, über dem sich Aaróns Mobile mit den geschnitzten Holzengeln drehte, trocknete er seine Tochter vorsichtig ab.

»Nicht tupfen, sondern frottieren! Diese kleinen Teile sind stabil«, posaunte Rosemarie und stupste ihn mit ihrem massigen Körper zur Seite. Sie rubbelte Sophia, die genüsslich grunzte, mit dem Handtuch trocken.

»Alles Gute für Euch Drei. Ihr lebt nahe am Himmel«, stellte Rosemarie beim Abschied fest. Im Hintergrund läuteten die Kirchenglocken.

Inzwischen arbeitete Michael als Kurier und René kümmerte sich tagsüber allein um Sophia. Ihr Baby war jetzt zwei Monate alt. Auf dem Weg zur Werkstatt Sophia schlief im Autositz neben ihr. Sie trug den rotweiß-karierten Parade-Anzug, den ihr Camilla geschenkt hatte. Mit der zum Strampler passenden Mütze sah sie unwiderstehlich aus. Trotzdem war René unsicher, wie die Männer auf das Baby reagieren würden.

Als René mit Sophia auf dem Arm durch die schwere Holztür eintrat, ließen die Zwerge ihre Arbeit liegen und umringten schüchtern Schneewittchen mit ihrem Kind, das inzwischen aufgewacht war.

»Das ist Sophia. Sie freut sich sehr, euch zu sehen, denn gehört hat sie ja schon viel von euch!«, stellte René ihr Baby vor.

»Ist die süß! Du wirst bestimmt Mal Schreinerin!« Matteo war der Erste, der näher herantrat und grinsend an Sophias Mütze zog.

»Sie sieht aus wie Michael!«, erkannte Banänchen und kitzelte Sophia am Bauch. Die Kleine kicherte und strampelte.

»Sie ist schön wie du, Schneewittchen, nur eben in blond«, fand Baser.

Neveo stand still da und lächelte. Als Aarón aus seinem Büro kam, wichen die Schreiner zurück und machten dem Meister Platz. René reichte Aarón ihr Baby und als hätte er Erfahrung darin, bettete er den Säugling gekonnt in seine Arme.

»Willkommen, kleine Sophia. Du kennst hier ja schon alles«, sang er mit sanfter Stimme, dabei wiegte er das Kind hin und her und drehte mit ihr eine Runde durch die Werkstatt.

So hatten die Zwerge ihren Meister noch nicht erlebt. Auch René war gerührt, wie liebevoll Aarón mit Sophia umging. Schließlich übergab er das Baby an Neveo. Er nahm Sophias Kopf in seine kräftige Schreinerhand und drückte ihren kleinen Körper vorsichtig gegen seine Brust. Genüsslich schmiegte sich Sophia an ihn. »Eine Genießerin«, flüsterte Neveo und schloss kurz die Augen.

»Du wirst für Nachwuchs in unserer Werkstatt sorgen müssen. Du machst das richtig gut, schau, wie die kleine Sophia schnurrt!«, stellte Aarón ohne Bitterkeit fest. »Tut mir leid, aber ich muss zu einem Termin«, wandte sich Aarón an René und mit einem Mal schloss er sie fest in seine Arme. Überrascht legte René ihre Hände um seine Hals, ihre allererste Umarmung fühlte sich sonderbar vertraut an. Vielleicht kommen wir uns manchmal auch ohne eine körperliche Berührung sehr nah. »Leb wohl«, hauchte René.

»Das war eine heiße Sache mit dir! Mach es gut«, verabschiedete sich Aarón und ließ sie los. Wie so oft machte er auf dem Absatz kehrt und schlitterte durch die Werkstatttür nach draußen, die krachend hinter ihm ins Schloss fiel. Einen Moment später jaulte der Motor seines Alfas auf.

»Du kennst ihn doch«, entschuldigten die Zwerge ihren Meister und lachten versöhnlich. Sie umringten René und Sophia noch eine Weile, der Abschied fiel ihnen sichtlich schwer.

»Es wird Zeit zu gehen«, entschied René schließlich.

»Schneewittchen, komm bitte wieder, bevor deine Kinder erwachsen sind!«, rief Baser ihr hinterher.

»Versprochen«, antwortete René traurig, denn sie ahnte, dass sie dieses Versprechen nicht halten würde.

EPIOG

DIE WAHRE AUFGABE ANNEHMEN

Der Winter nahm in diesem Jahr kein Ende. Es war bereits Anfang April und die Temperaturen lagen unter dem Gefrierpunkt. Wie ein leuchtender Diamant funkelte die Sonne vom eisblauen Himmel. René war mit Sophia in den Wildpark gefahren, den sie an ihrem Hochzeitstag besucht hatten. In ihren Eingeweiden spürte sie ein ängstliches Grummeln, das an ihrer Zuversicht nagte. Hatte sie so viel Gutes verdient? Sie dachte an ihre Eltern. Sie waren keine schlechten Menschen, doch ihr Leben war unglücklich. Aber nicht nur ihres. Wie gerne würde Katharina mit ihrem Baby spazieren gehen. Doch ihr Wunsch würde sich nie erfüllen. Die Welt war voll von kleinem und großem Leid. Trotzdem startete René zuversichtlich in den sich ihr darbietenden Morgen, wie an ihrem Hochzeitstag war ihr wohlig warm, denn Sophia steckte unter ihrer Daunenjacke in der Bauchtrage und schlief, ihr kleiner Körper war ein Öfchen. Sophias rosiger Mund war leicht geöffnet, sie stieß leise Seufzer aus und ihre Beinchen baumelten im Takt von René Schritten. René trug die neuen High-Tec-Treckingschuhe, die ihr Michael geschenkt hatte. Obwohl die Schuhe schwer und klobig aussahen, bewegte sie sich darin leichtfüßig wie eine Ballerina. Ihre dunklen Locken quollen unter der weißen Wollmütze hervor, ihre Wangen waren gerötet. Um den kalten Wind abzuwehren, stellte sie den Kragen der Daunenjacke hoch und verließ den Hauptweg. René bog in den schmalen Pfad ein, dessen Eingang ein tiefhängender Tannenast versperrte, und schob ihn mit ihren dicken Handschuhen zur Seite. Gefrorener Schnee rieselte zu Boden. Sie pustete ihn von Sophias Wollmütze und gab ihrem Baby einen Kuss auf den Kopf. Die Kleine schlug die Augen auf. »In deinem Blick heilen meine Sorgen«, hauchte sie und betrachtete ihr Kind, bis seine himmelblauen Äuglein wieder zufielen.

Als könne sie den Bäumen Schmerzen zufügen, vermied René

es, auf ihre Wurzeln zu treten. Sie breitete ihre Arme aus und tänzelte über die Wurzeln, die wie Adern aus dem gefrorenen Boden heraustraten. Mit jedem ihrer Schritte küsste sie den lebendigen Waldboden unter ihren Füßen. »Mutter Erde, du hast mir Schutz und Beistand in meiner Schwangerschaft und bei der Geburt geschenkt. Sophias fröhliches Herz schlägt jetzt von außen an meine Brust«, sang René leise und streichelte den Rücken ihrer Tochter durch die Jacke.

Plötzlich hatte sie das Empfinden, jemand folge ihr. Aus den Augenwinkeln nahm René einen Schatten wahr. Sie hielt ängstlich an, ihr Herz schlug bis zum Hals. Der Schatten blieb ebenfalls stehen. Langsam drehte René sich um und schaute in die graublauen Augen der Polarwölfin.

»Guten Morgen, meine Schöne«, begrüßte sie unsicher das Tier mit üppig-weißem Fell auf der anderen Seite des Zaunes.

Die Wölfin fixierte sie mit ihrem durchdringenden Blick. Dann hob sie ihre Schnauze und stimmte das Wolfsgeheul an. Wie angewurzelt stand René da und lauschte dem Lied, das ihr durch Mark und Bein drang.

»Seit langer Zeit sind unsere Ahnen unterwegs. Wir schätzen andere mit unseren feinen Antennen sicher ein und sind gewarnt, wenn jemand oder etwas nicht gut für uns ist. Meister des Selbstvertrauens sind wir Wölfe. Die Kraft des Mondes leitet uns seit alters her, im Rudel leben wir und sind doch frei, unbändig und ungezähmt. ›Du‹ bist vom gleichen Blut!«

Ohne Scheu öffnete René sich der Weisheit der Wölfin und ihr war, als singe sie in ihrem Herzen.

»Führe dein Rudel weise, ohne über andere zu bestimmen. An der Seite deines Partners trägst du die Verantwortung für die Sippe. Behalte den Überblick und triff deine Entscheidungen mit Weitsicht. Folge deiner Intuition, ihre Stimme vernimmst du klar. So handelst du stets zum Wohle aller. Ist dein Weg auch manchmal steinig und hart, so führt er doch zu dir. Du hast dich mutig von Menschen befreit, die dir nicht guttun. Hast gelernt, die alten Fähigkeiten wiederherzustellen und bist Mutter geworden. Fühle, wie das kleine Herz schlägt. Es ist dein Herz, das nun außerhalb von dir schlägt. Jede Geburt ist der Tod der vorangegangenen Stufe. Jeder Tod ist die Geburt eines neuen Zustandes. So war es alle Zeit und bleibt es. Willkommen im Rudel.«

Von Ferne stimmten Artgenossen in das Geheul der Polarwölfin ein. René konnte nicht widerstehen, sie warf ihren Kopf in den Nacken und heulte mit, so gut sie es vermochte. Sie fühlte sich frei und stark. Sie war nicht nur das Kind ihrer Eltern. In ihren Adern floss das Blut der ganzen Welt. Obwohl René den Stachel in ihrem Herzen noch nicht gezogen hatte, wusste sie doch: Mensch, du wirst unendlich geliebt. In dir erfährt der Geist die Vielfalt der Welt. Auch Leid war aus Liebe gemacht und wartete darauf, dass wir die Liebe darin im Innersten berühren, damit sie hervortreten kann und ihre heilende Wirkung entfaltet. Das hatte sie erlebt. Vielleicht war das unsere einzig wahre Aufgabe. Das Wolfsgeheul verstummte so plötzlich, wie es begonnen hatte.

René lachte laut und sah sich um, ob ein Spaziergänger sie beobachtete. Aber es gab kaum Menschen, die an einem Montagmorgen bei eisigem Wind durch den Wildpark stapften. René setzte ihren Weg fort. Die Polarwölfin trottete noch eine Weile neben ihr her, dann verschwand das edle Tier im Wald. René machte sich mit Sophia auf den Weg nach Hause. Sie dachte wieder an Fernandos Vorschlag, eine Werkstatt als Restauratorin zu eröffnen. Den ursprünglichen Zustand eines Möbelstücks wiederherstellen. Die Zeichen und Wunden der Zeit heilen. Das wollte René für sich und ihre Tochter tun, denn die Fesseln, die sie bei sich selbst nicht löste, legte sie ihrem Kind an. Heute noch würde sie eine Liste erstellen, was sie benötigte, um sich als Restauratorin selbständig zu machen.

RENÉS REZEPTE ENTDECKEN UND AUSPROBIEREN

Liebe Leserin und lieber Leser,
Kochen ist so viel mehr als die Verarbeitung von Zutaten nach einem
Rezept. Riecht dabei die Gewürze und spürt die Konsistenz der Substanzen,
die durch eure Hände fließen. Eure Gefühle, die Schwingungen der Musik im
Hintergrund, das Licht der Kerzen, das euer Kochen erhellt. All das berührt
euer Herz und das der Lebens-mittel. Und denkt beim Kochen an die
Menschen, die eure Mahlzeit nähren wird, damit sie stattfindet, die
alchemische Hochzeit, die ein Gericht in ein Lieblingsessen verwandelt.
Eure René

Tagliolini al Pesto amaro (Kapitel 2)

(Zutaten für 4 Portionen)
- 500 g grüne Tagliolini
- 2 Handvoll Rucola
- 2 Knoblauchzehen
- 50 g Pinienkerne
- 5 Anchovisfilets
- 1 Handvoll geriebenen Parmesan
- 50 ml Olivenöl
- 3 EL Ricotta
- Parmesan zum Servieren

Das Nudelwasser zum Kochen bringen und die grünen Tagliolinis garen. Währenddessen die Knoblauchzehen, Pinienkerne, Anchovisfilets und den frisch geriebenen Parmesan zusammen mit dem Rucola in der Küchenmaschine pürieren. Das Olivenöl langsam durch die Einfüllöffnung bei laufendem Motor gießen, bis eine samtige Creme entsteht. Ölpfützen, die sich um die Messer herum bilden, anschließend mit einem Spatel unter die Creme rühren. Den Ricotta dazugeben und noch einmal kurz durchpürieren. Das Pesto in einer Schüssel mit den Tagliolini mischen und mit dem Parmesan servieren.

Tarta de Santiago (Kapitel 5)

(Springform 26 cm Ø)
Für den Teig:
- 200 g Mehl
- 1 Ei
- 100 g Butter
- 125 g Zucker
- 1 Pck. Vanillezucker

Für die Creme:
- 4 Eier
- 300 g gemahlene Mandeln ohne Haut
- 250 g Zucker
- 1 Pck. Vanillezucker
- Abgeriebene Schale 1 unbehandelten Zitrone
- 1 Messerspitze Zimt
- 9 Tropfen Bittermandelöl

- 2-3 EL Puderzucker zum Bestäuben
- Fett für die Form

Mehl auf der Arbeitsplatte anhäufen. Zucker und Ei in die Mitte geben, Butterstückchen auf dem Rand verteilen. Aus den Zutaten einen Mürbeteig kneten. Den Boden und einen Teil des Randes der gefetteten Springform mit dem Teig auslegen. In einer Schüssel Eier und Zucker mit dem Handmixer verquirlen, bis eine cremige Masse entsteht. Gemahlene Mandeln, abgeriebene Zitronenschale, Zimt und Bittermandelöl unterheben. Die Mandelmasse in die Form füllen und überstehende Teigränder glattstreichen. Den Kuchen im vorgeheizten Backofen (E-Herd: 175 °C / Umluft: 150 °C / Gas: Stufe 2) 30 bis 35 Minuten goldbraun backen. Nach dem Abkühlen in der Mitte eine Schablone in Gestalt des Jakobskreuzes auflegen und mit Puderzucker bestäuben.

Grandma Julia's Chocolate Cake (Kapitel 9)

(Springform 26 cm Ø)
- Mind. 100 g Bitterschokolade oder Blockschokolade
- 100 g Zwieback
- 200 g Haselnüsse
- 2 TL Backpulver
- 200 g Zucker
- 1 bis 2 Pck. Vanillezucker
- 4 Eier
- 1 bis 2 EL Sahne oder Milch
- 200 g weiche Butter

Für den Guss:
- 200 g Bitterschokolade oder Blockschokolade
- 4 EL Sahne oder Milch

- Fett und Semmelbrösel für die Form

Bitterschokolade, Zwieback und Haselnüsse mit einem Messer oder der Küchenmaschine nicht zu fein zerkleinern. Mit Butter, Zucker und Backpulver vermischen. Eier und einige Löffel Sahne oder Milch unterheben. Den Teig in die gefettete, mit Semmelbröseln ausgestreute Springform füllen und im vorgeheizten Backofen (E-Herd: 160 °C / Umluft: 150 °C / Gas: Stufe 2) ca. 60 Minuten backen, bis der Kuchen außen kross und innen saftig ist. Kurz vor Ende der Backzeit Bitterschokolade im Wasserbad schmelzen und mit etwas Milch oder Sahne verflüssigen. Den Kuchen kurz abkühlen lassen und den Guss darauf verteilen.

Humus (Kapitel 11)

(Zutaten für 4 Portionen)
- 2 Dosen Kichererbsen
- 2 bis 4 Knoblauchzehen
- 2 TL abgeriebene Schale 1 unbehandelten Zitrone
- 4 EL Zitronensaft
- 4 EL Tahin
- 6 EL Olivenöl
- Salz, Pfeffer
- 1 TL gemahlener Kreuzkümmel
- 1 Prise Chiliflocken
- Gehackte Petersilie

Zutaten in einer Schüssel oder in der Küchenmaschine pürieren. Vor dem Servieren mit der Petersilie bestreuen.

Kartoffelsalat mit Lachs (Kapitel 12)

(Zutaten für 4 Portionen)
- 800 g neue Kartoffeln
- 400 g Räucherlachs in Scheiben
- Sahnemeerrettich
- 1 Lorbeerblatt

Für die Salatsoße:
- abgeriebene Schale einer unbehandelten Zitrone
- Saft einer Zitrone
- 2 EL Rotweinessig
- 6 EL Olivenöl
- 3 EL Kapern
- 1 Bund frischer Dill, gehackt
- Meersalz
- schwarzer Pfeffer

Kartoffeln schälen und in große Stücke schneiden. In Salzwasser zusammen mit einem Lorbeerblatt gerade durch kochen. Für das Dressing Zitronensaft mit einigen Spritzern Rotweinessig und Olivenöl mischen. Die unter Wasser abgespülten Kapern, Pfeffer, Salz und die Hälfte des Dills dazugeben. Die noch warmen Kartoffeln mit dem Dressing mischen und ziehen lassen. Inzwischen die Lachsstücke am Rand einer Schale ausbreiten. Den Kartoffelsalat in der Mitte der Schüssel aufhäufen. Zwischen die Lachsstücke kleine Häufchen Sahnemeerrettich klecksen und das Ganze mit dem restlichen Dill krönen. Dazu Baguette servieren.

Knoblauchsahne (Kapitel 14)

(Zutaten für 4 Portionen)
- 3 Knoblauchzehen
- 250 ml Sahne
- Meersalz
- Tabasco
- weißer und schwarzer Pfeffer

Knoblauchzehen mit Salz bestreuen und mit einem Messer zerdrücken, bis ein saftiges Mus entsteht. Sahne schlagen und die Knoblauchpaste vorsichtig untermischen. Mit weißem und schwarzem Pfeffer, einigen Tropfen Tabasco und einer Prise Zucker mischen. Einige Stunden im Kühlschrank ziehen lassen.

DANKSAGUNG

Von ganzem Herzen danke ich meiner Lektorin Ellen Rennen für ihre Kritik, ihren Scharfsinn und ihre Anregungen. Als wichtige Partnerin begleitet sie den Schaffensprozess und unterstützt die Entstehung meiner Romane.

Aber auch meinen Freundinnen und meiner Familie danke ich für ihren Rat und Beistand, besonders meinem lieben Mann. Er ermöglicht es mir, meiner Leidenschaft für das Schreiben nachzugehen und begleitet mich durch alle Höhen und Tiefen.

Marta Stern

Printed in Great Britain
by Amazon